JULIE WATSON

Die Königin der Raben

Julie Watson

# Die Königin der Raben

Historischer Roman

Aus dem Amerikanischen
von Gloria Ernst

blanvalet

Die amerikanische Originalausgabe erschien 2011
unter dem Titel »The Raven Queen« bei Bantam, New York.

MIX
Papier aus verantwortungsvollen Quellen
FSC® C014496

Verlagsgruppe Random House FSC-DEU-0100
Das für dieses Buch verwendete
FSC®-zertifizierte Papier *Super Snowbright*
liefert Hellefoss AS, Hokksund, Norwegen.

1. Auflage
Deutsche Erstveröffentlichung August 2011 bei Blanvalet,
einem Unternehmen der Verlagsgruppe Random House GmbH, München.

Umschlaggestaltung: HildenDesign, München
Umschlagmotiv: © Artwork HildenDesign, München, unter Verwendung von Motiven
von Andreas Gradin/Shutterstock und Tommy Martin/Trigger Image
Redaktion: Gerhard Seidl
ED · Herstellung: sam
Satz: Buch-Werkstatt GmbH, Bad Aibling
Druck und Einband: GGP Media GmbH, Pößneck
Printed in Germany
ISBN: 978-3-442-37685-8

www.blanvalet.de

*Für Claire und ihr offenes Ohr in Irland,*
*und für Alistair, für alles.*

# Großbrittanien und Irland

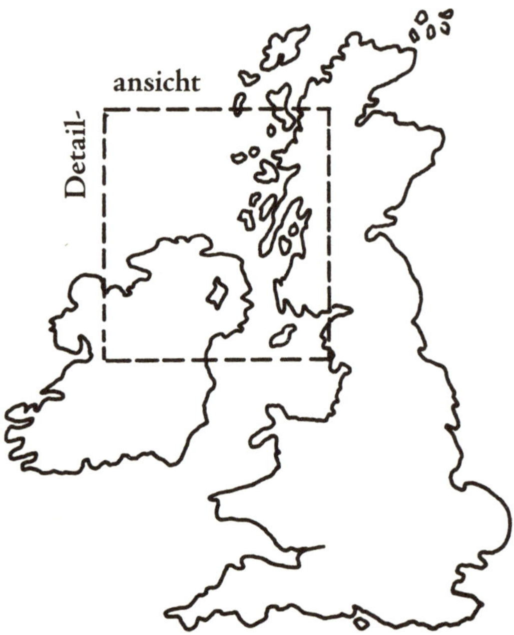

# Erin (Irland)

## Die Vier Königreiche

(100 vor Christus)

# Personen, Orte und Aussprache

## *Die vier alten Provinzen von Erin*

| | |
|---|---|
| *Ulaid* | Der in Ulster beheimatete Stamm, der der Provinz ihren Namen gab. |
| *Connacht* | Ein alter Name für Connaught |
| *Mumu* | Ein alter Name für Munster |
| *Laigin* | Ein alter Name für Leinster |

# Personen

## *Connacht*

*Festung von Cruachan Aì*
*Eochaid,* König von Connacht
*Innel,* sein Sohn
*Maeve,* Eochaids Tochter
*Garvan,* ein junger Krieger
*Fraech,* Maeves entfernter Vetter
*Idath,* Fraechs Vater
*Felim,* Fraechs Onkel
*Tiernan,* der oberste Druide
*Erna,* eine Druidin

*Am See:*
*Ruán,* ein Wanderer

## *Laigin*

*Festung von Dún Ailinne*
*Ros Ruadh,* König von Laigin
*Ailill,* sein Sohn
*Finnabair,* Ros Ruadhs Tochter

## *Ulaid*

*Festung von Emain Macha*
*Conor,* König der Ulaid
*Cormac,* sein ältester Sohn
*Fiacra,* sein jüngster Sohn
*Fergus Mac Roy,* früherer König
und Conors Stiefvater
*Illan,* sein jüngster Sohn
*Buinne,* sein ältester Sohn

*Krieger des Roten Zweigs*
*Cúchulainn,* der Kämpe des Königs
und sein Neffe
*Ferdia Mac Daman,* sein bester Freund
*Naisi,* Ardan und Ainnle, die Söhne des Usnech
*Conall Cearnach,* ein Held des Roten Zweigs

*Der Wald*
*Deirdre,* König Conors Verlobte
*Levarcham,* König Conors Druidin
und Deirdres Lehrerin

# Hinweise zur Aussprache

*Orte:*

| | |
|---|---|
| *Connacht* | KON-Akt |
| *Cruachan* | KRU-a-karn |
| *Das Ulaid* | Das UU-lih |
| *Emain Macha* | OU-en Mak-uh |

*Personen:*

| | |
|---|---|
| *Ailill* | AL-jil |
| *Cúchulainn* | Kuh-KALL-in<br>»Wachhund des Cullen« |
| *Dáire* | DOH-re<br>»fruchtbar« |
| *Deirdre* | DIER-dra |
| *Eochaid* | JO-kie |
| *Finn* | FJAN<br>Anglisierte Form von Fionn, ein Männername, »strahlend/hell« |
| *Finnabair* | FJAN-or<br>»Strahlender Geist« |
| *Fraech* | FRAI-k<br>»Heide« |
| *Garvan* | GAHR-won<br>Anglisierte Form von Garbhán, »kleiner Wilder« |
| *Levarcham* | Lew-ARK-am |
| Maeve | MAI-ve<br>Anglisierte Form von Medh »die Berauschende« |
| *Meallán* | MEL-ohn<br>»Blitz« |
| *Miu* | Miau<br>Ägyptisch für »Katze« |

| | |
|---|---|
| *Naisi* | NIE-scha |
| *Nèl* | NIAI-ul<br>»Wolke« |
| *Ros Ruadh* | Ross RUH-ar<br>»Rote Landspitze« |
| *Ruán* | RUH-an<br>Anglisierte Form von Rúadhán<br>»der Rote« |
| *Tiernan* | TIE-ar-nan<br>»Herr« |

### *Gesprochen wie geschrieben:*

| | |
|---|---|
| *Conor* | Anglisierte Form von Conchobhar<br>»Hund/Wolf/Liebhaber« |
| *Conall* | »Starker Wolf« |
| *Erna* | Berühmte Dienerin von Maeve,<br>gab dem Lough Erne seinen Namen |
| *Ferdia* | |
| *Fergus* | »der Starke« |
| *Innel* | |

## Weitere Begriffe:

*Sídhe* (Schie): das Feenvolk, Wesen aus der Anderswelt
*A stór* (ah Stoar): »Schatz«
*Banshee* (bän-SCHIE): Zusammensetzung aus Ban »Frau« und Sídhe »Fee«
*Ceara* (KIAR-a): ein Name mit der Bedeutung »Feurige Rote«
*Derbfine:* der Kreis der Verwandten, aus dem ein neuer König gewählt werden konnte; die Nachkommen eines Urgroßvaters

## *Feste:*

*Samhain* (SAH-win): Das alte keltische Neujahrsfest und Totenfest, das am 1. November begangen wurde. Zu dieser Zeit waren die Schleier zur Anderswelt so dünn, dass die Sídhe sie passieren konnten.
*Imbolc* (IM-balk): Frühlingsfest, das am 1. Februar begangen wurde. Es kündigte die Laktationsperiode der Mutterschafe an und war der Fruchtbarkeitsgöttin Bríd geweiht.
*Beltaine* (Bie-JAAL-tinnuh): Fruchtbarkeitsfest, das am 1. Mai begangen wurde und den Beginn des Sommers einläutete. Bei diesem Fest wurde das Vieh zur Segnung zwischen großen Freudenfeuern hindurchgetrieben.
*Lughnasa* (LUH-nah-sah): Erntefest, das am 1. August gefeiert wurde und dem Gott Lugh geweiht war.

# 1

## *Herbst*

## *Connacht*

Maeve riskierte einen Blick zurück. Inzwischen würde ihr Mann wissen, dass sie ihm davongelaufen war. Waren die Wolken im Norden bereits dunkler geworden? *Sei nicht albern.* Sie trieb ihr Pferd zum Sprung über einen Graben, der zwischen den mit gelbem Laub geschmückten Bäumen verlief.

Der Hengst knickte in der Hinterhand ein, suchte mit den Vorderbeinen Halt. Maeve fiel in den Sattel zurück und klammerte sich mit aller Macht fest.

Die Abenddämmerung setzte bereits ein, als Maeve in die Festung ihres Vaters in Connacht einritt und sich die Erdwälle, deren Kämme mit Reihen von Pfählen versehen waren, um sie schlossen. Von riedgedeckten Dächern stieg Rauch auf, der den Nebel durchdrang.

Cruachan.

Vor den Ställen sprang Maeve von ihrem Pferd Meallán und legte die Hände um sein schäumendes Maul. Dann schloss sie die Augen und drückte ihre Stirn an seine. »Tut mir leid, *a stór.*« Der Atem von Frau und Pferd vermischte sich. Meallán zitterte unter ihren Händen. »Ruh dich jetzt aus.«

Maeve war lange fort gewesen. Den Pferdeburschen, der sie mit offenem Mund anstarrte, kannte sie nicht. »Tränke ihn bitte«, wies sie den Jungen an. »Ich muss zum König.« Und schon stürmte sie mit wehenden Haaren davon.

Dann aber sammelte sie sich. *Vergiss nicht, wer du bist.* Sie nahm Haltung an und suchte sich ihren Weg zwischen den kleinen Hütten der Handwerker, deren Lehmmauern feucht von Moos waren und deren Dächer den Boden berührten. Alle Gespräche verstummten, als die Leute ihren schlammbespritzten Umhang und den Kilt aus Lederstreifen anstarrten, der ihre von Ästen und Dornen zerkratzten Oberschenkel bedeckte.

Sie kannte einige der Handwerker, und jetzt, da auch sie sie erkannten, erhellten sich ihre Gesichter. »Herrin«, begrüßten sie sie ehrfürchtig.

Eine der Weberinnen streckte ihr ihre knotigen Hände entgegen. Einst hatten diese Hände Maeves kupferrote Haare geflochten. Die Augen der Frau waren milchig. »Bist du das, mein Kind? Bist du zu uns zurückgekommen?«

Maeve berührte ihre Finger und sagte mit sanfter Stimme. »Ja, Meara. Aber ich muss zuerst zu meinem Vater.«

Die vornehmeren Häuser – bunt bemalt und mit flatternden Bannern versehen –, die sich um die Halle des Königs drängten, waren fast alle verlassen. Zweifellos hockten die Krieger irgendwo beisammen und murrten über den Herrscher. Die wenigen älteren Lords, die zurückgeblieben waren, starrten Maeve misstrauisch an.

Ihr Erscheinen war schon oft mit irgendeinem Aufstand einzelner Fürsten zusammengefallen, und so brummten die Männer leise vor sich hin, dass sie nichts als Ärger brachte. *Für diesen Ärger kann ich nichts.* Maeve schleuderte ihnen diesen Gedanken mit vorgerecktem Kinn entgegen, bis sie den Blick abwandten.

Die Halle des Königs von Cruachan war ein goldener Hügel im Herzen von Connacht. Ihre prächtige, ringförmige Steinmauer wurde von einem Rieddach gekrönt, das fast bis zum Boden reichte und von einem mit Bannern geschmückten First gekrönt wurde.

Um die Türen herum war ein Halbkreis von Stangen mit Schilden, Geweihen und Wimpeln aus Wolfsschwänzen aufgestellt, die jetzt jedoch nass vom Regen waren und schlaff herunterhingen. Als sie näher kam, strich Maeve ihre wilde rote Mähne glatt, schirmte ihre Augen vor den Wachen ab und rauschte an ihnen vorbei, noch bevor sie ein Wort an sie richten konnten.

Der Saal verschluckte sie einfach. Eine Höhle aus Eichensäulen und schweren Pelzen, die im Schein des Feuers schimmerten. Flackernde Lampen beleuchteten glänzende Schilde und Schwerter an der Wand. Ein seltsamer Geruch nach Kräutern stieg Maeve in die Nase. Hier roch es nach Krankheit. Es stimmte also, was sie gehört hatte.

Ihr Herz hämmerte wie wild, als sie sich zwischen den Dienern, die sich um die Feuergrube scharten, hindurchschob und dabei mit ihren eiskalten Fingern mühsam die Haare zum Zopf flocht. Sie kletterte die Leiter zu den Schlafgemächern hinauf – einem Sims aus Eichenplanken, das sich unter dem großen Dach entlangzog. Unter die Dachtraufen schmiegten sich Betten, die mit Weidengeflecht vor neugierigen Blicken abgeschirmt waren.

Auf ihrem weiteren Weg zum Gemach des Königs wäre Maeve fast gegen ihren älteren Bruder Innel gestoßen. Viele Jahre voller Kämpfe und Krankheiten hatten die Reihen der Geschwister gelichtet, bis schließlich nur noch sie beide übrig geblieben waren.

Innel fuhr herum und hielt sie fest.

Maeve starrte über seine Schulter hinweg die spindeldürre Gestalt an, die in einer Pfütze aus Lampenlicht auf einem Bett lag. *Vater?*

»Bei allen Göttern, was machst du hier?« Innels Arme waren wie eiserne Bänder und schnürten Maeve die Luft ab. »Raus! Alle!«, knurrte Innel die Diener an. Erst als sich diese entfernt hatten, ließ er seine Schwester wieder los.

Maeve taumelte. Ihr Vater Eochaid war ihr immer wie eine mächtige Eiche vorgekommen. Jetzt war er nur noch ein umgestürzter Stamm. Die Äste waren verdorrt. Das feurige Haar, das er Maeve und Innel vererbt hatte, hatte nun den Farbton von Asche. Und dann sein Gesicht … Die linke Seite sah aus wie geschmolzenes Wachs, zwischen seinen schlaffen Lippen rann ein Speichelfaden hervor. Ein Augenlid hing herunter, sodass von seinem Auge nur noch ein weißer Schlitz zu sehen war.

Maeve hatte große Mühe zu sprechen. »Wann wolltest du es mir sagen, Bruder?«

Innels Blick war kalt, als er seine kräftigen Arme vor seiner Brust verschränkte. Die Narben unzähliger Schwertwunden überzogen die Muskelstränge mit einem silbrigen Netz. »Du scheinst vergessen zu haben, dass du jetzt eine Ulaid bist, Schwester – Conors *Königin*. Du gehörst nicht mehr hierher.«

Maeve trat einen Schritt näher. Ihr Bruder frisierte seine roten Haare immer zu steifen Stacheln und trug seine Narben, die gebrochene Nase und die lädierten Ohren wie Trophäen. Sie musste wachsam sein, denn sie saß in der Falle. Die Krieger ihres Ehemannes, König Conor, die berühmten Krieger des Roten Zweigs – der Elitetruppe der Ulaid –, waren möglicherweise schon auf dem Weg hierher, um sie mit Gewalt zurückzuholen.

Sie legte ihre Hand an ihren Hals, verbarg ihren Puls. Um der Sicherheit ihres Volkes willen durfte sie jetzt nicht schweigen. »Ich bin Conor davongelaufen.«

Innel zog eine Grimasse, packte sie an einem Handgelenk und drückte sie dann gegen die Dachschräge. Sein Atem stank nach Ale. »Du dämliches … eigensinniges … Miststück.«

Maeve zog eine Augenbraue hoch. »Das kann unmöglich beides gleichzeitig auf mich zutreffen, Bruder. Schließlich braucht es Verstand, um eigensinnig zu sein.«

Er knurrte wütend, sein Griff tat höllisch weh. »Vater hat einen Bund mit den Ulaid geschlossen – durch dich. Du wirst den Zorn von Conor und seinem Roten Zweig auf uns ziehen, und das gerade jetzt, wo Vater geschwächt ist. Denkst du denn gar nicht an unser Volk?«

»Ich denke an nichts anderes, deshalb bin ich auch zurückgekommen!« Sie riss sich los, rieb an den roten Flecken, die sein harter

Griff auf ihrer Haut hinterlassen hatte. »Ich habe zwei Jahre lang bei den Ulaid gelebt. Ich kenne ihre Helden, ich kenne ihre Krieger. Ich weiß, wie Conor der Listige denkt.«

Innel ging auf und ab, zupfte dabei unentwegt an seinem roten Schnurrbart herum. »Wir müssen dich unverzüglich wieder zurückbringen.«

Maeves Nasenlöcher blähten sich, als sie sich gezwungen sah, ihre einzige Waffe einzusetzen. Sie hob herausfordernd den Kopf. »Dann triffst jetzt also du die Entscheidungen, die eigentlich unser Vater treffen sollte. Du streichst um sein Krankenbett herum wie eine Krähe um einen Kadaver.«

Ihr Bruder ballte eine Hand zur Faust.

Maeve sah es und machte sich bereit, um sich zu ducken.

Genau in diesem Augenblick stöhnte König Eochaid auf. Sein Körper bewegte sich unter der Decke aus Wolfspelz. Sofort lag ein ängstlicher Ausdruck auf Innels Gesicht.

*Aha,* dachte Maeve. Sie fuhr mit dem Zeigefinger über den Bettpfosten. »Jetzt da Vater krank ist, werden sich die anderen Verwandten, die genauso begierig wie du sind, die Herrschaft zu übernehmen, zusammenrotten. Willst du tatsächlich, dass mich deine Männern zu den Ulaid zurückschleppen und dich hier ungeschützt alleinlassen?«

Innel sah sie böse an, massierte dabei seine Schläfen mit den Fingerknöcheln, so als bereiteten ihm ihre Worte Kopfschmerzen. Schließlich ging er mit steifen Schritten an ihr vorbei. »Du wirst schon bald um meine Gunst betteln, Schwester – dann, wenn ich König bin.«

Als er gegangen war, sank Maeve auf einen Schemel am Bett ihres Vaters. Sie stützte ihre Stirn in ihre Hände. Ihr Wams aus verstärktem Leder drückte in ihre Rippen, erschwerte ihr das Atmen. *Was hast du nur getan?* Manchmal musste sie einfach handeln, sonst hatte sie das Gefühl, zu platzen …

Ein abgehacktes, leises Keuchen. »Du … hast mein … Bündnis … gebrochen?«

Maeve richtete sich auf. Eochaids gesundes Auge funkelte sie an. Ihr Blick huschte unwillkürlich zu seiner Hand. Die Erfahrung ließ sie zusammenzucken. Erst dann wurde ihr bewusst, dass die Hand ihres Vaters noch immer schlaff auf der Bettdecke lag. »Ja, Vater.«

»Connors Krieger werden über uns herfallen … Kampf und Verderben …« Speichel glänzte auf seinen Lippen. »Verräterin!«

Maeve sprang auf. »Dreimal hast du mich mit Königen und Prinzen verheiratet, Vater, und du selbst warst es, der zwei dieser Bündnisse gebrochen hat.« *Gerade, als ich endlich ein bisschen Frieden gefunden hatte.* Sie verkniff sich diese Bemerkung jedoch. Eochaid hasste Trotz, aber er bewunderte Tapferkeit. Würde ihr diese Gratwanderung gelingen? Sie reckte ihr Kinn. »Keiner von ihnen hat Krieg mit dir angefangen, nachdem du die Brautgeschenke zurückgegeben hast. Sie alle hatten bereits wieder andere Frauen. Und das gilt auch für Conor. Er ist bereits mit einer anderen verlobt, einem Waisenmädchen, das er als sein Mündel hat aufziehen lassen. Schon bald wird er auch noch andere Ehefrauen haben …«

»*Du* bist seine Ehefrau! Du wurdest ihm übergeben, um die Eide zu besiegeln, die er und ich geschworen haben.«

*Verkauft wie eine Kuh.* Auch diese Bemerkung verkniff sie sich lieber.

»Wenn ich gesund wäre, würdest du es nicht wagen, dich mir zu widersetzen«, flüsterte er heiser, während sich seine Finger in die Decke krallten. »Du bist ein Rabe, gekommen, um an meinen Knochen zu picken.«

Maeve grub die Fingernägel in ihre Handflächen. Nein, das war sie nicht. Sie war einfach nur verzweifelt. Und jetzt, da sie ihm so nahe war – seinen mühsamen Atem hörte, seine nutzlosen Gliedmaßen sah –, konnte sie an nichts anderes denken als an jenes erste Mal, als *er* sie sich genauso hilflos hatte fühlen lassen.

Gelähmt.

Maeve wandte sich von ihm ab, versuchte, ihre Lungen mit Luft zu füllen. Trotzdem war er wieder da, jener Tag vor sechzehn Jahren … so als wäre es erst gestern gewesen. Der Tag, an dem ihr Vater sie zum ersten Mal weggegeben hatte.

Sie war wieder in der vom Schein des Feuers erhellten Jagdhütte von Ros Ruadh, dem alternden König von Laigin. Wieder hatte sie den brennenden Geschmack von Erbrochenem im Hals, spürte, wie die Kleider, viel zu schwer für eine Zwölfjährige, an ihr zerrten. Sie hörte die Farnwedel knistern, als sie sich ins Bett kauerte, viel zu entsetzt, um auch nur wimmern zu können. Erinnerte sich an den glänzenden Schweiß auf der Stirn des Königs von Laigin, als er sich keuchend über ihr abmühte.

Den Schmerz hatte Maeves schon vor langer Zeit mit ihrem Willen besiegt. Es war das Gefühl, dass ihr Ich zu einem Nichts zerrieben worden war, das so schwer zu verdrängen war.

Als sie sechzehn war, hatte ihr Vater sie aus dem Haushalt des strengen und gleichgültigen Ros Ruadh geholt, nur um sie sofort wieder zu verheiraten, diesmal mit Diarmait, dem Prinzen von Mumu. Er hatte sie, während er sie unter seinem dicken Bauch begrub, mit brutalem Griff festgehalten, und wenn sie versucht hatte, sich ihm zu entziehen, hatte er sie geschlagen, um dadurch seine Lust zu steigern.

Schließlich hatte sie aber doch noch einen Weg gefunden, damit er sie in Ruhe ließ. Sie hatte ein Mitbestimmungsrecht über ihren Körper eingefordert, indem sie mit Männern ihrer Wahl schlief, mit vielen Männern. Zuerst hatte sie noch schlimmere Prügel ertragen müssen, irgendwann aber hatte sich Diarmaits Zorn, genau, wie sie es sich erhofft hatte, in Abscheu verwandelt. Er hatte sich andere Frauen gesucht und das Bündnis mit Connacht nur noch der Form halber aufrechterhalten.

Auf diese Weise hatte Maeve sich ein kleines bisschen Frieden erkämpft, für acht Jahre. Erst dann griff ihr Vater nach dem größten Preis: eine verwandtschaftliche Beziehung zum Ulaid, dem mächtigsten Königreich in Erin. Und so hatte Eochaid vor zwei Jahren seine Eide gegenüber Diarmait von Mumu gebrochen und ein drittes Mal über sie verfügt, diesmal sollte sie Conors Königin werden.

Es stellte sich heraus, dass Conor mit seinem sardonischen Lächeln und den kalten Augen, dem steifen Körper und den trockenen, kalten Händen von ihren drei Ehemännern derjenige sein sollte, der ihr jede Nacht beiwohnte.

Es war jedoch nicht sie als Person, die in ihm den Wunsch weckte, den Acker zu pflügen. Mir ihren sechsundzwanzig Jahren, die sie bei ihrer Hochzeit zählte, war sie für seinen Geschmack bereits viel zu alt. Obwohl er selbst bereits grau und runzelig wurde, bevorzugte er ganz junge Mädchen, die noch kein anderer gehabt hatte.

Nein ... Conor wollte unbedingt ein Bündnis mit Connacht, damit die westlichen Flanken seines Reichs geschützt waren. Und mehr noch. In einem lange zurückliegenden Krieg hatte Connacht einmal den Hügel, der das heilige Herz von Erin darstellte, eingenommen. Seit damals, so hieß es, ließen die königlichen Töchter von Connacht ihren Ehemännern durch ihren Körper die Segnungen aller Göttinnen von Erin zuteilwerden.

Das war der Grund, weshalb Conor so eilig seine reich bestickten Gewänder abgelegt und seine Ringe abgenommen und auf die Kleidertruhe gelegt hatte, während seine Wachen ihr, um kein Risiko einzugehen, die Hände gefesselt hatten. Deshalb hatte er auch, als er auf ihr lag, mit solch wilder Entschlossenheit an die Wand gestarrt – nicht ihretwegen, sondern weil er das heilige Blut von Connacht besitzen wollte.

Jetzt wusste sie auch, warum.

Maeve schloss die Augen, blinzelte, um wieder einen klaren Blick zu bekommen, dann drehte sie sich um und setzte sich wieder ans Bett. »Vater«, sagte sie leise. »Ich bin zurückgekommen, weil ich gehört habe, dass du krank bist, und weil ich mich um dich kümmern will.«

*Dann nämlich wirst du mich hierlassen müssen, und ich kann endlich einfach nur Maeve sein.* Seine kleine Kriegerin, kühn und furchtlos, die Eochaid einst ein stolzes Lachen entlockt hatte ... bevor ihre Brüste gewachsen waren und er auf den Gedanken gekommen war, dass er sie für ein weit besseres Ziel einsetzen konnte.

Keine Ehen mehr. Keine Körper mehr, die sie schier erdrückten. Niemand mehr, nur noch sie selbst.

Das gesunde Auge des Königs wurde schmal.

Maeve holte tief Luft. »Außerdem bin ich zurückgekommen, um dir wichtige Neuigkeiten von Conor Mac Nessa zu bringen.« Maeve legte ihre kräftige Hand auf die gelähmte ihres Vaters. »Conor will nicht mehr nur ein Bündnis mit Connacht. Er will, dass wir uns ihm unterwerfen.«

Ein Gurgeln kam aus Eochaids Kehle.

Maeves Fingerknöchel wurden weiß. »*Das* ist der Grund, weshalb ich ihm davongelaufen bin. Um es dir zu sagen, bevor es zu spät ist!«

Eochaid bemühte sich, mit seiner anderen Hand den Speichel von seinem Mund zu wischen. »Hast du das selbst von ihm gehört? Hat er dir das selbst gesagt? Hast du einen Beweis dafür?«

Maeve zögerte. »Ich habe … Andeutungen gehört, Bemerkungen, deren Bedeutung ich zuerst nicht verstand. Aber sie haben mich zu einer inneren Gewissheit gelangen lassen.«

Er zischte leise, seine Mundwinkel gingen nach unten. »Dann weißt du also gar nichts.«

Maeve klammerte sich verzweifelte an diese Rettungsleine. Sie hatte gehofft, dass ihr Vater sie, wenn sie ihm einen großen Triumph zu Füßen legte, bei sich behalten würde. Dann wäre sie in Sicherheit … endlich. »Ich bin mir sicher, dass Conor ganz Erin beherrschen will.«

»Du *bist dir sicher?*«

Sie unterdrückte ein Schaudern. »Ich … ich spüre es. Fühle es. Er will alles beherrschen.« Conor Mac Nessa hatte ihren Körper in seine Gewalt gebracht. Natürlich nahmen ihre Instinkte mehr wahr, als irgendjemand wissen konnte. Und dann, vor nur wenigen Tagen, hatte sie ihn nachts etwas flüstern gehört … sie war sich sicher gewesen, dass sie das nicht nur geträumt hatte … dass er ihr einen Sohn entreißen und diesen dazu benutzen wollte, um Connacht zu beherrschen.

Die Männer mochten sie benutzen, aber nicht ihr Kind.

Niemals wieder.

In Maeves Bauch krampfte sich etwas zusammen. Sie biss sich auf die Unterlippe. »Wir müssen unsere Kämpfer zusammenrufen und ihn angreifen, bevor er uns angreift …«

»Pah.« Eochaid schlug ihre Hand weg. »Die vier Königreiche bestehen seit ewigen Zeiten; sie sind den Göttern heilig. Wir sind gut geschützt. Und Conor ist mächtig. Es wäre Wahnsinn, ihn ohne Grund anzugreifen. Es sei denn, *du* hast gerade *ihm* einen gegeben.« Seine Lippe kräuselte sich. »Ich habe dich nicht darum gebeten, zu spionieren, ich habe dich zu ihm geschickt, damit du ihm eine Königin bist, damit du uns an den Thron der Ulaid bindest. Und stattdessen beleidigst du ihn und läufst ihm davon? Ich werde dich unverzüglich zu ihm zurückbringen lassen!«

Maeve ertrug diese Worte. Aber sie würde Conor Mac Nessa nicht mehr ertragen. Eines Tages würde er kommen, um sich Connacht zu nehmen – ihr freies und stolzes Volk –, und sie würde hier sein, hier an ihrem Platz, um es zu verteidigen.

Als Eochaid schwieg, stützte sich Maeve mit beiden Armen auf das Bett. Sie legte ihr Kinn neben das seine auf das Kopfkissen so wie damals, als er sie noch wie einen Sohn geliebt hatte.

Damals, bevor er sie an einen alten Mann verkauft hatte.

Sie senkte ihre Stimme. »Wenn du mich zurückschickst, Vater, werde ich dafür sorgen, dass alle Barden Erins den herzlosen König besingen, der seine treue Tochter im Stich ließ und deshalb von den Göttern bestraft wurde.« Ihr Finger zitterte, als sie auf seine kraftlosen Beine deutete. »Kannst du *das* überleben, wenn deine Macht bereits so sehr geschwächt ist?«

Eochaids Körper krümmte sich in heftigem Zorn, die Decke verrutschte. Sein Gesicht wurde rot. »Ah! Dagda und Lugh … ihr Götter da oben …« Sein Blick wanderte über die Deckenbalken, mit einem Schlag von aller Vernunft befreit.

Maeve stellten sich die Nackenhaare auf.

Plötzlich kicherte ihr Vater. »Aye … *meine* Stärke … mein wahres Blut. Diejenige, die nach *mir* kommen wird …«

Maeves Schultern versteiften sich. »Was?«

Ihr Vater warf seinen Kopf auf dem Kissen hin und her. »Nein … ich …«

Als Maeve seinen Arm packte, blitzte Eochaids gesundes Auge auf. Er blinzelte. Allmählich kehrte sein Verstand wieder zurück.

*»Ich habe das gehört.«* Maeve atmete in schnellen Zügen. »Ich bin die Einzige, die deinen Mut hat, deine Stärke! Gib mir einen ehrenvollen Platz neben dir!«

Als vertrauenswürdige Ratgeberin. Hingebungsvolle Tochter. Irgendetwas.

Eochaid raffte die Decke und starrte zum Dach hinauf. »Du redest irre, weil du mich für wahnsinnig hältst. Du hast weder Verbündete noch hast du Schwertbrüder. Du bist ein Nichts. Eine Frau. Du hast keine Macht.«

Maeve stand auf, spürte, wie sich in ihrer Brust ein Knoten bildete. »Du könntest mir all das geben.«

*Gib mir das, was mir zusteht. Dann wird mich niemand mehr verletzen können.*

*Nicht einmal du.*

Eochaids bellendes Lachen ging in einen Hustenanfall über. Maeve rührte sich nicht. Schließlich schlug sich Eochaid mit der Faust auf die Brust und wischte sich dann den Speichel vom Kinn. »Würdest du wirklich auf meiner Seite stehen, dann hättest du es nicht nötig, dass ich dir irgendetwas gebe.« Seine Lippen wurden schmal. »Wenn Conor dich wiederhaben will, werde ich dich zu ihm zurückschicken. Wenn nicht …« Sein Blick huschte zur Seite. Maeve las im Gesicht ihres Vaters eine Furcht, die größer war als seine Angst vor Conor von Ulaid. Eochaids Krankheit hatte seinem Königtum einen mehr als nur bedrohlichen Schlag versetzt.

»Ich werde dich vorläufig hierbehalten. Meine Verwandten warten nur darauf, über mich herfallen zu können; warten darauf, dass mein Verstand mich im Stich lässt, so wie es mein Körper bereits getan hat. *Du* also wirst mir berichten, was sie sagen. Wenn du mir von Nutzen bist, wenn du mich fütterst und mir den Dreck abwäscht, dann darfst du vielleicht sogar länger bleiben.«

Die Bitterkeit war so heftig, dass Maeve sie auf der Zunge schmeckte. *Krumen, nichts als Krumen.*

Maeve ging mit schweren Schritten durch den Regen zum Stall zurück, um Meallàn abzusatteln und ihr Gepäck zu holen. In dem runden, riedgedeckten Gebäude mit den beiden breiten Türflügeln, die durch eine Gruppe geschwärzter Eichenpfosten getrennt wurden, hatten sich bereits die Schatten der Dämmerung gesammelt. Maeves Instinkt warnte sie zwar noch, als sie sah, dass ihr Hengst die Ohren angelegt hatte, aber da war es schon zu spät.

»Du bist dem alten Mistkerl also einfach davongelaufen?«

Maeve wirbelte herum, griff nach ihrer Klinge, griff jedoch ins Leere, da Conor ihr verboten hatte, eine Waffe zu tragen … aber, gütige Götter, wie sehr es sie nach einem Schwert verlangte.

Ihr Bruder Innel saß, einen Dolch in seiner von Narben überzogenen Hand, rittlings auf einer Aufsteighilfe aus Stein und pulte sich mit finsterem Blick den Dreck unter seinen abgebrochenen Nägeln hervor. Dann beugte er sich vor, um die Klinge am Stein zu schärfen.

Maeve beschloss, den Stall zu verlassen und später in Begleitung von jemandem, den sie kannte, zurückzukommen. Einem Pferd würde Innel niemals etwas zuleide tun, dessen war sie sich sicher.

Ihr Bruder war zwar übergewichtig, aber seine Fähigkeiten als Kämpfer waren durchaus ernst zu nehmen. Gerade als Maeve sich zum Gehen wandte, stieß er sie mit seiner Schulter gegen die Wand des Stalls. Seine Hand mit dem Dolch befand sich jetzt direkt neben ihrem Kopf. Mit der anderen packte er ihr Handgelenk, als sie versuchte, ihm einen Schlag in den Bauch zu versetzen.

»Was hast du hier zu suchen?«, zischte er. »Glaubst du, dass du nach so langer Zeit wieder Vaters Liebling werden kannst?«

Maeve funkelte ihn wütend an.

Innel lachte. Das Ale hatte seine Haut mit roten Adern durchzogen, und die Sonne hatte sie schwielig werden lassen. Aus der Nähe fiel Maeve auf, dass das Öl, mit dem er seine roten Haare tränkte, ranzig roch. Beide Geschwister waren hochgewachsen und hatten einen kräftigen, kantigen Knochenbau. Bei Innel lag dieser jedoch von zu üppigem Essen und zu viel Met unter einer dicken Fettschicht verborgen. »Du dämliches Miststück.«

»Du solltest dir endlich ein paar neue Schimpfwörter für mich einfallen lassen, Bruder.«

Innel zog die Augenbrauen zusammen. Eine von ihnen wurde von einer gezackten Narbe unterbrochen. Er hatte die Hand mit dem Messer an die Wand gelegt, und jetzt berührte dessen Spitze wie zufällig Maeves Hals. Sie schluckte. Auf dieselbe Weise hatte Conor ihr immer seinen Dolch an die Kehle gehalten, wenn er sie bestieg. Die Klinge hatte sie dabei kaum berührt, so als wäre sie im Grunde gar nicht da.

»Du bringst uns mit deiner Angewohnheit, deinen Ehemännern davonzulaufen, in ernste Gefahr, Schwester. Vater wird das nicht dulden.«

»Er selbst war es doch, der meine beiden anderen Ehebündnisse aufgekündigt hat.«

»Nun, soweit ich mich erinnere, warst du es, die versucht hat, Diarmait von Mumu davonzulaufen. Das wäre uns damals beinahe teuer zu stehen gekommen.«

Den Grund für diesen Fluchtversuch kannten nur sie selbst, ihr Vater und Diarmait. »Ich bin zu Diarmait zurückgekehrt«, zwang sich Maeve trotz des Schmerzes in ihrer Brust zu sagen, »und ich war viele Jahre lang seine Ehefrau. Es war Vater, der mich von ihm weggeholt hat, um den Ulaid …«

»Dann hättest du auch bei den Ulaid bleiben sollen! Stattdessen setzt du unser Königreich aufs Spiel und glaubst auch noch, dass Vater dich dafür lieben wird? Wenn du gekommen bist, um Lügen zu verbreiten, Intrigen zu schmieden und mir *irgendetwas* wegzunehmen …«

»Hör mit jetzt gut zu, Bruder. Ich bringe Vater wichtige Neuigkeiten über die Ulaid.« Sie reckte trotzig ihr Kinn, redete einfach drauflos. »Genau das war im Übrigen auch der Grund, weshalb ich Conor heiraten sollte – ich sollte die Krieger des Roten Zweigs ausspionieren.«

Innel schnaubte verächtlich. »Du meinst, du solltest für den Roten Zweig die Beine breit machen.«

Sie wandte ihr glühendes Gesicht ab. »Das war es, was Vater und ich geplant hatten. Wenn du mich also nicht endlich in Ruhe lässt, wird dieser Plan scheitern, und dann wird Vater dir die Schuld daran geben.«

Obwohl seine Lippen unter seinem langen Schnurrbart skeptisch verzogen blieben, nahm er sein Messer weg und schob es in die Scheide. »Lügnerin.«

Ihre Nasenflügel blähten sich. »Frag ihn doch selbst. Aber vergiss nicht, dass du nicht der einzige Verwandte bist, der Anspruch auf den Thron stellt. An seinem Krankenbett haben sich bereits einige versammelt, die weit mehr Verbündete haben als du.« Sie entblößte ihre Zähne. »An deiner Stelle wäre ich also vorsichtig, was meine Loyalität und *meine* Macht angeht.«

Es war dies ein verzweifelter Vorstoß, der jedoch seine Wirkung nicht verfehlte.

Innels Mund zuckte krampfhaft. Er holte mit der Hand aus. Maeve rührte sich nicht, als er mit seinem Schlag kurz vor ihrem Wangenknochen innehielt und sich damit zufriedengab, ihr den Daumenballen gegen die Schläfe zu drücken so wie damals, als sie noch Kinder waren. »Ich werde dich ganz genau im Auge behalten, Schwester.«

Dann ging er mit schwerfälligen Schritten davon. Maeve rührte sich noch immer nicht, obwohl ihr Blut in hellem Aufruhr war. Innel zog die stämmigen Schultern ein und drehte sich immer wieder um, als er versuchte, die zunehmende Dunkelheit zwischen den geduckten Häusern, deren Rieddächer jetzt tropfnass vom Regen waren, mit seinen Augen zu durchdringen.

Er hatte Angst.

Sie alle hatten Angst, denn niemand wusste, was auf sie zukam, jetzt, da Eochaids eiserner Griff sich gelockert hatte.

Maeve schulterte ihr Bündel und machte sich auf den Weg zum Haus der Frauen, das direkt neben der Halle des Königs stand. Dort entdeckte sie eine der älteren Dienerinnen, die sie noch von früher kannte. Die kleine Frau ergriff ihre Finger. Ihre Hände waren voller Mehl, als sie ihr Gesicht und ihre feuchten Haare berührte. Erstaunt stellte sie fest, dass Maeve sich so gut wie gar nicht verändert hatte. Ihr Schlafplatz, so sagte ihr die Frau, sei noch immer frei.

Maeve stieg die Treppe zu der Schlafempore unter dem Dach hinauf und schob dann die Stapel von Fellen und die vielen Körbe beiseite, die man auf ihrer Matratze abgestellt hatte. Die klumpige Unterlage aus Farnwedeln und Leinen roch muffig, aber das war ihr jetzt völlig egal.

Nachdem sie, um umgestört zu sein, einen kleinen Schirm aus Weidengeflecht vor ihre Bettstatt geschoben hatte, warf sie ein Hirschfell über die Matratze, stieg dann ins Bett und deckte sich mit einem Biberpelz zu. Sie legte sich auf den Rücken und tastete mit beiden Händen nach den Rändern der Matratze, so als befände sie sich in einem Boot auf stürmischer See.

Sie war wirklich allein.

Ihr Körper konnte sich auf dem Bett ausbreiten, ohne auf Fleisch oder harte Muskeln zu treffen. Kein stinkender Atem würde die Dunkelheit verpesten, die sie umfing.

Als ihre Finger die Bettkante erreichten und der Raum noch immer ihr gehörte, entspannten sich Maeves Schultern endlich. Sie atmete erleichtert auf. Zum ersten Mal seit Tagen.

Seit Jahren.

Später in dieser Nacht wickelte Maeve sich in mehrere Pelze und hockte sich dann auf den Erdwall, der den Hügel der Krieger umgab.

Trotz des Frostes standen die Türen der Halle hinter ihr ein

Stück weit offen. Ein schmaler Streifen vom Schein des Feuers fiel auf den Rasen, laute Rufe und die zerrissene Melodie mehrerer Knochenflöten drangen durch den Spalt in der Tür. Das Gebrüll der Krieger wurde immer wieder vom Kreischen und dem Gelächter der Frauen unterbrochen.

Maeve saß mit kerzengeradem Rücken da, die Hände hatte sie um ihre Knie geschlungen. Als Kind hatte sie oft so getan, als wäre sie ein Schild, hatte die Arme fest um die Beine gelegt, so wie gehärtetes Leder, das hartes Holz umspannt. Ein einziger Schild würde jedoch bestimmt nicht ausreichen, um Cruachan zu schützen, denn dies war eine königliche Festung, wie es sie in den vier Königreichen kein zweites Mal gab.

Mumu lag, von seinen Bergen gut geschützt, im Süden. Die Felsen des Ulaid im Norden lieferten so viel Eisen und Gold, dass Conor die stärksten Kriegstruppen unterhalten konnte. Im Osten nannte Laigin üppige Felder mit Gerste und Weizen sein Eigen. Nahe den Seewegen gelegen, tauschte Laigin Korn, Pelze und Felle gegen Wein und andere Schätze aus Gallien und den Ländern am Mittelmeer. Die anderen drei Königreiche waren auf diesen Handel angewiesen.

Im Gegensatz dazu verfügte Connacht nur über gutes Weideland, das von Sümpfen und Flüssen durchzogen war. Auf seinen saftigen Wiesen weideten die größten Viehherden von Erin. Es war reich an Rindfleisch, Leder, Milch, Butter und Honig. Das Tiefland selbst war jedoch nur schwer zu verteidigen.

Cruachan war auf einer ungeschützten Ebene erbaut worden – ein heiliger Ort, über den Hunderte von Hügelgräbern der Sídhe und der Ahnen verstreut waren. Die uralten Erdhügel waren heilig und wurden von den Lebenden gemieden.

Heute Nacht bildeten sie ein Meer aus Dunkelheit.

Um die Hügel herum jedoch war Leben. Das Leben von Maeves Volk.

Die Feuer beleuchteten die Tempel, die Halle des Königs und den Hügel der Krieger. Jedes dieser Gebäude war mit einem Graben und einem Erdwall umgeben, dessen Kamm mit einer Palisade befestigt war. Die Handwerker und Viehhirten lebten jedoch in ungesicherten Hütten, die über die Ebene verstreut lagen. In diesem Moment sehnte Maeve sich nach einer großen, starken Festung auf einem Hügel, wie es Conors Festung in Emain Macha war.

Nach einem Ort, der mächtig und hoch oben gelegen war.

Sie blickte nach Norden, dorthin, wo das Ulaid lag. Der Wind trieb ein paar trockene Blätter über die Eichenbohlen unter ihr. Schon bald würde Erin blankgefegt sein. Dann würde es hier nur noch kahle Bäume und kahle Hügel und keine Möglichkeit mehr geben, sich zu verstecken.

Die vier Königreiche waren durch ein komplexes Gefüge von Bündnissen, die allesamt auf Angst und Misstrauen beruhten, miteinander verbunden. Obwohl die jüngeren Krieger, um ihre Kühnheit zu beweisen, in den Grenzgebieten immer wieder Vieh raubten, hatte es schon seit vielen Jahren keine größeren kriegerischen Auseinandersetzungen mehr gegeben. Conor mochte zwar mit seinem Gold die berühmtesten Krieger um sich scharen, aber auch ihm war bewusst, dass selbst die Ulaid vernichtet würden, sollten sich Mumu, Laigin und Connacht jemals gegen ihn verbünden. Aber natürlich würden sie das nicht riskieren, denn sie mussten befürchten, dass dann in diesem Falle einer von ihnen zu mächtig wurde.

Was für ein heikles Gleichgewicht ... und Maeve hatte gerade eines dieser Bündnisse zerstört. Aber hätte sie dies nicht getan, wäre sie selbst zerbrochen.

Plötzlich schrak sie zusammen. Irgendetwas strich um ihre Beine. Dann hörte sie ein vertrautes Miauen. »Du bist also noch hier, meine Schöne.« Maeve war entzückt gewesen, als sie diese seltsame, gestreifte Kreatur an Bord eines Schiffes aus dem Mittelmeer zum ersten Mal gesehen hatte. Im Gegensatz zu den Jagdhunden war ihr dieses Tier sehr distanziert und absolut unabhängig erschienen.

Maeve hatte es unbedingt haben wollen.

»Wenigstens du freust dich, mich zu sehen, Miu.« Maeve hob

die Katze hoch und drückte sie an ihre Brust, genoss das seltene Gefühl, ein Herz neben dem ihren schlagen zu spüren. Als Miu sich versteifte und sich dann ihren Armen entwand, spannte auch Maeve sich an. Erst jetzt erkannte sie Garvan, einen der Krieger ihres Vaters, der auf dem Erdwall auf sie zukam.

»Hab gehört, dass du wieder da bist.« Garvan ging in die Hocke und stellte einen Krug zwischen seinen Füßen ab. Dann nahm er Maeves Kopf mit beiden Händen und drückte ihr einen Kuss auf die Lippen.

Maeve erwiderte den Kuss, dann boxte sie ihn in den Bauch.

»Bei Lughs Eiern!« Er rieb sich den Bauch. »Mach das noch einmal, und ich kotze dir vor die Füße.«

»Wie reizend.« Maeve ließ ihre Hand auf seiner Brust liegen. Garvan hatte ein einfaches, freundliches Gesicht mit einer schiefen Stupsnase – die, wie bei den meisten der anderen Krieger auch, gebrochen war – und einen Mund, der gern lachte. Der Rest seines Körpers war jedoch wesentlich interessanter. Er war dreiundzwanzig und seine Muskeln durch das Üben mit dem Schwert gestählt und deshalb nicht so schlaff wie die von Conor.

Maeve war älter als Garvan, aber als Dame von königlichem Geblüt hatte sie in Milch gebadet und ihre Haut mit Honig und griechischem Öl gepflegt. Die Fältchen um ihre Augen herum waren nicht tief, und ihre Glieder hatten durch das Reiten ihre Geschmeidigkeit behalten. »Ich habe dich zwei Jahre lang nicht gesehen, und du glaubst, du könntest mich jetzt einfach so ins Bett kriegen?« Sie tippte ihm mit dem Zeigefinger auf die Brust.

»Wir haben uns doch früher nie mit honigsüßen Worten aufgehalten, Hitzkopf.« Garvan rülpste, während er mit dem Daumen unregelmäßige Kreise auf ihrem Hals malte. »Das Leben bei den Ulaid hat dich also schwach gemacht, hm?«

»So ein Mist!« Sie boxte ihn wieder. Männer hatten sie immer nur benutzt: Conor, Ros Ruadh, Diarmait. Ihr Vater. Jetzt würde *sie* sie benutzen, weil das fleischliche Vergnügen sogar diese Dunkelheit vertreiben konnte.

Sie öffnete ihre Faust und strich Garvan mit sanften Fingern über den Nacken. Ermutigt schob er seine Hände unter ihren Kittel, hielt dann inne. Maeve bandagierte ihre Brüste stets mit Leinenbinden, damit sie besser reiten und einen Speer werfen konnte.

Garvan schnaubte. »Es ist noch immer ein Kampf, an dich ranzukommen, Hitzkopf.«

»Ich habe doch schon gesagt, dass die Ulaid mich nicht schwach gemacht haben.«

Garvan wickelte den Leinenstreifen unbeholfen ab, sodass jetzt die eiskalte Luft über ihren Brustkorb strich. Über seine Schulter hinweg starrte Maeve in die Nacht. »Sag mir, welche Fürsten sich Hoffnungen auf den Thron machen und was die Männer über meinen Bruder und meinen Vater sagen. Sag mir alles, was du weißt.«

# 2

## *Frühling*

Ruán stolperte in eine Bodensenke und fiel in den Matsch. Er hob den Kopf; er konnte die Gegenwart des Bauernburschen, der ihn hierhergeführt hatte, nicht mehr spüren. Panik schnürte ihm die Kehle zu.

Die Fähigkeit, den Geist eines anderen Menschen zu spüren, war alles, was ihm jetzt, da er blind war, noch geblieben war.

Den ganzen Weg am Rand des Sumpfs entlang hatte Ruán die Angst des Burschen, der ihn führte, als Pulsieren in der Dunkelheit wahrgenommen. Schließlich hatte die Furcht endgültig von dem Jungen Besitz ergriffen, und er war vor dem zerlumpten Druiden mit der blutdurchtränkten Binde über den Augen einfach geflohen. Weit weg …

Ruán betastete die Kieselsteine, während er seine Gedanken schweifen ließ.

Die weisen Frauen auf den Inseln hatten stets gesagt, dass er kein Mann, sondern ein Hirsch sei. Sie hatten mit ihren Fingern seine geschmeidigen Flanken gestreichelt, hatten mit seinen Haaren gespielt. *Rostbraun wie ein Reh,* hatten sie gesagt. Die Lords waren der Ansicht gewesen, dass gerade sein perfekter Körper auch einen edlen Geist beherbergen musste. Sie alle hatten auf seine Worte gehört.

Ruán lächelte, schmeckte fiebrigen Schweiß. Und jetzt liefen sogar die Kinder vor ihm davon.

Jetzt war die Welt für immer dunkel, der Boden bei jedem Schritt tückisch und gefährlich. Dornen und Äste griffen aus dieser Dunkelheit nach ihm, zerkratzten ihm Gesicht und Arme. Felsen schlugen nach seinem Körper.

Ruán senkte den Kopf, Wasser sammelte sich zwischen seinen Fingern.

*Das hier sind die Seenländer,* hatte der verängstigte Junge gestottert. *Die Menschen, die sich hier verirren, tauchen nie wieder auf.*

Sümpfe, Seen … ja, das Herz von Connacht war tatsächlich von Wasser geprägt. *Hier gibt es Wasser, in dem man ertrinken kann.* Ruán glühte, die Wunden in seinen Augen brannten.

Er zwang sich, weiterzukriechen, tastete sich vorsichtig durch den Schlamm, versuchte, die Nase nach vorn gestreckt, die Dunkelheit zu durchdringen. Jedes Mal, wenn er aufstand, stolperte er doch nur und fiel wieder hin, bis er es schließlich aufgab und nur noch durch den Schlamm robbte. Schließlich öffnete sich vor ihm eine stille, weite Fläche.

In seiner Vorstellung sah er das Wasser eines Sees glitzern.

Da war nur das Geräusch von raschelndem Schilf. Ruán teilte die Halme und fiel auf ein sandiges Ufer. Dort legte er seinen zerlumpten Kittel ab. Schweiß lief ihm über die Haut. Er tastete sich voran, bis er auf ein paar Pfähle stieß, die einen kleinen Anlegesteg trugen.

Seine druidischen Erinnerungen flackerten auf. Die Menschen kamen hierher, um dem See ihre Opfergaben darzubringen.

Jetzt würde er sich selbst als Opfer darbringen.

Als er das Ende des Stegs erreichte, wanderte der brennende Schmerz von seinen Augen langsam in sein Herz, und er begann, auf Händen und Knien, Galle hervorzuwürgen. Er spuckte sie aus, aber der nagende, brennende Schmerz blieb. Warum nur konnte er nicht auch seine Schuldgefühle herauswürgen, bevor er starb?

*Ich habe Lord Mulachs Jungen getötet. Ich habe ihn getötet.*

Die Götter hatten Ruán jedoch nicht sterben lassen, als der glühende Schürhaken seine Augen herausbrannte, also wollten sie ihn wohl damit bestrafen, dass er leben musste. Konnte er sie jetzt dazu bewegen, ihn sterben zu lassen? *Das Feuer … sein Kopf …*

Trotz seiner Ausbildung als Druide vermochte er den Schmerz nicht mehr länger zu beherrschen.

Während Ruán sich aufrichtete, fragte er sich, ob er ein Gebet sprechen sollte. Aber genau in diesem Moment traf ihn eine Windbö. Er fiel vornüber und tauchte ein in das heilige Wasser.

Er flog. Endlich.

Während er sich im Wasser drehte, stellte er sich vor, wie ihn die Strahlen der Sonne in ein goldenes Licht hüllten. Er rollte sich wie ein Baby zusammen, ließ das Leben los. Die Erleichterung zog ihn immer tiefer. Kapitulation. Rettung …

Etwas berührte ihn.

Finger griffen in seine Haare, packten seine Arme und Beine. Ruán wehrte sich verzweifelt mit letzter Kraft dagegen, aber er wurde wieder nach oben gezogen. Schließlich wurde er ans Ufer geschleppt.

Die Welt drehte sich, als Ruán brackiges Wasser erbrach. Dann verließen ihn seine Sinne. Eine große Leere verschlang ihn.

Im Norden, im Land der Ulaid, wartete Levarcham im Schatten von König Conors Halle.

Wenn Conor die Chieftains und Händler bewirtete, saß sie als seine Druidin normalerweise neben ihm. Heute Abend jedoch hatte man die Halle in Emain Macha den Kriegern des Roten Zweigs, den besten und erfahrensten Kämpfern der Ulaid, überlassen.

Es war der Wunsch eines jeden jungen Kriegers, in diese geheiligte Bruderschaft aufgenommen zu werden. Heute hatte der Rote Zweig seine Männer aus ganz Ulaid zu einem Fest zu Ehren seiner neuen Mitglieder geladen. Die Krieger des Roten Zweigs gehörten zwar einer Elite an, aber sie grölten, betranken sich und stanken nach Schweiß und Schwertfett wie jeder andere Mann auch. Trotzdem konnte Levarcham nicht einfach gehen, denn eine düstere Vorahnung hielt sie in der Dunkelheit jenseits des Feuerscheins fest.

Niemand näherte sich ihr. Der Gegensatz von ihrem beinahe faltenlosen, wachsamen Gesicht und ihrem vorzeitig ergrauten Haar verwirrte die Menschen, aber es war vor allem ihr Hinken, dieses seltsame Zeichen der Götter, vor dem sie den Blick abwandten. Mit ihren vierzig Jahren bereitete ihr ihre schiefe Hüfte mit jedem Tag mehr Schmerzen, und genau das war es, was diese kampferprobten, muskulösen Krieger auf Abstand hielt.

Die Türen der Halle öffneten sich knarrend und ließen einen eisigen Windstoß herein. Der Mann, der sich jetzt, gefolgt von einer rundlichen Frau, durch das Gedränge schob, hatte etwas Vertrautes an sich. Er hatte die Schultern eingezogen, den Kopf hielt er gesenkt – nein, das war kein Krieger. Als der Schein des Feuers auf die beiden fiel, erkannte Levarcham Fintan und Aiveen, Deirdres Zieheltern.

*Deirdre.* Das Waisenmädchen, das schon seit seiner Geburt mit Conor verlobt war, da die Druiden vorhergesagt hatten, dass dieses Mädchen zu einer außergewöhnlichen Schönheit erblühen würde.

Conors Wunschtraum. Conors Gefangene.

Der König hatte den Säugling zu Fintan und Aiveen in den Wald bringen lassen, wo sie das Mädchen zu seiner Braut erziehen sollten, im Verborgenen, nur mit ihren Pflegeeltern als Gesellschaft – und mit Levarcham als ihrer Lehrerin. Deirdre war jetzt fast achtzehn Jahre alt. Sie war spät erblüht, und Conor hatte sie deshalb auch noch nicht gepflückt.

*Meine Kleine.* Levarcham eilte so schnell es ihre Hüfte ihr erlaubte zu Conors geschnitztem Thron. Fintan stammelte gerade irgendetwas, während in Aiveens Augen das blanke Entsetzen stand. Dass die beiden hier waren, konnte nur eines bedeuten, nämlich dass Deirdre tot war! Levarcham tastete nach der Rückenlehne von Conors Thron.

»Sie ist *verschwunden,* Mylord«, stotterte Fintan. »Einfach weggelaufen.«

Levarcham sah nur die grauen Zöpfe, die wie Schlangen über Conors Schultern hingen. Er saß da wie versteinert. Ein unheilvolles Schweigen breitete sich aus. Die Luft war zum Zerreißen gespannt. »*Was?*«

Beim schneidenden Ton von Conors Stimme wandten ihm die lärmenden Krieger die Köpfe zu. *Die Kämpfer und Edlen dürfen auf keinen Fall erfahren, dass Deirdre Conor davongelaufen ist, nachdem ihm bereits seine Frau, Königin Maeve, verlassen hat,* hörte Levarcham eine innere Stimme sagen. Es war jedoch zu spät, um Fintans Worte noch aufzuhalten. »Sie hat sich schon seit einigen Monden merkwürdig benommen. Und jetzt ist sie einfach … weg.«

Niemand bemerkte, dass Aiveen zu Levarcham huschte und ihr etwas in die Hand drückte. Aiveens Finger waren eiskalt.

»Wo ist deine Frau?«, brüllte der König in diesem Moment so laut, dass die Deckenbalken vibrierten. »Ich will hören, was geschehen ist, *sofort!*«

Levarcham konnte nur beruhigend Aiveens Arm drücken. Die eine von ihnen war grauhaarig, schlank und wirkte streng, die andere rundlich, unscheinbar und freundlich. Sie beide waren Deidres Mütter. Der Druidin gelang es, sich davonzustehlen, während der Tumult in der Halle immer größer wurde. Der König verlangte wütend nach Pferden, Streitwägen und Waffen, während Diener und Krieger in Hektik verfielen, um seinen Befehlen Folge zu leisten.

Levarcham hinkte zu ihrer Hütte, wo sie sich neben dem Feuer niederkauerte. Sie glättete das Stück Ziegenleder, das Aiveen ihr gerade gegeben hatte. Deirdre hatte mit Kohle etwas darauf gezeichnet.

Drei schwarze Vögel nebeneinander in einer Reihe, während ein dritter mit ausgebreiteten Schwingen hinter ihnen schwebte. Levarcham hatte Deirdre gelehrt, Vögel mit großer Genauigkeit darzustellen. Diese Vögel waren ganz eindeutig keine Raben oder Krähen. Es waren Amseln. Drei Sänger mit dunklem Gefieder ... dunklen Haaren. Offensichtlich war jemand in die menschenleeren Hügel, die Deirdres Versteck umgaben, vorgedrungen und hatte ihr zur Flucht verholfen. Aber wer? Irgendjemand, der mit Kälte, Stürmen und Wölfen fertigwurde. Krieger. Drei schwarzhaarige Krieger. Berühmte Sänger.

Es gab nur drei Männer, auf die diese Beschreibung zutraf: Naisi, Ardan und Ainnle, die drei Söhne des Usnech. Der vierte Vogel folgte ihnen aus freiem Willen. Deirdre war also doch noch aus Conors Käfig ausgebrochen.

Sie war mit Naisi und seinen Brüdern geflohen.

Levarchams Blick verschleierte sich, während sie gedankenverloren mit dem Daumen über die Kohlezeichnung strich und sie dabei ein wenig verschmierte. Die Vernunft gebot ihr, das Ziegenleder auf der Stelle zu verbrennen. Als sie es jedoch ins Feuer warf, drängte ihr Herz sie, es den Flammen wieder zu entreißen. Schließlich war dies der letzte Gegenstand, den Deirdre berührt hatte ...

Letztendlich siegte jedoch die Vernunft. Niemand durfte erfahren, auf welche Weise und mit wessen Hilfe dem Mädchen die Flucht vor Conor gelungen war.

Levarcham kannte den König besser als irgendjemand sonst. Im letzten Herbst, als ihm Königin Maeve davongelaufen war, hatte Conor, auf der Suche nach etwas, das seinen Zorn besänftigen würde, das kleine Gehöft im Wald aufgesucht, um Deirdre zu sehen. Das Mädchen hatte dem gebrochenen König einen Schwanentanz vorgeführt. An diesem Abend hatte Levarcham beobachtet, wie Conor endlich seine Maske hatte fallen lassen.

All die Monate zuvor war sie nicht bereit gewesen, sich dem zu stellen, was sie dahinter sah, denn es war zu primitiv … zu wild.

Eine so heftige Obsession hatte vom König Besitz ergriffen, dass er keinen einzigen Gedanken mehr an Maeve von Connacht verschwendete und sich nur noch auf Deirdre konzentrierte. So als würde sie jedes Unrecht, das er begangen hatte, wiedergutmachen und ihn stärker werden lassen als zuvor, wenn er sie nur besaß.

Es war das Bedürfnis, sie ganz und gar für sich in Anspruch zu nehmen.

Jetzt sah Levarcham dieses gierige Gesicht in den Flammen ihres Herdfeuers. Unwillkürlich ballte sie die Hände zu Fäusten. Deirdre musste frei bleiben. Conor durfte sie niemals wieder ergreifen.

Ein paar Tage später rief König Conor Levarcham zu sich.

Mit bleischweren Schritten stieg sie die Treppe zu seinem Gemach hinauf, einem Alkoven, der durch mehrere Wandschirme aus Weidengeflecht vor neugierigen Blicken abgeschirmt wurde. Das Gemach lag im Halbdunkel. Eine einzige Lampe mit schwacher Flamme erhellte es. Das Licht reichte jedoch aus, dass Levarcham wie angewurzelt stehen blieb, als sie den König sah.

Conor hatte ein stolzes, knochiges Gesicht mit hohen Wangenknochen, einer eleganten Nase und schmalen Lippen. Jetzt jedoch waren seine Wangen eingefallen, sein Rücken war gebeugt. »Das Mädchen hat in Aeds Festung Zuflucht gesucht, um eine Verbindung zu lösen, die, wie sie sagt, ohne ihr Einverständnis geschlossen wurde. Sie wünscht, aus der Verlobung mit *mir*, die schon seit ihrer Kindheit besteht, entlassen zu werden! Was sagst du zu dieser Forderung? Du bist gelehrt und kennst die Gesetze.« Conor wandte sich ihr mit wildem Blick zu. »Warst du es, die sie auf diese Idee gebracht hat?«

Levarcham versuchte, ihre Lippen zu befeuchten, aber ihre Zunge klebte an ihrem Gaumen fest. »Du weißt, dass das nicht so ist.«

»Stimmt das, was sie sagt?«

Levarcham versuchte nachzudenken. Deirdre war also am Leben.

Dann war da sofort ein dunklerer Gedanke. *Dummes Mädchen! Du versetzt einem König einen solchen Schlag und glaubst, er würde ihn einfach so hinnehmen?*

»Antworte, Frau!«, zischte Conor.

Levarcham bemühte sich, ein neutrales Gesicht zu machen. »In Anbetracht der einzigartigen Umstände ihrer Geburt wäre das durchaus möglich. Aber ich denke, du solltest die älteren Druiden fragen, sie ...«

Sie hatte das mit vollkommen ruhiger Stimme gesagt, aber Conor durchquerte mit schnellen Schritten das Zimmer, packte ihren Unterkiefer und bog ihren Kopf nach hinten. »Hast du gewusst«, flüsterte er, »dass sie von diesem schwarzhaarigen Schnösel Naisi entführt wurde? Hast du das gewusst?«

Levarcham schwieg. Noch nie hatte sie erlebt, dass Conor sich vergaß und Hand an einen Druiden legte. Sein Zorn war gewaltig. Graue Strähnen fielen in sein hohlwangiges Gesicht. Die Vernunft war aus seinen hellen Augen gewichen. Das, was sie jetzt darin sah, war ein Ausdruck tiefster Demütigung – eine Kraft, die sogar noch stärker war als seine Wut und sein Zorn.

»Du vergisst dich«, keuchte sie. Er ließ sie los, und Levarcham rieb sich die Kehle.

Conor drehte sich um, hielt sich an der Kante eines Tischs fest. »Du hast mir gesagt, dass sie fügsam sein würde. Auch wenn du nicht da warst, als sie entführt wurde: Das alles ist allein deine Schuld!«

Levarcham verbarg ihren Zorn. Sie beschloss, Conor irgendwie abzulenken. Als seine Druidin und Ratgeberin war es eine ihrer Aufgaben, die Torheiten des Königs zu benennen und ihn zu ermahnen, stets großzügig und weise zu handeln. »Du sprichst von ›Entführung‹, obwohl alles darauf hindeutet, dass Deirdre aus freien Stücken gehandelt hat.« Als sie das sagte, wurde ihr bewusst, dass Maeve von Connacht dieselbe Entscheidung getroffen hatte. Jetzt waren es also schon zwei Frauen, die Conor Mac Nessa, den mächtigsten König in Erin, verlassen hatten. Alle seine Krieger wussten das, und schon bald würde sich das auch in den anderen Königreichen herumgesprochen haben.

In diesem Augenblick brannte der Lampendocht durch. Das Ried fiel ins Öl und flammte hell auf. Erst jetzt sah Levarcham, was zu Conors Füßen lag.

Ein völlig zerstörter ägyptischer Stuhl aus Zedernholz. Die Beine waren abgebrochen, die Kissen aufgeschlitzt. Federn sprenkelten das Holz wie ein Überzug aus Flechten. Die übrigen Teile waren zersplittert, so als wäre jemand in unsäglicher Wut auf ihnen herumgetrampelt.

Levarcham lief bei diesem Anblick ein eiskalter Schauder über den Rücken.

Ferdia starrte auf den Rücken seines Freundes Cúchulainn, der vor ihm herritt.

Die Festung von Aed, einem Chieftain der Ulaid, war hinter dem grünen Schleier aus knospenden Bäumen verschwunden. Ferdia und sein Schwertbruder, der, so wie er selbst auch, dem Roten Zweig angehörte, folgten einem schlammigen Pfad, der sie durch das Grenzland der Ulaid führte. Im Westen lag Connacht. Die gefährlichen Hügel der Grenzregion waren so gut wie nicht bevölkert. Dicke Regenwolken hingen über ihren Köpfen. Die Tropfen trafen sie wie Nadelstiche im Gesicht. Ferdia blinzelte durch den Regenschleier, trieb sein Pferd an, um zu Cúchulainn aufzuschließen, dessen Hengst nervös den Kopf hochwarf, als er die Anspannung seines Herrn spürte.

Cúchulainn hatte kein einziges Wort mehr gesprochen, seit sie Aeds Burg verlassen hatten. Sie hatten erfahren, dass Naisi, seine beiden Brüder und König Conors Verlobte – das Mädchen Deirdre – bei dem alten Viehzüchter Unterschlupf gefunden hatten. Dann hatte jemand versucht, die Brüder während einer Hirschjagd zu töten, stattdessen aber war einer von Aeds Neffen ums Leben gekommen. Naisi und seine Brüder waren mit dem Mädchen geflohen, noch bevor Cúchulainn und Ferdia eingetroffen waren.

Jetzt sah Ferdia, dass Cúchulainn auf der Innenseite seiner Backe herumkaute. Ferdia wartete geduldig, während er im Schritt neben seinem Freund herritt.

Cúchulainn atmete tief aus und schlug sich mit der Faust auf seine lederne Brustplatte. »Wir sind zu spät gekommen. Wir müssen Naisi und die Jungen finden, bevor es irgendjemand anders tut. Dieses ganze Gerede über ihren sogenannten Verrat – das sind doch alles nur Lügen!«

Ferdia schnitt eine Grimasse. Es hatte alles damit begonnen, dass Conor das Mädchen gefangen gehalten hatte, nur um es für sich ganz allein zu haben. Seine seit langer Zeit bestehende – und vollkommen übertriebene – Eifersucht auf die drei Brüder hatte diese zur Flucht veranlasst, was jetzt wiederum wie ein Eingeständnis ihrer Schuld aussah.

»Wir reiten erst wieder nach Hause zurück, wenn wir sie gefunden haben«, fügte Cúchulainn mit leiser Stimme hinzu und wischte sich dabei den Regen aus dem Gesicht. »Ich werde nicht in einem weichen Bett schlafen, wenn sie auf dem kalten, harten Boden liegen und um ihr Leben fürchten müssen!«

Sein Grauer erschrak und galoppierte los. Auch Ferdia trieb sein Pferd zum Galopp an, während er sich umsah, um festzustellen, ob da jemand war, der ihnen folgte. Aber hier gab es keine Wälder, nur braune Wiesen, die sich bis zu den Hügeln erstreckten. Die Vegetation schlummerte noch im nassen Erdreich.

Es war absolut wichtig, dass Cú sich beruhigte, bevor sie den anderen Kriegern des Roten Zweigs gegenübertraten. Nicht alle von ihnen waren den drei Brüdern so zugetan wie Ferdia und Cúchulainn. Und was Conor anging … sein Verhalten hatte etwas Seltsames, etwas Dunkles. Irgendwie erschien es Ferdia unnatürlich.

In diesem Moment brüllte Cúchulainn etwas und stürmte los, während seine blonden Haare, die unter seinem ledernen Helm hervorwallten, wild im Wind flatterten. Ferdia vergaß alles andere und grub seinem Pferd die Fersen in die Flanken. Er und Cú hatten schon immer zusammen trainiert. Sie hatten in Erin und in Alba auf vielen Schlachtfeldern Seite an Seite gekämpft, und sie hatten Essen, Schlafplatz und Frauen miteinander geteilt. Daher war Ferdia auch der Einzige, der sofort spürte, wenn in Cúchulainn das heilige Kampfesfeuer aufloderte. Er spürte dies, als würde es in seinem eigenen Körper brennen.

Cúchulainn war der beste Kämpfer der Ulaid, der berühmteste Krieger in ganz Erin. Die meiste Zeit waren seine blauen Augen ein stiller See, und sein strahlendes, jungenhaftes Gesicht strafte seine fünfundzwanzig Jahre Lügen. Wenn man ihn so sah, konnte man leicht vergessen, welch heiliger Zorn ihn in der Schlacht ergreifen konnte.

Genauso, wie man vergaß, dass er, wenn er so erschöpft war wie in diesem Augenblick, diesen Zorn nicht mehr kontrollieren konnte.

Ferdia holte ihn ein, schnitt ihm den Weg ab. »Wir wissen doch gar nicht, welchen Weg sie genommen haben!«, keuchte Ferdia. »Wir haben jetzt seit zwei Tagen nicht mehr geschlafen. Bald wird es dunkel werden. Lass uns rasten. Morgen früh, wenn es hell ist, werden wir sie leichter finden.«

Cúchulainns finstere Miene entspannte sich. Er seufzte.

Als sie im Schutz eines Eichenwäldchens ihr Lager aufschlugen, fegte der Wind die Regenwolken vom Himmel. Die Dunkelheit wurde schon bald von glühenden Flammen erhellt. Wenn sie gemeinsam unterwegs waren, musste Ferdia den Wachhund, wie Cúchulainn auch genannt wurde, weder mit dem König, dem Roten Zweig, der bewundernden Menge noch mit Emer, Cúchulainns Frau, teilen.

»Wer hat Aeds Neffen eigentlich getötet?« Cúchulainn breitete gerade seine Bettrolle aus Pelzen aus. »Alle sagen, es seien Plünderer aus Connacht gewesen, aber ich frage mich, warum sie es dann ausgerechnet auf Naisi abgesehen hatten.«

»Plünderer aus Connacht hätten den nächstbesten Mann angegriffen«, stimmte Ferdia ihm zu, während er sich einen trockenen Kittel überzog und mit den Händen durch seine dunklen Haare fuhr, damit sie schneller trockneten.

»Hmm.« Cúchulainn trank einen Schluck Ale aus seiner Feldflasche.

Er bot Ferdia seine Flasche nicht an, denn er wusste, dass dieser kein Ale trank. Ferdia blieb stets nüchtern, um Cú den Rücken freihalten zu können. Der größte aller Krieger hatte zwangsläufig auch Feinde, und vor diesen hatte er, Ferdia, ihn zu beschützen.

Der Wachhund trank noch einen Schluck, sah dabei zu, wie von ihren nassen Umhängen der Dampf aufstieg. »Glaubst du, der König …«

»Du hast doch selbst gesehen, wie entsetzt er war, als er von dem Angriff auf Naisi erfuhr.« *Der Rote Zweig durfte nicht zweifeln.* Ferdia hatte sich das jeden Tag wieder und wieder gesagt. Niemals durfte unter den Kriegern des Roten Zweigs Unsicherheit aufkommen, niemals durfte es Gerüchte geben. »Conor würde niemals seinen Eid brechen, indem er einen seiner eigenen Kämpfer töten lässt.«

»Aber Conor ist kein Krieger.« Der Wachhund spielte an der wächsernen Kappe seiner Feldflasche herum. »Er hat keinen der Eide abgelegt, die wir geschworen haben. Und … wie können wir all das andere vergessen?« Cúchulainn sprang plötzlich auf und begann, unruhig um das Feuer herumzugehen. Die Flammen verliehen seinen Haaren einen roten Schimmer und spiegelten sich in seinen Augen, sodass er jetzt wirklich wie ein Wachhund aussah. »Die Druiden haben bei Deirdres Geburt vorausgesagt, dass ihre Schönheit Erin großes Leid bringen würde. Aber es ist nicht nur der Untergang der Ulaid, den sie voraussagten, Fer. Es ist auch der Untergang des Roten Zweigs, den sie gesehen haben.«

Ein Windstoß fuhr in die Äste. Ferdia strich sich irritiert über den Nacken. Solche Worte auszusprechen bedeutete, sie zu einer Art Zauberspruch zu machen, mit dem man wiederum die boshaften Sídhe anlockte, die durch die Wälder streiften. »Dem sollten wir damit gegenübertreten, dass wir uns nicht beirren lassen, Bruder.«

»Sag das Conor. Er könnte nämlich ganz leicht verhindern, dass das alles geschieht – er braucht nur das Mädchen gehen zu lassen.«

»Sag du es ihm. Du bist schließlich sein bester Krieger. Und außerdem bist du auch mit ihm verwandt.«

Cúchulainn warf Ferdia einen resignierten Blick zu. »Das habe ich schon versucht. Genauso gut hätte ich auch mit einem Felsen sprechen können.«

Ferdia nahm einen Zweig von dem Haufen Feuerholz, brach ihn in kleine Stücke und warf diese dann in die Flammen. »Das Beste, was ich über Conor sagen kann, ist, dass er schlau ist. Und niemand, der schlau ist, würde sehenden Auges ins Verderben rennen, indem er sich zu einem solchen Verrat herablässt.«

»Frauen bringen Männer manchmal um den Verstand.«

Cúchulainn musste es schließlich wissen. Er hatte Emer. Die Barden besangen nicht nur den sagenhaften Schwertarm des besten Kämpfers der Ulaid, sondern auch seine sagenhafte Liebe. Ferdia blickte zu Boden, verzog seine Lippen angesichts der Leere in seiner Brust.

»Bei Lughs Eiern, Cú. Conor würde die Liebe nicht einmal erkennen, wenn sie ihn zu Boden werfen, sich auf ihn setzen und ihn unablässig ohrfeigen würde!« Er warf ein Stück Rinde nach seinem Freund.

Sie traf Cú am Rücken. Der Wachhund grinste und machte es sich dann auf seinen Schlafpelzen bequem. Er zog ein Stück getrocknetes Hirschfleisch aus einem Beutel hervor. »Wir müssen diese Jungen finden. Und wir müssen sie und den König zur Vernunft bringen. Wir müssen dafür sorgen, dass alles wieder in Ordnung kommt.«

Ferdia sah zu, wie der Wachhund das Fleisch mit seinen von Narben überzogenen Händen in kleine Stücke riss.

Cús Hände konnten mit gleicher Leidenschaft etwas zusammenfügen, wie sie es zerstören konnten.

Ruán kreiste in einer unermesslichen Finsternis, in deren Zentrum sich eine winzige Flamme befand. Sein Bewusstsein war durch einen Faden mit diesem Licht verbunden. Er war erschöpft, denn er hatte alles versucht, um diesen Faden zu zerreißen, damit die Flamme endlich erlosch und er frei war.

Das Licht spuckte und zischte. Es war jetzt fast erloschen.

Auch er selbst war fast erloschen.

Plötzlich war er jedoch von einem aufgeregten Wirbel heller, hüpfender Lichter umgeben, die in alle Richtungen ein weißes Feuer aussandten. Diese kleinen Flammen formten sich zu komplizierten Mustern, zogen sich auseinander und wieder zusammen. Viel zu schnell, als dass er ihren Bewegungen hätte folgen können.

Die tanzenden Lichter ergriffen Ruán und wirbelten mit ihm davon, sodass er das kleine Feuer vergaß, das er auszulöschen versucht hatte.

Dann versank er wieder in dem See, dessen Wasser jetzt allerdings in einem leuchtenden Grün schimmerte.

Ein einzelner Stern schwebte über ihm. Seine Strahlen waren bunt wie die eines Kristalls, in dem sich das Sonnenlicht bricht. Ruán starrte den Wasserstern an, und der Stern erwiderte seinen Blick. Einen Moment lang formte er sich schimmernd zu einem in die Länge gezogenen Gesicht: Ohren, Kinn, Augen, Kopf und Gliedmaßen aus fließendem Feuer.

Dann kam dieses Feuer auf ihn zu und hüllte Ruán schließlich vollständig ein. Es war, als würde er in die Sonne hineinfallen.

Und so verschwand auch der letzte Rest Dunkelheit.

Ruán wurde wieder zu Knochen und Fleisch. Federleichte Berührungen linderten den Schmerz in seinen blinden Augen. Ein Verband wurde über seine Stirn gelegt, und er nahm einen vertrauten Geruch wahr. Es war der Geruch von zerstoßenen Kräutern.

Töne liefen durch ihn hindurch. *War das Gesang?*

Etwas Süßes tropfte auf seine Zunge. Er schmeckte Kräuter, Blütenblätter, Honig ... die Essenz der Erde tränkte seinen Körper. Ihre Lebenskraft breitete sich in ihm aus wie in einem Baum, der durch seine Wurzeln Wasser aufnimmt.

Das Leben strömte wieder durch ihn hindurch.

Ruán keuchte und holte aus eigenem Antrieb Luft.

Die Zeit verging. Die Tage wurden wärmer. Ruán spürte das tröstliche Gewicht eines kühlen Breiumschlags auf seinen Augen. Der Nektar wurde zu Beeren, die zwischen seinen gesprungenen Lippen ausgepresst wurden, gefolgt von Brotkrumen und etwas Milch.

Und dann kam ein Tag wie kein anderer.

Licht sickerte in Ruáns Bewusstsein. Da waren grüne und weiße Flecken, die sich mit dem Rascheln über seinem Kopf bewegten. Ruán trieb weiter durch den Nebel, denn er wusste, dass das nur ein Traum sein konnte. Und in diesem Traum schien er wieder sehen zu können.

Die wogenden Formen lösten sich langsam zu hellen Flächen mit dunklen Flecken auf. Gesichter. Augen.

Menschen.

Ruáns druidischer Verstand erwachte aus seinem Dämmerzustand. Man hatte ihn gelehrt, die Bedeutung eines Traums zu erkennen. Die Fremden waren klein und schmächtig, und sie trugen Kleidung aus Hirschleder. Ihre dunklen, schulterlangen Haare rahmten schmale Gesichter ein, deren Augen das Braun trockenen Herbstlaubs hatten. Unverständliche Töne umgaben sie, ein Echo der Musik, die ihn so lange im Schlaf begleitet hatte.

Der salzige Geruch des Sees kitzelte ihn in der Nase. Ruán schauderte. In seinen Träumen gab es keine Gerüche. Er schickte sein Bewusstsein in seine Gliedmaßen. Und tatsächlich: Unter seinem Rücken und seinem Oberschenkeln spürte er ganz deutlich Büschel von Farnkraut. Auf seiner nackten Brust lagen weiche Pelze. Das war kein Traum. Er war wach.

*Wach.*

Ruáns Blut toste in seinen Ohren.

*Er konnte sehen!*

# 3

## *Herbst*

Maeve stand mit gesenktem Kopf neben ihrem toten Vater. Die Begräbnisriten für Eochaid nahm sie nur verschwommen wahr.

An den feuchten Lehmwänden flackerte das Licht der Lampen. Die mit einem Tuch bedeckte Totenbahre des Königs sah in der matt erleuchteten Hütte wie ein scharlachroter Teich aus, der von den geisterhaft hellen Gewändern der singenden Druiden umgeben war.

Maeve hatte ihren Blick zwar auf den Boden gerichtet, ihre Aufmerksamkeit galt jedoch dem Platz neben dem Leichnam ihres Vaters. Dort, ihr genau gegenüber, befand sich ein Loch in der Welt, ein Loch, das alles Licht verschluckte. Trotz des Singsangs der Stimmen und des Zischens von Wasser, das in die Flammen gesprüht wurde, nahm sie dessen pulsierendes Klopfen wahr.

Innel.

Während des vergangenen Jahres hatte ihr Vater sie vor ihrem Bruder beschützt. Während Innel mit seinen Kumpanen in der Halle der Krieger gezecht hatte, war sie den ganzen Winter über nicht von Eochaids Krankenbett gewichen, denn Conor, der König der Ulaid, hatte niemals gefordert, dass sie zu ihm zurückkam. Den Grund dafür hatte sie erst erfahren, als die Bäume bereits auszutreiben begannen.

Conor hatte seine ganze Aufmerksamkeit dem Mädchen Deirdre zugewendet, mit dem er sich schon verlobt hatte, als sie noch ein Säugling gewesen war. Jetzt erzählten die Barden in ihren Liedern, dass Deirdre gerade ins heiratsfähige Alter gekommen war und der alte Bulle in seinem Verlangen nach jungem Blut dem Mädchen den ganzen langen Winter nachgestellt hatte. Maeve glaubte zu verstehen, worum es ihm ging. Wenn dieses Mädchen tatsächlich so schön war, wie es die Druiden einst prophezeit hatten, dann würde Conor sie an seiner Seite haben wollen, um seine Macht zu untermauern. Erst dann würde er andere Dinge in Angriff nehmen.

Und während noch die letzten Stürme des Frühjahrs tobten, hatte Maeve der unbekannten Deirdre aus tiefstem Herzen für diesen Aufschub gedankt.

Ihre Erleichterung sollte jedoch nur von kurzer Dauer sein.

Im Sommer hatte sich Eochaids Gesundheitszustand zusehends verschlechtert. Während die Sonne immer kräftiger schien, war er immer schwächer geworden, und seine Worte waren Maeve nicht mehr aus dem Kopf gegangen. *Du hast keine Verbündeten. Du bist ein Nichts.*

Nach allem, was sie ertragen hatte, wollte Maeve jedoch keinesfalls einfach aufgeben. Ohne eine genaue Vorstellung davon zu haben, was sie tun sollte, hatte sie das Krankenbett ihres Vaters immer wieder verlassen, um von Burg zu Burg zu reiten. Sie, die sich seit ihrem zwölften Lebensjahr kaum noch in Cruachan aufgehalten hatte, hatte beschlossen, die adeligen Lords und ihre Ehefrauen, die Druiden und die jungen Krieger aufzusuchen, um auf diese Weise ihre Gunst zu gewinnen. Während die Tage länger wurden, arbeitete sie verbissen an einem Plan, der ihr Sicherheit garantieren würde.

Und darüber war es wieder Herbst geworden.

Als Maeve jetzt in dem kalten Begräbnishaus neben ihrem toten Vater stand, fragte sie sich, ob Innel wusste, was sie getan hatte. Sie hob den Blick.

Innel starrte sie vollkommen ausdruckslos an. Er wusste es.

Der oberste Druide Tiernan beugte sich gerade über den Leichnam. Die Ärmel seines Kittels rutschten zurück und gaben den Blick auf seine knochigen Handgelenke frei, als er heiliges Wasser über den Kopf des Königs sprengte. Die goldenen Perlen in seinem

Haar leuchteten im Schein der Lampe auf, überstrahlten Innels finsteren Gesichtsausdruck.

Der König war kurz vor Samhain gestorben. Es war dies eine gefährliche Zeit, denn an Samhain teilten sich die Schleier, und sowohl die Toten als auch die Sídhe wechselten zwischen der Anderswelt und dem Hier und Jetzt hin und her. Wenn der Geist des Königs sich jetzt auf den Weg machen musste, lief er Gefahr, sich zu verirren. Aus diesem Grund würden die Druiden Totenwache bei ihm halten. Ihre Lieder würden seinen Geist hier festhalten, bis man seinen Leib zur letzten Ruhe gebettet hatte.

Die Menschen hatten bereits begonnen, sich zum Samhain-Fest zu versammeln. Aus ganz Connacht strömten die Burgherren herbei. Sie waren prächtig anzusehen mit ihrem Gold und ihren Pelzen, ihren scharfen Augen und den blitzenden Zähnen. Sie waren es, auf die Maeve ihre Hoffnungen richtete.

»Wir werden ihn jetzt verlassen«, psalmodierte Tiernan.

Maeve drehte sich daraufhin auf dem Absatz um. Sie wollte davonlaufen, aber ihre Muskeln waren so angespannt, dass sie sich nur mit größter Mühe bewegen konnte. Der Torques aus gedrehtem Gold drückte auf ihre Schlüsselbeine, und die Armreifen, die klingelnden Fußringe und der Gürtel aus Bronze schlossen sich wie ein kalter Panzer um sie. Sie war mit all diesem Metall behängt, weil sie Eochaids Tochter war, und das war auch der Grund dafür, weshalb Innel sie ansah, als würde er sie am liebsten umbringen.

Sie waren nur kalt und schwer.

*Vater.*

»Zum Teufel mit diesem Grauen!«, ertönte eine Stimme lautstark. »Beweg deinen fetten Arsch!«

Die Menge johlte, als die Pferde über die Rennstrecke galoppierten.

»Nicht schnell genug«, krähte jemand anderes. »Wer will stattdessen auf Daíres Braunen setzen?«

Die prächtig ausstaffierten Adeligen saßen auf weichen Kissen in ihren Streitwagen und folgten, hoch über den Köpfen der anderen Zuschauer, dem Schauspiel. Der kalte, schöne Tag neigte sich dem Abend zu, und der Met und das Ale waren bereits seit der Mittagszeit in Strömen geflossen.

Der Nervenkitzel des Samhain-Festes und vor allem auch die noch ungeklärte Thronfolge hatten die Stimmung angeheizt. Es wäre nicht schicklich gewesen, jetzt zu trauern, denn der König hatte sich auf die Reise zu den Gesegneten Inseln begeben, wo er sich bei den Göttern ausruhen durfte, bevor er wiedergeboren wurde. Traurigkeit – falls irgendjemand eine solche empfand – hätte Eochaids Geist nur in Cruachan festgehalten.

*Und das wollen sie alle nicht.* Maeve warf unter ihren gesenkten Wimpern einen kurzen Blick auf die Adeligen. Der eigentliche Wettlauf, der Wettlauf um die Krone, hatte gerade erst begonnen. Wer würde jetzt herrschen? Es war dies eine Frage, die allein die Lords entschieden. Sie wählten einen Mann aus der königlichen Verwandtschaft.

Einen neuen König, stark, edel und jung. Maeve biss sich auf die Unterlippe, als sie sich an das höhnische Grinsen ihres Bruders erinnerte. *Bestimmt nicht.*

Unter den Adeligen waren die Wetten bereits in vollem Gange. Die Abendsonne ließ Fingerringe und Armreifen aufblitzen, als die Burgherren und ihre Frauen ihr Geschmeide auf einen Haufen warfen, wann immer die Pferde an ihnen vorbeikamen. Die Adeligen versuchten etwas zu erkennen, als die Pferde vorbeidonnerten, schrien voller Freude oder Enttäuschung, griffen nach irdenen Krügen mit schäumendem Ale.

Maeve saß vollkommen aufrecht auf dem Wagen, die Hände hatte sie im Schoß gefaltet. Es waren nicht die Pferde, auf die sie gewettet hatte. Neben ihr begann ein Lord in einem räudigen Wolfspelz laut zu fluchen, als sein Pferd zurückfiel. Er fuchtelte voller Enttäuschung mit seinem Trinkhorn herum und schüttete dabei Met über seine Hose. Maeve war überrascht, dass er überhaupt irgendetwas besaß, das er einsetzen konnte, denn im Sommer hatte die Trockenfäule seine Ernte verdorben. Sie hatte – natürlich im Namen ihres Vaters – karrenweise Getreide und Lebensmittel zu seinen Leuten bringen lassen.

Die Nase des Chiefs war von einem Netz aus feinen Adern überzogen. »Lady Maeve!«, grölte er, und Maeve roch seine Fahne. »Lass mich diesen Ring für dich setzen – ah! Verdammt, mein Gaul ist schon wieder aus dem Tritt gekommen!«

Maeve lächelte ihn strahlend an. »Wie schade, dass er nicht die Anmut seines Herrn besitzt.«

Die sie umgebende Schar von Adeligen brach in heiteres Gelächter aus, denn der Chief war untersetzt und plump. Außerdem war er als der schlechteste Reiter weit und breit bekannt. Er grinste wehmütig und tätschelte seinen dicken Bauch.

Der Lord, der auf der anderen Seite neben Maeve saß, zog eine goldene Fibel aus seinem Umhang. »Fünf zu eins, dass Daíres Hengst gewinnt – und der Gewinn geht in meinem Namen an die Herrin Maeve!« Seine Frau stieß ihm den Ellbogen in die Rippen und murmelte ihm etwas zu, woraufhin er eine zweite Fibel von seiner Schulter löste. »Verdoppelt den Einsatz!«, lallte er. Die Adeligen begannen, neue Wetten zu setzen.

Maeve lächelte den Chieftain an, berührte kurz seinen Arm. Die Kinder in *seiner* Festung waren dieses Jahr von einem schrecklichen Husten heimgesucht worden. Maeve hatte Heiler gerufen und war höchstpersönlich im schlimmsten Sturm zu ihm geritten, um sich zusammen mit seiner Frau drei Tage lang um die Kranken zu kümmern. »Du machst mich ganz schwindelig«, sagte sie und lachte. »Ich habe ja gar nicht so viele Arme und Beine, um all diesen Schmuck zu tragen.«

»Dann borg dir doch meine«, krähte jemand von hinten. »Am besten das eine zwischen meinen Beinen!«

»Dafür wirst du *mich* bezahlen müssen«, erwiderte Maeve und reckte herausfordernd das Kinn. Die Männer lachten lauthals. Maeve fror das Lächeln auf ihrem Gesicht ein, auch wenn ihr schon der Kiefer wehtat.

»Was ist mit diesem Rappen, Lady Maeve? Ich verdreifache meinen Einsatz, wenn du auf ihn setzt.«

»Der Rappe gehört mir«, unterbrach ihn eine ruhige Stimme. Ein Adeliger mit geglätteten Haaren und geöltem Bart kam wie zufällig herbeigeschlendert und verbeugte sich vor Maeve. Als er sie dann ansah, glühten seine Augen. »Es wäre mir eine Ehre, dich zu ihm zu führen, wenn er gewonnen hat, damit du ihn dir ansehen kannst.« Er grinste affektiert. »Er liebt nämlich die Berührung einer edlen Dame.«

Hatte er tatsächlich mit den Augenbrauen gezuckt? Maeve warf verärgert einen Blick über ihre Schulter. »Ich denke, er könnte eher einen Tritt in den Hintern gebrauchen«, erwiderte sie, »er scheint nämlich gerade zu verlieren.«

Als der Chieftain sich zu den Pferden umdrehte, schwang Maeve ihre Beine über den Rand des Wagens und sprang zu Boden. Die Zuschauer schrien und hüpften vor Begeisterung auf und ab, als die Pferde in die Zielgerade einbogen. Das war für Maeve genau der richtige Moment, um zu verschwinden.

Die Handwerker hatten überall ihre Karren aufgestellt, um den Adeligen ihre Waren anzubieten: punziertes Leder und Holz, geflochtene Körbe, Schmuck und Wolle. Maeve versteckte sich hinter dem Stand des Bronzeschmieds. Erschöpft lehnte sie sich gegen das Joch seines Wagens. Dann lockerte sie ihre Schultern und versuchte, ihren Rücken zu entspannen.

Plötzlich bemerkte sie zwei Schwertkämpfer, die sich in der Nähe herumdrückten – haarige Wölfe, die zu Innels Rudel gehörten. Der eine sah sie mit finsterer Miene an. Sie hatten offenbar ihrem Geplänkel mit den Lords gelauscht.

Maeves Hand fuhr instinktiv an ihren Oberschenkel, aber alles, was sie zu fassen bekam, war die dünne grüne Wolle ihres Kleides. Angesichts des kalten Lufthauchs, der unter ihren Rock kroch, sehnte sie sich nach ihrer Hose, der Brustplatte aus festem Leder und ihrem Kilt. Ihrer Rüstung. Aber man erwartete jetzt von ihr, dass sie wie eine Prinzessin aussah, wenn sie denn schon eine war.

Wenigstens musste sie den Anschein erwecken, wieder heiraten zu wollen …

Aus dem Augenwinkel heraus nahm sie eine Bewegung wahr. Der Wagen trug ein Zelt aus Kuhhäuten, und aus der Dunkelheit darunter starrte sie ein Paar kleiner Augen an. Am anderen Ende des Wagens hatte Eithne, die Frau des Schmieds, ihren Schmuck auf einem kleinen Tisch ausgebreitet, um ihn den edlen Damen zu präsentieren.

Maeve hielt den Blick des Kindes fest, legte ihren Zeigefinger an die Lippen, dann hob sie ihr Bein über die Seitenwand des Karrens und kletterte hinein, entzog sich so den Blicken der Aufpasser ihres Bruders. »Ich werde von Wölfen verfolgt, Líoch. Du darfst nicht zulassen, dass sie mich kriegen.«

Das kleine Mädchen lächelte, schob sich dann den Daumen in den Mund. Als Maeve Connacht verlassen hatte, um Conor zu heiraten, hatte die Kleine noch an der Brust ihrer Mutter Eithne getrunken. Es schien kaum länger her zu sein, dass Maeve selbst als Kind mit Eithne und ihren Geschwistern durch den Wald gerannt war, im Fluss gebadet und sich mit ihnen um den Herd ihrer Mutter geschart hatte, so als würde sie zur Familie gehören. Maeve war stets dann am glücklichsten gewesen, wenn sie mit den Kindern der Handwerker spielen, mit den Kriegern des Königs auf die Jagd gehen oder den Hirtenjungen folgen konnte, um wie sie eine Gerte zu schwingen und dem Vieh etwas vorzusingen.

Das Kind starrte Maeves goldenen Torques an und streckte seine pummelige Hand danach aus. Maeve strich zögernd über das weiche Haar der Kleinen. Die Handwerker und Bauern hatten von ihr niemals etwas verlangt, außer dass sie einfach nur sie selbst war. Sie wäre gern als ein Kind wie dieses geboren worden.

»Maeve!«, rief Eithne, die sie von ihrem Stand aus durch den Zelteingang gesehen hatte. Maeve eilte nach vorn, bedeutete Eithne, still zu sein. Sie brauchte unbedingt ein bisschen Ruhe, wollte sich vor all den gierigen Blicken eine Weile verstecken.

Es war jedoch schon zu spät.

»Lady Maeve …?« Die reich gekleidete Ehefrau eines Lords, die sich gerade den Schmuck angesehen hatte, reckte den Hals, um in den Karren hineinzuspähen. Maeve sah einen festlichen Federbusch, der auf ihren zum Kranz gedrehten grauen Zöpfen thronte.

Maeve sah Eithne vorwurfsvoll an, woraufhin diese die Schultern hochzog und sie entschuldigend anlächelte.

Die Adelige hielt jetzt eine Kette mit Perlen aus Bernstein in der Hand. »Lady Maeve, die musst du unbedingt anprobieren. Sie passt genau zu deinen Haaren!«

Maeve seufzte und sprang auf eine Art und Weise, die ganz und gar nicht der einer Lady entsprach, aus dem Karren. Sie wischte ein paar Strohhalme von ihrem Kleid, straffte die Schultern und trat hinter dem Verkaufsstand hervor.

Um unter den adeligen Frauen Verbündete zu finden, hatte sie viele Meter klumpigen Faden gesponnen, hatte sich ihre Finger mit Sticknadeln wund gestochen und selbst bei der Herstellung von Käse geholfen, bis sie den Milchgeruch nicht mehr von den Händen bekommen hatte. Sie konnte jetzt nur hoffen, dass das alles wenigstens für irgendetwas gut gewesen war.

Die ältere Frau legte die Kette beflissen um Maeves Hals, während Eithne ihr einen Spiegel vors Gesicht hielt.

Maeve warf skeptisch einen Blick hinein. »Hmm.« Anstatt jedoch die Kette zu bewundern, betastete Maeve ihre gerunzelte Stirn. Wenn sie wollte, dass die Männer nicht das Interesse an ihr verloren, musste sie unbedingt etwas für ihr Aussehen tun. Im vergangenen Jahr waren ihre Wangen eingefallen, und ihr Kinn war spitz geworden. Mit ihren schrägen Augen sah sie jetzt aus wie eine Füchsin und wurde somit dem Namen, den ihr Vater ihr gegeben hatte, mehr als gerecht.

Sie holte tief Luft. »Vielen Dank, edle Dame, aber ich … ich habe bereits genug Bernstein.« Hastig nahm Maeve die Kette wieder ab. Die Adelige sah ihr verständnislos hinterher, als sie einfach davonlief.

Der Geruch von Bratenfett ließ Maeve innehalten. Erst jetzt wurde ihr bewusst, dass ihr vor Hunger schon ganz schwindelig war. Ausgerechnet jetzt, wo sie unbedingt einen klaren Kopf behalten musste. Maeve ging hinüber zu den Kochstellen.

Dort schnitt eine Dienerin dünne Scheiben Fleisch von einem über dem Feuer brutzelnden Schwein und wischte sich dabei immer wieder den Schweiß vom Gesicht. Mit Rauch in den Augen nahm Maeve sich einen Hafermehlkuchen, drehte sich um und stieß mit jemandem, der hinter ihr stand, zusammen. »Lord Fraech«, begrüßte Maeve ihn und grub dann ihre Zähne in ihren Kuchen.

»Lady.« Fraechs Nasenflügel blähten sich, so als verspürte er das dringende Bedürfnis, davonzustürmen.

Fraech war ein entfernter Verwandter von ihr. Im Gegensatz zu Innel, der muskulös und kräftig war, war er mit seinen zwanzig Jahren hochgewachsen und geschmeidig. Er gehörte zum Derbfine, dem Kreis der königlichen Verwandten, aus dem der neue Herrscher ausgewählt werden würde. Maeve hatte gehört, dass er von seinem machthungrigen Vater und einem ehrgeizigen Onkel zum Königtum gedrängt wurde. Jetzt, da Eochaid tot war, rieben sie sich wahrscheinlich schon die Hände.

Maeve kaute, während Fraech verzweifelt nach Worten suchte und ihr somit Zeit gab, ihn genauer zu betrachten.

Er hatte seine braunen Haare zu einem schlichten Pferdeschwanz gebunden und trug nur einen einzigen Armreif. Kein aufgeblasener Gockel also. Der Blick seiner grünen Augen war sicher und fest, seine Gesichtszüge waren fein geschnitten und drückten Gelassenheit aus. Maeve sah keine Narben auf seiner Haut. Es stimmte also, was sie gehört hatte, dass er ein außergewöhnlich guter Kämpfer war, dessen äußerliche Ruhe im Widerspruch zu seinem schnellen Schwertarm stand.

»Es tut mir leid … das mit deinem Vater, meine ich«, gelang es ihm jetzt endlich zu sagen. »Lugh segne seine Reise.«

»Vielen Dank.« Maeve schluckte den Bissen, den sie gerade im Mund hatte, hinunter. »Ich bin mir sicher, dass auch dein Vater todtraurig ist. Ich fühle mit ihm. Wirklich.«

Obwohl Fraech die Lippen zusammenpresste, konnte er sich dennoch ein kleines Lächeln nicht verkneifen. »Ich werde ihm deine Anteilnahme ausrichten.«

Selbstbeherrschung *und* Verstand. War er ein Freund, oder war er ein Feind? Sie konnte es nicht sagen. Maeve suchte das Gedränge ringsum mit den Augen ab. »Ach, da ist sie ja«, sagte sie. »Ich habe mich schon gefragt, wo sie bleibt.« Als eine Rauchwolke sie einhüllte, tauchte Maeve in der Menge unter.

Maeve ging nachdenklich weiter. Beim Ringkampfplatz wurde sie fast umgestoßen, als zwei Ringer über das Begrenzungsseil fielen. Ein Horn ertönte. »Übertreten!«, rief der Druide im Ring.

Als Maeve sich umsah, erblickte sie unter den Zuschauern einen alten Chieftain. Sie zögerte, dann hatte sie wieder Innel vor Augen und wie er sie über den Leichnam ihres Vaters hinweg angestarrt hatte. Sie alle hatten ihren Einsatz jetzt erhöht.

Sie schob sich durch die Menge johlender Krieger. »Lord Donagh«, sagte sie leise zu dem weißhaarigen Chief.

»Lady.« Donagh, der ein Trinkhorn mit Ale in der Hand hielt, vermied es bewusst, sie anzusehen.

Der blutbefleckte Gewinner schritt mit triumphierend erhobenen Armen im Ring umher, während man den bewusstlosen Verlierer, dessen Arm in einem merkwürdigen Winkel wegstand und dessen Gesicht kreidebleich war, davontrug. Die Reihen der Krieger lichteten sich.

Maeve erstarrte.

Da stand Innel. Er stritt gerade mit hochrotem Kopf mit dem Druiden, zeigte mit dem Finger auf den zu Boden gegangenen Kämpfer – einen seiner Männer – und dann auf den Priester.

Donagh zischte ihr leise zu: »Jetzt, da der König tot ist, glaubt er, man könne ihm nichts anhaben. Wenn ich jetzt nach Gerechtigkeit verlange, wird er meine Leute abschlachten und diese Tat dann Plünderern aus den Ulaid in die Schuhe schieben.« Er kniff voller Schmerz die Augen zusammen. »Wie konntest du mich nur mit diesem Geheimnis, mit dem Wissen um diese Schande belasten?«

Maeve stieß mit der Fußspitze ein Blatt weg, tat so, als würden sie sich nicht miteinander unterhalten. »Wenn ich nicht gewesen wäre, hättest du niemals erfahren, dass Innel für den Tod deiner Tochter verantwortlich ist. Er hat sie umgebracht.«

Donagh zuckte zusammen. Maeve sah zu Innel hinüber, sah, wie sich die Muskeln und Sehnen in seinem Hals und seinen Armen anspannten. Sie bekam eine Gänsehaut. Hatte Innel Donaghs kleine Tochter festgehalten wie ein Ringer, als er sie mit Gewalt genommen hatte?

Maeve wusste ganz genau, wie sich das anfühlte.

Es gab Dinge, die eine Frau nur einer anderen Frau anvertraute. Einer Spur von Gerüchten folgend, hatte Maeve herausgefunden, unter welchen Umständen das Mädchen von Innel schwanger geworden war. Für sich genommen war eine Schwangerschaft ein Segen … aber in diesem Fall hätte sie den Druiden verraten, dass Innel einem adeligen Mädchen Gewalt angetan hatte. Innel hatte Donaghs Tochter mit Drohungen gegen ihre Familie zum Schweigen gebracht. Daraufhin hatte das Mädchen versucht, das Problem mit einem Stock aus Birkenholz zu lösen, und war an Bauchfieber gestorben.

Maeve blinzelte das tote Mädchen weg, während sich ihr der Magen umdrehte. »Du sagtest, dass du mich unterstützen wirst, wenn ich dir Gerechtigkeit verschaffe.« Zwei Versprechen, und sie hatte keine Ahnung, ob und auf welche Weise auch nur eines von ihnen eingelöst werden würde. Sie musste jedoch viele Samen legen, damit vielleicht der eine oder andere davon aufging.

Vielleicht auch nur ein einziger, damit sie irgendwo eine sichere Zuflucht fand.

»Ich werde mein Wort halten.« Donagh schniefte und wischte sich mit dem Ärmel über die Nase.

»Ich auch.« Maeve hielt seinem Blick stand. Donagh befehligte viele Krieger und hatte eine große Anzahl von Verbündeten unter den anderen Stammesoberhäuptern.

Lautes Grölen weckte ihre Aufmerksamkeit. Innels betrunkene

Kumpane stritten sich lautstark mit den Freunden des Gewinners, teilten Fausthiebe und Tritte aus. Als die Druiden sie zur Ordnung riefen, riss Innel einen der Pfosten aus der Erde und schlug ihn dem Sieger über den Kopf.

»Frevel!«, japste Donagh. »Dort drüben, keine zehn Schritte weiter, liegt sein toter Vater!«

Maeve entblößte ihre Zähne. »So ist mein Bruder eben.«

Die Hefte von Dolchen krachten auf Schädel; Nasenbeine wurden zertrümmert, und noch mehr Blut spritzte auf den Rasen. Auch Fraech kam angerannt. Er stürzte sich sofort ins Getümmel, half dem Sieger auf und zerrte seine wütenden, verdreckten Männer weg. Innel blieb grinsend bei seinen Kumpanen zurück.

Maeve sah sich um. Ein paar der alten Chieftains waren von der ungehörigen Rauferei von den Alefässern weggelockt worden. An ihren Fingern glitzerten protzige Ringe. Als sie ihre Becher wieder zum Mund hoben, zeigten ihre Gesichter unverhohlenen Zorn.

Das war der richtige Augenblick. Die Lords befanden sich auf dieser Seite der Menge, Innel auf der anderen. Maeve befeuchtete ihre Lippen. Ihr Herz hämmerte wie wild.

Sie wusste nur, dass ihr Bruder niemals König werden durfte. Wenn das doch der Fall sein sollte, würde sie das Festmahl anlässlich seiner Thronbesteigung bestimmt nicht überleben.

# 4

Es geht also schon los.« Maeves Stimme brach. Sie räusperte sich. »Soll wirklich jemand König werden, der so unbeherrscht ist? Mein Vater jedenfalls war da ganz anderer Meinung.«

Niemand konnte jetzt noch sagen, was ihr Vater gedacht hatte oder nicht.

»Lord Cormac«, wandte Maeve sich an einen der Lords, die am Ring standen. »Du warst der Leidtragende, als unsere jungen Krieger ohne Billigung meines Vaters in Mumu einfielen. Wie wir alle wissen, haben sich die Mumu dafür bitter gerächt. Sie haben die Gehöfte deiner Leute niedergebrannt.« Sie unterließ es geflissentlich zu erwähnen, dass es sich bei den Kriegern, die in Mumu eingefallen waren, um die Männer ihres Bruders gehandelt hatte und dass das geraubte Vieh vor allem dazu gedient hatte, die Lords zu bestechen, damit sie seine Königschaft unterstützten. Das war allen bekannt.

Maeve ignorierte ein beschwichtigendes Zischen hinter ihrem Rücken. Niemand sagte ein Wort. Die Lords sahen alle mit gerunzelter Stirn und verkniffenem Mund zu Boden, bevor sie sich schnell zerstreuten. Donagh war bereits verschwunden.

Maeves Knie begannen zu zittern. Sie verschränkte trotzig die Arme vor der Brust. Sie spürte ein Prickeln in ihrem Nacken, aber sie würde sich nicht zu Innel umdrehen. Stattdessen tat sie so, als würde sie ein paar Mädchen dabei beobachten, wie sie auf der Wiese nebenan einen Tanz übten. Das Geschrei der Krieger wurde leiser.

Auch ihr Bruder und seine Kumpane waren abgezogen.

Die kurze Stille, die folgte, wurde von einer jugendlichen Stimme unterbrochen. »Lady Maeve!«

Maeve setzte ein strahlendes Lächeln auf, bevor sie sich umdrehte. Auf dem bronzefarbenen Gras lagen inzwischen lange Schatten. Das Braun und Gold des Herbstlaubs verblasste bereits im Nebel, der vom nahen Fluss aufstieg.

Eine Gruppe junger Krieger hatte den Kampfplatz inzwischen für sich in Anspruch genommen. Die jungen Männer warfen die zerbrochenen Stangen beiseite. Sie stießen den Sprecher an, der jetzt einen Schritt nach vorn trat. »Wirst du am letzten Pferderennen teilnehmen?«

Maeve ging mit wiegenden Hüften auf sie zu. »Also wirklich,

Lassar. Ich reite dir jetzt schon seit Monaten davon. Willst du dir so kurz vor dem Abendessen wirklich noch eine weitere Niederlage einhandeln?«

Die jungen Krieger lachten schallend. Ihre kräftigen weißen Zähne blitzten.

»Mein Hengst steht gut im Futter«, sagte einer, der anscheinend besonders kühn war, und deutete dabei auf seine Lenden. »Setz dich nur auf ihn und du wirst staunen, wie kräftig er ist.«

»Ich habe gehört, dass er einen Fehlstart nach dem anderen hinlegt, Ruari, und dass er sich außerdem auch noch viel zu schnell verausgabt.« Maeve grinste. Eine Hand hatte sie jetzt in die Taille gelegt. »Und das gefällt keiner Frau.«

Alle lachten und kamen näher, als sie ihre duftenden Locken zurückstrich. Vor den jungen und hitzigen Kämpfern gab sie sich stets als Göttin der Wälder: Wild, ungezähmt und unerreichbar ging sie mit ihnen auf die Jagd und nahm sogar an ihren Übungskämpfen teil. In ihrer Gesellschaft trug sie ihre Haare immer offen, es sei denn, es wurde ihr lästig. Verheiratete Frauen trugen ihr Haar stets zur Haarrolle geschlungen, Mädchen hingegen flochten ihre Haare zu langen Zöpfen. Sie selbst war jetzt eine Art Zwischending – der einzige Ort, wo das Haar einer Frau sonst um ihre Schultern wallte, war das Bett.

»Was ist mit Speerübungen?«, schlug ein anderer vor.

»Dafür ist es schon zu dunkel«, wandte sein Freund ein.

Maeve spürte plötzlich, wie erschöpft sie wirklich war. Sie löste eine Spange von ihrem Arm. »Ich sehe euch alle gleich beim Rennen. Wer als Erster durchs Ziel geht, bekommt das als Preis.« Sie hob den Armreif in die Luft, sodass die untergehende Sonne die Bronze aufleuchten ließ. »Und wenn später die Samhain-Geschichten erzählt werden, werde ich mich neben den Gewinner ans Feuer setzen.« Sie alle machten große Augen, als sie ihr vielversprechendes Lächeln sahen. »Und jetzt solltet ihr euch beeilen.«

Fröhlich rannten die jungen Krieger zu ihren Pferden.

Inzwischen war es schon fast dunkel. Die Menschen verließen die

Wiese, auf der die Wettkämpfe stattfanden, und begaben sich zu den Freudenfeuern, die man überall entfacht hatte. Flöten trillerten, und dann begann eine Trommel zu schlagen. Als auch der letzte der jungen Krieger sein Pferd bestiegen hatte, sah Maeve, dass ein einzelner Mann zurückgeblieben war. Er saß an einen Zeltpfosten gelehnt ruhig da.

Garvan verschränkte die Arme hinter seinem Kopf. »Du musst verdammt erschöpft sein.«

Maeve sank neben ihm auf den Boden. »Dir reite ich noch immer davon.«

»Das habe ich nicht gemeint.« Garvans Augen blitzten. »Diese Jungen können sich nicht entscheiden, ob sie gegen dich kämpfen oder mit dir ins Bett wollen – oder beides gleichzeitig. Du weißt, wie sehr sie deine Schwertkünste bewundern.«

»In den Jahren, in denen ich fort war, habe ich viel gelernt.«

In Laigin hatte Ros Ruadh sie, kaum, dass sie ihm ein Kind geboren hatte, wie einer seiner Hunde behandelt. Das Kind aber hatte er wie einen Schatz gehütet und von seinen Ammen stillen lassen. Ihres Kindes beraubt, hatte Maeve immer wieder die Gesellschaft der Krieger mit ihren feurigen Blicken und den scharfen Klingen gesucht. Sie hatten Macht ausgestrahlt, gerade als man ihr das Einzige weggenommen hatte, was ihr je gehört hatte.

*Ein Leben, ihren Armen entrissen …*

Maeve spürte plötzlich einen schmerzhaften Kloß im Hals. Gedankenverloren rieb sie sich über die Kehle, während sie ihr Gesicht der kalten Dämmerung zuwandte. Später, in Mumu, hatte sie sich die Krieger nicht nur für ihr Vergnügen im Bett ausgesucht, sondern auch, damit sie ihr das Kämpfen beibrachten. Sie hatte damals festgestellt, dass sie ihren Kummer mit Schwerthieben und Schweiß wenigstens für kurze Zeit verdrängen konnte.

Aber das alles wusste niemand.

»Du verausgabst dich so sehr, dass du dann für manch andere Dinge zu müde bist.« Garvan kratzte sich den dunklen Bartflaum. »Warum bist du schon so lange nicht mehr zu mir gekommen?«

Maeve sah hinauf zu den Sternen, die jetzt über ihren Köpfen erschienen waren. Ihre Gunst war inzwischen nichts anderes mehr als ein Zahlungsmittel. Ihr Vater hatte dies bereits so gesehen, und jetzt musste eben sie ihren Körper möglichst nutzbringend einsetzen. Jeder Lord sollte glauben, dass er eine Chance hatte, ihr königlicher Gemahl und Vater eines Kindes von Eochaids Blut zu werden. Es war dies ein kleines Stückchen Macht, das sie nicht aus der Hand zu geben gedachte.

»Hör auf zu meckern.« Sie tippte mit dem Zeigefinger auf eine Schnalle an seinem Gürtel. Garvan hatte sie im vergangenen Sommer überallhin begleitet und beschützt. Er war dafür reich belohnt worden. Sein lädiertes Gesicht hatte nie viele Frauen angezogen, sein neuer Status, der sich durch viel Bronze zeigte, tat dies jedoch sehr wohl. »Die Mädchen werfen sich dir doch jetzt an den Hals wie Lachse, die über die Stromschnellen springen. Ich wette, dass du dir noch vor Beltaine eine reiche Frau angeln wirst.«

»Die wäre aber bestimmt nicht so verständnisvoll wie du, Hitzkopf.«

»Wahrscheinlich nicht. Wenn sie dich mit einer anderen erwischen würde, hättest du ganz schnell eine Flosse im Gesicht.« Sie kicherte.

Garvan lachte nicht. Er zupfte stattdessen ein paar Grashalme aus. »Nun, ich könnte dich heiraten. Dann wärst du sicher.«

Maeve räusperte sich. Ihr Gesicht glühte. Sie berührte seine Hand, deren Knöchel vom Schwertkampf geschwollen waren. »Ich fühle mich sehr geehrt, aber ich muss das, was die Männer an mir am meisten schätzen, jetzt so gewinnbringend wie möglich einsetzen. Außerdem ist Innel dir gegenüber bereits argwöhnisch geworden.«

Garvan zupfte nachdenklich an seinem vernarbten Ohrläppchen herum. »Glaubst du, dass ich nicht mit ihm fertigwerde?«

Sie grinste. »Du wirst ja nicht einmal mit mir fertig.«

Er schnaubte nur.

Maeve ließ alle Masken fallen, legte sich auf das feuchte Gras und rieb sich die müden Augen.

Garvan entkorkte einen Schlauch aus Ziegenleder und reichte ihn ihr. »Sei vorsichtig. Innel hat gehört, was du zu den Lords gesagt hast.«

»Umso mehr ist das ein Grund, sie auf meine Seite zu bringen.« Maeve nahm einen großen Schluck Met und gab ihm den Schlauch zurück. *Aber was würde sie dann tun?*

In Garvans Blick lag plötzlich Unsicherheit. Er fuhr sich mit der Hand durch die schwarzen Haare, sodass sie wie eine Haube abstanden. »Wo ziehst du mich da nur hinein, Hitzkopf?«

Gütige Götter, wenn es nur einen einzigen Menschen gäbe, der sie nicht so ansehen würde. Sie setzte sich wieder auf, zog die Knie an. »Benimm dich bitte nicht so wie alle anderen«, platzte es aus ihr heraus, als sie die Hände um ihre Beine schlang. Dann fasste sie sich wieder und legte eine Hand auf Garvans Arm, dessen Muskeln hart und fest waren. Sie atmete aus und warf ihm ein schiefes Lächeln zu. »Ich hatte es so oft mit Missgunst und Verrat zu tun, mein Freund. Ich schwöre dir, ich will einen Mann nur durch seine eigene Schwäche zu Fall bringen.«

*Ich werde niemals wie mein Vater werden.*

Garvan forschte in ihrem Gesicht, schließlich ließ er die Schultern sinken. Er streckte die Hand aus und kniff sie ins Kinn.

Das Mädchen weckte Ruán wie immer ganz ohne Worte.

Es war ihr ganz besonderer Duft, der ihn aus dem Schlaf holte: geräuchertes Leder und würzige Kräuter. Als sich sein Blick klärte, schwebten ihre Augen über ihm, deren Iris in allen Farbtönen des Mooses und des Waldes schimmerten.

Mädchen, Frau ... Als was er sie empfand, war so wie das wässrige Licht des Sees nicht zu bestimmen.

Sie hatte ein zartes Gesicht, ein spitzes Kinn und einen langen Hals, der von dunklen Haaren eingerahmt wurde, in die Muscheln und Federn eingeflochten waren. Von seinen Rettern war sie die Einzige, die bei Tageslicht in den kleinen Unterschlupf aus Riedgras kam, in dem er schlief. Nur nachts, wenn er sich in seinen Gedanken verlor, leuchteten hin und wieder die Augen der anderen auf, die um das Feuer saßen.

Schon die Druiden hatten von einem uralten Volk kleingewachsener Jäger erzählt, die bereits in Erin gelebt hatten, noch bevor die hochgewachsenen Lords mit ihren eisernen Schwertern gekommen waren. Man erzählte sich, dass sich die Letzten ihres Volkes an verborgene Orte zurückgezogen hätten. Erdmenschen. Baummenschen. So zurückgezogen sie auch leben mochten, glaubte er dennoch nicht, dass sie eine andere Sprache sprachen als die Stämme Erins. Aber weder sagten sie je etwas zu ihm noch antworteten sie auf seine Fragen. Er hörte sie nur singen – eine plätschernde Melodie, die ihn immer in den Schlaf wiegte.

An diesem Tag schienen die Augen des Mädchens noch durchdringender als sonst. Da grinste sie ihm wild zu und stieß ihm mit dem Zeigefinger gegen die Brust. Er setzte sich sofort auf.

Sie sprang auf und schob mit einer schnellen Bewegung die Pelze von seinen Beinen herunter. Dann hob sie herausfordernd den Kopf und sah ihn an. Das war unmissverständlich. *Steh auf und komm mit.*

Ruán erhob sich. Seine Glieder wurden von einer Vitalität durchströmt, die mit jedem Tag, der vergangen war, stärker geworden war. Leichtfüßig sprang er hinter dem Mädchen den Hang hinunter.

Sein Lager befand sich auf einer mit Haselsträuchern und Erlen bewachsenen Kuppe. Darunter erstreckte sich ein Meer aus Ried mit schimmernden bronzefarbenen Halmen. In der Ferne sah er einen See glitzern. Hinter der Kuppe verliefen mehrere Kanäle und machten so die Landzunge fast zu einer Insel.

Ruán brach aus dem Schatten hervor und lief ins helle Sonnenlicht. *Er konnte es sehen.* Er streckte die Arme aus und drehte sich um sich selbst. Der Sommer war ihm endlos erschienen. Als er jetzt herumwirbelte, schmolz die Wärme auf seiner nackten Brust jedes Gefühl für seinen Körper weg, und auch er wurde zu reinem Licht. Schlamm gluckste zwischen seinen Zehen. Feuchte Luft strich über seine Wangenknochen.

Er hatte schon immer Fragen gestellt und Antworten haben wollen – und das hätte ihn fast das Leben gekostet. Jetzt würde er nichts mehr fragen. Er würde sich mit dem grünen Schleier der Bäume und dem silbrigen Himmel zufriedengeben.

Ruán hörte auf, sich zu drehen. Das Mädchen hielt jetzt ein tropfendes Netz mit Muscheln in den Händen, das sie vor ihm hin und her baumeln ließ.

Aber noch bevor er es ergreifen konnte, tänzelte sie davon und rannte dann durch schulterhohes Ried in Richtung Ufer. Er rannte ihr hinterher, sprang über kleine Kanäle, während die Sumpfgräser sich in seinen Händen verfingen.

Er holte das Mädchen an einer Feuerstelle ein, die es am Strand errichtet hatte. Vor ihnen ausgebreitet lagen verschiedene Gegenstände, um Feuer zu machen: Flint, Eisenstein, Zunder. Sie zeigte auf seine Hand und deutete dann mit ihrem Kinn zur Feuerstelle.

Ruán ging in die Hocke. »Ich kann das, weißt du. Man würde es kaum glauben, wenn man mich jetzt so sieht, aber ich war einmal ein Druide.« Mit einem wehmütigen Lächeln blickte er an sich herunter, schob seine Finger in ein großes Loch in dem fadenscheinigen Stoff seiner Hose. In seinen rötlichen Haaren hingen Blätter. Man hatte ihm auch einen grob genähten Kittel aus Hirschleder gegeben. Nein, das würde ihm bestimmt niemand glauben. *Du Narr, es ist fünf Jahre her, dass du ein Feuer gemacht hast.*

Man hatte ihm stets den Ehrenplatz neben den Feuerstellen großer Hallen zugewiesen. Lord Mulachs Halle …

Das Lächeln erstarb ihm auf den Lippen.

Er erschrak, als das Mädchen seine Wange tätschelte. Es packte seine Hände und führte sie zu den Gegenständen auf dem Boden. Ruán schnaubte leise, gab jedoch schließlich nach. Sie hatte ihm das Leben gerettet. Er würde alles für sie tun.

Mit verschränkten Fingern rissen sie gemeinsam getrocknete Pilze in kleine Stücke und gaben sie in den Zunder, schlugen den Stein mit dem Flint. Als der Funke den Zunder auflodern ließ, fächelte sie den Rauch in seine Richtung, sog ihn mit übertrieben geblähten Nasenflügeln auf.

Ruán kicherte. »Ja, ich kann ihn auch riechen.« Er blies in die Flamme, häufte Gras und kleine Holzstücke darauf. Als er die Muscheln in Blätter wickelte, sprang das Mädchen auf und ging zum Ufer. Ruán legte die Muscheln ins Feuer. Das Mädchen stand bis zu den Oberschenkeln im See, ihre Hände waren über dem Wasser ausgebreitet. Ruán stellten sich unwillkürlich die Nackenhaare auf.

Lautlos sank sie unter die Wasseroberfläche. Ruán wartete. Sein Herz schlug laut in die Stille hinein. Ein Windstoß trieb kleine Wellen ans Ufer, und jetzt hörte Ruán ganz schwach auch die Fetzen ihres Liedes.

*Komm … komm …*

Ohne sich dessen bewusst zu sein, hatte Ruán sich erhoben und stand bereits knöcheltief im Wasser.

*Komm … komm …*

Ruáns Körper löste sich von seinem Geist. In diesem Moment tauchte das Mädchen wieder auf, in den Händen hielt es eine Brasse, die bereits erschlafft war. Benommen und verwirrt wanderte Ruáns Blick immer wieder zwischen dem Mädchen und seinem Fang hin und her. Ihm fiel auf, dass der Fisch eher *leer* als tot wirkte. Die belebende Kraft in ihm schien einfach … einfach verschwunden zu sein.

Das Mädchen wandte sich um, in ihrem Blick lag Anerkennung. Sie kam ans Ufer, legte den Fisch auf den Boden, nahm dann Ruáns Handgelenke und hielt seine Handflächen über das Wasser. Verblüfft schloss Ruán die Augen.

Unzählige Ideen und Gedanken entfalteten sich in ihm. Der große Strom des Lebens hatte ihn erfüllt, wann immer er den Nektar getrunken hatte, und dieser Strom durchfloss ihn auch jetzt. Er konnte darin auch andere Lebewesen spüren – auch als er noch blind gewesen war, hatte er stets gewusst, wenn sich jemand in seiner Nähe befand, selbst wenn alles völlig still war.

Das Mädchen sang. Die Vibrationen ihrer Stimme kitzelten auf seiner Haut. Dann spürte er sie ganz tief in seinem Inneren. Ruán seufzte. Die Sonne löste seinen Körper und sein Bewusstsein auf und vermischte beides mit dem wässrigen Licht um ihn herum.

Ruáns Handflächen prickelten. Er spürte etwas Helles, Leuchtendes, Warmes, Dahinschießendes. Fische.

Komm … Seine Gedanken schienen auf dem Licht zu fließen.

Ein Fisch schwamm ihm direkt in die Hände. Ruán spürte die Schuppen an seinen Fingern, dazu ein Kribbeln in seinen Händen, so als bestünde das Tier aus vielen kleinen Funken. Er sah und spürte etwas hell aufleuchten – die Flamme des Lebens in dem Fisch und in ihm selbst loderten jetzt gemeinsam. Ruán lachte voller Freude, einer Freude, die ihn alle Fragen vergessen ließ. *Unglaublich.*

Sein Herz machte fünf Schläge, und der Körper des Fisches erschlaffte in seinen Händen. Ruán hätte jedoch schwören können, das dessen Essenz durch feinere, unsichtbare Ströme weiterfloss. Atemlos drehte sich Ruán um.

Das Mädchen hockte rittlings auf dem Ast einer alten Birke, ließ die Beine baumeln.

Das Sonnenlicht wurde matter. Ruán watete ans sandige Ufer.

Hände … sie ergriff immer seine Hände, um nach Wurzeln im Boden und Muscheln im Wasser zu suchen. Wenn das Mädchen ihm essbare Pflanzen zeigen wollte, zerdrückte sie sie und hielt sie ihm unter die Nase. Im Schilf machte sie ihn auf das Platschen der Enten aufmerksam, das verriet, wo ihre Eier zu finden waren.

*Fühle. Rieche. Höre. Schmecke.* Mehr nicht.

»Wer bist du?«, rief er. »Was für eine Art von Magie ist das?«

Sie sprang mit einem anmutigen Satz von ihrem Ast herunter.

Ein Blick in ihre Wasseraugen genügte Ruán, um zu wissen, dass sie seine Sprache von Anfang an verstanden hatte. Er ließ den Fisch fallen und ging auf sie zu. »Was bist du?« Eine schreckliche Angst überwältigte plötzlich jede Vernunft, und er packte das Mädchen an den Schultern.

Als er sie berührte, hatte er das Gefühl, in einen tosenden Fluss zu fallen.

Unzählige Erinnerungen stürzten auf ihn ein. Der Sand seiner Heimatinsel rieselte zwischen seinen Fingern hindurch. Ein bleierner Himmel; Schaum auf den Wellen des Meeres. Die Gesichter seiner Familie, verkniffen und dünn, der nagende Hunger in seinem Bauch. Und hoch über ihm Seemöwen, schimmernd weiß und unerreichbar.

Nein. Sein Instinkt unterdrückte diese Welle von Erinnerungen. Er hatte stets das Schweigen und die Ruhe, hatte stets die Kälte des Steins gesucht. Nur dann war sein Geist leer genug, um die Stimmen der Götter zu hören.

Das Mädchen schwieg jetzt jedoch nicht mehr. Sie beugte sich nach vorn, legte ihre hohle Hand an sein Ohr. »Warum hast du den Jungen des Lords nicht gerettet?«

Ruán ließ sie los und taumelte ein paar Schritte zurück, so als hätte sie ihn geschlagen.

Dann drehte er sich um und rannte durch das Schilf davon. Das Glitzern des Sees nahm er jetzt nur noch verschwommen wahr, während sich ein verneinendes Knurren in seiner Kehle aufbaute. Als er an dem kleinen Lager vorbeilief, stolperte er, fiel in schlammigen Pfützen auf die Knie, rappelte sich wieder auf.

Um ihn herum wurde das Tosen immer lauter. *Ertaste. Höre. Rieche*. Das war alles, was sie ihn je zu tun geheißen hatte.

Ruán stürmte durch das Sumpfgras, weiter, als er je gegangen war. Der Boden begann leicht anzusteigen, als er sich vom See entfernte und sich dem Wald und dem Weideland dahinter näherte.

Zwischen Bäumen hindurch lief Ruán plötzlich gegen eine Wand aus Nacht. Alles wurde schwarz, der Schimmer des Wassers und des Himmels waren wie ausgelöscht. Er taumelte vorwärts und fiel in den Schlamm. Sein Körper krümmte sich zusammen.

Die Wahrheit brach als lautes Heulen aus ihm heraus.

Er war nach wie vor blind, und er würde es auch für immer bleiben.

Es war die zweite Nacht des Samhain-Festes.

Laut zechende Menschen scharten sich um die Freudenfeuer auf der Ebene von Cruachan. Stiefel stampften spiralförmige Muster in das mit Raureif überzogene Gras, als sich Reihen von Tänzern zwischen den Feuern bewegten. Männer legten ihre Arme um Frauen, betatschten Brüste und rieben ihre Nasen an ihren Hälsen. Verschüttetes Ale schimmerte in Bärten und auf fleckigen Kitteln.

Mit der Dunkelheit kam auch die Kälte. Maeve zog sich die Kapuze ihres roten, mit Hermelinfell gesäumten Umhangs über den Kopf. Auf dem Rückweg zum Haus der Frauen kam sie an einem kleinen Lagerfeuer im Windschatten einiger krummer Ebereschen vorbei. Das leise Plong einer Harfe drang an ihr Ohr. Die Zuhörer, die sich um den Barden versammelt hatten, lauschten ihm still. Seine Stimme trug in der klaren Luft bis zu ihr herüber.

»Conor Mac Nessa ...«

Die Nacht hauchte sie mit eisigem Atem an. Maeve blieb stehen.

»... der Zorn des Königs breitet sich wie eine Gewitterwolke über Emain Macha aus«, intonierte der Barde. »Die Maid der Dämmerung hat ihm die Sonne genommen. Sein Gesicht ist Reif und Zwielicht, sein Haar grauer Nebel. Seine Augen sind schwarz wie die Steine der regennassen Hügel. Und niemand weiß, ob die Sonne wieder scheinen wird, denn die Maid ist in dunklen Wäldern verschwunden.«

Maeve musterte den Barden. Seiner schäbigen Kleidung und dem unbeholfenen Harfenspiel nach zu urteilen, war er einer der fahrenden Dichter, die, auf der Suche nach einem warmen Platz für den Winter, von Burg zu Burg zogen. Sie glaubte, diesen Barden schon einmal gesehen zu haben.

Als die kleine Gruppe von Zuhörern aufstand, um ihre Becher wieder mit Ale zu füllen, ging Maeve auf den Harfenspieler zu und zog ihn zur Seite. Bevor er noch irgendetwas sagen konnte, drückte sie ihm einen Ring in die Hand und schloss seine schwieligen Finger darüber. »Was kannst du mir Neues über Conor Mac Nessa sagen?«

Der Barde starrte den eisernen Ring mit trüben Augen an.

»Aber fass dich kurz«, knurrte Maeve. »Wer ist diese ›Maid der Dämmerung‹?«

»Das Mädchen Deirdre, Conors Verlobte. Sie ist aus ihrem Gefängnis im Wald geflohen. Zusammen mit Naisi und seinen Brüdern. Sie waren den ganzen Sommer lang vor Conor auf der Flucht, durch Wald und Flur, über Berge und durch Täler.«

Naisi. Maeve konnte sich an die drei Brüder vom Roten Zweig noch sehr gut erinnern: hochgewachsen und mit blauen Augen. Ein verblüffender Gegensatz von schwarzem Haar und heller Haut. *Und Deidre …* Maeve versuchte, sich zu erinnern. Da hatte es in Emain Macha noch ein anderes Gerücht über das Mädchen gegeben, irgendetwas Dunkles und Geheimnisvolles. Die Krieger des Roten Zweigs hatten jedoch stets geschwiegen, wenn das Gespräch einmal darauf gekommen war. Irgendwie hatte diese Deirdre mit dem Roten Zweig zu tun … und Naisi und seine Brüder gehörten dem Roten Zweig an. »Und warum habe ich noch nie etwas davon gehört?«

»Die Ulaid halten mit ihren Problemen immer hinter dem Berg, Herrin. Ich habe Monate gebraucht, um einen Schlafplatz an ihren Feuern zu bekommen. Und sie zum Sprechen zu bringen? Aussichtslos! Die Diener wissen nur wenig, denn auch wenn ihre Herren ein noch so finsteres Gesicht machen, so kommt doch kein Wort über ihre Lippen.« Er warf einen kurzen Blick über seine Schulter und senkte dann die Stimme. »Sie haben alle Angst vor Conor, verstehst du. Sie sagen, der Kummer hätte seinen Verstand verwirrt. Einer der Lords, der den Flüchtigen Unterschlupf gewährte, wurde von Plünderern überfallen, ein anderer wurde enteignet. Der Rote Zweig hat die drei Brüder und das Mädchen durch den ganzen Norden gejagt und dann …«, seine kleinen Augen funkelten aufgeregt, »dann gelang es ein paar Kriegern, sie zu finden. Naisi hat Leary, den Sieger vieler Schlachten, im Zweikampf *getötet.*«

Maeves Gedanken überschlugen sich. Krieger des Roten Zweigs töteten sich nicht gegenseitig. Sie rühmten sich ihrer einzigartigen

Kampfeskunst und des geheimen, mystischen Bandes zwischen ihnen – dessen Wesen sie niemals ergründet hatte. Und jetzt verfolgten Krieger des Roten Zweigs nicht nur andere Krieger des Roten Zweigs, sondern brachten sich gegenseitig auch noch um?

Der Kern von Conors Kriegstruppe begann anscheinend auseinanderzufallen.

Sie nickte dem Barden zu und drehte sich um. Erst jetzt begriff sie. Außer Maeve hatte noch eine andere Frau Conor der Lächerlichkeit preisgegeben – und diese Frau war mit dem bestaussehenden jungen Mann von ganz Ulaid auf der Flucht.

Maeve stolperte, als die tief liegenden Augen des Königs im Nebel zu ihren Füßen erschienen. Sie war einer der wenigen Menschen, die wussten, was sich hinter seiner stets beherrscht erscheinenden Maske verbarg: eine hell lodernde Flamme des Neids und des Stolzes. Maeve massierte ihre Schläfen. *Hab keine Angst, denk nach!*

Sie war erleichtert gewesen, dass Deirdre Conors Zorn von ihr abgelenkt hatte. Aber stattdessen hatte das dumme junge Ding ihn jetzt so tief verletzt, dass er nun auf alles und jeden losging.

Mit einem Gefühl der Übelkeit wurde Maeve bewusst, dass sie vor den dunklen Grabhügeln von Cruachan stand. Jenseits des Flusses aus Dunkelheit brannte nur das Feuer vor dem Tempel des Lugh.

Maeve war sich schon vor langer Zeit sicher gewesen, dass sich die Götter und die Sídhe nicht für sie interessierten – sie schienen beschlossen zu haben, sie zu vergessen. Heute Nacht jedoch, während die Druiden bei ihrem Vater Totenwache hielten, war der Schrein der einzige Ort, wo sie ein wenig Ruhe zum Nachdenken finden würde. Und vielleicht … vielleicht würde sie sogar irgendein Zeichen erhalten, das ihr sagte, was sie tun sollte.

Sie ging mit großen Schritten über das knisternde Gras und dann weiter den Weg entlang, der sich zwischen den Häusern außerhalb des Festungswalls, der die Halle des Königs umgab, hindurchschlängelte. Der Wind fegte über verlassene Pfade, denn die Menschen waren alle bei den Samhain-Feuern. Sie erreichte die letzten

Hütten vor den Tempeln. Die Rieddächer waren von Raureif überzogen, sodass sie im Licht der Sterne grau wirkten. Maeve senkte den Kopf und vergrub ihr Kinn in ihrem Umhang.

Hinter ihr wurden plötzlich die Schatten lebendig.

Harte Hände packten sie an den Armen, rissen sie von den Füßen und warfen sie bäuchlings zu Boden.

## 5

Maeve trat um sich und rang verzweifelt nach Luft. Man hatte sie auf einen Misthaufen geworfen. Gänse schrien, Hunde kläfften wild.

Mit aller Gewalt wurde sie festgehalten, Knie pressten sie in den Dreck. Sie spürte etwas Spitzes und Kaltes – sie hatten ihre in mehreren Schichten übereinandergetragenen Röcke aufgeschlitzt, sodass ihr Gesäß jetzt unbedeckt war. Maeve würgte, wand sich, als sie raues Gelächter vernahm.

Anstelle des Messers trat jetzt etwas Warmes und Muskulöses, das auf die Furche zwischen ihren nackten Pobacken zielte. Ihr wütendes Gurgeln ging im Hohngelächter unter.

»Wir haben gehört, dass du ganz scharf auf so was bist«, höhnte jemand. »Also kriegst du es jetzt hier, in Mist und Pisse.«

Sie versuchte zu schreien, aber sie brachte kein Wort heraus. Dann glaubte sie, in der Ferne das Geräusch schneller Schritte zu hören. »Das ist dieser schwarzhaarige Bastard«, stieß einer ihrer Angreifer hervor. Das Knie, das auf ihren Arm drückte, bewegte sich, gab ihre Hand frei. Maeves Gedanken gingen wild durcheinander, aber ihr Instinkt ließ sie nach unten, zu dem Messer in ihrem Stiefel, greifen.

»Los, weg hier!« Ihre Angreifer rannten davon, nur einer von ihnen war nicht schnell genug. Maeve stieß einen Schrei aus und rammte ihren Dolch in seinen Fuß. Der Mann schrie auf, hüpfte auf einem Bein herum. Maeve sprang auf und rannte ihn mit gesenktem Kopf um. Sie stürzten beide in einem wirren Knäuel zu Boden, sein Dolch flog in hohem Bogen aus seiner Hand und landete klirrend auf einem zerbrochenen Mühlstein vor einer der Haustüren.

Maeve bäumte sich auf, zog ihre Hand unter seinem Körper hervor und schlug ihm in seine Weichteile. Er fluchte und rollte von ihr herunter. Die Schritte kamen näher. Als ihr Angreifer einen Moment lang abgelenkt war, stach Maeve ihm in den Oberschenkel. Der Mann schrie auf und versetzte ihr einen so heftigen Schlag, dass sie sich um sich selbst drehte, dann lief er hinkend davon.

Die Schritte kamen jetzt auf sie zu. Benommen stürzte sich Maeve auf diesen neuen Peiniger.

»Oha!« Garvan wich ihrer Klinge aus. »Ich bin's doch nur, Hitzkopf!«

Maeve traf stattdessen nur seinen Schatten und versenkte ihr Messer im Misthaufen. Ein weiterer Schrei entrang sich ihrer Kehle, als sie auf das schmutzige Stroh einstach, bis sie nicht mehr konnte. Aber schon einen Augenblick später erhob sie sich auf die Knie, ballte ihre Hand zur Faust. Sie hatte ihr Messer nicht richtig gehalten. Blut sickerte zwischen ihren Fingern hindurch.

»Maeve.«

Nur langsam wurde sie sich der kalten Luft auf ihrem nackten Hintern bewusst. Ihre geplatzte Lippe schmeckte nach Kupfer. Als Garvan versuchte, ihr aufzuhelfen, schob sie seine Hand weg.

»Bei allen Göttern, Frau.« Er strich sich mit beiden Händen die Haare zurück. »Du hast dich für so schlau gehalten, Innel hat alles gehört, was du gesagt hast, und er kennt jeden, um dessen Gunst du dich bemüht hast.« Als ein Zittern durch Maeves Körper lief, hielt er sie an den Schultern fest. »Dein Vater kann dich nicht mehr beschützen.«

Maeve riss sich los und erhob sich. »Ich dachte ... Innel sei dumm …« Ihr Bruder wusste, dass die Druiden niemals erfahren würden, was eben geschehen war. Jedenfalls nicht von ihr, denn dann wäre für jedermann offenkundig, dass sie schwach war … eine Frau, die die Lords einfach ignorieren konnten. Diese Tat sollte sie zum Schweigen bringen. Und wenn sie sich nicht zum Schweigen bringen ließ? Nun, wer würde sie schon vermissen, wenn sie eines Tages nicht mehr aus dem Wald zurückkam? Schließlich war allen bekannt, dass sie eine überaus waghalsige Reiterin war. Sie hustete, wischte sich dabei einen Strohhalm aus ihrem Gesicht. »Aber wenn hier jemand dumm ist, dann bin das ich.«

»Freut mich, dass du das endlich erkannt hast.« Garvan trat näher. »Ich werde dich jetzt zum Haus der Frauen zurückbringen.«

Maeve hinkte mit hoch erhobenem Kopf und brennenden Wangen voraus. Garvan folgte ihr auf dem Fuß, als sie zwischen den Festungswällen hindurchging, die den Hügel mit der königlichen Halle und dem kleinen Haus der Frauen umgaben.

Als Garvan ihr die schwere Eichentür öffnete, drehte Maeve sich zu ihm um. »Lass mich jetzt allein«, krächzte sie.

»Ich werde Wache halten.«

Sie wich seinem Blick aus, als sie das Hirschfell zur Seite schob, das vor dem Eingang hing. Das Gemurmel von Frauenstimmen drang aus dem Haus – die Dienerinnen waren gekommen, um das Feuer zu schüren. »Hier wird mich Innel niemals angreifen. Für seine Spielchen zieht er dunklere Orte vor.« Ihre tonlose Stimme klang plötzlich fremd. Sie spürte ihren Körper nicht mehr. »Ich bleibe.«

»Wenn er herausfindet, dass du mich beschützt, wird er dich nicht nur zusammenschlagen.« Als er noch immer zögerte, legte sie ihre Hand auf seine Brust und schob ihn weg. »Wer ist jetzt hier dumm?«

»Dann rühr dich hier nicht weg. *Versprich es mir.* Ich werde sehen, was ich für dich tun kann.«

Maeve huschte an den schnatternden Dienerinnen vorbei, kletterte zu ihrem Bett hinauf und riss sich das Kleid vom Leib. Mit zitternden Fingern zog sie dann eine lederne Hose, ihr Wams und den Kilt an. Sie spritzte sich Wasser aus einem Krug ins Gesicht, säuberte ihr schmutziges Gesicht und spülte ihren Mund aus, bevor sie sich auf ihr Bett setzte. Dort schob sie die Hände zwischen ihre Oberschenkel und wiegte sich hin und her. Innel wollte sie einschüchtern. Er würde sie jetzt jeden Tag verfolgen lassen, bis sich seinen Männern wieder eine Gelegenheit bot, sie anzugreifen.

Wie konnte sie sich davor schützen?

Maeve strich sich mit glasigem Blick ihre feuchten Haarsträhnen hinter die Ohren. Im nächsten Moment wurde der Drang zu fliehen geradezu übermächtig. Sie sprang auf.

Sie musste irgendeinen sicheren Ort finden. Sie musste weg von hier.

Die Gesichter der Frauen an der Feuerstelle nahm sie nur verschwommen wahr, ganz gleich, wie heftig sie auch blinzelte. »Áine«, sagte sie zu einer der jüngeren Dienerinnen. »Könntet ihr zusammen mit mir das Haus verlassen und zu den Feuern gehen?«

Áine und ihre Freundinnen sprangen auf. »Natürlich, Herrin.«

Während sie ihre Mäntel anlegten, nahm Maeve einen der alten Umhänge aus geöltem Leder vom Haken, die die Dienerinnen an regnerischen Tagen bei ihren Botengängen trugen. Der Umhang hatte eine Kapuze und war dunkel und voluminös. Erleichtert warf sie ihn sich über.

Die Mädchen traten in die kalte Nacht hinaus. Maeve hatte den Kopf gesenkt, um nicht schon allein wegen ihrer Körpergröße aufzufallen. Auf dem schmalen Weg zwischen den Häusern der Handwerker verließ sie die schwatzenden Mädchen und versteckte sich so lange, bis sie sich sicher war, dass man ihr nicht folgte.

Sie schlich durch dunkle Gassen zu den Stallungen, wo Meallán stand. Die Pferdeknechte feierten alle an den Feuern, und die Torwachen achteten an Samhain nicht auf die jungen Mädchen, die sich vor den Toren mit ihren Geliebten trafen. Sie sahen sie nicht einmal an.

Maeve führte ihr Pferd auf menschenleeren Pfaden weg von den

Wällen. Erst als sie die Wälder am Fluss erreicht hatte, wurde sie schneller. Die Sterne über ihr drehten sich, so als wäre ein Windstoß in sie hineingefahren. Ihr Atem stieg in kleinen Wolken zu ihnen auf.

Ein Stück stromaufwärts verließ sie den Wald wieder. Ein Weg führte über offenes Gelände. Sein Verlauf war für die Boten, die nach Cruachan ritten, mit weißen Kieselsteinen gekennzeichnet. Das Licht des Mondes nahm allen Farben ihre Kraft, ließ aber die Steine leuchten. Als Maeve sich des Untergrunds sicher war, saß sie auf.

Ruán lag in einem Wassergraben. Der Regen trommelte auf seine Wangen, auf die noch kurz zuvor die Sonne geschienen hatte. *Er war blind.*

Er wusste jetzt, dass das kein uraltes Volk gewesen war. Es waren die Sídhe.

Ruán sank mit dem Gesicht in die Pfütze, rollte sich dann auf die Seite. Die Götter hatten ihn nicht gerettet – sie hatten ihm nicht vergeben. Sie hatten ihn nur verspottet. Er öffnete seinen Mund und ließ das faulige Wasser hineinströmen.

Luftblasen strichen über seine Wange, und er erinnerte sich daran, wie die Sonne eine ebensolche Spur von Luftblasen hatte aufleuchten lassen, als er im See gewesen war. Die Erinnerung schmerzte. War das wirklich alles geschehen? Er sehnte sich danach, noch einmal zu spüren, wie die Sonne das Wasser auf seiner Haut trocknete, wie das Leben ihn durchdrang. Und nun lief alles, was er je gewesen war, auf einen einsamen Tod im schlammigen Morast hinaus.

Das würde alles sein, was von ihm blieb.

Ein wilder Stolz flammte plötzlich in Ruán auf. Er versuchte, ihn zu unterdrücken, aber dann kroch er doch mit letzter Kraft aus dem Graben. Er krümmte den Rücken, sein Magen verkrampfte sich, als er das faulige Wasser wieder erbrach. Dann rollte er sich zusammen, die Hände unter die Achseln geschoben.

*Trockener Grund, hoch gelegener Grund …* Die kleine Flamme in ihm flackerte, aber selbst jetzt wollte sie einfach nicht verlöschen. *Wärme dich.*

Später konnte Ruán sich kaum noch an diesen Albtraum aus glitschigem Schlamm und eisigem Wasser erinnern. Er fiel immer wieder in Tümpel mit Brackwasser und in Gräben voller verrottender Vegetation. Er ertrug den Schmerz von Brennnesseln und Brombeerstacheln in seinem Gesicht und auf seinen Händen. Regen prasselte auf ihn hernieder. Er kroch aufwärts. Der Boden unter ihm wurde allmählich härter.

Schließlich ertasteten seine Hände die Wurzeln einer knorrigen Eiche. Da wusste Ruán, dass er dem Sumpf entkommen war. Es hatte jetzt auch aufgehört zu regnen. Auf der anderen Seite fiel der Boden unvermittelt wieder ab, und er stürzte den Hang hinunter. Der Gesang des ersten Vogels durchdrang die Stille der Morgendämmerung.

Ruáns Kopf fuhr hoch. Seine Nasenflügel bebten, während er seine verbleibenden Sinne anstrengte.

Er streckte seine Hand aus und fühlte glatten Fels. Er legte seine Handfläche auf den Stein, spürte plötzlich eine tiefe Vibration, eine Art Pulsschlag. Es war ein großer, aufrecht stehender Stein, von Menschenhänden behauen und geglättet. Die Vorfahren hatten solche Steine vor langer, langer Zeit errichtet, um heiligen Boden zu markieren.

Ruán hielt sich an dem Stein fest. Dies war ein guter, ein besserer Ort, um zu sterben.

Als seine Arme den Stein umfassten, spürte er, dass etwas in dessen Oberfläche eingemeißelt war. Ihm stockte der Atem, dann fuhr er die Kerben mit seinen Fingern nach. Eine Spirale. Darunter befanden sich weitere Symbole: Rauten innerhalb von Rauten und kleine Wellenlinien. Ruán lehnte sich gegen den Stein. Er schauderte, als er das schwache Pochen von weiteren aufrecht stehenden Steinen um ihn herum wahrnahm.

Ein Kreis aus Steinen.

Während der Schlamm auf seiner Haut trocknete, kroch er nacheinander zu jedem dieser Steine, betastete die eingemeißelten Symbole und versuchte, sie sich bildlich vorzustellen. Die Kälte und die Nacht voller Schmerzen hatten seinen Verstand betäubt, aber er fand noch mehr Spiralen, sich überschneidende Ringe und Strahlenkränze innerhalb von Kreisen.

Er wandte den Kopf zum Zentrum des Steinkreises. Der Boden schien zur Mitte hin abzufallen. Dort, im Zentrum, war es unglaublich still.

Ruán zögerte, Schuldgefühle drohten ihn zu überwältigten. Er durfte diese heilige Grenze nicht überschreiten … er war verflucht. Während er noch schwankend auf dem Boden kniete, gab dieser plötzlich unter ihm nach. Er fiel vornüber und schlitterte ein ganzes Stück nach unten, bevor er wieder zur Ruhe kam. Der Sturz riss ihn aus seiner Lethargie.

Die Symbole auf den Steinen flammten vor seinem inneren Auge auf. Ja, er kannte diese Symbole.

Diese in Stein gehauenen Bilder schmückten auch die Gräber der Ahnen. Er hatte schon oft in Trance neben ihnen gelegen, hatte die Trommel geschlagen, während sie vor seinem inneren Auge geschwebt hatten. Stets hatte er geglaubt, dass sie der Schlüssel zu einem Geheimnis der Götter wären, das nur er allein entdecken sollte.

Und so hatte er sich vom Licht der Sonne und vom pulsierenden Leben in den Wäldern und den Seen abgewandt und sich in die dunklen Höhlen zurückgezogen, dort wo es kalt und still war. Er hatte alle körperlichen Sinne verleugnet und danach gestrebt, seine fleischliche Hülle und die diesseitige Welt zu verlassen. Er hatte sich allein auf seinen Geist konzentriert in der Hoffnung, es würde ihm dadurch gelingen, die Schleier der Anderswelt zu durchdringen. Obwohl er stets nur einen flüchtigen Blick hatte erhaschen können und lediglich vermuten konnte, was seine Visionen bedeuteten, hatte er sie seinem Volk so erklärt, als wären sie die Wahrheit.

Ein weiterer Schlag traf Ruán.

Als er fast in dem See gestorben wäre ... da hatte irgendetwas über ihm geschwebt. Ein Wasserstern. *Sídhe.* Als sie ihn geheilt hatten, hatte er in seinen Fieberträumen ihr strahlendes Licht, kristallene Flammen und Sonnenstrahlen gesehen.

*Strahlen in Kreisen. Rauten in Rauten.*

Es waren die in Stein gemeißelten Symbole gewesen.

Die Vorfahren hatten das Abbild der Sídhe immer wieder in Stein gemeißelt. Sie hatten sie als das gesehen, was sie tatsächlich waren: hell leuchtende Sterne, die zwischen den Schleiern der beiden Welten tanzten.

Ruán stieß ein krächzendes Lachen aus. Er hatte die ganze Zeit geglaubt, er wisse alles, aber jetzt stellte sich heraus, dass er schon immer blind gewesen war. Er keuchte, dann jedoch begann er zu lächeln, als er bemerkte, wie etwas Hartes sein Herz verließ. *Du Narr.*

Er ruderte mit den Armen, um sich aufzusetzen. Dabei stieß er mit dem Arm an einen weiteren Stein, der direkt im Zentrum des Kreises stand. Ein niedriger, geduckter Fels. Ruán zog sich an ihm hoch, legte seinen Hinterkopf darauf und wandte das Gesicht dem Himmel zu. Er lächelte wieder, während alle Kraft ihn verließ.

Die Sídhe hatten ihn nicht verspottet. Sie hatten ihm, als er krank war, etwas vorgesungen, hatten ihn mit ihren Liedern in den Schlaf gewiegt. Ihre feurigen Strahlen, ihr strahlendes Licht hatte ihm einen letzten Blick auf das in der Sonne glitzernde Wasser geschenkt.

Also ... konnte er jetzt hier getrost vermodern, konnte mit seinem Körper das Land und dessen Kreaturen nähren. Er war ohnehin nicht mehr als Lehm und Wasser, war nie etwas anderes gewesen – und plötzlich war das ein wunderbarer Gedanke. *Auch er war einfach nur aus Erde gemacht.* Mochte er jetzt also wieder ein Teil davon werden, denn die Große Mutter war ebenfalls Erde und Wasser ...

Als sich sein Pulsschlag verlangsamte, hörte Ruán plötzlich ein leises Summen. Was war das für eine Melodie? Er merkte, dass in seinem Bauch etwas zum Leben erwachte. Ein immer stärker werdender Druck, schließlich Schmerz. Hitze. Sie stieg zu seiner Brust auf und drückte von innen gegen seine Rippen, wurde immer stärker und stärker. Irgendetwas in ihm platzte. Er schnappte nach Luft.

Schlagartig erwachten seine Erinnerungen, als würde er das alles noch einmal erleben.

Über eine sonnige Lichtung kam ein Mädchen auf ihn zugesprungen. *Orla*. Ohne zu zögern, tauchte Ruán in diesen Tag ein, einen Tag, an dem er sich zwischen Jugend und Mannesalter befunden hatte. Noch bevor er nach irgendetwas getrachtet und gestrebt hatte.

»Du musst pusten!«, forderte Orla ihn auf, während sie sich in einer Wolke aus Löwenzahnsamen drehte. »Fester, Ru!«

»Ich habe keine Luft mehr, wirklich.« Der junge Ruán warf die nackten Stängel ins Gras und ließ sich auf den Boden fallen. Orlas braune Haare waren zu einer mit unzähligen Samenschirmchen gesprenkelten Krone geworden. Ihr zerschlissenes Kleid wirkte so elegant, als wäre es aus feinster Wolle gewebt. Es raubte ihm schier den Atem. »Du siehst aus wie eine Prinzessin.«

Sie kicherte, machte einen Sprung und setzte sich auf seinen Bauch. »Eine Prinzessin der Kühe und des Haferbreis.« Sie streichelte sein Gesicht. Ihre Finger hatten Schwielen vom Mahlstein am Herd ihres Vaters.

Ruán hielt ihre gerötete Hand fest. »Jedenfalls bist du *meine* Königin.«

»Du redest zu viel.« Sie küsste ihn mit von Beerensaft geröteten Lippen.

Ruán verschlang sie regelrecht, als sie sich mit ihrem festen, jungen Körper an ihn presste. Auch wenn seine Schultern noch nicht so breit waren wie die eines Mannes, erblühte ein gewisser Teil von ihm schon zur Männlichkeit. Das Blut strömte in seine Lenden, ohne dass er das hätte verhindern können.

Orla hob den Kopf. »Ich kann nicht auf dir liegen, wenn das da mich ständig piekt.« Sie sprang auf und hüpfte davon.

Mit brennendem Gesicht folgte er ihr.

Sie rannten durch üppig grüne Wälder, liefen durch Bäche und sprangen, wenn sie unter dem Ast eines Baumes hindurchkamen, jedes Mal hoch in die Luft, um ihn zu berühren. Schließlich holte Ruán Orla ein und hielt sie, an den Stamm einer Eiche gedrückt, fest. Alles war so voller Leben – die Blätter, die seine Wangen streiften, Orlas Augen, der Geruch der satten Erde.

»Ru.« Orlas Brust bebte. Sie löste ihren Mund von seinen Lippen und begann, ihm etwas ins Ohr zu singen. »Heirate mich, mein Starker, mein Dunkler, mein Schöner. Heirate mich an Samhain, wenn der erste Raureif in der Luft liegt.« Sie fuhr mit ihren Fingern durch seine roten Haare. »Heirate mich, mein Tiefsinniger, mein Rotschopf, mein Liebster, heirate mich an Beltaine, wenn ich Blüten in meinem Haar trage …«

Abrupt fand sich Ruán in der Gegenwart wieder. Er saß zwischen den Steinen, das Lied lag noch auf seinen Lippen. Seine Stimme brach und verstummte, der Gesang jedoch ging weiter.

Ruán wurde vollkommen still. Der Gesang wurde tiefer, bis er schließlich von allen Steinen als Echo zurückgeworfen wurde und dabei immer mehr anschwoll. Er hallte in seinem Herzen wider, während der Stein unter ihm wie ein Amboss dröhnte.

Flammensäulen schossen ringsum empor, sandten ihr Licht in alle Richtungen.

Das waren die Sídhe.

Er sah sie im Geiste, denn sie bewegten sich in Welten, die mit seinen vernarbten, nutzlosen Augen nicht das Geringste zu tun hatten. Als sie sich ihm näherten, wurde er einen Augenblick von ihrem Licht geblendet, dann breitete sich abermals der nächtliche Himmel der diesseitigen Welt über ihm aus. Ein runder Mond zeigte sich zwischen Wolkenfetzen. Die Steine ragten als schwarze Silhouetten vor dem Sternenhimmel auf.

Die Sídhe ließen ihn sehen.

Jetzt kniete das Sídhe-Mädchen wieder in menschlicher Gestalt neben ihm. Das Licht des Mondes lag auf ihrer Haut. »Um das zu bekommen, wonach du strebst, musst du loslassen und darfst nicht kämpfen.«

Ruán sah, dass sich ihre Lippen nicht bewegten: Er hörte das, was sie sagte, in seinem Inneren, so als wären es seine eigenen Gedanken.

»Du bist so starrsinnig! Aber jetzt endlich begreifst du es.«

In dem Moment, in dem er losgelassen hatte und bereit gewesen war, sich im Wasser aufzulösen, wieder zu Staub zu werden … da waren sie endlich zu ihm gekommen.

Die Sídhe beugte sich über ihn und hauchte ihn an. Es war jedoch kein Atem, was aus ihrem Mund kam, es war Licht, reines Licht. Es strömte durch ihn hindurch und entzündete seine Lenden. *Orla.* Er schrak vor dieser gefährlichen Gefühlswallung, vor dem Verlangen, das er als Junge damals auf der Lichtung verspürt hatte, zurück.

»Nein«, sagte die Sídhe. »Das ist ein guter Ort. Lebe in deinem Körper und nicht in deinen Gedanken – spüre das ganze Leben der Welt!« Sie lächelte ihn an und legte eine Hand auf seine Brust. Ihr wahres Selbst war eine Flamme … eine hoch aufschießende, strömende Flamme … jetzt drang ihr Feuer in ihn ein, und er befand sich wieder auf jener Lichtung.

Er versank in Orla. Sie hob voller Entzücken die Arme, streckte die Hände zum Himmel hinauf, verwob ihre Haare dann mit dem Gras, so als wäre sie die Erde und er die Sonne. *Er war tatsächlich die Sonne …* Er ergoss sich in sie.

Ruán spürte jetzt, wie dieses wunderbare Gefühl noch einmal durch ihn hindurchströmte. Anstatt jedoch in einem reinen Vergnügen zu gipfeln, wurde das Brennen in seinem Körper einfach nur heftiger und immer heftiger. Der Feuerball in seinen Lenden begann schließlich, in seinem Körper nach oben zu steigen. Dabei riss er auch alte, lange vergrabene Dinge mit sich.

Verborgene Dinge.

Er stand mit Orla auf einem Felsen am Meer. Das Vergnügen der Wälder war vergessen. Ein Boot schaukelte auf den schaumgekrönten Wellen unter ihm. Es wartete auf ihn. Orla weinte bitterlich. »Was ist nur mit dir geschehen?«

Gischt benetzte Ruáns Gesicht.

Mühsam öffnete er seine kalten Lippen. »Eine Ausbildung bei den Druiden ist eine einmalige Gelegenheit für jemanden wie mich, Orla.«

»Du rennst doch nur vor mir davon – vor uns allen!«

»Nein. Für meine Ausbildung muss ich rein sein. Ich muss klar denken können.« Seine Stimme brach. »Ich versuche, meinen Körper meinem Geist zu unterwerfen, aber das kann ich nicht, wenn du in meiner Nähe bist.«

»Du bist so kalt geworden«, klagte sie und packte seine Arme. »Küss mich so, wie du mich früher geküsst hast!«

Ruán richtete seinen Blick auf die graue See. Der andere Novize, ein Junge namens Áedán, der von der Nachbarinsel stammte, winkte ihm von dem kleinen Boot aus zu. *Beeil dich*, hieß das. *Das hier ist deine Chance, dem allen zu entfliehen: den hungrigen Bauern und Fischern, die auf den mageren Böden und in der See nur ein kärgliches Auskommen finden. Dem Gesicht deiner Mutter, das so verhärmt und so bleich ist.*

»Die Ausbildung wird meine ganze Kraft fordern, Orla. Ich werde zu der Großen Insel fahren. Es ist eine große Ehre, dass Lord Mulach mich bei sich aufnimmt.« Er biss die Zähne zusammen. »Du wirst sicher schon bald einen Fischer heiraten, jemanden, mit dem du zusammen am Herd sitzen kannst.«

Orla schüttelte den Kopf, weinte. Sie beugte sich mit verschränkten Armen nach vorn, so als hätte er ihr einen tödlichen Stoß versetzt.

Quälende Schuldgefühle drohten ihn zu überwältigen.

Auf dem schlammigen Boden im Kreis der Steine loderte das Feuer in seinem Körper abermals auf. Ruán begann zu zittern. Aus seinen Poren rann der Schweiß, durchnässte seine Haare. Sein Bauch brannte wie Feuer. Der Schmerz war so groß, dass er laut aufschrie. Jetzt jedoch schwoll der Gesang der Sídhe an, und endlich zerschmetterte der Widerhall ihrer Stimmen seine Schuldgefühle in tausend Funken.

Der Schmerz jedoch ließ nicht nach; die glühende Hitze kroch nur noch ein Stück höher. Jetzt sah Ruán Lord Mulachs Gesicht, in das sich der Kummer um seinen sterbenden Sohn tief eingegraben hatte. Der Junge warf sich im Delirium hin und her, seine Haut glühte im Fieber.

»Rette ihn«, hatte Mulach Ruán angefleht. »Du hast gesagt, dass du alles siehst.«

Ruán hatte es mit allem versucht, was seine Ausbildung, sein Geist und sein Wille bewirken konnten. Mit dem Herzen war er jedoch nicht bei der Sache gewesen. Er fand einfach keinen Zugang zu sich selbst. Und deshalb war er auch gescheitert.

Der Junge war gestorben.

Die feurige Säule erreichte jetzt Ruáns Herz. Ein Gefühl der Scham ergriff ihn … heiß und bitter.

Ruán kämpfte um Luft und krümmte seinen Rücken, als er wieder die schwieligen Hände spürte, die ihn niederdrückten – es waren Lord Mulachs Männer, die ihn festhielten –, und dann sah er, wie der glühende Schürhaken auf seine Augen zukam.

»Und jetzt«, sagte der Lord, »siehst du nichts mehr.«

Ruáns Schrei ging im Gesang der Sídhe unter, als das Feuer aus seinem Scheitel brach und sein ganzer Körper zu einer Flammensäule wurde. Ruáns Wahrnehmung seiner selbst – seiner Gliedmaßen, seines Verstandes, seines Herzschlags – wurde einfach verbrannt.

Seine Lebenskraft schoss wie eine Fontäne hoch in den Himmel hinauf. Für die Dauer eines einzigen Herzschlags strahlte diese Kraft über das ganze Land, und er sah sich als Erin selbst. Seine Knochen wurden zu dessen Felsen, sein Fleisch zu dessen Boden, sein Blut zu dessen Flüssen und Seen. Seine Haare bildeten das Gras und die Bäume. Der Schlag seines Herzens war das Leben, das alles durchströmte.

Er war der König-im-Land.

Dann erlosch die feurige Explosion, und Ruán fiel in seinen Körper zurück. Er erwachte in seiner menschlichen Gestalt, sah über sich den Mond und spürte den kühlen Wind der Nacht.

Im Lachen des Sídhe-Mädchens hörte er noch immer die Ekstase dieses Augenblicks, spürte er die Flamme des Lebens.

*So ist weggebrannt, was du warst! Jetzt kannst du zu etwas anderem werden.*

Es begann bereits zu dämmern, als Maeve den großen Hügel erreichte, der einsam an der westlichen Küste von Connacht aufragte. Er wurde von einem riesigen Steinhaufen gekrönt. Es hieß, dass er oft von den Sídhe der Anderswelt besucht wurde, Maeve aber kümmerte das nicht, denn hier spürte sie die reinigende Kraft des Windes.

Das Meer unter dem von roten Wolkenstreifen überzogenen Himmel lag kupferfarben vor ihr. Die Bäume an den Hängen glänzten in den verschiedensten Ockertönen. Alles Grün der Wiesen war verschwunden. Sie sah nur noch dieses rötliche Braun, wie verrostetes Eisen, wie getrocknetes Blut.

Maeve hatte schon viele Male hier gestanden, das Kinn nach Westen gereckt, als wäre dieser Hügel der Bug eines Schiffes, das sie von hier fortbringen würde. Aber das war ein Wunschtraum geblieben. Es hätte keinen Sinn gehabt, sich ihrem Vater zu widersetzen. In Erin hätte ihr niemand Unterschlupf gewährt, und auf der anderen Seite des Meeres wäre sie eine mittellose Fremde gewesen, eine leichte Beute für Männer, die andere Götter hatten als sie.

Sie schlang die Arme um ihre Brust, obwohl sie bereits durch festes Leder geschützt war. Ein leises Stöhnen entwich ihrer Kehle. *Ich habe dich so lange ertragen, Vater. Und jetzt lässt du mich allein, damit man mich im Dreck vergewaltigt?*

Maeves Blick wanderte nach Süden, zum Fuß des Hügels. Dort befand sich eine Gruppe von steinernen Gräbern, die wie graue Buckel mit klaffenden Mäulern aussahen. Sie waren von den Ahnen errichtet worden, aber es hieß, dass jetzt die Sídhe, die Wesen aus der Anderswelt, die Grabhügel bewachten.

Maeves Augen brannten. Einmal, als sie fast noch ein Mädchen gewesen war, hatte sie sich auf eines dieser Gräber geworfen. Sie hatte Ros Ruadh verflucht, hatte ihren Vater beschimpft und um ihr verlorenes Kind geweint.

Damals hatte sie für diesen Schmerz noch Tränen gefunden.

Die Bauern ließen dort immer kleine geschnitzte Göttinnen zurück. Sie hatte die Figürchen, deren geschwollene Leiber und Brüste von der Fruchtbarkeit der Großen Mutter kündeten, verzweifelt an ihre Wangen gedrückt. Obwohl sie sie inständig angefleht hatte, hatten sie sie nur mit leeren Augen angestarrt. Die Sídhe hatten ihr damals nicht geholfen.

Maeves Blick flackerte. Und sie würden ihr auch heute nicht helfen. Die Grabhügel mussten schon lange verlassen sein.

Maeve wandte den Kopf. Und dennoch stieg diese Erinnerung wieder wie ein stummer Schrei in ihr auf. Schließlich fiel sie auf die Knie, so wie sie es hier auf diesem Hügel jedes Mal getan hatte, wenn sie ihre Verluste einfach nicht mehr hatte ertragen können.

Ihre Kinder. Sie waren fort.

Die Augenblicke des Friedens, die sie sich in Laigin und Mumu erkämpft hatte, waren durch die Launen der Könige zerstört worden.

Ein Messer auf ihrer nackten Haut ... die Drohung in den Augen ihres Bruders ... üble Beschimpfungen, leise in ihr Ohr gezischt ...

Maeve beugte sich vor und drückte ihr Gesicht in den Teppich aus Heidekraut, damit sie ihren Schmerz und ihre Trauer in die Erde hineinschreien konnte, ohne dass es jemand hörte.

Ruán kniete am See und starrte aufs Wasser hinaus. Auf den Wellen tanzten glitzernde Funken. Dort wo die Sídhe herrschten, konnte er wieder sehen, das galt sowohl für die diesseitige Welt als auch für die Anderswelt.

»Du musst deinen Körper kennzeichnen«, hatten sie aus den Steinen zu ihm gesprochen.

Völlig erschöpft war er auf schwachen Beinen durch die Sumpfgraswiesen, über denen schon die Morgendämmerung gelegen hatte, zum See zurückgegangen. Dort war er ins Wasser eingetaucht, hatte den Schlamm und das Blut abgewaschen. Dann war er ans Ufer getreten und hatte die steinerne Klinge zur Hand genommen, die neben der Feuerstelle gelegen hatte.

»Verewige die Reise in deinem Fleisch, damit du dich stets daran erinnerst.«

Ruán ritzte seine Haut über seiner Brust, dem Brustbein und dem Bauch mit kleinen Schnitten auf. Sein Geist war dabei so klar wie das Wasser des Sees, so ruhig wie die Morgendämmerung.

Die Klinge hinterließ eine Spur aus Feuer. Als seine Handflächen glitschig wurden, hielt er kurz inne, um sie abzuwischen, dann fuhr er unbeirrt fort. Als er fertig war, trug er die heiligen Substanzen auf die Wunde auf: Asche, Ocker und den Saft von Pflanzen. Langsam arbeitet er dann alles in die Schnitte ein.

Er trug jetzt die große Spirale, die sich sowohl nach innen als auch nach außen drehte. Dies war ein Symbol, das alle Druiden kannten.

Die Reise nach innen hatte das Herz der Einen Wahrheit zum Ziel, die alles miteinander verband. Die Reise nach außen stand für das Wachsen und das Ausdehnen der Seele.

Als die Morgensonne den Raureif im Gras aufleuchten ließ, öffnete Maeve die Augen. In ihren ledernen Umhang gehüllt, war sie am Abend zuvor vor Erschöpfung wie betäubt eingeschlafen.

Sie lag mitten im Heidekraut, ihr Messer hielt sie noch in der Hand. Die Wunde in ihrer Handfläche hatte sich geöffnet. Das Blut schimmerte im Licht der Morgendämmerung. Sie rappelte sich auf und kniete sich hin. Die Sonne stand bereits über dem östlichen Horizont. Maeve drehte instinktiv den Kopf dorthin. Sie hielt inne. Dort, im Osten, in Cruachan, lauerte ihr Bruder.

Im Westen, jenseits des Meeres, erwartete sie nur das Exil. Ohne Verwandte würde man sie dort zur Sklavin machen.

Der Süden kam für sie nicht infrage. Dort wartete nichts als eine Grube voller Schmerz und Trauer zwischen den Grabhügeln der Sídhe auf sie.

Maeve blickte auf. Sie erhob sich, ging ein paar Schritte einen Hang hinauf und sah nach Norden.

Dort lag das Ulaid.

Maeve kam es so vor, als würde Conors Gesicht, umrahmt von seinen grauen Haaren und seinem grauen Bart, sie hasserfüllt anstarren. Sie hatte den König der Ulaid verletzt. Jetzt aber hatte er sowohl sie als auch Deirdre verloren und stand vor den Kriegern des Roten Zweigs als Schwächling da.

Ihr Vater hatte bezweifelt, dass Conor Connacht ihretwegen angreifen würde, und so hatte Maeve im vergangenen Jahr ihre Ängste unterdrückt. Jetzt jedoch wollte ihr das nicht mehr gelingen. Sie wischte sich den Tau von der Wange.

Die Krieger strömten in Scharen ins Ulaid. Sie wurden von dessen Gold und Eisen angelockt und machten es als Dank dafür mit ihren Speeren und Schwertern stark. Der wahre, der heilige Reichtum eines Landes aber war das Vieh. Nur große Viehherden garantierten einem König uneingeschränkte Macht. Das Ulaid war für die Viehhaltung zu bergig. Es war Connacht, das die saftigen Weiden besaß, auf denen die Kühe fett wurden.

Und jetzt stand das Königreich, das Conor Mac Nessa schon immer begehrt hatte – Maeves Königreich – kurz davor, durch einen Streit um den Thron gespalten zu werden.

Maeve kannte das Wesen der Krieger. Besessen von der Frage, wer der Stärkste und Kühnste von ihnen sei, maßen sie sich ständig miteinander wie Hirschböcke im Herbst. Ihr Handeln wurde von Stolz und von Schwüren, von Beleidigungen und Demütigungen bestimmt. Sie strebten nach Gold, um sich damit zu behängen, sie stolzierten herum wie die Gockel und konnten von Ale, gebratenem Wildschwein und Frauen gar nicht genug bekommen.

Maeve atmete gepresst, während sie in den Nebel hineinstarrte und dort das runzelige Gesicht der alten Meara sowie Eithnes wehmütiges Lächeln sah. Sie spürte wieder, wie zart Líochs Hals gewesen war, als sie im dunklen Karren ihr Haar berührt hatte. Wer würde, während sich die Mitglieder der Derbfine mit Augen, in denen unübersehbar die Gier stand, um die Königsnachfolge stritten, an die Viehhirten, die Ackerbauern und die Fischer denken? Ihr Bruder etwa? Nein. Ihm ging es nur ums Kämpfen und ums Vögeln.

Die Launen der Lords hatten Zerstörung und Dunkelheit in ihr Leben gebracht. Wie konnte sie dastehen und zusehen, wie ihrem Volk und den einzigen Menschen, die ihr in kurzen, kostbaren Augenblicken des Glücks das Gefühl gegeben hatten, dass sie zu ihnen gehörte, dasselbe widerfuhr?

Das Schicksal hing wie die letzten Sterne über dem Meer. Das Echo ihres Vaters begann bereits zu verhallen, nun aber erinnerte Maeve sich wieder an etwas, das er gesagt hatte und das sie bei ihrem verzweifelten Versuch, am Leben zu bleiben, beinahe vergessen hatte.

*Diejenige, die nach mir kommt.*

In diesem Moment erhob sich die Sonne über den Nebel, tauchte die Hügelkuppe in helles Licht und ließ den Raureif auf den Steinen hell aufleuchten. Maeve sah sich verwirrt um. Ihre Haut war so weiß wie der Raureif, ihre Haare so rot wie die Morgendämmerung. Ihre Knochen waren die Steine unter ihren Füßen. Das Blut, das in ihr strömte, toste wie die Bäche, die den Hügel hinabstürzten.

Als Mutter ihrer eigenen Kinder lag gewiss ein Fluch auf ihr. Aber war das so, weil … weil sie ihr *ganzes* Volk beschützen sollte? Die Priesterinnen auf dem heiligen Hügel hatten gesagt, dass die Frauen ein größeres Herz hätten als die Männer und auch mehr Weisheit besäßen als diese.

*Die Mutter aller.*

Maeve legte die Hand über die Augen. Sie durfte nicht zulassen, dass diese Worte in ihren Gedanken Gestalt annahmen. Stattdessen ergriff ein tiefer Groll von ihr Besitz.

Ohne dass ihr richtig bewusst wurde, was sie tat, hob Maeve ihren Dolch und stieß ihn in das Riedgras auf der Klippe, die nach

Norden sah. Am Heft des Dolches klebte noch ihr eigenes Blut. »Ich werde nicht zulassen, dass du diesen Menschen etwas zuleide tust!«, schrie sie Conor von den Ulaid entgegen.

Als dieser Schrei ihren Mund verließ, schauderte Maeve. Ihr Schrei breitete sich in Wellen über das Land aus. Ihm folgte ein schwaches Echo. *Und ich werde nicht zulassen, dass du mir noch etwas zuleide tust.* Dies galt auch ihrem Bruder, ihren Vettern; jedem Mann.

Wenn sie es selbst war, die herrschte, dann konnte sie niemand mehr verletzen.

Maeve verbannte dieses leise Flüstern und straffte ihre schmerzenden Schultern. Die Farben der Morgendämmerung waren zu einem hellen Gleißen um sie herum geworden. Erst jetzt fiel Maeve wieder der ursprüngliche Name für die Anhöhe ein, auf der sie stand.

Cnoc na Ri. Der Hügel des Königs.

# 6

Im Norden von Erin, auf den bereiften Ebenen von Emain Macha, prasselten große Freudenfeuer.

Die Menschen scharten sich um die Bratspieße mit Wildschwein und Rind und vertrieben die Geister von Samhain mit Gesang, Tanz und mit viel Ale. In die Musik mischte sich Gelächter, Füße stampften im Takt von Trommeln.

Cúchulainn und Ferdia standen am Feuer des Wachhunds, abseits von den anderen, die Köpfe hatten sie über ihre Becher gesenkt.

Cúchulainn warf einen kurzen Blick auf seine Frau Emer, die das

Baby einer Freundin auf den Hüften trug. Sie lächelte ihn verheißungsvoll an. Der Wachhund seufzte. Es war nicht ungefährlich, in dieser Nacht hier auf der Wiese ein Kind zu zeugen. Unter den Ulaid brodelte der Zwist.

Wenigstens verhielt Connacht sich ruhig.

Cúchulainn war noch immer wütend und enttäuscht darüber, dass König Conor keinen Angriff auf Connacht befahl, obwohl der Augenblick günstig war, da dieses durch Eochaids Tod geschwächt war. Der König jedoch war wie besessen davon, Naisi und Deirdre zu finden, und hatte die Krieger des Roten Zweigs stattdessen diesen beiden hinterhergeschickt. Nur Cúchulainn schien es noch zu kümmern, dass die Verteidigungsanlagen des Königreichs besetzt waren. Er ließ Emer und seinen Klan, dessen Oberhaupt er zugleich war, sooft es ging, allein, um die Grenzen von Connacht abzureiten. Aber er war sich bewusst, dass das in keinem Fall ausreichend war. Ferdia, der weder Frau noch Familie hatte, war jetzt schon seit Monaten im Sattel und hörte sich überall im Land um.

»Die Grenzfürsten murren immer lauter.« Ferdia ließ das Wasser in seinem Becher kreisen. »Inzwischen sagen sie über Conor genau das, was er am meisten fürchtet … nämlich, dass er ein alter Narr mit einem verdorrten Schwanz ist.«

Cúchulainn grunzte, schüttelte den Kopf.

Ferdia senkte die Stimme. »Die Krieger bewundern insgeheim Naisi. Sie sind der Meinung, dass hinter der ganzen Sache nur der Neid eines alten Hirschs auf einen jüngeren steckt. Und auch die Chiefs empfinden das Verhalten des Königs als vollkommen unangemessen.«

Laute Schreie übertönten die Musik. Alarmiert warfen sich Cúchulainn und Ferdia einen Blick zu und versuchten sofort, den Grund des Aufruhrs ausfindig zu machen.

König Conors jüngster Sohn Fiacra stand schwankend vor seinem besten Freund Illan. »Das wagst du, über meinen Vater zu sagen?«, brüllte er.

Illan wiederum war der Sohn des großen Kriegers Fergus Mac

Roy, der vor Conor König gewesen war. Illan und Fiacra waren wie Brüder – fast wie Zwillinge – miteinander aufgewachsen.

Illan reckte das Kinn, seine Augen waren glasig. »Niemand kann Naisi aus unseren Herzen reißen. Du gehörst doch auch zum Roten Zweig. Also verhalte dich auch so!«

»Naisi hat die Braut meines Vaters entführt und uns damit verraten! Warum willst du das nicht endlich begreifen?«

»Das hat er eben nicht getan«, lallte Illan. »Heute Nacht werden die Toten geehrt, oder etwa nicht? Naisi und die anderen könnten genauso gut schon tot sein!«

Andere junge Krieger ergriffen jetzt Partei, brüllten sich an und schon bald flogen die Fäuste. Cúchulainn zerrte Illan aus dem Getümmel, ein anderer Held des Roten Zweigs, Conall Cearnach, hielt Fiacra fest.

In diesem Moment trat König Conor in den Schein des Feuers. Dies machte der Schlägerei und dem Geschrei auf der Stelle ein Ende.

Eine unheilvolle Stille breitete sich aus, die nur vom Knistern der Feuer und dem Weinen eines Säuglings unterbrochen wurde. Conor ließ langsam seinen Blick umherwandern, sah mit seinen geröteten Augen jedem einzelnen der jungen Raufbolde ins Gesicht. Dann wandte er sich an Illan. »Es ist Verrat, für einen Verräter wie Naisi Partei zu ergreifen.«

Cúchulainns Nasenflügel blähten sich. Er wollte gerade etwas sagen, als sich hinter ihm jemand mit tiefer Stimme zu Wort meldete.

»Du sprichst von Verrat, Sohn der Nessa?«

Es war Fergus. Der alte, schlachtenerprobte Kämpfer schob ein paar Männer zur Seite und stellte sich neben seinen Sohn Illan. Eine Mähne silberner Haare krönte seine massige Gestalt. In seinem zerfurchten Gesicht stand der Zorn. »Illan hat nichts anderes getan, als ein Lied zu singen, das dein eigener Barde über die Söhne des Usnech verfasst hat.«

Conor schürzte seine schmalen Lippen. »Trotzdem verbiete ich es.«

Cúchulainns Blick wanderte zwischen den beiden hin und her. Die Ulaid konnten es sich nicht leisten, dass diese alten Wunden wieder aufbrachen. Nicht jetzt.

Fünfunddreißig Jahre waren vergangen, seit Conors Mutter Nessa den damaligen König der Ulaid, Fergus, verführt und geheiratet hatte. Conor war zu diesem Zeitpunkt fünfzehn Jahre alt gewesen. Fergus, der damals noch jung und voller Kraft gewesen war, wurde der Pflichten, ein Königreich zu regieren, bald müde und zog deshalb durch Erin und Alba, auf der Suche nach Abenteuern und Gefahren, wilden Festen und stetigem Kampf.

Nessa hatte Fergus überredet, für die Zeit seiner Abwesenheit ihrem Sohn Conor die Herrschaft zu übertragen.

Der gerissene junge Mann erwies sich jedoch als so fähig, dass die Lords der Ulaid bei Fergus' Rückkehr dafür stimmten, dessen Stiefsohn zum König zu machen. Als alter Krieger an harte Schläge gewöhnt, erklärte Fergus, dass er erleichtert sei. Er nahm sich bald andere Ehefrauen, die ihm mehrere Söhne und Töchter gebaren.

Und seine Söhne würde er bis zum Tod verteidigen.

Fergus mochte zwar schon alt sein, dennoch besaß er noch immer die Macht und das Ansehen eines großen Lords, der viele gute Männer befehligte und dem die Loyalität eines jedes Kriegers des Roten Zweigs uneingeschränkt galt. »Worte und Gedanken sind frei.« Fergus donnernde Stimme dröhnte über die schweigende Menge. »Mein Sohn erfüllt nur seine Eide als Krieger des Roten Zweigs, wenn er jetzt seine Gefährten ehrt, mit denen er Seite an Seite gekämpft hat.«

Sein Gesicht sagte dabei jedoch noch etwas anderes: nämlich dass Conor die Eide der Krieger nicht verstand, weil er sie nie abgelegt hatte.

Conor reckte seine lange Nase in die Luft. Ihre Blicke trafen sich. »Naisi hat diese Ehre mit den Füßen getreten, als er mich verriet. *Niemand* mehr wird ihn oder seine beiden Brüder besingen, denn sie sind alle drei Verräter.« Er drehte sich schwankend um und schritt, von seinen Wachen begleitet, davon. Fergus führte seinen betrunkenen Sohn in die entgegengesetzte Richtung.

»Sie stochern in der Glut herum«, murmelte Cúchulainn Ferdia zu. »Schon bald werden wir das Feuer nicht mehr löschen können.«

Ferdia legte ihm die Hand auf die Schulter. Kein anderer Mann hätte es gewagt, den Wachhund so zu berühren.

Cúchulainn konnte seinen Blick nicht vom Freudenfeuer abwenden, sah, wie es sich prasselnd durch das Holz fraß und wie die Holzscheite mit einem Funkenschauer auseinanderbrachen. »Wir müssen jeden einzelnen Stein umdrehen, um Naisi und seine Brüder so schnell wie möglich zu finden«, sagte Cúchulainn, dann fügte er bitter hinzu: »Nicht alle, die sie suchen, wollen ihnen auch helfen.«

»Wer hat Naisi nicht nur im Schwertkampf, sondern auch im Fährtenlesen, in der Kunst, im Wald zu überleben, im Jagen und im *Rennen* unterwiesen? Das warst du. Was du ihn gelehrt hast, wird er jetzt einsetzen, um Conors Fängen zu entrinnen.«

Cúchulainn dachte jedoch düster: *Und was soll das ändern?*

Emer stand plötzlich an Cúchulainns Seite, fuhr mit ihren Händen durch seine blonden Locken. »Das ist eine Nacht, um zu lachen«, schalt sie ihn mit heiserer Stimme. »Und ihr beide steht da und macht lange Gesichter.« Cúchulainn zog sie an sich, um den Duft nach Seife und Brot, Kräutern und Wolle auf ihrer Haut zu riechen. Sie wehrte seinen Kuss ab. »Doch nicht vor Ferdia!«

Ferdia lächelte. »Ich denke, ich sollte mir ohnehin ein wenig andere Gesellschaft suchen.«

Als er gegangen war, seufzte Cúchulainn auf.

Emer stellte sich auf die Zehenspitzen, um ihn auf die Nase zu küssen. »Ich muss irgendeinen Weg finden, dich wieder zum Lächeln zu bringen, Mann.« Sie tippte sich nachdenklich an die Zähne. »Nun ... was könnte das wohl sein?«

Cúchulainn sah in ihr geliebtes Gesicht und segnete es im Stillen für seine Eigenheiten: die widerspenstigen schwarzen Locken, die Stupsnase und das wehmütige Lächeln. Emer war nicht attraktiv genug, um Streit zwischen den Kriegern zu entfachen, und dafür war er dankbar.

Sie sah ihn schmollend an. »Du bist ja mit deinen Gedanken ganz woanders.«

Er vergrub sein Gesicht an ihrem Hals, während er sie hochhob. »Nein, ich bin hier bei dir«, sagte er und sog dabei ihren Duft ein.

Eine Reihe von Fackeln schlängelte sich in der Finsternis aus dem Sumpf heraus wie ein Bach aus geschmolzenem Kupfer.

Die Fackelträger standen jetzt wieder auf trockenem Untergrund. Nun, da sie ihr Opfer dargebracht hatten, wandten sie sich von dem heiligen Ort ab, legten einen Arm über die Brust und berührten ihre Stirn.

Die Landzunge, die hinter ihnen in den See hineinragte, war durch Kanäle mit dunklem Wasser und neblige Schilfbänke von den bewohnten Gebieten abgeschnitten.

Es war eine Insel der Sídhe.

Schließlich verschwand das Licht der Fackeln hinter den Hügeln, und der Sprechgesang der Druiden verklang. Der Leichnam von Eochaid, dem König von Connacht, war auf eine Bahre gebettet worden, die direkt am See stand. Man hatte ihn mit dem dreifachen Tod geehrt. Zuerst hatte man ihn nackt aufgebahrt, damit die Tiere sein Fleisch fraßen. Dann würde man den Sídhe im See seine Waffen opfern. Und schließlich würde man seine Knochen in den Grabhügeln von Cruachan neben denen seiner Vorfahren bestatten.

Die Pechfackeln, die zu seinen Füßen und seinem Haupt brannten, erloschen jetzt zischend. Die Welt versank in Dunkelheit.

Eine Zeit lang war alles still, bis der Vollmond über den Hügeln aufstieg. Das Wasser des Sees erwachte leuchtend zum Leben. Das Schilf war plötzlich silbrig überhaucht. Die Wasserläufe und Teiche wurden zu strahlend hellen Flächen. Das, was bei Tage klar und in der Dunkelheit undurchdringlich erschienen war, wirkte jetzt alles ein wenig verschwommen. Grau. Silbern. Unbestimmt. Ein Ort des Übergangs.

Maeve trat aus dem Wald hervor.

Mit bleiernen Schritten näherte sie sich der Bahre am Wasser. Der Wind strich eiskalt über ihre Handflächen, und erst da merkte sie, dass sie feucht waren. *Die Sídhe werden mir nichts tun,* versicherte sie sich nochmals. *Sie haben meine Gebete noch nie erhört; es ist ihnen völlig egal, was ich tue. Ich bin allein.*

Im seichten Wasser platschte etwas. Sie fuhr herum. Es war nur eine Ente. Maeve wischte sich mit dem Handrücken über den Mund. Im Gegensatz zu den Grabhügeln war dieser Ort hier voller Leben. Eine Gänsehaut kroch ihr über die Arme: Da war irgendetwas. Sie spürte es ganz deutlich. Sie musste daran denken, dass die Könige stets frei zwischen der diesseitigen Welt und der Anderswelt hin und her wechseln konnten.

Ihr Puls raste. Sie fühlte sich in diesem Augenblick wieder so wie damals als Kind, als ihr ihre alte Amme Brenna erzählt hatte, was mit den Sterblichen passierte, die sich versehentlich in das Land der Sídhe verirrten.

Als sie die Bahre ihres Vaters erreichte, geschah jedoch nichts. Ein Hirschfell bedeckte seine Beine, sein nackter Körper sah im Zwielicht grau und kalt aus. Die Druiden hatten einen Krug mit Milch und einen Korb mit Brot neben ihm abgestellt – ein Speise- und Trankopfer für die Sídhe, während sie auf sein Geschmeide warteten. Maeve war froh, dass man seine Augen mit kleinen Scheiben aus Bronze bedeckt hatte, denn so sah er weniger menschlich aus. Ihr wurde bewusst, dass er ihr jetzt nichts mehr anhaben konnte. Sein Schatten war fort; vertrieben von den Gesängen der Druiden.

Ein Windstoß musste wohl über die Schilfbänke gestrichen sein, denn ihr Murmeln wurde jetzt lauter. Maeve rümpfte die Nase, als sie den Geruch der Verwesung wahrnahm. Sie heftete ihren Blick fest auf die Fußknöchel des Leichnams. Quer über ihnen lag das Schwert des Königs.

Maeve ging auf die Waffe zu. Wenn sie von einem unsichtbaren Schlag niedergestreckt werden sollte, dann würde das jetzt der Fall sein. Noch nie hatte es jemand gewagt, das Schwert eines Königs von einer Totenbahre zu nehmen.

*Niemand außer mir.*

Das Licht spielte auf der blanken Klinge – und einen Augenblick lang war sie sich sicher, dass diese Klinge im selben Rhythmus wie sie atmete. Dann wurde ihr bewusst, dass das nur das Zittern ihres Körpers war. Das Heft des Schwerts bestand aus Hirschhorn in Form eines Hirschbocks. Sein Maul bildete den Griff, sein Geweih war zum Stichblatt geformt. Die Augen des geschnitzten Hirschs waren völlig ausdruckslos – oder blickten sie sie doch herausfordernd an?

Als Maeve nach dem Schwert griff, überschlugen sich ihre Gedanken. *Ich trachte nicht danach, diese Stätte zu entehren. Ich schwöre, dass ich dafür etwas geben werde, das weit größeren Wert hat. Seht, wie ich mein Volk beschützen werde … besser als irgendein Mann das je könnte!*

Ihre Fingerspitzen trafen auf einen unsichtbaren Widerstand. Sie zögerte. Im nächsten Augenblick jedoch lag ihre Hand auf dem Griff, die andere fasste die Klinge. Maeve füllte ihre Lungen und schwang das Schwert, trat einen Schritt zurück und wirbelte immer schneller herum, bis sie Luft holen musste. Da war nichts, das sie zu Fall gebracht hätte. Sie war nicht niedergestreckt worden.

Mit einem ungläubigen Lachen reckte sie das Schwert zum sternenübersäten Himmel hinauf.

Die Klinge blitzte im Mondlicht. Das Schwert wurde lebendig. Es war von *ihrem* Leben erfüllt. Der Hirsch passte genau in ihre Hand, das Horn war bereits von ihrem Blut erwärmt. Sie sank auf ein Knie, um ihrem Vater zu danken und sich dann zurückzuziehen, wobei sie die Sídhe beschwichtigte.

Maeve rannte, bis sie das Gefühl hatte, ihre Lungen würden bersten. Sie flog über das Gras, platschte durch Pfützen und rannte zwischen den Bäumen hindurch. Es war ihr völlig egal, wohin sie lief, solange sie ihr Weg nur weit genug von den Druiden und deren Fackeln wegführte. Während sie am Ufer des Sees entlanglief, nahm sie den Glanz des Mondlichts auf dem Wasser in sich auf, dann rannte sie wieder in den Wald hinein.

Schließlich kam sie auf eine Lichtung.

An einem Teich mitten im Wald kniete ein Mann, der sich jetzt erhob.

Verwirrt starrte Maeve ihn an, ohne einen klaren Gedanken fassen zu können. Er stand mit entblößter Brust da, sein Körper bestand aus Mondlicht ... eine schimmernde Gestalt mit breiten Schultern und schmaler Taille. Das Licht sammelte sich in seinem Gesicht, sodass sie nichts anderes als einen blendenden Schein sehen konnte.

Es erschien ihr also doch noch ein Sídhe – und zwar in männlicher Gestalt. Sie hatte ihn mit ihrer Kühnheit herbeigerufen!

Maeve war viel zu verwirrt, um vernünftig denken zu können. Sie und die Sídhe waren sich stets fremd gewesen. Sie hatte sie immer respektiert, auch wenn sie nie zu ihnen gebetet oder ihnen an ihren Quellen Opfer gebracht hatte. Sie stand nicht in ihrer Gunst ... aber sie wusste, dass die Sídhe Mut schätzten. Wollten die Strahlenden sie jetzt prüfen, wegen Connacht prüfen?

All die Ängste, die Maeve unterdrückt hatte, alle Enttäuschungen und die ganze Einsamkeit, die sie je empfunden hatte, drohten sie jetzt zu überwältigen. Sie brauchte jetzt etwas Wildes, etwas Wunderbares, um ihre Ängste zu vertreiben. Sie brauchte Magie.

Sie stolperte vorwärts, von einer geradezu aberwitzigen Kühnheit beseelt. Und dann legte Maeve von Connacht ihre Hand um den Nacken des Sídhe, schloss die Augen und küsste ihn.

Ihre Körper trafen sich – und Maeve fiel.

Ein mächtiges Tosen wie von Wasser, das unter der Erde dahinschießt, zog an ihr. Nach Luft ringend, versuchte Maeve verzweifelt, wieder in die greifbare Welt zurückzukommen. Sie ließ ihre Hand sinken.

Das Mondlicht blendete sie, sodass sie nur den Mund des Sídhe sah, den er erschrocken geöffnet hatte. Erst jetzt kam Leben in ihn. Er packte ihre Handgelenke und schob sie von sich weg.

Maeves Sehnsucht schlug in ein dunkleres und vollkommen unsinniges Gefühl um. Die Sídhe wiesen sie erneut zurück, ließen sie wieder im Stich. Vor Zorn bebend übernahm ihr Körper die Kontrolle, hob das Schwert.

Wie in Trance neigte der Sídhe den Kopf ihrer Klinge zu. Maeve hatte noch niemals erlebt, dass jemand mit einer so anmutigen Bewegung seinem Tod entgegensah. Es schien ihm vollkommen egal zu sein. Aber schließlich war er ja auch unsterblich; ihre Drohung musste er also als lächerlich empfinden.

Maeve ließ das Schwert kraftlos sinken. Dann packte sie das Heft wieder fester, drehte sich um und floh.

Garvan kauerte an einem Bach im Farn, während Maeve mit der hohlen Hand Wasser schöpfte und trank.

»Worum geht es dir eigentlich, Hitzkopf?«

Maeve wischte sich mit der Hand übers Kinn, wich seinem Blick aus. Ihre Augen waren noch immer vom Glanz des Mondlichts auf leuchtender Haut geblendet. Sie unterdrückte ein Schaudern. »Wo ist mein Bruder? Und wo ist Fraech?«

Garvan zupfte ein trockenes Blatt aus ihrem Zopf, sah dann vorwurfsvoll ihre schmutzige Kleidung und den schlammbespritzten Panzer an.

Ein Unwetter hatte die Wälder drei Tage lang mit Graupelschauern überzogen. Maeve hatte darauf verzichtet, bei den Hirten, die sie alle kannte, Unterschlupf zu suchen, um sie nicht in Gefahr zu bringen. Stattdessen hatte sie in ihrem ölgetränkten Umhang unter den immergrünen Zweigen einer Eibe Schutz gesucht und dort ein kleines Feuer entfacht.

Schließlich waren die Wolken aufgerissen, und die Sonne hatte ihr kaltes Gesicht gewärmt. Ihre Strahlen hatten den gefrorenen Boden in einen einzigen Sumpf verwandelt.

»Fraech, sein Onkel und sein Vater haben die Begräbnisfeierlichkeiten sofort nach dem Unwetter verlassen. Innel ist nach Westen, zu den Lords am Meer geritten, die sich bis jetzt noch nicht dazu geäußert haben, wen sie zum König wählen wollen.« Er sah Maeve scharf an. Garvan hatte sie im Sommer zu ebenjenen Chiefs begleitet. Innel würde also schon bald erfahren, dass sie dort gewesen war.

Maeve warf einen Blick über ihre Schulter. Sie hatte das Schwert in ein Schaffell eingewickelt und zwischen den Wurzeln einer Eiche versteckt. Jetzt spürte sie die Kraft der Klinge wie ein wärmendes Feuer in einer kalten Nacht.

War dies ein Weg in die Sicherheit ...? Aber es war ein so verzweifelter, ein so törichter Plan! Maeve war hin und her gerissen. Sollte sie nicht doch einfach aufgeben? Aber wenn sie das tat, würde sie für immer auf der Flucht vor ihrem Bruder und vor Conor sein. Und irgendwann würde sie einer der beiden bestimmt finden.

»Hitzkopf?«

Sie öffnete den Mund, schüttelte den Kopf. Für einen Rückzieher war es jetzt zu spät, denn mit ihrem Diebstahl würde sie nicht nur den Zorn der Männer ihres Bruders auf sich ziehen, sondern auch den der anderen Lords und der Druiden. »Sind die anderen Adeligen auch nach Hause geritten?«, fragte sie Garvan mit heiserer Stimme.

»Nein, solange es noch etwas zu essen und zu trinken gibt, werden sie auch bleiben. Sie wollen in Ruhe über die Königswahl diskutieren, ohne dass Fraech oder Innel ständig hinter ihnen stehen.«

Maeve legte die Hände auf ihre Knie. Die glitzernden Regentropfen an den Zweigen ringsum nahm sie nur verschwommen wahr. Sie erinnerte sich daran, wie sie den Mann, der sie vergewaltigen wollte, einfach umgerannt hatte. Ihr Instinkt sagte ihr, dass Angriff die beste Verteidigung war.

»Erstens«, sagte sie, »bitte ich dich, den Lords zu sagen, dass sie bleiben sollen. Ich brauche sie als Zeugen in einer wichtigen Angelegenheit. Zweitens bitte ich dich, zusammen mit einem der Druiden Innel ausfindig zu machen.« Sie sah Garvan jetzt an. »Überbringe ihm meine Herausforderung: Ich will einen Zweikampf, hier in Cruachan.«

Garvan schnaubte belustigt. »Oh, ja, sicher.« Als sie jedoch nicht lächelte, verdüsterte sich sein Gesicht. »Er wird dir die Kehle aufschlitzen, bevor du auch nur dein Schwert erhoben hast.«

*Das wird er ohnehin tun, wenn ich ihn nicht auf andere Weise daran hindere.* »Innel hat seine Männer geschickt, um mich zum Schweigen zu bringen. Jetzt biete ich ihm sogar die Chance, mich in aller Öffentlichkeit zu töten.« Garvan starrte sie völlig entgeistert an, und jetzt lächelte Maeve tatsächlich. »Ich möchte, dass du ihm genau das in Gegenwart seiner Männer sagst. Wenn du dann mit ihm allein bist, sagst du ihm Folgendes: Sollte er nicht gegen mich antreten, werden alle von mir erfahren, wieso Donaghs Tochter gestorben ist und wie heimtückisch er sich mir gegenüber verhalten hat.«

»Er wird lediglich jemanden schicken, um dich heimlich zu töten, Hitzkopf.«

»Aber nur, falls er mich findet. Der Zweikampf soll in vier Tagen stattfinden, wenn die Sonne hoch am Himmel steht. Sag den Chiefs, dass sie sich am Kampfplatz versammeln sollen.«

Sie wollte aufstehen, aber Garvan hielt ihr Handgelenk fest. Er hatte die schwarzen Augenbrauen finster zusammengezogen. »Du kannst mit dem Schwert und mit dem Speer besser umgehen als sonst irgendeine Frau, die ich kenne. Aber Innel ist doppelt so schwer wie du, und er ist ein kampferprobter Krieger. Wie in Lughs Namen willst du gegen ihn bestehen, Maeve? Du bist ja wahnsinnig.«

Sie sah ihn merkwürdig ruhig an. Jetzt endlich hatte sie ihren Weg vor Augen, und ganz egal, wohin er auch führte, an seinem Ende wartete die Freiheit auf sie. »Das behaupten viele Leute von mir.« Sie erhob sich, lächelte Garvan an und strich ihm eine dunkle Locke aus der Stirn. Auf seiner schiefen Nase war noch immer ein wenig Sommerbräune zu sehen. »Du weißt noch längst nicht alles über mich«, sagte sie leise.

»Diese Frau ist gefährlich. Falls man mich entdeckt hat, muss ich durch die Schleier verschwinden, so wie du das immer tust.«

Der strahlende Glanz des Sídhe-Mädchens hüllte Ruán ein. Sie hatte die Hände neben den seinen ins Wasser getaucht, und beide starrten sie in die kristallklaren Tiefen. Ein Fisch streifte seine Fingerspitzen.

*Wir haben gesagt, dass deine Zeit in eurer Welt noch nicht vorbei ist. Das Schicksal ruft dich jetzt.*

»Dann sag mir, was mein Schicksal ist! Soll ich fliehen … mich verstecken? Ihre Berührung hat in meinem Herzen eine dunkle Ahnung geweckt …«

Die Belustigung des Mädchens plätscherte durch seine Sinne wie das Wasser, das seine Beine umspülte. *Ich kann dir dein Schicksal nicht vorhersagen, denn es wird erst dann zur Wirklichkeit, wenn du selbst es wahr werden lässt.* Sie machte eine anmutige Handbewegung. *Vielleicht kenne ich es aber auch gar nicht.*

*Das bezweifle ich.* Er vergaß, seine Gedanken im Zaum zu halten.

Sie lächelte. *Du hast einen freien Willen, der nicht an den unseren gebunden ist. Du könntest dich entscheiden, einen anderen Weg zu gehen. Aber wenn du das tust …* Sie zuckte mit den Schultern.

Seine Entscheidung. Sein Weg. Warum hatten sie ihm dann das Sterben verwehrt? Ruán kaute auf seiner Unterlippe herum, während er nachdenklich in den Glanz unter der Oberfläche des Sees starrte. Er war entschlossen, keine Fragen mehr zu stellen. Er würde von dem Sídhe-Mädchen nichts fordern und auch sonst nichts tun, das ihm diese sehenden Momente an ihrer Seite genommen hätte.

Jetzt, da es ihm körperlich wieder gut ging, forderten sie ihn immer öfter auf, die Grenze zwischen den Schleiern zu überschreiten und in die Welt der Menschen zurückzukehren. Dort fand er sich am Ufer desselben Sees, nur dass es in Strömen regnete und bitterkalt war und er auf seinen Tastsinn und sein Gehör angewiesen war, wenn er etwas zu essen finden wollte.

Dort war er blind und trug einen Streifen Hirschleder über den Augen, der mit Blättern gepolstert war, damit seine Narben nicht so schmerzten.

Im Wald badete er im Mondlicht. Er wollte es auf seiner Haut spüren, um sich an den Glanz der Sídhe zu erinnern. Manchmal aber, wenn er wegen seiner Blindheit weinte, weckte ihn das Mädchen in einer Morgendämmerung wie dieser, und dann erblühten um ihn herum wieder die Welt und das Leben. Dann war Ruán wieder mit sich selbst im Reinen.

Ein Frieden, der durch die Frau mit dem Schwert zerstört worden war.

Die Augen des Sídhe-Mädchens blitzten ihn von der Seite her an. *Die Frau hat ihre eigenen Ziele, und auch ihr Wille ist frei. Es steht weder Mensch noch Sídhe zu, jemanden abzuweisen, wenn er den Ruf des Sees vernimmt.*

Maeve band ihr Pferd an einen Baum und kroch durch die Binsen.

Die Nebelschleier hoben sich vom See, und das Licht der Sonne lag schimmernd auf dem Gefieder eines Schwarms Enten, die sich gerade mit lautem Geschnatter in die Luft erhoben.

Der Verwesungsgeruch, den der Leichnam ihres Vaters verströmte, trieb sie zum nördlichen Ufer der Landzunge, die eigentlich eine kleine Insel war. Ihr Puls raste. Vielleicht hatte sie bis jetzt ja einfach nur Glück gehabt und ihr Eindringen würde nun doch irgendwann den Zorn der Sídhe wecken.

Durch ein Dickicht aus Schlehdorn machte sie eine Bewegung aus. Maeve blieb stehen, duckte sich. Es war der Sídhe. Er ging am Ufer entlang, so als wäre er gerade erst dem Wasser entstiegen.

Seine Hose aus Hirschleder klebte an seinen Oberschenkeln. Eine große Tätowierung zierte seine Brust – eine Spirale, die sich von seinem Herzen zum Bauch und dann wieder zum Brustbein wand. Maeve riss ihren Blick davon los. Die langen Haare, die sein Gesicht einrahmten, hatten ein dunkles Kastanienbraun. Er stolzierte nicht daher wie ein Krieger. Er war größer und geschmeidiger. Seine Schultern hielt er gestrafft. Er schien mit leichten, eleganten Schritten über den Boden zu fließen, als würde die Luft sich vor ihm einfach teilen.

Aber da war etwas, das Maeve beunruhigte.

Ein Streifen Hirschleder verbarg seine Augen. Maeve versuchte, sich an die Geschichten über die Sídhe zu erinnern. War dies das Zeichen dafür, dass er die heilige Gabe des Sehens hatte?

Der Sídhe glitt am Ufer entlang, lächelte freundlich etwas an, das sich anscheinend im Wasser befand. Dann ging er in die Hocke und streckte eine Hand zum See aus. Die Muskeln, die sich an seinem Schulterblatt entlangzogen, spielten, die Einbuchtungen zwischen seinen Rippen schimmerten.

Ein stupsnasiger Kopf erschien, schob sich durch das Schilf. Maeve erspähte einen gekrümmten Rücken und die schnelle Bewegung eines Schwanzes.

Der Sídhe murmelte etwas. Zu Maeves Erstaunen kam der Otter aus dem Wasser und legte seine Pfoten auf sein Knie. Der Sídhe hielt still, dann legte er sich auf den Rücken. Der Otter kletterte auf seinen Oberschenkel, bevor er sich auf seinem Bauch zusammenrollte und begann, seine Schnurrhaare zu putzen.

Maeve riss erstaunt den Mund auf.

Der Sídhe streichelte den Otter. Als das Tier jetzt leise vor sich hin schnatterte, begann er zu lachen. Dabei wackelte sein Bauch so heftig, dass der Otter von ihm heruntersprang. Er warf ihm noch einen kurzen beleidigten Blick zu, bevor er wieder im Wasser verschwand.

Dann lag der Sídhe einfach nur da, das Gesicht der Sonne zugewandt, als trinke er ihr Licht. Die Freude in seinem Gesicht … diese Versunkenheit … Maeve war wie verzaubert. Einen Augenblick lang vergaß sie alles andere und wollte einfach auch nur im warmen Sand liegen, so wie er es tat …

In diesem Augenblick erhob er sich und wandte sich dem Schlehdorn zu, wo sie sich versteckt hatte.

Maeves Beine zitterten, als sie aufstand. Sie verließ ihre Deckung, zog die Klinge ihres Vaters und kniete dann nieder, wobei sie das Schwert auf beiden Handflächen hielt. »Verzeih mir den Fehler, den ich im Wald begangen habe. Ich … war nicht bei Sinnen.« Sie hielt inne, um einen kurzen Blick zu riskieren.

Die Schultern des Sídhe hatten sich angespannt. »Dann gibst du mir diesmal also eine Chance davonzurennen, bevor du mich niederstreckst.« Seine Stimme klang heiser. Abgesehen davon erinnerte sie ihr Tonfall an den obersten Druiden Tiernan.

Maeve sah ihn verständnislos an. »Ich ... äh ... bin gekommen, um die Strahlenden um Vergebung zu bitten. Ich habe das Schwert nur an mich genommen, um mein Volk zu beschützen.« Sie musste sich vergewissern, dass die Sídhe sie für ihre Kühnheit nicht bestraften. Sie würde Innel gegenübertreten – oder sterben. »Ich kann euch dafür viel geben.«

Sein Mund zuckte. »Du glaubst, du könntest mit den Sídhe *ein Geschäft machen?*«

»Alles ist ein Geschäft.«

Er schnaubte nur.

Das Schwert rutschte auf Maeves Knie. Sie runzelte irritiert die Stirn. »Als Königin von Connacht werde ich dafür sorgen, dass mein Volk eure Seen und Hügel meidet und euch in Ruhe lässt.«

Er zog die Brauen über der Augenbinde hoch; sein Mund wurde schmal.

Maeve war überzeugt, dass der Blick hinter dieser Binde verächtlich war. Sie verkrampfte sich, als sie sich wieder an die Kränkungen der Vergangenheit erinnerte. *Helft mir bitte.* Schon zweimal hatte sie die Sídhe angefleht, und zweimal war deren einzige Antwort Schweigen gewesen. Das Sprechen fiel ihr schwer. »Die Sídhe schulden mir etwas.«

Er drehte sich um und ging einfach davon. »Ich habe mein Augenlicht verloren.« Er klang jetzt verwirrt. »Schulden sie mir etwa auch etwas?«

Gütige Götter. Das war kein Sídhe. *Wie dumm von mir ... wie unglaublich dumm ...* Maeve sprang auf und rannte ihm hinterher. »Wer bist du?« Sie streckte die Hand aus, um ihn festzuhalten. Erst jetzt sah sie, dass die Augenbinde verrutscht war und sich über seinen Brauen ein weiteres Zeichen befand – die gehörnte Spirale der Druiden.

Maeve packte seinen Arm, brachte aber kein Wort mehr heraus.

Diesmal strömte irgendetwas aus ihm heraus und in sie hinein. Zuerst war da eine wogende Hitze, die Muskeln und Knochen lockerte, dann liefen kleine Wellen durch ihren Körper, als besäße er keine feste Form mehr. Die Luft um sie herum schimmerte, umgab sie mit silbrigen Strahlen.

*Sie war biegsam … schraubte sich mit geschmeidigen Bewegungen durch das von der Sonne erhellte Wasser.*

Maeve ließ seinen Arm los.

*Überall um sie herum schimmernde Bläschen …*

Maeve drehte sich um, schob das Schwert in die Scheide und rannte davon. Kurz darauf schwang sie sich auf Mealláns Rücken. »Lauf«, keuchte sie und trieb ihren Hengst zum Galopp an. Noch nie in ihrem Leben hatte sie eine so große Angst empfunden.

Ruán ließ sich auf dem Bauch ins seichte Wasser gleiten. Die schmerzhafte Kälte des Wassers nahm er nicht wahr, denn in seinem Kopf herrschte das absolute Chaos. Er hielt den Mund unter die Wasseroberfläche, atmete nur durch die Nase, damit er die Vögel nicht aufscheuchte.

*Königin von Connacht! Das haben sie mir nicht gesagt. Sie haben mir überhaupt nichts gesagt.*

Dann wurde ihm bewusst, dass die Sídhe seinen Zorn hören konnten, also hatte es keinen Zweck, ihn zu unterdrücken. Ruán zog die Beine an und kauerte sich ins Wasser, wischte sich die Tropfen vom Gesicht.

Seine Augenbinde war verrutscht. Ruán rückte sie gerade und band sie fest. Er hatte jetzt den besten Grund dafür entdeckt, sie zu tragen – der Druck auf die Augenhöhlen hielt ihn davon ab, dass er ständig versuchte, etwas zu sehen.

*Um wirklich sehen zu können, musst du das Licht suchen, das durch alle Dinge strömt,* hatte das Mädchen ihm gesagt. *Alle Lebewesen und Pflanzen, aber auch das Wasser, der Boden und die Luft schimmern in einem eigenen Farbton. Menschliche Augen können ihn nicht sehen, aber dein Geist kann es. Du musst es nur üben.* Sie hatte ihn dabei angelächelt. *Du hast ja jetzt genügend Zeit.*

Ruán atmete aus, ließ sein Unbehagen ins Wasser fließen. Er hatte gerade erst begonnen, ein erstes Flackern von Licht hinter seinen Augen zu erkennen. Das war das Einzige, das zählte: dass er eines Tages auch in der diesseitigen Welt tatsächlich wieder sehen konnte. Davon würde ihn auch irgendeine Königin von Connacht nicht abhalten.

Wie dem auch sei, die Frau hatte sich an einen Toten auf einer Bahre herangeschlichen. Sie hatte sich vor ihren eigenen Leuten versteckt. Verhielt sich etwa so eine Königin? Nein, bestimmt nicht. Sie hatte ihn nur angelogen.

Ruán tauchte bis zur Nase ins Wasser ein, rief sich dabei die Gestalt des Otters wieder in Erinnerung. Langsam versuchte er, alles andere zu vergessen, nahm nur das Wasser wahr, das seine Haut streichelte, und den Geruch von Pflanzen und Salzwasser. Er stellte sich vor, dass er sich wie eine Handvoll Erde im See auflöste.

Dort. Ein Schimmern, ein pulsierendes Licht. Er folgte ihm. Flügel flatterten, dann ein Kreischen, eine Ente flog davon.

Ruán tastete im Schilf, erkundete vorsichtig das kleine Nest. Sieben Eier, warm und glatt. Er nahm zwei davon und wickelte sie in einen Beutel aus Nesselgarn, den er an seiner Taille trug. *Ich danke dir für die Kraft, die du damit meinem Körper gibst. Denn auch ich bin ein Kind der Großen Mutter.*

Er vergaß nicht, dass er im Steinkreis zur Demut gefunden hatte. Dass er bereit gewesen war, seinen Körper der Großen Mutter zu überantworten und das Leben des Landes zu nähren. Aber die Sídhe hatten sein Angebot abgelehnt.

Noch nicht, hatten sie gesagt.

# 7

Oberster Druide?«, rief jemand durch die Dunkelheit. Aus seinen Gedanken gerissen, blieb Tiernan stehen. Nur wenige Menschen wagten sich nachts in den Eichenhain. Und noch dazu in dieser Kälte war dies wirklich außergewöhnlich. Seine Brüder gingen weiter den Pfad nach Cruachan hinunter. Ihre Gewänder leuchteten im Licht des abnehmenden Mondes.

Wer auch immer ihn angesprochen hatte, war von Kopf bis Fuß in einen Umhang gehüllt. Tiernan sah nur einen verschwommenen Fleck und eine Atemwolke, die im Mondlicht aufstieg.

»Ich bin's, Maeve. Ich muss mit dir sprechen.«

Tiernan hatte die Tochter des Königs seit dem Samhain-Fest nicht mehr gesehen. Sie hatte dort stets für eine leichte Unruhe gesorgt. Erst jetzt wurde er sich bewusst, dass er diese Unruhe in den letzten Tagen nicht mehr wahrgenommen hatte.

Er ging wieder zum heiligen Hain zurück. Die riedgedeckten Tempel mit ihren Lampen und den Götterstatuen aus Holz waren ein tröstlicher Ort für jeden Menschen. Die Druiden zogen es jedoch vor, den Göttern nachts unter Eichen zu huldigen. Maeve würde also auf vertrautem Terrain mit ihm sprechen.

Auf einer von knorrigen Bäumen umgebenen Lichtung schob Maeve ihre Kapuze zurück. Ihr flammendes Haar sah jetzt dunkelgrau aus. »Ich habe meinen Bruder zum Zweikampf herausgefordert. Ich bitte dich, dafür Sorge zu tragen, dass er auch gegen mich antritt.«

Tiernan starrte sie nur an. Ihre Worte ergaben einfach keinen Sinn für ihn. Ihre Gesichtszüge wirkten im Mondlicht so scharf und aufmerksam wie immer. Ihr Blick war jedoch auf etwas gerichtet, das sich weit hinter ihm befand. Einen Moment lang glaubte er, um ihren Körper herum ein helles Flackern zu sehen. Dann rief er sich ins Gedächtnis, dass man in diesem Eichenhain nachts leicht einer Sinnestäuschung erlag. »Warum sollte ich das tun, Herrin?«

»Weil er bereits versucht hat, mich zum Schweigen zu bringen. Ich muss ihn töten, bevor er mich tötet. Aber selbst wenn dir das egal ist, gibt es doch etwas, das dir nicht gleichgültig sein dürfte.« Maeve machte einen Schritt auf Tiernan zu, sodass dieser unwillkürlich zurückwich. Sie stieß hervor: »Innel und die anderen Männer werden um den Thron kämpfen. Du wirst es also schon bald mit einem Bruderkrieg zu tun bekommen. Das wird Connacht so schwächen, dass es Angriffen von außen nichts mehr entgegenzusetzen hat. Ich jedoch stehe außerhalb dieser Gruppen. Ich weiß, wie man einen neuen König an die Macht bringt, und zwar in Frieden.«

Tiernan blinzelte, um seinen Kopf von den Gesängen und dem Weihrauch freizumachen. Hatte sie etwa vor, wieder zu heiraten? Er fuhr sich über den Bart, spielte an den goldenen Perlen herum, die in dessen graue Haare eingeflochten waren. »Du glaubst also, einen Mann zu töten, wird Frieden bringen?«

Ihre Brauen gingen ein Stück nach oben, ließen ihr kaltes Gesicht lebendig werden. »Erzähl keinen Unsinn, Oberster Druide. Schon viele sind für den Frieden gestorben. Sieh es einfach so: Ich werde alles tun, um unser Problem aus der Welt zu schaffen.«

Tiernan war vom Alter gebeugt, jetzt jedoch richtete er sich an seinem Stab auf, um größer zu wirken. »Diese Dinge gehen nur die Druiden etwas an.«

»Es sind die Adeligen, die den König wählen«, entgegnete sie. »Aufgabe der Druiden ist es lediglich, diese Wahl zu segnen. Innel aber könntest du beim besten Willen nicht segnen. Sein Durst nach Blut und seine Gier werden ihn zu einem schrecklichen König machen! Er hat Mumu überfallen, um mit dem geraubten Vieh Anhänger zu gewinnen für seine Wahl zum König und die Mumu haben sich, wie es nicht anders zu erwarten war, an unschuldigen Hirten für diesen Überfall gerächt ...«

»Krieger rauben nun einmal Vieh. Dein Vater hat das auch getan.«

»Gewalt und Überfälle sind das einzige Mittel, das Innel zur Verfügung steht, um seine Krieger an sich zu binden. Man bringt ihm keine wahre Loyalität – Loyalität, die aus dem Herzen kommt – entgegen. Wäre er König, würden wir ewig Krieg führen. Ein König aber muss auch weise sein. Er muss wissen, wen er herausfordern und wen er umschmeicheln muss. Plünderungen sollten nicht dazu benutzt werden, um sich herauszuputzen, oder gar, um sich persönlich zu bereichern.« Sie hielt plötzlich inne, drehte sich zu den Eichen um. »Wir brauchen einen Herrscher, der das Volk stark macht, der das Volk *ist.*« Ihre Stimme zitterte. »Jemand, der sich ganz und gar dem Land und dem Volk verschreibt und der frei von Gier ist.«

In diesem Moment wurde Tiernan bewusst, dass die Leidenschaft, mit der sie sprach, jeden Mann beeindruckte – sogar ihn. Er entzog sich ihrem Bann. »Dein Vetter Fraech genießt die Unterstützung vieler Männer.«

»Mein Bruder und mein Vetter splittern die Treue der Männer auf. Ein jeder von ihnen hat zu wenig Anhänger und zu viele Feinde. Keinem von ihnen wird es gelingen, unser Volk zu einen.«

Tiernan legte den Kopf schief, zog das Schweigen in die Länge, um seine Autorität zu unterstreichen. »Dein Name wurde gut gewählt, *diejenige, die berauscht*. Schon als Kind ist es dir oft gelungen, die Männer zu manipulieren.«

Sie schnaubte. »Trotzdem habe ich nie das bekommen, was ich wollte.«

»Und das war?«

»Interessiert dich das wirklich, Oberster Druide?«

Jetzt sah er, dass ihr sarkastisches Lächeln und ihre unverblümte Art ein Schutzpanzer waren.

Sie breitete eine Hand aus. »Fahre fort. Ich bekomme nie genug davon, wenn man mir meine Fehler vorwirft.«

Seine Lippen kräuselten sich. »Du bist wieder unverheiratet, und du hast die Gabe, Männer an dich zu binden. Das macht dich gefährlich.« *Sie will Macht durch einen Mann ausüben.*

Ihr leises Lachen klang schroff. »Das ist alles, was die Männer in mir sehen?«

»Nicht alle Männer.«

Sie holte Luft. Das Mondlicht schimmerte in ihren Augen. »Dann wähle diese Gefahr, um dich einer noch weit größeren zu erwehren: der Gefahr in Person meines Bruders.«

Tiernan überlegte. *Sie ist unberechenbar,* sagte ihm sein Verstand. Es war ihm auch nicht offensichtlich, wem ihre Loyalität galt. Andererseits würde sie höchstwahrscheinlich sowieso von Innels Klinge getötet werden und dann würden auch Eochaids Anhänger keinen Ärger mehr machen. »Du hast gut darüber nachgedacht.«

»Als Taube unter Füchsen muss ich ihnen immer einen Flügelschlag voraus sein.«

»Als Taube«, sinnierte er, während sein Blick über ihre kräftigen Schultern und die festen Schenkel unter ihrer ledernen Hose wanderte.

Überrascht stellte er fest, dass Maeve von Connacht durchaus wusste, wie man einen Gegner aus dem Gleichgewicht brachte. Sie warf ihm ein wildes Lächeln zu, das ihr Gesicht erhellte. »Du brauchst nichts anderes zu tun, als mich mit ihm kämpfen zu lassen.«

Garvan hatte sich in einem nur selten genutzten Stall weit entfernt von der Halle des Königs mit Maeve verabredet. Mithilfe der Handwerker war es ihr gelungen, unbemerkt nach Cruachan zurückzukehren. Sie hatte zusammen mit anderen Frauen und deren Kindern auf einem Karren gesessen, ihr auffälliges Haar hatte sie unter ihrem schmutzigen Umhang verborgen.

»Innel ist wieder da«, berichtete er.

Die Spreu und der Pferdemist brachten Maeve, die in einer der Boxen hockte, zum Husten. »Was hat er gesagt?«

»Er war unglaublich wütend. Als er sich dann endlich wieder beruhigt hatte, sagte er, er würde sich nicht dadurch lächerlich machen, dass er mit einer Frau kämpft. Und dann – du wirst es nicht glauben – trat Tiernan vor all die Krieger und sagte, dass jeder, der kämpfen kann, auch das Recht hat, jemanden zum Kampf herauszufordern. Er sagte, dass Innel deine Herausforderung annehmen muss, wenn er nicht als Feigling dastehen will!«

*Dann spielst du also auch deine Spiele, Oberster Druide.* »Innel weiß, dass er es sich nicht leisten kann, dass man ihm vorwirft, feige zu sein.«

»Nein, bei allen Göttern, das kann er nicht. Er bekam sofort wieder einen Wutanfall. Dann befahl er seinen Dienern, seine Waffen einzufetten, seinen Panzer zu polieren und das Gras zu schneiden, damit der Platz eben ist.« Garvan kaute auf seiner Unterlippe herum und sah sie an. »Da hast es ja nicht anders gewollt, Hitzkopf. Die Druiden haben sich auf das erste Blut geeinigt.«

Diese Regel besagte, dass der Kampf beendet war, sobald einer der Kontrahenten eine Wunde erhalten hatte. Für Maeve bedeutete das aber auch, dass ihr nur wenig Zeit blieb, um den Kampf für sich zu entscheiden.

*Bevor er einen anderen Weg findet, um mich zu töten.*

Maeve lehnte ihren Kopf gegen die Wand der Box. Wieder begann die Welt um sie herum zu leuchten. Seit sie den Mann am See berührt hatte, war sie sich einer Art von Strömung bewusst, die durch sie hindurchlief. Die Luft glitzerte wie spiegelndes Wasser, der Erdboden kräuselte sich wie die Oberfläche eines Sees. Sie hatte überlegt, den Kampf zu verschieben, bis sie diese Trance überwunden hatte. Aber jedes Mal, wenn sie dieser Gedanke überfiel, begann ihr Körper zu pulsieren. *Der Strom der Gezeiten … das Licht …*

Garvan packte ihr Handgelenk. »Wir haben oft zusammen geübt, Maeve, und ich weiß, dass du kämpfen kannst. Aber du wirst ihn niemals besiegen können.«

Sie lächelte. Sein Gesicht war von einem Schwarm von Bläschen umgeben. »Ich muss ihn aber besiegen.« Obwohl sie innerlich vor

Angst zitterte, gab es keinen anderen Weg. Sie würde sich nicht länger jagen lassen. Sie würde sich nicht vergewaltigen lassen. Der einzige Weg, Innel und seine Anhänger zu besiegen, war, wie ein Krieger zu kämpfen.

»Du bist eine verdammte Närrin!« Garvan sprang auf. Sein sonst so fröhliches Gesicht wirkte plötzlich abgespannt. Es lag etwas darin, das Maeve vage als Kummer erkannte. »Fang endlich an, auf mich zu hören, Hitzkopf – sonst mache ich bei deinen idiotischen Plänen nie wieder mit!«

»Wenn ich sterbe, wirst du das ohnehin nicht mehr tun müssen.«

Er grunzte verächtlich, schwang sich über die Wand der Box und wirbelte das Stroh auf, als er mit großen Schritten nach draußen ging.

Maeve musste sich nicht länger verstecken.

Ohne die leisen Bemerkungen der Dienerinnen zu beachten, stieg sie zu ihrem Bett im Haus der Frauen hinauf, um sich für den Kampf umzuziehen. Sie hätte es nicht ertragen, wenn irgendwelche fremden Hände sie dabei berührt hätten.

Sie trieb dahin, als würde all das im Grunde nicht geschehen. Dennoch wurde sie gleichzeitig wie ein Blatt in der Strömung mitgezogen. Dem Ganzen musste ein Ende gesetzt werden. Irgendwie.

Die Morgennebel lösten sich langsam auf, und eine matte, herbstliche Wärme breitete sich über Cruachan aus. Der Tag war klar und ruhig. Schon bald würde die Sonne hoch am Himmel stehen.

Das Gerücht hatte sich schnell verbreitet. Die Menschen versammelten sich bereits am Kampfplatz. In dem Gedränge glänzten die Pelze und die Bronze, an der die Adeligen zu erkennen waren. Frauen kamen aus ihren Hütten, Säuglinge auf den Rücken gebunden und ihre anderen Kinder an der Hand, und machten sich dann auf den Weg.

Maeve nahm die Menschen jedoch kaum wahr, als sie durch das Tor im Festungswall und dann zwischen den verstreuten Hütten der Handwerker hindurchging. Sie erreichte den Kampfplatz, der vor dem Hügel der Krieger lag – ein viereckiges Stück Rasen, das durch Speere, die auf dem Boden lagen, gekennzeichnet war.

Absolute Stille breitete sich aus. Alle starrten Maeve an, weil sie unter ihrem Lederpanzer nur eine Brustbinde und einen Lendenschurz trug. Ihre Arme und ihre Beine waren nackt. Sie trug weder Schuhe noch eine Kopfbedeckung. Ihre Haare waren zusammengebunden.

Kein Schild. Kein Eisen außer dem Schwert, das sie, in ein Leintuch eingewickelt, auf dem Rücken trug.

Sie hatte das heftige Verlangen verspürt, auch den kleinsten Luftzug auf ihrer Haut zu spüren – den Duft des Windes, die Elastizität des Rasens –, sie wollte nicht durch eine Hülle aus Metall behindert werden. Ihre Brustplatte war in nassem Zustand an ihren Körper angepasst worden – sie saß wie eine zweite Haut. Sie ging mit nackten Füßen dahin, geschmeidig und anmutig wie Miu.

Eine Windbö fuhr durch die Bäume am Fluss, ließ goldenes und braunes Laub auf die Menschenmenge regnen. Die Kinder in den Armen ihrer Mütter lachten und zeigten mit ihren dicken Fingern auf die Blätter im Wind. Maeve öffnete im Gehen ihre Hand, forderte in Gedanken die Götter heraus. *Werde ich überleben?* Ein Blatt fiel auf ihre Hand. Sie schloss die Finger darum.

Die Gesichter und Körper der Menge verschmolzen zu einem leuchtenden Meer, durch das Maeve jetzt schwamm. Innel war ein dunkles Gewicht in deren Zentrum. Sein Körper steckte in einem Kettenhemd. Außerdem trug er Helm, Schwertgürtel und Schild. Sein Gesicht war zu einer hasserfüllten Grimasse verzerrt, als er sich zu ihr umdrehte. Maeve hingegen empfand nichts. Überhaupt nichts.

Sie schwebte, von unsichtbaren Strömungen getragen.

Wie in Trance zog sie ihr Schwertbündel vom Rücken.

In diesem Moment schob Garvan die Zuschauer beiseite, sprang über die Begrenzung aus Speeren und stellte sich neben sie. »Da bin ich.« Garvan nahm sie beim Ellbogen, sein Atem roch nach Ale. Seine Haare standen nach oben, als hätte er sie sich gerauft. »Die

Männer wissen, dass du gut bist, Hitzkopf. Du musst es ihnen nicht beweisen. Lass es also bleiben und komm mit.«

Das Meer aus Licht, das von den Speeren eingegrenzt wurde, lockte Maeve an. Strahlende Wellen rollten durch ihren Körper. Sie begegnete Garvans Blick. »Glaubst du, dass ich jedes Mal, wenn mein Vater mich verheiratet hat, damit glücklich und zufrieden war, einfach nur am Herd zu sitzen? Glaubst du, ich habe meine Freiheit umsonst aufgegeben? Habe umsonst das alles ertragen?« Geblendet von dem Glanz, der ihn umgab, legte Maeve den Kopf schief. »Ich habe mit den besten Kriegern in Mumu gekämpft und auch mit einigen der Ulaid. Sie haben mir ihre Kampfgeheimnisse verraten.«

Garvan machte große Augen. »Was ...«

»Ich habe das, was ich wirklich kann, stets verborgen gehalten, während ich mich fragte, ob ich es eines Tages brauchen würde.« Sie atmete heftig aus. »Nun, heute ist dieser Tag.«

»Aber ... ich habe so oft mit dir gekämpft ...«

»Mein Freund, du hast immer nur mit einem Teil von mir gekämpft. Ich habe zwar nicht das Training der Krieger ... aber wie auch immer. Es wird reichen müssen.

»Scheiße.« Garvans grüne Augen waren jetzt zu hell, sein Mund verzog sich wie eine getrocknete Kirsche. »Ich habe etwas für dich in Erfahrung bringen können.« Er kam mit seinen Lippen ganz dicht an Maeves Ohr. »Innel wurde vor vielen Jahren bei einem Raubzug am Knie verletzt. Die Verletzung ist nie richtig ausgeheilt.« Jetzt endlich lächelte er sie an. »Greife sein linkes Knie an, Hitzkopf. Das ist seine Schwachstelle.«

Maeve nickte unmerklich und wandte sich dann Innel zu. Die in Leinen eingewickelte Klinge hielt sie noch immer vor ihre Brust. Sie ging zu Tiernan, der zwischen ihr und ihrem Bruder stand.

Tiernan hob seinen Stab.

»Du wirst für deinen Verrat bezahlen«, zischte Innel, während der Druide zu den Göttern betete. Ihr Bruder hielt seinen Schild vor sein Kinn. »Ich werde dir mit meinem Schwert die Eingeweide aufschlitzen, und deine Leiche wird auf einem Scheiterhaufen brennen, den ich bereits mit meinen eigenen Händen errichtet habe.«

Ein wissendes Lächeln breitete sich langsam über Maeves Gesicht aus. Innel zögerte. Jetzt erst riss sie das Leintuch vom Schwert ihres Vaters und packte es am Heft. Innels Augen weiteten sich. Er fluchte, denn er stand nahe genug, um zu erkennen, wessen Schwert das war.

Tiernan pochte mit seinem Stab auf den Boden zwischen ihnen.

Maeve tauchte in die Tiefen aus Licht ein und fühlte sich plötzlich frei.

Innel legte seine ganze Muskelkraft in den ersten Schlag. Maeve wich ihm mit einer geschmeidigen, schnellen Drehbewegung aus. Diese Schwerelosigkeit, das aufregende Gefühl dieses Gleitens, machte sie glücklich. Es stimmte tatsächlich … sie schwamm durch die Luft. Sie lachte vor Freude.

Ihr Bruder schwang herum. Seine massige Gestalt und sein Panzer machten es ihm jedoch unmöglich, sich in der Taille zu drehen. Seine Füße gruben sich in den Schlamm, als Maeve mit einem einzigen Satz aus seiner Reichweite sprang.

In den vergangenen Jahren hatte Maeve sich stets die schnellen und leichtfüßigen Krieger zum Vorbild genommen. Sie hatte sie überredet, ihr die Saltos, Drehungen und Sprünge beizubringen, und sie hatte diese Techniken dann so lange geübt, bis sie ihr in Fleisch und Blut übergegangen waren.

Jetzt verdichtete sich die Aura, die ihr seit dem See gefolgt war, und umgab sie als strahlender Nimbus. Das, was sie einhüllte, war ein Wesen, dessen quecksilbrige Anmut ihre eigene Geschmeidigkeit noch erheblich verstärkte. Fremde Instinkte pulsierten durch ihre eigenen Reflexe. Sie wurde von einem fremden Verstand geleitet; er war flüssig, fließend.

Sie überließ sich diesem Verstand und war so nicht mehr nur Maeve allein.

Innel sah ihre Freude, und sein Zorn ließ ihn den letzten Rest

Vernunft vergessen. Er wirbelte herum, verlor dabei die Kontrolle und nahm den Schild herunter. Maeve bewegte sich durch leuchtende Fluten, sprang hinter den Bogen des Schilds neben ihn und zog ihre Klinge über sein Kettenhemd. Innel schrie auf, als er den metallischen Klang vernahm, und machte mit seinem linken Bein einen Ausfallschritt. Maeve hörte sein Stöhnen, sah, wie sich sein Gesicht vor Schmerz verzerrte.

Innel holte erneut aus. Maeve rammte die Spitze ihres Schwerts in den Boden und vollführte mit atemberaubender Geschwindigkeit einen hohen Sprung. Sie landete hinter Innel, der jetzt den Kopf schüttelte wie ein verwirrter Bär. Ein Krieger ging seinen Gegner niemals von hinten an. Der Ehrenkodex gebot, dass man von vorn angriff.

Maeve aber hatte die Eide der Krieger nicht ablegen dürfen.

Sie umging Innel wieder, während dieser sich noch immer drehte, und zwang ihn abermals, mit dem linken Bein einen Ausfallschritt zu machen. Maeves Klinge traf seinen Ellbogen, bevor sie an seinem Kettenhemd abglitt. Innels wütendes Jaulen hallte in den Bäumen wider.

»Das erste Blut, das erste Blut!«, rief Garvan aufgeregt.

Innel knurrte nur und warf seinen Schild weg. Die Zuschauer schrien gleichermaßen entsetzt wie begeistert auf. Maeve nickte. Sie wusste, dass dieser Kampf nicht beim ersten Tropfen Blut enden würde, denn wenn sie beide überlebten, würde sie die Angst niemals wieder verlassen.

Sie lächelte, führte das Schwert ihres Vaters mit den wellenförmigen Bewegungen des Wesens, das von ihr Besitz ergriffen hatte. *Komm nur,* sagte ihr Lächeln. Innels Gesichtszüge verzerrten sich, als sein Blick der Klinge folgte. Blut lief an seinem Arm hinunter.

Dann geschah etwas Erstaunliches.

Die Strömungen um Maeve herum kräuselten sich. Einen Herzschlag, bevor Innel sich tatsächlich bewegte, schoss ein leuchtender Bogen durch die wässrigen Schleier. *Sie sah, was er vorhatte, sah seinen Gedanken, so als wäre er aus Licht.*

Maeve hatte sich bereits geduckt, als Innels Schwert über ihren Kopf hinwegfegte und sie dabei nur um Haaresbreite verfehlte.

Innel holte erneut aus. Und wieder entzog sich Maeve seiner Klinge mit einer geschmeidigen Bewegung. Während er noch dabei war, sich schwerfällig umzudrehen, traf sie ihn mit der Spitze ihres Schwerts seitlich am Hals. Ein blutiger Schnitt zog sich über seine Haut, und Innel gurgelte hasserfüllt.

Maeve würde ihn zermürben.

Scheinbar stundenlang bewegte sie sich in der silbernen Flut, brachte Innel immer wieder dazu, sein verletztes Bein zu belasten, das Knie zu verdrehen. Sein pummeliges Gesicht war jetzt schweißüberströmt, seine Brust arbeitete wie ein Blasebalg.

Schließlich überraschte er sie damit, dass er seinen Körper mitten im Schwung zusammenzog, die Richtung änderte und mit seinem Schwert ihren nackten Oberschenkel aufschlitzte. Innels Männer brachen sofort in lauten Jubel aus. Maeve sah benommen an sich herunter, als das Blut über ihr Knie rann. Der Schmerz war fern, sein Brennen wurde von den seidigen Wassern gelöscht.

Trotzig riss die glühende Welle sie mit erneuerter Kraft nach oben.

Sie umging Innel, wirbelte mit ihren schnellen Sprüngen die Strömungen auf. Er hinkte jetzt stark, seine Bewegungen wurden immer schwerfälliger. Bald waren seine Arme, sein Hals und sein Kiefer mit Schnitten geradezu übersät. Ihm hingegen gelang es kein einziges Mal mehr, sie zu treffen.

Mumus bester Kämpfer hatte Maeve damals ein überaus wagemutiges Kunststück gezeigt. Da Innel durch sein Knie behindert war, würde sie es jetzt wagen, um ihn aus dem Gleichgewicht zu bringen. Sie schleuderte ihr Schwert in einem Bogen in die Luft und tauchte leichtfüßig darunter hindurch, spaltete dabei das silberne Meer.

Eine Drehung unter Innels ausgestreckten Armen, eine Rolle an seinen Füßen vorbei. Er machte einen Satz auf sie zu, dann verkrampfte sich plötzlich sein Bein und knickte weg. Innel stürzte zu Boden. Maeve fing ihr Schwert, sprang auf Innels Rücken und hielt ihn so am Boden fest. Sie krallte ihre nackten Zehen in seine Schulterblätter.

*Er wird mich töten.*

Da war nichts außer diesem tiefempfundenen Schrecken, eine wilde Flut, die alles andere mit sich riss.

Sie klappte mit dem Fuß den Nackenschutz an seinem Helm hoch. Dort, unterhalb der Einbuchtung im Schädel, gab es eine Stelle …

*Er wird mich töten.*

Innel bäumte sich auf, versuchte, sie abzuschütteln. Wenn sie Schuhe getragen hätte, wäre ihm das auch gelungen. Aber sie hielt sich mit den Zehen und dem Fußgewölbe fest. Maeve holte tief Luft, hob das Schwert und stieß dann mit beiden Händen zu, warf dabei ihr ganzes Gewicht darauf, sodass sich das Heft in ihren Bauch eingrub.

Die Spitze bohrte sich in den Spalt zwischen Innels Wirbeln.

Sein Schrei zerriss die Luft, seine Glieder zuckten. Maeve stellte sich mit gespreizten Beinen über seinen Kopf und stieß noch einmal zu und dann noch einmal.

Sie wusste nicht, wann er starb. Erst als er vollkommen still dalag, hielt sie inne. Innels Blut tropfte von ihrem Kinn, der Geschmack von Kupfer breitete sich auf ihrer Zunge aus.

Die Zuschauer waren verstummt. Maeve war von absoluter Stille umgeben. Die silbrige Flut in ihr hatte sich zurückgezogen. Maeve begann zu schwanken. Garvan fing sie mit seinen Armen auf, als sie zu Boden sackte.

Als Maeve wieder zu sich kam, pochte die Wunde an ihrem Oberschenkel. Ihre Muskeln brannten wie Feuer.

Innels Männer schrien vor Wut, andere brüllten laut, um ihrer aufgestauten Anspannung Luft zu machen. Garvans Bitte um Hilfe ging im Lärm der Krieger unter, als sie die heilige Grenze des Rings überschritten und den blutgetränkten Boden betraten.

Maeve starrte ihren toten Bruder an. Irgendjemand hatte ihn umgedreht. Jetzt lagen sie beide mit ausgebreiteten Armen auf dem Rücken. Seine Augen waren jedoch glasig, überall war Blut.

Maeves schluckte, dann verkrampfte sich ihre Kehle. »Wasser …«, keuchte sie. »Wasch es ab. Alles …«

Garvan rief jemandem etwas zu, und kurz darauf ergoss sich kühles Nass in ihren ausgedörrten Mund. Maeve bedeutete Garvan mit einer matten Handbewegung, ihr das Wasser auch über Gesicht, Arme und Beine zu schütten. Nachdem er das getan hatte, murmelte er etwas Unzusammenhängendes, streichelte ihr dabei über das nasse Haar. Aufgeregt liefen Krieger ziellos umher. Ein Druide beugte sich über ihre Wunde, begann sie zu betasten, bis sie seine Hand wegschlug. Sie packte Garvans Arm. »Hilf mir … auf.«

»Wir müssen zuerst die Blutung stillen.«

»Das Schwert muss gezeigt werden«, krächzte sie.

»Hitzkopf …«

»Hilf mir auf!« Es musste jetzt sein. Jetzt oder nie. Garvan schob seinen Arm unter ihre Achsel und zog sie hoch. Vor Schmerz wurde ihr beinahe schwindelig, aber sie riss sich zusammen. Blut lief ihr am Schienbein hinunter.

Als das Gedränge um sie herum nachließ, riss Maeve das Schwert ihres Vaters hoch und zeigte damit zum Himmel. Die sinkende Sonne ließ es wie eine Flamme in ihren Händen aufleuchten. Wieder legte sich Schweigen über die Menge, sodass nur noch Maeves triumphierender Schrei über die Ebene von Cruachan hallte.

Jetzt erkannten die Krieger den Hirsch auf dem Heft. Ein Tumult brach aus. *Eochaid. Das Schwert des Königs.*

Garvan stieß ein lautes Siegesgeheul aus, nahm ihr Handgelenk und stützte so ihren Schwertarm. Maeve war benommen. Ihre Knie gaben jetzt wieder nach und es war allein Garvans Griff, der verhinderte, dass sie zusammensackte. Vielleicht war jetzt wirklich alles vorbei. Innel war tot. Sie war nicht mehr in Gefahr. Sie konnte jetzt innehalten, konnte jetzt diesen Pfad verlassen und sich an irgendeinen stillen und ruhigen Ort zurückziehen.

Die Welt würde stillstehen.

Während sie von den Kriegern umringt wurde, fiel ihr Blick auf Eithne, die, eine Hand vor dem Mund, Maeves toten Bruder anstarrte. Die kleine Líoch hatte die Augen voller Angst weit aufgerissen.

Maeves pochte das Blut in den Ohren. Nein, es war nicht vorbei. Fraech und seine Verwandten würden sie – so wie viele andere Krieger auch – jetzt als ernst zu nehmende Gegnerin ansehen. Sie würden sie im Auge behalten und jeden ihrer Schritte verfolgen.

*Und Conor …* Der Rest ihres Volkes konnte sich nicht vor ihm verstecken.

Tiernan trat jetzt neben Maeve. Die Krieger verstummten und wichen zurück. »Du hast diese Klinge von der Bahre deines Vaters gestohlen?«

Mit seinem rasierten Haaransatz, bei dem seine graue Mähne erst an seinem Scheitel begann, gab es nichts, das von seinen hochgezogenen Brauen oder seiner scharfen Nase abgelenkt hätte. Seine kuppelförmig gewölbten Lider verliehen ihm das Aussehen einer Götterstatue im Tempel, nur dass in seinen Augen in diesem Moment ein sehr menschlicher Zorn funkelte.

Maeve nickte. Sie war noch immer völlig außer Atem.

»Warum?«

Maeve hielt das Schwert vor sich. Noch immer zögerte sie, während sich in ihrem Inneren eine ungekannte Angst ausbreitete. *Frieden …* am liebsten hätte sie sich irgendwo verkrochen, wo sie niemand finden würde.

Aber es würde weder für sie noch für ihr Volk Frieden geben, solange Conor das Land bedrohte und Idath und sein Sohn Fraech in ihrer Festung in den Bergen dunkle Pläne schmiedeten.

Es gab nur einen einzigen Weg, um vor ihnen allen sicher zu sein: Sie musste stärker als sie sein. Sie konnte jetzt nicht mehr zurück.

Maeve holte tief Luft, ließ ihren Blick über die Krieger, die Lords, die Handwerker, die Frauen und Kinder schweifen. »Weil ich Königin von Connacht sein werde, wenn ihr das wollt.«

Es wurde vollkommen still.

»Mein Vater starb, bevor er mich als seine Erbin benennen konnte. Er sagte, dass ich ihm am ähnlichsten sei, dass ich die Einzige sei, die tun würde, was das Beste für *euch* ist.« Das war nicht einmal eine Lüge, redete sie sich ein. Er hatte das tatsächlich so gesehen; es war die Wahrheit.

»Du hast die Sídhe beleidigt«, stammelte einer der Druiden. »Frevel! Du wirst uns Unglück bringen«, fielen andere sein.

Tiernans Blick war glasig geworden, als suchte er in seinem Inneren nach einer Antwort.

Maeve fuhr fort. »Ich bin die Tochter eines Königs, die Gemahlin von Königen. Nur ich hatte den Mut, den Sídhe gegenüberzutreten, um zu beweisen, dass ich des Thrones würdig bin.« Vor ihren Augen begann sich alles zu drehen, als sie an die seltsamen Empfindungen dachte, die sie geradezu überwältigt hatten, als sie den fremden Druiden berührt hatte.

Sie blinzelte, suchte den Blick eines jeden einzelnen Kriegers und eines jeden Adeligen. Jetzt musste sie nur mit einer brennenden Fackel den Zunder in Brand setzen, den sie so viele Monate lang gesammelt hatte. »Ich habe meinen Bruder im Kampf besiegt – einen Mann, dessen Torheit uns alle ins Unglück geführt hätte. *Ich* bin die Herrscherin, die mein Vater für euch ausgewählt hat!«

Die Menge war jetzt in völligem Schweigen erstarrt. Sie hatte nur diese eine Chance. Maeve holte tief Luft. Ihre Worte flossen mit der letzten Welle aus Licht aus ihr heraus.

Jeder Angehörige der Derbfine hätte ebenso viele Feinde wie Verbündete, erklärte sie ihnen. Sie aber stände über den alten Fehden. Sie würde nicht Krieger gegen Krieger aufhetzen oder sich von Gier oder Stolz leiten lassen. Sie hätte monatelang Seite an Seite mit den Menschen gearbeitet. Sie verstände die Sorgen der Lords, der Handwerker und der Hirten wie sonst niemand anderes.

Dann ließ Maeve das Gespenst Conor frei – ein gedemütigter König, der seinen Männern gegenüber seine Stärke beweisen musste. Sie legte dar, dass es unbedingt notwendig sei, einen Herrscher zu haben, der ganz Connacht zu einer Klinge schmieden konnte, um Conor entgegenzutreten, und keinen, unter dem die Klans sich ständig gegenseitig bekämpfen und so das Königreich schwächen würden.

Schließlich hielt Maeve inne. Ihr nackter Fuß war glitschig vom Blut.

»Keine Frau soll über uns herrschen!«, schrie einer von Innels Kriegern. »Ein Gräuel!«, riefen andere. »Eine Schande!«

Maeves Blick suchte in der Menge einen ganz bestimmten Mann: Chieftain Donagh.

*Dein Versprechen,* forderten ihre Augen. Der Mörder seiner Tochter lag tot zu ihren Füßen, gestorben durch ihre Hand.

Donaghs Wangen über seinem Bart röteten sich. Er zögerte. Dann schob er sich endlich mit finsterem Gesicht durch die Reihen von Schwertkämpfern und Speerträgern hindurch. Er war einer der einflussreichsten Lords. Die Männer verstummten, als er nach vorn trat.

»Die Herrin Maeve hat sich als standhaft und treu erwiesen, als wir auf ihre Hilfe angewiesen waren. Ganz im Gegensatz zu ihrem Bruder, dessen hitziges Temperament daran schuld war, dass unschuldige Menschen ihr Leben verloren haben und dass uns schon viele Schaf- und Rinderherden geraubt wurden. Sie weiß, dass Connachts Stärke allein in seinen viehzüchtenden Lords liegt.« Er starrte in die Runde.

»Die Herrin hat uns Getreide gebracht, als unsere Ernte verdorben war«, rief eine der adeligen Frauen. Und dann kamen all die Dinge zur Sprache, die Maeve im Sommer getan hatte, um sich die Adeligen gewogen zu machen.

»Es gibt bei uns eine ganze Reihe starker und mutiger Krieger, die sich als König durchaus eignen würden«, argumentierte einer der älteren Chiefs. »Die Lords werden einen von ihnen wählen, so wie sie das immer getan haben.«

»Fraech ist ein angesehener und ehrenwerter Mann«, stimmte Maeve mit heiserer Stimme zu, »aber sein Onkel und sein Vater haben unter euch viele Feinde. Was, glaubt ihr, wird geschehen, wenn sie herrschen? Ich befürchte, dass sie es nur auf die Halle und das Vieh des Königs abgesehen haben!«

Angst zeigte sich jetzt auf ihren Gesichtern. Maeve legte das Schwert auf ihre Schulter. »Ich war mit den Königen von Laigin, Mumu und Ulaid verheiratet. Ich habe unter den Menschen dort gelebt, habe gesehen, wie ihre Krieger sich im Kampf geübt haben. Ich kenne ihre Lords, ihr Herrschaftsgebiet, ihre Handelswege, ihren Reichtum. Weiß Fraech auch so gut über diese Königreiche Bescheid? Nein.«

Die Krieger begannen zu diskutieren, der Lärm schwoll immer mehr an, bis ein anderer von Innels Kampfgefährten wütend schrie: »Es ist ausgeschlossen, dass eine Königin in Connacht herrscht!«

»Warum?«

Alle Anwesenden wandten die Köpfe, um zu sehen, wer sich da zu Wort gemeldet hatte. Es war Erna, eine junge Druidin. Sie war eine jener Heilerinnen, die Maeve zu den erkrankten Kindern geschickt hatte. »Die alten Geschichten erzählen doch auch von Frauen als Herrscherinnen, oder etwa nicht?« Erna sah den Obersten Druiden mit dunklen Augen an.

Tiernan hatte die Lippen geschürzt. Die Knöchel seiner Hand, mit der er seinen Stab umklammerte, waren weiß. »Es gab die Königinnen der Tuatha de Danann, als die Götter noch in unserem Land wandelten. Und es gibt auch noch andere Geschichten, die von Königinnen unter unseren Vorfahren berichten.«

Einer der jungen Krieger, die Maeve schon seit Monaten auf Schritt und Tritt folgten, stieß jetzt mit dem Finger in die Luft. Sein Gesicht strahlte, denn ihm war, wie vielen anderen auch, der Gedanke gekommen, dass sie ihn, wenn sie Königin würde, ihre Gunst schenken könnte. »Bei den Britonen und in Alba gibt es auch Königinnen. Und das sind starke Völker. Wir brauchen den besten Herrscher, den wir bekommen können. Das ist alles, was zählt!«

»Soviel ich weiß, war auch die Göttin Macha einst eine Königin.« Erna verbeugte sich respektvoll vor Tiernan. »Gibt es da nicht noch eine andere Geschichte, die von ihr als Königin der Ulaid erzählt?«

Einer von Innels Anhängern zeigte jetzt mit finsterem Gesicht mit dem Finger auf König Eochaids betagten Barden. Der alte Mann saß auf einem Berg von Kissen neben dem Kampfring. »Erzähle du uns die Geschichte der Ulaid, verehrter Bruder. Wir wollen sie aus deinem Mund hören.«

Der Barde stand auf. Seine weißen Haare bewegten sich im Wind. Er verbeugte sich vor Tiernan und drapierte seinen Umhang in der für Barden typischen Pose über seinem Arm. »Die Geschichte heißt Macha Mong Ruad, Macha mit den roten Haaren.«

Die Umstehenden stießen überraschte Rufe aus und starrten Maeve mit ihren feuerroten Haaren an. Ihr Herz setzte einen Schlag aus. Das hatte sie nicht vorhergesehen. Sie wischte sich den Schweiß vom Gesicht, versuchte, ihr verletztes Bein zu entlasten. Garvan wollte ihr zu Hilfe kommen, sie aber schüttelte den Kopf.

»Machas Vater war ein großer König der Ulaid«, intonierte der Barde. »Als er starb, erhob Macha Anspruch auf den Thron. Ihre Vettern wollten jedoch keine Frau als Herrscherin, und so kam es zum Kampf.« Der Barde schloss die Augen. »Macha tötete einen ihrer Vettern, damit sie Königin werden konnte.«

Die Blicke der Anwesenden huschten zu Innels Leiche hinüber. Maeve bekam erneut einen trockenen Mund.

»Sie heiratete den zweiten Vetter und baute mit eigenen Händen die prächtige Festung von Emain Macha. Danach herrschte sie viele Jahre lang gut und weise – es war dies ein gesegnetes Zeitalter für die Ulaid, ihre Flüsse waren voller Gold, und ihre Herden vermehrten sich. Als Macha durch die Schleier ging, hinterließ sie ein Land, das so reich war wie nie zuvor.« Der Barde neigte seinen Kopf. »Seitdem verehren die Ulaid sie in ihren Liedern.«

Maeves Hals war wie zugeschnürt. Ein aufgeregtes Raunen lief durch die Menge. *Die Ulaid hatten eine rothaarige Königin, und seht, wie stark dieses Volk geworden ist! Auch die Tuatha de Dannan hatten viele Königinnen. Wir alle kennen diese Geschichten.*

Jetzt schob sich Garvan nach vorn durch und trat vor die Menge. Er schwang sein Schwert, bevor er es in den Rasen stieß. »Überlegt! Niemand hat es je gewagt, den Schleiern der Sídhe zu trotzen, um sich das Schwert eines Königs zu holen. Die Sídhe haben Maeve nicht bestraft! Sie haben sie erwählt, denn sie ist wie eine der Heldinnen aus den alten Geschichten. Stellt euch vor, wie es wäre, wenn man sich die Geschichte von Connachts Königin an jedem Herdfeuer in Erin erzählen würde. Die Ulaid würden glauben, dass Macha mit den roten Haaren zurückgekommen ist, aber nicht zu ihnen, sondern zu uns. Sie werden glauben, dass es jetzt wir sind, die in ihrer Gunst stehen, und das wird große Furcht unter ihnen verbreiten!«

Maeves Befürworter unter den Kriegern stimmten Garvan zu. Sie heizten die Stimmung der Leute mit einem Chor von Rufen an. Dazu schwangen sie ihre Schwerter und ihre Speere über ihren Köpfen, sodass die Kinder die Augen aufrissen und ängstlich kreischten.

Tiernan musste mit seinem Stab auf Innels Schild schlagen, der am Boden lag, um sich überhaupt noch Gehör verschaffen zu können. »Genug!«, brüllte er. »Was du sagst, mag zwar wahr sein, aber Maeve hat die Sídhe beleidigt. Die Strahlenden sind die Geister des Regens, der Saaten, des Waldes und der Seen.« Er zeigte mit zitternder Hand auf Maeve. »Ihr Zorn mag dich vielleicht nicht getroffen haben, Herrin, aber er wird auf uns und unser Land herabkommen, und dann wird das Getreide verdorren und das Vieh krank werden!«

Maeve ließ das Schwert ihres Vaters sinken. Sie überlegte fieberhaft. Wenn sie ihre einzige Chance nicht verspielen wollte, gab es keinen anderen Weg. »Ich wurde auserwählt. Aber wenn ihr daran noch Zweifel habt, dann lasst uns abwarten, was der Winter bringt. Dann schläft das Land, und auch die Plünderer aus Ulaid werden uns in Frieden lassen. Sollten die Sídhe zornig sein, wird das Land uns das im Frühling zeigen. Sollte ich aber ihren Segen haben, so werden wir das dann ebenfalls wissen. Im Augenblick hat Conor noch andere Sorgen ... im Augenblick, sage ich. Wir haben also Zeit dafür, dass die Adeligen den besten Herrscher für Connacht wählen können.«

Ihre Worte erhielten von den Chieftains beifälliges Murmeln. Es war besser, in aller Ruhe über die Nachfolge zu entscheiden, als zu schnell jemanden zu bestimmen, der dann versagen und Connacht schaden könnte.

Tiernan wollte auch hierauf etwas einwenden. Seine Augen wurden schmal.

Maeve brachte ihn dadurch zum Schweigen, dass sie sich vor ihm auf ihr unverletztes Bein kniete. Ein heftiger Schmerz schoss durch ihren Oberschenkel, und noch mehr Blut quoll aus der Wunde. »Falls ich den Segen der Sídhe nicht haben sollte, dann schwöre ich, dass ich mich als königliches Opfer darbringen werde – für den heiligen dreifachen Tod.« In diesem Fall würde sie einen Schlag auf den Schädel erhalten, dann würde man sie strangulieren und schließlich in einen Sumpf werfen, der wässrigen Pforte zur Anderswelt. Maeve bekam kaum Luft, als sie das sagte. »Ich werde dann mit demselben Mut, den ich heute gezeigt habe, zu den Göttern gehen und sie anflehen, unserem Volk gewogen zu sein.«

Diese Beschwörung von Magie ließ schließlich den Sturm losbrechen. Die Menschen jubelten und stampften mit den Füßen.

Der Oberste Druide starrte Maeve mit einem unergründlichen Gesichtsausdruck an. »Das Anbot ist angenommen«, rief er laut. Er hob eine Hand und sprach zu der aufgeregten Menge. »Wir legen hiermit bis zum Frühling den heiligen Frieden über die Männer der Derbfine. Wir müssen unter der Herrschaft der Druiden stark und vereint bleiben, um unser Land, falls dies erforderlich sein sollte, verteidigen zu können.«

Als der Lärm anhielt, funkelte in Tiernans Blick etwas auf, das so etwas wie Bewunderung war. »Ich werde den Sídhe sagen, dass sie dich im Frühling holen können, wenn sie es wollen.«

»Meine Worte waren so gemeint, wie ich sie sagte.« In Maeves Ohren begann es zu summen. Ihr Sichtfeld engte sich ein. »Du darfst mich sogar eigenhändig töten.«

Dann brach sie ohnmächtig zusammen.

# 8

Das ist nicht klug«, brummte der Druide Mahon, während er Kräuter in einem Mörser zerrieb. »Diese Frau ist eine Banshee.«

Tiernan war erschöpft auf einen von Mahons Stühlen gesunken. Er war jetzt schon tagelang damit beschäftigt, die anderen Druiden zu besänftigen, ihnen ihre Ängste zu nehmen und ihren Zorn zu beschwichtigen.

Mahons weiße Haarsträhnen zitterten, als er aufgeregt mit dem Stößel hantierte. »Warum hast du dich damit einverstanden erklärt, die Wahl des Königs aufzuschieben?«

Tiernan starrte in die Flammen. Sie tanzten im Luftzug, der unter dem Fell an der Tür hereinkam. Die Dämpfe, die aus Mahons Töpfen aufstiegen, schnürten ihm den Hals zu.

»Es ist ihr gelungen, viele Lords auf ihre Seite zu ziehen. Und nachdem sie mit dem Schwert des Königs im Zweikampf gesiegt hat, halten die Krieger sie jetzt für die Göttin Macha, die zu den Menschen zurückgekehrt ist. Wenn wir jetzt etwas gegen sie unternehmen, riskieren wir genau den Krieg, den wir verhindern wollen.«

Mahon roch an den Kräutern, die er gerade zerrieben hatte. »Du hörst dich nicht gerade zornig an.«

»Das bin ich auch nicht. Ich bin … fasziniert.« Eochaids Regentschaft hatte lange gedauert. Es war schon viele Jahre her, dass Tiernan sich mit derartigen Problemen hatte auseinandersetzen müssen. »Fraech und Innel haben jeder für sich die Unterstützung einiger Lords gewonnen, viele andere jedoch sind ihre erbitterten Feinde geblieben. Du weißt, wie hitzig die Krieger reagieren. Das zeigen schon die Schädel ihrer getöteten Feinde über ihren Türen.

Maeve steht tatsächlich außerhalb dieser Fehden. Es ist also durchaus möglich, dass sie uns Frieden bringt.«

Tiernan sah zu, wie Mahons Hände über die Kräuterbüschel strichen, die an Geweihen von der Decke hingen. Der Druide setzte beim Heilen auch seinen Instinkt ein, während Tiernan als Oberster Druide seinen Geist verwendete. Tiernan erhob sich jetzt, warf sich seinen Umhang um die knochigen Schultern. »Wir müssen die Nebel durchdringen, die diese Angelegenheit verschleiern. Ich brauche noch mehr Visionen, um die Wahrheit zu erkennen.«

Mahon griff wortlos in eines seiner Regale und nahm eine dort versteckte Lederflasche heraus, die er dem Obersten Druiden in die Hand drückte. Der Traumtrank. Der ältere Druide verbeugte sich vor dem Schrein des heilenden Gottes Diankret, der sich in der Ecke des Raums befand und den ein holzgeschnitztes Götterbild mit Augen aus Quarz zierte. Tiernan tat das Gleiche.

In Wirklichkeit war es jedoch der Dunkle, dessen Hilfe er erbat. Der Gott, der sich in der Finsternis, in den undurchdringlichen Nebelschleiern aufhielt, die die Wahrheit verhüllten. Tiernan brauchte jetzt jedoch eine klare Sicht auf die Dinge, so dringend, wie er sie selten zuvor gebraucht hatte.

Inzwischen war eine Woche vergangen. Die Hügel im Norden und Osten von Cruachan zeigten das dunkle Rostrot vertrockneten Farnkrauts und der letzten braunen Blätter. Die vereinzelten Weiher und Sümpfe in den Tälern lagen unter einem bleichen Nebel.

»Hitzkopf?« Garvan trieb sein Pferd an, um zu Meallán aufzuschließen.

Maeve drehte sich nicht zu ihm um. »Ich habe mich anders entschieden. Ich werde heute nicht zu Lord Ardal reiten. Es gibt einen Ort, den ich noch vorher aufsuchen muss. Und zwar allein.« Sie musste sich zwar weiter um die Unterstützung der Chiefs bemühen, aber seit dem Zweikampf wurde sie jede Nacht in ihren Träumen von Visionen ihres nahen Todes heimgesucht – eine Schlinge um ihren Hals, ihr Blut, das wie Rauchschwaden durch das Wasser trieb.

»Wir waren uns doch einig, dass du jetzt Wachen brauchst, Maeve. Wir werden dich überallhin begleiten.«

»Nicht an diesen Ort.« Maeve hauchte in ihre kalten Hände, versuchte, mit ihrem Blick die Nebelbänke zu durchdringen. Die aufgehende Sonne löste die Nebelschleier nur langsam auf, hin und wieder war jetzt jedoch bereits glitzerndes Wasser zu sehen.

Der See.

Einer der Krieger spreizte heimlich die Finger, um sich gegen Zauberei zu schützen. Maeve wusste, dass sie sich alle sicher waren, sie besäße die Macht, die Heerscharen der Sídhe herbeizurufen. Sie glaubten, die Strahlenden hätten sie gesegnet. Aber das war nicht der Fall.

Die Sídhe hatten ihr das Schwert aus eigenen Motiven überlassen. Immerhin galten sie als verschlagen.

Maeve massierte die Wunde an ihrem Oberschenkel. Die Druiden hatten sie genäht und einen Breiumschlag aufgelegt. Sie heilte gut, aber sie erinnerte sie immer wieder an die stets lauernde Bedrohung durch Fraech und seine Verwandten.

Hinzu kam, dass sie den Eid, den sie gegenüber Tiernan geleistet hatte, noch immer wie Eis in ihren Adern spürte. Da war nichts von der Euphorie zu spüren, die in einem solchen Fall zu erwarten gewesen wäre.

Sie hatte ihrem Volk göttlichen Segen versprochen. Fruchtbarkeit. Eine gute Ernte. Überfluss. Sie hatte sich selbst zur Mutter des Landes gemacht. Maeve kaute nervös auf ihrer Unterlippe herum. Als Mutter hatte sie sich stets als verflucht gefühlt. Vor langer Zeit hatte sie diesen Schmerz in einen Winkel ihres Herzens verbannt. An dieser Stelle war ihr Herz taub geworden, und das hatte ihr wenigstens etwas Erleichterung verschafft.

Um für Connacht stark zu sein – und auch um ihr eigenes Leben zu retten –, musste sie jetzt eine Rolle spielen, in der sie schon einmal gescheitert war. *Gütige Götter … wie sollte ihr das nur gelin-*

*gen?* Die Kälte wanderte zu ihren Füßen hinunter. »Ich weiß nicht, wie lange ich weg sein werde.«

»Für immer?«, brummte einer der Männer. Alle wussten, dass die Strahlenden Sterbliche manchmal für viele Jahre bei sich behielten.

Maeve warf ihm einen tadelnden Blick zu. »Glaubst du etwa, ich wäre nicht in der Lage, die Nebel zu teilen?«

Garvan sah noch immer zweifelnd drein, als Maeve ihr Pferd wendete und eine Handbewegung machte, wie um die Bande zwischen ihr und der Welt der Menschen zu zerschneiden. »Wartet hier auf mich«, befahl sie. »Niemand nähert sich dem See der Sídhe. Das ist allein das Recht der Königin.«

Dann trieb sie ihren Hengst den Hang hinunter.

Am Ufer des Sees glitt Maeve von Mealláns Rücken. Sie verlagerte ihr Gewicht auf das unverletzte Bein.

Seit dem Zweikampf trieb Maeves Geist ständig zwischen Helligkeit und Dunkelheit hin und her. Sie hätte sich nach einem solchen Triumph unbesiegbar fühlen müssen, stattdessen kam sie sich irgendwie körperlos vor. Ihr Puls war unregelmäßig.

Dafür konnte es nur ein einziges Heilmittel geben.

Während sie ihren Hengst am Zügel führte, ging Maeve zwischen kahlen Eschen hindurch, deren Samenstände in Büscheln an den Ästen hingen. Dann hinkte sie über die Marsch zu einer von Felsbrocken umrandeten Feuerstelle und hielt ihre Hand darüber. Die Steine waren noch warm. Er war also in der Nähe. Sie band Meallán fest und kauerte sich dann hinter einen umgestürzten Baumstamm.

Die Sonne war jetzt über dem See herausgekommen. Sie hatte den Nebel vertrieben.

Heute stand der Mann bis zu den Oberschenkeln im Wasser. Er kehrte ihr den Rücken zu, sein Kittel und seine Hose aus Hirschleder waren feucht. Er hatte die Hände ausgebreitet, als wolle er den See zu sich einladen.

Maeve reckte den Hals, bis plötzlich ein heftiger Schmerz durch ihr verletztes Bein fuhr und sie nach hinten auf ihr Gesäß fiel. Sie hätte schwören können, dass irgendetwas von den Handflächen des Fremden ins Wasser floss. Er tauchte seine Arme hinein und hob einen glänzenden Fisch hoch, der bereits tot war.

Wie war es ihm gelungen, ihn zu fangen, obwohl er diese Augenbinde trug?

Der Mann kam ans Ufer und ging mit seinen seltsamen, fließenden Schritten an Maeves Versteck vorbei. Um seinen Mund spielte ein weicher, erstaunter Ausdruck. Er war wie in Trance, bemerkte sie deshalb auch nicht.

Maeve war fasziniert. Es schien, als sähe er etwas, das sich jenseits der sichtbaren Welt befand. Sein Gesicht leuchtete von innen heraus. Aus irgendeinem Grund zog sich ihr Herz zusammen. Hatte auch sie so ausgesehen, als sie in jener silbrigen Flut gefangen gewesen war?

Er ging leichten Schrittes zur Feuerstelle, bückte sich und tastete nach etwas. Seine Finger folgten den Linien der Feuerstelle, streichelten die Steine und strichen durch das Gras, bis sie fanden, wonach sie suchten: eine steinerne Klinge.

Maeve war wie gebannt. Sie spürte, wie ihre Wangen zu glühen anfingen. Plötzlich ließ Meallán die Ohren spielen und stampfte mit den Hufen. Maeve zuckte zusammen. Der Mann, der begonnen hatte, den Fisch zu entschuppen, hielt inne, blickte aber nicht auf. Erst jetzt bemerkte Maeve die unzähligen Kratzer und Risswunden auf seinen Händen.

*Verdammt.* Maeve schüttelte ihre Benommenheit ab und hinkte auf ihn zu. »Du bist ein Priester.«

Die Klinge verharrte über den glänzenden Schuppen. »Ich habe das Zeichen auf deiner Stirn gesehen. Du bist kein Sídhe, du bist ein Druide. Wenn du einer ihrer Priester bist, dann bitte ich dich, sie für mich anzurufen.«

Der Mann fuhr ungerührt damit fort, die Schuppen zu entfernen. Aus der Nähe betrachtet, war der Tanz seiner Finger sogar noch irritierender. Sein rotbraunes Haar fiel in einem Pferdeschwanz über seinen vollkommen geraden Rücken. So wie die vielen Narben die Anmut seiner Hände verdarben, wurde seine Erscheinung durch eine zerzauste Stirnlocke und kupferne Bartstoppel auf dem schlecht rasierten Kinn beeinträchtigt. Das alles war für Maeve überaus verwirrend.

»Was muss ich für diesen Segen tun?«, fragte Maeve mit trockenem Mund. »Ich brauche die Strahlenden, um das Land fruchtbar zu machen. Ich werde ihnen Opfergaben bringen, dann kannst du die Riten durchführen.«

Der Druide hob sein Gesicht, sodass die Strahlen der Sonne darauffielen. Zum ersten Mal sah Maeve ihn als Menschen und nicht nur seine Tätowierungen oder seine Augenbinde.

Seine vollen Lippen waren geschwungen und gingen in den Mundwinkeln ein wenig nach oben, als hätte er früher gern und oft gelacht. Sein Kiefer war stark und kantig, aber seine Nase war markant genug, um dazu ein Gegengewicht zu bilden. Eine Einbuchtung an ihrer Spitze spiegelte die Kerbe in seinem Kinn wider. Es war das Gesicht eines Kriegers, nicht das eines bleichen und ausgezehrten Druiden, der seine ganze Zeit mit geistigen Dingen verbrachte.

Seine Stimme war leise aber volltönend. Jetzt jedoch lag auch eine Spur Ärger darin. »Du kannst nicht durch jemand anderen mit ihnen sprechen, genauso wenig wie du mit ihnen handeln kannst.« Er wandte seine Aufmerksamkeit wieder seiner Klinge zu.

Maeve entging jedoch nicht, dass er sich auf die Unterlippe biss. Dann war er also doch nicht so gelassen, wie er tat. »Die Sicherheit und das Wohlergehen vieler Menschen hängen von mir ab.« Maeve versuchte, ihre Verzweiflung in den Griff zu bekommen. »Du wirst mir helfen, oder ich werde …«

»Du riskierst den Grimm der Druiden genau wie den der Sídhe?«

Maeve verkrampfte sich, und sofort schmerzte ihre Wunde wieder. »Für mein Volk werde ich alles riskieren. Mein Leben habe ich bereits riskiert.«

»Wenn du so viel Mut besitzt, wie du sagst, dann überlass dich ihnen. Ergib dich ihnen mit deinem Herzen und deinem Verstand. Das ist es, was sie verlangen.« Er neigte den Kopf und rieb sein stoppeliges Kinn an seiner Schulter. »Das zumindest hat man mich gelehrt.«

Sich ergeben …? Wenn sie das getan hätte, wäre sie jetzt ein verschrecktes Etwas in Conors Bett. Oder sie wäre nicht mehr am Leben, getötet von ihrem Bruder.

»Wo sind sie? Ich werde ihnen beweisen, dass ich es verdiene.« Maeve brach durch das Schlehdorndickicht, ignorierte die Kratzer auf ihren Armen und ihrem Gesicht. »Ich bitte euch, zeigt euch«, flehte sie. »Ihr habt gesehen, dass ich tapfer bin und würdig.« Sie schob die Gräser auseinander und rannte in den Sumpf hinein. Enten flogen auf. Verwirrt streckte Maeve die Hände zum Himmel hinauf. »Ich werde euch für alle Zeiten ehren, wenn ihr mir helft!«

Das Schilf schloss sich um sie. Das Geräusch der Enten verklang. Der Himmel war leer. *Kommt zu mir.* Maeve presste diese Worte aus ihrem Herzen heraus. *Bitte kommt, auch wenn ihr das noch nie zuvor getan habt. Mehr als nur mein Leben steht auf dem Spiel.*

Nichts.

Mit schweren Schritten hinkte Maeve aus dem Sumpf heraus. Sie ließ sich neben der Feuerstelle ins Gras sinken und streckte ihr verletztes Bein aus. *Bei Lughs Eiern.* Sie starrte aufs Wasser hinaus und war überrascht, als ihr Blick verschwamm. Was würde mit Connacht geschehen, wenn sie versagte? Die Derbfine würde das Land in Stücke reißen, die Conor sich dann eines nach dem anderen einverleiben würde.

Der Druide blies in das kleine Feuer, das er entfacht hatte. »Deine Schritte klingen, als hättest du ein steifes Bein.«

Ihr Kopf fuhr zu ihm herum. In ihrer Brust verkrampfte sich etwas. »Eine Königin ist kein Krüppel! Ich wurde verwundet, das ist alles.«

Da er ihren bösen Blick nicht sehen konnte, fuhr er einfach damit fort, den Fisch auszunehmen. Dabei zerrte er nicht an dem Fleisch herum, sondern säuberte es mit leichten, streichenden Bewegungen. Maeve riss ihren Blick von seinen Händen los. »Ich kenne alle Druiden von Cruachan, daher wüsste ich gern, warum du hier draußen bist …« Sie zögerte. »Blind und allein.«

Seine Hände kamen aus dem Takt. »Ich wurde verwundet, das ist alles.«

Maeve hätte trotz ihrer Frustration beinahe gelächelt.

»Ich bin ein Wanderer«, fuhr der Mann fort. »Ich habe zu niemandem mehr eine Verbindung, am wenigsten habe ich sie zur Bruderschaft der Druiden. Am besten …«, seine Augenbrauen zeigten sich über der Binde, »beachtest du mich gar nicht.« Er spießte den Fisch auf einen Haselnussstock und platzierte ihn neben den Flammen, dann wischte er sich die Hände im Gras ab.

»Dann habe ich also gar nicht ›den Grimm der Druiden‹ riskiert.«

Er schnaubte. Die Linien an seinen Mundwinkeln traten noch stärker hervor. »Jedenfalls nicht meinetwegen.«

Plötzlich knurrte Maeves Magen. Sie rieb sich den Bauch. »Aber als ich dich berührt habe, ist irgendetwas geschehen.« Sie setzte sich aufrecht hin. »Du hast mich sehr wohl mit einem Zauber belegt. Er ließ mich kämpfen, wie ich noch nie zuvor gekämpft habe … ich habe mich völlig schwerelos gefühlt.« Sie holte Luft. »Du lügst also, wenn du behauptest, dass du nichts über die Strahlenden weißt!«

Der Mann erstarrte. »*Du* hast das gespürt?«

»Nachdem ich dich mit dem Otter gesehen habe. Es schien …« Sie schüttelte verwirrt den Kopf. »Es schien überall um mich herum zu sein, und es war mit nichts zu vergleichen, das ich je kennengelernt habe. Was war das, was ich gefühlt habe?«

Der Mann sprang auf, als hätte sie ihn gebissen. Er drehte sich zum See um. »Etwas von der Anam des Otters. Es ist … mir heilig.«

*Anam?* Maeve machte sich nur selten Gedanken über die Seele, über ihre eigene genauso wenig wie über die anderer. »Wie ist das möglich? Es sei denn, du bist von den Sídhe gesegnet …«

Er strich sein rotbraunes Haar zurück. Maeve starrte seinen Rücken an. Seine Muskeln zeichneten sich unter seinem nassen Kittel ab, als er jetzt schneller atmete.

Schließlich entspannten sich seine Schultern wieder, und er tastete sich zum Feuer zurück. »Die Reise zu ihnen macht man immer nur allein.« Er prüfte den Fisch. »Ich kann ihnen nichts befehlen, und ich kann dir auch keinen Segen geben.«

Beißender Rauch brannte Maeve in den Augen. Als sie ihre Tränen wegblinzelte, bot ihr der Mann ein Stück gebratenen Fisch auf einem flachen Holzscheit an. Seine Miene war ernst. Seine Wangen wirkten jetzt noch hohler. »Ich war einmal Druide. Und das älteste aller Gesetze gebietet, Feuer und Essen mit einem Gast zu teilen.«

Maeve nahm den Fisch. Wenn er sich von ihr nicht bedroht fühlte, konnte sie auch keine Autorität auf ihn ausüben. »Dann weißt du sicher auch, dass du auf eigene Gefahr unerlaubt heiligen Boden betreten hast.«

»Ist das der Grund, weshalb du immer wieder hierherkommst?«

Maeve unterdrückte ein ungläubiges Lachen. »Für einen heimatlosen Wanderer bist du gefährlich kühn.«

Er zuckte mit den Schultern und schob sich einen Bissen gebratenen Fisch in den Mund. »Nun, ich habe nichts mehr zu verlieren.«

Das war beunruhigend. Maeve starrte seine Augenbinde an. Warum bedeckte er seine Augen, obwohl er hier allein war? *Aus Stolz.* Er war also doch nur ein Mann. »Gut! Du hast diese Feuerstelle errichtet, aber ich kann nicht essen, ohne den Namen meines Gastgebers zu kennen.«

Er zögerte. »Nenne mich Ruán.«

»Ich bin Maeve, Tochter von König Eochaid. Und … warte, ich habe auch etwas zu essen dabei.« Sie hinkte zu Meallán hinüber und nahm Gerstenkuchen mit Honig und eine Flasche Met aus ihrer Satteltasche.

Sie aßen schweigend. Als Ruán sich die Hände wusch, kauerte er eine Zeit lang am Ufer des Sees, als suche er irgendetwas in dessen glitzernder Tiefe. Maeve ließ ihren Blick zwischen ihm und dem in der Sonne glänzenden Wasser hin und her wandern, während sie sich fragte, was das wohl sein mochte. Ein brackiger Geruch stieg aus dem Schilf auf und löste in ihr eine seltsame Empfindung aus.

Hier war Freiheit. Stille. Das zeitlose Wasser im Wechsel von Sonnenlicht und Mondschein.

Ruán begann, etwas zu summen. Eingelullt von der betörend schönen Melodie lehnte Maeve sich zurück. Ihr Körper entspannte sich, als die Wärme der Mahlzeit und des Mets sich in ihr ausbreitete. Ihr Verstand warnte sie leise: *Gefahr!* Ihr Instinkt sagte ihr jedoch etwas völlig anderes, denn ihr fielen langsam die Augen zu, auch wenn ihre Hand weiter das Schwert hielt.

Der Gesang begleitete sie, als sie in der Dunkelheit versank. Maeve konnte nichts anderes tun, als sich wie ein Kind dem Schlummer zu überlassen, dem sie sich schon viel zu lange widersetzt hatte. Sie trieb zwischen Wachen und Schlafen dahin wie ein Fisch, der in sonnenhellen und dann wieder in dunklen Tiefen schwimmt.

Der Gesang wurde zu einem Murmeln. *Wenn dein Herz sich sehr angestrengt hat, dann lege es nieder, und deine Müdigkeit wird dir genommen werden. Die Kraft deines Körpers mag groß sein, jetzt aber musst du nicht stark sein, denn hier finden alle Kreaturen Ruhe …*

Maeve wehrte sich gegen die sanfte Stimme. Nein! Sie durfte nicht schwach werden. Das Heft des Schwerts noch in ihrer Hand, schrak sie auf. Sie befeuchtete ihre klebrige Zunge und wandte dann den Kopf.

Ruán hielt Meallán am Zügel und hatte den Kopf vor dem Maul des Hengstes gebeugt, sodass sich der Atem von Mann und Pferd vermischte. Er sang ihm etwas vor … nein, er sagte vielmehr etwas in einer seltsamen druidischen Sprache zu Meallán. Und ihr feuriger Hengst, der sich sonst nur von ihr anfassen ließ, legte seine Stirn voller Vertrauen an Ruáns Brust.

Maeve packte das Schwert und stand mühsam auf. Sie war niemals unaufmerksam, behielt ihre Umgebung stets im Auge, und das galt auch für Meallán. Jetzt war nicht der richtige Zeitpunkt, um sich gehen zu lassen, jetzt, da so viel auf dem Spiel stand. Sie war so wütend auf sich selbst, dass sie die Schmerzen in ihrem Bein kaum wahrnahm, als sie zu ihrem Pferd hinkte.

Im letzten Moment stolperte sie, und Ruán streckte zielsicher seine Hand aus, um sie aufzufangen.

Sie befreite sich aus seinem Griff. »Ich muss jetzt gehen. Meine Wachen glauben bestimmt schon, dass mir etwas passiert ist.« Sie versuchte, in den Sattel zu klettern, aber ein heftiger Schmerz schoss durch ihr Bein, und sie sank wieder zurück. In ihrem Kopf drehte sich alles.

»Hier.« Ruán formte mit seinen Händen eine Aufstiegshilfe für sie.

Ihr blieb nichts anderes übrig, als ihren Fuß in seine Handfläche zu setzen. Als sie im Sattel saß, rieb sie sich die vom Schlaf zerknitterten Wangen. »Danke für das Essen.«

Ein kleines, schiefes Lächeln erschien plötzlich auf Ruáns Gesicht. »Ich wollte dich nur besänftigen, damit du nicht gleich wieder damit auf mich losgehst.« Er deutete auf das Schwert an ihrem Gürtel.

Maeve sah ihn an. »Ich mache nie denselben Fehler zweimal«, sagte sie matt. »Leb wohl.« Sie trieb ihren Hengst zum Galopp an.

*Ich renne wieder einmal vor ihm davon.* Mit brennendem Gesicht verlangsamte Maeve das Tempo. Erst jetzt fiel ihr ein, dass der Mann sie nicht sehen konnte. Sie brachte ihr Pferd zum Stehen und blickte zurück.

Dieser seltsame Mann hatte sich nicht von der Stelle gerührt. Aber selbst aus der Ferne war unschwer zu erkennen, wie froh er war, dass sie davonritt. Er war jetzt von einer großen Ruhe umgeben. Es kam ihr vor, als würde er die weite Stille und die Ruhe des Sees und des Himmels sammeln und dann in seinen Körper aufnehmen.

Maeve sehnte sich verzweifelt danach, durch das hohe Gras zurückzulaufen und in diesen Frieden, der ihn umgab, hineinzusinken. Dann würde sie niemals wieder die richtigen Worte finden und niemals wieder kämpfen müssen. Sie würde die schwere Last, die sie trug, einfach abstreifen und dann in die große Stille eintauchen.

Mit pochendem Herzen wendete sie Meallán.

Das Pferd nahm jetzt die Anspannung seiner Reiterin in sich auf. Als es den Weg den Hang hinauf zum Pfad erklommen hatte, fiel es von selbst in den gestreckten Galopp.

# 9

Als der Winter das Land immer fester in seinen kalten Griff nahm, gelang Tiernan endlich ein kurzer Blick auf das, was er suchte. Er lag jetzt schon so lange reglos in dem Wäldchen, dass sein Atem zu Raureif in seinem Haar geworden war. Ein glitzernder Film bedeckte das Kuhfell, in das er sich eingewickelt hatte. Sein Herz schlug langsam, und er kreiste mit jedem Schlag weiter entfernt von seiner körperlichen Hülle.

Sein Murmeln begleitete ihn, eine Spur von Musik, jenseits der Sterne. *Zeigt mir den zukünftigen König.*

Kälte und Hunger halfen dem Geist, frei zu fliegen, denn das Leiden machte den Körper zu einem unbequemen Zuhause. Der feine Punkt aus Silber, der die Essenz seines Wesens war, schoss in den weiten Raum hinaus, blieb nur durch eine dünne Schnur mit seinem Körper verbunden. Wolken aus funkelnden Stäubchen wirbelten um ihn herum und verdichteten sich dann langsam zu Bildern, Tönen und Gefühlen.

Jetzt, nach so vielen Monaten der Suche, wurde ihm plötzlich alles klar. Es war, als würde die Sonne durch die Wolken brechen.

*Die Herrin Maeve …*

… an einem Ort, wo es einen Sumpf und einen See gab. Ein silberner Glanz, der aussah wie der Hof des Mondes in einer frostigen Nacht, umgab sie. Aber Tiernan sah noch etwas anderes – ein flackerndes Licht, das sich an ihren Körper schmiegte. War das … ein Schwert, das sie da trug? Bedeutete dies, dass sie tatsächlich der Lord und der Krieger war, den sie jetzt so dringend brauchten?

Tiernans Bewusstsein kreiste, versuchte mehr zu erkennen. Sie strahlte eine Macht aus, die wie das Klirren eines Schwerthiebs Baum, Fels, Gras und Wasserlauf widerhallen ließ. Sie brachte mit diesem Ton alles um sie herum zum Vibrieren, als wäre es aus einer Substanz so fein wie Luft gemacht …

Die Übelkeit, die die hellsichtig machenden Kräuter bewirkte, holte Tiernan wieder in seinen Körper zurück.

Er übergab sich, von Bauchkrämpfen gepeinigt und mit brennenden Händen, während er seine menschliche Schwäche verfluchte. Schließlich wischte er sich den Mund ab. Was hatte das alles zu bedeuten? Seine Gedanken waren jedoch noch zu bruchstückhaft. Als er jetzt heftig zu zittern begann, wusste er, dass er nicht länger hier im Wald bleiben durfte. Er legte sich das Kuhfell wieder um und humpelte, auf seinen Stab gestützt, den Pfad entlang, der ihn aus dem Eichenwald hinausführte.

Mit einer schnellen Handbewegung rief er sich ein lebhaftes Bild von Maeve vor Augen. Er sah sie vor sich, schlank und muskulös, gekleidet wie ein Krieger, das Haar zu einer steifen, wilden Mähne frisiert, die die Blicke aller Männer auf sich zog. Er musste zugeben, dass ihre stolze Haltung, ihre Offenheit und ihr schallendes Lachen ihn als Mann beunruhigten. War dies sein Instinkt, der ihm sagte, dass er sie fürchten musste?

Er hatte es immer schon als seltsam empfunden, dass sie, obwohl sie so eigensinnig und halsstarrig war, gehorsam jeden neuen Ehemann akzeptiert hatte, den Eochaid für sie bestimmt hatte. *Sie wusste, dass sie sich an ihren Vater binden musste, sonst wäre sie schon längst tot.* Eochaid hätte sie ohne zu zögern aus Erin vertrieben, wenn sie ihm nicht gehorcht hätte. Oder ihr sogar noch Schlimmeres angetan.

Jetzt war da kein Vater oder König mehr – nur eine Frau, die danach trachtete, allein zu herrschen. Wunden und Ängste ohne Hilfe zu tragen. Allein zu sterben.

Tiernan verließ das Wäldchen in größerer Sorge, als er es betreten hatte. Die mondlose Nacht tauchte die Grabhügel der Ahnen in Düsternis. Kein Licht leitete ihn.

Gefangen in der endlosen, dunklen Zeit des langen Winters, lag Cruachan vor ihm und wartete.

»Ich kenne keinen Druiden, der auf der Suche nach seinem Abendessen im Schlamm herumwühlt«, sagte Maeve, die am sandigen Ufer des Sees hockte.

Ruán grub mit den Fingern im Schlick nach Muscheln. Sein Kinn befand sich dabei gerade über dem Wasser. »Wie du siehst, gibt es hier niemanden, der mich mit Nahrung versorgen würde«, keuchte er, während er sich bemühte, den Grund des Sees zu erreichen. Mit einem Fluch auf den Lippen holte er plötzlich Luft und tauchte dann ganz in das braune Wasser ein.

Maeve sah seine Haare wie dunkles Seegras im Wasser schweben. Sie schauderte.

Es war ein eisengrauer Tag. Die kahlen Bäume hinter ihnen bogen sich in einem bitterkalten Wind. Dicke Wolken ballten sich am Himmel. Maeve verkroch sich noch tiefer in ihrer festen Ölhaut. Sie hatte die Kapuze aufgesetzt, die Hände hatte sie unter die Achseln geschoben.

Lächerlich, dachte sie und meinte damit nicht die Tatsache, dass Ruán an einem solchen Tag ins Wasser ging. Das war einfach nur verrückt. Nein, sie meinte damit sich selbst, weil sie immer wieder an diesen Ort zurückkehrte, dabei Werkzeug, Decken, Schüsseln und Töpfe als Geschenk mitbrachte. Weil sie ihm, wenn er fischte und Beeren sammelte, dabei stets wie eine demütige Bittstellerin hinterherlief und versuchte, ihm Informationen zu entlocken, die ihr vielleicht weiterhelfen würden. Bis jetzt waren ihre Bemühungen jedoch vergeblich gewesen.

Zusammen mit ihrem Vater und ihren Ehemännern hatte sie viele Schreine mit königlichem Gold geschmückt, viele Druiden versöhnlich gestimmt. Sie wusste ganz genau, was dazu erforderlich war.

Das hatte sie zumindest geglaubt.

Ruán kam in einer Schaumfontäne wieder nach oben, schnaubte Wasser aus der Nase. Seine Haut war rot, seine Finger waren weiß, als er die schlammige Handvoll Muscheln in sein Netz legte und dieses dann ans Ufer warf.

»Also«, sagte Maeve, hartnäckig wie immer. »Da niemand bei dir ist, lebst du offensichtlich in einer Art priesterlicher Abgeschiedenheit.«

»Was anscheinend nicht so ganz funktioniert«, bemerkte Ruán.

Anfangs hatte Maeve ihn immer fassungslos angestarrt, wenn er solche Dinge sagte. Jetzt jedoch unterdrückte sie den Widerspruch, der ihr schon auf der Zunge lag. Sie musste einen klaren Kopf behalten. So wie ihre Gedanken ständig abschweiften, vermutete sie, dass er irgendeinen Zauber auf sie ausübte. *Sei vorsichtig.*

Sie runzelte die Stirn. »Die Seen und Quellen sind die Orte, wo die Sídhe leben ... also ... du hast einen heiligen Eid geleistet, ihnen zu dienen, habe ich recht?« Wenn sie ihn ständig mit Fragen löcherte, würde sie ihn eines Tages vielleicht doch einmal überrumpeln können.

Dieses Anheben seiner Mundwinkel, als würde er sich insgeheim über sie amüsieren, trieb sie, wie auch sonst immer, schier in den Wahnsinn. Er strich mit beiden Händen seine offenen Haare zurück. Er fror. Auf seiner nackten Brust und seinen Armen erschien eine Gänsehaut. Die tätowierte Spirale, an der dunkelrote, nasse Strähnen klebten, schien zu pulsieren, als er jetzt heftig atmete.

Ihr eigenes Herz schlug schneller. Verärgert packte Maeve den wollenen Umhang, den sie ihm heute mitgebracht hatte, und warf ihn ihm zu.

Ruán fing ihn auf, zögerte aber, so wie er das immer tat, wenn sie ihm irgendein Geschenk machte. Dann aber packte ihn ein noch heftigerer Schauder, und er legte den Mantel widerwillig um seine nassen Schultern. »Ich war als Druide nicht besonders gut«, sagte er und wandte den Kopf zur Seite. Sein Unterkiefer zeichnete sich vor den grauen Wolken ab. Er zuckte mit den Schultern. »Mir ist es nie gelungen, die Sídhe zu erreichen, obwohl ich mich dabei fast selbst umgebracht hätte. Ich bin nicht hierhergekommen, um sie zu suchen.«

Maeve sah ihn mit schmalen Augen an, versuchte herauszufinden, ob das eine Lüge war. Aber in diesen Worten lag nur Wahrheit. Seufzend stützte sie ihr Kinn in die Hand. *Steh auf und geh.*

Es gab viele wichtige Dinge, die sie tun musste: sich weitere Lords gewogen machen; mit ihren Frauen Fleisch einsalzen und Beeren einlegen – was die Gelegenheit bot, bei einem Becher heißen Met Neuigkeiten über die Derbfine in Erfahrung zu bringen; sich mit den jungen Kriegern in der Waffenhalle im Kampf üben.

Die Zeit lief ihr davon. Ihre Tage waren vollkommen ausgefüllt. Und dennoch war sie hier.

Obwohl Ruán sie praktisch ignorierte, würde sie nicht aufgeben, auch wenn es ihr unglaublich schwerfiel, einfach nur vollkommen still dazusitzen, während er sorgsam Schlingen auslegte, oder langsam hinter ihm herzutrotten, wenn er sich seinen Weg mithilfe seines Gehörs und seines Tastsinns suchte.

Eine heftige Bö fegte plötzlich über den See, sprenkelte das Wasser mit Regentropfen. Sie begannen, auf Maeves lederne Kapuze zu prasseln, und liefen ihr dann die Wangen hinunter. Sie verkroch sich noch tiefer in ihren Umhang. Ruán jedoch legte den Kopf in den Nacken und trank die Tropfen, ließ sie das Salzwasser von seinem Gesicht waschen.

Maeves Haut kribbelte, als sie ihn dabei beobachtete. Irgendwie verband der Regen ihn mit diesem Ort, so wie dies auch die Kälte und der Wind taten. Das Wasser durchdrang ihn, schuf die Verbindung mit dem Land. Der Wind traf seinen Körper, tosend wie ein Lied ohne Worte.

Jetzt war es Maeve, die fröstelte. Gütige Götter. Dies hier war ein dem Wetter völlig schutzlos ausgesetzter, öder Ort. Hier gab es keine warme Hütte mit einem knisternden Feuer – sie wusste noch nicht einmal, wo sein Schlafplatz war. Da waren kein schützendes Rieddach und auch keine festen Wände.

All das aber wartete in Cruachan auf sie.

Wie unter einem Bann hob Maeve ihr Kinn, sodass der Wind ihr den Regen jetzt direkt ins Gesicht peitschte. Die Tropfen, eiskalt, aber sauber und klar, liefen ihren Hals hinunter. Hier, am Rande der Wildnis, waren in ihrem Kopf keine Stimmen, die sich ständig miteinander stritten, keine Ängste, die ihr etwas zuflüsterten. Die Windböen trugen all das mit sich fort.

Maeve blieb einfach sitzen, rührte sich nicht einmal mehr.

Cúchulainn wischte sich Schneeflocken von seinem Mund und seinen eiskalten Wangen. Es war kein guter Tag für die Jagd. Ein Sturm blies finstere Wolken aus dem Osten des Ulaid heran.

König Conor hatte jedoch unbedingt mit einigen Kriegern des Roten Zweigs auf Wildschweinjagd gehen wollen, vielleicht, um von dem Fass Ale wegzukommen, in dem er sich schon seit einiger Zeit zu ertränken versuchte. Cúchulainn, Conall und der älteste Sohn des Königs, Cormac, hatten den Eber durch die kahlen Wälder in der Nähe von Emain Macha verfolgt, waren dabei immer wieder durch den Schneematsch getrabt und durch Dickichte voller Dornen gebrochen.

Der Eber war verwundet. Cúchulainns Speer steckte in seinem Körper, und die Hunde hatten ihn zwischen den Wurzeln einer abgestorbenen Eiche in die Enge getrieben. Der Jäger des Königs schlang geschickt jeweils ein Seil um seine Hauer und band diese dann an kleineren Bäumen zu beiden Seiten fest. Erst dann ritt der König herbei, saß ab und wog seinen Speer in der Hand.

Cúchulainn richtete seine Aufmerksamkeit auf die wilden Augen des Keilers. Selbst jetzt leuchtete in ihnen die Quelle allen Seins als feine Flamme, die ihn mit den feurigen Geweben anderer Lebewesen verband. Das Licht des Ebers flackerte jedoch bereits, drohte zu erlöschen. Die anderen Männer schwiegen, stützten sich nach der langen Jagd und durch die Kälte erschöpft auf ihre Speere.

Conor stand noch immer mit erhobener Lanze da. Er zögerte.

Der Wachhund warf einen kurzen Blick auf ihn. Die Spitze des Speers zitterte. In diesem Moment geriet Conor aus dem Gleichgewicht und stolperte.

Der Eber grunzte, warf sich nach vorn – und eines der Seile riss.

Cúchulainn reagierte. Er sprang auf den König zu und stieß ihn um. Drei Speere – von Conall, Cormac und dem Jäger – bohrten sich in Brust und Hals des Tieres. Der Eber schrie, machte noch ein paar unsichere Schritte und brach dann mit blutbespritzter Schnauze zusammen.

Conors Gesicht war so weiß wie der Schnee, sein Blick verschwommen. Cúchulainn wusste jedoch, dass er besser daran tat, ihm nicht aufzuhelfen, denn der König reagierte auf eine solche Demütigung überaus empfindlich. Selbst sein Sohn Cormac kam ihm nicht zu Hilfe.

Cúchulainn hob den Speer des Königs auf und drehte sich um, wobei er dem rothaarigen Conall einen kurzen, auffordernden Blick zuwarf. Der Krieger des Roten Zweigs stieß dem Eber daraufhin sein Schwert in die Kehle. Als das Tier erlegt war, ließ der Jäger die Hunde los, die kläffend durcheinanderrannten. Die Männer lachten und zogen sich gegenseitig auf, was angesichts der Situation jedoch gezwungen und irgendwie unaufrichtig wirkte.

Während die anderen begannen, das Tier zu zerlegen, verschwand König Conor zwischen den Bäumen. Cúchulainn fand ihn an einem kleinen Bach, wo er sich mit zitternder Hand Wasser in den Mund schöpfte. »Behalte Fergus' Welpen für mich in Auge«, sagte der König.

Cúchulainn sah ihn forschend an. Conor war jetzt wesentlich betrunkener, als er es bei ihrem Aufbruch gewesen war, was bedeutete, dass er sogar im Sattel getrunken hatte. »Buinne?« Der Wachhund fragte absichtlich nach Fergus' ältestem Sohn in der Hoffnung, den König umzustimmen.

»Ach, der ist doch genauso beschränkt wie sein Vater! Nein, ich meine den kleinen Welpen.«

*Illan.*

»Er hat ein loses Mundwerk – und eine noch losere Vorstellung von Treue.« Conor verschwand hinter einer Eiche. Cúchulainn hörte, dass er in den Schnee pinkelte. »Er wurde zusammen mit Fiacra an *meinem* Herd aufgezogen, und jetzt wagt er es, mich hinter meinem Rücken zu beleidigen.«

»Illan war an Samhain sturzbetrunken.« Der Wachhund unterdrückte seinen Zorn, grub das Ende seines Speers in den Schnee. Im Rausch des Kampfes überließ er sich stets völlig der Quelle allen Seins, daher erhob er, wenn er sich nicht in der Schlacht befand, nicht einmal seine Stimme, damit sie nicht doch einmal die Kontrolle übernahm.

»Ich will, dass du ihn im Auge behältst.« Conor ließ sich gegen den Stamm sinken und drohte mit dem Zeigefinger. »Ich traue ihm nicht. Er trachtet danach, dass sein Vater wieder König wird.«

»Nein, das will er nicht. Er ist dir und den Ulaid treu ergeben.«

»Du musst sie alle im Auge behalten. Sie hassen mich, und sie wollen mich stürzen.« Conor schlug mit der Faust gegen den Baumstamm. »Jeder, der Naisi verteidigt, will mich vom Thron stürzen!«

Fergus befand sich auf der einen Seite und Conor auf der anderen – und Cúchulainn war zwischen ihnen beiden gefangen. Er hatte geschworen, den König *und* das Volk zu schützen.

Trotz des nahen Gelächters der Männer breitete sich in Cúchulainn ein Gefühl der Leere aus. Es war, als stünde er in der Schlacht in einer Wand aus Schilden und seine Kampfgefährten zu seiner Rechten und seiner Linken fielen, verschwanden einfach im blutigen Sumpf unter seinen Füßen. Naisi. Illan. Fergus. *Der Rote Zweig … gespalten.* Wer würde der Nächste sein?

Conor starrte seine Faust an, die noch immer auf der Rinde der Eiche lag. Sein Mund war schlaff. »Dieses Miststück glaubt, mich in Schande bringen zu können. Aber sie wird schon bald erfahren, wie ich mit Verrätern umgehe. Sie wird lernen müssen, dass Conor Mac Nessas Zorn niemals schwindet!« Wieder schlug er mit der Faust gegen den Baum.

Cúchulainn runzelte die Stirn. Meinte er jetzt Deirdre – oder meinte er Maeve von Connacht?

»Ich werde jedem Krieger in Erin beweisen, dass ich als König stärker bin, als Fergus es je war«, zischte Conor.

Tief betrübt drehte Cúchulainn sich um und ging davon. Hinter dem Rücken des Königs holte er mit voller Kraft aus und stieß den mit einer Eisenspitze versehenen Speer in einen Weißdornbusch. Dort ließ er ihn dann einfach stecken.

Die Sídhe kamen jetzt nur noch selten, aber sie kamen stets ungebeten.

Ruán blieben nur ihre Worte, an die er sich klammern konnte.

Er musste sein inneres Auge öffnen, um das Lied aus Licht zu sehen, das durch alle Dinge floss. Jeden Tag versuchte er es, ließ die saftige Üppigkeit der Seenlandschaft in sich eindringen, verschmolz damit. Dann erfüllte eine Ekstase seinen ganzen Körper auf eine Art und Weise, wie er es nicht mehr erlebt hatte, seit er ein Junge gewesen war.

Eines Morgens watete Ruán, noch in Trance gefangen, durch das Schilf. Ein leises Lächeln umspielte seinen Mund. Einen Herzschlag lang umgab ein schimmerndes Licht seinen Körper, umfing ihn wie das Wasser des Sees. Alles war unglaublich lebhaft und klar. In der Ferne hörte er einen Flügelschlag und hob den Kopf. Dort … ein heller Streifen, als ein Schwan aufflog. Ein anderer Schimmer; er wandte sich ihm zu. Für einen Moment lang leuchteten silberne Funken zwischen den Bäumen auf, dann waren sie wieder verschwunden.

Das Leben des Sees strömte durch Ruán hindurch, als er, den Wind in seinen Haaren und den satten Geruch von Schlamm in der Nase, ans Ufer trat. Frei und wild, wie er allmählich wurde, brauchte er nicht zu denken.

Sein Instinkt sagte ihm, dass Maeve aus Cruachan in der Nähe war.

Wenn sie zu ihm kam, blieb ihm nichts anderes übrig, als ihr einen Platz an seinem Feuer anzubieten, auch wenn er auf ihre Fragen selten antwortete und einfach mit dem fortfuhr, was er gerade tat, so, als wäre sie überhaupt nicht da. Er durfte sie nicht offen zurückweisen oder gar beleidigen. Schließlich befehligte sie viele Krieger und konnte ihn jederzeit vertreiben lassen.

Er würde das jedoch nicht so einfach hinnehmen. Das hier war sein Zuhause, sein Tor zum Licht der Sídhe.

Nur dass er mittlerweile hatte feststellen müssen, dass sich Maeve aus Cruachan wie eine Sternschnuppe in seine neuen Sinne eingebrannt hatte.

Ruán wollte das nicht wahrhaben. Aber jedes Mal, wenn sie zu ihm kam, erhellte ihre klare und leuchtende Flamme den Äther, der sie umgab, verdrängte die Schwärze. Er war ein Mann, der in Dunkelheit wandelte, aber aus irgendeinem Grund ging er jetzt nicht einfach davon, wie er es hätte tun sollen.

Maeve kam aus dem Wald heraus auf ihn zugeritten. »Ich warte schon den ganzen Morgen auf dich! Eigentlich hätte ich schon längst wieder gehen sollen.«

Ruán blieb stehen. »Da dies hier, wie du selbst sagst, dein Grund und Boden ist, gehe ich davon aus, dass du kommen und gehen kannst, wie du willst.«

Sie schwieg einen Augenblick. In ihrer Flamme pulsierte etwas, das er wiedererkannte.

»Meallán und ich haben dir eine Schutzhütte mitgebracht.« Ihre Stimme klang, als würde sie lächeln. »Sie hat winddichte Seiten und ein Dach aus zusammengenähten Kuhhäuten. Auch an Schnüre zum Festbinden und Stangen habe ich gedacht.«

Ruán hatte seinen Schlafplatz bis jetzt vor ihr geheim gehalten. Die kleine Kuppel aus Schilf bot allerdings keinen ausreichenden Schutz vor den schweren Regenfällen des Winters, außerdem war es in ihr sehr kalt.

»Ich habe auch den perfekten Platz für sie gefunden – dort. Die Eiben werden den Wind abhalten.«

Ruán hatte nicht die geringste Ahnung, was er sagen sollte. Er öffnete den Mund, sein Verstand arbeitete fieberhaft. Ein paar Regentropfen trafen sein Gesicht.

»Du kannst mir später danken«, sagte Maeve jetzt mit energischer Stimme. »Diese Wolken da hinten … ihrer Farbe nach zu urteilen bringen sie schweren Hagel, und den will ich nicht unbedingt spüren. Wir können das Zelt erst einmal über die Bäume werfen und damit auch Meallán schützen.« Donnergrollen unterbrach sie. »Beeil dich!«

Während der Wind bereits die kahlen Äste schüttelte, begann Maeve etwas auseinanderzurollen, das sie Ruán vor die Füße warf.

Ruán holte Luft, spreizte seine Hände an seinen Seiten und ballte sie dann zur Faust. Dies hier war eine Herausforderung – er musste sich auf seine Sinne konzentrieren und durfte sich nicht von Maeve ablenken lassen.

Sie banden die Stangen fest und breiteten dann die geölten Häute über den Ast einer Eiche aus. Maeve verfiel dabei in einen Rhythmus, der ihr vertraut war, und Ruán empfand diesen Rhythmus zu seiner Überraschung als durchaus angenehm. Sie bewegten sich mit fließenden Bewegungen umeinander herum. Maeve sagte nur dann etwas, wenn es ihr unbedingt notwendig erschien, denn er war durchaus in der Lage, sich mit seinem Tastsinn, der die Welt um ihn herum zu einem lebhaften Relief werden ließ, zurechtzufinden.

»Wie kommt es, dass eine Königin solche Fähigkeiten besitzt?« Ruán kniete sich hin und befestigte die Häute am Boden.

»Durch die Jagd. Ich bin den ganzen Sommer über mit den Kriegern unterwegs. Manchmal sogar tagelang.«

Die Begeisterung in ihrer Stimme verwirrte ihn. Eine Dame königlichen Geblüts, die es genoss, auf dem Boden zu schlafen und sich ihren Weg durch feuchte Wälder zu bahnen …

Ruán zog gerade die letzten Lederriemen fest, als ein lauter Donnerschlag über ihren Köpfen die Luft zerriss. Maeve fluchte, versuchte Meallán unter das Dach aus Häuten zu locken. »Ich habe das mit ihm geübt. Aber der Donner macht ihm Angst.«

Ruán übernahm das. Er streichelte geduldig den Kopf des Pferdes, bis sich dieses rückwärts in das Zelt bewegte. Maeve und Ruán folgten ihm.

Schon mit dem nächsten Donnerschlag prasselten kleine Eisbrocken, tödlich wie Steinschleudern, auf das Zeltdach herab. Ruán neigte den Kopf. »Du hattest recht.« Einen solchen Hagel hatte er noch nie erlebt.

»Ich habe es gerochen.« Aus ihrer Stimme klang Stolz heraus. »Und ich wusste, was die Wolke zu bedeuten hat. Ich habe schon gesehen, wie Menschen von Hagelkörnern dieser Größe schwer verletzt wurden.«

Sie standen beide vorn am Zelteingang, damit Meallán genügend Platz hatte. »Aua!«, schrie Maeve plötzlich.

Ein Hagelkorn sprang Ruán vor die Füße. Die Luft roch nach Eis.

»Als ich das Zelt zusammengepackt habe«, murmelte Maeve, »dachte ich nicht, dass die Götter sich dadurch herausgefordert fühlen würden.«

Sie kauerten nebeneinander, fröstelten, da die Temperatur innerhalb kürzester Zeit noch einmal deutlich gefallen war. Die Hagelkörner prasselten weiter herab, wurden vom Wind gegen das schützende Zelt geschleudert. Inmitten dieses Sturms wurde sich Ruán der angespannten Stille zwischen ihm und der Tochter dieses Königs bewusst.

Er drehte den Kopf. Das helle Leuchten, das Maeve verkörperte, verzog und wand sich. Das war das Zeichen eines inneren Aufruhrs, der Maeve quälte. Er war so heftig, dass sich die Härchen auf seinen Armen aufstellten.

Maeve räusperte sich. »Mein Geschenk ist also genau zur rechten Zeit gekommen.«

Er nickte. »Es scheint so.«

Sie zögerte, atmete heftig. Plötzlich schoss ein wahrer Flammenstrahl auf ihn zu. »Als Gegenleistung für all das musst du mir helfen, den Segen der Sídhe zu bekommen.«

Ruán wurde kalt. Jedes Mal, wenn sie zu ihm kam, versuchte diese Flamme nach ihm zu greifen. In seiner Faszination hatte er jedoch vergessen, dass darin eine Gefahr für ihn lag.

Als er jetzt von ihr abrückte, packte sie sein Handgelenk. »Es geht nicht um mich.« Ihre Verzweiflung umfing ihn. »Ich habe das Schwert nur an mich genommen, um einen Mann zu besiegen, der mich sonst getötet hätte. Aber die Druiden fürchten, dass ich mit diesem Diebstahl die Sídhe erzürnt haben könnte. Ich musste den Druiden versichern, dass die Strahlenden mich segnen würden, damit das Land blüht und gedeiht. Ohne ihren Segen kann ich die Menschen, die mich brauchen, nicht beschützen. Mir läuft langsam die Zeit davon!«

Ruán wich vor der Flut ihrer Worte zurück.

Jetzt riss ihr die Geduld. »Gütige Götter, ich werde dir nichts tun! Ich habe dich mit Geschenken und Gaben geehrt. Was willst du noch, damit du mir endlich vertraust?«

Ruán versteifte sich. Seine Nasenflügel bebten. »Ich habe keine Angst vor dir! Und falls du denkst, meine Blindheit würde mich schwach machen …«

»Ach, hör auf, *hör doch endlich auf*! Ich bemitleide dich nicht – du kennst dieses Land besser als die meisten Menschen, die sehen können.«

Er starrte sie an. Alles, was er sah, war eine wild flackernde Flamme, rot und schwarz.

Sie warf sich vor ihm auf die Knie, versperrte so den Ausgang des Zelts. »Mir ist durchaus bewusst, warum du mir nicht vertraust. Ich kann alles, was du tust, sehen, du aber kennst mich nicht. Du kannst mir nicht in die Augen sehen, meinen Gesichtsausdruck, meine Gesten beobachten. Du kannst so auch nicht erkennen, wie sehr ich deine Hilfe brauche, und dass ich nur um das bitte, was für mein Volk gut ist.« Sie packte seinen Ärmel. »Du musst mich sehen – um zu wissen, dass das, was ich sage, die Wahrheit ist!«

Plötzlich packte Maeve von Connacht Ruáns Hände und drückte sie auf ihr Gesicht.

Der Schock ließ Ruán erstarren.

Zum ersten Mal seit vielen Monden berührte er wieder einen anderen Menschen. Er wollte zurückweichen, aber sein Körper wurde von ihrem warmen Atem auf seiner Haut gebannt.

*Das ist albern.* Ruáns Finger jedoch ignorierten seinen Einwand.

Er hatte gelernt, jede Oberfläche zu erforschen, ja sogar Licht von Dunkelheit zu unterscheiden – und jetzt berührten seine Finger ein einziges großes Irrlicht. Zudem konnte er nicht vergessen, dass diese unverschämte Frau, ohne dass sie sich darum bemüht hätte, etwas von der schimmernden Anam des Otters in sich aufgenommen hatte.

Gütige Götter, wie war ihr das nur gelungen? Er musste es einfach wissen.

Ruáns Finger begannen, über ihr Gesicht zu wandern, als hätten sie ein Eigenleben. Maeve hatte sie auf ihre Augen gelegt, ihre Wimpern streiften seine Handflächen. Ihre Augen waren schräg. Ruán war überrascht von dem Bild, das ihm in den Sinn kam: ein dunkler Blick unter schweren Lidern.

»Blau.« Maeve räusperte sich. »Sie sind blau.«

Ihre Nase war lang, ihre Wangenknochen standen vor. Ihr Unterkiefer war zart, was nicht zu der Tatsache zu passen schien, dass sie mit dem Schwert kämpfte. Er konnte sich jedoch durchaus vorstellen, wie sie dieses schmale Kinn trotzig der Welt entgegenreckte.

»Mein Vater hat mich immer Füchsin genannt. Ich bin nämlich rothaarig wie ein Fuchs.«

Zuerst war es nur Neugier, wie beim Formen von Ton, dann streiften Ruáns Finger Maeves Mund. Bei seiner Berührung entwich ihr Atem.

Ruáns Puls dröhnte in seinen Ohren. Sie war so nahe, dass ihre Gegenwart zu Hitze wurde. Jeder vernünftige Gedanke wurde von dem lebhaften Bild halb geöffneter, voller Lippen, die auf seiner

Haut lagen, verdrängt. Das konnte unmöglich die Frau mit der scharfen Zunge sein.

Seine Finger zuckten zurück, sein Gesicht glühte.

Es raschelte leise, als Maeve sich auf ihre Fersen setzte und sich die Hand vor den Mund hielt. Ruán spürte die Veränderung, die in ihr vorging, das Licht flackerte, dann zog es sich zurück und wurde dabei auch immer dunkler.

Als sie zu sprechen begann, klang ihre Stimme unsicher. »Was den Rest von mir angeht, so bin ich drahtig wie ein Hirschhund, weder mollig noch fraulich. Nur so kann ich es mit den Männern aufnehmen.«

Der Hagelschauer war jetzt weitergezogen. Eine gespenstische Stille hatte sich über die Lichtung gelegt. Ruán erhob sich. »Es gibt keinen Segen, den ich dir geben könnte.« Er sprach langsam und deutlich. Hätte er mehr gesagt, hätte er lügen müssen.

Sie durfte die Wahrheit nicht erfahren, denn ganz gleich, ob ihr Feuer die Schleier zwischen der diesseitigen Welt und der Anderswelt verbrannte oder ihre Klinge sie zerriss, sie wollte Macht – und diese Macht zu gewähren, das stand ihm nicht zu.

*Sein Licht, seine Sehkraft.*

Maeve schwieg. Ihr Licht wurde immer matter. Ruán hörte sie leise ausatmen. »Ich habe dir auch etwas zu essen mitgebracht«, sagte sie und erhob sich.

Maeve saß in einem kleinen Alkoven neben ihrem Schlafgemach und warf einen Blick zum Rieddach hinauf, an dem der Wind riss und zerrte. Schwere Wolken hingen am Himmel, sodass es in Cruachan bereits früh dunkel geworden war.

Maeve schenkte dem heruntergekommenen Barden auf der Bank ihr gegenüber etwas zu trinken ein. An Samhain, als sie ihn das letzte Mal gesehen hatte, waren seine Hose und sein fadenscheiniger Kittel schon ebenso schmutzig gewesen wie heute. Sein widerspenstiges Haar fiel ihm auf die Schultern; niemand sonst würde ihm Beachtung schenken. Das war gut so. Sie stellte den Krug mit

Ale auf dem Tisch ab und schob ihm den Teller mit Wurst hin. »Du warst wochenlang fort.«

Miu saß auf der Armlehne von Maeves Stuhl. Ihr Blick war unverwandt auf den Eindringling gerichtet. Der Barde betrachtete sie, leckte sich die Lippen. »Herrin, wenn ich zu schnell zurückgekommen wäre, hätten die Leute ganz genau gewusst, wem ich mit Leib und Seele diene.«

»Verschon mich damit! Es ist meine Bronze, die du haben willst, und mehr nicht.«

Sein öliges Lächeln verschwand. Er kratzte sich den Bart. »Manche Dinge brauchen einfach Zeit. Es ist nicht gerade so, dass ich es genieße, auf kalten Fußböden zu schlafen. Die Ulaid haben inzwischen so große Angst voreinander, dass sie nichts verraten!«

Maeves Blick vereinigte sich mit dem von Miu, und nun starrten sie ihn beide stumm an. Der Harfenspieler hörte auf zu jammern und erzählte, was er in Erfahrung gebracht hatte.

Deirdres Flucht mit den drei Söhnen des Usnech hatte den Roten Zweig gespalten. An Samhain sei zwischen Illan, dem Sohn des Fergus, und Fiacra, dem Sohn von König Conor, ein offener Streit ausgebrochen. Cúchulainn hätte sich auf Illans Seite gestellt, andere Krieger wiederum hätten Fiacra unterstützt. Dann sei der König erschienen und hätte Illan zurechtgewiesen, worauf Fergus sich eingemischt und seinen Sohn verteidigt hätte. »Und dann«, flüsterte der Barde, »haben Fergus und Conor in aller Öffentlichkeit von ›Verrätern‹ und ›Verrat‹ gesprochen.«

Die Flammen in der Feuerstelle flackerten.

Gütige Götter. Die Ulaid waren uneins. Conor war geschwächt. Maeve aber konnte die Krieger nicht zusammenrufen, ihn anzugreifen, denn sie selbst hatte dafür gesorgt, dass ihr die Hände gebunden waren. Die Druiden von Connacht würden bis zum Frühling die Herrschaft ausüben – dies war für Maeve der einzige Weg gewesen, Fraechs Ausrufung zum König zu verhindern.

Sie entließ den Barden. Als er gegangen war, lehnte sie ihren Hinterkopf an die Rückenlehne ihres Stuhls und atmete tief aus.

Es waren jedoch nicht nur die Ulaid, die ihre Gedanken beschäftigten.

Der seltsame Druide hatte gesagt, dass er ein Niemand sei und dass er keinerlei Macht besäße. Sie glaubte ihm das jedoch nicht. Niemals würde sie vergessen, wie die Anam des Otters Innels Schwert abgewehrt hatte, damit sie *lebte*. Dieser Druide gebot über irgendetwas, dessen war sie sich sicher.

Und dieses Etwas brauchte sie unbedingt.

Sie hatte mehrmals mit dem Gedanken gespielt, mit einigen Kriegern zum See zu reiten und Ruán dazu zu zwingen, die Sídhe zu rufen. Aber er war ein Druide. Er war blind, lebte in völliger Abgeschiedenheit … ein Mann, mit dem man höchst vorsichtig umgehen musste. Er konnte einfach gehen, oder schlimmer noch – dafür sorgen, dass die Sídhe sich gegen sie wendeten, sodass alles an ihr verflucht war, nicht nur ihr Bauch.

Warum also war sie so unvernünftig gewesen und hatte ihn berührt? *Verdammt, verdammt, verdammt.*

Trotz alledem wanderte Maeves Hand jetzt zu ihrem Gesicht, um ihre Brauen zu berühren. Sie konnte noch immer die Brombeeren in seinem Atem riechen. Sie strich über ihre Nase und Wangenknochen, über ihre Lippen.

Er besaß weder die starken Nackenmuskeln eines Schwertkämpfers noch die Massigkeit der Krieger, die sie ungeschlacht wirken ließ. Er war durchaus auch muskulös, aber feiner modelliert, mit breiten Schultern und einer geschmeidigen Taille. Er hatte einen geraden Rücken und bewegte sich leichtfüßig, ging mit hoch erhobenem Kopf … so anmutig wie ein Hirsch, der dazu ansetzt, in den Wald zu springen.

*Sie musste ihm auf diesem Pfad folgen, denn er führte irgendwohin, dessen war sie sich sicher. Vielleicht zu einem See aus Licht …?* Maeve kam wieder zu sich.

In den letzten drei Wochen war es ihr viel zu leicht gefallen, in jene Welt aus stillem Wasser und glühendem Himmel einzutauchen. Während der Schlamm durch ihre nackten Zehen quoll und die Feuchtigkeit in ihre wollene Hose drang, empfand sie stets einen tiefen Frieden. Ihre Fragen wurden mit dem Wind davongetragen, ihre Muskeln entspannten sich, ihr Geist wurde leer.

Es musste dies ein druidischer Zauber sein – um sie alles vergessen zu lassen. Maeve nahm hastig ihre Hand von ihrem Hals und schob ihre Finger unter ihre Oberschenkel. Und heute hatte sich ihre Verzweiflung mit Lust vermischt. Sie verzichtete jetzt schon viel zu lange auf das befreiende Gefühl, mit jemandem zu schlafen. Dies nämlich waren die einzigen Momente, in denen sie all ihre Enttäuschung, den Zorn und die Verletzungen vergessen konnte.

Sie hatte sich das stets gegönnt … nur nicht jetzt, denn es war viel zu wichtig, dass sich die jungen Männer weiter um ihre Gunst bemühten.

*Genug.*

Sie durfte ihre Zeit nicht länger mit einem Priester verschwenden, der sich weigerte, ihr zu helfen. Sie musste die Chiefs für sich gewinnen, damit sie Conor angreifen konnte, bevor der Rote Zweig sich erholte und er sie angriff. Sie wusste, dass er das schon bald versuchen würde.

Maeve zog ihren Dolch aus seiner Scheide. Ihr Pulsschlag ließ ihn zucken, sodass die Klinge immer wieder im Feuerschein aufblitzte. Sie dachte an Conors funkelnde, gierige Augen, die stets auf ihren Bauch gestarrt hatten, wenn sie nachts in seiner Halle gespeist hatte. Sie hatte ihm die Pläne, die er gegen Connacht geschmiedet hatte, gründlich verdorben. Sie hatte ihn gedemütigt. In seiner wirren Vorstellung trugen sie und Deirdre die Schuld an seinen Problemen. Was auch immer er mit Deirdre machte, wenn er sie gefunden hatte, dasselbe würde er auch Maeve antun.

Maeve schluckte, legte den Dolch in ihren Schoß. Sie brauchte jetzt mehr als die Hilfe der Druiden – sie musste sich jetzt auf die Kraft der Schwerter verlassen.

Aber wessen Schwerter? Sie starrte in die Flammen vor ihr, hoffte, dass sie in ihnen die Antwort finden würde, die sie so verzweifelt suchte.

# 10

Maeve kniete vor der Flamme des Gottes Lugh, die in einem großen, eisernen Kohlenbecken brannte.

Endlich war es im Tempel still geworden. Die Druiden waren zu den Eichenhainen gezogen. Lugh war der Strahlende, der Kunstfertige, das reine Licht. In der längsten Nacht des Jahres sangen die Druiden, solange es dunkel war, und flehten Lugh an, die Sonne wieder nach Norden zu lenken und das Land zu wärmen.

In der Luft hing noch der Rauch der Kräuter, die sie in den Gebetsschalen verbrannt hatten. Ihr Tanz hatte den Lehmboden der kleinen Hütte aufgewühlt, und es roch intensiv nach nasser Erde. Maeve suchte den Tempel sonst niemals auf, denn Lugh war der Gott der Schwertkämpfer und der Handwerker, die ihre Arbeiten vor seiner Flamme niederlegten. Die Frauen brachten ihre Opfergaben vor den Schreinen der Muttergöttinnen Bríd und Dani, Eriu und Fodla dar.

Aber auch deren Schreine suchte Maeve nie auf. Sie erwartete von ihnen nichts mehr; sie hatte die Prüfungen nicht bestanden. Die zärtlichen Gefühle in ihrem Herzen waren längst gestorben.

Es gab da jedoch etwas, das sich tatsächlich geändert hatte. Sie war jetzt durch und durch eine Kriegerin. Sie brauchte großen Mut und große Kühnheit für den Plan, der in ihren Gedanken immer mehr Gestalt annahm. Also hatte sie ihre Angst davor, was die Götter von ihr dachten, überwunden und war gekommen, um Lugh um Kraft zu bitten.

Die Lehmwände schienen sie zu erdrücken, und sie versuchte, den Kloß in ihrem Hals hinunterzuschlucken. *Lass mich nie wieder so verzweifelt sein,* betete sie hastig. Dann schickte ihr Herz, ohne dass sie es wollte, noch eine Bitte hinterher. Es war ein Gefühl, das sie nicht in Worte zu fassen vermochte. *Und verschaff mir Frieden.*

Ein ungewöhnlicher Wunsch im Schrein der Krieger.

Sie löste einen Reif ihres Vaters von ihrem Arm und legte ihn auf den abgeschliffenen, alten Stein unter dem Kohlenbecken. Über dem Feuer hing ein großer, mit Gold überzogener Schild, auf dessen glänzender Oberfläche sich die Flammen spiegelten und in der Dunkelheit die Sonne zum Leben erweckten.

Maeve wollte gerade ihr Schwert aus der Scheide ziehen, um es segnen zu lassen, da ertönten draußen vor der Tür plötzlich dumpfe Schläge und das Klirren von Stahl. Sie hatte Garvan und ihre Wachen gebeten, vor dem Schrein Wache zu halten.

Sie sprang auf, als zwei stämmige Männer mit klingelnden Schwertgürteln hereinstürmten. Fraechs Vater Idath und sein Onkel Felim. »Es wird niemand zu Schaden kommen«, knurrte Idath Garvans Männern zu, »wenn ihr sofort aufhört zu kämpfen.«

Hinter den beiden erschien jetzt Fraech, der jedoch an der Tür stehen blieb.

Maeve schlug ihren Pelzumhang zurück, um ihre Hand auf ihr Schwert zu legen. Sie trug den Schwertgürtel über dem blauen Kleid, das sie zu Ehren des Festes der längsten Nacht angelegt hatte. Das schmal geschnittene Wollkleid wurde nur mit jeweils einer schmalen Brosche an den Schultern gehalten, das Hemd darunter war aus dünnem Leinen. Sie kam sich in dieser Aufmachung verwundbar und nackt vor. Ihre Beine waren unbedeckt, und ihre Brüste wurden von den weichen Falten noch betont. »Warum seid ihr hier, wenn nicht, um mir Schaden zuzufügen?«

»Wir würden niemals einen heiligen Ort schänden.« Felims Haare und sein Bart waren vollkommen grau. Er grinste höhnisch, als er ihr Schwert sah. »Obwohl du dich stets so wehrhaft gibst, Herrin, so suchst du doch in der Halle der Frauen Zuflucht, wann immer es dir von Vorteil erscheint. Es ist schwer, dich einmal persönlich anzutreffen.«

»Du meinst, mich allein und ungeschützt anzutreffen.«

Felim lächelte.

Maeve warf Fraech einen Blick zu. Trotz des verschlossenen Gesichts entdeckte sie in seinen grünen Augen ein deutliches Unbehagen. Er verschränkte die Arme vor der Brust, als wolle er mit alledem nichts zu tun haben. »Wir sind nur gekommen, um dich zu warnen.« Idath versuchte, sie mit seinem kalten Blick wie mit einer Klinge von oben nach unten zu spalten. »Du wirst deinen lächerlichen Versuch, Connachts Thron zu besteigen, endlich aufgeben. Es mag hier zwar einige Männer geben, die dir deine Launen durchgehen lassen, aber in den anderen Königreichen wird man sagen, dass wir den Verstand verloren haben!«

Maeve wollte mit fester Stimme antworten, aber ihre Stimme bebte. »Du hast gehört, was vor dem Volk vereinbart wurde – und vor dem Obersten Druiden. Die Lords sind auf meiner Seite, und viele Krieger sind mir treu ergeben.« Sie schürzte verächtlich die Lippen. »Du hast Angst vor mir, weil ich meinen Bruder getötet habe.«

Felim hinkte auf sie zu, seine rote Nase ragte zwischen bleichen Vorhängen aus grauem Haar hervor. »Du hast nur bewiesen, dass du dich gut mit Verrat auskennst.«

Maeve hatte Garvan geschworen, dass sie einen Mann immer nur durch seine eigene Schwäche zu Fall bringen würde. Man würde von ihr niemals behaupten können, dass sie eine Verräterin war. Niemals. »Ich habe durch meine Kraft und meine Fähigkeiten den Kampf entschieden, so wie jeder andere verdiente Krieger das auch getan hätte«, stieß sie hervor.

»Bei Lughs Eiern, du träumst wohl!« Idath schüttelte seine Faust. »Nur das hier zählt! Darüber wird deine Gier nicht triumphieren, ganz egal, wie viele alte, sabbernde Narren du hinters Licht führst. Jeder weiß, welche Zauberei deine Zunge bewirkt.«

Maeve setzte an, um etwas zu erwidern, schwieg dann aber, denn sie erinnerte sich plötzlich an das ekstatische Gefühl, als sie so schwerelos und geschmeidig gegen Innel gekämpft hatte. Vollkommen frei. Das musste einfach richtig sein. Für sie und für ihr

Volk. Und jetzt versuchte Idath, ihr das zu nehmen. Sie starrte ihn mit brennendem Blick an. Wenn sie jetzt versagte, würde ihr Volk später unter *diesen* Männern zu leiden haben.

»Es ist nicht ihre Zunge«, zischte Felim, »außer sie beglückt mit ihr einen Schwanz. Die einzige Art und Weise, auf die sie je einen Mann gewonnen hat, ist dadurch, dass sie ihre Beine breitgemacht hat. Jeder darf ihn reinstecken, solange er ihr danach sein Schwert zur Verfügung stellt.«

Aus Fraechs Kehle kam ein leises Knurren. »Vater ...«

Idath ignorierte seinen Sohn. Sein Blick verweilte auf der ägyptischen Farbe, die Maeve aufgetragen hatte, um ihr Gesicht für das Fest zu schmücken. Der schwarze Khol und der grüne Puder betonten ihre Augen. Außerdem hatte sie sich auch die Lippen rot geschminkt. Ein Diadem aus feinem Golddraht thronte auf ihren kupferfarbenen Locken, und zarte Kugeln baumelten an ihren Ohren. Sie musste ihren Freiern zeigen, was sie anzubieten hatte – das war schlau, und es zeichnete eine Herrscherin aus.

Idaths Lächeln war jedoch nur verächtlich. Für ihn war sie offensichtlich nichts anderes als ein vergoldetes Spielzeug. Es ließ einen Teil von ihr wieder zu einem ängstlichen Kind werden.

*Nein.* Sie war sie selbst. Eine Frau. Sie schwankte ein wenig, als sie sich aufrichtete.

»Wenn es erst einmal Frühling ist, werden die Krieger sich danach sehnen, ihre Klingen wieder mit Männern zu kreuzen. Sie werden *meinen Sohn* zum größten König machen, den Connacht je gesehen hat.« Idath machte eine abfällige Handbewegung. »Wenn ihr Samen auf deinem Körper trocknet, werden alle sehen, wozu du gut bist.«

Maeve musste sich bewegen, sonst wäre sie explodiert. Aber sie würde nicht zulassen, dass sie *ihr* den Rücken kehrten. Sie ging einfach an den beiden alten Männern vorbei und blieb dann zitternd vor Wut neben Fraech stehen. »Wenn du wirklich Edelmut und Anstand hättest, Vetter, dann hättest du nichts von mir zu fürchten. Schließlich sind es die Menschen selbst, die ihren Herrscher wählen.«

Fraech sah sie von oben herab an. Bedauern lag in seinem Blick. »Lass es bleiben, Herrin, und ich werde dafür sorgen, dass dir nichts geschieht. Allein bist du nicht stark genug. Die Männer werden nicht zu dir halten, wenn es darauf ankommt.« Als sie an ihm vorbeigehen wollte, packte er ihr Handgelenk. Sie stutzte angesichts der unerwarteten Kraft in diesem Griff, dem eisernen Griff einer Schwerthand. »Du musst aus diesem törichten Traum aufwachen, bevor er dich noch umbringt!«

Maeve entwand ihm den Arm. Sie nahm eine würdevolle Haltung ein. Unter der Oberfläche aber brodelte es. Die Anspannung dieser Wochen voller Warten und Bangen war schier unerträglich.

Die Krieger, die Garvan und seine Männer festgehalten hatten, ließen diese jetzt los, und Garvan rannte hinter ihr her. »Verzeih mir. Sie sind einfach …«

Sie fühlte sich bedrängt – noch eine männliche Stimme, der Gestank männlichen Schweißes. Maeve stieß ihm mit der flachen Hand vor die Brust. »Geh weg«, keuchte sie und stolperte dann davon.

*Irgendetwas zerfetzen. Sich selbst in Stück reißen, um alles herauszulassen.*

Maeve wankte zum Stall, wo sie ihr Pferd sattelte. Mit all diesem inneren Aufruhr kam jedoch noch etwas anderes an die Oberfläche. Die Erinnerung an ihr Gesicht, über das weiche Hände tasteten, Finger, die ihre Stirn und ihre Wangen umfingen. Die Erinnerung an Sanftheit.

Nein, sie durfte jetzt nicht zusammenbrechen. Sie musste sich ihren Zorn bewahren.

Der Morgen dämmerte, als Maeve nach einem Ritt, an den sie sich kaum erinnern konnte, wieder zu sich kam. Sie hatte Meallán einfach in die Nacht laufen lassen, und er war hierhergekommen. Oder hatte sie ihn doch selbst geführt? Der bitterkalte Wind wühlte den See auf, graue und weiße Wellen klatschten auf den Sand. Die Sonne stand noch tief und war feuerrot.

Maeve schauderte. Sie trug noch immer nur ihre Festkleidung – das lange, dünne Kleid. Die kalte Luft hatte ihre nackten Beine beinahe zu Eis erstarren lassen. Ihr Gesicht juckte. Als sie es berührte, stellte sie fest, dass die ägyptische Farbe, dort, wo sie getrocknet war, gerissen war. Auch ertastete sie feuchte Spuren. Sie hatte offenbar geweint. Aber auch daran erinnerte sie sich nicht.

Das Schilf wogte, lenkte ihren Blick auf etwas, das sich in dem rötlichen Nebel aus See und Himmel bewegte.

Aus den purpurnen Schatten unten am Ufer tauchte plötzlich Ruán auf, ein Netz auf seiner Schulter. Er legte den Kopf schief, ließ das Netz zu Boden gleiten und stieß dann einen hohen Pfiff aus.

Sofort kam Leben in Meallán.

Als ihr Pferd plötzlich losgaloppierte, glitten Maeve die Zügel aus der Hand, und sie konnte nichts anderes mehr tun, als sich an Mealláns Mähne festzuhalten. Ihr Hengst donnerte am Ufer des Sees entlang, Gischt sprühte von seinen Hufen auf und benetzte sie. Sie hätte ihn zurückhalten können, aber das tat sie nicht. Der wilde Galopp und der Wind in ihren Haaren entlockten ihrer Brust endlich ein befreiendes Knurren. *Vater!*

Er hatte sie Männern wie Idath und Felim ausgeliefert.

In dem Moment, als Meallán Ruáns ausgestreckte Hand erreicht hatte, grub er seine Hufe in den Sand und kam mit gesenktem Kopf abrupt zum Stehen.

Maeve segelte über seinen gebeugten Hals und landete im seichten Wasser, das hoch aufspritzte. Die Kälte verschlug ihr den Atem, Wasser drang in ihre Nase. Sie rappelte sich auf, hustete und zog ihr Kleid glatt.

»Ich wusste nicht, dass du auf ihm sitzt.« Ruán lächelte, als er Mealláns Ohren rieb. »Du hast dich hoffentlich nicht verletzt.«

Maeve starrte ihn an, während sich ein starres Band um ihre Brust legte. Er hielt sie für dumm – das taten alle Männer. Aber dieser Mann hier wollte ihr nicht das geben, was sie von den Sídhe brauchte, um ihr Leben zu retten. Eine so heftige Verzweiflung packte sie, dass sie ihn am liebsten ins Gesicht geschlagen hätte … nur um diesen entsetzlichen Druck in ihrem Inneren loszuwerden.

Maeve ging ans Ufer. Die Wucht des Sturzes hatte eine der Broschen gelöst, sodass ihr Kleid von einer Schulter gerutscht war und auch ihr Lendentuch sich gelöst hatte. Das tropfnasse Unterkleid klebte an ihren Beinen. Sie schleuderte es mit den Füßen fort, als sie aus dem Wasser stieg. Beim Klang ihrer unbeholfenen Schritte verblasste Ruáns Lächeln.

Alles, was Maeve an Vernunft geblieben war, löste sich in einem blendenden Weiß auf.

Sie sehnte sich nach etwas, das sie befreien würde – nach irgendjemandem. Schon presste Maeve ihren Mund auf seine vom Wind aufgesprungenen Lippen. Ruán erstarrte.

Und dann erwachte diese kalte Statue in Maeves Armen plötzlich zum Leben.

Tief in seiner Kehle vernahm Maeve einen Laut, dann öffnete sich sein Mund unter ihren Lippen. Kalte, raue Haut machte Hitze und Süße Platz.

Maeve trank seine Lippen und seine Zunge, drängte sich an seine Lenden, um dann einen Oberschenkel um seine Hüfte zu schlingen. Sie vergrub ihre Hände in seinem zerzausten Haar, presste seinen Mund auf den ihren.

Ihr Ungestüm ließ sie in den Sand fallen. Ruán landete mit einem dumpfen Schlag auf seinem Rücken.

Maeve setzte sich rittlings auf ihn, hob seinen Nacken an, um wieder seine Lippen zu küssen. Ihr nasser Umhang und ihre Haare hüllten sie beide ein, als wäre sie eine Todesgöttin, die einem gefallenen Krieger das Leben aus dem Körper saugt. Ihre Finger schoben sich unter seinen Kittel, um über die Wülste der spiralförmigen Narbe zu streichen, dann glitten sie unter seinen Arm, wo das Fleisch weicher wurde.

Sie drückte sich gegen die Härte, die er nicht verbergen konnte, so widerstrebend auch der Rest seines Körpers reagieren mochte. Wieder zögerte er, doch dann gab in Ruán irgendetwas nach. Seine

Hände kamen den ihren in die Quere, als sie seine Hose aufschnürten und ihr Kleid nach oben schoben.

Maeve nahm ihn augenblicklich in sich auf. Und dann wurde sie zu nichts anderem als einem wütenden Ozean, der seinen Zorn immer wieder an einem Felsen austobte. Sie musste einem Mann nicht in die Augen sehen oder seine Stimme hören. Ihre Hände gruben sich in gesichtsloses Fleisch, während ihre Verzweiflung immer größer wurde.

*Idath. Innel.* Sie musste sich endlich von ihnen befreien.

Die Reibung ihrer Körper war so stark, dass sie fast in Flammen aufgingen. Ruán knurrte erneut, und dieses Gewittergrollen war es, das ihr Inneres schließlich aufbrechen ließ. Maeve warf ihren Kopf zurück, um ihre Qual herauszuschreien. Der Druck in ihrem Inneren schoss aus ihr heraus und in den teilnahmslosen Himmel hinauf.

Sie folgte ihm mit einem einzigen, lauten Schrei.

Als der Fall kam, war es, als würde sie aus großer Höhe stürzen. Der Aufprall riss Maeve in die kalte Wirklichkeit zurück.

Nasser Sand.

Keuchender Atem.

Der Brustkorb eines Mannes, der sich unter ihrer Hand bewegte.

Maeve öffnete ihre Fäuste und kroch von dem Körper unter ihr herunter. Die Welt drehte sich, ihre Hüften schmerzten. Übelkeit packte sie – dass sie ausgerechnet bei *ihm* die Kontrolle verloren hatte! Nun wusste er, wie es in ihr aussah. Sie kroch zu den Büschen und übergab sich ins tote Laub.

Im Schilf flog ein Vogel auf, die Halme raschelten. Maeve erhob sich, strich, noch immer benommen, ihr nasses Kleid glatt.

Hinter ihr war kein Laut zu hören, als sie sich ihren Weg zu Meallán bahnte, der auf der Wiese graste. Sie tastete nach den Zügeln. *Sie würde sich nicht umsehen.*

Maeve setzte zitternd einen Fuß vor den anderen, zog Meallán hinter sich her. Weg. Weit weg.

Sie warf nicht einen einzigen Blick zurück.

In der Hütte der Heiler saß die junge Druidin Erna an einem Eichentisch und kochte über einem Kohlenbecken Blätter und Wurzeln. Mit dunklen Augen starrte sie Maeve an, die noch immer ihre verdreckte Kleidung trug.

Der Ritt hatte das Salzwasser auf Maeves Haut trocknen und ihre Haare widerborstig werden lassen. Die ägyptische Farbe war über ihre Wangen gelaufen. Maeve versuchte, entschieden und stark aufzutreten, aber ihre Stimme versagte ihr den Dienst.

*Der Schrei in den Himmel.*

»Ich habe dir nie dafür gedankt, dass du nach dem Kampf für mich gesprochen hast«, krächzte Maeve. »Jetzt brauche ich jemanden, dem ich vertrauen kann. Wenn du Stillschweigen bewahrst, werde ich dich reich dafür belohnen.«

Erna nahm eine Zange und rückte den blubbernden Topf damit an eine andere Stelle. »Ich werde nur das tun, was ich mit meinem Gewissen vereinbaren kann, Herrin.«

Maeve verschränkte die Arme vor der Brust. Das Zittern wollte nicht aufhören, obwohl es jetzt schon fast Abend war – es musste ihr einfach gelingen, diesen Tag aus ihrem Gedächtnis zu streichen. »Ich bitte dich nicht darum, jemanden zu vergiften. Ich brauche einen Trank für mich selbst.«

Ernas Stirn glättete sich wieder. »Gewiss, Herrin.«

»Um ein Kind im Bauch aufzuhalten.«

Die Druidin blieb vollkommen ruhig. Sie wischte sich die Hände an einem Tuch ab, das in ihrem Gürtel steckte. Dann strich sie sich bedächtig die dunklen Haare zurück. »Um zu verhindern, dass ein Same Wurzeln schlägt, oder um einen Sämling zu entfernen? Du weißt, dass der Körper im letzteren Fall sehr krank wird.«

»Um eines zu verhindern.« Maeve war froh, dass sie jemanden gefunden hatte, mit dem sie so sachlich darüber sprechen konnte. Sie musste bei diesen Dingen jede Emotion unterdrücken, sonst würde sie das so sehr schwächen, dass sie eine leichte Beute für die Wölfe wurde.

Bei den Ulaid hatte sie eine Quelle für die Kräuter der Frauen gehabt, aber diese waren jetzt aufgebraucht. Und in den vergangenen Monaten hatte sie sie nicht gebraucht. »Kinder müssen zur rechten Zeit kommen, verstehst du«, fügte sie erklärend hinzu.

*Sie dürfen überhaupt nicht kommen, denn sie können einem genommen werden.* Maeve starrte unverwandt den Topf an und schob sich dann ohne nachzudenken eine Strähne hinters Ohr.

Sie sah, wie Erna missbilligend die Augenbrauen hochzog.

Maeve begriff. Die Hirten bekamen Kinder, um das Vieh zu hüten. Niemand machte sich ernsthaft Gedanken darüber, von wem sie stammten. Jung wie Erna war, wusste sie vielleicht nicht, dass die Ehefrau eines Lords in diesen Dingen wesentlich vorsichtiger sein musste. Sie musste den Stolz ihres Gemahls auf seine Manneskraft schützen, denn diese war unmittelbar mit der Kraft seines Schwertes und der Zahl der Männer verbunden, die ihm folgen würden.

Als Conor zum ersten Mal nach ihrem Hochzeitsschwur zu ihr gekommen war, hatte er ihr ins Ohr geflüstert, dass er, wenn sie mit anderen Männern herumschäkerte, sie und jedes Kind, das sie unter dem Herzen trug, töten würde. Sie wusste, dass es ihm damit ernst war, und so hatte sie sich nur Kriegern hingegeben, von denen sie sich erhoffte, dass sie ihr Informationen geben könnten, die ihren Vater dazu bewegt hätten, sie nach Hause zu holen.

Die Kräuter wirkten jedoch nicht immer. Einmal hatte sie ein paar Wochen lang befürchtet, schwanger zu sein. Einen Tag nachdem sie zufällig mit angehört hatte, dass Conor einen Sohn dazu benutzen würde, um Connacht für sich zu gewinnen, hatte sie zu bluten begonnen. Kurz danach war sie nach Hause geflohen.

Ihr Körper hatte begriffen.

»Ein Tee wirkt am besten!«, sagte Erna schließlich. »Morgens getrunken.«

Maeve nickte. Ihre Gedanken rasten wild durcheinander, als sie die Rückenlehne von Mahons Stuhl packte. »Du hast gesehen, wie ich gegen meinen Bruder gekämpft habe. Ich bin überzeugt davon, dass eine Stammesmutter unser Volk besser beschützen wird, als einer dieser prahlerischen Männer es je könnte. Ich werde dich vielleicht schon bald wieder brauchen.«

Erna kam um den Tisch herum und stützte sich dann auf ihre Hände. »Ich habe geschworen, dem Volk und den Göttern zu dienen. Als du uns aufgetragen hast, die Babys vom Stickhusten zu heilen, habe ich gesehen, dass auch du ihnen dienst. Ich bin überzeugt von dem, was du am Tag des Kampfes gesagt hast, und …« Sie wurde rot und verriet damit, wie jung sie war. »Ich weiß, wie es ist, wenn man darum kämpfen muss, gehört zu werden.«

»Von den Männern, meinst du.«

Erna biss sich auf die Unterlippe. Maeve nickte und ging auf unsicheren Beinen in Richtung Tür. »Bereite mir den Tee so zu, dass ich ihn auch unterwegs trinken kann. Und noch etwas. Ich weiß, dass du noch nicht so weit bist, aber ich möchte trotzdem, dass du dich für mich mit den Brithem-Gesetzen vertraut machst.« Sie hielt inne. »Vor allem mit den Ehegesetzen.«

Bevor Erna etwas erwidern konnte, schlüpfte Maeve unter dem Fell an der Tür hindurch. Sie blieb in der überdachten Vorhalle stehen und lehnte sich müde gegen die Wand. Ihr Mund zuckte. Sie hatte offenbar völlig den Verstand verloren. Jetzt würde sich auch dieser Druide gegen sie stellen. Jede Hoffnung, dass er ihr helfen würde, hatte sie selbst zunichtegemacht. Die Chance war vertan.

Sie musste eine neue finden.

Maeve grub ihre Fingerknöchel unter ihren Rippenbogen, wo noch immer Fraechs Worte widerhallten.

*Du bist allein nicht stark genug.*

In ihrem Schlafgemach füllte Maeve ein Becken mit Wasser und wusch sich die Farbe und den männlichen Geruch von ihrem Körper. Sie trocknete gerade ihre Haare am Feuer, als Garvan hereinstürmte.

»Reiter sind gekommen«, keuchte er. »Man hat sie zu Tiernan in die Halle des Königs geleitet. Der Bote trug einen Wolfspelz, und seine Begleiter hatten rote Wimpel an ihren Speeren.«

Maeve fiel das Leinenhandtuch in den Schoß. Wölfe waren nicht ungewöhnlich im Ulaid. Und Rot war Conors Farbe. Maeve stand auf und warf einen Blick auf ihren alten Kittel und ihre Hose. Sie lief zu ihrer Kleidertruhe und zog ihren Umhang aus Seehundfell heraus, warf ihn um und band ihn am Hals zu, als sie und Garvan bereits zum Hügel des Königs rannten.

In der Halle drängten sich die Menschen um die Feuerstelle, Diener eilten geschäftig zwischen Handwerkern und Kriegern umher, die gekommen waren, um Tiernan um eine Entscheidung oder einen Rat zu bitten. Tiernan stand neben Eochaids Thron und sah die Fremden vor ihm finster an – zwei Speerträger, die einen dritten Mann im Wolfspelz flankierten.

Maeve schob sich durch das Gedränge. Tiernan blickte auf und bedeutete allen anderen, einen Schritt zurückzugehen. »Herrin Maeve«, sagte der Druide, als Maeve neben ihm stand. »Du willst das vielleicht hören.«

Sie kannte den dunkelhaarigen Boten nicht, obwohl sie sah, dass er zusammenzuckte, als er ihren Namen hörte. Er rückte seinen Wolfspelz zurecht und straffte die Schultern. »Ich wurde von König Conor Mac Nessa geschickt, der gemäß dem Ehevertrag mit Maeve, Tochter von Eochaid, König von Connacht, sein Recht fordert.«

Maeve konnte nicht mehr klar denken. »Ich … ich habe Conor verlassen«, platzte sie heraus.

Der Mann zog die Augenbrauen hoch. »Das ist der Grund, weshalb er jetzt einfordert, was ihm zugesichert wurde.«

Maeve stellten sich die Nackenhaare auf. Es war, als würde Conor sie höchstpersönlich festhalten. Sie erinnerte sich an den Griff seiner Hand, den Druck seines Daumens auf ihrer Luftröhre, während er sie anlächelte. Sie befeuchtete ihre Lippen. »Was will er?«

Der Bote lächelte überheblich. »Er fordert Finnbennach, den berühmten Stier von Connacht.«

Diejenigen, die in der Nähe standen, schnappten unüberhörbar nach Luft. Tiernans Augen wurden schmal. Der königliche Stier war der Stolz von Connacht. Sein Fell war weiß, und er war deshalb heilig – das prächtigste Stück Vieh in ganz Erin.

Maeve wandte sich an den Boten der Ulaid. »Diese Forderung ist unberechtigt.«

»Aufgrund des mit deinem Vater geschlossenen Bündnisses hat König Conor einen Brautpreis bezahlt. Er bestand aus Eisen, Gold, Pelzen und Getreide. Als Gegenleistung wurde ihm eine Verbindung mit der königlichen Blutlinie von Connacht und eine rechtlich bindende Verwandtschaft versprochen, im Falle eines Angriffs außerdem die Unterstützung von Kriegstruppen aus Connacht und natürlich … du, Herrin Maeve.«

Der Hohn in seinem Blick war wie eine Ohrfeige.

Der Mann breitete die Hände aus. »Mein König ist überaus großzügig und deshalb bereit, in Anbetracht deiner … Schwierigkeiten auf all diese Ansprüche zu verzichten. Dies aber nur, wenn Connacht ihm Finnbennach als Gegenleistung überlässt.«

Maeve hob den Kopf. Die Ulaid besaßen bereits den Donn Cuailgne, den zweiten berühmten Stier von Erin. Mit ihren glänzenden Schenkeln, den feurigen Lenden und der zahlreichen Nachkommenschaft bezeugten solch heilige Tiere die Stärke eines Königs in seinem eigenen Königreich und noch weit darüber hinaus. Sie beide zu begehren, konnte als der Wunsch eines Wahnsinnigen gedeutet werden oder …

Maeves Zorn vertrieb den letzten Rest Vernunft. Noch bevor Tiernan etwas antworten konnte, riss sie ihr Schwert aus seiner Scheide und hielt es aufrecht vor sich. »Wie oft schon haben Conors Plünderer unsere Leute ermordet? Er respektiert ein Bündnis immer nur so lange, wie es ihm passt, ansonsten setzt er sich rücksichtslos darüber hinweg. Finnbennach gehört Connacht. Sag Connor, dass er ihn niemals bekommen wird. Dass er uns niemals beherrschen wird! Der Westen wird ihm entgegentreten, frei und entschlossen, solange wir atmen!«

Der Bote der Ulaid starrte das Schwert mit offenem Mund an.

Tiernan trat mit wehendem weißem Gewand dazwischen. »Das

mag unsere Antwort sein …«, stieß er zwischen zusammengebissenen Zähnen hervor. »Wir haben hier jedoch Barden, die König Conor unsere Antwort höflicher formuliert übermitteln werden.« Er zeigte auf einen der Druiden, die hinter ihm standen, und legte dann dem Mann aus dem Ulaid eine Hand auf die Schulter. »Bitte geh mit diesen Druiden mit, trink einen Becher unseres besten Mets und ruh dich etwas aus.«

Der Bote aus dem Ulaid starrte Maeve noch immer mit rotem Gesicht und völlig verblüfft an, als man ihn wegführte.

Tiernan setzte seine Kapuze auf und verließ mit großen Schritten die Halle. Maeve schob ihr Schwert in die Scheide und folgte ihm. Als sie allein waren, drehte er sich zu ihr um. Die Schatten der Dämmerung hüllten sein Gesicht gnädigerweise ein.

»Ich weiß, was du sagen willst.« Maeve warf einen Blick über ihre Schulter.

»Dass du nicht befugt bist, mit königlichen Boten zu verhandeln, da du selbst noch keine Königin bist?«

»Ja, ja.« Maeve winkte ab. »Aber verstehst du denn nicht, was das hier bedeutet? Conor weiß, dass wir ihm Finnbennach niemals übergeben würden. Das hier ist eine Botschaft, aber in Wirklichkeit sagt sie nicht das aus, was sie auf den ersten Blick zu sagen scheint.« Sie trat einen Schritt näher. »Der Mann, der sowohl den Donn Cuailgne als auch Finnbennach besitzt, gebietet damit über die größte Herde in ganz Erin – eine heilige Herde. Er wird der größte viehzüchtende Lord sein. Jedes Königreich in Erin, Alba und Britannien wird ihn als von den Göttern gesegnet ansehen, als den höchsten Herrscher. Conor will *ard-rí* werden!«

Der Hochkönig von Erin. Seit den längst vergangenen Tagen der Tuatha Dé Danaan hatte niemand mehr gewagt, diesen Titel für sich zu beanspruchen.

Tiernan war jetzt nicht mehr wütend. Seine Augen blickten an ihr vorbei in die neblige Ferne, dorthin, wo die Sonne untergegangen war.

Maeve sprach weiter: »Das hier ist nur der erste Speer, den man nach uns wirft. Diese Sache mit seiner Verlobten hat Conor in den Augen seiner Männer geschwächt.« Sie konnte sich einfach nicht zurückhalten. Sie packte den Druiden am Ärmel. »Ich kenne ihn ganz genau. Er wird von einem ungeheuren Stolz beherrscht! Vielleicht kann er im Augenblick nicht alle Ulaid um sich versammeln, aber er wird schon bald nach anderen Möglichkeiten suchen, um seine Macht zu festigen.«

Tiernan starrte stumm ihre Hand an.

Sie ließ seinen Umhang los. »Oberster Druide. Ich rate dringend dazu, Finnbennach zu verstecken.« Plötzlich hatte sie eine Eingebung. »Mit seinem weißen Fell fällt er schon von Weitem auf. Wir müssen ihn in ein verborgenes Tal bringen und dürfen nicht auf den offenen Weidegründen unten am Fluss stehen lassen. Auch sollte er nie lange am selben Ort sein. Außerdem sollten die Hirten sein Fell mit Kohle und Schlamm einreiben.«

Tiernan sah sie verblüfft an. Sie glaubte, so etwas wie Respekt auf seiner Miene zu erkennen.

Maeve trat einen Schritt zurück, richtete sich auf. »Ich denke wie eine Königin.« Die Kälte kroch jetzt sogar unter ihr Robbenfell. Idath, Felim … und jetzt Conor. Die Schmerzen in ihrem Körper reichten von den Lenden bis zu den Schultern … es war, als hätten diese Männer sie bereits verwundet.

*Es ging los.*

Endlich nickte Tiernan.

Maeves Zorn musste ein Gift gewesen sein, denn er breitete sich jetzt auch in Ruán aus, bis er nichts mehr anderes fühlte. Sie hatte ihn besiegt. Sie hatte ihm seinen Frieden genommen.

Er hatte geschworen, den See und dessen Wunder zu beschützen, sie aber ließ ihn sich selbst vergessen, hatte ihn sich mit Gewalt genommen, sich mit ihm vereinigt. Sie hatte ihn in sie hineinsehen lassen, sodass er jetzt ebenso zornig und verzweifelt war wie sie …

Ruán lief um das Feuer herum, rieb immer wieder seine Handflächen aneinander, um ihre Berührung abzustreifen. Das Echo ihrer

Flamme war jedoch noch immer in ihm. Er konnte es einfach nicht zum Verlöschen bringen. Würde er, gerade, als er die große Wahrheit der Sídhe entdeckt hatte, diese wieder verlieren?

Schließlich kroch er in sein Zelt zurück, tastete nach seinem Messer und stieß es durch die Kuhhäute, die Maeve ihm geschenkt hatte, dann legte er sich nieder und schob die Arme unter seinen Kopf.

Schließlich glitt Ruán in einen seltsamen Zustand zwischen Wachsein und Schlaf. Er verlor jedes Zeitgefühl. Im einen Moment schlief er und im nächsten stand er im Mondlicht.

Die Strahlenden hatten ihn endlich aus seinen dunklen Träumen erweckt.

Das Leuchten in ihren Gesichtern gab ihm seine volle Sehkraft zurück. Das Licht des Mondes schimmerte auf ihrer Haut. Die fünf Sídhe, die am Lagerfeuer für ihn gesungen hatten, als er krank gewesen war, und ihn mit ihren Stimmen zwischen den Steinen festgehalten hatten, umringten ihn jetzt in einem Halbkreis. Er sah dunkle Haare, blickte in strahlende Augen.

Das Sídhe-Mädchen sagte: »Warum versteckst du dich?«

»Sie hat mich zu ihresgleichen gemacht.«

»Vielleicht bist du das schon immer gewesen.«

Es verschlug ihm den Atem. Sein Kopf fuhr herum, und er sah sie an.

Die Augen der Sídhe funkelten. »Du bist nicht zornig, Bruder. Es ist die Scham, die dich quält.«

Er wollte widersprechen, aber eine Welle aus Hitze nahm ihm die Worte. Es war eine Sache, sich an die Freundlichkeit von Orla zu erinnern. Es war diese zärtliche Erinnerung in den Steinen, die ihm das große Erwachen ermöglicht hatte – bis er schließlich mit jedem Moment seiner Existenz die Geräusche der Bäume und die Gerüche des Wassers, die Wärme der Sonne und den Geschmack von Fisch in sich aufnehmen konnte.

Als er jedoch mit Maeve geschlafen hatte, hatte er die hellen Funken vergessen, die er in der Dunkelheit wahrnahm.

Die Sídhe schnalzte mit der Zunge, und ihre Zähne blitzten,

als sie ihm mit der Hand gegen die Brust stieß. »Es ist jetzt an der Zeit, dass du das Wilde in dir findest. Nicht nur einen Teil davon – sondern alles. Sei ausgelassen!« Sie drehte sich auf dem Absatz um, ihre Haare flogen. »Die Menschen sind so dumm«, rief sie den anderen zu, woraufhin diese lachten. »Die Sonne wendet sich wieder nach Norden. Heute Nacht tanzen wir!«

Verblüfft ließ Ruán seinen Blick zwischen den Sídhe hin und her wandern. Ihre düsteren Mienen waren verschwunden, stattdessen sah er blitzende Augen und rastlose Glieder. Die Luft knisterte.

Als sie aufbrachen und ihn einfach mit sich zogen, wandte sich ein Mann mit einem alterslosen Gesicht an Ruán. »Du glaubst, dass sie durch und durch schwarz ist. Aber selbst in der Schlacht schlägt hinter jedem Schild ein Herz.«

Ruán überquerte Connacht im Gefolge der Strahlenden. Schon bald schlossen sich ihnen andere Lichtwesen an, die von überall her wie silberne Flüsse zu ihnen stießen. Die Ströme der Sídhe vereinten sich zu einer stetig anschwellenden Flut, bis sich eine schimmernde Welle über die Hügel ergoss.

Während er von ihnen mitgerissen wurde, stellte Ruán fest, dass es die diesseitige Welt war, durch die sie flogen. Wenn er sich in der Aura der Sídhe befand, konnte er, genau wie damals im Kreis der Steine, wieder etwas sehen. Von Zeit zu Zeit erspähte er die weit entfernten Feuer seiner eigenen Sippe. In dieser längsten Nacht des Jahres mit ihrer eisigen Kälte scharten sie sich um flackernde rote Flammen.

Die Sídhe strömten durch kleine Täler und flossen über Hügel, duckten sich unter Ästen hindurch und sprangen über Felsen.

Manchmal glaubte Ruán, er wäre mit Menschen unterwegs, deren lange Haare flatterten und deren Kleidung aus Hirschleder sich im Wind blähte. Dann wieder sah er aus dem Augenwinkel heraus etwas anderes. Riesige Wolken aus Feuer, die Körper und Köpfe bildeten und deren Haare lange Bänder aus Flammen waren. Dunkle Augen öffneten sich zu Unmengen von Sternen.

Was war das?

Eine Gegenströmung schleuderte Ruán plötzlich aus dem Reigen. Er fiel auf den nassen Boden neben einem kleinen kahlen Gehölz, dessen Bäume aus einer Felsspalte herauswuchsen. Wasser rieselte durch einen Teppich aus Farnen mit gekräuselten braunen Wedeln.

Eine Gruppe von Sídhe verließ den Tanz zusammen mit ihm und ließ sich wie ein Schwarm schimmernder Vögel in seiner Nähe nieder. Sie bewegten sich an den Ästen entlang, sprangen in die Felsnischen und schmiegten sich an die Erde. Er spürte die Kaskaden ihres Lachens als kleine Wellen auf seiner Haut.

*Wir sind die Sammler.*

Sie antworteten ihm singend.

*Wir sind die Träger des Lichts.*

Sein Sídhe-Mädchen stand jetzt neben dem kleinen Bach. Sie starrte ihn mit unergründlichem Blick an. *Wir sind die Brücke zwischen den Welten.* Sie umkreiste ihn wirbelnd. Er drehte sich, um ihr folgen zu können, bis ihm schwindelig wurde. *Die Anderswelten liegen neben deiner eigenen Welt, und alle sind wie Fäden eines Tuches miteinander verwoben. Wir sind die Brücke. Wir bringen das Lied des Lichts in die diesseitige Welt.*

»Das Lied des Lichts …«

Es gab kein anderes Wort dafür. *Es ist das Feuer, das in allem ist. Die Quelle des Lebens. Der unsterbliche Geist, der alles miteinander vereint. Wir rufen das Lied des Lichts aus den Anderswelten in diese Welt, lassen es erklingen und kraftvoll fließen. Schau!*

Sie breitete die Arme aus und tanzte am Ufer des Bachs entlang. Mit einer Handbewegung entzündete sie die versteckte Quelle des Bachs, sodass das Wasser jetzt wie geschmolzenes Silber aus dem Erdreich sprudelte. Es war jedoch nicht einfach nur Wasser, es war die Quelle allen Seins. Die Sídhe auf den Bäumen schienen mit der Rinde zu verschmelzen, bis jeder Ast und jeder Zweig hell strahlte. Auch die Felsen leuchteten auf.

Der Strom der Quelle allen Seins, den sie herbeigerufen hatten, vergoldete den Farn, die ruhenden Blattknospen und die sich rankenden Stiele. Sie sickerte in den Boden, wand sich um die Samenkörner, ließ sie hell aufglühen. Sie schoss die Bäume hinauf und dann wieder zu ihren Wurzeln hinab, breitete sich über den Wald und weit darüber hinaus aus.

All das sah Ruán.

Die Maid flüsterte ihm ins Ohr. *Aus der Quelle allen Seins entspringt das Leben. Wir bringen es aus den Welten des Geistes in eure Welt … wir stärken und schützen. Denn ihr Menschen besitzt einen freien Willen. Ihr könnt entscheiden, aber die Kreaturen der Wildnis haben keinen Hüter außer uns!*

Jetzt sprangen alle Sídhe auf, und ihr Tanz wurde noch ausgelassener. Sie drehten sich immer schneller, und für Ruáns verwirrten Blick wurden sie immer kleiner, während die Bäume und Felsen in seiner Umgebung immer höher aufragten. Schließlich waren die Sídhe nur winzige Funken, die in verschiedene Richtungen davonstoben, in den Bach, in die Bäume hinauf und in die Erde hinunter.

*Du wirst ein Sídhe sein,* rief die Maid, packte Ruán am Arm und zog ihn mit sich, sodass die Luft an ihm vorbeirauschte.

Der Baum vor ihnen wurde immer größer, während Ruán und die Sídhe zu schrumpfen schienen, als sie auf ihn zuflogen. Dann löste sich das, was Ruán für harte Rinde und einen festen Stamm gehalten hatte, in einer Wolke aus schimmerndem Lichtstäubchen auf.

Er tauchte ein. Nichts war fest.

Der Baum bestand aus Strömen winziger Lichter. Die Funken waren dort, wo sie das Holz formten, dichter. Dort, wo Wasser durch die Adern des Baums floss, bewegten sie sich schneller. Jetzt war auch Ruán nur noch ein winziger Funken, der sich in den Funkenwolken des Baums und einem Wirbel aus anderen Sternen – den Sídhe – bewegte.

Ihr Gesang wurde lauter, Harmonien erklangen.

Ihr Lied durchdrang die Funken von Rinde und Holz und ließen sie im selben Ton schwingen, noch schneller tanzen und noch heller leuchten. Die Sídhe holten die Quelle allen Seins aus den Schleiern des Geistes, um damit die Bäume zu füllen.

*Die Brücke zwischen den Welten.*

Das Nächste, was Ruán wahrnahm, war, dass er hinausgeschleudert wurde. Als er wieder zu sich kam, lag er im nassen Gras und stellte fest, dass er sich wieder in seinem eigenen Körper befand. Er rollte sich auf die Seite und stützte sich auf die Arme. »Alles … besteht aus … Funken!«

Die Sídhe legte ihre Handflächen auf seine Rippen, ihr schwarzes Haar war vom Wind zerzaust. *Alle Funken der Quelle allen Seins strömen zusammen. Es gibt keine Grenzen. Es gibt keine Schleier, keinen Tod, kein Ende. Es gibt weder vorher noch nachher, weder hier noch dort, denn alle Augenblicke und alle Orte sind nur Fäden, die wie in einem einzigen Tuch miteinander verwoben sind.*

Ruán bemühte sich, das alles zu verstehen. Die Maid erschien am Ufer seiner Welt, machte eine kurze Handbewegung, und schon befand er sich zwar noch am selben Ufer, aber in *ihrer* Welt. Seine Vergangenheit mit Orla entfaltete sich um ihn herum. Die Welten lagen nahe beieinander. Augenblicke lagen nahe beieinander, waren miteinander verwoben.

Die Sídhe sprang auf, legte den Kopf schief. *Wenn du die Funken der Quelle allen Seins formen könntest, Ruán vom See, was würdest du tun?*

Er setzte sich auf. »Was …«, keuchte er, »macht ihr?«

Die Maid half ihm auf die Füße, drehte ihn herum. *Ich mache dir Augen, damit du sehen kannst,* rief sie, und ihre Finger strichen leicht über seine Lider. Sie nahm ihr Gesicht in ihre Hände, streckte ihm übermütig die Zunge heraus. *Und ich gebe dir die Gestalt eines Mädchens, damit sich ein kranker Mann nicht zu Tode erschreckt.*

Die Nacht im Kreis der Steine erfüllte ihn. »Ihr brennt das weg, was einen Menschen verrotten lässt.«

*Aber nur, wenn der Mensch es auch loslässt.* Sie gab ihm einen kräftigen Klaps auf den Bauch. *Also, tu es wieder.* Sie packte seine Hand und rannte gemeinsam mit ihm über das von Raureif überzogene

Gras. Die Luft toste an ihm vorbei, und er spürte kaum noch seine Füße. Am Rand des Hügelkamms verlangsamte sie jedoch keineswegs, sondern schleuderte ihn am Handgelenk in die Nacht hinaus.

Ruán fiel durch die Dunkelheit. Die Welt drehte sich. Er war ein Nichts, ein Niemand – nur ein Geist, der durch die Nacht flog.

Schließlich landete er mit einem lauten Platschen im torfigen Wasser, um ihn herum breitete sich feuchtes Sumpfland aus.

Wildes Geschrei ertönte. Dies war ein anderes Leben. Aber es war auch ein Leben als Mann.

Laute Rufe und Schreie. Er hörte das Klirren von Eisen. Wasser spritzte ihm ins Gesicht, als Füße an seinem Kopf vorbeistampften. Eine Erinnerung.

*Du Narr!* Er war gestrauchelt – er, der größte Kämpfer seines Volkes! Er hörte ein leises Zischen, als ein Feind auf ihn zusprang. Mit einem wilden Schrei rappelte er sich auf und durchbohrte den Mann mit seinem Schwert, dann starrte er seinen zitternden Arm an, auf dem sich deutlich die Sehnen abzeichneten. Sein Handgelenk war mit Blut bespritzt. Er blickte dem Mann in die erlöschenden Augen. »Sprich vor der Großen Mutter ehrenvoll von mir«, murmelte er. Der andere Krieger fiel in den bereits vom Blut geröteten Wasserlauf, und der Sieger reckte seine Klinge zur Sonne hinauf. »Große Mutter aller!«, schrie er und stürmte auf die anderen Feinde zu, die sich unter einem befleckten Banner gesammelt hatten.

Ein grimmiges Gesicht tauchte vor ihm auf. Er schlug mit dem Heft seines Schwertes zu und zerschmetterte Knochen. Während seine Schwertbrüder rechts und links von ihm kämpften, warf er seinen Kopf in den Nacken und stieß ein lautes Heulen voller Leben, voller Freiheit aus. In diesem Moment war da nur das Wasser des Sumpfes auf seinen Lippen, der brennende Schweiß und der Glanz der Sonne auf Eisen und Bronze. Das Kampfesfeuer strömte durch seinen Körper und dann in seine Klinge hinein, verbrannte ihn mit Ekstase.

*Für die Göttin.*

Sie bettete seine Füße weich, benetzte seine Zunge und füllte seinen Bauch. Er würde nicht zulassen, dass diese feigen Bastarde aus Alba über sie herfielen. Seine Freude schlug in Raserei um, während er sein Schwert schwang. Er wollte die Welt in Stücke reißen, nur um seine eigene Kraft zu erproben; wollte sich selbst in einzelne Teile zerschmettern, damit er Wind und Wasser sein konnte, Sonne und Blut, Schlamm und Fels …

Ein Schlag traf ihn. Er stolperte und fiel.

Der Schmerz schien unendlich fern. Benommen drehte er den Kopf, damit das Wasser in seinen Mund fließen und ihm den Geschmack von Felsen und Salz bringen konnte, während er mit seiner blutigen Hand Grashalme an seine Nase hielt.

Er sank in den Schlamm, und der Schlamm umfing ihn.

Ruán kam japsend wieder zu sich.

Die Sídhe saßen im Kreis und schlugen kleine fellbespannte Trommeln. Über ihm drehten sich die Sterne am Himmel. Das Feuer wanderte Ruáns Körper hinauf, wie es das auch schon vorher getan hatte. Vom Bauch zum Herzen, dann weiter zum Hals.

Die kühle Hand der Maid lag jetzt auf seiner Stirn. *Du bist nicht hier, um noch länger zu kämpfen. Lass den Schwertkämpfer ziehen. Aber erinnere dich daran, wie sehr er das Leben genossen hat, und schätze seine Freude an seinem Körper. Finde in dir das, was wild und ungezähmt ist!*

Erst jetzt wurde Ruán bewusst, dass die Hitze, die er empfand, in Wirklichkeit nichts anderes als Scham war. Scham, weil er sich mit Maeve dem Verlangen hingegeben hatte. Es war dies eine altbekannte Torheit. Auf der Insel hatte er sich dieser Flut irdischer Gefühle entzogen, um die Götter zu suchen. Aber das war auch der Grund dafür gewesen, dass er versagt hatte, dass der Junge gestorben war …

Das Feuer toste weiter, stieg in Ruán empor. Schließlich stieß er einen befreienden Schlachtruf aus, und die Scham verbrannte.

Als die Flamme aus seinem Scheitel hervorbrach, erblickte Ruán Maeve so, als würde er wieder sehen können.

Eine Mähne roter Haare rahmte ein Gesicht ein, das keineswegs hart und verbittert war, sondern von einem sehnsuchtsvollen Verlangen erhellt wurde. Ihre Augen suchten nach etwas ... *etwas, das jenseits all dessen lag.* Dann sah er, dass sie in einer Schlachtreihe stand und einen Schild vor sich hielt. Aber genau, wie die Sídhe sagten, pulsierte in ihrem Körper der Schlag eines wilden und einsamen Herzens, ihre Seele war von Gefühlen aufgewühlt.

Also war sie doch nicht aus Eisen.

*Der Priester ist fort, und der Krieger ist fort,* flüsterte die Maid. *Vielleicht findest du jetzt einen anderen Weg, um ein Mann zu sein.*

Ruáns Lippen waren wie taub, sein Körper erschöpft. »Zeig ihn mir.«

Sie lachte und warf ein Stück Holz in das Feuer, das, wie ihm erst jetzt bewusst wurde, seine eigene Feuerstelle war. *Du musst es einfach tun!* Sie tippte ihm mit dem Finger zwischen die Augen, und alle Lichter erloschen.

Ruán erwachte in einer blinden Welt. Es war früh am Morgen.

Das Holz jedoch duftete, als er das Feuer schürte. Er nahm die lehmigen Gerüche des Sumpfs in sich auf. Die Stille des Sees war wieder in sein Herz eingezogen. Er fuhr die Narbe auf seiner Brust nach und fragte sich dabei, was Traum und was Wirklichkeit gewesen war. Wenn er nicht mehr der war, der er gewesen war, wer war er dann jetzt?

Der See versagte ihm eine Antwort. Da war nur das Zwitschern der Vögel, die langsam erwachten.

# 11

Die Dunkelheit in dem alten Heuschober war vom Geruch muffigen Strohs und dem Rascheln der Feldmäuse erfüllt. Maeve kauerte auf der Tenne und fragte sich zum wiederholten Mal, ob sie wirklich noch bei Verstand war. Erin im tiefsten Winter zu durchqueren und so weit ins Land des Feindes vorzudringen … das würden viele für Wahnsinn halten.

»Feigling«, sagte sie zu sich und verkroch sich dabei noch tiefer in ihrem Umhang. Laigin und Connacht waren nicht wirklich verfeindet, auch wenn der zerbrechliche Friede allein auf Angst und Misstrauen beruhte. Beide grenzten an das Ulaid, und wenn sie sich gegenseitig schwächten, würde Conor das sofort ausnutzen und ganz Erin unterwerfen, so wie er das schon seit geraumer Zeit plante.

Die kalte Luft biss Maeve in die Nase. Sie legte ihre Hände schützend auf ihr Gesicht. Ihr Vater hatte ihre Ehe mit Ros Ruadh, dem König von Laigin, schon vor so vielen Jahren gelöst, dass sie aus tiefstem Herzen hoffte, er möge jetzt darüber nicht mehr verbittert sein. Als sie sechzehn war, hatte er sie, wütend über das Verhalten ihres Vaters, des Landes verwiesen – und jetzt, dreizehn Jahre später, schlich sie sich wieder in seine Festung in der Nähe von Dun Ailinne.

Wieder schauderte sie angesichts all der Erinnerungen. Nein, sie würde sich davon nicht überwältigen lassen.

Schließlich war sie nicht gekommen, um Ros Ruadh einen Besuch abzustatten.

Maeve hatte Garvan und ihre Wachen an der Grenze zu Laigin zurückgelassen. Als unbewaffnete Frau genoss sie einige Vorteile. Niemand nahm von einer Reisenden, die wegen der Kälte dick vermummt war und die von einer Druidin begleitet wurde, groß Notiz.

Ein kokettes Lächeln, ein scherzhaftes Wort, und die gelangweilten Wachen an den Wällen von Ros Ruadhs Festung – zu jung, um sich daran erinnern zu können, wer sie war – gestatteten ihr, dass sie Erna mit einer Botschaft vorausschickte. Schon kurz darauf ließen sie auch Maeve passieren.

Auf dem Heuboden öffnete Maeve ihre eiskalte Hand und spreizte sie über ein in die Wand gehauenes Loch. Ihre Finger brachen das Mondlicht zu einzelnen Strahlen. Ihr Atem stockte. Sie erinnerte sich. Plötzlich scharrte die Tür. Sie zuckte zusammen, dann aber verbannte sie alle Angst und drehte sich um.

Die Tenne knarrte, als sich ein Mann heraufschwang. »Bei allen Göttern, Maeve. Ist das ein neues Spiel von dir?«

Maeve holte Luft. »Ailill.«

Ailill war einer von Ros Ruadhs Söhnen und somit ein Prinz von Laigin. Als sie ihn das letzte Mal gesehen hatte, waren sie beide sechzehn gewesen. Maeve musterte Ailill im Licht des Mondes. Er hatte eine massige Statur mit bulligen Schultern entwickelt. Er besaß noch immer eine üppige, braune Mähne, die er mit Kalkwasser zu steifen Stacheln frisiert hatte.

Ailill sah sie an. »Warum hast du meinem Vater dein Kommen nicht angekündigt? Und wo sind deine Wachen?«

Maeve lächelte einladend. »Weil du derjenige bist, den ich sehen wollte, Ailill. Außerdem sollte unser Treffen erst einmal geheim bleiben.« Sie strich sich ihr offenes Haar über die Schulter. »Hab keine Angst.«

Ailill versteifte sich. Genau das hatte sie immer gesagt, wenn sie ihre Pferde zum Sprung über ein gefährliches Hindernis getrieben hatten oder mit ihm nachts über die Festungswälle geschlichen war. Trotzdem kauerte er sich jetzt neben ihr nieder.

Maeve hob ihr Kinn, sodass ihr langer, nackter Hals im Mondlicht zu sehen war. »Erinnerst du dich noch, wann du das hier gemacht hast?«

Ailill kam näher und betastete den Spalt im Holz mit seinen dicken Fingern. »Gütige Götter, das habe ich ganz vergessen ...« Er lachte leise. »Ich kann noch immer die Kerben fühlen, die meine Axt hinterlassen hat! Kein Wunder, dass es hier drinnen immer so verdammt feucht ist. Wir haben schon vor Jahren aufgeben, hier Getreide zu lagern.«

Maeve warf ihm einen kurzen Blick zu. Sein Unterarm sah wie ein Bündel aus Seilen aus. Und seine Hose spannte sich sichtlich über seine Oberschenkel. Sein Bauch wölbte sich über seinem Gürtel, seine Wangen waren schwer und um die Nase herum gesprenkelt. Abgesehen von einem gedrehten Torques aus Gold trug er keinen weiteren Schmuck. Er genoss offensichtlich noch immer die schlichten Vergnügungen – Kämpfen, Essen und Zechen. Ihr Plan konnte also durchaus aufgehen.

Sie lächelte wehmütig. »Wir haben früher oft im Mondlicht hier gelegen und haben es in uns aufgenommen. Damals war alles viel einfacher.«

Ailill musterte sie. »Die Jahre haben dir offenbar nichts anhaben können, Feuerkopf. Aber einfach, das warst du noch nie. Du bist so schwierig wie ein Dornenstrauch.« Er zog eine Augenbraue hoch. »Du warst Prinzessin in Mumu und Königin von Ulaid, seit du das letzte Mal hier warst. Was bist du jetzt?«

»Das wird dich vielleicht interessieren.« Sie klopfte neben sich auf das Stroh.

Zögernd bohrte Ailill in seinem Ohr. Schließlich setzte er sich. »Ich bin für so was zu alt«, brummte er.

Maeve legte ihre Hand auf seinen Unterarm. »Du hast dich auch gut gehalten. Ich sehe, dass du noch immer kämpfst.«

»Mein Appetit war schon immer ziemlich groß, wie du dich sicher erinnerst.« Seine trägen Augen glitzerten plötzlich. »Außer auf Schmeicheleien. Spuck es schon aus.«

Maeve lächelte ihr Lächeln aus der Kindheit, das voller Geheimnisse war. »Ich habe inzwischen viel von Erin gesehen, und dennoch musste ich immer wieder an dich denken. Ich meine, dein Vater ist inzwischen alt geworden. Es muss für dich doch ziemlich frustrierend sein, immer nur zu warten und deinem Verlangen nicht nachgeben zu können – nicht frei leben zu können – und dich ständig zu fragen, wann deine Chance kommt, König zu werden.«

Ailills Miene verdüsterte sich. »Ich tue, was ich will, meistens jedenfalls.«

»Aber du unterstehst noch immer dem Willen deines Vaters.« Sie strich jetzt über die rauen Haare auf seiner vom Kämpfen geschwollenen Hand. »Du liebst die Frauen und das Essen. Laigin treibt Handel mit den Ländern des Mittelmeers. Aber du bekommst noch immer nicht den besten römischen Wein, oder, Ailill? Deine Herden reichen nicht aus, um dir all die Sklavenmädchen leisten zu können, die du haben willst. Auch die schönsten Stoffe für deine Kleidung bleiben dir verwehrt.«

Ailill verschränkte die Arme vor seiner Brust. »Worauf willst du hinaus, Maeve? Versuchst du, mich dazu zu bringen, meinen Vater zu verraten?«

Maeve erhob sich auf die Knie, drückte ihren Bauch gegen seine Arme, ihre Hände lagen jetzt auf seinen Schultern. Das Licht des Mondes warf gezackte Linien in Ailills Gesicht, wie mit einer Axt gehauen. Sie blinzelte, als das gedämpfte Licht ihr jemand anderen zeigte.

*Ein fein gemeißelter Unterkiefer. Rotbraune Haarsträhnen zwischen ihren Fingern. Ein voller Mund, in den sie ihre Zähne grub.*

»Ich bin gekommen, um dir die Ehe anzubieten«, sagte Maeve. »Mit mir.« Sie hatte keine andere Wahl.

Der Prinz von Laigin starrte sie mit offenem Mund an.

»Du kannst schon bald König sein, Ailill, und nicht nur ein Prinz, der wartet und wartet. Du kannst jetzt herrschen, zusammen mit mir.«

Ailills Augen wurden glasig. Er nahm die verschränkten Arme auseinander. Maeve schmiegte sich an seinen Körper, stützte sich dabei auf sein Knie. Sie zwang sich zu diesen Worten, obwohl ihr das Herz dabei schwer wurde, sprach von dem Reichtum, der ihn erwartete, von der Macht und von den angenehmen und schönen Dingen des Lebens, die er jetzt sofort haben könnte.

Schließlich sah er sie an. »Ich habe schon zwei Frauen bei der Niederkunft verloren, eine aber ist mir geblieben. Ich bezweifele sehr, dass es ihr gefallen würde, nur noch an zweiter Stelle zu stehen.«

»Dann gib ihr ihre Mitgift zurück … es sei denn, du liebst sie.«

»Sagen wir, ich bin zufrieden mit ihr.«

»Oh!«, Maeve zwang sich zu einem Lächeln. »Zufrieden, träge, *gelangweilt.*« Sie legte ihm einen Finger auf die Brust. »Ich wette, du bist über die Jahre hinweg müde geworden, Ailill. Solltest du nicht endlich wieder aufwachen?«

In seinem Gesicht begann etwas zu leuchten, dann aber schürzte er die Lippe. Seine Augen wurden schmal. »Was springt dabei für dich raus? Wenn es dir wirklich um mich ginge, dann hättest du schon vor Jahren kommen können.«

Maeve wurde bewusst, dass sie jetzt ehrlich zu ihm sein musste. Nur dann konnten sie sich gegenseitig vertrauen. Ein fairer Handel also. »Der Brautpreis deines Vaters und die Macht eines Bündnisses mit Laigin werden den Verwandten meines Vetters, die die Macht in Connacht an sich reißen wollen, den Wind aus den Segeln nehmen. Dann werde ich zur Königin gewählt werden, und dann kann ich mein Volk auch vor den kriegerischen Lords beschützen, die es sonst nur schröpfen würden.«

*Und dann wird mich niemand mehr bedrohen können.*

Angesichts ihrer Offenheit rieb er sich das Kinn und lachte. »Ein Leben mit dir würde bestimmt nicht langweilig werden, Feuerkopf.«

»Es wäre ein Leben voller Macht und Reichtum. Ein durchaus befriedigendes Leben.«

Sie sahen sich an. »Ob du Gold bekommen wirst, Maeve, wird mein Vater entscheiden. Was kannst du ihm dafür anbieten?«

»Einen Thron für seinen Sohn und ein Bündnis mit Connacht.« Sie hob ihr Kinn und atmete tief ein. »Ich habe gehört, dass Conor Ros Ruadh mithilfe eines sogenannten Vertrags mit Laigin um wertvolles Land gebracht hat. Und ich habe gehört, dass Conor euch schlecht behandelt hat.« Sie hoffte inständig, dass er sich nicht an den Verrat ihres eigenen Vaters erinnern würde. Immerhin waren inzwischen schon viele Jahre vergangen.

Hin- und hergerissen, blickte Ailill zu der Pfütze aus Mondlicht. Maeves Handeln wurde vom reinen Überlebensinstinkt bestimmt; es gab für sie keinen anderen Zufluchtsort mehr als diesen. Innel mochte zwar tot sein, aber Idaths und Felims Zorn auf sie würde immer größer werden, bis sie schließlich über sie herfallen würden. »Wir müssen ein Bündnis schließen, damit wir stark genug sind, um uns gegen Conor zur Wehr setzen zu können.« Verzweifelt drückte sie ihre geöffneten Lippen auf Ailills Handgelenk. Es schmeckte nach dem Wollfett, mit dem er sein Schwert einrieb.

*Stattdessen trank sie das Wasser eines Sees von der klaren und reinen Haut eines Mannes, den Nebel, der davon aufstieg.*

Maeve kniff ihre Augen zusammen. »Noch etwas anderes. Auch wenn du schon bald König von Connacht sein wirst, werde ich alles dafür tun, um nach dem Tod deines Vaters auch Laigins Thron für dich zu sichern.«

Ailill konnte einen erstaunten Ausruf nicht unterdrücken. Er stand kurz davor, ja zu sagen.

Maeve kniete vor ihm, vergrub ihre Finger in seinem Haar. *Sie musste es tun.* »Du hast viele Frauen, Ailill, aber ich war die erste, die dich dies hier fühlen ließ.« Sie berührte seine Lippen mit ihrem Mund, ihr Atem lag heiß auf seinem Gesicht. »Und das …« Sie griff nach unten, um ihn zu streicheln, erweckte alte Erinnerungen zum Leben.

Sie waren wieder die beiden jungen Menschen, die sich aus der Halle des Königs davongeschlichen hatten und deren Blut zum ersten Mal gemeinsam in Wallung geraten war. Es sollte dies für Maeve zur einzigen Möglichkeit werden, Widerstand zu leisten. Die einzige Möglichkeit, die ihr geblieben war, nachdem Ros Ruadh ihr das Kind genommen hatte. Ailill hatte sie damals angeblickt, als würde er sie wirklich sehen und sie anbeten. Seine Berührung war sanft gewesen … warme Haut auf der ihren …

Als sie jetzt wieder Zärtlichkeiten austauschten, stöhnte Ailill.

Maeve riss sich zusammen, zwang ihre Muskeln und ihren Geist, hart zu werden. Sie starrte so lange ins Mondlicht, bis es ihr schließlich wehtat. *Und noch immer fühlte sie die Hitze des roten Hirschs, als sie ihn in sich aufnahm.*

»Schenk mir meine Freiheit, und ich werde dir die deine schenken.«

Am nächsten Tag erklärte Ros Ruadh ihr unverblümt, dass er die Jahre ohne sie viel glücklicher gewesen war als vorher mit ihr. Maeve konnte das verschmerzen.

Dann schickte der alte König, der behaglich auf seinem mit Kissen gepolsterten Thron neben der großen Feuerstelle in seiner Halle saß, seinen Sohn und die Diener außer Hörweite. Er hatte jetzt weiße Haare und eine gefleckte Haut, aber er war nach wie vor drahtig und stark, da er sich noch immer im Schwertkampf übte. Auch seine blauen Augen blickten noch genauso scharfsinnig wie früher.

Maeve versuchte, nicht auf seine von blauen Adern überzogenen Hände zu blicken, während sie ihm schilderte, was sie Laigin geben würde: nicht nur ein wertvolles Bündnis, sondern, wenn sie Ailill ein Kind gebar, auch die Blutsverwandtschaft mit den Herrschern von Connacht.

»Wir hatten schon einmal ein Bündnis mit euch«, antwortete Ros Ruadh trocken. »Soweit ich mich erinnere, wurde es aufgelöst.«

Maeve spürte, wie ihr die Hitze in die Wangen stieg. »Das war mein Vater.« Sie hielt seinem Blick stand. »Ich aber halte meine Eide. Du wirst sehen, dass ich mich ehrenhafter verhalte, als irgendein Mann aus meiner Verwandtschaft das je getan hat.«

Die weißen Augenbrauen des Königs gingen fragend nach oben.

Maeve beugte sich ein Stück vor und ließ den Köder, den sie sich für ihn aufbewahrt hatte, vor seiner Nase baumeln. Wenn er der Ehe zwischen ihr und seinem Sohn zustimmte, würden Laigins Druiden zum ersten Mal seit vielen Generationen wieder am heiligen Hügel von Uisneach, den Connacht in einer lange zurückliegenden Schlacht erobert hatte, beten dürfen.

Ros Ruadhs Gesicht verriet nicht, was er dachte, aber Maeve ließ sich von seiner undurchdringlichen Miene nicht täuschen. Ros Ruadh war schon alt. Seine Priester würden den Göttern bald Opfer bringen müssen, um ihm eine leichte Reise durch die Schleier zu ermöglichen. Die Gelegenheit, dies am heiligsten Ort Erins, dem Herzen der vier Königreiche zu tun, war viel zu verlockend, um sie zurückzuweisen.

Ros Ruadh räusperte sich und überraschte sie mit einer Frage. »Und was soll noch Bestandteil dieses Vertrags sein?« Er trommelte mit seinem beringten Fingern auf die Lehne seines Throns, starrte dabei seine Hand an.

Ihre eigenen Worte hallten noch immer in Maeves Herz. *Blutsverwandtschaft mit Connachts Herrschern.* Es gab Blutsbande.

Maeve lag eine Frage auf der Zunge, aber sie schluckte sie im letzten Moment hinunter. Offensichtlich sprach er nicht von ihrem gemeinsamen Kind, weil das Mädchen nicht mehr hier lebte. Schon lange nicht mehr hier lebte. Wenn er diesen Geist nicht freilassen wollte, dann würde auch sie das nicht tun – es würde ihm nur Macht über sie geben.

Maeve befeuchtete ihre Lippen. »Ich möchte, dass ein Trupp der Galeóin meine Männer in Connacht ausbildet. Und die Zusicherung, dass wir, falls wir angegriffen werden sollten, Hilfe von ihnen erhalten.« Die Galeóin waren ein alter Stamm von Laigin. Klein, dunkelhaarig und absolut schweigsam, waren sie in ganz Erin für ihren geschickten Umgang mit dem Speer und für ihre harte Ausbildung im Kampf bekannt.

Ros Ruadh nickte erleichtert, woraufhin Maeve das Gespräch auf den Brautpreis brachte: Gold, Vieh, Diener, Getreide und Met. Die gebeugten Schultern des Königs entspannten sich. »Was ist, wenn dein Griff nach der Macht fehlschlägt?«

Maeve setzte sich in ihrem Stuhl aufrecht hin. »Dann erhältst du sowohl deinen Sohn als auch die Brautgeschenke zurück. Ich mache dieses Angebot als freie Frau. Fraech wird dir das nicht vorwerfen können. Ich allein trage dafür die Verantwortung.« Dies in Worte zu fassen, nahm etwas von dem Druck in ihrer Brust. »Ich allein.«

Ros Ruadh überlegte einen Augenblick, dann bat er seinen Diener einen Krug Met und zwei Becher zu bringen.

Die Männer, die den erlegten Hirsch umringten, stimmten lauten Jubel an.

Maeve senkte ihren Speer und schüttelte ihre verkrampfte Hand aus. Ihr Körper zitterte noch immer. Es war gut, dass Ailills Speer das Tier mitten ins Herz getroffen hatte.

Ihre Wachen aus Connacht entspannten sich, lockerten ihre steifen Rücken und gratulierten Ailill mit einem Klaps auf die Schulter. Die Jagdhunde liefen hechelnd zwischen ihren Beinen herum. Die Männer aus Laigin und Connacht lachten gemeinsam, bückten sich, um die Hunde hinter den Ohren zu kraulen. Einer der Jäger schlitzte dem Hirsch die Kehle auf, um ihn ausbluten zu lassen.

Der Winter hatte sich in diesem Jahr sehr früh zurückgezogen, und auf ihrem Nachhauseweg nach Connacht war der Frost dem Regen gewichen. Jetzt zog Maeve ihre Füße aus dem Matsch unter den Eichen und kratzte ihre Stiefel an den Wurzeln ab, als sie zu ihrem Pferd ging.

Garvan warf ihr einen kurzen Blick zu. Sein Gesicht war kalt und abweisend. Seit sie ihm einen Prinzen aus Laigin vorgezogen hatte, hatte er kaum mehr ein Wort zu ihr gesagt. Sie war jedoch zu müde, um ihn aus seiner Schweigsamkeit herauszulocken. Er würde ihr Handeln schon bald verstehen.

Sie holte eine Feldflasche aus ihrer Satteltasche und trank ein paar Schluck Ale, während sie sich an Mealláns Flanke lehnte. Auf der sonnenbeschienenen Lichtung unter ihr breitete sich das Reiselager aus, das ihnen Ros Ruadh zur Verfügung gestellt hatte. Vor dem wilden Durcheinander von Zelten hatte man Lanzen in die Erde gesteckt – ein ganzer Wald heller Schäfte und glitzernder Speerspitzen hob sich vor den moosbewachsenen Bäumen ab. Bunt bemalte Schilde hingen an Zeltstangen.

Maeve genoss diesen Anblick mehr als das Ale. Laigin war berühmt für sein Tiefland, in dem Gerste und Weizen gediehen, genauso wie für seine geschützte Küste, die oft von reichen Handelsschiffen aus den Ländern im Osten angelaufen wurde.

Hinter den Zelten standen deshalb mehrere Reihen von Lastkarren, die mit Krügen von griechischem Wein, Ale aus Laigin und Säcken mit Getreide beladen waren. Kostbares Zedernholz und duftende Öle aus den Ländern des Mittelmeers sowie Silber, Zinn und Gold wurden von den Schwertkämpfern aus Laigin bewacht. Es war der größte Brautpreis, den es in Erin je gegeben hatte.

Maeve starrte diese Reichtümer an und fragte sich dabei, ob dieser Brautpreis die Lords überzeugen würde, wenn sie erkennen mussten, dass sie in Laigin nichts anderes als einen König für Connacht gekauft hatte.

Etwas weckte plötzlich ihre Aufmerksamkeit – eine kleine Gestalt, die im Griff zweier Krieger aus Laigin zappelte. Maeve steckte ihre Flasche weg, wischte sich den Schweiß von der Stirn und beschattete ihre Augen mit der Hand. Die Wachen aus Laigin zerrten eine schmächtige Gestalt den Hang zwischen den Bäumen herauf, einen Jungen in einem kostbaren, wenn auch schon etwas zerschlissenen Kriegergewand; ein verbeulter Helm, der viel zu groß war, saß auf seinem Kopf, und er trug ein Kettenhemd, das ihm bis über die Knie reichte.

»Was soll das?«, wollte Maeve wissen, als die drei vor ihr standen.

Die Krieger ließen ihren Gefangenen los und gaben ihm einen Stups. Der Junge stolperte. Der Helm rutschte ihm über die Augen, und er legte den Kopf in den Nacken, um Maeve ansehen zu können, während er sich ein paar rötliche Haarsträhnen aus dem Gesicht blies.

Das war kein Junge, sondern ein Mädchen mit einem schmalen Kinn und schrägen Wangenknochen. Maeve erstarrte. In ihrem Kopf breitete sich vollkommene Leere aus.

Die Augen des Mädchens blitzten, und Maeve spürte diesen Blick wie ein Messer in ihrem Bauch. »Hallo, Mutter.«

# 12

Alle Farbe wich aus der Natur, als läge sie noch immer unter Eis und Schnee und Frost.

Maeve sah nur noch das Mädchen, dessen Haare die Farbe hellen Bernsteins hatten. Sommersprossen sprenkelten ihre Stupsnase. Die Gesichtszüge besaßen genau dieselbe Form, die Maeve jeden Tag in ihrem Spiegel sah – nur dass dieses Mädchen die großen Augen und das runde Gesicht eines Fuchswelpen und nicht einer Füchsin hatte.

Ros Ruadhs Kind.

Maeve konnte nicht mehr in diese Augen sehen. Stattdessen starrte sie den herausfordernd verzogenen hübschen Mund des Mädchens an, dessen Rot im starken Gegensatz zu der hellen Haut ihres Gesichts stand. Maeve hörte Schritte hinter sich. Ihr Verstand war wie ein gefangener Vogel, der ständig gegen die Gitterstäbe seines Käfigs flatterte. Sie suchte Halt bei der einzigen Sache, die sie kannte: Ailill.

»Bring sie in mein Zelt«, sagte sie zu ihm und ging dann mit großen Schritten voraus.

Ailill behandelte seine Halbschwester noch weniger sanft, als es die Wachen aus Laigin getan hatten. Er zerrte sie hinter sich her und gab ihr dann einen Stoß.

Das Mädchen rieb sich den Arm. »Aber, aber, Bruder!«

Ailill grunzte und ging dann zu dem Tisch hinüber, auf dem Honigbrot und eine Rinderlende lagen, die man über dem Lagerfeuer gebraten hatte. Einer von Maeves Dienern entzündete rasch eine steinerne Lampe, und sofort verbreitete der kleine Docht aus Binsen einen matten Schein.

Maeve hatte die kurze Zeit genutzt, um aus ihrem schmutzigen Kittel zu schlüpfen und etwas Frisches anzuziehen und um ihr Haar mit zitternden Fingern glatt zu streichen.

Jetzt starrte sie in einen Becher, der mit Ernas Kräuteraufguss gefüllt war. Schatten bewegten sich in dem Gefäß, als die Lampe flackerte. Der Teil ihres Herzens, der dem Ganzen hier einen Sinn abgewinnen wollte, hatte so lange geschwiegen. Jeden Tag tötete sie ihre Gefühle mit diesem Trank weiter ab.

So war es leichter. So konnte sie wenigstens atmen.

Dennoch war dort, wo einst das Baby gewesen war, für sie immer ein leerer Fleck in ihrer Welt gewesen. Jetzt war in dieser Leere wieder etwas Warmes, etwas Lebendiges, das hinter ihr stand und im selben Rhythmus atmete wie sie.

Maeve wurde blass und stellte den Becher auf den Tisch. »Finnabair.« Sie drehte sich zu dem Kind um. *Kind … sie ist fast sechzehn.*

Maeve war drei Jahre jünger gewesen als dieses Mädchen jetzt – damals, als sie bei dessen Geburt fast gestorben wäre. Als es ihr wieder besser gegangen war, hatte Ros Ruadh den Säugling einer Schar von Frauen aus Laigin übergeben, die das Kind eifersüchtig bewacht hatten.

Es hatte jedoch ein paar gemeinsame Augenblicke gegeben, geraubte Augenblicke, die ihr zeitlos erschienen waren, in denen sie gefühlt hatte, dass … *Nein!* Maeve starrte dem Mädchen in die Augen. *Gütige Götter.* So blau wie die ihren – und so strahlend! Genau wie damals, als sie dem kleinen Seehund gefolgt waren, den Maeve aus Fellstückchen zusammengenäht hatte und den sie vor und zurück und hin und her durch die Luft hatte fliegen lassen …

*Nein.*

Maeve öffnete wieder den Mund, aber es kam kein einziger Laut heraus.

»Finn«, stellte das Mädchen fest. »Ich heiße Finn.«

»Du weißt, dass Vater diesen Namen hasst.« Ailill leerte einen Becher Ale und warf seinen nassen Umhang auf den Teppich aus

Kuhfell, wo ihn eine seiner Dienerinnen sofort aufhob. »Das ist der Name eines Jungen. Für eine Lady von königlichem Blut ist er absolut unpassend. Genauso unpassend wie die Tatsache, dass du dich einfach ohne Erlaubnis von zu Hause weggeschlichen hast.«

»Du hast das doch ständig gemacht, als du noch jung warst.« Finn stand auf Zehenspitzen, versuchte sich groß zu machen. »Und überhaupt, wenn ich so fett wäre wie du, dann würde niemand wissen, dass ich ein Mädchen bin.«

Ailill verkniff sich ein Lächeln. »Füchsin«, knurrte er nicht unfreundlich.

Ein Schauder lief Maeve über den Rücken. Sie wandte sich Ailill zu, der sich gerade auf einen Stapel Kissen sinken ließ. »Warum hast du mir nicht gesagt, dass sie in Dun Ailinne ist?« Ihre Stimme brach. Sie zerrte an dem schweren Torques an ihrem Nacken. »Ich … ich dachte, dass man sie schon vor vielen Jahren weggeschickt hätte.«

Es war ihr nicht gelungen, auch nur ein Wort über das Kind zu erfahren. Nicht ein einziges Wort.

Ailill zuckte mit den Schultern, bedeutete einer Dienerin, ihm die durchnässten Stiefel auszuziehen. »Du hast nicht gefragt.«

»Und warum hat Ros Ruadh mir nichts gesagt …?« Ihre Stimme klang plötzlich schrill. Maeve brach ab, hielt sich erschrocken eine Faust vor den Mund, während die Dienerin Ailills Stiefel aufschnürte.

Ailill warf seiner Schwester einen mitleidigen Blick zu. »Sie war schon immer sein Liebling. Er wollte wohl nicht, dass du von ihr erfährst.«

Ailill war schon immer verletzend ehrlich gewesen. Maeve erinnerte sich jetzt an dieses ängstliche Flackern in den Augen des Königs. Hatte er geglaubt, sie wäre gekommen, um dieses Mädchen als Teil des Handels zu fordern? *Ihre Tochter.* Maeve konnte dieses Wort noch immer kaum denken.

»Und deshalb wird er auch fuchsteufelswild werden, wenn er merkt, dass du weg bist, kleine Schwester.« Ailill bewegte seinen nassen Fuß, der schrumpelig und weiß war. »Wie hast du das überhaupt hingekriegt?«

»Es hat einigen deiner Männer Spaß gemacht, mich zu verstecken – bis dieser verknöcherte alte Lonan es herausgefunden hat.« Finn zog mit einer schwungvollen Bewegung ihren Helm vom Kopf und warf ihn auf den Boden. »Und ich habe bei meinen Dienerinnen eine Nachricht für Vater hinterlassen. Er wird mich verstehen. Er versteht mich nämlich immer.«

Sein Schatz. Sein Liebling. Maeve hatte ihn das in Finns Ohr flüstern hören, als er die Kleine stolz in seinen Armen gewiegt hatte.

Diese Gedanken waren töricht: Maeve musste sich zwingen, sich umzudrehen. »Warum bist du hier?« Ihre Stimme zitterte, aber sie konnte nichts dagegen tun.

Zwischen Finns Lippen zeigten sich ihre Zähne. »Ich bin ein Hochzeitsgeschenk, Mutter. Von mir.«

»Mach dich nicht lächerlich.« Ailill warf sich ein paar Haselnüsse in den Mund. »Du wirst wieder zurückgehen.«

»Warum?«, fragte Finn. »Es ist endlich an der Zeit, dass ich auch meine anderen Verwandten kennen lerne, vor allem jetzt, da mein Bruder König wird. Ich könnte mir dafür keinen besseren Zeitpunkt vorstellen.«

Maeve starrte sie fassungslos an. Wenn sie es gewagt hatte, mit ihrem Vater so zu sprechen, hatte sie sich auf der Stelle eine Ohrfeige eingefangen. Dennoch glaubte sie, trotz des herausfordernd vorgereckten Kinns und der geblähten Nasenflügel ein Zittern bei dem Mädchen zu erkennen.

Die Welt musste bleiben, wie sie war, das war alles, was Maeve wusste. »Wir werden dich auf jeden Fall zurückschicken«, haspelte sie.

»Wenn ihr das tut, werde ich den ganzen Weg bis Dun Ailinne strampeln und schreien. Die Leute werden über dich lachen, und nach allem, was ich gehört habe, würde Maeve von Cruachan das absolut nicht gefallen.« Finns Augen weiteten sich, ihr Blick war undurchdringlich.

»Bei Lughs Eiern, dann lass sie doch einfach hier.« Ailill musterte seine Schwester von oben bis unten. »Wenn sie einigermaßen sauber ist, sieht sie ganz hübsch aus. Sie könnte durchaus Teil des Spiels werden.«

*Die Königin als Mutter aller.*

Das galt jetzt. Das war alles, was sie sein konnte. Maeve griff nach dieser Hoffnung, klammerte sich an jene Gedanken, die ihr inzwischen zur Gewohnheit geworden waren. Viele Augen würden auf ihr ruhen, wenn sie nach Hause zurückkehrte. Dass sie eine Tochter verstieß, würden die Chiefs und vor allem ihre Frauen bestimmt nicht mit Wohlwollen aufnehmen.

»Ich werde hinten bei den Frauen mitreiten«, mischte sich Finn jetzt wieder ein, während sie Maeve genau beobachtete. »Ich habe mein Pferd Nél mitgebracht. Du wirst mich nicht mehr zu Gesicht bekommen.«

Die Erleichterung, die Maeve überkam, war so groß, dass sie alles andere in den Hintergrund drängte. Sie brauchte die Kälte des Waldlands, Hasen, auf die sie die Hunde hetzen konnte … irgendetwas, was sie mit ihren Händen tun konnte. Sie musste sich bewegen. Sie nickte Ailill und seiner Schwester zu und warf sich dann ihren Umhang über.

Kurz darauf war sie wieder von kläffenden Hunden umringt und hielt einen Speer aus Eberesche in ihrer schweißnassen Hand. Das Gefühl, das sie für den Rest dieses Tages empfand, war jedoch weder die befreiende Entspanntheit müder Glieder noch die Taubheit kalter Luft.

War sie auf *seinem* Körper also doch gebrochen worden? Denn es kam ihr so vor, als bestünde sie aus einzelnen Stücken, die sich einfach nicht wieder zusammenfügen lassen wollten.

Die Maeve, die sie einst gewesen war, würde es nicht mehr geben.

Maeve schickte einen Boten zu Tiernan. Er überbrachte die Nachricht, dass die Kolonne aus Pferden, Karren und Kriegern in Frieden käme und dass sie an ihrer Spitze ritt.

Mehr sagte sie nicht.

Der Regen war abgezogen. Es war ein sonniger, wenn auch sehr kalter Tag. Maeve befahl, die Planen auf den Karren zurückzurollen. Es gab Dinge, die mächtiger waren als Worte. Das schöne Wetter hatte die Menschen ins Freie gelockt. Die Ackerbauern säten Bohnen zwischen die Gerste. In den Häusern von Cruachan herrschte geschäftiges Treiben. Die Männer waren auf Leitern gestiegen und besserten die Rieddächer aus, die unter den Winterstürmen gelitten hatten. Die Frauen und Kinder bewarfen das Flechtwerk von Zäunen und Türen mit Lehm.

Sie alle hielten in ihrem Tun inne und gafften mit offenem Mund, als Maeve mit ihrem Tross in die Stadt einzog.

Die Krieger aus Laigin saßen auf ihren stolzen Pferden. Zaumzeug, Schnallen und Schwerthefte, das alles war auf Hochglanz poliert. Schilde schmückten die Karren und lenkten die Blicke auf das helle Getreide in den offenen Säcken und auf den unverkennbaren Glanz des Goldes, das dazwischen funkelte. Die bunt gekleideten Frauen, die die Krieger begleiteten, drängten sich auf den Karren. Bunte Bänder waren in ihre Haare geflochten, und ihre Gliedmaßen waren mit Bronze geschmückt.

Die finsteren Galeóin bildeten das Ende des Zuges. Perfekte Reihen, gekrönt von geschnitzten Speeren. Ihnen folgte eine Schar von Jungen aus Connacht, die ihre Waffen bewunderten.

Maeve brachte Ailill im besten Gästequartier unter. Jetzt saß sie neben dem Herd, während seine Diener geschäftig hin und her liefen, um Pelze und Servierplatten zu holen, Tische aus Zedernholz aufzustellen und Kissen an den Wänden zu stapeln.

Ailill legte, ein Trinkhorn mit Ale in der Hand, seine Füße auf eine Bank.

»Wir brauchen zehn der römischen Weinkrüge für das Fest«, wies Maeve eines der Schankmädchen an.

Auf ihrem Weg durch Connacht hatte sie Boten zu allen Adeligen geschickt, um sie einzuladen. Sie sollten bereits auf dem Weg hierher sein.

Ailill setzte sich mit finsterer Miene auf. »Dieser Wein gehört mir. Du darfst nicht einfach über ihn bestimmen.«

»Du hast mich mit ihm zusammen gekauft. Er gehört mir.«

Als er die Unterlippe vorschob, setzte Maeve sich neben ihn auf die Bank und tätschelte ihm kurz die Hand. Es fiel ihr schwer, sich auf ihn zu konzentrieren, denn ihre Gedanken schweiften immer wieder ab. »Die Adeligen müssen sehen, was sie durch eine Verbindung mit dir ... und den Handel mit Laigin gewinnen können.«

Widerwillig verschränkte er die Arme und schwang seine Füße wieder auf die Bank. »Dann wirst du mir mit deinem Vieh mehr Wein kaufen.«

»Schon bald wird mir die Herde des Königs gehören, und ich werde genug Kälber haben, um eine ganze Schiffsladung römischen Wein zu kaufen.« Ihre Worte klangen schal und leer, aber sie entlockten Ailill ein Lächeln.

An diesem Abend wartete Maeve, bis die Lords und ihre Frauen ausgiebig dem römischen Wein zugesprochen hatten. Das Schwein, das in einer Salzkruste gebacken worden war – kostbares britisches Salz aus Laigin –, war bis auf die Knochen vertilgt worden. Sie bestrichen weiches, weißes Brot aus Laigins Weizen mit frischer Butter aus Connacht und tupften dann damit die Tröpfchen griechischen Öls auf, mit dem der Lachs glasiert war, während sie alle erstaunt dessen Geschmack bewunderten.

Sie hatte Finn im Haus der Frauen untergebracht, da sie vermutete, dass es dem Mädchen höchst unangenehm gewesen wäre, vor Maeves Adeligen vorgeführt zu werden. Sie brachte es nicht über sich, das von Finn zu verlangen, auch wenn dies ein geschickter Schachzug gewesen wäre. Ailill war ihre Beute – er hatte dem zugestimmt. Es war ein Handel zum beiderseitigen Vorteil.

Das Festmahl verschwamm jedoch um Maeve herum, denn es wollte ihr einfach nicht gelingen, die Gedanken an dieses blasse Gesicht mit den funkelnden Augen aus ihrem Kopf zu verbannen. Schließlich erhob Maeve sich und wartete, bis die Lords verstummt waren. Als sie zu sprechen begann, schwankte sie vor Erschöpfung. Ihr wurde bewusst, dass ihr die Willenskraft fehlte, ihre Worte in der gebotenen Art und Weise auszuschmücken. Es war so schwierig, zu kämpfen. So schwierig, auch dann noch weiterzukämpfen, wenn ihr alles vor den Augen verschwamm und sie manchmal nicht mehr wusste, wofür sie überhaupt kämpfte …

Maeve straffte die Schultern. Macht war ein vortrefflicher Schild. Und dieser Schild schützte vor den Klingen. *Conor. Idath. Felim.* »Ich habe dem Prinzen von Laigin angeboten, seine Ehefrau zu werden.«

Sichtlich schockiert begannen die Gäste, miteinander zu tuscheln.

Maeve breitete ihre Arme aus. »Diese Männer sind keine Bedrohung, sondern ein Geschenk. Ein solches Bündnis mit Laigin wird uns fester aneinanderbinden, als jedes Königreich für sich genommen sich je an das Ulaid binden könnte.« Sie stützte sich mit ihren Handflächen auf den Tisch und sah die einflussreichen viehzüchtenden Chiefs einen nach dem anderen an. »*Und es macht uns stärker, als wir es allein je sein könnten.* Conor Mac Nessa will *ard-ri* werden, deshalb hat er Finnbennach gefordert. Wir müssen jetzt alle Kräfte vereinen, um gegen ihn zu bestehen.«

Raue, bärtige Männer nickten, andere spielten nachdenklich mit ihren Bechern herum.

Tiernan legte mit einer eleganten Bewegung eine dünne Scheibe Brot auf seinen Teller. »Du hast anscheinend nicht einmal daran gedacht, uns in dieser Angelegenheit zurate zu ziehen?«

»Ich bin eine freie Frau. Wenn ich herrschen will, Oberster Druide, dann muss ich mich auf mein eigenes Urteil verlassen können.«

Dies war jetzt ein durchaus gefährliches Terrain, denn die Chiefs wollten sich darin bestätigt sehen, dass sie alle noch immer etwas zu sagen hatten. Maeve, die dies jetzt instinktiv spürte, wandte sich wieder an alle. »Ich werde jedoch niemals die Untertanin meines Ehemanns aus Laigin sein. In allen Angelegenheiten, die Connacht betreffen, werde ich allein entscheiden.« Sie lächelte. »Und selbstverständlich werde ich dabei den Rat meiner überaus loyalen Adeligen suchen.«

Ailill funkelte sie böse an. Davon hatte sie ihm nichts gesagt.

*Vergiss nicht, was du als Gegenleistung bekommst,* antworteten ihm ihre Augen.

Wenigstens sah er eindrucksvoll aus. Seine Schultern wirkten durch die üppigen Falten seines Hermelinpelzes, der ebenso braun wie seine Haare war, noch breiter. Sein lederner Gürtel und die Stiefel waren mit komplizierten Mustern versehen. Ros Ruadh hatte tief in seine Schatztruhen gegriffen, um seinen Sohn mit emailleverzierter Bronze und gedrehten Goldringen zu schmücken.

*Gut genährt und prächtig wie ein Stier.*

»Kein Mann der Derbfine kann euch mehr bieten«, fügte Maeve hinzu, »als eine Hochzeit mit dem nächsten König von Laigin und ein Bündnis mit dem herrschenden König. Ich habe Laigins Wohlstand und Macht mit der unseren vereint. Ihr habt mit eigenen Augen die Reichtümer gesehen, die ich für uns gewonnen habe, den Weizen und das *Gold.*« Maeve genoss die gierigen Blicke der Lords und der Krieger. »Kann auch Fraech euch all das bieten? Kann er solche Bündnisse schmieden. Kann er uns vor dem Sturm aus Ulaid schützen? Nein! Seine Verwandten haben all ihr Gold ausgegeben, weil sie versuchten, sich das Wohlwollen ihrer Feinde zu erkaufen!«

Gelächter breitete sich aus. Maeve atmete tief durch und fuhr dann mit leiserer Stimme fort: »Genießt also diese großzügige Gabe und denkt daran, dass ihr mit mir als Königin noch mehr davon erwarten könnt.«

Sobald sich alle wieder zu unterhalten begonnen hatten, stahl sich Maeve durch die große Eichentür, die jemand beim Hinausgehen einen Spalt offen gelassen hatte, aus der Halle. Unter dem dunklen Vordach blieb sie dann stehen und atmete die kalte Luft in tiefen Zügen ein, um wieder einen klaren Kopf zu bekommen.

Plötzlich stand Tiernan neben ihr.

Maeve richtete sich hastig auf. »Alles ist an seinem Platz«, murmelte sie. »Über eine solche Macht kann Fraech nicht gebieten, und das weißt du auch.«

»Noch nicht alles.«

Maeve empfand wieder einen Moment völliger Klarheit: Sie spürte wieder ihre Knie auf dem feuchten Gras, als sie ihm ihr nacktes Schwert dargeboten hatte. Und dann sah sie Nebelschwaden, die sich über ihrem eigenen nassen Grab im Sumpf erhoben.

»Du kannst nicht alles beherrschen«, sagte der Druide.

»Nein.« Ihre Augen sahen jetzt nichts, ihre Finger lagen an ihrem Hals. »Wir müssen uns noch eine Zeit lang auf Treu und Glauben verlassen, Oberster Druide.«

Nach einer schlaflosen Nacht stand Maeve im Morgengrauen auf und ging zu den Ställen. Die beißend kalte Luft draußen würde die Nachwirkungen des Weins vertreiben, obwohl sie jeden Hufschlag von Meallán in ihren Schläfen spürte, als sie durch das Tor ritt.

Maeve hielt auf einen niedrigen Hügelkamm nordöstlich von Cruachan zu. Wenn sie die belebten Karrenwege zwischen den Gehöften und Feldern mied, war sie ungestört. Meallán arbeitete sich zum Kamm hinauf. Maeve wurde von der aufgehenden Sonne geblendet, sodass sie, als das Pferd plötzlich scheute, fast aus dem Sattel gefallen wäre.

Zuerst erkannte Maeve den anderen Reiter nicht, der gerade den Hang hinabritt. Als sie ihre Augen beschattete, sah sie, dass es Finnabair war, die eine Reithose und einen zotteligen Umhang aus Schaffell trug.

Warum war sie ohne Wachen hier draußen? Maeve hatte schon eine scharfe Zurechtweisung auf der Zunge, aber die Worte erstarben auf ihren Lippen, als sie Finns verzweifelten Gesichtsausdruck sah. Ihre Augen wirkten in ihrem bleichen Gesicht riesig, ihr Mund war so verkniffen, dass ihre Wangen hohl waren. Die Fingerknöchel des Mädchens waren weiß, so verkrampft hielt sie die Zügel.

»Tut mir leid, dass ich dich erschreckt habe«, war alles, was Maeve murmeln konnte, während sie Meallán auf ebenen Grund lenkte.

»Ich habe dich schon von Weitem kommen hören.« Finn verbannte alle Emotionen von ihrem Gesicht. »Dein Pferd hat einen schweren Schritt.«

Maeve streichelte ihrem Hengst über die dunkle Mähne. *Wie sollte sie mich auch sonst begrüßen?* »Er ist ein großer Kerl«, stimmte sie zu. »Und er ist sehr eigensinnig. Als junges Pferd hat er die meisten Jungen verscheucht. Deshalb wollte ich ihn auch haben.«

»Natürlich. Das habe ich irgendwann schon einmal gehört.«

Es war verwirrend, diese Worte aus einem so hübschen Mund zu hören. *Was habe ich anderes erwartet?* Maeve erwartete eigentlich gar nichts mehr, weil dieses Stück aus ihrer Welt, aus ihrem Herzen, herausgeschnitten worden war. Ohne nachzudenken, platzte es aus ihr heraus. »Mit ihm reite ich noch immer allen Kriegern davon.«

Über Pferde zu sprechen, schien Finn zu besänftigen. »Er sieht zu schwer aus, um schnell zu sein.«

»Nicht schnell? Er ist das schnellste Pferd in Cruachan.« Der Hengst spielte mit den Ohren. »Ja, *a stór*«, sagte Maeve leise und streichelte seinen Hals. »Vielleicht ist es aber auch die Liebe zu deiner Herrin, die dir Flügel verleiht.«

Finn starrte Maeves Hand mit einem seltsamen Ausdruck an. Sie wurde rot, warf ihre gedrehten kupferfarbenen Zöpfe zurück. »Nél ist es, den du schlagen musst. Vater hat ihn von einem griechischen Händler aus Massalia gekauft. Er ist so leicht und schnell, dass er jedem Pferd, das so stämmig ist wie deines, einfach davongaloppiert.«

»Ah«, erwiderte Maeve und lächelte. »Mealláns Beine sind zwar kräftig, aber sie sind auch lang. Schau, wie elegant sein Hals gebogen ist. Er stammt von einem römischen Hengst ab, dessen Vorfahren aus Parthien im Osten kamen. Deshalb hat er auch ein rotes Fell.«

Das übertrumpfte Griechenland. Finns Augen begannen zu leuchten, die Verdrießlichkeit in ihrem Gesicht wich sichtlich der Begeisterung. In diesem Moment sah sie aus wie ein kleines Mädchen. »Dann sollten wir um die Wette reiten.«

Maeve kannte diese Mischung aus Trotz und Wagemut sehr gut.

»Komm schon«, rief Finn. »Du hast doch selbst gesagt, dass er unbesiegbar ist!«

Mit dieser frechen Bemerkung wendete Finn ihr Pferd und trabte zu einer Eberesche, die sich an den vom Wind umtosten Hügel schmiegte. Maeve überlegte einen Augenblick, dann ritt sie mit Meallán zu ihr. Ein heller Pfad führte an dem smaragdgrünen Kamm entlang. »Wir können hier oben nicht um die Wette reiten«, sagte Maeve. »Das ist zu gefährlich.«

Finn hatte ihr Gesicht mit den geröteten Wangen abgewandt. Ihre Hände strichen über das getüpfelte Fell ihres Pferdes. »Du hast doch nicht etwa Angst?« Ihre Stimme wurde vom Wind fast übertönt. »Dabei erzählt man sich in ganz Laigin von deiner Kühnheit.«

Maeve seufzte und sah den Kamm entlang. »Also gut. Aber bleib in jedem Fall auf diesem Pfad. An dessen Ende, bevor der Grund zur Ebene hin abfällt, stehen zwei Ebereschen, die zusammengewachsen sind. Das ist unser Ziel.«

Maeve nahm die Zügel auf. Meallán scharrte mit einem Huf; Finns Pferd schüttelte den Kopf und tänzelte. Finn stieß plötzlich einen lauten Schrei aus und galoppierte los. Maeve gab ihrem Hengst die Zügel frei. Die beiden Pferde rasten nebeneinander her, bewegten sich auf und ab, so als würden sie über grüne Meereswellen gleiten.

Sie setzten über Bäche, wichen Bäumen aus, während ihre Reiterinnen im Sattel hin und her geworfen wurden. Maeves Herz schlug ihr bis zum Hals, obwohl sie auf dem Rücken eines Pferdes noch nie Angst empfunden hatte.

Erst als Maeve spürte, wie Meallán unaufhaltsam an Nél vorbeizog, wagte sie erneut einen Blick auf Finn. Sie war überrascht von dem grimmigen Ausdruck auf deren Gesicht. Das Mädchen hatte sich weit nach vorn gebeugt, hatte die Fäuste mit den Zügeln an ihr Kinn gedrückt, und das, was sie ihrem Hengst ins Ohr murmelte, schien ein flehentliches Bitten. Pure Verzweiflung.

Ein plötzlicher Schlag nahm Maeve die Luft. Ihre Knie wurden schlaff. Meallán wurde langsamer.

Finn entging das nicht. Wieder stieß sie einen lauten Schrei aus. »Nél! Schneller, *a chuisle*, schneller!«

In einem Schauer von Schlammklumpen erreichte Finn als Erste die Ebereschen. Sie warf jubelnd ihren Kopf zurück, während sie im Kreis ritt. Finns Hengst ging bereits im Schritt, als Maeve das Ziel erreichte. Meallán schnaubte, Schaumflocken aus seinem Maul bedeckten ihre Hände.

Sie wollte gerade etwas sagen, als Finn Nél wendete. Der Wind hatte auch ihre Haare gelöst und ließ sie jetzt wild flattern, sodass sich das Rotgold mit dem Grau der Mähne des Hengstes vermischte. Finn schüttelte sie aus ihrem Gesicht. Ihre Augen funkelten – die Maske war verschwunden.

Ihre Wangen waren hochrot, ihr Mund war verzerrt. *»Warum hast du mich damals verlassen?«*

Sprachlos schirmte Maeve ihre Brust vergeblich mit einer Hand ab.

»Du hast mich damals einfach weggeworfen, so wie du das auch heute noch mit deinen *Liebhabern* machst …« Finn fuchtelte bei jedem Wort wild mit den Armen herum, sodass Nél nervös auf der Hinterhand zu tänzeln begann und seine Mähne schüttelte. »Aye, ich weiß, was man in Mumu und im Ulaid über dich sagt – so wie es auch all die anderen gehört haben, die dann hinter meinem Rücken über mich gelacht haben. Als du gegangen bist, hast du aus Vater einen alten Narren gemacht. Ich war für dich nicht mehr als ein Hündchen, dem du einen Fußtritt gegeben hast, als es anfing, dich zu langweilen. *Meine* Verwandten haben mich sogar als das ›Gezücht von Cruachan‹ bezeichnet.« Sie machte eine so heftige Handbewegung, dass Nél stieg und sie fast abgeworfen hätte. »Du hast mich zu einer Fremden in meinem eigenen Heim gemacht!«

Maeve wollte sich in die Dunkelheit und in die Kälte zurückziehen, die in der toten Stelle ihres Herzens herrschten. Sie wollte nichts mehr spüren. Wenn sie sich jetzt *diesem Kind*, diesen Erinnerungen stellte, würde sie auch an das andere Kind, das sie verloren hatte, denken müssen.

Die Worte kamen ohne Maeves Zutun aus ihrem Mund: »Haben sie dich etwa mit jemandem verheiratet?«

Finn sah sie finster an.

»Du hast Glück, einer solchen Sklaverei entkommen zu sein. Beleidigungen sind ohne Bedeutung. Das ist das Geringste, was einer Frau widerfahren kann. Du kannst dich …«, sie schluckte heftig, »… du kannst dich glücklich schätzen.«

Finn keuchte und trieb ihren Hengst vorwärts. »Wie kannst du es wagen, zu behaupten, mein Schmerz wäre nichts, während ich Jahre darauf gewartet habe, um ihn dir vor die Füße zu werfen?« Sie drängte ihr Pferd gegen Meallán und packte Maeves Handgelenk so fest, dass sie beinahe beide das Gleichgewicht verloren. Ihr Blick war wild. »Du wirst mich weder mit Worten ablenken noch je wieder vor mir weglaufen. Sag mir, warum du mich, ohne noch einmal zurückzublicken, verlassen hast!«

Ihre Berührung war wie der Stoß eines Speers. Er durchbrach Maeves Taubheit.

Jetzt wurde auch sie wütend.

»Warum *ich* gegangen bin?« Sie stieß Finns Hand weg. »Ich war zwölf, als mich mein Vater an den deinen verkauft hat, Finn. Er hat mich gezwungen, mit einem Mann zu schlafen, der fünfmal so alt war wie ich! Als ich dich zur Welt brachte, bin ich fast gestorben. Damals war ich wesentlich jünger, als du es jetzt bist! Mein Vater hat mich aus Laigin zurückgeholt, dich aber konnte ich nicht mitnehmen. Du hast Ros Ruadh gehört, und er wollte dich nicht gehen lassen.« Sie konnte kaum mehr weitersprechen. »Du hast Laigin gehört … immer nur Laigin.«

Finn schluckte angesichts des Sturms, den sie entfesselt hatte. »Warum hast du dich deinem Vater nicht widersetzt – oder meinem? Alle sagen, dass du ohne Furcht und stark bist!«

Die Schuldgefühle trafen Maeve wie ein Faustschlag in die Magengrube. All die Kämpfe, die sie ausgefochten hatte und all die Tränen, die sie vergossen hatte, bedeuteten plötzlich nichts mehr. »Falls mich mein Vater überhaupt am Leben gelassen hätte, hätte er mich verflucht und mich als Verräterin für immer aus Erin verbannt. Würdest du dich deinem Vater widersetzen, wenn er dich zwingt, ein elendes Leben in der Fremde zu verbringen? Verlassen und allein?«

Finns Augen tränten im Wind. »Mit mir wärst du nicht allein gewesen.«

Schweigen. »Du hast kein Recht, über mich zu richten.« Maeves Stimme zitterte. »Dein Vater beschützt dich. *Er liebt dich.* Du kannst dich wirklich glücklich schätzen.«

»Glücklich?« Finn stieß ein bellendes Lachen aus, während sie sich hastig die Tränen von den Wangen wischte. »Immer waren alle mir gegenüber argwöhnisch, alle glaubten, ich würde eines Tages genauso werden wie du. Außer Vater wollte niemand jemals etwas mit mir zu tun haben. Niemand interessierte sich dafür, was ich dachte oder fühlte!«

Beide atmeten heftig. Maeve rieb sich mit den Handballen über ihr Gesicht, drückte sie dann an ihre klopfenden Schläfen. *Suche die Kälte, die Dunkelheit.* »Dann sei froh, dass du nicht irgendeinem grunzenden Mann über dich lassen musstest, bis du nicht mehr weißt, wer du bist.«

Finn keuchte wieder, riss ihren Hengst herum und gab ihm die Sporen. Sie ritt direkt in die aufgehende Sonne. Als Maeve ihren Kopf hob, war sie schon nicht mehr zu sehen.

Beim Bad am nächsten Tag versuchten die Frauen noch immer, Maeves finsteren Blicken auszuweichen. Der hölzerne Badezuber stand im hinteren Teil des Hauses der Frauen. Er ruhte auf steinernen Platten und stand direkt neben einer Feuerstelle, die die Steine erwärmte. Heute war das Badewasser mit Lavendelöl versetzt, einem von Maeves römischen Schätzen. Ein paar der Knospen schwammen um ihre Schultern herum.

Ihr Hochzeitstag. Wieder einmal.

Die Knie angezogen, atmete Maeve den heißen Dampf ein, versuchte, ihr Inneres davon erwärmen zu lassen. Die Brithen-Gesetze besagten, dass ihr niemand diese Hochzeit verwehren konnte – wenn auch noch keine Königin, so war sie doch eine freie Frau. Die Nachricht würde jedoch wie ein vergifteter Pfeil nach Norden zu Fraechs Verwandten fliegen, denn hier ging es nicht allein um eine Ehe. Und Idath und Felim würde dies sicher bewusst sein.

Nach dem Bad trockneten ihre Dienerinnen sie mit leinenen Handtüchern ab und rieben ihre Haut mit duftendem Öl ein. Eine kämmte die Knoten in ihren Haaren mit einem Kamm aus Geweihhorn aus. Maeve schloss die Augen. So herausgeputzt zu werden, war ihr durchaus vertraut … genauso wie einem alten Mann übergeben zu werden, der ihr einen Klaps auf den Hintern gab und an ihren Vater gewandt gackerte: »Ein schönes Fohlen!«

*Aber diesmal ist es anders.* Sie musste das alles einfach nur hinter sich bringen. Ihr Hals war wie ausgedörrt. Wie sollte sie nur laut genug sprechen können, sodass alle Menschen sie hören konnten? »Wein«, verlangte sie. Eine Dienerin hielt ihr einen Becher an die Lippen, und sie trank mit großen Schlucken.

Wenn die Sonne am höchsten stand, würde sie den Becher mit Met in derselben Art und Weise an Ailills Lippen halten. Sie stellte sich eine Horde von Menschen vor, die sie alle anstarrten, während sie sich von dem Ganzen innerlich immer mehr entfernte.

*Finnabair,* flüsterten ihre Gedanken. Helles Gespenst. Weißer Geist.

Unwillkürlich hatte sie das Bild vor Augen, wie Finn als einsamer Geist die Hallen von Laigin durchstreifte. Maeve schlug den Kamm weg. »Dazu ist keine Zeit mehr, Niamh, du weißt doch, wie meine Haare sind. Steck sie einfach hoch und dreh die Spitzen ein, dann wird niemand merken, dass sie so verheddert wie ein Brombeerdickicht sind.« Einige der Frauen kicherten nervös, aber keine von ihnen ließ sich von der Zuversicht in ihrer Stimme täuschen.

Dieses Mädchen auf dem Pferd, das war kein Geist, sagte Maeve sich. Finn brannte innerlich vor Zorn.

*Und ich habe diese Flamme entzündet. Ich habe sie entzündet.*

Die Hochzeit fand vor dem Tempel des Lugh statt, im Beisein der Lords und all der Bewohner Cruachans, die sich auf der Wiese unterhalb des Tempels versammelt hatten. Wie es sich zu Ehren Lughs geziemte, war bei der Zeremonie alles so ausgewählt, dass es strahlte und das Licht des Gottes einfing.

Die Menschen in ihrer einfachen Arbeitskleidung, dem abgetragenen Leder, mit ihren roten Wangen und ihren vom Wind zerzausten Haaren sahen aus wie ein schlammiger Strom. Die Hochzeitsgesellschaft hingegen strahlte und funkelte. Reichtümer glitzerten und schimmerten, ihre Pelze, ihre glänzende Kleidung aus feiner Wolle und ihr Schmuck.

Die Furcht einflößenden Galeóin bildeten auf den Stufen der Treppe eine glitzernde Laube aus Speeren. Maeve steckte von Kopf bis Fuß in unnachgiebigem Metall und steifen, mit schweren Stickereien verzierten Umhängen. Sie war eine Hülle, die sich bewegte, ständig lächelte und mit leerem Blick den heiligen Becher mit Met in den Händen hielt, während Tiernans Stimme in ihren Ohren dröhnte.

Als die Schlachthörner schmetterten und die Leute jubelten, wurde Maeve bewusst, dass diese Hochzeit auch nicht anders war als die bisherigen. Ihr Vater hatte sie in ein Gefängnis aus Pflichten und Zwängen eingesperrt … und jetzt tat sie dies aus eigenem Willen.

Ihr Herz begann zu rasen. Am liebsten wäre sie einfach davongelaufen. *Über den silbernen See hinter ihm herfliegen, zu einem fernen, schimmernden Ufer, verborgen vor der Welt …*

Maeve biss sich auf die Unterlippe und schloss halb die Augen, um Ailills affektiertes Grinsen nicht mehr sehen zu müssen. Unmittelbar nach der Zeremonie floh sie in ihr Schlafgemach, um sich umzuziehen.

Eine Dienerin nahm ihr den goldenen Kopfputz ab, und Maeve

begann, die Nadeln aus ihren Haaren zu entfernen. Es war ihr egal, dass sie beim anschließenden Festmahl wild von ihrem Kopf abstehen würden – so tat es einfach nur weh. »So ist es besser.«

Finn war den Dienerinnen ins Schlafgemach gefolgt. Maeve hatte sie seit ihrem gemeinsamen Ritt nicht mehr gesehen – tatsächlich hatte sie sich gefragt, ob sie sie überhaupt noch einmal sehen würde. Maeve war verblüfft, dass sie jetzt hier bei ihr war, nachdem sie sich gegenseitig so verletzt hatten.

Finn lehnte an dem Weidengeflecht, das vor Maeves Bett stand. Ihr kühnes Benehmen war verschwunden.

Maeve schickte die Dienerinnen hinaus. Sie warf Finn einen vorsichtigen Blick zu, während sie ihre Armreifen in eine Schale legte. »Solltest du nicht in der Halle sein und essen, tanzen und dich amüsieren?« *Wenigstens irgendjemand sollte das tun.*

Finn ging auf die Frage mit keiner Silbe ein, starrte stattdessen stirnrunzelnd den Kopfputz auf dem Bett an. »Du hast nicht ausgesehen, als hättest du Angst.«

Also war sie doch bei der Zeremonie gewesen. Maeve hielt einen Bronzespiegel hoch, um einen Ohrring abzunehmen. In der polierten Oberfläche des Spiegels beobachtete sie Finn.

»Alle sehen dich an, und du stehst einfach nur ungerührt da.« Finns Stimme klang enttäuscht. »Wie …?«

Im Schein der kleinen Lampe sah Finns bleiches Gesicht aus, als würde es inmitten der Schatten schweben. Maeve fiel zum wiederholten Male auf, wie vertraut ihr dieses Gesicht war. Die scharf geschnittenen Konturen waren zwar noch ein wenig unter pummeligen Wangen verborgen, aber in Finns Kinn und ihren schräg stehenden Augen deutete sich ihr späteres Aussehen bereits an. Genauso hatte auch sie ausgesehen … bevor sich der Schmerz in ihr Gesicht gegraben hatte. In diesem Moment hob Finn ihren Blick.

Jetzt sah sie nicht mehr jung aus.

Maeve legte den Spiegel auf die Kleidertruhe. Ihr Lächeln war angespannt. »Ich wurde erzogen, an solchen Riten teilzunehmen.« Sie nahm jetzt auch den anderen Ohrring ab. »Das alles soll dazu beitragen, dass die Menschen sich sicher fühlen. Ich war Göttin, Kriegerin, liebevolle Tochter.« Ihre Wimpern senkten sich. »Was immer gerade notwendig war.«

Finn berührte den Pelzumhang, der über dem Wandschirm hing. »Ich nehme an, dass du die heutige Zeremonie auch schon vollzogen hast – mehr als einmal.«

»Nun, da ist was dran.«

Finn drehte sich zu ihr um. »Du hattest keine Angst, aber du hast auch nicht besonders glücklich ausgesehen«, platzte es aus ihr heraus. »Du hast ständig an etwas anderes gedacht.«

Hitze stieg in Maeves Wangen. War diese untrügliche Intuition auf ihr gemeinsames Blut zurückzuführen? Sie stand auf und warf eine Schnur aus Bernsteinperlen auf das Bett. »Diesmal war es meine Wahl, also bin ich glücklich.«

»Du hattest die Wahl, und da suchst du dir ausgerechnet *Ailill* aus?«

Maeve nestelte an der Kette um ihrer Taille herum, während sie in ihrer Brust einen Schmerz spürte, den sie nicht abwehren konnte. Was war, wenn Finn von einer Mutter träumte, die sie in ihre molligen Arme nahm, ihr Leckerbissen kochte, sich um sie kümmerte, wenn sie krank war? Was war, wenn sie noch immer hoffte, dass Maeve ganz anders war, als die Menschen sagten?

*Wo ich doch in vielen Dingen noch viel schlimmer bin.*

Sie konnte das, was tief in ihr vergraben lag, nicht an die Oberfläche kommen lassen und dennoch stark genug bleiben, um das alles durchzustehen. *Dies* war die Maeve, die überlebt hatte, und dies war alles, was sie sein konnte: um ihretwillen und zum Wohle ihres Volkes.

Alles andere war unwichtig.

Maeve wusste ganz genau, wie es war, sich nach etwas zu sehnen und zu hoffen, und wie bitter es war, wenn wieder einmal ein Traum zerstört wurde. Das durfte sie Finn nicht antun. Und deshalb musste sie jetzt, da sie noch immer wehrhaft war, etwas über Maeve erfahren.

»Es kommt nicht oft vor, dass eine Schwester eine hohe Meinung von ihrem Bruder hat.« Maeve ließ die Hände sinken und drehte sich zu Finn um. »Nun, ich habe den meinen sogar getötet.«

# 13

Maeve war in der Erzählung eines Barden gefangen, war nur mehr Zuhörerin, während sich die Geschichte eines anderen Menschen um sie herum entfaltete. *Es war einmal eine Frau, die ihre Hochzeit feierte, die Braut eines reichen Prinzen von Laigin …*

In der Halle des Königs beugten sich schwatzende Gäste über die niedrigen Tische, um sich gebratenes Rindfleisch, knusprigen Schweinebraten und Honigkuchen von den Platten zu nehmen. Lautes Gelächter lag in der warmen Luft, die vom Geruch von Schweiß, Parfüm und gebratenem Fleisch geschwängert war. Eine Gruppe von Tänzerinnen wirbelte zum Klang der Trommeln vor den Flammen der Feuerstellen herum.

Als Maeve Ailill Ale nachschenkte, rutschte ihr Ärmel zurück und entblößte ihr Handgelenk. Sie starrte die Adern an und stellte überrascht fest, dass ihr Blut pulsierte.

Ailill kippte das Ale in einem Zug hinunter und sackte dann gegen ihre Schulter.

»Muss … schlafen …«, lallte er und hüllte sie dabei in Bierdunst ein. »Aber ich werde heute Nacht für dich aufwachen … heut Nacht.« Seine Pranke griff nach ihr, um ihre Brust zu begrapschen.

Maeve nahm den nächsten Krug, goss Met in seinen leeren Becher. Mit stierem Blick kippte er auch diesen hinunter. Ein Chieftain, der auf der anderen Seite saß, schrie ihm etwas ins Ohr. Ailill lehnte sich zu ihm hinüber und ließ Maeve los.

Sie sank auf die Kissen zurück und richtete ihren Blick auf eine Lampe aus Bronze, die vor ihr auf dem Tisch stand und die Form eines Bootes hatte.

Ihr Blick verschwamm. Die Flamme flackerte. Nach und nach ließ sie den Lärm und den Gestank des Festes, den Wirbel an Farben und Bewegungen immer mehr in den Hintergrund treten.

Es war vollbracht. Sie hatte es für die Kinder und die Frauen, für die Druiden und für die Krieger getan. Sie hatte jetzt einen Ehemann und ein Bündnis mit Laigin. Sie war so reich, dass sie viele Krieger an ihrem Tisch bewirten konnte. Und ein Mädchen, das sie schon lange hasste, hasste sie jetzt noch mehr. Finn musste jedoch erfahren, wer Maeve wirklich war, sonst würde sie später einen noch größeren Schmerz ertragen müssen.

*Es war vollbracht.* Bei allen Göttern, sie würde dafür sorgen, dass sie alle vor den dunklen Wolken im Norden sicher waren.

Dieser Schwur brachte ihr jedoch keine Erleichterung, nur eine Art von innerer Wundheit, die immer schwerer zu ertragen war, je länger sie still dasaß. Sie füllte Ailills Becher noch ein weiteres Mal, woraufhin er ihr einen Kuss auf die Wange drückte und dem Chieftain neben ihm auf die Schulter klopfte. Beide Männer brüllten vor Lachen.

Maeve zuckte zusammen und stellte den Krug auf den Tisch. Um ihre Bank herum drängten sich die Menschen. Ohne dass jemand es bemerkte, hob Maeve ihre Finger an ihre Lippen und ließ sie dort ruhen.

Die Erinnerung an seine Berührung war das Einzige, was an diesem Tag wirklich ihr gehörte.

Ailills Männern gelang es nicht, ihn in sein Bett zu tragen, also bat Maeve sie, ihn mit Pelzen zuzudecken und auf einer der mit Kissen gepolsterten Bänke seinen Rausch ausschlafen zu lassen. Andere Krieger rutschten einfach auf den Boden, wo sie schnarchend liegen blieben. Die Jagdhunde schnüffelten unter den Tischen herum, holten sich die Knochen, die sie fanden.

Als alles schlief, schlich Maeve sich davon.

Das Festmahl hatte kurz nach Mittag begonnen, jetzt war es schon bald Nacht, und sie war nur noch eine League vom See entfernt. Sie blieb zwischen den Bäumen stehen und wartete darauf, dass auch der letzte Schimmer der Abenddämmerung verblasste. Sie musste warten, bis das Tageslicht – und damit das wirkliche Leben – verschwunden war, bevor sie sich in den Traum hineinbewegen konnte.

Schritt für Schritt ging Maeve weiter, bis sie durch den Nebel, der aus den feuchten Tümpeln im Wald aufstieg, ein Feuer flackern sah. Sein Lagerfeuer. Sie ging zwischen den Bäumen hindurch darauf zu.

Ruán war aufgesprungen, als Maeve aus dem Wald herausgestolpert kam. Er griff jedoch nicht nach seinem Messer.

*Er kennt mich.*

All die Menschen, die sie an diesem Tag die ganze Zeit über angestarrt hatten, hatten sie nicht wirklich gesehen. Er aber erkannte sie, obwohl er blind war. Diese Tatsache zog sie über das dunkle Gras zu ihm hin.

Ruán hatte sein Nest aus Pelzen aus seinem Unterschlupf heraus ans Feuer gezerrt. Ihr Blut pulsierte heftig, ihr Herz weitete sich. Maeve sah zum Himmel hinauf, um sich zu beruhigen. Sie fragte sich, warum er unter dem Sternenzelt lag, wo er doch die Sterne gar nicht sehen konnte.

*Er spürte sie …* Hatte sie nicht schon oft beobachtet, wie er die Welt in allen Einzelheiten in sich aufnahm?

Ruán trug einen Wolfspelz, den sie ihm geschenkt hatte. Die zotteligen Falten ließen ihn massiger erscheinen, als er war, aber selbst jetzt aus der Ferne erkannte sie die edle Haltung seines Körpers. Er hatte den Kopf erhoben, die Schultern gestrafft, als er sich ihr jetzt zuwandte. Der Feuerschein ließ sein Haar kupfern schimmern. Maeve öffnete die Lippen, blies kleine Atemwölkchen in die Luft. Auch sie kannte ihn.

»Ich dachte, du würdest diesen Ort jetzt nicht mehr brauchen.« Angesichts der Gewalt, mit der sie ihm beim letzten Mal begegnet war, klang seine Stimme erstaunlich sanft.

Maeve blieb neben dem Feuer stehen »Das dachte ich auch, aber …« Sie zögerte. *Aber als ich dort saß, bekam ich einfach keine Luft mehr, und jetzt da* Finn *hier ist, kann ich weder denken noch fühlen … und da ist Ailill … und Fraechs Verwandte … inzwischen haben sie es bestimmt erfahren, sie werden kommen …*

*Und auch Conor wird kommen, um mich zu holen.*

All das sprudelte aus Maeves Mund hervor, während sie ins Feuer starrte. »Und ihn werde ich *niemals* vergessen. Niemals! Aber sie sind alle um mich. Beobachten mich voller Gier. Wie soll ich wissen, was Conor als Nächstes tun wird? Aber er wird bestimmt kommen, um mich zu holen …«

»Maeve.« Ruán hielt sie an den Oberarmen fest.

Die Hitze aus seinen Fingern besänftigte den Sturm. Er *stützte* sie. Sie konnte sich nicht erinnern, wann sie das letzte Mal jemand angefasst hatte, ohne dabei grob zu werden. Maeve vergrub ihre Hände im Pelz an Ruáns Taille.

Seine Muskeln spannten sich an, aber er senkte die Stimme, als wolle er ein Pferd besänftigen. »Conor Mac Nessa ist ein König. Er denkt nur an Ländereien, an Krieger, an das Volk …«

»Ich bin mein Volk.« Ihre Augen wurden glasig, dann senkte Maeve den Kopf und legte ihn auf seinen Unterarm. Dort verharrte sie.

Sie wusste nicht, welche Bewegung er dann machte, oder wie es kam, dass ihr Kopf an seiner Schulter ruhte … oder warum seine Hand auf ihrem Hinterkopf lag.

Erst dann wurde ihr bewusst, dass sie trotz allem nicht zusammengebrochen war. Ihre Körper berührten sich an Schenkeln, Bauch und Brust. Ihre Schläfe lag an seinem Unterkiefer. Sie stützten sich gegenseitig.

»Ich habe heute den Prinzen von Laigin geheiratet«, murmelte sie leise in den Wolfspelz hinein.

Er zögerte. »Du hast interessante Geheimnisse.«

»Allein hatte ich nicht genügend Macht. Es gibt Lords, die alles tun werden, damit ich nicht Königin werde. Und Conor von den Ulaid. Er wird ganz bestimmt versuchen, mich zu töten, uns alle zu töten.«

»Beruhige dich.«

Sie konnte nicht glauben, dass seine Finger noch immer an ihrem Nacken lagen. Sie hob den Kopf. Unterhalb der Augenbinde mit ihren Geheimnissen wirkte sein Lächeln seltsam sanft, als würde er etwas in ihr sehen, von dem sie selbst nicht wusste, dass es existierte.

»Es tut mir leid, was ich dir angetan habe.«

Er schnaubte gequält. »Nun, man kann nicht sagen, dass ich mich dagegen gewehrt hätte.«

»Ich war wütend. Aber nicht auf dich. Bei allen Göttern ...« Maeves Lachen klang nervös und angespannt. »Es kommt selten genug vor, dass ich mich entschuldige. An deiner Stelle würde ich das ausnützen.«

Keiner von beiden schien sich vom anderen lösen zu wollen. Schließlich drückte sich Maeve noch enger an ihn, gestattete sich, die Wärme und die Form seines Körpers in sich aufzunehmen. Ihre Stirn an seiner Brust, hielt sie den Atem an und ließ ihre Hände seine Taille hinabgleiten. Sie strich über seine festen Pobacken und zog ihn instinktiv an sich, ohne darüber nachzudenken, was sie da tat.

Sein Atem entwich in einem langen Seufzer, fing sich in ihren Haaren.

Sie schauderte.

»Komm, wärme dich erst einmal«, sagte er mit heiserer Stimme. Er schob sie zum Feuer. Maeve kroch in die Hirschfelle, während Ruán sich neben sie setzte und eines der Felle um ihre Schultern legte.

Sein Arm verharrte unsicher in der Luft. Als sie die Hitze spürte, die seine Haut ausstrahlte, stellten sich die Haare in ihrem Nacken auf. Maeve schluckte. Der nagende Schmerz, die innere Unruhe – das war doch nicht etwa … Verlangen gewesen?

*Die Sehnsucht nach ihm, und nur nach ihm.*

Bei allem, was sie an diesem Tag getan hatte, um die Sicherheit ihres Volkes zu gewährleisten, hatte sie ein einziges Geheimnis für sich behalten, und das war die Erinnerung an seine Berührung gewesen. Jetzt aber brauchte sie mehr als nur eine Erinnerung.

Ruán ließ den Arm sinken, Maeve aber hielt ihn fest. Sie legte ihre Finger um seinen Unterkiefer und zog ihn an sich. Dann küsste sie ihn.

Diesmal schloss sie ihre Augen nicht. Sie genoss den Anblick seiner Gestalt vor dem Hintergrund des Sternenhimmels, während der Schein des Feuers auf seinen Wangenknochen lag. Sie versank in dem Kuss, der anfangs noch sanft und vorsichtig war.

Schon bald jedoch wurde er intensiver. Maeves Verlangen war geweckt.

Es waren viel zu viele einsame Nächte vergangen, in denen sie stillgehalten, ihre Augen geschlossen und ihre Gedanken verborgen hatte. Was sie jetzt brauchte, war … *Hingabe.*

Maeve richtete sich auf die Knie auf, hielt Ruáns Wangen, um seinen Mund auf den ihren zu drücken, dann zog sie ihm seinen Kittel über den Kopf und begann, seine Hose aufzuschnüren.

Zunächst hatte er es genauso eilig wie sie. Er küsste ihre Halsbeuge, während sie ihre Kleider abstreifte und sie einfach auf den Boden warf. Maeve war daran gewöhnt, mit den Männern auch im Bett zu kämpfen, und so versuchte sie ihn jetzt auf sich zu ziehen. Voller verzweifeltem Verlangen …

»Nein.« Ruán hielt inne. Der Schein des Feuers ließ seine Haare leuchten.

Maeve keuchte, versuchte, etwas in seinem Gesicht unterhalb der Augenbinde zu erkennen. Erst in diesem Augenblick sah sie, wie traurig sein Lächeln war. Verwirrt bog sie ihm wieder ihren Körper entgegen.

Ruán packte ihre Handgelenke. »Du musst mich auf meine Weise sehen lassen.« Die Kraft in seiner Stimme ließ Maeve verstummen, während er sie noch immer mit einem Arm festhielt.

Ihr Instinkt sagte ihr, sich unter ihm zu bewegen, den Kampf einfach zu genießen. Stattdessen aber nahm Ruán seine andere Hand und strich ihr damit so zärtlich über den Oberkörper, dass Maeve sich vor Erstaunen nicht mehr bewegen konnte.

Ruáns Hand glitt von ihren Schultern hinab zu ihrem Bauch, dann zu ihren Hüften und wieder hinauf bis zu ihrem Schlüsselbein. Immer wieder überflutete die kribbelnde Wärme seiner Fingerkuppen die Einbuchtung ihrer Taille, ihre Achselhöhlen, jede ihrer Brüste.

Maeve legte den Kopf in den Nacken und kapitulierte mit einem tiefen Seufzer.

Ruán umfing ihre Oberschenkel und Waden, ihre Arme und Hände, so als versuche er, sie mit seinen Handflächen zu modellieren. Sie lag einfach nur still, genoss die Wärme seiner Hand, die über ihrer Haut schwebte, konzentrierte sich auf seinen Atem, der ihre Lippen, ihren Bauch berührte.

Da war nur Atem, der sie streichelte.

Mit einer fließenden Bewegung drehte Ruán sie in seinen Armen herum, bis sie bäuchlings auf dem Pelz lag. Dann spürte sie seine Lippen auf ihrem Nacken. Ihre Körper passten perfekt ineinander, jede Kurve schmiegte sich genau in eine Einbuchtung. Einen Herzschlag lang glaubte sie, er würde sie gleich in den Nacken beißen, so wie es auch ein Fuchs bei der Paarung tat. Aber Ruáns Mund wanderte stattdessen zwischen ihren Schulterblättern hinunter, dort hielt er inne und hauchte seinen warmen Atem auf ihren Rücken, sodass sich die Wärme bis in ihr Herz ausbreitete.

Betrunken von seinen Berührungen entspannte Maeve sich, bis sie jedes Gefühl für ihren Körper verlor. Erst dann legte sich Ruán neben sie und nahm ihr Kinn in die Hand, um sie zu küssen. »*Jetzt* darfst du dich bewegen.«

»Dann muss ich also erst um deine Erlaubnis bitten?«, murmelte Maeve noch völlig gebannt.

Er lächelte. Sie richtete ihren Blick auf seine sinnlichen Hände, während sie ihre Pobacken liebkosten … diese Hände, die sie schon seit Wochen beobachtete.

»Das ist das prickelnde Gefühl des Neuen«, sagte er.

Sie antwortete ihm nicht mit Worten. Zitternd drehte sie sich zu ihm um und schlang die Arme um ihn. Erst jetzt berührte er mit seinem Mund eine ihrer Brüste. Maeve drückte ihn an sich, ihr Bewusstsein kreiste um dieses eine Gefühl, das ihre Nervenbahnen entlangschoss.

Ruán zog sie mit sich, und sie richteten sich, die Glieder noch immer ineinander verschlungen, mit einer einzigen fließenden Bewegung auf. Er murmelte etwas in einer Sprache, die sie nicht kannte, aber sie verstand ihren Namen. *Maeve … Maeve …* Sie wiegten sich, er tief in ihr verwurzelt. Maeve konnte sich nicht daran erinnern, wie sie sich miteinander vereinigt hatten.

Maeve konnte sich jetzt nicht mehr kontrollieren. Jeder Atemzug brachte ein stärkeres Pochen zwischen ihren Beinen mit sich, und Ruán feuerte dies Pochen noch weiter an, indem er sie mit seinen Fingern erregte.

Sie hatte bisher nur eine einzige Art gekannt, mit einem Mann zu schlafen – in wilder Raserei und mit geschlossenen Augen –, also versuchte ihr Körper ständig, in dieses bekannte Muster zu verfallen.

Ruán hatte jedoch noch eine letzte Überraschung für sie.

Gerade als der Schrei sich in ihrer Kehle sammelte, bettete er ihr Kinn in seine Hand. Es war, als blicke er direkt in sie hinein. »Atme langsam«, flüsterte er. »Hole jeden Atemzug von ganz unten herauf und öffne dich.«

Maeve hatte sich noch nie so durchschaut gefühlt. Die Augenbinde hatte keine Bedeutung. Sein unsichtbarer Blick vermochte sie noch immer zu sehen, verband sie beide miteinander.

Sie begannen wieder, sich fließend zu bewegen. Jeder Atemzug toste in ihnen nach oben wie ein Feuer, das durch einen Kamin gesogen wird. Die Flamme formte mit ihren Körpern eine Spirale, ihr

Vergnügen steigerte sich, bis Maeves Scheitel schließlich in hellen Flammen aufzugehen schien.

Ihr Schrei kam ganz tief aus ihrem Inneren, und Ruáns Schrei mischte sich mit dem ihren. Sie schleuderten diesen lauten Schrei in die Wildnis hinaus, riefen nach etwas, das jenseits davon lag.

Nach dem Leben.

Benommen wartete Maeve auf den Sturz in die Befreiung. Sie kam jedoch nicht zu sich.

Ihr Bewusstsein schoss weiter hinaus, bis es um sie herum Sterne regnete. Dann wurde der Nachthimmel zu den Stromschnellen eines dunklen Flusses, der Maeve mit sich riss und in einen Strudel der Verwirrung hineinsog.

Ruán starrte Maeve an. Sein Puls hämmerte. Diesmal hatte er sich seinen Gefühlen ergeben, wie die Sídhe es von ihm verlangt hatten. Sein Körper brannte. Das Feuer der Lust umgab ihn noch immer.

Maeves lustvolle Wellen hatten sich in ein Zittern verwandelt.

Ruán bettete sie auf den Pelz, tastete an ihren Gliedmaßen entlang. Sie brannte. Feuchtigkeit bedeckte ihren Körper, während sie stöhnend ihren Kopf hin und her warf. Ruán kannte diesen Schweiß, kannte dieses Zittern. War es möglich, dass es jetzt auch mit ihr geschah?

Sein Instinkt sagte ihm, dass er ihren Schmerz lindern musste. Ohne nachzudenken, beugte er sich über sie. Seine Handfläche, die auf ihrer Haut lag, prickelte. Maeves Anam war jetzt kein Licht, sondern ein dunkler Fluss, der durch ihren Körper strömte, als würde sie versuchen, etwas aus ihr herauszuschwemmen.

In diesem Moment bog Maeve ihren Rücken durch, und noch bevor Ruán zurückweichen konnte, stieß sie unter seinen Lippen einen lauten Schrei aus. Ihr Atem fuhr in ihn hinein und riss den Funken seines Bewusstseins mit sich. Zusammen fielen sie nun durch einen Tunnel aus Licht und Farbe.

In ihre Erinnerung hinein.

Die Dunkelheit um Ruán herum wich dem grauen Licht eines

kalten Tages. Er sah jetzt mit Maeves Augen. Der Funken seines Ichs hatte sich in einem Winkel ihres Körpers zurückgezogen … Er wusste, dass diese Erinnerung – dieser eine Augenblick – noch irgendwo als einer der unzähligen Fäden, die sich durch die Zeit wanden, lebendig war.

Auf dem grünen Gras um sie herum erhoben sich steinerne Hügelgräber mit gähnenden Eingängen. Es waren die Gräber der Ahnen. Hinter ihnen ragte ein mächtiger Hügel auf, der zum Meer wies. Der Hügel des Königs.

Der Wind peitschte Maeve die roten Haare ins Gesicht. Sie stolperte, begann zu weinen. »Kommt, kommt zu mir.« Sie stieß mit dem Fuß an einen Stein und fiel auf die Knie. »Rettet mich! Ich flehe euch an!«

*Sie meinte die Strahlenden.*

Ruán vernahm diesen Schrei tief in ihrem Herzen. Diese steinernen Hügel waren jedoch von Menschenhand errichtet worden. Er wusste inzwischen, dass diese Hügel keine Wohnstätten der Sídhe waren, denn sie waren nicht aus lebendigem Holz, waren keine Erde, die von Wasser und Wind geformt worden war. Die Sídhe waren nicht hier … aber das wusste Maeve nicht.

Die Maeve der Vergangenheit wiegte sich auf ihren Knien, während in ihrem Inneren ein wildes Durcheinander von Bildern tobte. Ruán sah einen Säugling, der ihr aus den Armen gerissen wurde, dieses Bild war tief in ihrem Herzen eingebrannt. War das ihr Baby …? Er spürte ihre Panik, als Maeve den Kopf hob. *»Gebt sie mir wieder!«*

Es war der Schrei eines verlorenen Kindes. Ihre Arme waren weich und glatt wie die nackten Schenkel unter ihrem zerknitterten Kleid. Sie war damals selbst fast noch ein Kind gewesen.

Maeve schlang die Arme um ihre Taille und beugte sich vor. Ihre Qual traf Ruán. »Gebt sie mir wieder oder lasst mich bleiben … Sprecht zu mir, damit ich weiß, dass ihr mir helfen werdet. Ich werde euch dafür geben, was immer ihr verlangt …« Sie schluchzte. *»Haltet nur meinen Vater zurück.«*

Die einzige Antwort, die sie erhielt, war das klagende Heulen des Windes zwischen den Gräbern. Aus den regenschwangeren Wolken prasselten Tropfen auf sie herab. Maeve richtete sich langsam wieder auf.

Ruán war sich der beiden Zeitstränge bewusst. Während er an seiner Feuerstelle saß und Maeve in den Armen hielt, spürte er den Schmerz des jungen Mädchens der Vergangenheit. Er wusste, dass diese Wunde wieder zu bluten begonnen hatte.

Jetzt war da wieder die junge Maeve. Sie griff nach einem Stein, der auf dem Boden lag, und begann damit, ihre Arme zu bearbeiten, bis das Blut zwischen ihren Fingern hervorrann. Schließlich strich sie ihr Blut wie eine Kriegsbemalung auf ihre Wangen und schrie den schweigenden Sídhe entgegen: »Dann werde ich niemals euer sein … und es soll für immer Hass zwischen uns herrschen!«

Die Gewalt ihres Hasses schleuderte Ruán aus diesem Ort und dieser Zeit heraus.

Jetzt saß er wieder nur als er selbst neben dem Feuer. Die erwachsene Maeve lag schwer in seinen Armen.

Ihr Rücken war durchgebogen. Ihre Fersen gruben sich in die Pelze. Der Schrei, den sie den Sídhe entgegengeschleudert hatte, hallte noch immer zwischen den Bäumen wider. Während er langsam verklang, krümmte sie sich zusammen und brach in ein heftiges Schluchzen aus.

Ruán berührte ihr Gesicht und stellte fest, dass ihre Augenlider flatterten. Sie war nicht bei Bewusstsein; wäre sie das gewesen, würde sie nicht so heftig weinen. Sie schrie wie ein Tier.

Wie betäubt drückte Ruán ihr Gesicht an seine Schulter. Ihre Qual war eine Wunde in der Quelle allen Seins, von der sie umgeben waren. Er konnte nichts anderes für sie tun, als das alles mit ihr zu durchleben. Noch immer hallte ihr Schrei in ihm.

Seine Liebe war ihr Hass.

Maeve hörte auf zu zittern. Dann ging ein Ruck durch sie hindurch, als wäre sie gerade erwacht. Ruán bettete sie wieder auf die Pelze, ließ seine Hand dabei aber über ihrem Herzen liegen.

»W… was …«

Er schluckte, um sich zu beruhigen. »Du bist in Sicherheit, Maeve. Hier an diesem Ort werden Erinnerungen lebendig. Das ist alles. Sie werden lebendig, um weggebrannt zu werden.«

Ihre Schultern bebten noch immer. Ihre Zähne schlugen aufeinander. Nur langsam wurde ihr Atem ruhiger, entspannte sich ihr Körper unter seiner Hand. Er spürte, wie sie sich über ihr Gesicht wischte.

»Nicht alles kann weggebrannt werden.« Ihre Stimme klang erstickt. »Manche Gebete werden nicht erhört.«

Der Kampf, den Ruán mit sich selbst austrug, lähmte seine Zunge. Sie wollte um jeden Preis Königin werden, das war ihm bewusst. Jetzt war jene lodernde Flamme, die ihn so anzog, gleichzeitig auch die größte Bedrohung für ihn. Wenn Maeve die Sídhe so sehr hasste, würde sie alles versuchen, um sie dazu zu zwingen, ihr zu helfen. Auf diese Weise würde sie sie jedoch nur vertreiben und ihm damit die einzige Möglichkeit nehmen, wirklich zu sehen.

Maeve setzte sich auf und drehte sich zu ihm um. »An diesem Ort ist Magie – druidische Magie. Du wärst sonst nicht in der Lage, ohne dein Augenlicht hier allein zu leben. Ich habe sie in deinen Händen gespürt. Ich habe auch schon gesehen, dass Priester in eine fiebrige Trance, wie ich sie eben erlebt habe, gefallen sind.« Sie packte sein Handgelenk. »Das ist es, nicht wahr? *Du hast das bewirkt.*«

»Nein.« Er entzog ihr seine Hände und legte sie auf den Boden, damit sie nicht sah, wie sehr sie zitterten. »Es kommt aus dir selbst, Maeve. Du musst nur den Mut aufbringen, dich dem zu stellen, was einmal war.«

Er spürte, wie sie sich versteifte.

»Das habe ich schon einmal getan«, sagte er jetzt mit sanfterer Stimme, »damals als ich an meiner Verzweiflung zerbrach.« Das war die Wahrheit.

Sie wischte sich wieder übers Gesicht. »Ich brach zusammen. Aber ich habe dadurch nicht das Geringste gewonnen. Ich werde es also nicht noch einmal tun.«

Maeve erhob sich zitternd in eine kauernde Position. Ruán spürte, wie sie dort balancierte, als kämpfe sie mit dem Verlangen, einfach davonzulaufen.

»Ich verstehe, dass ihr Druiden eure Geheimnisse habt«, sagte sie, »und … dass unsere Körper manchmal einfach ihre Bedürfnisse haben.«

Ruán atmete aus. *Ja, mehr konnte das nicht gewesen sein.*

»Aber ich möchte trotzdem wissen, Ruán vom Sumpf, welche Erinnerungen bei dir weggebrannt wurden.«

Jetzt klang ihre Stimme wie die eines Kindes, das Angst davor hatte, dass der Schmerz, den es fühlt, es für immer von allen anderen unterscheiden könnte. Ruán hatte ganz genauso empfunden. Mitleid regte sich in ihm. *Verdammt.*

Er sprang auf, legte sich ein Hirschfell um die nackten Schultern, während er ein paar Äste ins Feuer warf. Schließlich drehte er sich um. Auch er verspürte das Bedürfnis, sich zu befreien. »Ich habe dem Herrn der Steinernen Inseln gedient, und ich habe geglaubt, alles zu wissen. Der älteste Sohn des Chiefs wurde krank, und ich habe verlangt, dass ihn niemand außer mir anrührte. Ich ließ ihn fasten, ließ ihn schwitzen, schlug die Trommel, sodass er keine Ruhe mehr fand. Ich verbrachte Nacht um Nacht in den Gräbern, in dem Glauben, dass ich, wenn ich meinen Geist zwingen könnte, meinen Körper zu verlassen, in den Sternen lesen könnte, wie der Sohn des Chiefs gerettet werden konnte. Wenn ich dem Ruf des Fleisches widerstehen könnte, würde mein Geist frei sein, um den seinen zu finden und ihn zurückzuholen.« Ruán senkte die Schultern, räusperte sich. Er spürte, dass Maeves Blick auf ihm lag. Er wandte sein Gesicht ab. »Als wir beide, der Junge und ich, immer schwächer wurden, bat mich der Chief, die weisen Frauen mit ihren Kräutern um Hilfe zu bitten, damit sie zu der Großen Mutter beten und sich mit der Göttin verbinden, im Wasser, in der Erde. Im Leben.«

*Um den Körper zu ehren und dadurch den Körper zu heilen.*

Schweiß prickelte jetzt auf Ruáns Oberlippe. »Ich aber glaubte, es besser zu wissen. Der Junge starb, und der Chief nahm mir mein Augenlicht. Seine Männer brachten mich an die Küste, wo sie mich ans Ufer warfen. Ich stolperte durch Connacht, bis ich schließlich hierherkam.«

In der Stille, die folgte, war nur Maeves Atem zu hören. »Und … hast du dir vergeben? Und was, wenn nicht?«

Ihre Frage überraschte ihn. »Ich weiß es nicht.« Er hatte geantwortet, ohne nachzudenken. »Vielleicht, indem ich meine Fehler wiedergutmache.«

Das Feuer zischte in der Stille. Der Saft ließ das Holz platzen.

Als Ruán in der Nacht erwachte, hatten er und Maeve sich, in den Pelzen vergraben, voneinander entfernt. Die Wärme ihres Körpers zeigte ihm ihren Umriss. Er empfand diese Hitze fast wie eine Berührung auf seiner Haut … bis ein Windstoß, kalt und scharf wie ein Messer, dazwischenfuhr und die Wärme mitnahm.

Ruán wickelte das Hirschfell fester um sich und legte sich auf den Rücken, eine Hand schob er unter seinen Kopf.

Er war wieder allein. Allein unter dem dunklen Himmel.

## 14

Maeve ritt bis zum Gästehaus, wo sie hoffte, von den Frauen aus Laigin etwas über Finn in Erfahrung bringen zu können. Doch dann wendete sie ihr Pferd. Es gab nur einen Ort, an dem ihre Tochter sein konnte. Nach dieser Nacht mit Ruán war die Anziehungskraft des Hügels noch größer als Maeves Angst.

Ein Gefühl in ihrer Brust trieb sie voran. Seit sie sich Ruán hingegeben hatte, war irgendetwas mit ihr geschehen. Diese völlige

Selbstaufgabe, die sie noch nie zuvor erlebt hatte … diese Hingabe hatte etwas von ihr in ihn übergehen lassen. Sie spürte das instinktiv. Nur auf diese Weise konnte die Alchemie funktionieren. Aber der Albtraum, der danach gekommen war, war noch immer lebendig in ihr und versetzte ihr mit jedem ihrer Atemzüge einen Stich. Ihr Herz hämmerte wie wild. Hatte sein Zauber wirklich ihren Willen gebrochen, ihre Selbstbeherrschung zunichtegemacht?

Die stärkste ihrer Waffen.

Maeve fuhr sich mit der Hand über ihre Augen. Während sie den Hügel hinaufritt, schob sie alle Gedanken an Ruán beiseite und bewies sich damit, dass ihr Wille nicht gebrochen war. *Wiedergutmachung.*

Der Wind oben auf den Kamm reinigte jeden.

Maeve sah Finn unter den beiden Ebereschen. Sie saß auf Nél und starrte in die Sonne, die sich langsam dem Horizont näherte. Anscheinend hörte sie Maeve erst kommen, als Meallán wieherte und Nél ihm schnaubend antwortete.

Finn sah sie nicht einmal an, als sie ihr Pferd wendete, um am Kamm entlangzureiten. Maeve folgte ihr. Sie versuchte jedoch nicht, Finn einzuholen, sondern ritt ihr im stets gleichen Abstand hinterher. Das Einzige, was die Stille störte, war das Trommeln der Hufe. Irgendwann bemerkte Maeve, wie die Anspannung allmählich von Finn abfiel, bis sie weniger verkrampft im Sattel saß.

Schließlich nahm Finn einen Pfad den Kamm hinunter zu einem Fluss, der zwischen Erlen und Haselnusssträuchern versteckt dahinplätscherte. Maeve teilte die kahlen Äste mit der Hand und gab die Zügel frei, dann saß sie ab, damit Meallán ein Stück in den Fluss gehen und trinken konnte. Finn stand mit verschränkten Armen am Ufer und starrte das sprudelnde Wasser an.

Maeve ging in die Hocke, zerriss ein paar Farnwedel und warf sie in den Fluss. Manchmal war es besser, zu reden als zu schweigen. »Als du drei Jahre alt warst, beschloss mein Vater, dass ein Bündnis mit Mumu nützlicher sei als eines mit Laigin. Er brach mein Ehegelöbnis mit Ros Ruadh und zwang mich, ihn zu verlassen, um mich mit Diarmait, dem Prinzen von Mumu und Bruder von Niall, zu verheiraten, der jetzt König von Mumu ist. Dein Vater gestattete mir nicht, dich mitzunehmen.« Sie senkte den Kopf und schloss die Augen. »Ich habe mich mit aller Macht dagegen gewehrt.« Sie hatte schon oft gesehen, wie Miu kratzte und fauchte, wenn man sie in die Enge trieb – Maeve hatte genauso gekämpft. Ihr Vater hatte sie deshalb so heftig verprügelt, dass sich ihr Körper noch immer an seine Schläge erinnerte.

Finn rührte sich nicht.

*Erkenne, dass ich anders bin,* flehte Maeve im Stillen. Wenigstens wusste sie jetzt, dass auch Ruán nicht makellos und rein war. Aber obwohl er andere Menschen verletzt hatte, strömte noch immer Magie aus seinen Händen. Er war noch immer gesegnet. *War das auch für sie möglich?*

Maeve holte tief Luft. »Dein Vater war so wütend, dass er mich nicht einmal nach Laigin zurückkehren ließ, um dich zu sehen. Und dann berichtete man mir, dass man dich in ein anderes Land geschickt und dich dessen König versprochen hätte.«

»Was?«

»Es hieß, man hätte dich schon als Kind nach Alba gebracht. Deshalb bin ich nie zurückgekommen. Ich weiß jetzt, dass das eine Lüge war, um mich von dir fernzuhalten. Aber ich habe sie geglaubt. Ich habe nie mehr etwas von dir gehört. Es war, als wärst du …« Sie brachte es einfach nicht über sich, diesen Satz zu beenden. Der leere Ort in ihrem Innern pochte.

Maeve sah zu, wie der letzte Farnwedel von der Strömung davongetragen wurde.

Zu ihrer Überraschung stieß Finn jetzt ein leises Schnauben aus und nahm die Zügel ihres Hengstes auf. Sie rieb ihr Kinn an seinem Fell. Ihr Gesicht hatte jetzt denselben blassen Farbton. »Nun, da hast du etwas Falsches gehört. Es stimmt. Ich war bereits ein paar Mal fast verlobt, aber … die Männer haben es sich immer anders überlegt, als sie hörten, wer meine Mutter ist.«

Maeve starrte sie an. »Du bist von königlichem Geblüt.«

Finn zwirbelte die langen Haare von Néls cremefarbener Mähne um ihren Finger. »Sie haben wohl alle befürchtet, ich sei nicht zu bändigen und würde nur Unfrieden unter ihren Männern stiften … ich weiß nicht.«

Maeve erhob sich. Sie fühlte sich ein wenig benommen. »Willst du damit sagen, dass ich dich davor gerettet habe, verheiratet zu werden?«

»Wenn du es so ausdrücken willst.«

Maeves Mundwinkel zuckte. Sie hielt sich die Hand vor den Mund. Sie hatte Finn also jene Freiheit erkämpft, nach der sie sich selbst ihr ganzes Leben lang so gesehnt hatte.

Finn ballte die Hände zu Fäusten und reckte das Kinn. »Machst du dich über mich lustig?«

Maeve senkte den Kopf. »Nein, Tochter. Nicht über dich, nur über mich selbst.« *Die Götter machen mich zu einer Närrin!* Da hatte sie nun so viele Pläne geschmiedet, aber die Götter hatten ganz andere Interessen. »Ich verrate dir jetzt ein Geheimnis: Ich mache mich oft über mich selbst lustig, dies aber nur still und heimlich. Tust du es nämlich kund, gibst du den Menschen Macht über dich.«

Finn blinzelte und wurde rot. »Du hast mir gerade dieses Geheimnis verraten.«

»Das habe ich.« Maeve versuchte, Meallán aus dem Fluss zu ziehen. Er nahm den Kopf hoch und stampfte mit den Hufen, bespritzte Maeve mit eiskaltem Wasser. Maeve fluchte.

Finn unterdrückte ein Lächeln. »Er ist nicht nur zu schwer, er hat auch schlechte Manieren.«

»Manchmal.« Maeve wischte sich ihr nasses Gesicht ab. »Aber ich habe nie versucht, seinen Willen zu brechen.« Sie klopfte ihrem Hengst beruhigend auf die Schulter.

Ein angespanntes Schweigen breitete sich aus. Finn drehte sich um, suchte etwas in ihrer Satteltasche. Schließlich zog sie eine Handvoll Gerstenmehlkuchen heraus. Dann richtete sie sich wieder auf und sah zum Wald hinüber, als suche sie dort nach etwas, was sie sagen könnte. »Buschwindröschen … jetzt schon?« Unter einer Esche sprenkelten weiße Blüten den dunklen Lehmboden. »Sie blühen dieses Jahr ziemlich früh.« Ohne Maeve anzusehen, bot Finn ihr einen Gerstenmehlkuchen an. Ihre Hand zitterte dabei.

Maeve nahm das Backwerk und betrachtete die Blumen, während sie es in der Mitte auseinanderbrach. Ein Strahl Sonnenlicht ließ ein Stück weiter im Wald noch mehr Buschwindröschen und Schlüsselblumen aufleuchten.

Maeves Puls setzte einen Schlag aus.

An den vergangenen Tagen war es für diese Jahreszeit ungewöhnlich warm gewesen. Die Kätzchen der Haselnusssträucher waren bereits schwer von Pollen. Es war ein milder Winter gewesen – mild und kurz.

»Schon bald werden auch die Glockenblumen herauskommen.« Finn zeigte die instinktive Begeisterung, die alle Menschen beim ersten Anzeichen des Frühlings ergriff. »Als Kind habe ich immer so getan, als würde ich durch sie hindurchschwimmen, damit meine Augen noch blauer werden.« Sobald sie damit herausgeplatzt war, hielt sie inne und vergrub ihr Kinn an ihrer Schulter.

Maeve starrte Finns bebenden Unterkiefer an, die kupferfarbenen Haarsträhnen auf ihrer Stirn, deren Haut noch immer so glatt wie die eines Babys war. Sie musste heftig schlucken, als sie neben einem Schmetterling, der in der Sonne seine Flügel ausbreitete, in die Hocke ging. »Ich war es, die dir gesagt hat, dass deine Augen von den Blüten blau werden würden.«

Finn hörte auf zu kauen.

»Du warst so klein, erst drei oder so …« Maeve stützte ihr Kinn in die Hand. »Das war eine meiner Geschichten.«

»Du hast mir Geschichten erzählt?«

»Ja. Und sie alle waren …«, Maeve schüttelte den Kopf und lächelte, »… ziemlich albern.« Sie lockte den Schmetterling vorsichtig auf einen Zweig. »Ich wusste nicht, ob du dich daran erinnern würdest. Es war kurz bevor ich dich verlassen musste, und ich habe gehofft … du würdest es tun.« Sie hob den Zweig hoch.

Beide betrachteten das Insekt, das seine Flügel auf und zu klappte.

Finn zeigte jetzt auf Meallán. »Dann erzähl mir mehr von ihm – und wie du all die Jungen ausgestochen hast, um die Erste zu sein, die ihn reitet. Wie du ihn gezähmt hast.«

Maeve legte den Zweig mit dem Schmetterling auf den Boden. »Das erzähle ich dir, während wir zurückreiten.«

Sie hatten gerade die dicht gedrängten Häuser der Handwerker in der Nähe des Hügels der Krieger erreicht, als Garvan durch das Tor stürzte, um sie abzufangen. »Ich habe schon überall nach dir gesucht«, keuchte er.

»So außer Atem?«, neckte Maeve ihn. »Du solltest dich mehr im Kampf üben und weniger hinter mir herlaufen. Siehst du? Finn und mir ist absolut nichts passiert.«

Garvan sah zu ihr auf und hielt ihren Blick fest. In seinen Augen lag keine Spur von Belustigung.

Maeves Lächeln erstarb. »Du kannst vor Finn sprechen.«

Garvan packte Meallán am Zügel und hielt ihn fest. »Idath und Felim stellen eine Truppe auf. Sie haben unten im Süden Männer zusammengerufen, Maeve. Um dich anzugreifen.«

»Aber … der heilige Friede …«

»Sie haben den Frieden gebrochen! Ardal hat sich Felim und Idath angeschlossen. Wir haben das von einigen von Ardals Kriegern erfahren, die es bedauern, dass ihr Herr sich so entschieden hat. Die Truppe hat nur darauf gewartet, dass sich das Wetter bessert. Und genau das hat es jetzt verdammt noch mal getan. Wir hätten mehr Zeit gehabt, wenn Schnee und Eis sie auf ihren Burgen festgehalten hätten.«

Gerade noch hatte Maeve sich gefreut, dass der Winter so früh zu Ende gegangen war. Sie rieb sich mit dem Handrücken über die Lippen, damit sie wieder durchblutet wurden. Trotz all der hehren Worte über Verrat, die sie zu Fraech gesagt hatte … *und jetzt wagten es seine Verwandten tatsächlich …*

Maeve schwang ein Bein über Mealláns Hals und glitt zu

Boden. Ihre Beine knickten ein und sie hielt sich an seiner Flanke fest.

»Das war Laigin, Maeve.« Garvan warf einen kurzen Blick auf Finn. »Als du für Connacht einen König und Krieger aus Laigin gekauft hast, begannen Felim und Idath davon zu sprechen, dass du Connacht verraten hättest – sie behaupten, dass du es bist, die den Frieden gebrochen hat. Sie werfen dir Verrat vor.«

Dieses Wort löste Maeves Schock. Ihr Zorn ließ ihren Verstand wieder klar werden. »Wer weiß sonst noch davon?«

»In Cruachan niemand außer mir und Ardals Mann.«

»Dann komm.« Maeve sah ihre Tochter an. Die Sonne, die Finns Haare wie einen Kranz aus Strahlen aufleuchten ließ, war so hell, dass die Angst in dem entsetzten Gesicht des Mädchens kaum noch zu erkennen war. »Finn, bring Meallán für mich in den Stall.«

Finn nickte, forschte dabei im Gesicht ihrer Mutter.

Maeve hatte das Gefühl, ihr noch ein anderes Geschenk machen zu müssen, so unbedeutend es auch sein mochte. »Du sollst die Einzige sein, die sich von jetzt an um ihn kümmert – du bist sogar erfahren genug, um die Betreuung aller königlichen Pferde zu übernehmen.« Sie bemühte sich zu lächeln. »Das ist eine ganz besondere Aufgabe!«

Finn lächelte matt. »Dann wirst du mich also doch nicht dazu verdammen, am Feuer zu sitzen und zu nähen und zu spinnen?«

Maeve stieß einen tiefen Seufzer aus. »Ich glaube nicht, dass es in der nächsten Zeit viel Gelegenheit zum Spinnen geben wird.«

Conor von den Ulaid rief eine Gruppe junger Krieger zu sich, die die Ländereien seiner Mutter im Norden bewachten. Sie waren erpicht darauf, seine Gunst zu gewinnen, waren blutdürstig und schnelle Reiter.

Und vor allem gehörten sie nicht dem Roten Zweig an.

Er verließ Emain Macha mit seinem Streitwagen, den er selbst lenkte, und zwei Leibwächtern zu Pferd, um sich mit den jungen Kriegern auf einer Lichtung zu treffen, die von totem Laub und von mit Raureif überzogenen Ästen bedeckt war. Hinter den bewaldeten Hängen erstreckte sich der große See des Ulaid bis zum Horizont. Auf seinem grauen Wasser tanzten weiße Schaumkronen.

Conor betrachtete die jungen Männer mit ihren wilden Haaren und funkelnden Augen. Sie hatten die schwierigen Kampfprüfungen, die den Zugang zum Roten Zweig ermöglichten, nie abgelegt und waren deshalb auch nicht in die Reihen der hochverehrten Kämpfer aufgestiegen.

Er lächelte.

Nein, sie gehörten nicht zum Roten Zweig … was wiederum bedeutete, dass ihre Loyalität allein ihm galt. Verräter wie Naisi und seine Brüder waren ihnen egal. Die Machenschaften des verschlagenen Fergus und seiner Brut kümmerten sie nicht. Im Augenblick nämlich vertraute Conor nicht unbedingt darauf, dass der Rote Zweig das tun würde, was er ihm befahl.

Der eisige Wind blies seine Halskrause aus Fuchsschwänzen über sein Kinn und ließ seine Nase laufen. »Ich werde euch Schwerter, die scharf wie Wolfszähne sind, und auch die schnellsten Pferde geben. Dann werdet ihr die Grenze nach Connacht überqueren.«

Die Augen der Männer funkelten im matten Licht des Tages. Ihre Zähne blitzten, als sie voller Vorfreude grinsten.

Der König ging vor ihnen auf und ab. In seinem Kopf begann es zu hämmern. »Ihr werdet Finnbennach suchen, den großen weißen Stier, dessen Hufe und Ohren rot bemalt sind. Und wenn ihr ihn gefunden habt, werdet ihr ihn und seine Herde zu mir bringen.«

Das würde seine Lords davon überzeugen, dass nichts und niemand sich ihm widersetzen durfte, am allerwenigsten diese verräterische Hure aus Connacht. Sie hatte ihn zum letzten Mal lächerlich gemacht.

Connacht hatte keinen Herrscher, und dieser Stier verkörperte die Stärke und das Wesen von Connachts Königtum. Er war ein Zeichen für den Segen der Götter. Wenn er dieses Tier seinen Männern präsentierte, bewies das, dass er selbst noch immer über seine volle Kraft verfügte und dass Connacht wankte.

Dann würden sich auch der Rote Zweig und seine Lords wieder bedingungslos hinter ihn stellen. Dann würden sie nicht nur Cruachan erobern, sondern ganz Connacht.

Ganz Erin.

Maeve ging mit unruhigen Schritten immer wieder um die Feuerstelle in Ailills Gästehaus.

Sie übernachtete hier nur, wenn es sich nicht vermeiden ließ, auch wenn sie inzwischen festgestellt hatte, dass Ailill lieber dem Ale zusprach, als mit ihr zu schlafen. Während der seltenen Nächte, in denen er nüchtern war, ertrug sie ihre Pflichten als Ehefrau, indem sie sich einfach in ihre Gedanken zurückzog.

Angesichts der beunruhigenden Neuigkeiten über Idath und Felim hatte sie jetzt alle außer ihrem Ehemann und Garvan hinausgeschickt.

»Wir haben mehr Männer als Idath.« Garvan ballte eine Hand zur Faust, als hielte sie bereits sein Schwert. »Bei allen Göttern, Maeve, warum lässt du mich nicht den Befehl geben, sie zusammenzurufen?«

Maeve umklammerte den Becher, betrachtete das Bild ihres Auges, das im Met zu sehen war. Es war beinahe vollständig schwarz. Die Pupille blickte starr.

Sie hatte das Gefühl, endlos zu fallen, als gebe es überhaupt keinen festen Boden mehr.

Erinnerungen an Ruán schossen ihr immer wieder durch den Kopf: an seine Hand auf ihrer Brust, seine Lippen auf ihrem Hals, als sie ihren Kopf zurückgeworfen hatte. Vor allem an seine Hitze, als er sie, in die Pelze gebettet, in den Armen hielt. Wenn sie doch bei ihm hätte bleiben können … niemals diesen Verrat hätte erleben müssen … *Ich bin hier. Ich muss hier sein.* »Ich muss erst noch einmal in Ruhe nachdenken.«

»Es ist keine Zeit zum Nachdenken!«

»Pass auf, was du sagst, Mac Aed.« Ailill lümmelte in einem Sessel, den er aus Laigin mitgebracht hatte. Seine Augen waren nach einer langen, durchzechten Nacht von roten Äderchen durchzogen, und sein brauner Schopf war ungekämmt.

»Bei allem Respekt, Mylord«, Garvan würgte die Worte voller Abscheu hervor, »du könntest wenigstens deine eigenen Männer auf den Kampf vorbereiten. Die Galeóin könnten die andern trainieren …«

»Nein.« Maeve stellte den Becher auf eine Kleidertruhe, während sie ihre Füße anstarrte. Sie schätzte die Beengtheit der ledernen Brustplatte. Der Panzer erinnerte sie stets daran, dass es in ihrer Brust keinen Platz für irgendetwas anderes gab. Weder für Erinnerungen. Noch für ihn. »Idaths Aufstand muss ohne einen einzigen Krieger aus Laigin niedergeschlagen werden.«

Garvan, der nervös auf und ab gegangen war, blieb stehen. Ailills Hand mit dem Alekrug verharrte in der Luft.

»Ich darf dem Vorwurf von Fraechs Verwandten keinen Vorschub leisten.« Maeve schüttelte entschieden den Kopf. »Ich kann die Krieger aus Laigin nicht Männer aus Connacht töten lassen. Das Volk wird sich dann gegen mich wenden. Es wird mich als Tyrannin sehen, die ihrem Machtstreben ihre eigenen Leute opfert. Oder, was noch schlimmer wäre, sie würden mich als schwache Herrscherin ansehen, die zulässt, dass Laigin jetzt in Connacht das Sagen hat.«

»Das ist doch Wahnsinn!« Garvan fuhr sich mit der Hand durch seine dunklen Haare. »Viele Lords unterstützen deine Sache. Sie sind ausgesprochen wütend darüber, dass Idath den heiligen Frieden gebrochen hat. Es wird jedoch einige Zeit dauern, bis sie mit ihren Männern hier sein können. Wenn wir also hier warten …«

»Wir werden nicht hier warten«, sagte Maeve.

»Aber wenn wir uns Idath entgegenstellen …«

»Nein, dafür haben wir nicht genügend Männer.« Maeves Stimme klang so eisig, wie sich das Blut in ihren Adern anfühlte. Sie kamen, um sie zu töten. Hier saß sie in der Falle, so wie sie das schon ihr ganzes Leben getan hatte.

Sie kämpfte mit der Panik eines Menschen, der noch nie hatte frei entscheiden können.

Maeve hob den Kopf und sah sie jetzt beide an. »Trotzdem muss ich das hier jetzt tun. Wir werden sie mit unseren Kriegern sofort angreifen. Vielleicht können wir Idaths Streitkräfte überraschen. Sie wissen noch nicht, dass wir ihren Plan kennen. Wir sollten versuchen, sie oben in den Bergen zu stellen. Dort können wir dann warten, bis die anderen Lords weitere Männer schicken.«

Garvan vergaß sich und zeigte mit dem Finger auf Ailill. »Warum sagst du nichts? Du hast Hunderte von Kriegern mitgebracht!«

Ailill trank mit trübem Blick wieder einen Schluck Ale. »Meine Männer sind nicht gekommen, um durch Connachts Schwerter zu fallen.« Er wischte sich den Bart ab. »Wenn Maeve nicht zur Königin gewählt wird, kehre ich mit meinem Brautpreis und meinen Männern nach Laigin zurück. Und das weiß sie auch.«

Garvan sah sie beide mit bösem Blick an. Ihm selbst fehlte offensichtlich das Geschick des Prinzen, der in erster Linie an seine eigenen Bedürfnisse dachte.

Maeve drehte sich so, dass nur Garvan ihr Gesicht sehen konnte. Ihr Blick wurde weicher. »Ich habe dieses Bündnis mit Laigin geschlossen, um uns vor den Ulaid zu schützen. Ich werde nicht gesegnet sein, wenn ich es dazu benutze, mein eigenes Volk zu unterwerfen.«

»Gesegnet?« Garvans wütender Gesichtsausdruck schwand. Er senkte die Stimme. »Du sprichst doch nicht etwa von diesem Traum von den Sídhe? Maeve, du kannst dir ihre Gunst nicht erkaufen. Außerdem ist das die Sache der Druiden. Du aber bist eine Kriegerin.«

»Ich muss mehr als das sein; ich muss eine Königin sein.« Sie zog eine Augenbraue hoch. »Um zu denken wie ein Krieger habe ich ja dich.«

»Um mich zu ignorieren, meinst du!«

In diesen Moment kam Maeve der Gedanke, dass dieses brennende Bedürfnis auf dem Hügel, das sie dazu gebracht hatte, das Schwert an sich zu nehmen – nur rasendes Blut, überhaupt kein Nachdenken – etwas in Bewegung gesetzt hatte, über das sie jetzt keine Kontrolle mehr hatte.

Sie berührte die Klinge, die auf der Truhe lag. Der Hirsch auf dem Heft machte sich zum Sprung über Bäche und Hügel bereit. Auf diese Weise war er den Jägern stets ein Stück voraus, auf diese Weise brachte er seine Herde in Sicherheit. »Einige Dinge sind trotzdem ganz einfach. Die Götter belohnen Tapferkeit und Stärke. Das ist alles, was ich ihnen jetzt geben kann.«

»Du … du meinst, bevor du stirbst?«, erwiderte Garvan.

Ailill verschluckte sich an seinem Ale. »Das reicht! Du vergisst dich.«

Garvan biss sich auf die Unterlippe, seine Nasenflügel blähten sich.

Maeve ging auf ihn zu und klopfte ihm freundschaftlich auf die Schulter. »Schick Boten aus, um die Krieger zusammenzurufen. In zwei Tagen, in der Morgendämmerung, werden wir aufbrechen. Sorge dafür, dass jeder Mann beritten ist.«

Garvan nickte ergeben.

»Schick auch einen Mann zu Lord Donagh.«

Garvan stutzte und sah sie an. »Donagh hat viele Krieger …«

»Und er hat auf viele Lords großen Einfluss. Er hält schon seit langer Zeit Männer für mich bereit.«

Garvan zog in widerwilligem Respekt die Augenbrauen hoch. »Ich bin froh, dass du doch nicht ganz den Verstand verloren hast, Hitzkopf.« Er rannte die Treppe hinunter.

»Du solltest dafür sorgen, dass er nicht ständig so großspurig daherredet«, brummte Ailill.

Maeve hatte weiche Knie. Sie ließ sich in den Sessel vor dem Feuer fallen. Miu kam unter einem der Betten in der Nähe hervor und strich ihr um die Beine. Maeve legte ihre Hand auf den weichen Rücken der Katze. »Ich mag es, wenn man offen und ehrlich mit mir spricht.«

»Dennoch hast du mir da eine Geschichte erzählt, die nicht ganz der Wahrheit entsprochen hat, Feuerkopf – und zwar, was deinen Einfluss auf dein Volk angeht.« Ailill drückte seinen Becher an seine rote Backe. Sein Blick war hart. »Vielleicht hätte ich ja noch warten sollen, bevor ich meine Karren ablade, hm?«

Maeve legte ihre Hände auf ihre Knie, straffte ihren Rücken. »Nein«, sagte sie. »Dein Einsatz ist noch nicht verloren.«

Noch bevor dieser Tag endete, ging Maeve auf dunklen Pfaden zu der kleinen Gruppe von Hütten neben dem Fluss, dorthin, wo die Eisen- und Bronzeschmiede lebten. In der dunklen Schmiede nahm sie ihren neuen Kriegshelm in die Hand, drehte ihn im matten Schein der Glut hin und her.

Der kuppelförmige Helm aus Eisen wurde von einem bronzenen Raben mit ausgebreiteten Schwingen gekrönt, dem Zeichen der dreifachen Kriegsgöttinnen Morrígan, Nemain … und Macha. Nachdem Idath und Felim sie im Tempel verhöhnt hatten, hatte Maeve Eithnes Mann gebeten, diesen Helm für sie anzufertigen. Jetzt würde sie ihn vor ihnen tragen.

Er lag schwer in ihren Händen.

Diesmal kam Maeve völlig unerwartet für Ruán. Er hatte das Strahlen ihres Geistes nicht wahrgenommen, als sie sich ihm über den Sumpf näherte.

Seit ihrer Vereinigung und dem darauffolgenden Schock fiel es ihm schwer, sich zu konzentrieren. Heute versuchte er, in einem der Kanäle Fische in seinem Netz zu fangen, da es ihm irgendwie nicht gelingen wollte, sie in seine Hände zu rufen.

»Ich bin gekommen, um mich von dir zu verabschieden«, sagte sie.

Ruán zog das leere Netz aus dem Wasser und sprang über den Kanal auf festen Boden. Sie stand im Schutz eines Dickichts aus Weißdorn und Erlen. Das Gewirr von Ästen schirmte den kalten Wind ab. Dort, wo es windstill war, nahm er den schwachen Duft der Weißdornblüten wahr.

Erst jetzt wurde ihm bewusst, dass Maeves Licht heute nicht mehr als ein mattes Schimmern war.

»Ich nehme an, dass du noch viele Lords für deine Sache gewinnen musst.« Als er da vor ihr stand und das Wasser von seiner nassen Hose auf seine Füße tropfte, fragte er sich zum ersten Mal, wie es ihr gelungen war, den Prinzen Ailill für sich zu gewinnen. Das Gefühl, das ihn überkam, überraschte ihn genauso wie seine plötzlich hohle Stimme. Aber es fiel ihm schwer, in seiner Verwirrung sein Selbst deutlich zu spüren.

War sie gekommen, um wieder von ihm zu verlangen, dass er ihr seine Geheimnisse offenbarte? Oder war sie die Maeve, die ihn in ihr Feuer einhüllte und dann in seinen Armen weinte?

»Es gibt ... da ein Problem. Etwas, dem ich nicht aus dem Weg gehen kann. Ich werde wahrscheinlich ... eine Weile fort sein.«

Ruán stand reglos da. Statt eines Strahlens war da nur noch eine kleine zuckende Flamme. Das Zittern in ihrer Stimme ließ ihr Bild in seinem Geiste lebendig werden: die Schultern eingezogen, eine Hand hielt ihr gesenktes Kinn. *Sah er sie?*

Ruán spürte noch immer ihre weiche Haut unter seinen Fingern. Seine Hand bewegte sich auf sie zu, dann hielt er jedoch inne. Mit ihrem Schwert, mit blutigen Zweikämpfen und mit ihren grimmigen Worten über Conor von den Ulaid beschwor sie eine Welt herauf, die er sich nicht einmal mehr vorstellen wollte.

Es war die Welt der Krieger, der Lords, die ihm sein Augenlicht genommen hatte.

Er wischte sich seine nasse Hand an seiner Hose ab und sagte leise: »Du musst nicht kämpfen, Maeve. Du könntest dich auch dagegen entscheiden.« Er dachte an das, was die Sídhe ihm gezeigt hatten, Maeves schnell schlagendes Herz hinter einer Reihe von Schilden. Und an das, was er in ihrem Gesicht gesehen hatte, als sie in die Ferne geblickt hatte. An die Tiefe in ihren Augen, die ihn jetzt dazu veranlasste, zu sagen: »Es gibt so viel mehr ...«

»Es gibt aber auch *weniger*«, antwortete sie ihm barsch. »Zum Beispiel, von den kriegerischen Fürsten regiert zu werden. *Ich werde alles tun, um das zu verhindern.*«

Ruán spürte ihre wütende Entschlossenheit wie einen Schlag auf seine Brust. Sie ließ ihn verstummen.

Maeve atmete heftig aus, machte einen zögernden Schritt auf ihn zu. »Das alles hat aber nichts mit dir zu tun. Ich bin gekommen, um dir zu danken. Ich … ich musste einfach hierherkommen. Zu dir.«

Ihr Licht flackerte. Sie fürchtete also seine Berührung, weil sie vielleicht noch mehr Erinnerungen in ihr wachrufen würde. Dennoch kam sie näher. Zumindest war sie mutig. Er jedenfalls würde seinen Schmerz nicht noch einmal vor ihr enthüllen. »Wofür willst du mir danken?«

Er spürte, dass sie ihn forschend ansah. »Für das Vergnügen, das wir beide miteinander geteilt haben.« Ihr Lachen klang angespannt. »Es scheint, als hätten wir tatsächlich eine Vereinbarung, Druide.«

Es war dieses Zögern in ihrer Stimme – die Risse in der stolzen Fassade – was ihm nahe ging. Er kannte diese Risse jetzt, denn er hatte ihr Echo in seinem eigenen Körper gespürt.

Ihre Hände legten sich nun auf seine Taille. Ein Ruck ging durch seinen Körper. Maeve presste sich an ihn. Schließlich wurde er von ihrer Hitze eingehüllt. Sie floss um ihn herum, und er spürte nichts anderes mehr. Die Worte klangen bei ihnen stets geschraubt. Seltsamerweise berührte er ausgerechnet dann, wenn sie sich vereinigten, den Kern von ihr, der größer als ihr Körper oder ihr Geist war.

Ruán legte seine Hand auf Maeves Wange, zog dabei die Stirn kraus, während er mit dem Daumen über ihre Mundwinkel fuhr. Ihre Lippen öffneten sich. Ruán war hin und her gerissen. Sollte er sich auf sie zubewegen oder sollte er sich von ihr entfernen?

*Zwischen uns soll für immer Hass liegen.* Seine Liebe war ihr Hass.

Maeve holte ihn aus seinen Gedanken. Sie küsste seinen Hals, wanderte mit den Lippen dann zu seiner Kehle. Ruáns Schultern senkten sich, er seufzte kaum hörbar. Vielleicht sollte er sie nur als Leib sehen. Immerhin war das auch das, was sie in ihm sah.

Diesmal strebte Maeves Körper dem von Ruán zu, und diesmal fiel sie auch nicht in die Dunkelheit hinein. Mit ihr vereinigt, wurde Ruán vom Duft des Grases eingehüllt, auf dem sie im Windschatten des Weißdorngebüschs lagen. Winzige Blüten hatten sich in ihren Haaren verfangen; er stellte sich vor, dass sie ihre roten Flechten wie Sterne bedeckten.

Die noch matten Strahlen der Sonne auf seinem Rücken, ließ Ruán sich in diese Üppigkeit hineinsinken. Der Frühling kündigte sich an, und jetzt spürte er zum ersten Mal, wie sich das Leben um ihn herum langsam zu regen begann.

Als Maeve keuchend ihren Kopf zurückbog und er das Salz auf ihrer Haut schmeckte … wurde Ruáns Blick von einem Licht überflutet, das er noch nie zuvor gesehen hatte. Eine leuchtende Welle ging von ihrer beider Körper aus, als würde sie von ihren Schreien getragen.

Maeve lag da und rang nach Luft, eine Hand lag auf ihren Augen.

Verblüfft stützte Ruán sich auf seine Hände. Dieses Licht … ein intensives Silber … ging weiterhin von ihnen aus, leckte wie helles, klares Wasser an den Bäumen und den Bodenerhebungen. Schließlich verschwand es, versiegte in dem Becken, aus dem es gekommen war.

Benommen blickte Ruán den schimmernden Glanz an, der auf Zweigen und Blättern zurückgeblieben war.

»Leb wohl«, flüsterte Maeve.

# 15

## *Frühling*

Vier Nächte später hatte Maeve die Anführer der Männer, die man ihr geschickt hatte, in den südlichen Hügeln von Connacht zu sich gebeten. Ihr standen dreihundert Mann zur Verfügung. Idath und Felim aber hatten, wie sie wusste, mindestens doppelt so viele Krieger.

Maeve hatte verboten, Feuer zu machen, und so aßen sie auf einer feuchten Lichtung kurz vor Einbruch der Dunkelheit Brot und kaltes Hammelfleisch. Die anderen Krieger waren nicht zu sehen. Sie hatten sich in den schlammigen Wäldern verteilt, wo sie nach einem Tag zu Pferde unter behelfsmäßigen Zelten aus Eibenästen oder Lederdecken schliefen.

Garvan hatte in den Boden zu seinen Füßen einen Wirrwarr aus Linien geritzt, die das Land von Idath und Felim an der Grenze zu Mumu mit allen seinen Flüssen und Hügeln darstellten.

Maeve stand in der Nähe. Sie starrte in die Ferne, während purpurne Schatten von den rot gefärbten Hügeln herunterflossen und die Bäume überfluteten. Hinter ihr wurde heftig debattiert.

»Sie werden erfahren, dass wir hier sind«, brummte einer der Heerführer. »Wir können eine so große Zahl von Männern nicht verstecken.«

»Wir können uns im Schutze der Bäume an diesem Fluss entlangbewegen«, entgegnete Garvan und deutete auf die in den Boden geritzte Karte.

»Das kostet uns viel zu viel Zeit!«

»Was spielt das schon für eine Rolle?«, warf jemand anderes ein. »Wenn wir uns ihnen nähern und uns dann wieder zurückziehen, werden wir sie herauslocken. Solange wir hier sind, binden wir ihre Kräfte. Sie werden uns nicht den Rücken zukehren.«

»Idaths und Felims Sippe hat oben auf den ersten Hügeln einige Gehöfte; sie werden uns also schon von Weitem kommen sehen. Wir wissen ohnehin noch nicht, wo sie sich versammelt haben.«

Maeve stand da und hatte ihre Hand auf den Stamm einer Birke gelegt, hoffte, im Knarren der Äste des Baums eine Antwort zu erhalten. Sie konnte sich nicht umdrehen, ihre Füße schienen im Lehm festzustecken, als sehne sich ihr Körper danach, sich einfach in der Erde aufzulösen.

Sie hätte Ruán sagen sollen, wohin sie ging, hätte ihn bitten sollen, sie mit der Anam des Otters zu erfüllen – oder mit irgendeiner anderen Art von Kraft.

Hier und jetzt, in der hereinbrechenden Dunkelheit, verspürte sie den Drang, ihm zu sagen, was sie sonst niemandem sagen konnte. Das, was ungesagt blieb, wog einfach zu schwer für sie. *Ich habe Angst.* Ihr Körper reagierte mit einem Bauchkrampf auf ihre Gefühle. *Verdammt,* sagte sie sich. *Willst du lieber sterben?*

Der pure Eigensinn war alles, was ihr geblieben war.

Maeve ging zu den Kriegern zurück und nahm Garvan den Stock aus der Hand. Als sie auf die Karte sah, lösten sich die Linien in ein bedeutungsloses Chaos auf. Sie räusperte sich. »Wir wissen, was sie vorhaben. Das ist unser Vorteil. Außerdem werden sie irgendwann ihre Deckung verlassen müssen. Ganz egal, wo sie sich versammelt haben, sie können sich Cruachan nur durch eines dieser drei Täler nähern … hier, hier oder hier.«

»Wir müssen uns also entscheiden«, brummte einer der Männer und sah sich die Karte an.

Maeve stützte sich mit beiden Händen auf den Stock. Die Augen der Krieger sahen im Zwielicht so hart und unnachgiebig aus wie nasse Steine. »Wenn unsere Kundschafter zurückkommen, wissen wir mehr.«

Die Zweifel der Krieger waren nicht zu übersehen. Maeve wandte sich ab und bemühte sich, ihren rasenden Puls zu beruhigen. Sie war eine Frau, was bedeutete, dass sie stets an zwei Fronten kämpfen musste – gegen den Feind und gegen ihre eigenen Männer.

Die Quelle allen Seins, die durch die Bäume strömte, war anders als im See. Die Eichen waren schwerfällig, ganz anders als der quecksilbrige Tanz des Wassers. Ihre Wurzeln breiteten sich nur langsam im Erdreich aus. Ihre knorrigen Äste reckten sich der Sonne und dem Mond entgegen und wurden Zeuge, wie das Rad der Zeit sich drehte.

Ruán legte seine Arme um einen dicken Stamm, presste seine Wange an die Rinde. In dem Baum pulsierte die Lebenskraft, ein Puls, den er zwar nicht hören, aber spüren konnte. Das Schimmern hinter seinen Augen wurde lebhafter und begann allmählich,

Formen anzudeuten, so wie er sie bereits im Tanz der Sídhe gesehen hatte.

Er musste diese Fähigkeit jetzt verbessern.

Er atmete tief aus. Wenn es ihm gelang, seinen Herzschlag so zu verlangsamen, bis er im selben Rhythmus wie der des Baums schlug, dann würde vielleicht etwas von sich – von den kleinen Funken, aus denen er gemacht war – in den Baum übergehen. Und wenn sie sich für einen Herzschlag lang vereinten und der Baum sich ihm öffnete … vielleicht konnte dann er, Ruán, ein klein wenig von der Quelle allen Seins durch die Schleier herbeirufen? Konnte er vielleicht sogar die Funken in der Eiche bewegen und sie dazu bringen, alle in demselben Ton zu schwingen, sodass der Baum nicht nur Wasser, sondern auch das Licht der Anderswelt in sich aufnahm?

Ruáns Brust bewegte sich kaum noch. Er musste seinen rasch dahinjagenden Geist zügeln, ihn in einen trägen Strom verwandeln …

Ein Ast knackte plötzlich laut. Ruán ließ den Baum los. Aus Angst vor den Sídhe mieden Menschen diesen Ort – mit einer Ausnahme. Ruán drehte sich um, spürte, wie das Blut durch seinen Körper schoss. Er erstarrte. Das war nicht sie.

Die Flamme vor ihm war strahlend weiß, wohingegen die von Maeve stets feurig rot gewesen war. Ruán presste seinen Rücken an die Eiche. Er war in Hirschleder gekleidet, und die Haselnusssträucher öffneten bereits ihre Knospen. Sicher war er kaum zu entdecken.

Der Eindringling fiel auf die Knie.

»Herr des Waldes. Ich sehe dein leuchtendes Licht … *endlich* …« In der brüchigen Stimme des Mannes lag großes Staunen. »Ich habe Opfergaben gebracht und bitte dich, dass du meine Kühnheit, dich aufzusuchen, nicht bestrafst. Es ist allein der verzweifelte Wunsch, mein Volk zu beschützen, der mich zu dir führt.«

Ruán bemühte sich, die Worte des Mannes zu begreifen. Er war nach der kurzen Verbindung zur Quelle allen Seins noch nicht ganz in seinen Körper zurückgekehrt.

»Ich weiß, dass Eochaids Tochter deinen Rat sucht und dass du ihr nichts zuleide tust. Jetzt bin ich gekommen. Ich habe mit meinem inneren Auge einen Geist wie den deinen gesucht, ein Strahlen wie dieses, das ich jetzt vor mir sehe. Verzeih mir, dass ich es gewagt habe, den heiligen Boden zu betreten, den du für dich beanspruchst. Heil dir, König der Bäume, Herr über diesen bescheidenen Schössling der Großen Eiche!«

Ein Druide. Ruán erkannte erst jetzt die Art des Sprechens, denn er hatte, seit er selbst den Eichenstab getragen hatte, ein ganz anderes Leben geführt. Auch dieser Mann hielt ihn also für einen Sídhe. Ganz egal, wie sehr sich ein Druide auch bemühte, es geschah nur sehr selten, dass er die Strahlenden zu Gesicht bekam, geschweige denn, dass er mit ihnen sprechen konnte.

Er wollte dem Druiden schon sagen, dass er kein Sídhe war, als der alte Mann plötzlich eine heftige Bewegung machte und sein Umhang flatterte. »Ich würde deinen Frieden nicht stören, aber ich selbst finde keinen mehr. Ob sie Königin werden soll, das kann ich einfach nicht allein entscheiden!«

Ruán schloss seinen Mund wieder.

»Hilf mir bitte. Meine Visionen werden immer stärker, aber auch immer rätselhafter. Und jetzt … jetzt werden sie aufeinander losgehen und Blut vergießen. Aber wessen Blut ist das? Fraech wäre ein guter König, aber es sind immer wieder Träume von *ihr*, die auf mich einstürzen. Ich verstehe ihre Botschaft einfach nicht. Wenn sie stirbt, habe ich uns dann verraten? Ist sie Tyrannin oder Göttin? Sag es mir, damit ich meinem Volk ein wahrer Seher sein kann!«

*Ich bin gekommen, um mich zu verabschieden.*

Sie hatte ihm etwas zu sagen versucht, aber Ruán hatte ihr nicht zugehört.

*Es wird Blut vergossen werden.*

Ruán stützte seine Hand an den Stamm der Eiche, zwang seine Worte zu fließen, so, wie er es einst geübt hatte. Dieser Druide war von den Göttern gesegnet. Er wusste mehr über Maeve, als Ruán es sich überhaupt vorstellen konnte. »Was hast du von ihr geträumt?«

»Ach … so vieles.« Der Druide schilderte ihm seine Visionen, angefangen von verwirrenden, flüchtigen Eindrücken bis hin zu klaren Bildern. »Aber es war der Traum, den ich letzte Nacht hatte … *dieser eine Traum* …«

Es sprudelte regelrecht aus dem alten Mann heraus.

Der Druide hatte Erin von oben gesehen, als wäre er ein Adler, der hoch am Himmel flog. Unter ihm hatte sich das, was zuerst als grüne Insel erschienen war, zunächst in einen großen Erdhügel, der von einem Wall aus Stangen umgeben war, verwandelt. Vier riesige Speere, mächtig wie Eichen, waren an seinem Rand aufgestellt gewesen. Ein jeder von ihnen hatte einen riesigen, bunt bemalten Schild mit flatterndem Banner getragen. Auf diesen Schilden waren die Symbole eines der vier Königreiche zu sehen gewesen: Mumu, Connacht, das Ulaid und Laigin.

»Und dann sah ich sie … Maeve … wie sie auf einem Rappen um den Schutzwall herumgaloppierte. Ihr rotes Haar flatterte unter einem Helm mit üppiger Helmzier hervor. Vier Mal ritt sie um den Hügel, und jedes Mal schlug sie, einen Kriegsschrei ausstoßend, dabei mit ihrem Schwert auf die Schilde, die laut klirrten.«

Ruán lauschte so gebannt, dass ihm gar nicht bewusst wurde, dass er Schritt für Schritt auf die Stelle zuging, an der der Druide kniete.

Innerhalb des Walls, erzählte der Druide, hätte er Menschen gesehen. Zuerst hatte er geglaubt, es seien nur ein paar Hunderte, als er jedoch genauer hinsah, waren es Tausende, unzählige Menschen, die sich im Nebel verloren. Sie alle waren innerhalb des Walls eingeschlossen, während Maeve weiter ihre wilden Kriegsschreie ausstieß und auf die Schilde einschlug.

»Sind die Menschen ihre Gefangenen?«, wollte der alte Druide wissen. »Oder sind es ihre Opfer? Ich sehe sie alle in schimmerndem Weiß, so wie mir die Geister der Ermordeten in meinen Visionen erscheinen!«

Die unüberhörbare Panik in der Stimme des alten Mannes weckte Ruáns Mitleid. Er wusste, was es hieß, eine solche Verantwortung zu tragen. Ohne sich dessen bewusst zu sein, legte er dem Druiden die Hand auf die Schulter.

Ruáns Geist war noch immer nicht in seinen Körper zurückgekehrt – die Stäubchen aus Licht waren aus seinem Inneren herausgeströmt, um sich mit denen des Baums zu vereinen –, und so verließ Ruán mit dieser Berührung, ohne dass er dies beabsichtigt hätte, wieder seinen Körper. Er wurde förmlich in die Vision hineingezogen, die sich im Strom der Quelle allen Seins des Druiden befand.

Jetzt sah auch Ruán die riesigen Schilde, das Schwert, das in der Sonne blitzte.

Die zahllosen Seelen der Menschen brannten wie Fackeln. Und jetzt, im Herzen der Festung, erblickte Ruán noch etwas anderes. Aus einem Felsspalt an der höchsten Stelle des Hügels sprudelte eine Quelle. Er dachte unwillkürlich an die Quelle, die die Sídhe ihm auf dem Hügel gezeigt hatten und die ein Tor zur Anderswelt gewesen war.

In diesem Moment sah Ruán Maeve.

Maeve befand sich jetzt innerhalb des Festungswalls, eine hoch aufragende Gestalt auf dem Hügel neben der Quelle. Ihre Rüstung hatte sie offenbar abgelegt. Ihr Haar war so lang, dass die roten Flechten in das sprudelnde Wasser eintauchten. Die Falten ihres grünen Kleids flossen um ihre nackten Füße im Farn. Mit beiden Händen hielt sie einen goldenen Becher.

Dann sah Ruán, wie Maeve den Becher in die Quelle tauchte und das bis zum Rand gefüllte Gefäß triumphierend über ihren Kopf hielt. Ihre blauen Augen funkelten Ruán an, als könnte sie ihn sehen, und in ebendiesem Augenblick neigte sie den Becher und goss dessen Inhalt einfach aus.

Das Wasser ergoss sich über den Boden, entzündete sich in einem silbernen Leuchten, so strahlend, dass Ruán nichts anderes mehr sah. Es überflutete den Hügel, die Menschen, das Gras, die Speere und Schilde. Alles wurde von dieser schimmernden Welle bedeckt. Sie breitete sich immer weiter über das Land aus, bevor sie sich in einem großen, von grünen Ufern umgebenen See sammelte. Ein See aus Licht inmitten des Herzens von Erin – es war dasselbe Licht, das er auch schon in den Händen des Sídhe gesehen hatte.

Die Quelle allen Seins. Von Maeve gesammelt. *Also ist sie doch von der Anderswelt gesegnet?*

»Sie ist von der Anderswelt gesegnet.« Er hatte das ohne nachzudenken gesagt, so leise, dass es nicht wie eine Frage, sondern wie eine Feststellung klang.

Der Druide rappelte sich auf. *»Ich wusste es!«*, stieß der alte Mann hervor. Er atmete mühsam. »Ich danke dir. Ich habe es im Land gesehen, war mir aber noch nicht ganz sicher. Der Winter war so mild, der Frühling kam in diesem Jahr so früh … Ja, ich habe es im ganzen Land gespürt.«

Ruán schwieg. Gütige Götter, auch er hatte es gespürt, auch wenn ihm das nicht bewusst gewesen war. Die Bewegung in den Wäldern, eine Art Branden und Wogen in der Erde. Sein Herz setzte unwillkürlich einen Schlag aus. Wodurch wurde das bewirkt? Er sah sie beide plötzlich vor sich, die Glieder ineinander verschlungen, die Köpfe zurückgeworfen. Die silberne Welle, die von ihnen ausging. Ruán war wie gelähmt. *Maeve,* sagte sein Herz.

Der Druide entfernte sich. »Ich muss zurück und warten, was geschieht«, haspelte der alte Mann. »Aber wenn es so sein soll, Mylord, dann bete ich darum, dass sie sich durchsetzt.«

Als er fort war, eilte Ruán zu seinem Lagerfeuer zurück und breitete die Arme zum Himmel aus. »Jetzt werdet ihr mir doch endlich sagen, was ich sehe! Ist sie eine Mörderin … oder bringt sie uns allen das Leben? *Sagt es mir.*« Seine Stimme hallte von den Bäumen wider, wurde als Echo hin und her geworfen.

Ansonsten nur Schweigen.

Ruán umrundete unruhig immer wieder das Feuer, trat dabei alles beiseite, was ihm vor die Füße kam. »Ihr habt mir gesagt, dass ihr Schicksal allein ihr gehört, dass ich sie, wenn sie den Ruf des Sees hört, nicht aufhalten darf. Aber jetzt … habe ich vielleicht etwas Falsches gesagt … und ich habe damit ihr Schicksal mit meinem verwoben!«

Seine Schultern hoben und senkten sich, als er sich vom Feuer wegdrehte und der kalten Luft zuwandte. Er musste sein Herz erforschen, damit er eine Möglichkeit fand, wie er es von ihr abwenden konnte. Maeve, die gefährliche Königin; Maeve, die grausame Herrscherin.

Aber das war es nicht gewesen, was er in jener Nacht, als sie alle Schranken zwischen sich niedergerissen hatten und etwas von seinem Geist sich mit dem ihren verbunden hatte, gespürt hatte. Und jetzt hatte er sogar die Quelle allen Seins in ihren Händen gesehen. »Und nach alledem«, sagte er zu den Sídhe, »lasst ihr mich wieder allein.«

Keine Antwort.

Die Sídhe hatten ihm gesagt, dass sie die Menschen nicht beherrschten, dass sie ihre eigenen Ziele verfolgten, wenn sie die Quelle allen Seins fließen ließen. Hier ging es nicht um sie – es ging um ihn. Und das machte ihm noch mehr Angst.

Ruán trug in dieser Nacht schwer daran, aber angesichts ihres Schweigens rollte er sich schließlich neben der Glut in seinen Hirschfellen zusammen. Als er einen Moment lang in den Schlaf hinüberglitt, sah er ein junges Mädchen. Klein und völlig untröstlich, den Rücken gekrümmt. Tränen fielen auf ihre Hände.

Ruán streckte instinktiv die Hand nach ihr aus, und diese Bewegung riss ihn wieder aus dem Schlaf. Er rollte sich auf den Rücken, dann setzte er sich kerzengerade auf.

Die Vision des Druiden … Maeve hatte all diese Seelen *beschützt*, als sie um den Hügel herumgeritten war. Die Sídhe hatten sie ihm als eine Königin der Klingen, der Schilde und des Bluts gezeigt – ob es ihm nun gefiel oder nicht. Und ihr Volk brauchte sie jetzt.

In diesem Moment verflüchtigten sich all seine schroffen Gedanken. Mit einem Stöhnen vergrub Ruán seinen Kopf in einer Hand und krallte seine Finger in seine Kopfhaut. *Maeve.*

Sie würde sterben.

Maeve kroch in ihr dunkles Zelt, wartete, bis die Schritte der anderen Krieger verklangen. Sie umklammerte die Zeltstange, lehnte ihre Stirn dagegen und ließ ihre Schultern sinken.

Garvan folgte ihr, seine Hände streiften ihre Hüften. »Du verlierst die Nerven, Hitzkopf. Du darfst jetzt nicht versagen. Wir sind unserem Ziel so nahe.«

Obwohl sie sie nicht sehen konnte, ließen die Kämme der Hügel dort draußen noch immer ihre Sinne prickeln. Schwarze Pfeiler, die sich in den Himmel erhoben ... die sie umzingelten. Sie waren bereits weit in Idaths und Felims Gebiet vorgedrungen – die Kundschafter hatten deren Krieger inzwischen ausfindig gemacht. Sie sammelten sich tatsächlich, um Cruachan einzunehmen.

Und um sie zu töten.

Garvans Atem lag warm auf ihrem Nacken. »Du bist nur begierig auf den Kampf. Das ist alles. Wir wissen doch beide, was man gegen diese Ungeduld tun kann.« Er legte seine Hand auf ihren Bauch und zog sie an sich. »Du weist mich jetzt schon viel zu lange ab. Aber eine kleine Ablenkung ist genauso gut wie ein Ringkampf, um das Blut zu reinigen. Du kannst mit mir kämpfen, wenn du willst!«

Maeve blieb die Luft weg. *Du wirst nicht mit mir kämpfen,* hatte Ruán zu ihr gesagt.

Sie entwand sich Garvans Griff und zog sich an die lederne Plane des Zelts zurück. »Die Kundschafter haben Idaths Männer ausfindig gemacht. – Das sind *Männer aus Connacht.* Wie kannst du da jetzt an diese Art von Kampf denken?«

Garvan legte den Kopf schief. Im Licht der Sterne war die Verwirrung in seinem Gesicht deutlich zu sehen. »Weil du nur so endlich zur Ruhe kommst.« Er streckte die Hand aus und wollte sie an sich ziehen, um sie zu küssen.

Maeve wich instinktiv noch weiter vor ihm zurück.

Garvan ließ den Arm sinken. »Früher hast du deine Schenkel jede Nacht um einen anderen Mann geschlungen und hast dich dann besser gefühlt«, murmelte er. »Du wirst so nicht zur Ruhe kommen. Du bist eine Frau, die das einfach braucht. Ist dir eigentlich bewusst, dass du all deine Kräfte sammeln musst, wenn du Königin werden willst? Bei Lughs Eiern, Frau, wofür kämpfst du denn sonst?«

Die Worte hingen zwischen ihnen in der Luft.

Garvan entging nicht, dass Maeve die Schultern einzog. *Schlaf mit ihm,* rief eine Stimme in ihr. *Schlaf mit ihm und fertig.* Es würde sie tatsächlich entspannen, ihre Gedanken zur Ruhe bringen.

Garvan musterte sie. »Oh …« Er brach ab. »*Nein.* Doch nicht du.«

Sie starrte ihn mit geweiteten Augen an. Ihre eigenen Gedanken, ein Echo der seinen. *Nein.* Das konnte nicht sein. Und dennoch konnte sie jetzt keine Berührung ertragen, nicht einmal die Garvans; ihre Gedanken strebten nicht nach dem Trost der Schwerter, sie schweiften in die Ferne. In jeder Nacht beschworen ihre Träume das greifbare Gefühl von Ruáns Körper, der genau zu dem ihren passte, Erhebung zu Vertiefung, Vertiefung zu Erhebung.

Garvan fuhr sich verwirrt mit der Hand durch sein verfilztes Haar. Sein Lachen klang angespannt. »Gut. Gut. Ich wusste nicht, dass du diesen begriffsstutzigen Bullen tatsächlich magst.«

Er nahm doch nicht etwa an, dass sie … Ailill begehrte?

Erst jetzt bemerkte Maeve Garvans freudloses Lächeln. Nein, er glaubte das nicht wirklich, aber er war so schlau, nicht weiter in sie zu dringen. »Falls du am Ende noch schwach wirst, Hitzkopf, würde ich damit warten, bis die Schlacht vorbei ist.«

Maeve erwiderte sein Lächeln und klopfte ihm auf die Schulter. »Du bist mir mehr als ein Freund, und du bist mir viel näher, als es irgendein Bettgenosse je sein wird.« Sie packte ihn jetzt fester. »Du bist meine *Familie.*«

Garvan starrte seine Füße an. Einen Augenblick später schüttelte er den Kopf und schnaubte, als würde er über sich selbst lachen. »Zum Teufel mit dir, Maeve.«

»So spricht ein Bruder.« Sie rubbelte ihm durch die Haare, atmete dabei tief durch. »Und ich weiß einen besseren Weg, um zur

Ruhe zu kommen. Wir werden das Tal hinaufreiten und sie einfach überrumpeln.«

Garvan verzog das Gesicht. »Wir haben doch gerade erst beschlossen, uns zu verschanzen und sie aufzuhalten, bis die anderen Lords ihre Männer schicken.« Er wackelte mit seiner Hand neben seinem Ohr. »Oder habe ich da etwas falsch verstanden?«

Maeve ging zum Zelteingang und sah hinaus. Sie war es leid, ständig in Angst leben zu müssen. Sie hungerte förmlich danach, stattdessen das Heft eines Schwerts in die Hand zu nehmen, damit sie wieder frei atmen konnte – schlagen, rennen, reiten konnte. »Idath hat sich für die westliche Klamm entschieden. Wir dürfen nicht zulassen, dass er es sich anders überlegt.«

»Das wird er auch nicht! Denk an die Begegnung in Lughs Tempel. Er verachtet dich so sehr, dass ihn das unvorsichtig macht. In dem Moment, in dem diese Mistkerle unsere Barrikade sehen, werden sie so wütend sein, dass sie uns auf der Stelle angreifen werden. Sie wollen dich unbedingt loswerden. Für immer.«

»Vielen Dank, dass du mich daran erinnerst«, sagte Maeve.

»Also postieren wir unsere Speerwerfer oben auf den Hängen, locken sie in die Schlucht und schlagen dann zu, wenn sie angreifen.«

Maeve hob den Kopf, ließ ihren Blick über die schwarzen Hügel schweifen. Der Mond war noch nicht aufgegangen. »Ich habe es mir anders überlegt. Ein Stück weiter oben weitet sich das Tal. Wir können während der Nacht marschieren, um vor ihnen dort zu sein, uns formieren und sie im Schlaf überraschen.«

»Maeve, dafür haben wir einfach nicht genügend Männer! Wir müssen erst auf die Verstärkung warten.«

»Was ist, wenn diese Verstärkung niemals kommt?« Sie wirbelte herum und sah ihn an. *Was ist, wenn sie mich im Stich lassen, so wie das bisher alle getan haben?* »Idaths Männer werden über uns herfallen, werden die Hänge heraufkommen und uns umzingeln.« Maeve legte ihre Hand auf ihr Herz. »Ich lasse mich von ihnen nicht mehr einsperren – niemals wieder!«

»Es reicht!« Garvan stürmte an ihr vorbei aus dem Zelt. »Vielleicht kehren bei Tageslicht nicht nur die Kundschafter, sondern auch dein Verstand zurück.« Er stampfte ein paar Schritte davon, drehte sich dann um und sah sie finster an. »Du hättest besser daran getan, mit mir zu schlafen, Maeve, denn morgen wird uns dein närrischer Plan beiden den Tod bringen!«

Als er gegangen war, warf Maeve sich auf ihr Lager und legte einen Arm über die Augen.

*Maeve träumte von Lippen, die über ihren verharrten.*

»Komm.« Er berührte sie nicht, sein Atem streichelte sie ganz leicht. »Du musst kommen.«

Maeve streckte die Hand aus, um ihre Finger in die roten Haare in seinem Nacken zu vergraben, um ihn zu sich herabzuziehen, ihn in sich zu spüren.

»Nein. Du musst loslassen. Du musst sehen.«

Loslassen? Er schien ihre Hand zu nehmen, die Dringlichkeit in seiner Stimme alarmierte sie. »Jetzt, Maeve.« Sie spürte ein Ziehen, das nicht körperlich war, sondern sich wie ein unsichtbarer Haken in ihrem Innern anfühlte. Der Haken zog und zog, und sie wurde nach oben und aus sich heraus gezogen. Sie schwebte.

*Maeve träumte.*

Die Welt draußen vor dem Zelt hätte eigentlich schwarz sein müssen. Die dunklen Silhouetten der Hügel, in denen sich Männer verbargen, die den Nebel atmeten und die sich bereit machten, sie zu töten, hätten drohend vor ihr aufragen müssen.

Aber es war nicht dunkel. Ein Schimmer umgab sie. Sie trieb durch irisierende Schleier, durch Ströme aus strahlender Luft. Seine Hand zog sie zum Himmel hinauf. Auch er war silbrig, ein strahlender Vogel, das Gesicht verborgen hinter flatternden Haaren.

»Wohin fliegen wir?« Sie wurde von einer Welle der Heiterkeit getragen.

»Noch höher.«

Sie flog. Schwerelos und frei. Nichts schmerzte oder bedrückte sie. Alle Fesseln fielen von ihr ab … die Pflicht … die Angst. Sie konnte für immer dieses Licht sein, konnte sich in ihm bewegen und es in sich fühlen. *Es war real.* Es war das, was sie schon einmal jenseits der Dunkelheit und des Schmerzes erblickt hatte. Ruán würde mit ihr fliegen, weit über die Wogen der leuchtenden See hinaus und dann noch weiter bis zu den Sternen hinauf. *Frieden …*

»Das ist der Tod, Maeve. Aber das ist dir jetzt noch nicht bestimmt. Bei allen Göttern, Maeve, öffne deine Augen.«

Maeve überraschte die Verzweiflung in seiner Stimme. Dann erinnerte sie sich plötzlich wieder an ihren Namen. Sie spürte wieder ihren eigenen Körper, ihren Puls. Sie war Maeve von Connacht.

Sie und Ruán standen jetzt wieder auf festem Boden, stiegen den Ausläufer eines Bergs hinauf. Dort, wo ihre Füße das Unterholz durchschritten, stieg ihr ein vertrauter Geruch in die Nase, modrig und feucht. Dunkle Hänge fielen um sie herum ab; über ihnen spannte sich der sternenübersäte Himmel. Ruáns Haare, deren warmer Farbton in der Nacht schwarz wirkte, flatterten im Wind.

Er führte Maeve zum Kamm hinauf und drehte sich dann zu ihr um. Sie kannte die Vertiefung unter seinen Wangenknochen, die kleine Aufwärtsbewegung in seinen Mundwinkeln. Ihre Finger berührten den vertrauten Bogen von Sehnen zwischen Nacken und Schulter und fuhren die dunkle Narbe auf seiner Brust nach.

Zum ersten Mal aber sah sie ihm jetzt in die Augen. Sie fingen das Mondlicht ein. Die Iris leuchtete.

»Du bist gekommen«, flüsterte sie. »Mein Schmerz hat dich herbeigerufen.« Jeder Nerv und jeder Muskel ihres Körpers strebte zu ihm hin. Sie klammerte sich an ihn und küsste seinen Mund, als würde sie verhungern.

Er löste ihre Arme und schob sie von sich. »*Sieh nach oben*«, bat er sie. »Ich kann nicht mehr lange bleiben. Es zieht mich bereits zurück …«

Maeve bog den Kopf zurück und stieß einen erstaunten Laut aus. Wo noch kurz zuvor die Sterne ruhig wie Lampen gehangen hatten, schoss jetzt ein Sternenregen über den Himmel. Und dann kamen noch mehr. Sie alle zogen einen Schweif aus Feuer hinter sich her, bevor sie erloschen.

Sie bewegten sich in einem weiten Bogen zum dunklen Horizont. Maeve blickte ihnen nach.

Drei Bergkämme erhoben sich im Hintergrund, die Täler zwischen ihnen wurden von silbernen Strömen durchzogen. Maeve erinnerte sich an die in den Boden geritzte Karte: drei Täler.

Die westliche Klamm, in der ihre Männer jetzt ihr Lager aufgeschlagen hatten, war mit kleinen Lichtern gesprenkelt, als wären einige der Sternschnuppen dort zur Ruhe gekommen. *Waren das Lagerfeuer?* Maeve hatte doch verboten, Feuer zu machen.

Ruán flüsterte ihr ins Ohr: »Das sind deine Männer. Jedes Leuchten ist das Licht einer Seele.«

Die Quelle allen Seins also, die in jedem menschlichen Geist brannte. Davon hatte sie die Druiden oft sprechen hören.

In diesem Tal gab es zwei Ansammlungen von Sternen, die eine, das waren Maeves Männer, die andere, weiter oben – das waren Idaths und Felims Krieger, die auf sie warteten.

»Es bleibt nicht mehr viel Zeit!«, rief Ruán. »Sei mutig und suche weiter!« Sein ausgestreckter Arm hob sich dunkel vor dem aufgehenden Mond ab.

Maeve sah nach Osten. Ihr Blick wurde klar. *Dort.* Eine Flut von Flammen erfüllte das östliche Tal. Hunderte von Männern, die sich dort versteckt hatten.

»Das ist kein Glanz, Maeve, das ist der Tod!«

Ein entsetzter Schauder durchlief sie, und sie fiel. Sie trudelte wie ein angeschossener Vogel nach unten und tauchte in jenen fernen Fluss aus Sternen ein. Jetzt war der Fluss jedoch nicht mehr hell, sondern schwarz, erfüllt von kriechenden Leibern und dem Zischen rauer Stimmen. Sie hörte Waffen klirren und erspähte am Boden kauernde Männer, deren Schultern in zottige Felle gehüllt waren.

Maeve wurde mit einem Ruck wach.

Eine Gänsehaut überzog ihren Nacken und ihre Arme. Ihr Puls

raste. Sie rollte sich auf die Seite und erhob sich, dann riss sie den Eingang ihres Zelts auseinander und stürzte nach draußen. Sie schüttelte den Kopf, um sich von diesem entsetzlichen Traum zu befreien. Das war nur ein Albtraum gewesen, mehr nicht.

*Verlangt es dich so verzweifelt nach seinem Körper, dass du diesen Traum heraufbeschworen hast?* Sie ging auf und ab, atmete in tiefen Zügen die eisige Luft ein, dann blieb sie stehen. Nein. Gütige Götter, sie verlangte nicht allein nach seinem Körper. Das seltsame Gefühl, das sie ergriffen hatte, war neu für sie. Sie legte ihre Hand auf ihre Brust … und dann weckte etwas ihr Aufmerksamkeit.

Maeve blickte auf.

Dort, wo vorher alles vollkommen ruhig gewesen war, erhellten jetzt Streifen aus Licht den Himmel – ein wahrer Schauer von Sternen regnete auf den Horizont herab.

Maeve verschlug es den Atem. Sie vergaß alles andere.

# 16

Idath und Felim haben ihre Männer aufgeteilt.« Maeve drückte ihre Zunge gegen die Zähne, um ihren trockenen Mund zu befeuchten. »Sie führen zwei Gruppen von Kriegern ins Feld und nicht nur eine.«

Sie hatte ihre Befehlshaber wecken lassen. Einige von ihnen gähnten offen, andere sahen sie mit müden Augen finster an.

Maeve, die in der Hocke saß, verlagerte ihr Gewicht. »Die eine Gruppe soll uns in dieses Tal locken. Während sie uns dort aufhalten, umgeht uns die zweite, um uns im Rücken anzugreifen.«

In der Dunkelheit zwischen den Bäumen brummte eine Stimme: »Davon haben die Kundschafter aber nichts berichtet.«

»Sie sind nicht weit genug vorgedrungen. Idath ist schlau. Er muss die anderen schon vor Tagen losgeschickt haben. Er wusste, dass wir die erste Gruppe verfolgen würden, sodass die zweite Gruppe Zeit haben würde, uns zu umgehen. Wir müssen jetzt also genauso schlau vorgehen.« Sie sah nacheinander jeden der Männer an. »Wir müssen noch heute Nacht das Lager abbrechen und, anstatt weiter das Tal hinauf vorzudringen, über die Bergkämme gehen. Dann können wir im ersten Morgengrauen die größere Streitmacht angreifen.«

»Es ist Wahnsinn, das in der Dunkelheit zu riskieren!«

»Gerade eben ist der Mond aufgegangen. Wir haben also genügend Licht«, erwiderte sie. »Und weiter oben sind die Hügel unbewaldet. Außerdem gibt es hier überall Wildpfade.«

»Wir können keine Männer in die Schlacht schicken, die völlig erschöpft sind, weil sie kurz zuvor über Berge geklettert sind.«

Maeve fuhr sich mit der Zunge über ihre gesprungenen Lippen. »Aber wir haben das Überraschungsmoment auf unserer Seite – und wir werden sie von oben herab angreifen.« Sie lächelte kühl. »Sind deine Männer wirklich solche Schwächlinge, Lonan? Man sagt doch, dass ihr Blut so leicht wie Zunder entflammt. Ist das nicht so?«

Lonan schürzte die Lippen. »Natürlich ist das so. Mein Herr will bestimmt nicht, dass man sich irgendwann an den Feuern erzählt, seine Krieger würden sich vor einem Kampf oder vor Strapazen drücken.«

Eine donnernde Stimme meldete sich jetzt zu Wort. »Woher weißt du das alles?«

Maeve stand auf, reckte ihr Kinn. Sie hatte ihren Kriegshelm aufgesetzt, das Licht des Mondes betonte die Umrisse des Raben. »Die Sídhe haben mir einen Traum geschickt. Sie haben mir die feurigen Sterne gezeigt, die über den Himmel fliegen. Ich habe heute Nacht von ihnen geträumt, und jetzt sind sie da. Sie sind ein Zeichen!« Sie zeigte nach oben, und in ebendiesem Moment schoss wieder ein Sternenschauer über den pechschwarzen Himmel, wie es, seit sie ihre Männer hatte wecken lassen, schon mehrmals der Fall gewesen war.

Die Krieger standen mit offenem Mund da. Als sie ihren Blick vom Himmel losrissen und sie ansahen, lag tiefe Ehrfurcht darin.

»Ich habe mein Schwert aus den Schleiern der Sídhe geholt. Die Sídhe haben mich so stark gemacht, dass ich einen Mann, der doppelt so schwer war wie ich, töten konnte und es mir gelungen ist, viele Chiefs, auch den deinen, für meine Sache zu gewinnen. Willst nun ausgerechnet du mich infrage stellen – und damit auch die heilige Botschaft der Strahlenden?«

Garvan unterbrach das Schweigen. »Sie ist Macha mit den Roten Haaren«, sagte er leise. »Sie verkörpert die Stärke, die das Ulaid einst besaß und die jetzt uns geschenkt wurde. Wenn die Kriegsgöttin in Träumen zu uns spricht, sollten wir dann nicht auf sie hören?«

Schließlich taten sie es.

Die kalten Schatten der Nacht hellten sich zu einem Grau auf.

Maeve starrte ins östliche Tal hinunter. *Dort.*

Hier und da schimmerte Metall auf, als das erste matte Licht des Tages den Wald berührte. Ein leises Murmeln wie das schwache Rauschen des Windes war zu vernehmen, obwohl sich in der Morgendämmerung kein Blatt regte. Dort unten im Unterholz verbargen sich Hunderte von Männern.

»Gütige Götter«, flüsterte Garvan neben ihr.

Maeve begegnete dem Blick der beiden Krieger, die ihr widersprochen hatten. Einer von ihnen nickte ihr voller Respekt zu. Sein dunkler Schnurrbart wippte dabei. Lonans Lächeln war grimmig, als er seinen Kriegern, die sich hinter ihnen zwischen den Felsen duckten, ein Zeichen gab. Schweigend griffen sie nach ihren Bündeln.

Maeves Männer hatten jedes Stück Metall – Schnallen, Broschen und Armreifen – in ihre Bündel gepackt. Speerspitzen, Schwertbeschläge und Dolche hatten sie in ihre Umhänge gewickelt. Jetzt packten sie mit Händen, die sie sich beim nächtlichen Klettern über Stock und Stein blutig gestoßen hatten, ihre Waffen aus. Eine kleine Gruppe von ihnen war zurückgeblieben, um das westliche Tal, geschützt durch eine Barrikade aus gefällten Bäumen, so lange wie möglich zu halten. Die Männer dort warfen Speere in alle Richtungen, um dem Feind vorzutäuschen, dass sie noch in voller Stärke dort lagen.

Neben Maeve legte Garvan jetzt sein Schwert neben seinem Knie ab und fuhr mit der Hand über die Klinge. Aller Humor war aus seinem Gesicht gewichen. Seine Miene war wie erstarrt. Der Krieger in ihm zeigte sich nun. Maeve beobachtete, wie sich der Garvan, den sie kannte, vor ihr in jemanden verwandelte, den sie noch nie gesehen hatte. Vor ihren Augen wurde der Hund, der spielerisch mit ihr balgte, zu einem ausgehungerten, bösen Wolf, dessen helle Augen gierig funkelten.

Mit trockenem Mund ließ sie ihren Blick an der langen Reihe von Kriegern entlangschweifen, während diese sich lautlos bewaffneten. Es spielte jetzt keine Rolle mehr, dass sie nicht geschlafen hatten. Im Angesicht des Todes strömte ihr Blut ohnehin schneller durch ihre Adern. Sie schnürten ihre Kleidung enger, banden ihre Haare zurück und murmelten leise Gebete.

Schon bald würden sie in das absolute Chaos eintauchen. Einige unter ihnen würden dann die Grenze von der diesseitigen Welt in die Anderswelt überschreiten. Sie würden kaum noch etwas fühlen, während sie durch einen zeitlosen Ort stürmten und über ihnen Speere durch einen farblosen Himmel flogen.

Sie würden entweder überleben oder an der Tafel der Götter speisen. Es gab für sie keinen Grund, sich zu fürchten. Dies war Freiheit. Vollkommene Freiheit.

Maeve schmeckte sie, beneidete die Krieger darum. In ihrem Bauch nämlich gurgelte es noch immer. Sie presste ihre Faust gegen ihre Eingeweide, atmete dabei tief aus. Sie fürchtete nicht nur den Kampf, sondern auch die Götter. Sie wusste, dass sie sie auf den Inseln der Seligen nicht willkommen heißen würden – wie sollten sie sie auch kennen, da sie ihr Herz schon vor Jahren vor den Sídhe verschlossen, ihr Gesicht von den Göttinnen in den Tempeln abgewendet hatte.

*Aber Ruán war zu ihr gekommen.*

»Kommt«, befahl sie nun mit kalten Lippen.

Als das graue Licht der Dämmerung dem frühen goldenen Schimmer wich, flog ein erster Schwarm von Speeren durch die Luft. Eiserne Spitzen glitzerten im Licht, Schäfte aus Holz zischten.

Die tödlichen Lanzen trafen auf schlafende Körper, die in Lederdecken eingehüllt waren, schlitzten durch Zelte und durchbohrten Männer, die sich gerade gähnend von ihrem Lager erhoben. Schreie und Rufe schallten vom Grund des Tals bis zu ihnen herauf, während sich Maeves Krieger erhoben.

Ein Stück blutroter Sonne schob sich gerade über den Rand der Hügel. Maeve reckte zusammen mit allen anderen Kriegern um sie herum ihr Schwert hoch in die Luft. »Connacht! Connacht!«, brüllten die Männer.

Ein dunkles Gefühl der Schuld stieg in Maeve auf – sie alle waren aus Connacht. Dann rief sie sich in Erinnerung, dass diese Krieger dort unten den heiligen Frieden gebrochen und ihre Stammesbrüder verraten hatten. Hier ging es nicht nur um sie, denn auch Idath wusste, dass viele Krieger aus Connacht sie unterstützten und für sie kämpfen würden.

Die Schuldgefühle blieben.

Maeve musste sie jetzt aber ignorieren. Es hieß für sie: leben oder sterben. Als sie sich bereit machte, mit den anderen loszustürmen, hielt Garvan sie zurück. *»Nein, du bleibst hier.«* Dieser wilde Blick gehörte nicht zu dem Garvan, den sie kannte. Sein Gesicht war gerötet. Auf seiner Oberlippe standen bereits Schweißperlen, und seine dunkle Mähne war nass vom Schweiß.

Ein weiterer Schwarm von Speeren durchbohrte Dutzende von Idaths Männern, während diese verzweifelt Deckung suchten. Maeves Schwertkämpfer trommelten auf ihre Schilde, sodass es wie Donner hallte, und stießen ein lautes Brüllen aus, das sich zur Raserei steigerte, bevor sie losstürmten.

Maeve schwang ihr Schwert, sodass es sich mit dem von Garvan in der Luft traf.

»Wenn du stirbst, ist das hier alles umsonst«, knurrte er.

*Wenn ich keine Tapferkeit zeige, dann habe ich es nur verdient.* Maeve musste irgendetwas tun, bevor sie ihm auf die Füße spie. Sie zwang Garvans Klinge herunter, riss ihren Rabenhelm vom Kopf und fuhr sich mit den Fingern durch die Haare.

»Sie werden alles tun, um dich zu kriegen.« Garvans Entsetzen war unübersehbar. »Du nämlich bist ihre beste Beute!«

Ja. Sie konnte die kalte Klinge des Messers, das ihr Kleid aufgeschlitzt hatte, nicht vergessen. Idath aber würde noch Schlimmeres tun – er würde sie seinen Männern als Sklavin überlassen. Ihr Zorn gewann schließlich die Oberhand über ihre Schuldgefühle und ließ sie endlich Feuer fangen.

»Du selbst hast mich Macha mit den Roten Haaren genannt, Bruder. Wie sollen die Männer das glauben, wenn sie mich nicht kämpfen sehen?« Sie lächelte grimmig. Ihr Blut kochte jetzt. »Aber du kannst mir Deckung geben.«

Sie kehrte Garvan nun den Rücken zu und führte ihre Krieger an, ließ dabei ihre offenen Haare im Wind wehen, das Schwert hatte sie in die Luft gereckt. »Connacht! Connacht!« Sie mussten das Feuer zusammen mit ihr spüren, sonst würden sie alle sterben.

Um sie herum hielten die Männer inne und starrten sie mit wilden Augen an. Der Schlachtruf änderte sich, wurde immer lauter. »Macha! Macha!«

Die Schreie trommelten auf Maeves Körper ein, nahmen von ihr Besitz. Garvan zögerte noch, dann aber ergab auch er sich dem Wahnsinn, schwang mit einem wilden Grinsen sein Schwert über seinem Kopf, während sich sein Schrei mit dem der anderen vermischte.

Maeve legte den Kopf mit geschlossenen Augen in den Nacken, während die Flamme der Kampfeswut bereits an den Rändern ihres Bewusstseins leckte. Ihr Schwertarm brannte. Plötzlich war da etwas Reines und Helles.

Leben oder sterben.

So stürmte die Kriegsgöttin den Hang hinunter, ihr Haar ein flatterndes Banner, das den anderen den Weg zeigte. Der Hang um sie herum schien in Bewegung zu geraten, als sich die Männer in eine kreischende und brüllende Welle verwandelten. Sie war in dieser Flut gefangen, und jetzt gab es auch kein Zurück mehr.

*Vergiss nicht, wer und was du bist.* Maeves Herz schrie diese Warnung, während sie rannte. *Du bist anders.* Sie versuchte, es herbeizurufen, bis sie auf den Feind trafen und Maeve in eine dunkle Welt hineingeschleudert wurde, in der es nach Blut stank und sie alles vergaß.

Sie wurde in eine Art Malstrom hineingezogen. Schreie prasselten auf ihre Ohren ein. Helles Eisen blitzte in einer schlammigen Welle aus dunklen Haaren, Pelzen, Leder und blutüberströmter Haut auf. Speere hoben und senkten sich um sie herum wie die Klauen einer vielköpfigen Bestie.

Maeve stieß zwischen den Wirrwarr aus Armen und Körpern, rempelte dabei sogar Garvan an, der sich verzweifelt bemühte, ihr Deckung zu geben. Ihre Reflexe ließen sie sich ducken, wann immer irgendetwas auf sie zukam, ihre Füße rutschten immer wieder im Schlamm aus. Die Wut- und Schmerzensschreie waren ohrenbetäubend. Ihre Klinge traf auf Metall und gehärtetes Leder und von Zeit zu Zeit auch auf weiches Fleisch oder knirschende Knochen. Sie kämpfte verbissen darum, zu überleben, und hatte keinen Platz dafür, das alles in sich aufzunehmen.

Ein Nebel aus Blut hing in der Luft. Er benetzte sie, bis sie das Gefühl hatte, von diesem Gestank durchdrungen zu sein, während sie knöcheltief in Blut und Schlamm stand. Das Heft eines Schwerts traf ihren Schädel, und Maeve taumelte blind vor Schmerz. Garvan stieß einen Schrei aus und streckte ihren Angreifer mit einem Hieb nieder.

»Schützt sie!«, rief er den Männern in der Nähe zu. »Rücken an Rücken!«

Sie scharten sich um sie, während sie versuchten, sich Platz zu schaffen, um mit ihren Schwertern ausholen zu können. Maeve sah eine mit Blut bedeckte Streitaxt auf sie herabsausen, und stieß voller Panik ihr Schwert nach oben, durchtrennte die Sehnen des Handgelenks, das sie hielt. Unfähig, in dem Getümmel ihr Schwert richtig zu führen, riss Maeve den Dolch aus ihrem Gürtel und stieß ihn dem schreienden Axtkämpfer in den Bauch.

Die Männer um sie herum wehrten Schläge, die ihrem Nacken und ihrem Rücken galten, ab. »Nein«, keuchte sie. Sie durfte nicht hier und jetzt sterben. Zwischen all diesen Männern.

*Lass los, Maeve,* hörte sie Ruáns Stimme wieder.

Licht. Atme Licht … gib dich hin. Sie musste aus sich herausfließen und ihre Sinne ausdehnen, sie nicht in Panik zusammenziehen. Maeve schloss die Augen und stellte es sich vor. Dort … der Glanz ihres Flugs mit Ruán. Die leuchtenden Ströme, die sie getragen hatten, als sie gegen Innel gekämpft hatte. Um sie herum wurde alles still, als das Licht sie umfing.

Die Zeit verlangsamte sich.

In den Bäumen über den Köpfen der Männer flackerte silbernes Feuer. Die Bewegungen der Krieger waren Wellen aus strahlendem Glanz, deren Kämme sich immer wieder brachen. Ihre Männer brauchten sie jetzt.

Sie musste etwas für sie tun.

Maeve bewegte sich blitzschnell von Garvan weg, wirbelte unter den Hieben dieser schwerfälligen Männer hindurch. Vor ihr befand sich ein Hügel, auf dessen Kuppe ein verfallenes Grabmal stand, ein grimmiger Ort, den alle Krieger mieden.

Mit einer Lanze in der Hand rannte sie den Hügel hinauf. »Zu mir, Männer!«, schrie sie. »Zu mir!« Mit beiden Händen hielt sie den Speer hoch in die Luft. Ihr Haar wickelte sich um den Schaft wie ein scharlachrotes Schlachtenbanner.

Ihre Männer hoben die Köpfe und sahen ihre Göttin, die sie zum

Sieg führte. Eine Flut aus strahlendem Licht spülte plötzlich über sie alle hinweg. *Macha!*, brüllten sie.

Auch die feindlichen Krieger sahen sie und stürmten mit wütendem Gebrüll auf sie zu. Garvan und seine Kampfgefährten kamen ihnen jedoch zuvor. Die beiden Wellen trafen aufeinander, brachen um Maeves Füße herum. Maeve sprang mitten in diese Flut hinein, und jeder ihrer Nerven fühlte sich dabei wunderbar lebendig an.

Aus dem Augenwinkel heraus sah sie einen der feindlichen Krieger. Seine Absicht, den tödlichen Schlag zu führen, zeigte sich ihr in einem hellen Lichtstrahl, bevor er sich auch nur bewegte. Seine Muskeln spannten sich gerade erst an, um zum Hieb auszuholen, als Maeve sich schon zu ihm umdrehte, ihm ihre Klinge in den Nacken stieß und er vor ihren Füßen zu Boden sank.

Als Maeve sich aufrichtete, hörte sie, dass ihre Krieger jetzt wieder einen anderen Schlachtruf angestimmt hatten. Jetzt schrien sie ihren Namen. *Maeve! Maeve mit dem Roten Haar!* Die Kampfeswut der Männer erfüllte auch sie. Ihre Kopfhaut begann zu kribbeln, und ihr stellten sich die Haare im Nacken auf.

Genau in diesem Moment erregte ein Geräusch in der Ferne ihre Aufmerksamkeit – es klang wie das Bellen von Jagdhunden. Erstaunen breitete sich unter ihren Männern aus. Knöcheltief im Blut hoben die Krieger von Cruachan ihre blutbespritzten Gesichter und atmeten in tiefen Zügen.

»Die anderen Lords sind gekommen!«

Es rauschte wie ein Wind durch das Tal.

»Donaghs Männer und auch die von Cormac! Sie sind zu Hunderten gekommen!«

Maeve humpelte durch die Überreste von Idaths Lager, zwischen toten Körpern hindurch, in denen noch immer die Speere steckten. Die Muskeln in ihrem Rücken und ihren Oberschenkeln hatten sich verkrampft. Sie stieß mit dem Fuß ein Gepäckbündel um und zog eine Feldflasche mit Wasser heraus. Der Fluss in der Nähe war voller Leichen, das schlammige Wasser rot vor Blut.

Die Flasche in der Hand, zwang Maeve sich, die Gefallenen anzusehen. Der Sieg fühlte sich für sie hohl an. Zu töten konnte niemals ein Triumph sein. Hier lagen Männer, die nicht wieder zu ihren Familien zurückkehren würden; die jetzt tot auf dem Schlachtfeld lagen. Wie hätte das ein Triumph sein können?

In jedem Kampf um die Königswürde starben Krieger, rief sie sich ins Gedächtnis. Ihre Hände zitterten, als sie die Flasche an die Lippen setzte.

*Aber ich habe geschworen, Frieden zu bringen.*

Und das hätte sie auch getan. Sie hätte sich durch andere Stärken bewiesen, wenn Idath sie nicht verraten hätte.

Ihre Gedanken wanderten hin und her, während sie mit leerem Blick trank und sich dann den Mund abwischte. Ihr war schlecht. Wenn sie das Schwert nicht an sich genommen hätte …

»Maeve.« Garvan bahnte sich seinen Weg zwischen niedergetrampelten Zelten hindurch.

Überall um ihn herum suchten die überlebenden Krieger in den verstreuten Sachen nach Waffen. Andere hackten ihren toten Feinden die Köpfe ab. Tote Krieger mussten geehrt werden. Ihre Schädel wurden vor den Häusern auf Pfähle gesteckt, damit sie ihre Stärke auf jene Männer übertrugen, die sie getötet hatten.

Garvans Gesicht war blutverkrustet, seine Haare waren zu steifen Strängen gedreht. »Felim und Ardal sind tot.« Er war noch heiser vom Gebrüll der Schlacht. Maeve gab ihm die Flasche, und er spritzte sich Wasser ins Gesicht. »Wir haben Idath gefangen genommen – und Fraech.«

Maeve rieb sich die brennenden Augen. Ihr klangen noch immer die Ohren vom Lärm des Kampfes und vom Klirren der Waffen. Sie wurde den Geschmack von Kupfer auf ihrer Zunge einfach nicht los. »Ich werde mich gleich mit ihnen befassen.« Sie zuckte zusammen, als sie die Wunde auf ihrer Kopfhaut betastete.

Garvan hatte einen Verband am Unterarm. Eine weitere Wunde klaffte unter seiner zerrissenen, blutverschmierten Hose. »Ruh dich erst einmal aus. Ich werde dir Idath morgen früh bringen …«

»Nein. Unsere Männer verfolgen noch immer die flüchtigen Krieger. Die Schlacht ist noch nicht zu Ende.«

»Ach?«

»Nach den Brithem-Gesetzen dürfen Krieger nur in der Schlacht töten – allein den Druiden ist es vorbehalten, das Leben eines unbewaffneten Mannes zu nehmen.« Ihre Stimme klang tonlos. »Wenn wir Idath leben lassen, wird er möglicherweise nur verbannt und bleibt somit eine beständige Gefahr für uns alle.«

Sie hinkte davon, Garvan lief neben ihr her. »Es wird den Männern aber nicht gefallen, wenn sie sehen, wie ein besiegter Krieger kaltblütig getötet wird, Hitzkopf – ganz egal, ob er nun ein Verräter war oder nicht.«

Ihr Blick wanderte über die verkrümmten Körper der Toten. *Für das alles ist Idath verantwortlich,* sagte sie sich immer wieder. Wenn er am Leben blieb, würde das wieder geschehen. Immer mehr Männer würden sterben, bis schließlich das ganze Königreich in diesen Kampf hineingezogen würde. Dem musste hier und jetzt ein Ende gesetzt werden – unbedingt. »Ich habe nur einen einzigen Eid geschworen, und zwar, mein Volk vor gierigen Bastarden wie ihm zu beschützen. Ich werde ihm eine Chance geben. Wenn er sie nicht ergreift, sollen die Krieger erfahren, dass ich stärker bin als irgendein Mann.«

Maeve sah zu, wie Idath und Fraech inmitten einer Gruppe abgekämpfter, blutbeschmierter Krieger auf die Knie gezwungen wurden. Man hatte ihre Hände nicht gefesselt, denn Maeve wollte sie nicht erniedrigen und dadurch bei den anderen Kriegern Mitleid hervorrufen. Stattdessen wurden sie jeweils von einem ihrer kräftigsten Männer festgehalten, die ihnen eine Hand auf die Schulter gelegt hatten.

Idath trug keinen seiner üppigen Pelze und bestickten Umhänge, vielmehr hatte er seinen stattlichen Bauch in ein Kettenhemd gezwängt, dessen eingefettete Ringe jetzt dunkel vor Blut waren. Einzelne schweißnasse graue Haarsträhnen umrahmten seinen kahl werdenden Schädel. Er hatte eine Schnittwunde auf der Stirn und ein blaues Auge. Sein Gesicht war mehr als nur finster.

Fraechs braune Haare hatten sich gelöst und hingen schlaff herunter. Er hielt jedoch seinen Rücken gerade und hatte seine Arme hinter dem Rücken verschränkt, während er durch die Menge der Krieger in die Ferne starrte. Seine grünen Augen verrieten nichts.

Maeve nickte Garvan zu, der jetzt vor Idath trat und seine Stimme erhob, damit er von allen gehört wurde. »Du hast den heiligen Frieden gebrochen und bist gekommen, um Männer aus Connacht, die unter der Herrschaft der Druiden als Brüder vereint waren, anzugreifen. Du wirst der Siegerin dieser Schlacht – Maeve, Tochter des Eochaid, des vormaligen Königs von Connacht – deine Treue schwören und sie als deine Herrin anerkennen.«

Idath grinste ihn nur höhnisch an. »Bei Manannáns Atem, das werde ich nicht tun.« Fraechs Blick huschte zu seinem Vater hinüber. »Hast du mich nicht verstanden?«, zischte Idath Garvan zu, wobei er Maeves Blick auswich. »Ich werde dieser verlogenen, diebischen Schlampe niemals dienen. Sie mag dich in ihren Bann gezogen haben, *mich* aber wird sie niemals versklaven.«

Fraechs Gesicht rötete sich, während er seine Aufmerksamkeit weiter auf die Bäume am Fluss richtete. Sein Atem ging schnell, was Maeve verwirrte, denn sein Gesicht verriet überhaupt keine Regung. Hatte er Angst oder schämte er sich für das Verhalten seines Vaters?

Sie zog ihr Schwert und ging auf Idath zu. »Ich habe diese Klinge durch die Gunst der Sídhe und durch den Geist meines Vaters erhalten. Mein Vater hat mich zu seiner Nachfolgerin bestimmt.« Sie bedeutete der Wache, Idath loszulassen, und bot ihm ihr Schwert dar. »Du hast jetzt die letzte Gelegenheit, deinen Schwur darauf zu leisten.«

Idath verzog angewidert den Mund, räusperte sich und spuckte sie dann an. Der Schleim tropfte an Maeves Hose herunter, vermischte sich dort mit dem verkrusteten Blut. Idath erhob sich schwerfällig. »Ich bin Idath, der Sohn des Gabran! Ich werde mich niemals dieser Verräterin und Verwandtenmörderin, dieser Hure unterwerfen!«

Maeves Rücken versteifte sich. *Wenn ihr Samen auf dir trocknet,* hatte Idath einst zu ihr gesagt, *werden sie dich als das sehen, was du bist.* Sie sah ihm unverwandt ins Gesicht.

Die unsichtbare Rüstung, die sie vor der Schlacht erbeten hatte, schützte sie anscheinend noch immer, denn sie empfand jetzt keinerlei Furcht mehr vor ihm, sondern nur den brennenden Willen, niemals wieder einem Mann wie ihm ausgeliefert zu sein.

Idath ballte bereits seine Hände zu Fäusten. Sie musste ihn nur noch etwas mehr aufstacheln. Also schürzte sie verächtlich die Lippen und sagte: »Der einzige Verräter, den ich hier sehe, ist derjenige, der seinen eigenen Klan ermordet hat, und das nicht nur aus Gier, sondern auch aus unglaublicher Dummheit.«

Idath schäumte. Sein Gesicht verfärbte sich purpurrot. Sie wartete nur darauf, dass er zuschlagen würde, was er dann auch tat. Idath stürzte sich auf sie.

Ein Ruck ging durch Maeve hindurch, und sie spannte unter Aufbietung aller Energie ein letztes Mal ihr Bein an, um sich zur Seite zu werfen. Idath, der das nicht erwartet hatte, verlor das Gleichgewicht und ruderte wild mit den Armen. Maeve biss trotz ihres schmerzenden Kopfes die Zähne zusammen, ließ ihr Handgelenk zurückschnellen, ein Kunststück, das sie bei den Ulaid gelernt hatte, das sie jetzt aber ihre ganze Kraft kostete, und ritzte mit ihrer Klinge Idaths Halsschlagader auf.

Idath griff sich an den Hals und sank, die Augen weit aufgerissen, in die Knie.

Fraech unterdrückte einen Schrei und fing seinen Vater auf, um ihn dann auf den Boden zu legen. Idath presste seine Hand auf die Wunde, Blut quoll zwischen seinen Fingern hervor. Sein immer leiser werdendes Keuchen wurde schon bald vom Gemurmel der Krieger übertönt. Niemand rührte sich, bis das leise Keuchen verstummt war.

Maeve wandte sich mit hoch erhobenem Kopf an die Männer.

Die schweißnasse Hand um das Heft ihres Schwerts geklammert, verbarg sie ihr Zittern. »Ich habe geschworen, unser Königreich stark zu machen, indem ich uns eine. Dies ist der Eid, den Idath gebrochen hat.« Ihre Stimme brach. Sie musste schlucken. »Seine Männer sollen verschont werden. Jenen, die sich mir durch ihren Eid verpflichten, werde ich vergeben. Über jene, die sich weigern, werden die Druiden urteilen. Das ist alles.« Fraech hatte noch immer seinen Kopf über seinen Vater gebeugt, der jetzt leblos in seinen Armen lag.

Erschöpfung überfiel Maeve, als sie sich umdrehte und auf eine einsame Esche zuhinkte, die am Rand von Idaths Lager stand. Hinter ihr wurde das Gemurmel ihrer Männer noch lauter. Es folgten Augenblicke der Anspannung, als einige von ihnen miteinander zu streiten begannen.

Maeve vermied es jedoch, zu ihnen hinüberzusehen. Schon nach kurzer Zeit entspannte sich die Lage wieder, der Streit schien beigelegt zu sein. Die Männer erinnerten sich wohl wieder daran, wie der Ruhm schmeckte und dass sie lebten, um zu feiern, zu trinken und mit ihren Frauen das Lager zu teilen. Sie begannen zu scherzen, als sie sich entfernten und sich auf die Suche nach weiterer Kriegsbeute machten.

Garvan trat neben sie. »Was ist mit Fraech?«

Maeve massierte ihren verkrampften Oberschenkel, dort wo die Narbe auf den Muskel drückte. »Ich werde mit ihm sprechen, wenn ich mich gesäubert habe. Bei Sonnenuntergang – aber diesmal fesselt ihm die Hände.«

Maeve und Fraech gingen am Fluss entlang, Garvan folgte ihnen mit gezogenem Schwert.

Rauchfahnen vermischten sich jetzt mit den Nebelschleiern der Abenddämmerung. Maeve atmete den Duft feuchten Grases und den frischen Geruch von Wasser ein, um den Gestank des Blutes aus ihrer Nase zu bekommen. Nach dem Sprung, mit dem sie Idath getötet hatte, hinkte sie noch immer. Auch ihre Stirn klopfte noch von den Nachwirkungen des Schlags mit dem Heft. Niemand sprach jedoch über die Schmerzen, die einen Krieger nach der Schlacht quälten.

Vielleicht, weil die Erleichterung, noch am Leben zu sein, alles andere überwog.

Für die Krieger.

Maeve warf einen kurzen Blick zu Fraech hinüber. Er war hochgewachsen und ging mit einer solchen Würde, dass nicht einmal auffiel, dass seine Hände hinter seinem Rücken gefesselt waren. Wann immer sich ein kummervoller Ausdruck auf seinem Gesicht ausbreiten wollte, presste er die Lippen zusammen und hob den Kopf.

Sie blinzelte und versuchte, ihren schmerzenden Nacken zu lockern. Sie hatte ihrem Volk versprochen, die Risse, die Connacht jetzt noch spalteten, zu heilen. Das würde sie nun tun. »Die meisten deiner Krieger haben sich ergeben. Und … Hundert Tote zerbrechen ein Volk nicht.«

Fraech blieb stehen, und Maeve sah ihn an. »Alles, was dein Vater und dein Onkel im Tempel des Lugh über mich gesagt haben, war eine Lüge. Und das wusstest du auch. Ich hätte euch niemals angegriffen. Ich hätte zu meinem Wort gestanden. Der Gott des Schwerts war Zeuge ihres Verrats, und dies hier ist seine Strafe für sie.«

Fraech forschte in ihrem Gesicht. In seinen Augen lag kein Zorn; vielleicht besaß er die Weisheit, die seinem Vater gefehlt hatte. »Mein Instinkt sagt mir, dass ich dir glauben kann.« Er hatte vom Rauch gerötete Augen und war noch heiser von Gebrüll der Schlacht. »Sein Weg war nicht der meine, aber ich war meinem Vater zur Loyalität verpflichtet.«

Maeve nickte, lockerte mit der Spitze ihres Fußes ein paar Kieselsteine am Flussufer. Sie bückte sich und hob die Steine auf, wischte sorgfältig die Erde ab und nahm dann gleich viele davon in ihre beiden Hände. »Ich habe die Unterstützung vieler Lords.« Sie hob eine Hand. »Und du die der anderen. Wenn wir uns weiter bekämpfen, wird Connacht zerfallen.« Sie warf beide Handvoll Kiesel in eine tiefe, unbewegte Stelle im Fluss. Sie gingen schnell unter. Die Ringe, die sie auf der Oberfläche zurückließen, verzerrten das Spiegelbild des Himmels. »Oder … wir bleiben vereint.« Sie sah ihn an. »Wenn du mir jetzt Treue schwörst, werde ich dich zum Anführer meiner Krieger machen.«

Fraech entfuhr ein zischender Atemzug. »*Was?*«

Maeve sah ihn mit schmerzendem Kopf an. »Du hast ehrenhaft gekämpft, und ich habe dich verschont. Zum Wohle des Volkes ist das die einzig richtige Entscheidung.« Sie strich sich mit einem schmerzlichen Lächeln ihre verfilzten Haare zurück.

In seinem Gesicht begann etwas zu leuchten, das den schmerzvollen Ausdruck linderte. »Du spielst mit mir.« Seine Stimme klang unsicher.

»Dazu bin ich im Moment gar nicht in der Lage.« Sie wischte sich ihre Handflächen an ihren Oberschenkeln ab, dann gingen sie weiter. »Ich kann dich nicht töten, denn du bist ein ausgezeichneter Kämpfer, und außerdem bist du sehr beliebt. Die Menschen werden sagen, dass du gar keine andere Wahl hattest, als deinem Vater zu folgen. Ich kann dich aber auch nicht gehen lassen, denn viele Männer werden sich dir anschließen, und dann wird das Ganze von Neuem beginnen.« Sie hob den Kopf und schenkte ihm ein Lächeln, das ihn verwirrte. »Was bist du bereit, für Connacht aufzugeben, Vetter?«

Schließlich reckte er den Kopf. »Frieden. Ich werde die Ehre meiner Familie wiederherstellen.«

»Gut. Aber das reicht noch nicht. Ich möchte nicht, dass die Männer weiter sagen können, ich hätte deinen Klan um die Königsherrschaft betrogen.« Maeve zog ihren Dolch, trat hinter ihn und schnitt ihm die Fesseln durch.

Garvan sah es und atmete hörbar durch die Nase aus, während er sich sein Schwert über die Schulter legte.

Maeve sah ihn an, dann wandte sie sich wieder Fraech zu. »Also, Vetter. Ich werde dich als meinem Erben benennen, dann wirst du nach mir herrschen.«

Als sie das sagte, spürte Maeve überraschenderweise eine schmerzliche Sehnsucht, all das aufzugeben, das bereits jetzt so schwer auf ihr lastete. *Nein, erst wenn wir alle sicher sind.*

Auf Fraechs Gesicht zeigte sich ein ungläubiger Ausdruck. »Du willst mir alles das schenken, wofür wir vergeblich gekämpft haben?«

»Damit du *nach* mir herrschst. Du wirst also entweder eine vorübergehende oder eine vollkommene Niederlage ertragen müssen – obwohl ich spüre, dass du mehr Weisheit besitzt als alle diesen alten Lords zusammen ...« Sie streckte ihm die Hand in der Art eines Kriegers zum Händedruck entgegen.

Fraech starrte ihren Arm an, dann packte er ihr Handgelenk. Erleichterung breitete sich in seinem Gesicht aus und ließ ihn wieder jung aussehen. Seine grünen Augen wirkten plötzlich sehr lebhaft. »Wenn wir gewusst hätten, wie verrückt du bist, Base, dann hätten wir dich schon vor langer Zeit unschädlich gemacht.«

Das war ziemlich grob. Sie ließen einander los, und Maeve zeigte auf den steinernen Hügel. »Du wirst mir jetzt vor deinen Vorfahren und jedem Mann auf diesem Feld deine Treue schwören, und zwar bei deinem Klan, deiner Ehre und deinem Platz neben den Göttern auf der Insel der Seligen. Wenn du diesen Eid brichst, ist es der Ruhm deines Namens, den du verlierst.« Sie beobachtete ihn, während es in ihrem Kopf immer heftiger hämmerte. »Ich gehe davon aus, dass du deinen Namen durchaus schätzt, Vetter Fraech.« Sie musste jetzt unbedingt etwas schlafen.

Fraech lief mit federnden Schritten zum Hügelgrab und begann die Steine hinaufzuklettern.

Als es an diesem Abend dunkel wurde, war Maeves Zelt keine Falle mehr, vielmehr war es zu einem sicheren Schoß geworden. Sie lauschte den Trauergesängen der Krieger. Manchmal waren diese Lieder so klagend wie das Heulen von Wölfen ... und da war sie sich nicht sicher, ob nicht in der Ferne tatsächlich ein paar Wölfe in den Gesang eingestimmt hatten.

Aber auch Jubel war zu hören. Die Sieger hatten riesige Freudenfeuer errichtet, die Garben von Funken in den Himmel spuckten und so Tod und Dunkelheit vertrieben. Die Rufe der Krieger waren trunken vor Erleichterung, und der Gestank der verbrannten Leichen wurde von den angenehmen Gerüchen des gebratenen Hirschs und von Wacholderrauch überdeckt.

Garvan kam zu ihr ins Zelt und ließ sich neben sie auf den Rücken fallen. »Sie werden meinen Namen verfluchen, wenn ich sie in der Morgendämmerung wecke.«

»Warum schon in der Morgendämmerung?«, murmelte Maeve, der bereits die Augen zufielen. Sie hatte das Gefühl, sich nie wieder rühren zu können.

Garvans Antwort wurde Teil ihres Traums, da Maeve bereits in den Schlaf gesunken war.

»Weil du so früh wie möglich Anspruch auf die Halle des Königs erheben musst.«

# 17

Der Wind peitschte die östliche See auf, besprühte Cúchulainn und Ferdia, die sich an die Felsen klammerten, mit Gischt. Die heftigen Böen rissen an ihren Kleidern, sodass sie schon mehrmals fast den Halt verloren hatten.

»Du kannst bei diesem Wetter nicht aufbrechen«, knurrte der Wachhund und starrte dabei das Boot an, das in einer Felsspalte auf und ab hüpfte. Es war ein langer, wie ein Blatt geformter Curragh aus geteerten Häuten mit einem Rahmen aus Haselruten – leicht genug, um über die Dünung zu fliegen, aber für diesen Wellengang schien er einfach zu zerbrechlich.

Einige Fischer verstauten Ferdias Habseligkeiten zwischen den

Ruderbänken, ein weiterer zurrte das Segel am Mast fest. Cúchulainn hatte diese Männer aus seiner Kriegsbeute bezahlt, damit sie Ferdia zur Festung von Skatha brachten, einer Insel, die zu Alba gehörte und auf der anderen Seite der Meeresstraße lag.

»Wir haben nur eine einzige Möglichkeit, um mein Verschwinden zu erklären, und das ist noch dazu eine höchst fadenscheinige Ausrede. Wenn wir jetzt einen Rückzieher machen, erregen wir nur den Verdacht des Königs.« Ferdia verzog seinen Mund zu einem breiten Grinsen, das aber Cúchulainn nicht zu täuschen vermochte. »Zuerst reite ich mir einen Wolf und freue mich schon auf tagelanges Kotzen, bevor ich in diese Höhle voller junger Krieger gehen muss, die allesamt nach Schmalz stinken und versuchen werden, mir mit ihren Schwertern die Augenbrauen zu rasieren. Das wird ein Spaß!«

Skatha, eine Kriegerkönigin, beherbergte auf ihrer Insel eine berühmte Kampfschule. Krieger von der Bernsteinküste, aus Britannien und aus Gallien, ja sogar aus dem Römischen Reich kamen hierher, um zu lernen. Skatha saß wie eine gepanzerte Spinne im Herzen dieses Netzes. Möglicherweise wusste sie etwas über die Söhne des Usnech, falls diese Zuflucht in Alba gesucht hatten.

»Ich sollte es sein, der Skatha aufsucht«, meinte der Wachhund. »Du hast jetzt schon monatelang ganz Erin auf der Suche nach Naisi und seinen Brüdern durchkämmt. Du hast nie mehr als ein paar Nächte lang an einem Ort geschlafen.«

Ferdia übergab einem der Fischer gerade ein ganzes Bündel von Speeren. »Wenn du zu ihr gehst, Cú, dann werden sich diese blutrünstigen Grünschnäbel darum reißen, sich mit dem größten Kämpfer der Ulaid zu messen.«

Cúchulainn starrte aufs Meer hinaus. Seine Nasenflügel bebten. Ferdia hatte keine Ahnung, was er in diesem Wind riechen konnte, aber der Wachhund sah angestrengt hinüber nach Osten. Die treuen Söhne des Usnech – *Helden des Roten Zweigs* – befanden sich jetzt in der Verbannung in Alba, lebten unter feindlichen Stämmen. Ferdia wusste, dass Cúchulainn allein schon diese

Vorstellung unerträglich war. Er sah in seinem Gesicht die Sehnsucht, einfach loszufliegen, niederzustoßen und sie in Sicherheit zu bringen. Aber diese Macht besaß nicht einmal der berühmte Wachhund des Cullen.

Ein Gedanke schoss Ferdia durch den Kopf. *Aber ich kann es. Ich kann sie in Ehre zurückbringen.* Mit glühendem Gesicht verwarf er diesen Gedanken. »Wir sind an Samhain ziemlich knapp an einer Katastrophe vorbeigegangen«, erinnerte er Cúchulainn. »Du musst bleiben und für Frieden sorgen. Wenn sich schon Illan und Fiacra wegen Naisi in die Haare geraten, dann ist das der beste Beweis dafür, dass uns bereits die Fäulnis befallen hat. Gütige Götter, das ist ja so, als würden wir beide gegeneinander kämpfen!«

Cúchulainn runzelte besorgt die Stirn, als eine Welle das Boot gegen die Felsen warf. »Sag niemals so etwas. Nicht einmal im Scherz. Du führst damit nur die Götter in Versuchung, Unheil anzurichten.«

Ferdia warf sein letztes Bündel ins Boot. Er verspürte schon jetzt ein flaues Gefühl im Magen. »Wenn der König so viele Kundschafter zu den Häfen geschickt hat, dann ist er wohl auch der Meinung, dass die Brüder Erin bereits verlassen haben.«

»Wir müssen sie finden, bevor er es tut!« Cúchulainns Ausbruch ließ die Fischer irritiert aufblicken. Cúchulainn nahm Ferdia zur Seite. In seinen blauen Augen spiegelten sich die dunklen Wolken. »Ich habe noch nie erlebt, dass Conors Verstand derart aus dem Gleichgewicht geraten ist«, flüsterte er und schüttelte seine blonde Mähne. »Wie ist es möglich, dass das alles von einem Mädchen, einem halben Kind noch, ausgelöst wurde?«

*Nein, Conor ist derjenige, der dafür verantwortlich ist.*

Nicht zum ersten Mal kam Ferdia noch ein anderer Gedanke – der Gedanke, den König zu stürzen. Doch immer, wenn er diesen Gedanken zuließ, sah er über den Hügeln von Emain Macha eine Feuersbrunst, deren Flammenschein sogar die Wolken erhellte.

Viele Chiefs standen loyal zu Conor, denn diesem war es gelungen, im Laufe der Jahre ein Netz aus Verpflichtungen und Versprechen zu spinnen. Unter ihm als König war ihnen ihre Macht sicher, auch wenn das bedeutete, das sie über seine Ausschweifungen hinwegsehen mussten. Conor zu stürzen bedeutete, dass im Ulaid Krieg ausbrechen würde. Die anderen drei Königreiche würden dem nicht tatenlos zusehen, wie sich das mächtigste Reich in Erin selbst zerstörte. Sie würden sich darauf stürzen und sich das einverleiben, was übrig blieb.

Um Cúchulainns Mund lag jetzt eine bleiche Linie. »Wenn wir das schon für schlimm ansehen, Bruder, welche Katastrophe wird erst über uns hereinbrechen, falls es ihm tatsächlich gelingen sollte, die Söhne des Usnech zu töten?«

Der graue Hengst des Wachhunds, der in der Nähe graste und der wie auch sonst immer mit seinem Herzen verbunden war, hob den Kopf und wieherte. Es war ein Alarmsignal. Ferdias ohnehin schon flauer Magen krampfte sich zusammen.

Cúchulainn warf, die Stirn in tiefe Falten gelegt, einen kurzen Blick zu seinem Pferd hinüber. »Dreißig Jahre lang war Conor ein guter König. Zwar war er selbstsüchtig und verschlagen, aber er hat den Wohlstand und die Stärke des Ulaid vermehrt. *Er war ein Baumeister.* Und jetzt …« Sein Blick richtete sich auf seinen Freund. »Jetzt musst du gehen und diesem Wind entrinnen.« Er zog Ferdia in eine raue Umarmung. »Pass auf dich auf, so wie du auf mich aufpassen würdest«, murmelte er.

Mit diesen Worten verabschiedeten sie sich stets voneinander.

Maeve hörte den Jubel schon von Weitem.

Sie hatte Kundschafter nach Cruachan vorausgeschickt, und als sie jetzt auf Mealláns Rücken über die Wiesen trabte, konnte sie erkennen, dass alle Festungswälle von Menschen gesäumt waren. Bunte Umhänge und Decken flatterten als behelfsmäßige Banner von den Mauern.

Sie sah die königlichen Flaggen von Connacht, ein weißer Adler auf blauem Grund, die an den Tortürmen, an der Halle der Krieger und an der des Königs hingen. Ihr Herz erhob sich mit ausgestreckten Schwingen hinauf zum Himmel. Hörner schmetterten, sangen mit bronzenen Kehlen den Kriegern ein Willkommen.

Maeve hielt sich am Ende der Kolonne. Sie wollte bei ihren Männern sein – sie waren es, die gesiegt hatten. Sie hatte nicht vor, den ganzen Ruhm für sich zu beanspruchen. Es war ihr genug, sich in ihrer dreckigen Kleidung, die unter den anderen in keiner Weise auffiel, zwischen den stinkenden Pferden und den noch übler riechenden Kriegern aufzuhalten. Sie hatte sich die Haare unter ihren Helm gesteckt, ihr Gesicht war unter all dem Schmutz kaum zu erkennen.

Die kühneren Krieger neckten sie, drängten dabei ihre Pferde dicht an Meallán heran. Jene, die zurückhaltender waren, starrten sie voller Ehrfurcht an. Sie fühlte sich fast wieder wie damals als Kind, als sie nach einem ihrer Abenteuer im Wald mit den Jägern nach Hause gekommen war.

Als eine von ihnen.

Viele der Männer hatten mit schmutzigem Leinen bandagierte Wunden. Ganz hinten kamen Karren mit jenen Männern, die nicht reiten konnten, und mit den Gefallenen, damit deren Angehörige ihre Leichen verbrennen konnten. Die Krieger sangen Schlachtenlieder, als sie unter den überhängenden Ästen der Bäume am Fluss entlangritten.

Frisches Laub hatte der kahlen Landschaft jetzt die Härte genommen. Die ersten Blätter schoben sich durch die weiße Blütenpracht der Schlehdornsträucher.

Maeve ritt nun langsamer und fiel zurück.

Das Land war mit aller Macht zum Leben erwacht. Der Frühling hatte in diesem Jahr tatsächlich sehr früh Einzug gehalten. Ein leises Brausen, wie das kaum hörbare Rauschen eines unterirdischen Stroms, lief durch das Erdreich.

Maeve beschirmte ihre Augen und entdeckte die Hirten, die aus ihren Katen gekommen waren und sich versammelt hatten, um den Zug der Krieger zu bewundern. Als sie noch ein Kind gewesen war, hatte sie im Hause von Aengus oft eine Gemüsesuppe bekommen.

Maeve gab ihrem Pferd die Sporen und galoppierte einen schmalen Pfad entlang, der zwischen den kleinen Gerstenfeldern hindurchführte. Aus der umgebrochenen Erde schoben sich schon die ersten grünen Triebe, und auf den morastigen Wiesen am Fluss spross bereits frisches Gras.

Maeve suchte Aengus und seine Familie. Als sie vor dessen riedgedeckter Hütte ihren Helm abnahm, machten seine Frauen, die ihre Kinder an den Händen hielten, einen Knicks vor ihr. Sie alle starrten mit offenem Mund ihre blutbefleckte Kleidung an.

»Stimmt es, dass der Frühling heuer zeitig angebrochen ist, Aengus?«, fragte sie.

Aengus war, eine Hacke über der Schulter, mit seinem Bruder vom Feld gekommen. »Aye. Die Wärme hat die Saat so schnell aufgehen lassen, Herrin, dass wir noch einmal pflanzen können. Und das Gras auf der Wiese sprießt wie Davins Schopf!« Aengus rubbelte einem kleinen Jungen, der sich an seine Beine klammerte, durch die flachsblonden Haare. »So etwas hat noch nie jemand von uns erlebt.«

Maeve stockte der Atem. *War das möglich …?* Oder träumte sie?

Sie zeigte auf die Schafhürden neben der Hütte. »Aber du hast deine Mutterschafe von der Weide geholt.«

Aengus blinzelte und saugte dann Luft durch die Zähne. »Aye, sie sind mit Zwillingen trächtig – jedes von ihnen. Wir müssen jetzt jede Nacht aus dem Bett, um ein paar von ihnen bei der Geburt zu helfen.«

Seine Worte hallten in ihrem Inneren wider. »Und die Kälber?«

Aengus' Bruder breitete seine schwieligen Hände aus, an denen Erde klebte. »Zwillinge. Das Tal rauf und runter, Herrin. Die Hirten werden schier wahnsinnig.«

Sie sollte eigentlich ein schlechtes Gewissen haben, weil diese einfachen Menschen die ganze Nacht im Regen draußen bei ihren Tieren sein mussten, um ihnen bei der Geburt zu helfen. Sie wollte es, konnte es jedoch nicht. Nachdem sie ihnen mit heiserer Stimme gedankt hatte, wendete sie Meallán und ritt zum Zug der Krieger zurück.

Garvan war ausgeschert und wartete auf sie. »Hitzkopf! Wenn du dich all diesen Schwertern entgegen einen Hügel hinunterstürzen kannst, dann kannst du verdammt noch mal die Männer auch anführen, wenn sie bejubelt werden.« Er grinste und schob sich den Helm mit dem Heft seines Schwerts aus der Stirn.

Maeve nickte, aber sie hatte ihm gar nicht richtig zugehört. Ihre Gedanken flogen bereits voraus, waren bei einem ganz bestimmten Mann unter den vielen Hunderten von Menschen, die sich jetzt in Cruachan gesammelt hatten.

Garvan bestand darauf, dass sie den ganzen Weg zwischen den Häusern hindurch nahm. Sie begegneten einem Strom von überglücklichen Frauen und Kindern, die sich in die Arme ihrer Männer und Väter warfen. Maeve wusste, dass dieser Anblick sie eigentlich wie ein guter Schluck Met befriedigen sollte, aber sie konnte sich kaum auf die strahlenden Gesichter, ihre Tränen und ihr Lachen konzentrieren.

Sie sah, dass Garvan von einer seiner Gespielinnen von seinem Pferd gezogen wurde. Als er durch einen überschwänglichen Kuss abgelenkt war, ergriff Maeve die Gelegenheit. Sie brauchte etwas Zeit für sich selbst, um all das in sich aufzunehmen … und um zu glauben, dass das alles tatsächlich die Wirklichkeit war.

Besaß sie endlich die Macht, die ihr Sicherheit gab, sie erfüllte?

Sie ritt mit Meallán auf einem der verlassenen Pfade hinter den Häusern zu den Ställen, wo sie in einer der Boxen von seinem Rücken glitt. Ein paar Buschwindröschen fielen aus ihrem Haar – Kinder hatten sie mit klebrigen Fingern von den Wällen geworfen. Sie band die Zügel um einen Pfosten, klopfte ihrem Hengst den Hals, sprang über das Geländer und rannte dann zur Tür hinaus.

Draußen wurde Maeve von hellem Licht eingehüllt. Die Sonne spiegelte sich in den Pfützen, im nassen Holz und auf den noch feuchten Rieddächern. Licht … es hob sie hoch, wie es das auch getan hatte, als sie an Ruáns Seite gestanden hatte. Mit großen Schritten entfernte sie sich auf stillen Wegen von der Halle des Königs und rannte den grünen Hügel zum Tempel des Lugh hinauf.

Vor dem goldenen Schild standen mehrere Druiden. »Wo … ist … Tiernan?«, keuchte sie und hielt sich dabei die Seite.

Einer deutete in die Richtung, aus der sie gekommen war. »Er wartet bereits auf dich, Herrin. Am Tor der Halle des Königs.«

Also hinkte Maeve wieder den Hügel hinunter. Ihr Gesicht war schweißüberströmt. Ihre Beine protestierten, die alte Narbe schmerzte.

Als sie die Menschenmenge erreicht hatte, die sich bereits vor der Halle des Königs drängte, musste sie ihre ganze Willenskraft aufbieten, um langsam zu gehen. Dieser Triumph gehörte nicht ihr allein … wie konnte sie das nur vergessen? Die Menschen verstummten nach und nach und traten einen Schritt zurück, um ihr Durchgang zu gewähren, wie sie das auch getan hatten, als sie diesen Weg gegangen war, um gegen ihren Bruder zu kämpfen. Damals hatte sie geglaubt, ihr Leben würde enden.

Jetzt war alles anders.

Tiernan stand allein unter dem Tor zwischen den hölzernen Türmen. Seine Haare waren wie ein grauer Wasserfall auf seinem hellen Umhang. Das Sonnenlicht glänzte auf seiner rasierten Stirn.

Maeve versagte die Stimme, als sie den Schleier der Trance sah, der seine Augen verhüllte. Also hatte auch er sie gesucht.

Schwer atmend zog Maeve ihr Schwert aus der Scheide und kniete vor ihm nieder. »Ich habe meine Gegner besiegt und die Loyalität der Lords und der Krieger gewonnen. Der Winter war mild, und der Frühling kam früh. Die Früchte des Feldes gedeihen, die Herden wachsen. Alles ist fruchtbar und voller Leben.«

Tiernans Lider schlossen sich, öffneten sich wieder. Sein Ich kehrte allmählich wieder in seinen Körper zurück. Er senkte langsam den Kopf, sah sie an.

Maeve hob ihr Gesicht. »Verkünde nun das, von dem du weißt, dass es wahr ist!« Wenn sie auch noch immer etwas eingeschüchtert war, das durfte jetzt keine Rolle mehr spielen.

*Mutter des Landes.*

Tiernans Blick wurde schärfer, als er über sie hinwegwanderte.

In seinen Augen lag jetzt Staunen. Er nickte stumm, löste seine von blauen Adern durchzogene Hand von seinem Stab und legte die Handfläche auf ihre Stirn. »Es ist genau so, wie ich es vorausgesehen habe.«

Seine volltönende Stimme brachte große Ruhe in Maeves Körper. Sie hörte auf zu zittern. Alle schwiegen.

»Ich gebe dir vor den Göttern einen neuen Namen. Du bist ab jetzt Maeve, Königin von Connacht, Herrscherin über die Länder des Westlichen Meeres.«

Lauter Jubel erhob sich – eine ungeheure Welle, die sie mit sich riss.

Sobald es Tiernan möglich war, durch das Gedränge von Kriegern zu Maeve zu gelangen, trat er ein weiteres Mal neben sie. Über seinem Druidengewand trug er jetzt ein Schaffell. Er war wieder ganz er selbst, obwohl seine Wangen noch immer eine Spur von Röte zeigten.

Er bedeutete Maeve mit seinem Stab, sie solle mit ihm zu der Treppe gehen, die hinauf zum Festungswall führte. Die Kinder gingen ihnen aus dem Weg, und auch ihre Eltern traten einen Schritt zurück und flüsterten einander dann etwas zu.

Auf dem Torturm angekommen, legte Tiernan seine Hände auf die Kugel aus Bergkristall, die seinen Stab krönte. »Du hast diese Bürde gewollt, Herrin. Und jetzt hast du sie bekommen. Eine kleine Gruppe von Kriegern ist in die nördlichen Grenzgebiete eingefallen.«

Maeves Lächeln verblasste. »Und?«

Tiernan blinzelte in die Sonne. »Sie dringen entlang der Flussläufe vor und bewegen sich dabei sehr schnell. Einige unserer Hirten haben versucht, sie mit Speeren aufzuhalten, und wurden getötet.«

Maeves Mut sank. »Haben sie Vieh gestohlen?«

»Seltsamerweise nicht. Im Gegenteil. Sie sind an vielen Herden vorbeigekommen und haben sie einfach ignoriert.«

Maeve sah zu Boden und atmete tief aus. »Conor hat unser Nein also nicht akzeptiert.« Sie begegnete Tiernans Blick. »Sie wollen

Finnbennach. Wenn sie einen Kampf wollten, hätten sie mehr Menschen getötet. Nein. Es geht ihnen einzig und allein um Finnbennach.«

Tiernan runzelte die Stirn. »Wir haben den Prächtigen gut versteckt, so wie du es gesagt hast. Und ... er ist jetzt mit Sicherheit nicht mehr weiß.« Er breitete die Hand aus. »Ich habe die Krieger der Ulaid von Reitern verfolgen lassen, aber unsere besten Spurenleser waren bei dir. Wir haben die Spur der Eindringlinge in den Hügeln verloren.«

»Dann werde ich weitere Krieger aussenden. Wenn die Krieger der Ulaid nicht von sich aus gehen, werden wir sie vertreiben.« Nur mit Mühe gelang es ihr, ihre Schultern zu straffen.

Er nickte und sah ihr dann in die Augen. »Eochaids Tod hat Conor vielleicht auf den Gedanken gebracht, die Ehe mit dir zum Anlass zu nehmen, irgendeinen absurden Anspruch auf den Thron zu erheben. Jetzt wird er jedoch schon bald hören, dass wir einen neuen Herrscher haben – einen, den er bestimmt nicht erwartet hat.«

Maeve berührte ihre Stirn und neigte ihren Kopf. Ihr Herz hämmerte wie wild.

Maeve ritt auf Meallán am Ufer des Sees entlang. Diesmal jedoch behielt sie die Kontrolle über seine Zügel.

Sie sprang von seinem Rücken. Sie brauchte Ruán nicht mit ihren Augen zu suchen. Sie ließ einfach los. *Lass los*, hatte er ihr, in silbernes Licht getaucht, oben auf dem Hügel gesagt. Als sie durch die Marsch lief, erhoben die Gräser ein leises Murmeln, wiegten sich im Wind, der durch sie hindurchstrich. Er trug dabei alle Erinnerungen an Tore und an Festungswälle fort, an Rieddächer und Rauch, an das geschäftige Cruachan hinter den Hügeln. Da war nur noch dieses schier endlose Meer von Schilf, das sich hinter ihr wieder schloss ... in dem sie sich verlieren konnte.

Da waren keine Stimmen mehr, die nach ihr riefen, die miteinander stritten, die Befehle bellten. Ihre Fingerspitzen strichen durch die Halme, ihre Schritte wurden immer schneller. Da war niemand mehr, der noch etwas von ihr begehrte, der versuchte, sie in alle möglichen Richtungen zu zerren. Jetzt sah sie das Wasser, lockendes Sonnenlicht funkelte auf seiner Oberfläche.

Maeve platschte ausgelassen durch Pfützen. Der Wind löste ihren Zopf, und sie fühlte sich immer leichter, je weiter sie sich vom festen Land entfernte.

*Lass los.*

Sie fand Ruán, ohne ihn zu suchen.

Er stand im hellen Licht der Sonne und mühte sich damit ab, Bündel von hohen Schilfhalmen für sein Nachtlager zu schneiden. Sein langes Haar war nass und glänzte wie das Fell eines Otters. Die Kraft der Sonne war bereits ausreichend, um auf seinen Schultern einen leichten Sonnenbrand hervorzurufen.

Maeve sprang auf einen alten, halb im Schlamm versunkenen Baumstamm, der neben ihm lag. Als Ruán sich aufrichtete, sah sie in sein Gesicht. Plötzlich fehlten ihr die Worte. »Ich bin Königin«, kam es schließlich als leises Flüstern aus ihrem Mund.

Er schwieg, senkte aus irgendeinem Grund sein Kinn und ließ die Schultern fallen. Dieselbe Schwere befiel auch Maeve, und erst jetzt wurde ihr bewusst, dass das, was da so laut in ihrer Brust hämmerte, nichts damit zu tun hatte, dass sie jetzt Königin war.

»Du bist zu mir gekommen.« Maeve verlor das Gleichgewicht und rutschte von dem glitschigen Stamm herunter. Ruán fing sie auf, und ihr Oberschenkel bewegte sich instinktiv zwischen seine beiden kräftigen Beine. Der Schweiß auf seinem Bauch drang durch ihren dünnen Kittel. Sie starrte sein braunes Handgelenk an. »Du hast mich gerettet.«

Er erstarrte, bevor er einen leisen Seufzer ausstieß. »Dann war es also doch kein Traum.«

»Du hast mich geweckt und mir die Männer gezeigt, die im Hinterhalt lagen. Wir haben die Hügel überquert und sie angegriffen – und wir haben gewonnen.«

*Und ich lebe noch.* Ihre flachen Atemzüge ließen sie beide schwanken, denn der weiche Boden gab unter ihren Füßen nach.

Seine Lippen öffneten sich. Er war sichtlich verblüfft. Dann runzelte er die Stirn. »Wie kann das sein? Ich habe doch gar nicht versucht, dich zu erreichen.« Er schien in die Ferne zu blicken, als gelte diese Frage jemand ganz anderem.

Maeve war verwirrt. Sie fror plötzlich. »Nun … dann freue dich wenigstens darüber, dass du vielen Männern das Leben gerettet hast.« Sie zögerte, hob ihr Kinn. Sie hatte in der Schlacht Mut aufgeboten, und dieser Mut strömte noch immer durch sie hindurch.

Sie würde ganz offen zu ihm sein … würde es riskieren, obwohl seine Stirn bereits umwölkt war.

Maeve befreite ihr Handgelenk und nahm sein Gesicht in ihre Hände. Sie musste unbedingt spüren, wie das Leben in ihm pulsierte, denn sie war dem Tod so nahe gewesen – und sie hatte überlebt.

Als er ihre Berührung spürte, hob Ruán den Kopf. Er balancierte auf die für ihn so typische Art, als könnte er jeden Augenblick einfach durch die Bäume davonspringen oder ins tiefe Wasser eintauchen. Weg von ihr. *Niemals.*

Maeve seufzte und strich ihm ein paar feuchte Haarsträhnen hinter ein Ohr, fuhr sacht über seinen nassen Nacken und strich seine Haare dann auf der anderen Seite zurück. Sie hätte schwören können, dass ihn ein Schauder durchlief.

»Das bedeutet«, flüsterte sie, »dass du nicht willst, dass ich sterbe, Ruán aus dem Sumpf. Es bedeutet, dass du zu mir gekommen bist.« Sie musste einen dicken Kloß hinunterschlucken. *Ihr Mut hatte ihr Leben gewonnen.* »So wie ich mir das von dir gewünscht hatte.«

Die Anspannung floss wie Wasser aus seinen Muskeln heraus, seine Schultern senkten sich. »Es scheint so, *ceara.*«

*Ceara.* Feuerrot.

Ruán warf die Halme, die er in der Hand hielt, auf den Boden. Seine Handfläche war grün gefärbt. Aus dem leisen Fluch, den er ausstieß, war seine Kapitulation herauszuhören.

Er legte einen Arm um ihren Nacken und zog sie an sich, presste seinen Mund heftig auf ihre Stirn.

Draußen in der Dunkelheit war das leise Plätschern der Wellen verstummt. Der Wind hatte sich gelegt. Ruán schmiegte sich in seinem Nest aus Pelzen an Maeves Rücken. Sie hatten sich beide dem Lagefeuer zugewandt. Maeve rollte sich jetzt auf den Rücken, um ihn anzusehen.

Er hatte sich, das Kinn in der Hand, auf den Ellbogen gestützt. Unter dem Pelz streichelte er ihren Arm, aber die Berührung war gedankenverloren, so als sähe er zwar dieselben Flammen wie sie, suche aber in ihnen nach irgendetwas.

Sie sah ihn an. »In meinem Traum habe ich deine Augen gesehen.«

Er senkte das Kinn, und der unsichtbare Blick konzentrierte sich auf sie.

Sie strich über die Stoppeln an seinem Unterkiefer, fuhr mit ihrem Finger den sanften Schwung seiner Lippen nach. »Sie waren im Licht des Mondes grau und hell. Sie haben tief in mich hineingesehen.«

Die Einbuchtungen in Ruáns Wangen wurden tiefer. Er schauderte, als berührte ihn eine Erinnerung. Maeve legte den Pelz um seine Schultern und schmiegte ihr Gesäß in die Kuhle seines Bauchs.

Sie legte ihre Wange auf seine Hand, spürte den Schlag seines Herzens in ihrem Rücken.

Schließlich seufzte Ruán und legte sein Kinn auf ihren Scheitel. »Sie waren grün.«

Dieses Geheimnis floh nicht in den dunklen Wald hinaus. Es verweilte zwischen ihren Körpern zusammen mit dem Duft ihrer Haut.

# 18

Der Tag kam näher, an dem es endlich nicht mehr Maeve sein würde, die das Horn mit Met einem Mann reichte, damit dieser den Segen für das Land erbat. Diesmal würde man ihr das Füllhorn reichen, ihr, der ersten Königin von Connacht seit Generationen.

»Nein, das kann ich nicht.« Finn versuchte, in Néls Box in dem großen Stall zu flüchten. Ihr Kittel war verdreckt, und ihre weichen, runden Wangen waren beschmiert. Sie hielt die Pferdebürste wie einen Schild vor sich. »Nein.«

Maeve runzelte die Stirn, als Nél nervös gegen das Geländer trat und dabei den Kopf hochwarf. »Du gehörst zu Connacht, und du gehörst zu Laigin. Du bist unser Bündnis in Fleisch und Blut ...« Maeve brach ab.

Finn hatte jetzt die Augen voller Panik aufgerissen. Ihre Lippen waren zwei dünne Striche.

Maeve schickte ihre Sinne auf eine unbekannte Reise. Sie war darin geübt, in den Herzen der Männer zu lesen, aber auch dort hatte sie stets nur nach den bedrohlichen Dingen gesucht, die ihr gefährlich werden konnten. Aber in den Herzen von Frauen? Niemals!

Finn warf wütend die Bürste ins Stroh und wandte sich von Maeve ab. Sie musste sich sichtlich zwingen, ihre Schultern zu senken, als sie ihre Finger in der Mähne ihres Pferdes vergrub. »Du reitest in eine Schlacht. Ich weiß nur, dass du dort höchstwahrscheinlich sterben wirst. Dass du nicht getötet wurdest, habe ich nur erfahren, weil die Diener mir von deiner Botschaft an Tiernan erzählt haben. Und dann reitest du einfach wieder davon – ohne mir auch nur irgendetwas zu sagen –, und jetzt plötzlich willst du mich vorführen, willst, dass ich mich bewege, wenn du es befiehlst, und dass ich spreche, wenn du es sagst?« Sie ließ Néls Mähne los und legte stattdessen beide Hände auf das Geländer. »Nein, ich werde das nicht tun.«

Dieser Ausbruch machte Maeve sprachlos. Seit sie vom Schlachtfeld zurückgekommen war, hatte Finn sie beharrlich gemieden und war ihrem Blick meistens ausgewichen, wenn sie versucht hatte, ihr ein Lächeln zu entlocken. Jetzt verspürte Maeve den Drang, ihr eine Hand auf die Schulter zu legen, wie sie das bei einem wilden Fohlen tun würde, denn anders wusste sie nicht mit bockigen jungen Lebewesen umzugehen.

Als Maeve einen Schritt auf sie zumachte, wirbelte Finn herum und wich instinktiv noch einen Schritt zurück. Maeve blieb stehen und forschte in ihrem Gesicht. Finn hatte ihre langen Zöpfe unter einer ledernen Kappe versteckt, sodass sie von Weitem aussah wie ein Junge. Aber die schweißnassen Locken auf der Stirn ähnelten denen von Maeve. In Finns Augen zu blicken, war für sie, als würde sie in einen Spiegel sehen.

Das war es. Die Antwort lag in Maeves Erinnerungen. Daran, wie sie selbst gewesen war, als sie noch so jung wie Finn jetzt gewesen war. Sie befeuchtete ihre Lippen und legte eine Hand an Finns Schläfe. Allem anderen würde sich das Mädchen entziehen wie ein noch nicht gezähmtes junges Tier.

Finn versteifte sich zwar, aber sie rührte sich nicht. Ihre Lippen bebten.

Maeve tat so, als würde sie das überhaupt nicht bemerken. »Ein jeder andere Kriegsführer würde dich mit in die Schlacht nehmen, denn du bist mit Sicherheit eine gute Kundschafterin, Tochter. Aber ich würde es mir niemals verzeihen, wenn dir etwas geschehen würde. An dem Tag, an dem mein Blut im Boden versickert, wird es noch immer in deinen Adern fließen. Du bist die Tochter einer Königin und eines Königs: Du musst an das Volk von Connacht und an das von Laigin denken.« Sie legte ihre Hand jetzt auf Finns Schulter, genauso wie sie es immer bei Garvan tat. »Falls du hierbleiben solltest, musst du lernen, was es bedeutet, ein Königreich zu beherrschen.«

Finns Zorn verwandelte sich in etwas anderes. »Falls ich hierbleiben sollte?«

Das Licht in ihren Augen traf Maeve tief in der Brust. Aber dieses eine Mal war es kein Schmerz. »Möchtest du das denn?« Maeves Stimme war heiser, aber sie hatte da plötzlich eine Idee. Sie zog ihr Schwert aus der Scheide und hielt es ins graue Licht, das durch die Stalltür fiel. »Kannst du kämpfen?«

Finns Augenbrauen gingen nach oben. Ein ungläubiges Lächeln huschte über ihr Gesicht. »Vater sagte, dass solche Dinge für eine Frau unschicklich – und für ein Kind völlig unpassend seien.«

»Mit dem Schwert umgehen zu können, ist eine edle und schöne Kunst. Es hält einen stark und beweglich, und es sichert dir den Respekt der Männer.« Maeve reichte ihr das Schwert mit dem Heft voran.

Finn bekam große Augen und umfasste dann begeistert den Griff. Als Maeve die Klinge losließ, zog das Gewicht Finns Arm herunter. Errötend hob sie das Schwert wieder hoch und schwang es dann durch die staubige Luft.

Maeve sah, wie sich eine Flamme aus Sonnenlicht auf der Klinge spiegelte. »Und wenn du kämpfen kannst, wird man dich nicht mehr zurücklassen.«

Ihr Blick begegnete dem von Finn. Ein prickelndes Gefühl der Freude tanzte zwischen ihnen beiden, heiß und hell.

Der Tag von Maeves Krönung war das größte Fest, das Connacht seit Jahren erlebt hatte.

Ihre Krieger hatten Conors Männer in die Flucht geschlagen, ohne dass es diesen gelungen wäre, Finnbennach zu finden. Sie hatte an allen wichtigen Grenzübergängen zum Ulaid im Norden starke Wachmannschaften postiert. Das Volk von Connacht konnte also nach Herzenslust feiern.

Es gab Spiele in der Frühlingssonne. Wettrennen. Siegerpreise.

Für die Handwerker, die Barden und die Krieger, die aus ganz Connacht gekommen waren, gab es große Fässer mit Met, am Spieß gebratenes Schwein und auch Rind. Banner flatterten im Wind. Schlachthörner und Trommeln ertönten ohne Unterlass. Es war ein lautes, fröhliches Fest mit Ständen, an denen es etwas zu essen und zu trinken gab, auch Tuche und Körbe, Leder, Perlen und Bronze wurden feilgeboten.

Das große Feuer in der Halle des Königs war gelöscht und die Asche entfernt worden. In dieser Nacht würden die Druiden an der ewigen Flamme, die in Lughs Tempel brannte, ein neues Feuer entzünden.

Das Einzige, was fehlte, war Maeve.

Als die Sonne höher stieg, wuchs die Spannung. Große Trommeln wurden geschlagen, um den Puls des Volkes von Connacht zu beschleunigen, während sich die Menschen in den Gassen drängten.

Endlich war vor dem Hintergrund des üppig grünen Grases am Fluss ein Schimmer von Weiß und Rot zu erkennen.

Die Menschen riefen und winkten einander zu, stiegen die Tortürme hinauf und säumten die Wälle. Sie kletterten auf Karren und erklommen die Rieddächer, um besser sehen zu können.

Dann wurde es still.

Den Pfad am Fluss entlang kam mit wiegenden Schritten, so als hätte er gerade erst in den Nebeln der Anderswelt Gestalt angenommen, Finnbennach, der königliche Stier von Connacht. Der Oberste Druide Tiernan führte ihn an einem Halfter. Neben ihm gingen einige junge Viehhirten mit Weidenruten. Den Stier hatte man mit süßem Gras und einigen stattlichen Kühen zufriedengestellt. Jetzt wiegte er sich wie die Dünung des Meeres, riesig und Ehrfurcht gebietend.

Auf seinem Rücken, ganz in Leder gekleidet und mit Gold geschmückt, saß Maeve.

Ihre roten Haare fielen auf den Nacken des Stieres. Es waren die Farben der Anderswelt, rot und weiß, die hier zusammentrafen – von den Göttern gesegnet und heilig. Ihr Helm blitzte in der Sonne, als sie zu der aufgeregten Menge hinübersah und ihre Lanze hob, auf deren Wimpel der Adler von Connacht die Flügel im Wind ausbreitete.

Ein unglaublicher Jubel brach aus und hallte weit über die Ebenen von Cruachan.

*Das Diadem auf ihrer Stirn.*

*Der Nektar des Landes auf ihrer Zunge.*

*Die Gesänge der Druiden in ihren Ohren.*

*Der Jubel des Volkes in ihrem Herzen.*

Maeve blickte von den Stufen des Tempels des Lugh über ein Meer bunter Banner und wimmelnder Menschen, das alles vergoldet vom Schein der Abenddämmerung.

Aber sie sah nur Licht – ging durch Licht hindurch –, Licht, still und schimmernd wie das Silber auf dem See.

»Ferdias und Cúchulainns Wege haben sich getrennt.« Der zerlumpte Barde verbeugte sich vor Maeve und wischte sich dabei die rote Nase am Ärmel ab.

Maeves Hand ruhte auf Mius Kopf, die goldenen Augen der Katze starrten sie unverwandt an.

Seit ihrer Krönung waren erst zwei Tage vergangen, und das Fest dauerte noch immer an. Maeve war den betrunkenen Kriegern und den rotwangigen Chieftains entflohen, um sich einen Moment der Ruhe neben dem Kohlenbecken im alten Gemach ihres Vaters zu gönnen.

Es war jetzt ihr Gemach.

»Conors Lords hatten gehofft, der Zorn ihres Königs würde sich im Lauf des Winters legen, aber der Frühling hat ihn nur noch mehr angefacht. Niemand hätte geglaubt, dass sich dieser alte Stamm noch mit solchem Saft füllen könnte!« Der Harfenspieler kicherte, nieste und verkroch sich tiefer in seinen Umhang. »Jetzt hat sein Wahnsinn sogar dazu geführt, dass Ferdia gezwungen ist,

Naisi und Deirdre in Alba zu suchen. Cúchulainn schweigt, und niemand findet mehr den Mut, ihm in die Augen zu sehen.«

Maeves Herz begann zu rasen. Sie faltete die Hände in ihrem Schoß. Ferdia und der große Cúchulainn waren weit mehr als nur Kampfgefährten. Sie waren *eine Seele.*

Ferdia kämpfte immer an Cúchulainns Seite, er trank und aß an seiner Seite, und soweit sie wusste, schlief er auch immer in der Nähe von Cúchulainn. Sie waren wie Tag und Nacht – der Wachhund blond und verwegen, Ferdia dunkel und verschwiegen. Während ihrer Zeit in Emain Macha hatte Maeve den Eindruck gewonnen, dass das mystische Band, dem der Rote Zweig seine Stärke verdankte, auf irgendeine Art und Weise durch diese beiden Männer und ihr Verhältnis zueinander verkörpert wurde.

Sie hatte daher alles darangesetzt, Cúchulainn für sich einzunehmen. Er erwies sich jedoch als einer der ganz wenigen Männer, die ihr gegenüber vollkommen immun zu sein schienen. Er hatte sie mit seinem fröhlichen Gepolter stets auf Armeslänge von sich gehalten. Wann immer sie versucht hatte, mit ihm auch nur zu sprechen, hatte er mit einem breiten Grinsen und mit Augen vor ihr gestanden, die über ihre Schulter hinweg nach etwas Interessanterem Ausschau gehalten hatten.

*Mistkerl.*

Maeve zügelte ihre Gedanken. Ferdia und Cúchulainn hatten die Krieger des Roten Zweigs anscheinend mit einer Art Zauber belegt. Allein das Band zwischen ihnen schien Magie heraufzubeschwören; jene Art der Tapferkeit, die Männer dazu veranlasste, blind feindlichen Schwertern entgegenzustürzen. Cúchulainn und Ferdia waren der Gesang der Schlacht, der den Kampfgeist der Ulaid beflügelte.

Und jetzt hatten sich diese beiden, die das Herz und die Seele des Roten Zweigs verkörperten, aufgrund von Conors Wahnsinn trennen müssen. Maeve erhob sich so abrupt von ihrem Sessel, dass Miu erschrak und davonschoss.

Maeve entließ den Harfenspieler, nachdem sie ihm gesagt hatte, er solle sich eine Schüssel Gerstensuppe geben lassen, damit er sich aufwärmte.

Als der Barde nach einer Verbeugung und einem weiteren Niesen die Treppe hinuntergegangen war, nahm Maeve das königliche Diadem von ihrer Stirn und betrachtete es im Schein des Kohlenbeckens. Endlich war sie Königin.

Ihr waren nicht länger die Hände gebunden.

Die Chiefs hatten, bevor sie nach dem Fest wieder in ihre Burgen zurückkehrten, zugestimmt, einige ihrer Krieger zurückzulassen, damit sich diese auf den Wiesen um Cruachan herum im gemeinsamen Kampf üben konnten. Es sei an der Zeit, so hatten Fraech und Maeve argumentiert, dass die Kämpfer von Connacht ihre Bande festigten und alte Zwistigkeiten beilegten.

Sie mussten zu einer Einheit zusammengeschmiedet werden, einer Einheit, wie sie der Rote Zweig der Ulaid darstellte.

Maeve entließ den letzten Lord und verabschiedete sich dann von Ailill, der ihre Mitgift, die aus Fellen, Met und Honig bestand, zu seinem Vater Ros Ruadh bringen und ihm auch von ihrer Krönung berichten wollte.

Er ritt mit Pelzen und Gold behängt davon. Sobald Maeve seine stachelige Mähne an der Spitze der Kolonne von Lastkarren aus den Augen verloren hatte, legte sie ihren Putz ab, zog ihre hirschlederne Hose an und suchte dann Garvan und Fraech.

Die beiden jungen Krieger waren auf den höchsten Torturm der königlichen Festung geklettert, um sich die neuen Kämpfer anzusehen. Fraech hatte ihnen Aufgaben gestellt, um herauszufinden, wer der stärkste und geschickteste Krieger von ihnen war.

Maeve sprang die Stufen zum Torturm hinauf, während sie über die Brustwehr hinweg das Getümmel unter ihr beobachtete.

Die Männer stapften in den schlammigen Pfützen und in der aufgewühlten Erde herum und hieben mit Stöcken aus Eschenholz aufeinander ein. Dutzende von Speerwerfern wurden gerade von den Galeóin ausgebildet. Ihre Lanzen beschrieben glitzernde Bögen und bohrten sich dann mit einem dumpfen Laut ins Gras. Weiter draußen trieben Reiter ihre Pferde in engen Wendungen zwischen in die Erde gesteckten Stangen hindurch.

Als Maeve zu Fraech und Garvan auf die Plattform des Turms trat, stellte sie überrascht fest, dass Finn bei ihnen war. Ihre Tochter saß auf dem Boden und ließ ihre Beine durch einen Spalt im Geländer baumeln. Dabei knabberte sie in aller Ruhe einen Gerstenmehlkuchen.

Finn richtete sich auf. »Fraech hat mir gezeigt, wie man kämpft«, nuschelte sie mit vollem Mund.

Ohne den Blick von den glitzernden Speerspitzen zu nehmen, erwiderte Maeve: »Ich hatte dir erlaubt, dass einer der Männer mit dir übt. Mein Heerführer ist dafür zu beschäftigt.«

Fraech zuckte mit den Schultern, verschränkte die Arme vor der Brust. Sein Rücken war so gerade wie einer der Eschenstöcke, seine aufrechte Haltung kam jetzt wieder voll zur Geltung. »Es macht mir keine Mühe.«

»Bei Lughs Atem … nutzloses Gesindel!« Garvan deutete mit dem Finger auf eine Gruppe von Jugendlichen, die wie wild auf ihre Kameraden eindroschen und dabei vor Lachen brüllten, als sie das Gleichgewicht verloren und umfielen. »Wenn das echte Schwerter wären, würden inzwischen Köpfe rollen.«

Als eine ihrer ersten Amtshandlungen hatte Maeve Garvan zu ihrem Kämpen ernannt, was die größte Ehre für jeden Krieger war. Er genoss diese Beförderung sichtlich und schritt mit seinem neuen Schwert und dem goldenen Torques des Kämpen stolz wie ein Schwan umher.

Zwei der Jugendlichen warfen jetzt ihre hölzernen Schwerter weg, stürzten sich aufeinander und rangen dann im Schlamm miteinander.

Tief aus Fraechs Kehle kam ein leises Grollen. Er erhob seine Stimme nie. »In der Schlacht werden sie es nicht mehr lustig finden, wenn ihre Eingeweide auf dem Boden verstreut liegen.« Er schwang seine langen Beine über das Geländer und wollte außen am Turm herunterklettern.

Maeve hielt ihn zurück. »Es gibt Neuigkeiten von den Ulaid.«
Alle drei Köpfe fuhren zu ihr herum, braun, rot und schwarz. Maeve berichtete, was sie über Ferdia und Cúchulainn gehört hatte.

»Mein Vater hat oft gesagt, dass Conor der gerissenste König sei, den Erin je hervorgebracht hat.« Fraech lehnte sich an die Palisade. Seine grünen Augen verengten sich im hellen Licht der Sonne. »Ich denke, er wird niemals seinen Einfluss auf den Roten Zweig verlieren.«

»Er verliert ihn bereits.« Maeve wurde bewusst, dass sie sich mit solchen Gedanken bisher stets allein hatte herumquälen müssen; es hatte niemanden gegeben, mit dem sie über diese Dinge hätte sprechen können. »Wir wissen, dass er inzwischen so verzweifelt ist, seine Männer loszuschicken, um unseren Stier zu rauben. Seine Lords sind uneins, und jetzt wurden sogar Cúchulainn und Ferdia getrennt. Was kommt als Nächstes?« Sie schaukelte mit dem Oberkörper hin und her, da sie einfach nicht stillstehen konnte. »Wir müssen uns aber von ihrer Schwäche mit eigenen Augen überzeugen und dann versuchen, diesen Keil noch tiefer zu treiben. Lasst uns ihre Freundlichkeit erwidern und sie ebenfalls überfallen.«

Fraech schnaubte, schüttelte dabei den braunen Zopf, der ihm über den Rücken hing, wie ein unwilliger Hengst. »Base, das Einzige, was wir sehen werden, ist Cúchulainn, der uns mit dem gesamten Roten Zweig im Rücken den Garaus macht!«

»Vielleicht. Aber wenn sie wirklich gerade dabei sind, auseinanderzufallen, dann haben wir eine Chance, die unsere Väter niemals hatten – nämlich die Macht Conors zu brechen.«

In Fraechs Augen leuchtete etwas auf. Seine ansonsten so ruhigen und gelassenen Gesichtszüge spannten sich sichtlich an. Maeve wandte sich an ihn. »Conor will auch Connacht beherrschen. Wir müssen so bald wie möglich herausfinden, ob er noch so viel Macht hat, dass wir mehr als einen Überfall fürchten müssen. Unbedingt.«

Fraech war offensichtlich zu einer Entscheidung gekommen. Er nickte. »Dein Plan ist schlau.«

»Und …«, hörte Maeve sich sagen. »Ich werde dabei sein.«

Garvan und Finn protestierten gleichzeitig.

»Verdammt, Hitzkopf!«

»Mutter!«

Maeve sah die beiden verblüfft an. »Ich bin die Königin …«

»Aye, das bist du.« Garvan wischte sich seine schweißbedeckte Wange an der Schulter ab. »Was wiederum bedeutet, dass du nicht länger nur an dich selbst denken darfst.«

Finn sprang auf, und es sprudelte aus ihr heraus: »Du sagst die ganze Zeit selbst, dass zu herrschen bedeutet, das Volk an die erste Stelle zu setzen, Mutter, vor allem so kurz nach … nach unseren Schwierigkeiten.« Finn warf Fraech einen Blick zu und wurde rot. »Du kannst doch nicht dein Leben riskieren, wenn du hier gebraucht wirst.« Finns Augen weiteten sich, ihr Blick war jedoch fest. »Das ist jedenfalls das, was du selbst immer sagst.«

Fraech betrachtete Finn amüsiert, und Maeve hätte schwören können, dass Finns Mund leise bebte. *Armes Kind.*

Fraech wurde wieder ernst. »Ich werde die Männer befehligen, Base. Ich bin der Heerführer.«

»Und ich bin der Kämpe der Königin.« Garvan warf sich in die Brust und legte seine Hand stolz auf das Heft seines neuen Schwerts.

Maeve schüttelte den Kopf. »Ihr seid beide zu jung, um jemals gegen den Roten Zweig gekämpft zu haben.«

Jetzt war es Garvan, der schnaubte. »Du hast auch noch nie gegen den Roten Zweig gekämpft!«

Sie baute sich vor Fraech und Garvan auf. »Seid ihr etwa Cúchulainn schon einmal von Angesicht zu Angesicht gegenübergestanden? Nun, ich schon. Wisst ihr, worauf ihr achten müsst? Nun, ich weiß es. Fraech, du musst hierbleiben. Du bist gut in Taktik ausgebildet – Kriegstaktik. Ein Überfall ist im Vergleich zur Sicherheit von Connacht kaum von Bedeutung. Und genau dafür, für Connachts Sicherheit, bist du verantwortlich.«

Während Maeve sie alle drei anstarrte, verebbte ihre Entrüstung. Fraech schürzte die Lippen, starrte auf seine Füße. Finns Blick war trostlos, und Garvan kaute auf der Innenseite seiner Wange herum, während ein finsterer Ausdruck auf seinem lädierten Gesicht lag.

Maeve räusperte sich. »Ich weiß ganz genau, worauf ich zu achten habe. Aber …« Sie seufzte. »Ich werde mich im Hintergrund halten, und wenn auch nur ein Krieger des Roten Zweigs in unsere Nähe kommen sollte, so verspreche ich, dass ich sofort das Weite suchen werde.«

Garvan seufzte nun ebenfalls und verschränkte seine Arme vor der Brust. Er kratzte sich nachdenklich am Kopf. »Und ich werde dich begleiten, um dafür zu sorgen, dass du das auch tatsächlich tust.«

»Natürlich.« Maeve legte ihm eine Hand auf den Arm, dann wandte sie sich an Fraech. »Such unter den neuen Männern die besten Reiter aus. Für meinen Plan ist Schnelligkeit wichtiger als Muskelkraft.«

Es war Fraechs Art, andere offen zu taxieren. Als Maeve ihm jetzt in die Augen sah, hatte sie den Eindruck, dass sie ihn nicht enttäuscht hatte.

Nach kurzem Zögern legte sie einen Arm um Finn, die noch immer finster dreinsah. »Komm schon, Tochter. Du weißt, dass ich schon bald wieder hier sein werde.« Sie strich Finn eine Strähne aus dem Gesicht. »Mich bringt man nicht so leicht um«, flüsterte sie und drückte ihre Schulter. »Das ist ein weiteres meiner Geheimnisse.«

Endlich wurde sie mit einem wenn auch widerwilligen Lächeln belohnt. Sie bat Finn, später zu ihr zu kommen und ihr zu sagen, welche Männer Fraech für den Stoßtrupp ausgesucht hatte.

Auf halbem Weg die Treppe hinunter hielt Maeve inne, das Gesicht nach Osten gewandt. Einen Herzschlag lang herrschte vollkommene Stille in ihrem Kopf.

Nein. Sie verwarf den Gedanken, zum See zu reiten. Ruán hatte ihr gesagt, sie solle sich für einen anderen Weg entscheiden. Er war sich nicht bewusst, dass ihr überhaupt keine Wahl blieb. Sie hatte sich zum Bollwerk ihres Volks gegen die Ulaid gemacht. Und jetzt erwarteten die Menschen zu Recht von ihr, dass sie für ihre Sicherheit sorgte – die Göttin Macha Mong Ruad.

*Hier bin ich nicht die, die ich dort bin.* Am See wanderte sie mit Ruán barfuß und so unbeschwert wie Kinder. Dort war ihr Herz leicht. Ruán leuchtete, wenn sie ihn zum Lachen brachte. An diesem Ort gab es keine dunklen Gedanken. Es war ein Frieden, den sie mit ihrem Leben verteidigen würde. Jederzeit.

Sie stellte sich vor, wie sie ihm von ihrem Plan erzählte, und sah vor ihrem geistigen Auge bereits jetzt die Enttäuschung in seinem Gesicht. Er würde es nicht verstehen, weil er nicht verstand, was sie hier in Cruachan verkörperte. Er würde es nicht verstehen, weil das hier nicht die Maeve war, die er so zärtlich berührte, die Maeve, die er kannte.

Diese andere Maeve durfte sie ihm jedoch niemals zeigen.

Aber das spielte jetzt alles keine Rolle mehr … denn eines Tages würden sie alle sicher sein. Dann würde sie dieses Ich für immer abstreifen und für immer zu ihm gehen. Niemand würde sie dann wieder von dort wegholen.

Maeve versuchte, diese seltsamen, wirren Gedanken zum Verstummen zu bringen.

Sie wandte ihr Gesicht nach Norden. *Conor von den Ulaid.* Allein der Name verursachte noch immer ein Unbehagen in ihren Eingeweiden.

Maeve zog ihre Brustplatte zurecht und drehte ihre Haare mit kalten Händen im Nacken zusammen.

Ruán war sich inzwischen sicher, dass ihn jemand beobachtete.

Während er Schlingen auslegte oder einen Fisch ausnahm, bemerkte er aus dem Augenwinkel heraus immer wieder einen Schimmer, eine Störung im Silber ringsum. War dies einer der Bauern, die in der Nähe lebten, oder war es wieder der alte Druide?

Er steckte Maeves Dolch in seine Hose. Abgesehen davon tat er nichts, das zeigte, dass er argwöhnisch geworden war. Wer auch immer ihn beobachtete, hielt ihn möglicherweise für einen Sídhe und ließ ihn in Ruhe.

Eines Tages war Ruán mit der schwierigen Aufgabe, Muscheln über dem Feuer zu kochen, ohne sie in den Sand zu schütten, beschäftigt. Für einige Augenblicke konzentrierte er all seine Sinne in seinen Fingerspitzen und war für alles andere um ihn herum unempfänglich.

Plötzlich räusperte sich hinter ihm jemand.

Ruán schoss hoch, den Dolch hatte er schon in der Hand.

»Beim Lichte von Manannán.« Es war eine volltönende, ausgebildete Stimme. Die Stimme eines Druiden. »Es war nicht leicht, dich zu erkennen, Bruder. Dein Haar ist wirr, und du siehst aus wie ein Reh.«

Einen Moment lang glaubte Ruán zu fallen, wie damals, als er nach seiner Blendung ständig gestürzt war. Er stolperte und stellte sich dann mit brennenden Wangen breitbeinig hin. »Da du mich schon länger beobachtest, Áedán, vermute ich, dass du im Auftrag von Lord Mulach gekommen bist. Du bist jetzt also derjenige, der an seiner Seite sitzt, wie du das schon immer wolltest.«

»Du bist verbittert, und das kann ich dir nicht verübeln.« Dann wurde Áedán freundlicher: »Ich habe gehört, was Mulach und seine Männer dir angetan haben, aber als ich von der kleinen Insel zurückkam, hatten wir dich bereits verloren. Mir war nicht …« Er holte Luft. »Mir war nicht bewusst, dass du … dass du jetzt so bist.«

So wie alle Kreaturen des Feldes und des Waldes war Ruán jetzt ständig mit der Quelle allen Seins verwoben. Für die Menschen war er jedoch nur ein Krüppel. Er öffnete seine Lippen nur mit Mühe. »Dann hat der große Lord also beschlossen, mich endgültig zum Schweigen zu bringen? Ist das der Grund, weshalb du hier herumschleichst?«

»Ich wollte dich nicht erschrecken …«

»Bin ich derart mitleiderregend?« Áedán hatte ihm einst in die Augen gesehen, hatte seine Macht gekannt. Seine alte Macht. Ruán richtete sich auf. *Vergiss nicht, wer du bist.* Die Welt war nicht schwarz, sie umfing ihn mit Licht. Er genoss es, wie der Boden nachgab, roch den Schlamm. Eine Amsel zwitscherte in den Bäumen.

»Du hast dich verändert, Ru.«

Ruán schnaubte und berührte seine Augenbinde. »Was hast du erwartet?«

»Ich weiß es nicht.« Áedáns Schritte kamen näher. »Ich musste vorsichtig sein, mir sicher sein, dass du es tatsächlich bist.«

Ruán ging in die Hocke, legte ein Klettenblatt um die Muscheln. »Willst du mich gleich fesseln oder darf ich erst noch essen?«

Áedán zögerte. »Können wir uns nicht zusammensetzen, so wie wir das früher immer getan haben?«

Ruán drückte seine Zunge gegen die Zähne, stellte sich Áedáns ernstes Gesicht, beschattet von dunklen Haaren, vor. Als Junge war Áedán linkisch und spindeldürr gewesen. Seine Augen hatten denen einer Eule geglichen. Ruán war immer der Kühnere von beiden gewesen, ungeduldig und stets auf der Suche. »Warum bist du hier?«

Ein wollenes Gewand raschelte, als Áedán sich auf einem Baumstamm an der Feuerstelle niederließ. »Verzeih mir, aber ich habe einen weiten Weg hinter mir. Deine Spur war nicht leicht zu verfolgen. Die Erinnerung an dich war flüchtig.«

Ruán wechselte das Messer in seine andere Hand und wischte sich die Handfläche ab. »Antworte mir. Aber ich sage dir gleich, ich lasse mich nicht wieder gefangen nehmen.«

Áedán seufzte. »Nur wenige Monde, nachdem Mulach dich verbannt hat, wurden er und seine Krieger mit heftigen Bauchschmerzen und Fieber aufs Krankenlager geworfen. Die Männer, die dir das angetan haben, Ru, sie sind alle gestorben. Mulachs Bruder Donn ist jetzt unser Lord. Der Sommer hat dann noch mehr Unheil über uns gebracht. Die Trockenfäule hat das Wurzelgemüse vernichtet, und Stürme haben die Fischschwärme auseinandergetrieben. Im Frühling ist es etwas besser geworden, aber für einige von uns ist es bereits zu spät. Der Hunger ist zu unserem schlimmsten Feind geworden. Er holt sich die kleinen Kinder und die Alten. Die Menschen sagen, dass wir verflucht sind, weil Mulach einem Druiden das Augenlicht genommen hat.« Er hielt inne. »Ein Gerücht übrigens, das sage ich dir ganz ehrlich, das ich genährt habe.«

Für Ruán war jedes Wort wie der Schnitt mit einer Klinge.

»Lord Donn möchte das, was man dir angetan hat, wiedergutmachen. Er will dich um Vergebung bitten. Man hat mich geschickt, um dich nach Hause zu holen.«

Schweigen. Ein plötzlicher Krampf in Ruáns Schultern ließ das Messer nach oben zucken. Er lachte. »Die Lords nehmen mir mein Augenlicht, und jetzt, da sie in Gefahr sind, *befehlen* sie meine Rückkehr? Ich werde mich nicht vor den Kriegern vorführen lassen, nur damit Donn an Stärke gewinnt! Sie werden mich bemitleiden, werden auf mich herabsehen.«

»So ist es aber nicht ...«

»So wird es aber sein!« Ruán stieß den Dolch in den Sand, scheuchte damit einen Schwarm Enten auf. Ein Windstoß bewegte das Schilf. »Geh und vergiss, dass du mich gefunden hast.«

Áedán erhob sich und drehte sich um. »Das ist nicht das Ende«, sagte er. »Du bedeutest mir mehr als das.«

Ruán lauschte auf seine Schritte, die sich entfernten. Als er sich sicher war, dass Áedán fort war, rannte er zum Ufer des Sees und ging in die Hocke. Das Schimmern um ihn herum war verschwunden. Er berührte die Wasseroberfläche und hielt seine Finger dann an den Mund, legte schließlich seine Handfläche auf das Wasser. Nichts.

Zwischen den Bäumen war wieder ein Rascheln zu hören, diesmal leiser.

Ruáns Kopf fuhr hoch. Erst jetzt wurde ihm bewusst, dass er, als er mit Áedán gesprochen hatte, die ganze Zeit gespürt hatte, dass da noch jemand anderes war.

# 19

Das ist weit genug«, sagte Garvan zu Maeve. »Bleib jetzt zurück.«

Maeve schürzte die Lippen und sah ihn an. Meallán tänzelte nervös unter ihr. Sie hatten die Grenze zum Ulaid überquert und versteckten sich in einem kleinen Wald auf dem Kamm eines Hügels, der sich weiter in Conors Land hineinzog.

»Du hast es versprochen«, fügte Garvan hinzu.

Maeve suchte mit scharfem Blick das schmale Tal vor ihnen ab. Ihr gefiel nicht, was sie sah. Sie war mit ihren Männern zunächst am Rande der Seen und Sümpfe entlanggeritten, die die Grenze bildeten. Hier, weiter oben im Hügelland, klammerten sich kleine Gehöfte an die trockeneren Hänge. Vereinzelt gab es spärliche Felder, die man dem mühsam entfeuchteten Boden abgerungen hatte. Aber diese Behausungen der Ulaid lagen verlassen da.

»Jetzt, da ich Königin bin, kommandierst du mich noch mehr herum als vorher.«

Garvan tätschelte seinem nervösen Pferd den Hals. »Nun, Brüder müssen für ihre Mühen irgendwie belohnt werden.«

Maeve murrte. Sie hatte nur deshalb versprochen, mit dem jungen Krieger Lassar zurückzubleiben, während der Rest der Gruppe das Gelände weiter erkundete, weil ihr Finns starre Miene nicht aus dem Sinn gehen wollte. Ihre Frustration gewann gegenüber ihrem Versprechen jedoch allmählich die Oberhand. »Es ist mir zu still hier.«

Ihr Plan bestand darin, dass ihre Krieger den Tälern folgten, bis diese sich zu ebenerem Weideland öffneten, dort ein paar Stück Vieh stahlen, einen Bogen beschrieben und dann auf demselben Weg wieder zurückritten. Das Ganze sollte dazu dienen, die Verteidigungsbereitschaft der Ulaid zu testen. Wenn sie von irgendwelchen Kriegern der Ulaid verfolgt würden, würden ihre Männer das Vieh einfach sich selbst überlassen und dann versuchen, ihre Verfolger in den ausgedehnten Sümpfen und Flussmarschen, die die Kämpfer von Connacht so gut kannten, abzuschütteln.

Ein einfacher Plan. Maeve konnte nur hoffen, dass er ihr auch die gewünschten Informationen lieferte.

»Wenn das, was der Harfenspieler sagt, stimmt, und Conor sich mit einigen seiner Chiefs tatsächlich überworfen hat, dann haben sich die Menschen, die sonst hier leben, möglicherweise in die sicheren Festungen ihrer Lords zurückgezogen. Das wäre gar nicht schlecht für uns, Hitzkopf. Das würde nämlich bedeuten, dass sie voreinander mehr Angst haben als vor uns.«

Maeve entspannte sich. »Manchmal sagst du ganz vernünftige Dinge.«

Im Laufe der nächsten drei Tage verbargen Maeve und Lassar sich tief im Wald. Maeve schmiegte sich an die Erde auf dem Hügelkamm, damit sie von unten aus nicht gesehen werden konnte. Zwischen den Wurzeln einer Eberesche ignorierte sie den Regen, der auf ihren Umhang aus geöltem Leder herabprasselte, ignorierte ihren schmerzenden Rücken und ihre kalten Füße.

Am vierten Tag erhob sie sich noch vor Tagesanbruch und starrte angestrengt auf das Land hinaus. Wo blieben sie?

Die Morgendämmerung zeigte ihr eine Decke aus Nebel, die in den Niederungen lag. Maeve blinzelte, als sie einen seltsamen Widerschein, eine Art Flackern um die Hügel und die Bäume herum, bemerkte, die sich vor dem Himmel abhoben. Erst hielt sie es für das erste Licht des Sonnenaufgangs, aber das Licht befand sich im Norden, und es war silbern und nicht golden. Das Tal vor ihr verlief wie ein dunkler Riss durch diese schimmernden Schleier. Sie glaubte auch einen Schatten zu sehen, der sich am nördlichen Horizont ausbreitete. Sie schloss die Augen und öffnete sie wieder.

Das Licht war weg, aber der Schatten lag weiter auf ihrem Herzen.

Maeve glitt den Hügel hinunter, wo Lassar gerade ein Stück altes

Brot frühstückte. »Irgendetwas stimmt nicht.« Sie zog die Scheide mit ihrem Schwert aus ihrem Tornister. »Wir müssen auf diesen Hügel dort vorn, damit wir mehr sehen können.«

Lassar kaute unbeirrt weiter. »Der Kämpe hat gesagt, dass wir uns von allen Schwierigkeiten fernhalten sollen.«

Sie hob herausfordernd den Kopf, als sie ihr Schwert gürtete. »Ich bin deine Königin, Lassar. Schuldest du mir Gehorsam oder Lord Garvan?«

Lassar schluckte seinen Bissen hinunter und erhob sich eilig.

Vorsichtig führten sie die Pferde zum nächsten Hügelkamm. Die Sicht war ihnen noch versperrt, als sie in der kalten Luft des Morgens ganz deutlich das nervöse Brüllen von Rindern hörten.

Maeve und Lassar kletterten den Hang hinauf.

In einiger Entfernung konnte Maeve weiter unten im Tal gerade eine Gruppe von Hütten an einem seichten Fluss und das Schimmern roter und schwarzer Felle ausmachen. Dutzende von Kühen waren in einer Einfriedung aus Gestrüpp und Haselschösslingen eingeschlossen. Maeves Mund wurde trocken. »Ich kenne dieses Gehöft. Diese Herde steht normalerweise nicht hier. Der Lord hält sie auf einem hohen Hügel hinter einem Schutzwall.«

Lassar sah sie mit großen Augen an. »Dann …«

»Sie wussten, dass wir kommen.« Maeve wurde beinahe übel. »Das ist eine Falle, und unsere Männer sind direkt hineingelaufen.« Ihre Gedanken rasten. An wen würden sich die Lords an den Grenzen wenden, wenn sie tatsächlich mit Conor gebrochen hätten? Wer konnte so viele Männer hinter sich versammeln und derart schnell hier sein?

Maeve zerrte Meallán bereits an den Zügeln den Hang hinunter. »Beeil dich!«

Ruán stand, nackt bis zur Taille, im seichten Wasser. Er streckte sich, dann band er sich seine Haare wieder mit einem Lederriemen aus dem Gesicht, bevor er die Hände über dem Wasser ausbreitete und einen Fisch herbeirief.

Er hatte die Brasse gerade auf seinen Herdstein gelegt und tastete nach seiner Klinge, um sie zu entschuppen, als er plötzlich innehielt. Diesmal hatte er keinen einzigen Schritt gehört, und dennoch spürte er, dass er nicht allein war. »Wer ist da?« Dieses Schimmern in der Luft ... es war wie das eines Rehs, scheu und zart. Das war nicht Áedán. Ruán spannte sich an und war schon halb aufgestanden.

»Ru.« Ihre Stimme war heiser vor Traurigkeit.

*»Orla?«*

Er hörte das Rascheln von Stoff und zögernde Schritte. »Ich war mir nicht sicher, ob du nach dem, was du zu Áedán gesagt hast, überhaupt noch mit mir sprechen würdest.« Sie holte Luft. »Ich war nie so mutig wie du.«

Ruáns Finger legten sich unwillkürlich auf seine Augenbinde. Als Orla ihn das letzte Mal gesehen hatte, waren seine Augen noch unversehrt gewesen. Er erinnerte sich an die Schatten des Laubs, die ihr Haar gesprenkelt hatten, an die bernsteinfarbenen Flecken in der Iris ihrer Augen. Er ließ die Hand sinken. »Was machst du hier?««

»Ich bin mit Áedán gekommen, um dich zu sehen.«

Unter seiner Haut breitete sich ein leichtes Zittern aus. Es kam ihm vor, als käme sie direkt aus seiner Vision im Kreis der Steine zu ihm. Diese lebhaften Empfindungen wirkten noch immer nach – aber es waren eben doch nur die Erinnerungen eines Jungen. »Wenn du dich rächen willst, weil ich so grausam zu dir war, dann hast du deine Rache bekommen.« Er berührte seine Stirn. »Meine Augen.«

»Ich will keine Rache!«

Ruán fasste sich, sein neues Sehvermögen zeigte ihm immer wieder Bruchstücke. Orla war ein kleines und ruhiges Licht, blass aber beständig. »Dann erwartest du wohl eine Entschuldigung von mir? Wie sonst könnest du nach allem, was ich dir angetan habe, hierherkommen?«

»Das ist rein gar nichts im Vergleich zu dem, was Lord Mulach dir angetan hat.«

Ruán tastete nach seinem Kittel und zog ihn über seine nasse Haut. »Das habe ich mir selbst zuzuschreiben. Du hingegen hast nichts Falsches getan.« Er ließ die Arme sinken, als er sich ihr zuwandte. »Warum bist du gekommen, Orla? Du bist erwachsen, hast ein eigenes Leben.«

Er hörte, wie sie an der Rinde der Eberesche herumzupfte. »Wir alle haben für das gebüßt, was Lord Mulach dir angetan hat. Als Lord Donn Áedán gebeten hat, dich zu suchen, dachte ich … falls du nicht mit ihm sprechen willst, würdest du vielleicht …« Ein ängstlicher Atemzug. »Würdest du vielleicht mit jemandem sprechen, den du von früher her kennst.«

Er seufzte. »Dann hast du dich vergeblich bemüht. Ich kann und ich werde nicht zurückkehren. Das hier ist jetzt mein Zuhause.«

»Das ist kein Zuhause.« Sie lief auf ihn zu, ihre kalten Finger sandten eine Schockwelle in seinen Arm aus, als sie ihn berührte. »Komm zurück. Du gehörst zu uns. Wir werden uns um dich kümmern.«

»Orla.« Ruán nahm ihre Finger, schloss ihre Hand und schob sie sanft von sich weg. Er lächelte, um seinen Worten die Schärfe zu nehmen. »Ich brauche niemanden, der sich um mich kümmert.«

»Kein Mensch sollte allein sein.«

Sie meinte es wirklich gut mit ihm. Das spürte er. Ruán berührte ihren Scheitel, denn sie reichte ihm nur bis zur Brust. Ihre Haare rochen nach Salz und Seegras, so vertraut …

»Ru.« Sie legte den Kopf in den Nacken, und ihr Licht flammte plötzlich hell auf. »Ich dachte, du würdest Áedán vielleicht nicht vertrauen, weil er aus Mulachs Sippe stammt. Ich aber spreche für die einfachen Menschen, für jene, denen du immer geholfen hast.«

Ruán ließ die Hand sinken und wich einen Schritt zurück. Im Gegenteil, er hatte niemandem geholfen. Er hatte jemanden getötet. Und er hatte Orla verletzt. Er hatte sich geschworen, nie wieder irgendjemanden zu verletzen.

Seine Beine führten ihn wie von allein auf den Pfad, den er durch das Unterholz geschlagen hatte. Er konnte keinen klaren Gedanken mehr fassen und musste deshalb erst einige Schritte gehen. Sein Gesicht brannte.

Orla lief hinter ihm her. »Sie haben nicht vergessen, dass du ihre Fischerboote besungen hast. Sie erinnern sich sehr wohl an die unzähligen Nächte, als du auf den Grabhügeln der Sídhe gefastet und für sie gebetet hast.«

Aus seiner Kehle kam ein undefinierbares Geräusch. Orla blieb hinter ihm stehen und sagte: »Ich bin gekommen, weil die Fischer mich darum gebeten haben. Sie glauben, dass ich einst einen Jungen kannte, der Teil der Wälder und des Wassers war. Der einfach alles wissen wollte, was es zu wissen gab, weil er eines Tages ein Druide sein wollte und mit seinem Wissen Gutes tun würde.«

Ruán blieb stehen, das Gefühl der Enge in seiner Brust wurde immer stärker.

»All die Monate, die ich in der Nacht in meinem Bett geweint habe, wusste ich, dass du etwas Besseres zu tun hattest, als die Schafe auf den Wiesen meines Vaters zu hüten.«

Ruán drehte sich um, hob eine Hand. »Genau das habe ich hier gefunden.« Er versuchte, seiner Stimme einen freundlicheren Ton zu geben. »Ich möchte, dass du denselben Frieden findest wie ich, denn ich habe dir einst schreckliches Unrecht angetan. Geh zurück zu deinem Mann und deiner Familie, Orla. Du hast mehr verdient als nur eine Erinnerung.«

Sie schniefte. »Meinen Mann hat schon vor langer Zeit die See geholt. Meine Kinder sind längst dem Lendenschurz entwachsen. Ich habe mich danach gesehnt, jene Welt zu sehen, die du mir mit deinen schönen Worten ausgemalt hast. Ein einziges Mal, nur ein einziges Mal wollte ich mehr als Steine und Wasser.«

Ruán berührte zuerst die Augenbinde und dann sein Herz. »Dann siehst du jetzt, dass die Zeit in jeder Welt voranschreitet. Den Jungen, an den du dich erinnerst, gibt es schon lange nicht mehr.«

»Nein. Áedán und ich werden dich nicht aufgeben, wie es Lord Mulach getan hat.« Ihre Stimme wurde leiser, als sie sich zwischen die Bäume zurückzog. »Wir haben bei den Schilfschneidern Obdach gefunden. Ihr Gehöft ist ganz in der Nähe. Ein Druide bekommt immer ein Bett und etwas zu essen – das hast du mir selbst einmal gesagt.«

»Es hat keinen Sinn, Orla.«

Sie gab ihm keine Antwort, Zweige knackten unter ihren Füßen, als sie durch den Wald davonlief.

Als junges Mädchen war Orla vorübergehend zu einer sahnigen Üppigkeit erblüht. Aber die Steinernen Inseln nährten weder pralles Fleisch noch rosige Haut. Sie ließen die Menschen verschrumpeln, trockneten sie mit Salz und Wind aus.

Ruán kehrte zu dem Fisch zurück und fuhr mit den Daumen über dessen Schuppen. Er würde niemals erfahren, wie Orla jetzt aussah, und obwohl sie ihn sehen konnte, war ihr Herz doch mit einer ganz eigenen Blindheit geschlagen. Für sie würde er stets der Junge sein, dessen Berührung sie einst erblühen ließ.

Ruán nahm den Fisch aus und briet ihn. Als er neben der Feuerstelle saß, geschah etwas Unerwartetes. Sein Körper sank langsam ins Gras. Das altbekannte Gefühl der Enge verließ ihn. Er lehnte sich mit dem Hinterkopf gegen einen Baumstamm. Die spiralförmige Narbe bewegte sich, als er atmete.

Er musste nicht mehr fürchten, dass irgendein rachsüchtiger Lord ihm nach dem Leben trachtete.

Maeve und Lassar schlitterten eine Rinne im Hügel oberhalb des Flusses hinunter, zogen dabei ihre Pferde vorsichtig hinter sich her. Es war schwer zu erkennen, was genau zwischen den Häusern an der Furt geschah, denn Äste und Gestrüpp versperrten ihnen die Sicht. Ihre Ohren sagten ihnen jedoch schon bald alles.

Sie vernahmen das Klirren von Eisen. Schreie und Rufe, noch bevor sie den ebenen Grund erreicht hatten. Eine steinige Furt führte über den Fluss zu einer losen Ansammlung von riedgedeckten Hütten, die von einer kleineren Palisade umgeben wurde. Das Tor aus Strauchwerk stand weit offen.

Metall blitzte in der Morgensonne. Überall in dem Gehöft kämpften Krieger, wühlten mit ihren Füßen den schlammigen Grund auf. Rinder drängten sich ängstlich in einem Gewirr aus Gräben, warfen ihre Köpfe hoch und traten gegen die Palisade, während die Männer zwischen ihnen hin- und hersprangen und Deckung suchten.

Maeve versuchte verzweifelt, aus diesem Wirrwarr schlau zu werden. Einzelne Gruppen von Männern kämpften in Kuhställen, Durchgängen, Schweinekoben und auf den Wegen zwischen den Hütten. Die Ulaid hatten offensichtlich überall in dem Gehöft im Hinterhalt gelegen.

Maeve wischte sich den Schweiß von der Stirn. Die Krieger rangen im Schlamm miteinander, ihre Gesichter waren mit Matsch bespritzt. Erst jetzt wurde Maeve bewusst, dass unter dem Schmutz auf den Schilden einiger Kämpfer rote und goldene Streifen zu erkennen waren, die aussahen wie Blüten, die man auf dunkler Erde verstreut hatte.

Der Rote Zweig.

Maeve ließ Mealláns Zügel los und rannte ins Wasser. Platschte durch die Furt, ihre Hand schon auf dem Heft ihres Schwerts. Gerade als sie durch das Tor schoss, sprang Lassar sie von hinten an und riss sie um.

Sie fielen in einen Graben und landeten bäuchlings in einem Rinnsal, das unter der Palisade hindurchlief. Maeve spuckte Schlamm und Dung aus und arbeitete sich unter Lassars schwerem Körper hervor. »Sofort runter von mir!«

»Ich habe Lord Fraech geschworen, dich zu beschützen«, keuchte der junge Krieger. »Wenn du stirbst, sterbe ich auch, ob ich nun nach Hause zurückkehre oder nicht.«

Sie warf ihn ab, und er kauerte sich neben sie. Seine Hand hatte er ausgestreckt, als hätte er es mit einer fauchenden Katze zu tun.

»Lassar!« Sie wischte sich das Gesicht und die Augen an ihrem Ärmel ab.

»Ich habe für dich gesprochen, als du deinen Bruder getötet hast«, haspelte er jetzt mit kalkweißem Gesicht. »Du hast gesagt, du würdest Connacht beschützen, aber das kannst du nicht, wenn du tot bist.«

Maeve knurrte und legte sich auf den Bauch. Dann krochen sie Seite an Seite hinauf zum Rand des Grabens und spähten unter den Stangen eines der Zäune hindurch.

Krieger stürzten sich noch immer aufeinander, während die Rinder in ihren Gattern ziellos herumrannten und voller Panik muhten. Die Klingen in die Luft gereckt, sprangen jetzt noch mehr Männer von den Rieddächern und den Holzpfählen der Viehhürden herunter und bohrten ihre Schwerter in jeden Feind, dessen sie habhaft werden konnten. Ihre Wut- und Schmerzensschreie trafen Maeve bis ins Mark. Sie rang verzweifelt nach Luft, als der Gestank von Blut immer durchdringender wurde.

Sie sah sich um. Männer aus Connacht lagen am Boden, aber sie sah auch einige scharlachrote Schilde im Schlamm liegen. Von den wenigen Kriegern des Roten Zweigs, die hier waren, waren zwei oder drei gefallen. Diejenigen, die sie kannte, kämpften noch.

Ulaids ehemaliger König Fergus, ein Bär mit silberner Mähne, schwang brüllend sein Schwert.

Sie erkannte auch zwei Söhne von Conor – Cormac, der Älteste, der das stolze Gesicht seines Vaters geerbt hatte, und Fiacra, der Jüngste mit seinem flachsblonden Haar.

Fergus' Sohn Illan.

Maeve blinzelte. Der Schweiß und ihr rasendes Herz ließen alles vor ihren Augen verschwimmen. Irgendetwas stimmte nicht … etwas, das sie nur mit ihren Instinkten wahrnahm. Der Rote Zweig tanzte nicht jenen fließenden, tödlichen Tanz, den sie Hunderte von Malen beobachtet hatte, wenn er als Einheit trainierte und kämpfte. Vielmehr befand er sich in Auflösung, die Krieger waren über das gesamte Gehöft verstreut.

Und dann sah Maeve ihn.

Ein goldener Gott stand vor der Tür des größten Gebäudes. Er war nur von mittlerer Größe, eher elegant als massig. Sein blondes Haar und sein bartloses Gesicht waren voller Blut. Selbst von Weitem sah Maeve jedoch, wie seine Augen aus diesem blutverschmierten Gesicht heraus wie zwei blaue Leuchtfeuer funkelten. Er tanzte geradezu, schwang sein Schwert in einem komplizierten Muster aus Schlägen und Ausfällen, die um ihn herum eine Art eisernen Käfig bildeten. Gleichzeitig fällte er drei Männer.

Ein heftiger Abscheu packte Maeve bei seinem Anblick. Instinktiv zogen sich ihr die Eingeweide zusammen. »Cúchulainn.« Er war jetzt die Klinge in Conors Hand – die Klinge, die ihr Volk bedrohte.

»Das also ist er.« Lassars Stimme bebte.

Ja das war er: ein ebenso gefährlicher Feind wie Conor selbst. Aus reiner Gewohnheit suchte Maeves Blick Ferdia an seiner Seite, dann jedoch fiel ihr wieder ein, dass Ferdia nicht da war.

Maeve atmete so flach, dass ihr davon schwindelig geworden sein musste, denn die Welt machte plötzlich einen Ruck, als wäre Maeve unter ihre Oberfläche getaucht. Die blutverschmierten Klingen und eingebeulten Schilde, die Pfützen aus Blut und das Fell der Tiere, all das war mit einem Mal in silbriges Licht gehüllt ... Oder war dies nur eine Sinnestäuschung, hervorgerufen durch die Sonne?

Nein. Alles leuchtete. Sie konnte das tatsächlich sehen.

Es gab also im Herzen des Roten Zweigs tatsächlich ein Geheimnis, etwas, das dessen Mitglieder miteinander verband und das sie geheim hielten. Die seltenen Male, als sie Conors Zorn riskiert und heimlich mit einem der Krieger des Roten Zweigs geschlafen hatte, hatten sie geschwiegen, als sie dieses Thema angesprochen hatte, und sich dann von ihr abgewandt.

Jetzt erstarrte Maeve vor Staunen – und vor Entsetzen.

Cúchulainn war eine lodernde, weiße Flammensäule. Die anderen Krieger des Roten Zweigs strahlten bei Weitem nicht so hell. Ruán hatte ihr in dem Tal die Lichter der Seelen gezeigt – einige davon waren stärker als andere. *Cúchulainn.* Seine Flamme sandte einen lodernden Feuerschein aus, als wolle sie alle seine Brüder vom Roten Zweig umfassen.

Ein Licht, das sie alle vereinte … War das der Grund dafür, dass sie sich wie ein Mann bewegten, wie ein Mann dachten?

Die Seelenlichter von Maeves Männern hingegen pulsierten als einzelne, isolierte Flammen der Verzweiflung und der Angst, wanden sich und verloschen schließlich. Die jedoch hingegen formten ein Gefüge aus Blitzen, das sich in ihrem Kämpen Cúchulainn vereinte.

Doch dann veränderte sich die Situation plötzlich.

Die Flammen der Kämpfer des Roten Zweigs wurden mit einem Mal von dunklen Rissen durchzogen, die schimmernden Lichtbänder, die sie miteinander verbanden, rissen auseinander. Schon bald waren da nur noch Fetzen von Helligkeit, und auch sie begannen einer nach dem anderen zu verlöschen. Während dies geschah, fielen immer mehr Krieger des Roten Zweigs den Klingen der Männer aus Connacht zum Opfer.

Die Dunkelheit senkte sich auch auf Cúchulainn. Seine Flamme wurde schwächer, zog sich immer mehr in sich zusammen. Maeve wischte sich den Schweiß vom Gesicht, schloss die Augen. Als sie sie wieder öffnete, sandte Cúchulainn Feuergarben aus rotem Zorn aus. Er schüttelte die Krieger, die ihn bedrängten, ab und stürmte, das Schwert über dem Kopf, zu den Viehhürden.

In seinem Weg befand sich Garvan, der gerade in einen Kampf auf Leben und Tod mit einem anderen Krieger verwickelt war, sodass er den goldenen Sturm, der sich ihm näherte, nicht bemerkte.

Maeve erwachte aus ihrer Trance. Sie stützte sich auf ihre Hände und schwang sich aus dem Graben. Lassar versuchte noch, sie festzuhalten, aber es gelang ihr, sich zwischen den Zaunpfählen hindurchzuschieben. Als Lassar über den Zaun kletterte, rannte Maeve schon durch den aufgewühlten Schlamm. Irgendetwas stimmte mit dem Roten Zweig nicht! Wenn sie nur ihre Männer hinter sich versammeln, ihnen neuen Mut geben könnte …

Der Kriegsruf von Connacht lag ihr schon auf der Zunge. *Der Adler des Blutes! Der Adler des Mutes!*

Plötzlich ertönte hinter ihr ein Schrei. Im selben Moment wurde Maeve von einem Lichtblitz geblendet, der von der Seite her auf sie zuschoss. Sengendes Feuer breitete sich auf ihrer Flanke aus.

Nein, keine Flamme ... *Schmerz* ...

Maeve wankte und fiel.

Cúchulainn hatte sich das Blut nicht vom Gesicht gewaschen und stürmte so durch die Tore von Emain Macha. Die Wachen vor der Halle des Königs sprangen erschrocken zur Seite, als er die Flügeltür aufstieß und wie eine lodernde Fackel durch das höhlenartige Gebäude schritt.

Cúchulainn nahm die Stufen hinauf zum Lagerhaus hinter der Halle mit einem einzigen Sprung. Dort drinnen begutachtete Conor gerade mit einem Druiden die Beltaine-Geschenke. Die beiden Männer standen im Licht einer Lampe aus Horn, die auch die Fässer und Körbe, die sich an der Wand stapelten, beleuchtete. Durch die Risse in den Dielen drang Tageslicht.

Der König fuhr herum, als Cúchulainn hereinstürmte. Der Kämpe schleifte sein blankes Schwert mit einer blutbeschmierten Hand hinter sich her.

»Sag mir, dass das keine Niederlage war.« Das von roten Äderchen durchzogene Weiß von Conors Augen schimmerte im Zwielicht.

»Die Krieger aus Connacht sind geflohen, aber es haben viele von ihnen überlebt.« Cúchulainns Lippen waren taub, seine Stimme noch heiser vom Schreien.

Conor warf einen Blick auf den Druiden, dessen Schreibfeder über dem Stück gebleichtem Leder verharrte, um die Liste fortzuführen. »Geh jetzt«, murmelte der König. »Wir machen später weiter.«

Das Vorratshaus war nicht gerade der Ort, den Cúchulainn sich für diese Begegnung ausgesucht hätte, aber die zum Trocknen aufgehängten Rinderhälften, die Säcke mit muffigem Korn und die Bottiche mit Käse flüsterten ihm aus der Dunkelheit heraus zu, dass seine Krieger einfach nicht versagen durften. Denn wenn dies geschah, stand das Schicksal aller Menschen in diesem Land auf dem Spiel – nicht nur ihre Sicherheit, sondern auch ihr Überleben.

Sobald sich der Druide entfernt hatte, fuhr Cúchulainn den König an. »Maine, Brecc und Curoi sind tot. Und mit ihnen zusammen sind auch viele andere gute Männer gestorben.«

»Fiacra?«

Cúchulainn schüttelte stumm den Kopf.

In einer von Conors Wangen begann es zu zucken, ein Auge flackerte. »Wenn ein Krieger in den Kampf zieht, muss er damit rechnen zu sterben.«

»Wenn du dich nicht diesem Wahnsinn hingegeben hättest, Onkel, hätte Connacht uns nicht an Beltaine überfallen. Sie wissen offenbar von unserer momentanen Schwäche.«

»Nein«, krächzte der König. Seine Augen funkelten. »Das liegt allein daran, dass die Bastarde diese Wölfin zu ihrer Königin gemacht haben.« Er verzog das Gesicht, als hätte er einen schlechten Geschmack im Mund. »Sie war immer darauf aus, mich zu demütigen … hat immer danach getrachtet, mich zu stürzen. Eochaid hat sie nur in die Welt gesetzt, um einen Verräter in unserer Mitte unterzubringen.«

*Ach.* Cúchulainn brachte diesen Wahnsinn zum Verstummen, indem er vor Conor einfach auf und ab ging. In ihm hallte noch immer das Echo des Kampfes. Ferdia … gütige Götter. *Ferdia.* Seine Abwesenheit hatte ein Loch in Cúchulainns Herz gerissen. Hatte ihn das in der Schlacht geschwächt? Hatte dieser Schmerz ihn versagen lassen? Vielleicht hatte er die Quelle allen Seins ja nicht auf die richtige Weise herbeigerufen oder die Fäden mit den anderen Kriegern des Roten Zweigs nicht gut genug miteinander verwoben.

Voller Scham und Wut hob Cúchulainn sein Schwert.

Conor wich zurück, Streifen von Sonnenlicht, die durch die Ritzen in der Wand fielen, lagen über seinen Augen. Cúchulainn sah Angst in ihren glasigen Tiefen.

Die grauen Haare des Königs waren ungekämmt, und auf seinem Gewand war ein großer Alefleck zu sehen. Seine Wangen, Schläfen und Augenhöhlen waren eingefallen, als würde er von innen heraus aufgezehrt.

Dieser Kopf, der mehr wie ein Totenschädel aussah, weckte jedoch nicht das geringste Mitleid in Cúchulainn. »Ich spreche von uns und nicht von Maeve: Falls sie dort gewesen sein sollte, so habe ich sie nicht gesehen. Was zählt, ist, dass wir, nachdem unsere Kundschafter die Plünderer entdeckt hatten, ihnen eine Falle gestellt haben. Wir haben auf sie gewartet – wir hätten also leichtes Spiel mit ihnen haben müssen. Stattdessen sind viele unserer Krieger gefallen, und das liegt ausschließlich daran, dass es Unfrieden zwischen uns gibt!«

Conor spielte mit seiner Zunge an einem lockeren Zahn herum. Seine Augen waren jetzt zwei schmale Schlitze. »Es gäbe diesen Unfrieden nicht, wenn der Rote Zweig diesem verräterischen Flegel Naisi ein für alle Mal den Rücken gekehrt hätte. Die Männer haben ihrem König zu gehorchen ...«

»Bist du tatsächlich so verblendet?« Cúchulainns plötzliches Brüllen ließ Conor zusammenzucken. »Diese Krankheit lässt die Wurzeln des Roten Zweigs verfaulen. Connacht weiß, dass wir an Stärke verloren haben, und deshalb werden sie auch wiederkommen – und diesmal mit einer ganzen Armee. Dann wirst du keine Gelegenheit mehr haben, Deirdre nachzutrauern.«

Conor legte eine Hand über seine Brust. »Der Rote Zweig wird sich schon bald wieder erholt haben. Diese Krieger sind die stärksten, die tapfersten aller Männer. Ich habe in meinem Leben nie etwas anderes gehört.« Der König schürzte verächtlich die Lippen.

Conor war jedoch nie ein Krieger gewesen, war nie auf diese Weise verehrt worden. Gütige Götter, ging es ihm etwa darum? Cúchulainn nahm sein Schwert jetzt in beide Hände. »Du hast den Geist des Roten Zweigs noch immer nicht begriffen.«

Conor starrte ängstlich die Klinge an. »Du bist nicht der Erste, der mir das zu sagen wagt.«

»Dann hör mir endlich zu. Es sind nicht nur unsere kämpferischen Fähigkeiten, so hart erarbeitet sie auch sein mögen. In der

Schlacht rufen wir die Quelle allen Seins herbei. Die Liebe zu unserem Land und die Verbundenheit untereinander knüpfen dabei ein Netz, und in diesem Netz *sind wir eins*. Und ebendiese Einheit zerstörst du mit deiner Lust und deinem Stolz!«

Conor schluckte, wollte das bestreiten … doch Cúchulainns Schwert kam immer näher.

»Wenn du nicht endlich etwas unternimmst, um das wieder in Ordnung zu bringen«, flüsterte der Wachhund, »wird der Rote Zweig endgültig auseinanderfallen. Dann ist für die anderen Königreiche und auch für Alba der Weg frei, und sie werden über uns herfallen. Die Menschen werden in ihren Betten dahingemetzelt werden, und dann *wird es keine Ulaid mehr geben*. Niemand wird sich an uns erinnern, niemand wird dann noch von uns singen oder ein Feuer für uns entzünden.« Die Worte brannten in Cúchulainns Hals wie Feuer. »Und wenn sie dich je besingen werden, großer König, dann werden das nichts anderes als Spottlieder sein.«

Conor wurde bleich, sein Schlüsselbein trat unter seiner runzeligen Haut hervor. »Willst du mir drohen, Neffe?«

»Ich habe nicht vor, dich zu verraten, Onkel.« Cúchulainn ließ das Schwert sinken. »Ich habe geschworen, die Ulaid und denjenigen, der auf dem Thron sitzt, wer immer das auch sein mag, zu beschützen. Ich stelle dir mein Schwert aber nur deshalb zur Verfügung, weil auch *du* einen Eid geleistet hast. Du hast geschworen, dieses Land zu beschützen.« Er steckte sein Schwert in die Scheide und wandte sich zum Gehen. An der Tür blieb er noch einmal stehen und berührte einen der Säcke mit Korn. »Noch ist Zeit«, fügte er hinzu, »noch hast du deinen Eid nicht gebrochen.«

Das Lied kam schleppend und gedämpft über Maeves aufgesprungene Lippen. Ihr Mund lag auf dem Fell eines Pferdes. Der warme Muskel unter ihrer Wange spannte sich an, und sofort schoss ein heftiger Schmerz in ihre Hüfte.

Ihre Hand rutschte, schien jedoch irgendwie festgebunden zu sein, sodass sie nicht hin und her baumelte. Der andere Arm war unter ihren Bauch geschoben. Sie war nicht in der Lage, ihren schmerzenden Kopf zu heben oder auch nur irgendetwas zu denken.

Die schier unerträglichen Schmerzen kamen in Wellen.

Ihr Bewusstsein kreiste um diesen Schmerz – endlos, hilflos –, verbunden mit dieser Hitze, die sie einfach ausdörrte.

Sie sang, während eine gerollte Satteldecke gegen ihre geschlossenen Lider drückte, und hoffte, dass sie nie wieder aufwachen musste.

# 20

## *Sommer*

Orla folgte Ruán eine ganze Woche lang, während er Nahrung sammelte. Sie schwatzte von den alten Zeiten, lachte oft und neckte ihn mit ihrer melodischen Stimme. Sie erzählte von ihren Erinnerungen an den unschuldigen Jungen, der er einst gewesen war – den Ruán, der nur bei den Sídhe wieder zum Leben erwacht war.

Und unter Maeves Berührungen.

Er wollte nicht grausam zu ihr sein, und so hielt er seinen Mund, lächelte nur, während sie sich daran erinnerte, wie sie die Klippen hinaufgeklettert waren, um Möweneier zu sammeln, und in der Sonne dem Tosen der Brandung gelauscht hatten. Das alles fiel ihm jedenfalls leichter, als sich Áedán und den mit ihm verbundenen Erinnerungen an Lord Mulach zu stellen. Der Druide wusste das offensichtlich, denn er blieb ihm fern.

Orla bemutterte ihn weder, noch bemitleidete sie ihn, und das weckte in Ruán ein Gefühl der Wärme, dem er nicht widerstehen konnte. Es kam ihm seltsam vor, dass, gerade als er begann, der Wildnis der Wälder und des Sees zu verfallen, der erste Mensch, mit dem er das Erwachen des Lebens geteilt hatte, jetzt bei ihm war.

Nachts fragte er oft die Sídhe, ob sie nur mit ihm spielten.

Er erhielt keine Antwort.

Maeve war verschwunden, und das verwirrte ihn. Er sandte seine Sinne aus, suchte nach ihr, aber da war nichts. Überhaupt nichts. Sie hatten während des Frühlings so viel Schönes miteinander geteilt … und jetzt beachtete sie ihn überhaupt nicht mehr? *Spielte auch sie mit ihm?*

Seine Stimmung verdüsterte sich immer mehr.

Eines Morgens war seine Enttäuschung über Maeve so groß, dass er das Gefühl hatte, verrückt zu werden. Er tauchte tief hinab in den See, um all das abzuwaschen. Als er wieder an die Oberfläche kam, wartete Orla am Ufer auf ihn.

Mit einem Lächeln in ihrer Stimme versuchte sie, ihn dazu zu überreden, sie zu dem Gehöft zu begleiten, wo sie und Áedán übernachteten, und dort wieder einmal eine ordentliche Mahlzeit zu sich zu nehmen. Aus einer Laune heraus willigte Ruán ein – ihm war im Moment alles recht, was ihn ablenkte.

Als sie die Hütten, die sich in eine Senke zwischen den Hügeln schmiegten, erreicht hatten, braute sich gerade ein schweres Unwetter zusammen. Die Schäfer mieden den See der Sídhe, und als Ruán durch das Gehöft ging, blieben sie stehen und starrten ihn ängstlich an.

Jetzt erkannte er, dass die Farbe der Angst grau war, eine Art Schleier, der das Seelenlicht dieser Menschen dämpfte.

Dennoch boten die Dorfbewohner Ruán voller Ehrfurcht einen Ehrenplatz an der Feuerstelle des Dorfältesten an. Er saß auf weichen Pelzen, gut geschützt durch ein ausladendes Rieddach, lauschte dem Wind, der am Dach rüttelte, und aß Dinge, deren Geschmack er schon längst vergessen hatte: einen Eintopf mit Hammelfleisch, Kräutern und Gerste sowie grobes Brot mit Butter.

Áedán und Orla unterhielten die Schäfer mit Geschichten von den Inseln. Orla sang ihnen die Lieder der Fischer vor, während die anderen die Melodien intonierten, die sie immer im Schilf beim Schneiden der Halme summten. Niemand verlangte irgendetwas von Ruán. Man überließ ihn einfach sich selbst und seinem Schweigen.

Als die Musik ihn in eine schläfrige Wärme einhüllte, stellte Ruán überrascht fest, dass ihn plötzlich ein schmerzliches Gefühl der Einsamkeit überkam. Er vermisste den Gesang, das Schlagen der Trommeln und fröhliches Gelächter. Das heimelige Gefühl seiner Kindheit, umgeben von schützenden Mauern behaglich im Trockenen zu sitzen, während draußen der Regen prasselte.

Kurz bevor es dunkel wurde, kehrte Ruán durch die noch tropfenden Wälder zum See zurück.

»Das war doch jetzt nicht schlimm, oder?« Orla trottete neben ihm her. »Du bist an dem Brot doch nicht erstickt, oder?«

»Nein.« Ruán beschleunigte seine Schritte. *Durch den Wald, dann den Hang hinunter, dorthin, wo der Wind im Schilf sang.* Er musste sein Sehvermögen wieder in sein Herz zurückholen, denn die vielen menschlichen Stimmen hatten es vertrieben. Er brauchte dieses Licht jedoch, sonst würde er allein sein, dann, wenn ihn alle anderen wieder verlassen hatten …

»Gütige Bríd!«

Orlas Ausruf ließ ihn innehalten.

»Da steht ein Pferd am Wasser, Ru, und es ist über und über mit Bronzeringen behängt.«

Ruáns Magen zog sich zusammen. »Ein Dunkelfuchs?«

»Was ist ein Dunkelfuchs?«

Ruán begann zu rennen. Seine Sinne schärften sich. Sein Sehvermögen kehrte zurück. Der Pfad lag als schimmernd weißes Band vor ihm. Die Bäume waren Flammen, der See geschmolzenes Silber. Am Ufer stand Meallán. Er leuchtete vor dem Hintergrund des

Grases – neben ihm auf dem Boden erkannte Ruán einen dunklen Fleck.

Das Pferd schnaubte, als Ruán es erreichte, warf seinen Kopf zurück. Ruán strich ihm beruhigend über den Hals und tastete dann an seiner Flanke entlang, ging neben Maeve auf die Knie. Seine Hand fand ihren Unterarm. Ihre Haut glühte.

»Maeve.« Seine Finger arbeiteten sich langsam an ihren Gliedmaßen entlang, untersuchten vorsichtig jeden Teil ihres Körpers, der nicht von ihrem ledernen Panzer geschützt war. Auf einer Seite ihres Oberkörpers, gerade unterhalb ihrer Brustplatte, klebte der Kittel an ihrer Haut. Sie stöhnte, als er sie dort berührte. Er nahm ihr Gesicht in beide Hände, strich mit den Daumen über ihre Augenlider. An seinem Handgelenk spürte er, dass ihr Puls wie ein von Panik ergriffener kleiner Vogel flatterte. »Maeve.«

Ein ersticktes Keuchen. »Der Sturm. Nach Hause … muss die Tore schließen. Conor …«

»Psst.« Er versuchte, sie zu beruhigen, aber ihr Körper wurde von einem heftigen Zittern geschüttelt.

»Leg mich … h-hin.« Ihre Zähne klapperten. »Lass mich gehen. Lass mich …« Sie krümmte sich zusammen und erbrach sich über Ruáns Arm. Ein übler Geruch stieg ihm in die Nase.

»Oh.« Orla war hinter ihn getreten. »Das sieht nicht gut aus.«

Ruán watete knietief in den See, ignorierte die eisige Kälte des Wassers.

Seine Kleidung stank nach Maeves Mageninhalt und ihrem sauren Schweiß. Er zog seinen Kittel und seine Hose aus, spülte beides im Wasser aus und legte dann seine Sachen zum Trocknen in den Sand. Anschließend wusch er sich das Gesicht. Die Tropfen, die von seinem Kinn und aus seinen Haaren rannen, klopften einen Rhythmus – den Rhythmus eines verlöschenden Herzschlags.

Die Zeit zog sich von der Morgendämmerung zur Abenddämmerung und von der Abenddämmerung zur Morgendämmerung und nahm jedes Mal etwas von Maeves Kraft mit sich. Drei Tage lang.

»Es geht ihr noch nicht besser«, sagte Orla, die jetzt mit ihm am Ufer stand.

»Ich habe dir doch gesagt, dass du bei ihr bleiben sollst.«

»Der heilige Rauch, die Brühe, die Gesänge, die du mich zu singen gebeten hast – nichts davon scheint zu wirken.«

»Áedáns Sirup beruhigt sie, sodass sie sich nicht mehr ständig hin und her wirft, aber sie wird trotzdem immer schwächer.«

Ruán rieb sich mit kalten Händen das Gesicht. »Es ist eine Schwertwunde. Eine solche Verletzung lässt das Blut schlecht werden und macht die Menschen krank.« Er atmete durch seine Finger. »Die Krieger.«

*Und gegen wen hat sie gekämpft?*

»Ru, wer ist sie? Ich weiß, dass sie eine Adelige ist. Sie hat doch sicher eine Familie, die sie vermisst. Glaubst du nicht, dass sie sich um sie kümmern sollte? Ich meine, sie hat doch bestimmt eigene Heiler und Dienerinnen …«

»Sie hat niemanden.« Er ließ die Hände sinken. »Jedenfalls niemanden, der alles daransetzen wird, sie zu retten.«

Orla zog seinen Kittel noch einmal durchs Wasser und wrang ihn aus. Sie war stets in seiner Nähe, ihre Hände bewegten sich mit den seinen im selben Rhythmus. »Wenn sie stirbt, wirst du gewaltigen Ärger bekommen. Man wird dir vielleicht sogar wieder wehtun.«

Ruán watete aus dem See, wischte das Wasser von seinen nackten Beinen. Wegen Orla war er dazu übergegangen, einen Lendenschurz zu tragen, obwohl er nichts lieber getan hätte, als die Angst von jedem Teil seines Körpers zu waschen. Es gab noch eine einzige Chance, einen Lichtschimmer, der jedoch noch von einer schrecklichen Dunkelheit umgeben war.

Er würde vielleicht versagen, so wie er schon einmal versagt hatte.

»Orla«, krächzte er. »Geh bitte zu Áedán und komm erst übermorgen früh wieder. Und lass auf keinen Fall zu, dass Áedán hierherkommt. Schwöre es.«

»Ich schwöre es«, stotterte Orla »Aber …«

»Orla.« Jetzt war seine Stimme wieder die eines ausgebildeten

Druiden. Nach kurzem Zögern warf Orla seinen nassen Kittel in den Sand und ging mit steifen Schritten davon.

Ruán lauschte angestrengt, um sicherzugehen, dass sie auch wirklich fort war. Schließlich wandte er sich vom See ab. Der Wald vor ihm war tiefschwarz. Der silberne Glanz, den er sonst dort sah, war verschwunden, weil jetzt auch in seinem Herzen Verwirrung und Dunkelheit herrschten.

Er kannte nur ein paar der Pflanzen, die das Blut reinigten und fiebersenkend wirkten. Sein Wissen reichte einfach nicht aus.

Ruán zögerte. Aus dem Wald vernahm er ein schwaches Pulsieren, der uralte Schlag des Herzens, der ihn in einer Nacht wie dieser gerufen hatte – der Nacht, als Lord Mulachs Sohn gestorben war.

Er neigte den Kopf. »Ich habe Angst.« Durch die Schleier hindurch spürte er ein Seufzen angesichts der Tatsache, dass er gerade den letzten Rest seines alten Stolzes aufgegeben hatte. Das Gefühl der Enge in seinem Hals löste sich ein wenig.

Er hörte jetzt wieder Lord Mulachs Stimme, die ihn, als der Junge immer schwächer wurde, anflehte. *Lass die weise Frau rufen,* hatte Mulach Ruán mitten in der Nacht gebeten.

Mulach mochte zwar ein harter Krieger sein, aber sein Instinkt sagte ihm, dass das alte Weib, das an der Quelle lebte, mehr Erde als Mensch war. In das Haar der Alten waren Blätter geflochten, ihre Haut war so zerfurcht wie die Rinde eines alten Baums. Sie war eine Kreatur des Erdbodens, der verfaulten Blätter, des Nebels und des Regens. Sie verkörperte das Wesen der Erde in menschlicher Gestalt.

Die Große Mutter.

Und dennoch hatte Ruán sie nicht rufen lassen, weil er glaubte, es besser zu wissen.

Die Antwort, dessen war er sich sicher gewesen, lag in den Sternen. In den Eingeweiden eines Hasen. In den in Stein gemeißelten Symbolen der alten Gräber. Es musste eine Botschaft der Götter geben, die nur er allein lesen konnte.

In dieser Nacht hatte Ruán das Krankenbett des Jungen verlassen und sich auf den Weg zum Hügel hinauf gemacht, um die Sterne zu betrachten. Der Pfad zum steinigen Gipfel hatte durch einen Wald geführt.

Ruán hatte keine andere Wahl gehabt, als in dessen modrige Dunkelheit einzutauchen.

Er erinnerte sich noch immer daran, wie seine Füße in den schweren Lehmboden eingesunken waren, wie die Zweige und Blätter der Bäume sich in seinen Haaren verfangen hatten. Die Gerüche waren schier überwältigend gewesen: verfaulende Halme, saurer Schlamm, der scharfe Geruch jeglicher Art von Vegetation. Er hatte um sich herum ein leises Flüstern vernommen und immer wieder Lichter aufblitzen sehen, was er für Trugbilder der Sídhe gehalten und deshalb ignoriert hatte.

Damals waren die Sídhe für ihn nichts anderes als Geister gewesen. Die Götter hingegen waren erhabenere Wesen, die distanziert und fern in der Anderswelt lebten. Jetzt wusste er, dass sie alle eins waren und dass sie auch immer nahe waren … dass die Anderswelt mit der diesseitigen Welt verflochten war.

*Lass die weise Frau rufen.* Sogar die Bäume hatten Ruán das in dieser Nacht zugeflüstert.

Ruán jedoch hatte den Kopf gesenkt, als er damals den Pfad entlanggerannt war, hatte seine Ohren vor dem Herzschlag des Waldes verschlossen, damit er ihn nicht mit seinem wilden Lied überwältigte. Der Strom des Saftes. Das Rascheln kleiner Kreaturen. Das Kriechen von Wurzeln und Stängeln. Aus Angst, sich in diesem dunklen Ozean zu verlieren, hatte er nichts anderes gewollt, als sich von dem allen zu befreien.

Schließlich hatte Ruán den Wald hinter sich gelassen. Er war erleichtert gewesen, endlich auf dem felsigen Gipfel zu stehen, der so kahl und kalt war. Als er jedoch zum Himmel aufgeblickt hatte, schienen sich die Sterne dort oben wie wild zu drehen, und sein Verstand war nicht einmal ansatzweise in der Lage gewesen, ihre Muster zu verstehen. Keuchend war er am Kamm des Hügels entlang zu einem der Gräber der Ahnen gelaufen. Dort hatte er sich in der Dunkelheit niedergelegt und sich in Trance versetzt, hatte alles versucht, um seine Gedanken zu klären und eine Antwort zu finden.

Nichts.

Er war in Lord Mulachs Festung zurückgekehrt und hatte seinen Sohn ein weiteres Mal schwitzen lassen, bevor er ihn in eisigem Wasser gebadet hatte. Und dennoch war das Leben in dem Jungen verebbt, bis der Tod schließlich das Schweigen und die Stille mit sich gebracht hatte, die Ruán in sich selbst gesucht hatte.

Jetzt war es wieder so weit, und diesmal war es Maeves Leben, das in seiner Hand lag.

*Ceara.*

Mit zitternden Fingern berührte Ruán seine Augenbinde. Seine Augenhöhlen brannten genauso wie damals, als Lord Mulachs Krieger ihm mit dem Schürhaken seine Augen genommen hatten. »Ich bin nicht mehr der, der ich war.«

Die Stimme des Sídhe-Mädchens war wieder in seinem Kopf. *Wir sind die Brücke zwischen den Welten.*

Da war kein Platz für Zweifel, für Angst.

Ruán lief nackt zwischen den Bäumen hindurch. Diesmal ließ er es zu, dass ihn die Schleier des Waldes einhüllten. Auf einer Lichtung legte er sich nieder und atmete tief den Duft von Lehm und Humus ein. Er trank Tau von den Blättern, grub sich in den Boden und ließ den Farn seinen Körper umschließen.

Sein Herz schlug immer langsamer und nahm allmählich den Rhythmus des Waldes auf. Als sich sein Körper instinktiv gegen die übersättigte Luft zu wehren begann, sog er sie nur noch tiefer in seine Lungen, bis der Wald selbst aus seinen Poren atmete.

*Ich gehöre jetzt ganz dir,* sagte er zu Mutter Erde. Er würde keine Antworten mehr fordern: Sie würde ihn segnen oder sie würde ihn töten. Und so ließ Ruán es endlich zu, dass seine Seele sich tief vor ihr verneigte.

Er sank, während sein Geist einfach nur dahintrieb und jeder

Muskel seines Körpers sich völlig entspannte. Der Funke seiner Seele beschrieb hinter seinen Augen Spiralen. Ruán wurde selbst zu dieser Flamme und war schließlich nichts anderes mehr.

Helles Licht überflutete jetzt die Lichtung.

Die silbernen Fasern, die die Gestalt von Ruáns Körper formten, lösten sich auf. Er war sich bewusst, dass sie Wurzeln schlugen, dass sie leuchtende Ranken tief hinein in den Boden schickten. Seine Finger schienen zu Trieben zu werden, die sich zwischen den anderen Pflanzen ausbreiteten, sein Haar rankte sich über den feuchten Boden. Er war ein üppiges Wachstum. Die Ranken seines Ichs verwoben sich mit den Fäden aus Silber, aus denen die Bäume und die Blumen bestanden.

*Heile sie*. Das war der einzige Gedanke, den er noch hatte.

Ruáns Bewusstsein schwebte über ihm, sah zu, wie auf dem Boden des Waldes hier und dort eine Pflanze als weißes Feuer aufflammte und wie eine Fackel den Weg seines Geistes erhellte.

Er musste jetzt zu einem Sídhe werden.

Ruán warf den Funken seiner Seele in die nächste Blüte aus Feuer, und wieder tanzte er, so wie damals in der Nacht, die er mit den Sídhe verbracht hatte, durch die Ströme von Lichtstäubchen in der Pflanze. Diesmal bemerkte er sogar, dass sein eigener Funke in einer ganz bestimmten Farbe strahlte und wie in einem Lied in einem besonderen Ton schwang. Während er sich zwischen den Lichtstäubchen in den Blättern bewegte, begannen einige von ihnen, in völliger Harmonie mit diesem Ton zu vibrieren. Er konzentrierte seinen Willen, formte sie zu Mustern, die er selbst erfand. Während die Funken der Pflanze um ihn herumwirbelten, strahlten sie immer heller.

Er rief Leben in die Pflanze hinein.

Ruán erwachte nur langsam aus diesem Traum.

Es dauerte lange, bis sein Körper um ihn herum wieder Gestalt annahm. Er kniete neben Maeve, und als all seine menschlichen Sinne zurückkehrten, wurde er der Hitze gewahr, die ihre Haut ausstrahlte.

Die Blüten aus Feuer waren noch immer um ihn herum verstreut. Er tastete nach ihnen. Da waren Wurzeln, an denen Erde haftete, Bündel von Blättern und Stängeln, von denen noch immer der Saft tropfte.

Er hatte das gesammelt, was am hellsten geleuchtet hatte – die Pflanzen, die in Harmonie mit dem menschlichen Fleisch und Blut gesungen hatten.

Er kannte den Wald. Er war der Wald.

Schließlich blickte Ruán an sich selbst hinunter. Das Leuchten seines Körpers war stärker, als das Licht des Vollmonds, das er in Erinnerung hatte. So strahlend wie die Sídhe in ihrem Tanz auf dem Bergkamm geleuchtet hatten. Also hatte er nicht nur Heilpflanzen gesammelt. Irgendwie hatte er auch die Quelle allen Seins, die durch den Wald strömte, herbeigerufen und in seinem Körpers aufgenommen wie in einem Gefäß, sodass er sie jetzt Maeve bringen konnte.

Voller Staunen und mit klopfendem Herzen hielt Ruán seine Arme in die Luft. Sein Körper strahlte, die Form seiner Hände verschwamm im hellen Licht. Die Ekstase schoss von seinen Füßen seinen Körper hinauf, als wäre er ein Baum, der in der Anderswelt wurzelte.

Eine Brücke zwischen den Welten.

Er legte Maeve seine Hände auf. Die Quelle allen Seins floss aus ihm heraus, getragen von einer Welle des Gefühls, die seinem Herzen entströmte.

# 21

Das Fieber sank, und der Schweiß wusch das Gift aus Maeves Körper.

Ruán konnte den Blick nicht von ihr losreißen. Er sah, wie das Licht der Pflanzen in seinem Heiltrank und den Breiumschlägen, die er auf die Wunde gelegt hatte, in sie eindrang.

Maeve glitt jedoch noch tagelang immer wieder vom gesunden Schlaf in ruhelose Träume, in denen sie wie im Delirium vor sich hin murmelte. Zuerst fragte Ruán sich, ob er vielleicht irgendetwas übersehen hatte, dann jedoch erkannte er, dass das nur die Erschöpfung und die Anspannung vieler Jahre und das ziellose Umherirren eines ruhelosen Geistes waren.

Orla kam mit etwas Hammelfleisch aus dem kleinen Gehöft zu ihnen. Gemeinsam flößten sie Maeve dann vorsichtig etwas Brühe ein, tröpfelten sie zwischen ihre Lippen und strichen ihr dann über den Hals, bis sie schluckte.

Eines Tages war Ruán gerade dabei, Maeve zu waschen. Er schlug ihre Decke dabei immer nur ein kleines Stück zurück, um jeweils nur eine kleine Fläche Haut der kalten Luft auszusetzen. Es dauerte eine Zeit lang, bis er merkte, dass Orla ihn beobachtete.

»Ich mach das.« Sie legte ihre Hand auf seine Schulter.

»Du brauchst das nicht zu tun.«

»Ich habe viele Kinder geboren, und einige habe ich auch begraben«, murmelte sie. »Ich werde das machen.« Sie nahm ihm den Schwamm aus Moos aus der Hand.

Genau in diesem Moment bog Maeve plötzlich den Rücken durch und stieß mit ihrem Arm die Schüssel mit Wasser von Ruáns Schoß. Als er sich nach vorn beugte, um sie aufzuheben, packte Maeve seinen Kittel und brachte ihn aus dem Gleichgewicht. »Sie dürfen mich nicht für tot halten«, sagte sie im Delirium. »Die Königin muss sich ihm entgegenstellen ... sonst werden alle von Conors Hand sterben! *Sterben!*«

Orla holte erschrocken Luft.

Ruán löste Maeves Finger von seinem Kittel und drückte sie auf ihr Lager. »Psst, *ceara.*« Er hatte sich so darauf konzentriert, ihr Leben zu retten, dass er nicht ein einziges Mal an ihr Volk gedacht hatte. Wusste denn niemand, dass sie hier war? War das überhaupt möglich? Wo hatte dieser Kampf stattgefunden? Er versuchte, all diese Gedanken zu verdrängen. »Ich werde ihnen eine Nachricht zukommen lassen. Hab keine Angst. Schlaf jetzt und werde gesund.«

Maeve seufzte, und er spürte, wie sich ihre Finger in ihrer Halsbeuge locker zur Faust schlossen. Er erinnerte sich an ihr Kinn, das sich immer gehoben hatte, als er diese kleine Einbuchtung mit der Zunge liebkost hatte, während seine Hand auf ihrem Rücken lag.

Ruán verließ auf unsicheren Beinen das Lagerfeuer, um frische Luft zu atmen. Warum tat er das überhaupt? Warum heilte er Fleisch, das von einer eisernen Klinge durchtrennt worden war? Sie spalten Körper, diese Krieger. Er drückte seine Finger auf die Binde über seinen leeren Augenhöhlen. Maeve beschritt also weiter den Weg der Zerstörung – und er hatte ihr sein Licht gegeben. Warum?

*Ich kann es einfach nicht ertragen, dass diese Flamme verlischt.* Seine Welt würde dann kalt werden. Unendlich kalt.

Orla riss ihn aus seinen Gedanken. *»Königin?«*

»Ja.« Ruán drehte sich zu ihr um. »Orla, ich muss eine Botschaft nach Cruachan schicken.« Er tastete nach Maeves Kleidung, löste einen Ring von ihrem Finger und zog eine eiserne Nadel aus ihrem Umhang. »Schick den Hirtenjungen zum Obersten Druiden. Er soll ihm sagen, dass Königin Maeve lebt und schon bald zurückkehren wird. Der Ring ist für die Druiden der Beweis dafür. Der Junge wird die Nadel nur bekommen, wenn er die Nachricht überbracht hat.«

»Ru ... *Königin Maeve?*«, quietschte Orla völlig fassungslos. »Du und ich, wir sind nur einfache Leute. Wir haben mit Ihresgleichen nichts zu tun.«

»Sei nicht albern.«

»Aber das ist gefährlich! Hast du denn gar nichts gelernt?«

Ruán wandte sich dem See zu. »Sie hat ihr Königreich stark gemacht – das zumindest ist ihr gelungen.« Seine Grimmigkeit überraschte ihn selbst. »Aber diese Stärke jetzt wieder zu verlieren ... ihr Volk zur leichten Beute ihrer Feinde zu machen ... es auf diese Weise im Stich zu lassen, das würde sie mit Sicherheit umbringen.«

»Das alles geht dich doch überhaupt nichts an!«

Er drehte sich wieder zu Orla um. »Wenn du wirklich meine Freundin bist, dann tu jetzt, was ich dir sage.«

Die Luft kribbelte, Orlas Flamme sah jetzt an den Rändern stachelig aus. Schließlich nahm sie ihm den Ring aus der Hand.

Sie kam erst am nächsten Morgen wieder zurück.

Die Kräuter hatten ihre Wirkung getan. Maeve war jetzt in einen ruhigen und erholsamen Schlaf gefallen. Unendlich lange hatte Ruán ihren tiefen und regelmäßigen Atemzügen gelauscht und immer wieder seine Hand auf ihre Stirn gelegt. Schließlich hatte er es gewagt, in den Sumpf zu gehen, um seine Fallen zu kontrollieren.

Dort fand ihn Orla. Sie arbeitete sich durch das Schilf und hockte sich dann unter einem verkümmerten Erlengebüsch auf einen trockenen Fleck Erde. »Es ist erledigt.«

Ruán legte die beiden Seetaucher, die er in seiner Schlinge gefangen hatte, auf den Boden und strich über die Federhaube auf ihren Köpfen. »Du weißt nicht, wie sie wirklich ist.«

»Und was weißt du über sie?« Unter Orlas Zehen zerbrachen kleine Zweige, als sie sich nach vorn beugte. »Die Schilfschneider haben mir alles über sie gesagt. *Sie hat ihren eigenen Bruder getötet.* Er lag wehrlos auf dem Boden, und sie hat mit ihrem Schwert zugestoßen, bis er starb!«

Die Kälte von Ruáns nasser Kleidung kroch ihm zum Nacken hinauf. Gegen ihn also hatte sie gekämpft – gegen ihr eigenes Blut?

»Das Gleiche hat sie mit einem Lord gemacht, der sich gegen sie gestellt hatte – sie hat ihn gefesselt und ihm dann vor den Augen seines Sohns den Hals aufgeschlitzt. Und außerdem hat sie bereits mit fast allen Männern von Cruachan geschlafen. Mit Hunderten«, flüsterte Orla, »damit sie das tun, was sie von ihnen verlangt.«

Ruáns Körper erinnerte sich an Maeves Körper, der ihn in den Sand gedrückt hatte, ihre festen Schenkel und ihre fordernden Hände. Er wischte sich einen sauren Geschmack vom Mund. »Solche Gerüchte werden aus Neid geboren.«

»Wirklich? Dann weißt du also nichts davon?«

Ruán setzte sich auf seine Fersen. Den See sah er jetzt als schimmernde Juwelen, die über einen dunklen Schleier verstreut lagen. Die Funken verkündeten keine Botschaften einer drohenden Gefahr. Sie tanzten, winkten ihm zu … deuteten so vieles an, das er nicht verstand.

Die komplizierten Fäden, die das Schicksal der Menschen miteinander verwoben.

Ruán wurde jetzt nicht mehr von starrsinnigem Stolz beherrscht; er gestand sich ein, dass er das größere Muster hinter allem nicht erkennen konnte. Das, was er jedoch mit Sicherheit wusste, war, dass da diese Anziehungskraft zwischen ihm und Maeve war – und gleichzeitig diese Distanz. Warum also war ihm jetzt übel? *Sie verströmte noch immer den Geruch von Blut.*

Aber sie gehörte nicht ihm. Wenn er sich danach sehnte, frei wie ein wildes Tier zu leben, dann musste er auch ihr dieses Recht zugestehen.

Und das war sie tatsächlich. Eine wilde Kreatur.

Ruán hatte seine Haare mit einem Streifen Hirschleder zurückgebunden. Jetzt berührte Orla seinen von der Sonne geröteten Nacken. Ihre kräftige Hand war noch immer voller Schwielen. »Überlass die Adeligen ihren Schwertern und ihrem Blut – das sind die Menschen, die dir dein Augenlicht genommen haben. Du hast jetzt die Gelegenheit, zu deinen Leuten zurückzukehren. Sie werden dich ehren, und du wirst wieder in ihrer Mitte leben.« Ihr glühender Blick war wie das Licht einer Lampe, das sich jetzt über sein Gesicht ergoss. »Ich habe mit eigenen Augen gesehen, dass du die Königin geheilt hast. Bring uns jetzt dieses Licht zurück. *Wir brauchen dich.*«

Ruán nahm kaum wahr, welche Verlockungen Orla da vor ihm ausbreitete, als sie von Nahrung, Wärme und Ehre sprach. Er erinnerte sich nur an das, was er zu Maeve in jener Nacht gesagt hatte, als sie ihm in seinen Armen ihren Schmerz offenbart hatte.

*Du kannst dir nur selbst vergeben, wenn du Wiedergutmachung übst.*

Ruán sprang auf und zog seinen feuchten Kittel aus. Dann rannte er das Ufer entlang zu einem der Kanäle und sprang hinein. Er ging ein paar Schritte durchs Wasser, bis zu der Stelle, wo der Kanal in den See mündete, und warf sich dann in die Fluten.

Er tauchte tief unter, weg von der Luft, die er zum Atmen brauchte, weg von den Stimmen und den widersprüchlichen Gedanken an Maeve.

Er suchte die Sídhe in den Tiefen des Sees, da sie offenbar nicht zu ihm ans Land kommen wollten. Das Wasser umgab ihn. *Sagt mir, was ich tun soll!* Luftblasen strömten um ihn herum, Wasser drang in seine Kehle, als er die Sídhe rief.

*Ich will euch nicht verlieren.*

Seine Lungen begannen zu brennen, und noch immer sank er tiefer und tiefer, bis die Dunkelheit um ihn herum silbern zu glänzen begann und er durch Wolken von Sternen tauchte. Er wollte ertrinken, wenn er keine Antwort von ihnen bekam.

Die Funken hinter seinen Augen wirbelten immer schneller. Kurz bevor er das Bewusstsein zu verlieren drohte, vernahm er die Stimme des Sídhe-Mädchens.

*Törichter kleiner Bruder. Du kannst uns doch überhaupt nicht verlieren. Wir sind nicht an den See gebunden. Wir sind überall.*

In Emain Macha stand die Druidin Levarcham auf dem Hof vor dem Schrein des Dagda, des Vatergottes, und wartete. Der Schrein befand sich auf einem Hügel direkt gegenüber König Conors königlicher Festung und war von dieser durch ein Tal getrennt.

Sie betete nur selten an diesem kleinen Schrein. Meistens tat sie es im größten aller Tempel, dem Tempel der Göttin Macha mit seinen vielen Kreisen aus Eichenpfosten, die ein riesiges Rieddach trugen. Heute wollte Levarcham jedoch die Sterne beobachten, die in dieser Nacht aufgingen. Vom Hof des Dagda, der nach Osten zeigte, hatte man den besten Blick auf den Himmel.

Levarcham legte ihren Kopf in den Nacken, hoffte auf eine Konstellation, die für Deirdre Gutes bedeutete. Die Luft war geschwängert von Feuchtigkeit, wie es im Sommer nach Einbruch der Dunkelheit häufig der Fall war. Ihr stieg der Geruch von Erde in die Nase, da die Menschen bei der Ernte auf den Feldern den Boden mit ihren Füßen aufgewühlt hatten. Es lag auch etwas Körniges in der Luft, Spreu, die von den Tennen herübergeweht wurde. So drehte sich der Kreis des Jahres weiter.

*Wo bist du nur, mein Kind?* Über welcher fernen Lichtung gingen dieselben Sterne auf und warfen ihren Glanz auf Deirdres geliebtes Gesicht? Levarcham schickte all ihre Sinne aus, suchte die nächtliche Welt verzweifelt nach irgendeinem Hinweis auf Deirdre ab.

Aber der Himmel gab ihr keine Antwort.

Stattdessen trug die klare Luft ein Geräusch an ihre Ohren, das aus der nahen Hütte, dem Schrein des Dagda, selbst kam. Jemand flehte dort den Gott um Hilfe an.

Es war bestimmt nicht Levarchams Art, jemanden beim Gebet zu stören, aber diese heisere Stimme schien ihr irgendwie vertraut zu sein. Die Dringlichkeit darin weckte ihre Aufmerksamkeit. Sie hinkte zu dem kleinen Eingang auf der Rückseite des Schreins, den die Druiden benutzten, wenn sie unbeobachtet zum Altar gelangen wollten, und hob die schweren Kuhhäute an, die an der Tür hingen.

Der Tempel des Dagda wurde von einer einzigen Kerze aus Bienenwachs erhellt, die in einer Schüssel aus Bronze stand. Der Altar selbst bestand aus einem unbehauenen Eichenstamm, einem Symbol des Geisterbaums, der die Welten miteinander verband.

Vor dem Altar kniete König Conor Mac Nessa.

Levarcham versuchte, ihren Abscheu vor ihm zu unterdrücken.

Seit Cúchulainn ihn wegen des Überfalls der Krieger aus Connacht zur Rede gestellt hatte, versteckte Conor sich. Eine Frau aus seinem Haushalt, die für Levarcham Botengänge übernahm, schwor Stein und Bein, dass sie ihn während eines Streits mit seiner Mutter Nessa schluchzen gehört hätte.

Levarcham versuchte schon seit einiger Zeit, so viel Einblick in die Gedanken des Königs zu erlangen wie möglich, in der Hoffnung, dass sie Deirdre dadurch helfen konnte.

Conor begann jetzt wieder zu beten. Levarcham hörte, wie er mit zischender Stimme die Götter Mamammán, Lugh und Dagda um Hilfe anflehte. »Ich bin ein geschlagener Mann. Ihr habt es offensichtlich für gut und richtig angesehen, die Füchsin von Connacht zur Königin zu machen. Das ist eine grausame Lektion, die ihr mir da erteilt!« Er keuchte gequält und senkte seine Stimme. »Nur ihr könnt mir jetzt noch einen Ausweg zeigen. Bitte … helft mir.«

Levarcham bekam eine Gänsehaut. Im matten Schein der Kerze konnte sie Conors grauen Kopf, den er in den Händen vergraben hatte, gerade noch erkennen.

»Bei diesem Erntefest sollte eine Frau an meiner Seite sein, in deren Bauch mein Same heranwächst. Dann wäre ich ein wahrer, ein starker König – stark genug, um jeder Königin aus Connacht zu begegnen! Aber ich habe Deirdre verloren. Ich habe euch sehr enttäuscht. Helft mir bitte, das wieder in Ordnung zu bringen. *Helft mir, wieder frei zu sein …*«

Levarchams Blut begann zu kochen. Dieser Mann besaß doch tatsächlich die Frechheit, zu winseln und zu jammern und die Götter um Vergebung zu bitten. Sie hätte ihn am liebsten geschlagen, ihn all den Schmerz spüren lassen, den sie hatte ertragen müssen, seit man ihr Deirdre entrissen hatte. Scharfe Worte auf der Zunge, bereitete sich Levarcham darauf vor, aus der Dunkelheit hervorzutreten.

Sie konnte sich jedoch nicht rühren.

Die Luft um den Altar schien irgendwie dichter geworden zu sein. Sie fühlte sich an wie Wasser. Levarcham zitterte, ihr Herz hämmerte wie wild, bis sie immer mehr von einer großen Ruhe erfasst wurde. Sie verlor das Gefühl für ihren eigenen Körper, ihre Gliedmaßen, Muskeln und Knochen schienen sich einfach aufzulösen. Ein Summen in der Luft um sie herum machte sie benommen.

Levarcham kannte dieses Gefühl. Die Götter waren gekommen.

Ihr Körper wurde plötzlich von einer erhabenen Gegenwart erfüllt, die nicht von dieser Welt war. Sie ergab sich ihr ganz und gar, so wie sie es als Druidin zu tun gelernt hatte. Ihre Seele zog sich zu einem winzigen Punkt zusammen, der irgendwo am Rande ihres Körpers verharrte.

Das Leuchten wurde immer stärker und ergriff vollkommen Besitz von ihr.

Levarchams Augen nahmen jetzt nur noch die Farbtöne von Flammen und Schatten wahr.

Sie sah, dass sich in Conors Herz etwas Dunkles, etwas Schwarzes wand.

Die Flamme der Kerze entzündete das Weihrauchpulver in der Schüssel, loderte auf und ließ dabei eine Rauchfahne entstehen, die schon bald Levarchams Körper vollständig einhüllte. »Du bist gekommen, weil du Rettung suchst.« Das waren weder ihre Worte noch ihre Stimme. Ihr volltönender Klang hallte von den Wänden und dem Dach wider, wurde hin- und hergeworfen und vervielfachte sich.

Conor schloss die Augen und ließ sein Kinn auf die Brust fallen. »Ich habe mich verlaufen.«

»Die Götter sehen alles. Wenn du Trost finden willst, dann musst du ihnen die Wahrheit in deinen eigenen Worten sagen.«

Conor holte Luft, dann sprudelte es nur so aus ihm heraus. »Ich habe mich danach gesehnt, den lieblichen Körper dieses Mädchens in meinem Bett zu haben. Ich wollte mich in ihr verlieren. Ich wollte sie besitzen – und wollte, dass die Männer mich bewundern, weil ich über eine solche Frau gebiete!«

Irgendwo flackerte Levarchams Geist voller Abscheu. Aber die große Flamme, die jetzt in ihr loderte, erhellte die dunklen Winkel von Conors Herz. Worte flossen aus ihr heraus. »Da ist doch noch mehr: ein Mann, der in der Dunkelheit deines Hasses gefangen ist.«

Levarcham sah das ebenmäßige Gesicht eines jungen Kriegers vor ihrem inneren Auge. Das war Naisi, Deirdres Geliebter.

»Ich bin verwelkt«, krächzte Conor, der gebeugt vor dem Altar kniete. »Und ...«, brach es aus ihm hervor, »und ich war wütend, weil die Frauen ihn wegen seiner hellen Haut und seines schwarzen Haars so sehr liebten ... ja, das war ich.«

»Das ist immer noch nicht alles«, flüsterten die Götter leise. »Lass deine Bürde fahren.«

Der König stöhnte. »Und die Krieger ... auch die Krieger lieben ihn.«

Sein ohnmächtiger Zorn prallte gegen Levarchams Herz. *Alle jungen Männer haben Naisi bewundert und zu ihm aufgesehen ... sogar meine eigenen Söhne,* wetterte Conor in Gedanken. *Sie wollten so stark sein wie er. Sie wollten genauso sein wie er.*

Levarcham sah zu, wie sich dieser Faden entrollte, wie er in die Vergangenheit mit all ihrer angestauten Bitterkeit zurückreichte. Conor war schon als Kind körperlich schwach gewesen. Seine einzige Waffe war sein Verstand. Also verachtete er das, was er nicht haben konnte, was er sich aber so sehnlichst gewünscht hatte – nämlich die Königswürde mit dem Schwert in der Hand zu gewinnen. Stattdessen hatte seine Mutter Nessa sie ihm damit erkauft, dass sie für Fergus Mac Roy die Beine breitgemacht hatte. Conor sehnte sich so sehr danach, die Augen seiner Männer aufleuchten zu sehen, wenn sie ihn anblickten – mit solch leuchtenden Augen aber blickten sie nur Cúchulainn und Ferdia an.

Und jetzt auch Naisi.

»Ja«, sagten die Götter durch Levarchams Mund. »Spüre all das.«

Conors Körper tobte jetzt. Er hielt sich vor Schmerzen den Bauch. In ebendiesem Moment ließ die göttliche Gegenwart ein Gefühl durch Levarcham hindurchströmen, mit dem sie nicht gerechnet hatte.

Mitleid.

»Das ist die Wahrheit, Sohn. Endlich«, seufzten die Götter.

Es war das Mitleid der Götter, das Conor schließlich völlig zusammenbrechen ließ. Er krümmte sich auf dem Lehmboden zusammen, sein Mund zuckte, um jenen Schmerz ertragen zu können, der ihm noch niemals Tränen entlockt hatte.

Der kleine Punkt, der Levarchams Seele war, tanzte vor Freude. Konnte es sein, dass Conor sich wirklich änderte …? *Gib Deirdre frei,* betete sie inbrünstig, als könnte Conor sie hören. *Hol sie nach Hause!* Die Intensität ihrer so menschlichen Sehnsucht holte sie schließlich in ihren Körper zurück. Sie stand schwankend da, als würde sie plötzlich aus einem Traum erwachen.

Die göttliche Gegenwart zog sich zurück.

Levarcham taumelte rückwärts, hielt sich an der Wand fest. In diesem Moment hörte sie, dass jemand durch den Haupteingang den Schrein betrat und sich dem König näherte. Levarcham hinkte auf den hinteren Ausgang zu und schlüpfte unter den Kuhhäuten nach draußen.

Conors letzte Bitte vernahm sie dennoch. »Auch wenn mich Lust und Neid in die Irre geführt haben, so muss ich jetzt zu dem zurückkehren, was einen König in Wirklichkeit ausmacht.«

Levarcham stolperte in die Nacht hinaus, kalte Luft strömte in ihre Lungen. Ein Traum … Nein, sie war wach. Sie schüttelte den Kopf, um ihre Sinne von der Wirkung des Weihrauchs zu befreien.

Am Fuß des Tempelhügels blieb sie mitten in einem kleinen Birkenwald stehen. Die Bäume reckten ihre bleichen Äste, so schlank wie Deirdres Arme, den Sternen entgegen. Diese brauchte Levarcham jetzt jedoch nicht mehr zu deuten.

Sie zitterte am ganzen Körper, denn sie spürte etwas, das sie längst verloren geglaubt hatte.

*Hoffnung.*

Conor würde Deirdre nach Hause holen. Und dann würde sie, Levarcham, ihr Kind wieder in die Arme schließen – und diesmal würde sie es nie wieder loslassen.

Maeves Krächzen war so leise wie ein Ast, der im Wind knarrte. »Hast du es ihnen gesagt?«

Ruán ließ den Löffel in die Hammelfleischbrühe fallen und kauerte sich neben sie. Maeve lag, in Pelze eingewickelt, am Eingang zu seinem Zelt. Er hatte sie dorthin gebettet, damit die Sonne ihr Gesicht wärmen konnte, während sie schlief.

Aus Gewohnheit befühlte er ihre Stirn. »Ja, das habe ich.«

Maeve seufzte. Als Ruán seine Hand wegnehmen wollte, schmiegte sie ihre Wange in seine Handfläche. »Ich danke dir.«

»Du hättest in diesem Zustand nicht auf dein Pferd steigen sollen.«

»Das habe ich auch nicht getan. Ich habe geblutet, und die Männer haben gekämpft … und Lassar …« Ihre Stimme brach. Ein Tropfen fiel auf sein Handgelenk. »Lassar muss mich noch auf Meallán gehoben und dort festgebunden haben, bevor er angegriffen wurde. Ich glaube, ich habe gesehen … wie er …« Sie konnte nicht weitersprechen, atmete schwer. »Aber Garvan nicht. Garvan lebt.«

Ihr Hals bewegte sich an Ruáns Handgelenk, und sie berührte mit zitternder Hand ihr Herz und ihre Stirn in einem stummen Gebet. »Meallán ist dann wohl einfach losgelaufen. Ich kann mich daran schon nicht mehr erinnern. Der See jedenfalls lag näher als Cruachan, und ich nehme an, er … er fühlt sich hier sicher.« Sie hielt inne. »Er liebt diesen Platz.«

Beide schwiegen.

Schließlich nahm Ruán seine Finger von ihrer Wange. »Ein kluges Pferd.«

Er holte Wasser und half ihr beim Trinken. Sie tastete wieder nach seiner Hand, schob sie unter ihr Kinn. »Die Schatten sind noch immer um mich. Bitte bleib bei mir.«

Sie hatte ihn noch nie so inständig um etwas gebeten.

Obwohl Áedán und Orla sich geweigert hatten, auf die Insel zurückzukehren, wollte zumindest Orla, jetzt da Maeve wieder bei klarem Verstand war, nicht mehr in die Nähe des Sees kommen. Ruán hatte auch Áedán gebeten, dem See fernzubleiben, vielleicht weil er nicht wollte, dass der Druide seine eigenen Gedanken aussprach – nämlich dass er verrückt war, und das schon von dem Moment an, als er zum ersten Mal Maeves Kuss erwidert hatte.

Im Augenblick gab es jedoch nur ein kleines Feuer und sie beide. So als wären sie einfache Leute, die ein einfaches Leben führten. Die Wärme und die Stille ließen sie die Wirklichkeit vergessen.

Ruán machte es sich auf den Hirschfellen bequem, und Maeve legte ihren Kopf auf seine Brust. Sie atmete tief aus und war, in seine Arme geschmiegt wie ein kleines Kind, auch schon eingeschlafen.

# 22

## *Sommer*

Ruán pflückte gerade am Rand einer sonnenbeschienenen Lichtung Himbeeren. Er freute sich, etwas Süßes zu finden, jetzt, da sie den Honig aufgebraucht hatten. Der Frühsommer entfaltete sich mit aller Macht. Die Tage wurden länger, aber auch diesiger. Es waren stille Tage.

Er erkannte Maeves Schritt hinter sich. Sie ging in die Hocke, und der Geruch nach Wollfett und Pferd, den die Satteldecke verströmte, die sie um ihre Schultern gelegt hatte, stieg ihm in die Nase.

»Du solltest noch nicht so weit laufen«, sagte er.

Maeve nahm sich eine Himbeere aus dem Birkenkorb und schob sie sich in den Mund. »Ich hätte schon vor Tagen nach Hause reiten sollen.«

»Nur weil du schon wieder humpeln kannst, heißt das noch lange nicht, dass du auch reiten kannst.« Er zupfte eine weitere Beere vom Stiel.

»Du weißt ganz genau, dass ich nicht humple. Du hörst doch jeden meiner Schritte.«

Die Wunde über ihrem Hüftknochen heilte jetzt schnell ab. Sie war nicht besonders tief gewesen. Es musste der Schock gewesen sein, der sie auf ihrem Pferd hatte ohnmächtig werden lassen, und dann war das Wundfieber gekommen. »Ich habe mich nicht von dir vollkotzen lassen, nur damit du dir dann auf dem Heimweg den Hals brichst.« Ruán wandte sich den Büschen zu, um noch weitere Beeren zu pflücken.

Maeve erhob sich und schob die Haare in seinem Nacken zur Seite. »Ich glaube, wird mir gleich wieder übel.« Sie kroch zwischen die Farnbüsche und breitete ihre Decke aus. Dann legte sie sich auf den Rücken und stieß einen tiefen Seufzer aus. »Ich sehe nichts außer Himmel ... sonst ist da rein gar nichts.« Die Sehnsucht in ihrer Stimme hatte einen unüberhörbar düsteren Unterton.

Kummer.

Wenn sie schlief und Ruán ihr das Hirschfell bis unter das Kinn zog, berührte er manchmal ihre Wangen und fand sie jedes Mal nass von Tränen; Tränen, die sie, wenn sie wach war, nie vergoss. Er hatte sich schon oft gefragt, warum jemand, der so robust und stark war wie sie, so lange gebraucht hatte, um mit diesem Fieber fertig zu werden. Es kam ihm manchmal so vor, als hätte sie gar nicht zurückgewollt ...

»Komm und riech an diesen Blüten«, sagte Maeve, »und vor allem, rede mit mir.«

»Ich kann doch auch mit dir reden, während ich unser Abendessen sammle.«

Sie verfiel in Schweigen. Im nächsten Moment aber war ihr Leuchten direkt neben ihm. Sie packte seine Beine und zog ihn zu sich.

»Vorsicht!«, Ruán musste aufpassen, dass er nicht auf sie fiel, als er auf dem Rücken landete.

Maeve stützte sich auf einen Ellbogen und versuchte, Ruán eine Beere in den Mund zu schieben. Er presste jedoch die Lippen zusammen, und so zerquetschte sie die Himbeere auf seinem Mund, sodass das Fruchtfleisch sein Kinn hinunterrann. Ruán leckte es weg, schob einen Arm hinter seinen Kopf.

Das Leuchten, das er jetzt um sich herum wahrnahm, war nicht die Sonne, es war Maeve.

*Ceara.*

Ruán machte es sich im Farn bequem. *Sie lebt.* Den Göttern sei Dank. Dem Land sei Dank. Eine heimliche Freude keimte in seinem Herzen auf. *Ich habe sie nicht getötet.*

Maeve fuhr seine Lippen mit ihrem Finger nach, ihr Atem roch nach süßen Beeren. Ruán wurde sich bewusst, dass sein Puls immer langsamer, dafür aber immer kräftiger schlug. Maeve musste das auch gespürt haben, denn sie beugte sich zu ihm herüber und küsste die pulsierende Ader an seinem Handgelenk. Dieses Stück von der Sonne beschienene Erde war so friedlich, dachte er verschwommen. Es war ein Augenblick, der außerhalb ihres wirklichen Lebens lag.

Maeve musste dasselbe gedacht haben wie er, denn er hörte sie leise etwas flüstern.

Weg von der Last ihres Kummers, der Dunkelheit ihrer Träume.

Für den Moment konnte er das auch.

Ruán nahm Maeves Kinn in die Hand und drehte ihren Kopf zu sich herum. Seine Finger waren in ihren Locken vergraben, während er ihren Kopf hielt und ihre Lippen mit seiner Zunge teilte.

Die Schwertwunde stand diesmal ihrem fordernden Ungestüm entgegen. Stattdessen schmolz sie einfach unter ihm, so geschmeidig und selbstvergessen, dass er nicht mehr sagen konnte, wo sie endete und wo die Wildnis begann.

Ihre Gliedmaßen schmiegten sich in sanfter Hingabe an die seinen, während er sich bemühte, nicht ihre verwundete Seite zu belasten. Ihr Gesicht passte ganz genau in seine Halsbeuge. Jedes Mal, wenn er zustieß, tauchte er in seidiges Wasser.

Der salzige Film auf ihren Schultern und ihren Brüsten schmeckte nach dem See. Auf dem Höhepunkt löste sich Ruáns Bewusstsein auf, und ihm wurde ein kurzer Blick auf das gewährt, was jenseits dieser Welt und dieses Augenblicks lag.

Die brandende Woge aus Licht, die das Land umschloss, das war er selbst – und jetzt war es ganz Erin, das er umfing. Die Stärke seiner Arme formten dessen Küsten, sein Blut, das waren die Wasserläufe, die dem Land Leben spendeten.

Und dann war diese Vision wieder verschwunden.

Ruán lag auf dem Rücken auf seinem Lager aus Farn, als er bemerkte, dass etwas auf seine Schulter tropfte. Er zuckte zusammen, murmelte etwas und drehte sich einfach noch einmal um.

»Das ist *Ale* – und du wachst noch immer nicht auf?« Maeve drückte ihre Lippen auf die seinen, und als sich sein Mund öffnete, floss aus dem ihren kühle Flüssigkeit hinein.

Er schluckte und stieß einen erstaunten Ruf aus.

»Da.« Sie setzte sich neben ihn, schlang ihre Arme um ihre Knie.

Obwohl er noch schlaftrunken war, nahm Ruán eine Veränderung bei ihr wahr. Der Rand ihrer Flamme war jetzt ausgefranst und unscharf. »Was ist los?«

»Während du geschlafen hast, bin ich ein ziemliches Stück am Ufer entlanggegangen und …« Ihr Arm spannte sich unwillkürlich an. »Wenn ich es jetzt so weit schaffe, dann muss ich nach Cruachan zurück. Es war dumm von mir, so lange zu bleiben.«

Ruán kannte diesen angespannten, nervösen Unterton in ihrer Stimme. »Du bist verwundet worden …«

»Ja, und ich wäre fast gestorben!«, stieß sie hervor. »Stell dir nur einmal vor, wenn sie mich tatsächlich getötet hätten … was wäre dann mit meinem Volk geschehen …« Ihre Stimme brach. »Nach dem, was ich gesehen habe, ist jetzt nichts mehr so, wie es war. Jetzt gilt es, keine Zeit mehr zu verlieren. Das war noch nie anders. Was ich mir wünsche, das ist ohne Bedeutung.«

Ruán hörte, wie ihre Stimme immer lauter wurde, während sie sprach, roch ihren jetzt scharfen Schweiß. Sie errichteten gerade wieder einen Wall zwischen ihnen. »Maeve, wieso bist du überhaupt verwundet worden?«

Sie hielt inne, blies ein paar Farnblättchen von ihren Fingern. »Ich habe befohlen, den Ulaid ein paar Stück Vieh zu rauben.«

»Du hast die Ulaid an Beltaine angegriffen?« Dies war eine heilige Zeit, eine Zeit, in der das Leben gefeiert wurde.

Sie versteifte sich, dann tastete sie nach ihrem Kittel und warf ihn sich über, als brauche sie jetzt eine Rüstung. »Conor hat zuerst *mein* Land überfallen, um unseren heiligen Stier zu rauben.«

Sein Puls war jetzt lauter als der Schlag einer Trommel. »Und was«, fragte er leise, »wollten deine Männer im Ulaid?«

»Den Beweis für eine Schwäche des Roten Zweigs.«

»Warum?«

Sie seufzte auf, während sie sich zu ihm umdrehte. »Damit ich endlich den Roten Zweig und damit auch Conor zu Fall bringen kann.«

In Ruán zerriss etwas. Er setzte sich aufrecht hin, um den Druck in seiner Brust wenigstens etwas zu lindern. »Wenn du die Ulaid mit einer Armee angreifst, verurteilst du damit viele Menschen zum Tode. Nicht nur Krieger – auch viele Unschuldige.«

»Meine Krieger töten keine Handwerker und keine Bauern!« Maeve erhob sich.

»Die Hirten verteidigen ihr Land und ihr Vieh, Maeve, und die Handwerker verteidigen ihr Zuhause.« Jetzt sprang auch er auf. Kleine Farnblättchen klebten an seinen nackten Oberschenkeln. Er versuchte, seinen Zorn zu zügeln. »Sich zu verteidigen, ist eine Sache. Du musstest gegen deine Rivalen kämpfen, sonst hätten sie dich getötet. Aber wenn du jetzt die Ulaid, ohne herausgefordert worden zu sein, mit einer Armee angreifst, dann riskierst du einen Krieg, und dieser Krieg wird alle treffen, angefangen bei den ärmsten Bauern bis hin zu den größten Königen. Du setzt damit ganz Erin aufs Spiel!«

»Wie kannst du es wagen, meine Entscheidungen infrage zu stellen?« Ihre jetzt scharfen Stimmen scheuchten eine Amsel auf, die laut schimpfend davonflog. Maeve humpelte über das Gras, stieg mit einem Bein in ihre Hose.

Ruán versuchte, gegen den Sturm, der plötzlich in seinem Kopf tobte, anzukämpfen. Er konnte keinen klaren Gedanken mehr fassen. Und dann endlich begriff er, warum er sich so verletzt fühlte. Sie beide hatten ein Wunder miteinander geteilt, hatten sich füreinander geöffnet – und trotz dieses Wunders entschied Maeve sich jetzt dafür, *dies* zu sein.

Eine Verwandtenmörderin. Eine Schwertkämpferin. Eine Kriegerin.

Jetzt stand da plötzlich wieder diese fremde, diese unerreichbare Person vor ihm, bis zu den Zähnen bewaffnet und mit Blut beschmiert.

Ruán hatte das Gefühl, von ihr verraten worden zu sein. Er hatte ihr sein Licht gegeben, hatte das, was zerrissen war, wieder zusammengefügt. Er hatte die Funken, aus denen er bestand, mit ihrer Lebenskraft verwoben. Und jetzt wollte sie diese wunderbare Gestalt aus Fleisch und Geist wieder der Gefahr einer tödlichen Klinge aussetzen.

Nun hob auch Ruán seinen Kittel auf und zog ihn sich über. »Sprich nicht mit mir wie mit einem deiner Diener. Oder ist es etwa das, was ich für dich bin?« Er wandte sich ihr jetzt wieder zu, die Lippen aufeinandergepresst. »Oder bin ich einfach nur ein Mann wie jeder andere, mit dem du schläfst, damit er dich ablenkt?«

Sie schnappte nach Luft. Ihre Flamme wurde von einer Dunkelheit, von panischer Angst, eingehüllt. »Bei allen Göttern! – *Ich werde Conor töten, bevor er mich tötet!*«

Ihrem Ausbruch folgte Schweigen. Ruáns Blut pulsierte. War das wirklich das, worauf alles hinauslief?

Maeve hob die Satteldecke auf und warf sie dann laut fluchend wieder auf den Boden. »Man hat mich mit Conor *verheiratet* – er will Hochkönig von Erin werden. Sein Stolz ist grausam, aber das wissen nur wenige, denn er ist überaus schlau.« Ihre Worte sprudelten nur so aus ihr hervor. *»Begreifst du das denn nicht?* Deirdres

Flucht hat ihn entscheidend geschwächt. Er wird jetzt alles tun, um seinen Männern zu beweisen, dass er noch immer stark und mächtig ist.«

»Das kannst du doch gar nicht wissen …«

»O doch, das kann ich sehr wohl! Er war schon immer die größte Bedrohung für Connacht, und ich werde *mein* Land und mein Volk bestimmt nicht aufgrund von Skrupeln aufs Spiel setzen, die ich deiner Meinung nach haben sollte.« Sie standen einander atemlos gegenüber. »Dich braucht das ja alles nicht zu interessieren«, zischte sie. »Du bist hier ja sicher.«

Er deutete auf seine Augenbinde. »War ich denn jemals vor Adeligen wie dir sicher? Vor Adeligen, denen es egal ist, was sie anrichten und wem sie Schaden zufügen?«

Sie unterdrückte einen Schrei. »*Mir ist das nicht egal!*«

»Ach wirklich?« Er zog sich die Hose an, hantierte mit der Verschnürung herum. »Von dem Augenblick an, als du das Schwert deines Vaters an dich genommen hast, hast du die Gefahr und das Blutvergießen gesucht. Man könnte meinen, du sehnst dich danach.«

»Nein, ganz bestimmt nicht.« Bitterkeit schwang plötzlich in ihrer Stimme mit. »Ich habe es mir bestimmt nicht gewünscht, von Männern vergewaltigt zu werden, die mich zuerst als Beute und dann als Bedrohung angesehen haben, derer sie sich entledigen müssen.«

Ruán lachte, drückte seine Handflächen gegen seine Schläfen. »Du solltest dich einmal selbst hören! Was willst du denn tun? Jeden einzelnen Mann in Erin töten, damit er dich nicht mehr verletzen kann?«

Ihre Halsstarrigkeit machte ihn schier wahnsinnig. Ruán nahm ihr Gesicht zwischen seine Hände, umfasste ihre Wangen. Ihr heißer Atem vermischte sich mit dem seinen. »Öffne die Augen, Maeve! Nutze deine Stärke, um aufzubauen und nicht um niederzureißen.« Er holte Luft, als ihre Tränen in seine Finger rannen. »Ich spürte ein solches Feuer in dir – verwende es dazu, etwas zu erschaffen, was noch nie jemand gewagt hat. Conor hat sein Land mit Festungswällen umgeben. Du kannst dasselbe tun. Finde einen Weg, die Stärke der anderen Königreiche zusammenzuführen. Schaffe etwas, das bedeutender ist als ein Stamm allein. *Das* ist es, was dich wirklich unangreifbar machen wird.«

Maeves Rücken versteifte sich. Ihre Flamme, die jetzt ein einziger Wirbel aus Rot und Schwarz war, loderte verzweifelt auf. »*Gütige Götter, du hast recht.* Die Königreiche müssen sich zusammentun, um Conor gemeinsam anzugreifen. Das ist der einzig richtige Weg.«

Ruán schob sie fluchend von sich weg. »Was willst du dann eigentlich noch mit mir, Maeve? Ich bin kein Krieger, und ich bin kein Lord. Ich kann dir nichts geben, was dich vor Männern wie Conor beschützt. Du hast dein Leben selbst so gewählt …« Er zeigte auf seine Augen. »Diese Welt habe ich jedoch schon vor langer Zeit hinter mir gelassen.« Er ließ die Arme sinken. »Also sag mir, was ich für dich bin. Als was siehst du uns?«

Falls sie ihm antwortete … würde er wenigstens Gewissheit haben.

Angestrengtes Schweigen. »Das spielt keine Rolle.« Ihre Stimme klang rau und bitter. »Was auch immer ich für mich haben möchte … Conor und seinesgleichen werden es mir entreißen. Also gibt es nichts … nichts, das mir etwas bedeutet.«

Ruán atmete aus und nickte. Seinen Kopf hatte er gesenkt.

»Es geht nicht allein um mein Leben.« Sie zögerte. »Ich muss viele Menschen beschützen …«

»Menschen, die du in Gefahr bringst, wenn du einen Krieg vom Zaun brichst. Siehst du es denn nicht? Deine Angst vor Conor lässt dich einfach nicht mehr klar denken.«

»Ich kämpfe doch gar nicht für mich. Ich tue es für sie.«

»Da ist jedenfalls das, was du dir einredest.«

Maeve unterdrückte einen zornigen Schrei. Sie stieß ihm gegen die Brust, ihre Faust traf genau sein Brustbein.

Der Schlag trieb allen Schmerz aus Ruán heraus. In der erschrockenen Stille, die folgte, kam eine große Ruhe über ihn. Sein Verstand wurde wieder klar, und er begann langsam zu verstehen.

Er hatte Maeve dreimal das Leben gerettet: Das war die heilige Zahl der Götter. Connacht hatte einen starken Herrscher gebraucht, und Maeve hatte verhindert, dass das Königreich auseinandergefallen war – das war unbestreitbar. Sie war dazu geboren, ein Schild, ein Schwert zu sein. Das war das, was Tiernans Traum bedeutete, nur hatte Ruán das nicht glauben wollen. Er begriff es auch jetzt noch nicht ... aber wie sie schon gesagt hatte, es spielte keine Rolle.

*Er würde dafür sorgen, dass es keine Rolle spielte.*

Im Augenblick wusste er jedenfalls, worum es ging – sein Schicksal war es, der Königin von Connacht ihren Thron zu sichern.

Ruán wurde schwindelig. Seine Ohren klangen. Maeve hatte seinem Körper Leben und Kraft zurückgegeben, und er hatte ihr im Gegenzug zu Macht verholfen. Es war ein Geschäft, das für sie beide von Vorteil war, so wie sie das schon immer gesagt hatte.

Ein Vertrag, der erfüllt worden war.

Der Glanz der Sídhe strömte jetzt wieder durch Ruán. Er hörte sie singen, leise wie den Wind im Schilf. »Ich vermisse die Frau, die sich mir geöffnet und die in meinen Armen geweint hat.«

»Wenn ich weine, dann verliere ich meine Stärke – und dann werden Menschen sterben.« Aus Maeves Stimme war herauszuhören, welche Willenskraft es sie kostete, um überhaupt so sprechen zu können. Sie wickelte sich in ihre Satteldecke ein. »Vielleicht haben mir die Strahlenden tatsächlich zum Thron verholfen, aber Könige, die ihr Volk nicht beschützen, werden schnell den Göttern geopfert.«

»Falls du von den Sídhe gesegnet wurdest, dann, weil dein Herz sich ergeben hat, nicht weil du eine Klinge in deiner Hand hältst. Da bist du nun so klug und so tapfer, aber dies ist eine Wahrheit, der du dich nicht zu stellen wagst.«

Maeve zog sich von ihm zurück. »Der Rote Zweig kämpft auf eine Weise, die wir nicht verstehen. Der einzige Weg, dass wir in

Zukunft in Sicherheit leben können, ist, Conor anzugreifen, solange er geschwächt ist.«

Ruán empfand Mitleid für sie, und deshalb war seine Antwort auch voller Zärtlichkeit. »Und alles, was du tust, wird seinen Zorn nur noch mehr anfachen.«

»Nein! Du verstehst das einfach nicht.«

»*Ceara* …«

»Nein.« Die Verzweiflung, die in diesem Flüstern lag, schmerzte ihn. Es war die Ohnmacht eines wilden Tiers, das in der Falle saß. »Ich weiß ganz genau, was ich zu tun habe.« Mit einem unterdrückten Laut drehte Maeve sich um und rannte davon.

Ruán hörte den leiser werdenden, unregelmäßigen Klang ihrer Schritte. Offensichtlich behinderte sie ihre Wunde doch noch. Er konnte jetzt nichts anderes mehr tun, als sie gehen zu lassen.

Ruán setzte sich mit überkreuzten Beinen auf den Boden. Sein Gesicht hatte er zum Himmel erhoben, während er versuchte, seinen Atem zu beruhigen. Er vermochte nichts zu sehen; konnte sich nur an den Sonnenstrahlen orientieren, die ihn wärmten.

In seinem Herzen jedoch war nur noch Eis.

In den Ställen von Cruachan nahm Maeve Meallán gerade den Sattel ab, als Finn durch das offene Tor hereinstürmte. Das Gesicht des Mädchens war totenbleich, ihre Augen glitzerten. Sie wollte sich Maeve in die Arme werfen, blieb dann aber doch kurz vor ihr stehen, als wisse sie nicht, in welche Richtung sie fallen sollte.

Maeve holte tief Luft, während sie ihre Tochter anblickte wie jemand, der in tiefster Dunkelheit den Schein eines Feuers sucht. Auf ihrem Weg über die Ebene war sie an den Scheiterhaufen der Männer vorbeigekommen, die bei dem Überfall ums Leben gekommen waren. Die Asche hatte noch geschwelt. Der Gestank hing ihr noch in den Haaren und drang bis zu ihrem tauben Herzen vor.

Es würde jedoch noch viel mehr Tote geben, wenn sie jetzt nicht stark blieben.

»Ich …« Finns Stimme brach.

Finn weckte Maeves mütterliche Instinkte, durchdrang sogar den Nebel, der sie umgab. Sie legte eine Hand auf Finns Hinterkopf, machte einen Schritt auf sie zu, um sie an ihre Brust zu drücken. »Ich habe dir doch gesagt, dass ich nicht so leicht totzukriegen bin.«

Finns Atem entwich pfeifend, ihre Stirn ruhte auf Maeves Brust. »Aber du bist den Kriegern nicht aus dem Weg gegangen, so wie du es versprochen hattest.«

»Nein.« Maeve starrte über Finns Schulter hinweg in den dunklen Stall. Ihr Blick war glasig. »Ich hätte einfach nicht damit leben können, wenn ich weggerannt wäre. Es war meine Pflicht, in den Kampf einzugreifen.« Ihre Arme schlossen sich noch fester um ihre Tochter, die plötzlich so verletzlich wirkte. Maeve musste sie alle beschützen … das hatte sie geschworen. »Ich habe den Zorn des Wolfs über euch gebracht, also muss ich auch gegen ihn kämpfen. Ich muss noch skrupelloser sein, als er es ist, muss zuerst zustoßen, sonst wird er uns besiegen. Ich muss …«

»Mutter …?« Finn hob den Kopf.

Maeves Lippen öffneten sich. Sie sah jetzt direkt in Finns verwirrte Augen. Blinzelnd strich sie Finn eine Haarsträhne aus der Stirn. »Geh und sag Fraech, dass ich wieder da bin und gleich morgen, wenn ich etwas geschlafen habe, mit ihm sprechen werde.« Sie drehte sich um und ging, während ihr Kopf so heftig schmerzte, dass sie kaum noch etwas sehen konnte.

Maeve suchte zuerst Garvan, um sich zu versichern, dass er auch wirklich noch am Leben war. Sie beobachtete ihn aus der Ferne, wie er auf der Wiese stand und sich mit den Männern im Kampf übte. Noch bevor er sie sah, schlich sie wieder davon. Es gelang ihr auch, Tiernan und allen anderen aus dem Weg zu gehen, nachdem sie ihren Dienerinnen aufgetragen hatte, niemanden zu ihr vorzulassen, da sie unbedingt schlafen müsse.

Mit schmerzender Kehle fiel Maeve auf das Bett in ihrer Schlafkammer.

Sie konnte jetzt niemandem gegenübertreten. Niemand durfte

ihre wunde Haut berühren oder sie mit Fragen überschütten. Noch nicht. Sie versuchte, sich an jede der Berührungen im Sonnenschein zu erinnern, an die Art, wie er ihr leise etwas zugeflüstert hatte, den Geschmack seiner Lippen. *Das würde ihr für immer bleiben … das konnte ihr niemand mehr wegnehmen …*

Sie starrte gerade in die zischende Flamme der Lampe, als Ailill mit großen Schritten die Treppe heraufstürmte.

»Bei Lughs Eiern! Was hast du dir dabei nur gedacht?« Ailill hakte seinen Umhang auf und warf ihn über einen Stuhl. »Welcher Wahnsinn hat dich geritten?«

Sie warf ihm einen kurzen Blick zu. Ihre Augen brannten.

»Als ich in Laigin von diesem dummen Überfall hörte, bin ich sofort zurückgekommen. Ich wünschte, ich hätte dich noch angetroffen, bevor du … *verdammt noch mal, Maeve*!« Er nahm den Krug mit verdünntem Wein, der auf Maeves Truhe stand, und trank mit großen Zügen. Die Feuchtigkeit der Abenddämmerung hatte seine stachelige Mähne zu einem schlaffen Wirrwarr zusammenfallen lassen.

»Ailill …«

Er knallte den Krug auf die Truhe und wischte sich den Bart ab. »Und dann, als alle dachten, du wärst tot, kommt ein dürrer Junge mit einer geheimnisvollen Botschaft für Tiernan angelaufen und ist schon wieder weg, noch bevor ihn irgendjemand fragen konnte, woher er überhaupt kommt!«

Maeve drückte ihre Handballen auf ihre Schläfen, schloss die Augen. *Ruán vom Sumpf.* Wenn sie ihren Bauch fest zusammenpresste, verwandelte sich ihr Kummer in einen unbändigen Zorn auf Conor. Lassar und die anderen Männer durften nicht umsonst gestorben sein. Sie musste jetzt die Erkenntnis, die sie gewonnen hatte, umgehend gegen die Ulaid einsetzen.

Wenn sie das nicht tat, verriet sie alle, die ihr vertrauten.

Maeve erhob sich mit wackeligen Beinen vom Bett. »Mit dem Roten Zweig stimmt irgendetwas nicht. Sie haben uns aus dem Hinterhalt heraus angegriffen und hätten uns deshalb leicht besiegen müssen, das aber war nicht der Fall. Die meisten von uns sind entkommen.« Sie biss sich auf die Unterlippe, ihre Augen waren unverwandt auf die Flamme gerichtet. »Die meisten.«

»Sie haben *dich* fast getötet, du Wahnsinnige!«

Maeves Kopf fuhr hoch. Gütige Götter … konnte es sein, dass ihm tatsächlich etwas an ihr lag?

Eine plötzliche Röte überzog Ailills Wangen, überdeckte das Netz von roten Äderchen, die vom Ale kamen. Sein Blick war trotzig. »Wenn du stirbst, verliere ich alles, was du mir versprochen hast.«

Aha. Maeve nickte, strich sich mit einer Hand die Haare zurück. »Ich habe in Emain Macha oft genug gesehen, wie sich der Rote Zweig im Kampf übt. Diesmal aber war seine Kraft gebrochen. Nicht einmal Cúchulainn ist es gelungen, die Männer im Kampf zu vereinen. Ich habe es mit eigenen Augen gesehen – das ist die Erkenntnis, die uns der Tod unserer Krieger gebracht hat. Eine entscheidende Erkenntnis. Diese Geschichte mit Deirdre hat ihrer Stärke offenbar einen schweren Schlag versetzt.«

Ailills wütender Blick verschwand.

Maeve ballte ihre Hände zu Fäusten. »Jetzt ist also genau der richtige Zeitpunkt, um Conor mit allem, was uns zur Verfügung steht, anzugreifen und ihn zu Fall zu bringen! Geh zurück zu deinem Vater und bitte ihn, uns alle seine Krieger zur Verfügung zu stellen. Wir brauchen jetzt mehr als nur ein paar Männer. Wir brauchen jetzt eine Armee.«

Ailill verschränkte seine Arme vor seiner Brust und stellte sich breitbeinig hin. »Mein Vater fürchtet den Roten Zweig viel zu sehr, um es auf einen offenen Konflikt ankommen zu lassen, das weißt du ganz genau.«

Maeve sah Lassars Gesicht vor sich. Es würden also noch mehr junge Männer aus Connacht sterben. »Du musst es wenigstens versuchen.« Schweiß trat ihr auf die Oberlippe. »Das ist unsere einzige Chance.«

»Ich muss?« Ailill kam auf sie zu. Er stank nach Pferd und Ale.

»Ich weiß wirklich nicht, warum du immer zu glauben scheinst, dass ich das tue, was du von mir verlangst, obwohl du mich nur selten an deinen Gedanken teilhaben lässt – und noch seltener an deinem Körper.«

Sie blinzelte. Ihr Blick wurde wieder klar. Ailill sah gereizt aus, seine Augen unter seinen buschigen Brauen waren klein und hart.

»Ich bin eine Königin«, sagte sie, »und keine Ehefrau, die den Herd hütet. Dafür sind deine anderen Frauen da – du hast doch sicherlich genügend von ihnen mitgebracht.«

»Früher hast du deine Versprechen immer gehalten.« Ailill packte ihre Oberarme und sagte jetzt in drohendem Ton: »Ich werde die Rolle spielen, wie wir es vereinbart haben, aber nur wenn auch du deine Rolle spielst.«

Maeves Nasenflügel blähten sich, als sie jetzt den Kopf hob und ihn ansah. Alles das, was sie am See versucht hatte zu vergessen, schoss jetzt durch ihren Körper.

Sie schob Ailill weg, drehte sich um und riss sich ihren Kittel und ihre Hose vom Leib, dann löste sie ihre Brustbinde und zog ihren Lendenschurz aus. Ihre Wunde fühlte sich an, als würde man ihr ein Brandeisen auf die Hüfte drücken. Sie knüllte ihre Kleidung zusammen und warf sie mit einem frustrierten Fauchen an die Wand. All diese Versprechen hatte sie gegeben, um einen schützenden Schild für sich und für ihr Volk zu schmieden.

Und so blieb ihr jetzt nicht einmal ein einziger Augenblick der Ruhe für sich selbst.

Sie hatte auch ihrem Ehemann ein Versprechen gegeben. *Er war ihr Verbündeter.* Maeve rief sich das ins Gedächtnis, obwohl sich das alles für sie jetzt völlig hohl anfühlte. Sie drehte sich zu Ailill um, stemmte ihre Hände in ihre Hüften. Ihre Brust hob und senkte sich. Seine Augen weiteten sich, als er den Verband sah. Dann wanderte sein Blick weiter nach unten.

Maeves Rundungen waren durch die Krankheit, das viele Reiten und das Kämpfen verschwunden: Die Muskeln an ihrer Taille traten stärker heraus, das Fleisch auf ihren Hüften war verschwunden.

Das war kein üppiger Körper, der einen Mann erregte. Vielleicht war es auch ihre Verwundbarkeit, die durch ihre Verletzung offensichtlich geworden war, oder ihr Zittern, das sie nicht verbergen konnte, was Ailill dennoch berührte.

Jedenfalls ließ das Verlangen seinen Blick warm werden. Er lächelte.

Es dauerte eine ganze Woche, bis Maeve ihren Zorn überwunden hatte und zum See zurückkehrte. Ruán hatte ihr mehr als nur einmal das Leben gerettet. Er hatte eine Entschuldigung verdient und darüber hinaus hatte er vor allem ihre Dankbarkeit verdient. Sie musste ihm zeigen, wie es in ihrem Inneren wirklich aussah, damit er sie wieder *ceara* nannte.

*Ich war schon vor langer Zeit die deine. Hilf mir nur noch durch das hier, dann wird sich für uns bald alles ändern.*

Auf dem Weg zum See tröstete Maeve sich ein wenig damit, dass Ruán zumindest bereits wusste, dass ihr Stolz sie manchmal Dinge sagen ließ, die sie gar nicht wollte. Vielleicht konnte er ihr verzeihen.

Nein, er musste ihr einfach verzeihen.

Am Rand des Schilfs blieb Meallán stehen. Seine Ohren spielten. Er hatte bereits gespürt, was Maeve jetzt erst auffiel. Das Schweigen des Sees war tiefer geworden. Der Wind zerrte an ihrem Umhang. Zum ersten Mal fühlte sich diese Leere bedrohlich an.

Dies war jetzt wieder ein Ort in der Wildnis, nicht mehr und nicht weniger.

Maeve saß ab. Das Hämmern in ihrer Brust überlagerte die feinen Veränderungen in der Umgebung. Sie ging am Ufer entlang. Tau überzog das von Schritten unberührte Gras. Sie kam schließlich zu der Stelle, wo sie damals kurz vor dem Hagelschauer sein Zelt aufgestellt hatten. Das Zelt war noch da, auch wenn die Felle darin nass geworden waren, weil der Eingang offen stand. Alles, was sie ihm gebracht hatte, lag auf dem Bett – die Töpfe und Teller, der Kaminbock, um Fleisch über der Feuerstelle braten zu können, die Hirschfelle und die Decken.

Die Feuchtigkeit hatte die Felle und die Decken bereits muffig werden lassen.

Maeves Gedanken schossen planlos wie Motten hin und her. Vielleicht hatte sie diesen Ort in einem Anfall von Wahnsinn so ausgestattet, und es hatte nie einen Ruán gegeben. Vielleicht war sie vom Schimmern des Sees oder dem flüsternden Schilf an seinem Ufer irregeführt worden.

Aber warum fühlte sie sich dann jetzt innerlich so leer?

Maeve zwang sich dazu, ein paar Schritte zu gehen und sich neben die Feuerstelle zu hocken. Möglicherweise war er ja nur beim Fischen und hatte das Feuer abgedeckt, um Brennmaterial zu sparen. Maeve streckte zitternd den Arm aus und hielt ihre Hand über die Asche.

Kalt. Längst erloschen.

Ihr Kinn sank ihr auf die Brust.

Als Maeve wieder durch die Tore von Cruachan ritt, dämmerte bereits der Abend.

Sie schenkte der verschwommenen Masse von Menschen, die ihr ehrerbietig den Weg freimachten, keine Beachtung. Vor den Ställen löste sie ihre verkrampften Finger von den Zügeln und bedeutete den Jungen, die angerannt kamen, um Meallán in den Stall zu führen, dass sie ihre Hilfe nicht brauchte. Es gelang ihr mit Mühe, ihr steifes Bein über die Kruppe ihres Pferdes zu schwingen, um abzusitzen.

Erst in der dunkelsten Box, weit weg von der Tür, kam Maeve wieder zu sich. Sie stand einfach nur da, ihre Hände lagen auf Mealláns schweißnasser Flanke. Ihr Pferd war ein Stück in den See gelaufen und roch noch immer nach saurem Schlamm und krautigem Wasser. Wenn sie jetzt die Hände von seinem Fell löste, würde auch dieser Geruch bald verflogen sein. Sie würde sich dem grellen Licht des Tages und dem geschäftigen Treiben in der Festung stellen müssen.

Mealláns Flanke zitterte, als würde mit ihrer Berührung irgendetwas in ihn hineinfließen. Maeve zog ihre Hände weg.

»Mutter.«

Dieses eine Mal hätte Maeve sich nur allzu gern von dieser Stimme abgewandt, hätte sich am liebsten im kalten Schatten versteckt, bis sie nichts mehr spürte.

»Mutter?«

Die Stimme war beharrlich, zerrte an ihr. Dann war da eine Berührung. Auf ihrer Schulter, ihrem Arm. Maeve hob ihren schmerzenden Kopf und zuckte zusammen, als ein Sonnenstrahl über das Stroh kroch und auf ihr Gesicht fiel.

Finn sah die Spuren auf Maeves Wangen, blickte ihr dann in die Augen. »Bist du wieder krank?«

Die gewohnte Verneinung lag ihr schon auf der Zunge. Aber Maeve redete doch nur mit sich selbst, nicht wahr? Niemand würde von ihrer Schwäche erfahren, wenn sie sie leise ihrem Spiegelbild anvertraute. »Der Schmerz … er brennt so sehr. Ich kann nicht … ich kann nicht richtig atmen.«

»Dann sollen dir die Dienerinnen im Haus der Frauen ein Bad bereiten, Mutter. Das wird dir guttun. Ich werde dir auch die Haare waschen.«

Als Maeve über das Gras zum Haus der Frauen ging, nahm sie ihre Umgebung nur noch als verschwommene Farben wahr: im Wind flatternde rote Fahnen auf den Rieddächern, weiße Wolken, die über einen strahlend blauen Himmel jagten, grünen Ebenen jenseits der braunen Festungswälle. Sie sehnte sich so sehr danach, dem allen entfliehen zu können.

Erst als sie in dem dampfenden Wasser saß und ein Schwamm angenehme Wärme über ihren Rücken rinnen ließ, hörte sie auf zu frösteln. Sie hatte die Knie an die Brust gezogen. Warmes Wasser ergoss sich über ihre Haare. Geschmeidige Finger massierten ihren Kopf.

Verschwommen nahm Maeve wahr, dass sich dem Schirm aus geflochtener Weide, den man rund um den Badezuber aufgestellt hatte, energische Schritte näherten. Finn ließ den beinernen Schöpfer einfach auf den Fliesenboden des Badegemachs fallen und schoss hinter dem Schirm vor. »Mylord?«

»Ich habe Nachrichten für die Königin.« Es war Garvan.

»Kann das nicht warten …?«

»Nein, das kann es nicht, meine kleine Rote. Ich werde nämlich jetzt gleich nach Mumu aufbrechen, um König Niall aufzusuchen.«

»Aber … sie ist nicht angezogen!«

Ein amüsiertes Schnauben. »Das ist nichts, das ich nicht schon gesehen hätte.«

Garvan trat neben den Badezuber. Maeve blickte zu einer Mähne aus schwarzen, glänzenden Haaren und zu blitzenden hellen Augen auf. »Ich dachte, du solltest wissen, dass Ailill zu seinem Vater aufgebrochen ist, Hitzkopf. Er war herausgeputzt, seine Wachen waren geschrubbt und seine Pferde gestriegelt. Er hat also doch noch auf dich gehört.«

Die Worte gingen an Maeve vorbei. Sie starrte auf das Wasser, das im Licht des Kohlenbeckens rot schimmerte. Dann legte sie ihre Hand auf die Oberfläche.

Da war der glänzende See, in dem sich der Sonnenuntergang spiegelte … Ruán, der ein Lied sang, als er am Ufer Feuer machte. Sie hatte ihren Blick nicht von dem glühenden Himmel und dem leuchtenden Wasser abwenden können, obwohl sie knöcheltief im See stand und ihr langsam kalt wurde. Sie sehnte sich danach, dass diese Pracht und Schönheit in sie hineinfloss, sie erfüllte. *Maeve,* sagte er, *komm jetzt und iss.*

»Maeve.«

Garvan machte einen Schritt auf sie zu. Der Schwamm, der auf dem Rand des Badezubers lag, fiel ins Wasser und versetzte die Oberfläche in kleine Wellen.

Maeve hob mühsam das Kinn.

»Hast du gehört, was ich gesagt habe? Ailill ist nach Laigin aufgebrochen. Und ich werde nach Mumu reiten.«

Sie starrte ihn mit großen Augen an. Es hatte also begonnen. Jetzt war es nicht mehr aufzuhalten … die Krieger versammelten sich bereits.

Sie legte ihre Hände auf den Rand des Badezubers, hielt sich fest, um sich hochzustemmen. Noch war sie nackt, aber schon bald würde sie die schweren Gewänder einer Königin tragen.

Das war das, was ihr Volk jetzt brauchte. Sie hatte an dem Tag, an dem der heilige Met sie mit dem Land untrennbar verbunden hatte, auf den Stufen vor dem Tempel des Lugh einen Eid geleistet.

## 23

Cúchulainn saß ausnahmsweise einmal an seinem eigenen Feuer. Er hatte sich auf seine Burg Dun Dalgan in der Nähe der Ostküste des Ulaid, nicht weit entfernt von der Grenze zu Laigin zurückgezogen.

In seinem Haushalt gab es keine Standesunterschiede. Alle, angefangen bei den Hirtenjungen bis hin zu den Köchinnen und Webern, kamen abends in der großen Halle zusammen. In der Stille der Abenddämmerung jedoch, wenn man das Vieh in die Pferche brachte und die Dienerinnen Fleisch brieten und Brühe rührten, ließen sie alle Cúchulainn und seine Frau erst einmal allein vor dem Feuer sitzen.

Emer und Cúchulainn schmiegten sich eng aneinander. Ihr Kopf lag auf seiner Schulter, während sie sich einen Becher Met teilten. Die Röte auf Emers weichen Wangen und der Schimmer in ihren Haaren ließ Cúchulainn einen Augenblick lang glauben, sie seien nur einfache Hirten, die an ihrem Herd saßen, nachdem sie das Vieh für die Nacht sicher im Stall untergebracht hatten.

Emer drückte ihre Brust an seinen Arm, und er spürte den Schlag ihres Herzens. Cúchulainn seufzte.

»Mein Vater war heute da.« Emers stets etwas heisere Stimme hatte einen angenehmen, vollen Klang. »Der Zorn, den die anderen Chieftains auf Conor haben, wächst von Tag zu Tag, aber Vater glaubt nicht, dass irgendjemand tatsächlich etwas gegen ihn unternehmen wird. Sie fürchten ihn einfach zu sehr.«

Einen verrückten Augenblick lang kam Cúchulainn der Gedanke, dass alle ihre Probleme gelöst wären, wenn einer der Lords sich des Throns bemächtigte. *Ich könnte das tun.* Aber er hatte geschworen, das Ulaid zu beschützen. Wenn irgendjemand die Macht an sich riss, ohne dass dem alle Chiefs zugestimmt hatten, war ein Kampf unausweichlich. Conor hatte viele der Chiefs mit Land und mit anderen Dingen an sich gebunden, und für einige von ihnen war das wichtiger als ihre Loyalität dem Volk gegenüber.

Das Ganze ließ sich noch immer irgendwie in Ordnung bringen … aber nur wenn Ferdia die Söhne des Usnech fand.

Der arme Ferdia. Er war kaum von Skathas Insel zurückgekehrt – unverrichteter Dinge –, als Levarcham zu ihnen beiden gekommen war. Die silberhaarige Druidin, die so gehetzt wirkte, hatte Cúchulainn und Ferdia berichtet, dass sie sich mit den druidischen Kräutern fast umgebracht hatte, dass sie in ihren Visionen jetzt aber endlich einen Hinweis auf Deirdres Aufenthaltsort erhalten hatte.

Sie war sich sicher, dass das Mädchen und die Söhne des Usnech sich im Westen von Alba versteckten.

Ferdia hatte sich daraufhin sofort wieder auf den Weg gemacht, da er die vier finden wollte, bevor Conor das tat. Auch diesmal hatte Cúchulainn diese Aufgabe übernehmen wollen, aber Ferdia hatte es ihm ein weiteres Mal ausgeredet. »Du musst hierbleiben, Cú. Du musst den Roten Zweig zusammenhalten. Das mit dem Überfall aus Connacht ist ganz und gar nicht gut gelaufen.« Ferdia hatte gequält gelächelt, als er sein Bündel im Rumpf des Bootes verstaut hatte. »Ich bin entbehrlich. Du nicht.«

»Für mich bist du nicht entbehrlich«, hatte Cúchulainn ihm geantwortet.

Cúchulainn, der jetzt sein Kinn auf Emers Stirn ruhen ließ, sah in den Flammen vor sich noch immer Ferdias Gesicht. Emer hob die Hand und fuhr mit ihren Fingern durch die Haare an seiner Schläfe.

Plötzlich wurde Cúchulainn aufmerksam.

Er hörte den Ruf einer seiner Wachen, dann das Scharren der Torflügel und schließlich das Stampfen von Hufen. Ein nervöses Pferd – offensichtlich war es zu scharf geritten worden.

Emer setzte sich auf. »Was ist das denn?« Dunkle Locken fielen ihr ins Gesicht, als sie sich die Nase rieb.

»Ferdia«, sagte Cúchulainn in der Hoffnung, dass es tatsächlich so war. Aber … nein. Cúchulainns Wachen würden Ferdia niemals auffordern, seinen Namen zu nennen. Sie kannten ihn alle.

Ein Reiter, in dessen Haaren und Umhang noch der feuchte Nebel hing, betrat jetzt die Halle. Es war einer seiner Krieger, die Cúchulainn vor langer Zeit in der Halle des Königs in Emain Macha postiert hatte. Cúchulainn drückte dem Reiter mit angespanntem Gesicht einen Becher Ale in die Hand. Dieser trank hastig ein paar Schlucke und begann dann zu berichten. »Conor hat die Söhne des Usnech gefunden.«

Emer schnappte nach Luft und schlug sich die Hand vor den Mund.

»Der König hat erfahren, dass sich drei Männer aus Erin in Dunadd, der westlichen Feste des Stammes der Epidier aufhalten sollen. Er hat einen seiner Männer losgeschickt, um herauszufinden, ob das auch stimmt, bevor er irgendetwas unternimmt.«

*Und was will er jetzt unternehmen?*, fragte sich Cúchulainn mit einem wachsenden Gefühl des Unwohlseins. Den König der Epidier mit Gold dafür bezahlen, dass er ihm Naisi und seine Brüder als Gefangene in Ketten ausliefert? Krieger schicken, um sie zu töten? Oder will er jemanden, den auch Naisi schätzt, bitten, sie alle wohlbehalten und in allen Ehren nach Hause zu holen?

*Es ist Ferdia also nicht gelungen, sie als Erster zu finden.*

Cúchulainn bat seine Diener, dem Mann etwas zu essen zu bringen und ihm dann ein Bett für die Nacht zu geben. Dann sah er Emer fragend an.

»Conor weiß, dass die Augen seines Volkes auf ihm liegen«, sagte Emer.

»Aye.« Cúchulainn schluckte, ein Entschluss nahm langsam Gestalt an. »Er kann den Söhnen des Usnech nicht schaden, wenn alle von dieser Neuigkeit erfahren haben. Ich muss also erst einmal dafür sorgen, dass sie beim Roten Zweig bekannt wird – man soll sie in Emain Macha von den Mauern verkünden.« Er gab den Männern, die auf den Bänken an der Wand saßen und ihre Speerspitzen schärften, ein Zeichen. »Bringt mir meine Waffen!« Zu Emer sagte er dann: »Ich brauche meinen Schmuck und prunkvolle Kleidung. Ist mein bestes Gewand sauber? Und meine Stiefel? Das Sattelzeug und der Streitwagen müssen auf Hochglanz poliert werden …«

»Ehemann.« Emer packte ihn an den Armen. »Das alles wird in kurzer Zeit für dich bereit sein. Der König und seine Männer wissen, dass es nur einen Wachhund des Cullen gibt, und sie werden dieser strahlenden Sonne Beachtung schenken, wenn sie in ihrer Mitte aufgeht.«

Er holte tief Luft, richtete dann seinen Blick wieder auf sie.

»Aber … brichst du schon heute Abend auf?«

Cúchulainn sammelte sich, strich ihr eine Locke aus dem Gesicht. »Nein, erst morgen bei Tagesanbruch. Komm jetzt mit mir, Frau. Wir werden ein eigenes Feuer anfachen, um die Dunkelheit zu vertreiben. Ich werde es mit mir nehmen, wenn ich aufbreche, um dem König entgegenzutreten.«

In der gesegneten Dunkelheit des Vorratshauses saß Conor, König der Ulaid, inmitten seiner Reichtümer auf dem Fußboden. Sein Kopf schwankte auf seinem Hals hin und her, so schwer fühlte er sich an. Der Raum drehte sich um ihn herum. Er legte einen Arm um einen der prall gefüllten Getreidesäcke, die man hier gelagert hatte, als die Ernte eingebracht wurde.

Er hatte sich hierhin zurückgezogen, um dem Strahlen Cúchulainns zu entkommen, aber seine Augen schmerzten noch immer, als hätte er direkt in die Sonne geblickt.

Kurz nach Einbruch der Dämmerung war der Wachhund eingetroffen, hatte die Flügeltür von Conors Halle weit aufgestoßen. Der Schein des Feuers hatte sich auf seinem Staat aus Gold und Bronze gespiegelt, als er langsam um die Feuerstelle herumgeschritten war, und jedes Aufblitzen hatte Conor, der auf seinem Thron saß, wie ein Speer durchbohrt. Der Wachhund wusste also, dass Conor Deirdre und Naisi endlich ausfindig gemacht hatte.

»Hol sie in allen Ehren nach Hause!«, hatte Cúchulainn gefordert, während er vor den Helden des Roten Zweigs auf und ab gegangen war. Er hatte damit seinen König vor dessen Kriegern zutiefst beschämt. »Hol sie zurück und bewirte sie festlich. Füge das, was gespalten wurde, wieder zusammen, damit wir wieder eins werden.«

Conor hatte dem zugestimmt. Seit die Götter im Tempel zu ihm gesprochen hatten, war dies sogar sein innigster Wunsch gewesen. Er hatte sogar schon jemanden, der Naisi nahestand, nach Alba geschickt, um die Verbannten nach Hause zu holen – Fergus Mac Roy und seine Söhne Illan und Buinne.

Conors Blick irrte im Vorratshaus umher. Selbst hier fand das Mondlicht seinen Weg durch die Spalten im Holz und zeigte ihm all den Reichtum, den er besaß. Sein lauter Atem wurde von den unzähligen Krügen und Fässern, von Säcken, Körben und Töpfen, die sich an den Wänden stapelten, gedämpft. Auf einem Regal schimmerte etwas Hölzernes, das von eisernen Bändern umschlossen wurde. Conor kroch hinüber und zog den Spund des kleinen Fässchens heraus, während er seinen Mund weit öffnete. Er trank in großen Schlucken, gierig danach, alles zu vergessen, während ihm der Met übers Kinn lief. Als er fürchtete, ihm würde schlecht werden, steckte er den Spund wieder hinein und ließ sich gegen die Wand sinken. Sein Hals brannte wie Feuer.

*Er trank die süßen Säfte in Deirdres Mund.*

*Nein.* Seine Nägel gruben sich in das Holz unter ihm. Das waren nicht seine wahren Gedanken. Stattdessen rief er sich die ekstatische Vision, die er im Tempel gehabt hatte, in Erinnerung. Das war wirklich gewesen, und es war heilig gewesen. Das war die Stimme der Götter gewesen.

Deirdre.

Vielleicht eilte sie schon in diesem Augenblick über das Meer zu ihm. Sie würde ein Licht über seinem Königreich scheinen lassen, ihre Schönheit würde sein Volk wieder vereinen. Conor kroch zu den Getreidesäcken zurück. Der Boden unter ihm schwankte. Er mühte sich mit der Verschnürung aus Flachs ab, bis er aufgab und den Sack einfach aufriss. *Seht her ... Korn.*

Deirdre würde vor dem Tempel neben ihm stehen. Er würde sie zur Göttin erklären, und sie würde ihm die Gaben aus ihrem Füllhorn zuteilwerden lassen. Sie würde seine Göttin des Korns, des Brots und des Ales sein! Conor nahm eine Handvoll Gerste und hielt sie sich unter seine Nase.

*Ehefrau,* war da ein dunkleres Flüstern. *Königin.*

Conor schnappte nach Luft, verstreute die Körner über den Boden. Aber nein! Deirdre gehörte Naisi. Beide waren sie so jung und so schön ... Wenn sein Volk sie zusammen sah und er dann Deirdre Naisi entriss, würde sich ein Sturm des Protests erheben. Nein, er musste irgendeinen Weg finden, der es für ihn zu einer heiligen Pflicht machte, Deirdre in Besitz zu nehmen.

Conor sah sich plötzlich am Schrein der Macha stehen, sah, wie er Deirdres Hand hielt, von seinem Volk bejubelt. Und dort, auf der anderen Seite neben Deirdre ... dort musste Naisi stehen, in hervorgehobener und ehrenvoller Stellung, um allen zu zeigen, dass er ihm vergeben hatte.

Der Rote Zweig würde Conor dafür verehren.

Conor nahm noch eine Handvoll Getreide und erhob sich. Während er heftig schwankend dastand, ließ er die Körner auf seinen Kopf regnen, bis sie in seinen grauen Locken, an seinen Augenbrauen und sogar an seinen runzeligen Wangen hängen blieben.

*Sein Haar würde wieder golden werden – seine Haut würde sich glätten und wieder strahlen.*

Er sehnte sich so sehr danach, der Gute Gott zu sein. Der Vater des Landes, der alles fruchtbar machte und seinem Volk Sicherheit und Überfluss brachte. Dies war der Grund dafür, weshalb er Deirdre zu einer Göttin machen musste, die von allen verehrt wurde. Wenn die Menschen sie verehrten, würde sie auch ihm diese Heiligkeit zuteilwerden lassen.

Conor taumelte, die Samenkörner fielen von seinen Schultern auf den nassen Boden.

Maeve fühlte sich wieder krank.

Sie war völlig erschöpft, und dies war eine Art von Müdigkeit, die sie nur mit größter Willensanstrengung überwinden konnte. Ihr Verstand jedoch arbeitete fieberhaft, und auch ihr Herz wollte nicht ruhen – sie würde das nicht zulassen, nicht einen Moment lang.

Es gab für sie keinen anderen Weg, als weiterzumachen wie bisher.

Während ihr alle Knochen im Leib wehtaten, nahm sie an Erntefeiern teil, wartete, bis die Tänze ausgelassener wurden und der Met in Strömen floss, bevor sie die Lords um weitere Männer für ihren Feldzug gegen Conor bat. Sie beaufsichtigte die Übergabe des Zehnten, hörte sich Beschwerden an und befasste sich mit Handelsschiffen; sie stiftete Ehen und schlichtete Streitereien zwischen den Chieftains.

Sie schritt die Festungswälle ab und beobachtete die Übungen der Krieger mit brennenden Augen.

Dann kam Ailill mit der Nachricht aus Laigin zurück, dass Ros Ruadh einen Großangriff auf Conor in keinem Fall unterstützen würde, obwohl Conor den heiligen Stier gefordert und Connacht überfallen hatte. Ros Ruadh war der Meinung, die Ulaid seien noch immer viel zu stark, um sie ernsthaft herauszufordern. Schließlich hatten sie noch immer den Roten Zweig.

Er sei alt und schwach, tobte Maeve vor Ailill. Seine Angst mache ihn schwach.

Ohne Laigin hatte auch die heimliche Bitte um Unterstützung an Mumu keinen Sinn mehr.

Und dann kam es noch schlimmer – viel schlimmer.

»Conor hat die Flüchtigen in Alba ausfindig gemacht«, berichtete Garvan Maeve. »Er hat Naisi und seinen Brüdern vergeben. Jetzt bringt Fergus sie und Deirdre nach Hause, wo sie in allen Ehren empfangen werden sollen.«

Es war also bereits zu spät. Die Ulaid würden ihre Streitigkeiten begraben und dann enger zusammenstehen denn je. Sie würden zu stark sein, als dass sie ihnen jemals wieder entgegentreten könnten.

Und schon bald würde Conor mit seinen Kriegern kommen, um sich Connacht einzuverleiben. Und um sich Maeve zu holen.

*Zu spät,* dachte Maeve, wenn sie sich die Treppe zu den Tortürmen hinaufschleppte, wenn sie ihr Pferd bestieg und wenn sie wieder absaß, wenn sie ihre Stimme unter den Männern zu einem hohlen Gelächter erhob. Sie trank Met mit den Chiefs, bis diese völlig betrunken von den Bänken fielen, während sie dasaß, ins Feuer starrte und nichts als Zerstörung sah.

»Du gönnst dir einfach keine Ruhe«, beklagte sich Ailill eines Tages, als Maeve ihren Umhang anzog und dann in die Hocke ging, um ihre Stiefel zu schnüren. »Du kommst nie zu mir ins Bett, du setzt dich nicht einmal zum Essen an den Tisch.«

»Ich bin eine Königin«, entgegnete sie ihm mit gesenktem Kopf. Plötzlich wurde ihr schwindelig. Sie setzte sich auf den Boden und blinzelte, um wieder klar sehen zu können. »Wenn ich ein Königreich beherrschen will, dann muss ich so sein.«

*Außerdem kann ich nur so sein, wie ich bin.*

Erinnerungen an *ihn* überkamen sie, jede davon wie eine Klinge, die auf ihre Wurzeln einhackte. Aber wenn sie zuließ, dass diese Erinnerungen sie fällten, dann würde sie sich verkriechen und weinen, und sie würde ihre Stärke verlieren. Stattdessen formte sie diesen Schmerz mit ihrer Willenskraft zu einer endlosen Qual, die sie stets begleitete.

Nein. Sie würde nicht einmal seinen Namen denken.

Maeve kam erst wieder zurück, als Ailill sich bereits bis zur Besinnungslosigkeit betrunken hatte. Völlig erschöpft legte sie neben dem Bett ihren Panzer ab. Sie zuckte zusammen, als sie die Striemen berührte, die die Brustplatte unter ihren Armen hinterlassen hatte. Ihr Schwertgürtel mit der schweren Klinge hatte sie wund gerieben, und an ihrem Oberschenkel hatte ihr Schwert blaue Flecken hinterlassen.

Dann berührte Maeve aus Versehen die dünne Narbe an ihrer Hüfte. *Zärtlich wieder zusammengeflickt.* Ihre Finger zuckten zurück, als hätte sie sich verbrannt.

Fröstelnd stieg sie schließlich neben Ailill ins Bett und blieb dann, den Rücken an die Wand gelehnt, sitzen. In der Dunkelheit konnte sie ihre Knie bis an die Brust ziehen. Niemand würde sie so sehen.

Heute hatte Erna ihr erzählt, was Tiernan während einer Vision im Eichenwald gerufen hatte. Die Druiden, die Zeugen dessen geworden waren, waren bestürzt gewesen. Seine Worte hatten sich unter den Priestern wie ein Lauffeuer ausgebreitet.

*Alles zerspalten, alles brennt!*
*Blut glänzt im Feuer, inmitten der Flammen.*
*Und danach weht nur noch Asche durch leere Hallen.*
*Kummer legt sich wie Nebel über das Land,*
*das Licht verschwindet.*

Cruachan. Er hatte mit Sicherheit von Cruachan gesprochen.

Ohne die Unterstützung der anderen Königreiche oder zumindest die Zusage ihrer eigenen Chieftains, ihre Männer in die Schlacht zu schicken, waren Maeve die Hände gebunden. Eines jedoch konnte sie sehr wohl tun, nämlich sich auf die Verteidigung ihres Reichs konzentrieren.

Die Tore der Macha gehörten zu einer Reihe von Gräben, Dämmen und Festungswällen, die Conor über viele Jahre hinweg an der Grenze des Ulaid entlang hatte errichten lassen. Für Connacht kamen jetzt aus Zeitmangel keine Wehranlagen aus Erdreich infrage – nur Holz.

Maeve ritt tagein, tagaus die Grenzen ab, während Handwerker und Krieger an Flussübergängen und an den Hügelkämmen, die sich über die Marschen zogen, Palisaden errichteten. Diese würden eine größere Armee zwar nicht lange aufhalten können, aber einem Reiterangriff würden sie standhalten und vor allem den Speerwerfern von Connacht Deckung geben.

Die Tage wurden länger, sodass Maeve jetzt noch mehr Zeit an der Grenze verbringen konnte. Ihre Träume in den kurzen Nächten, die sie sich erlaubte, konnte sie jedoch nicht beeinflussen.

*Jemand verharrte über ihr, sein Atem lag warm auf ihren Lippen.*

*Ihr Gesicht, in seine Halsbeuge geschmiegt, während sie den Geruch des Wolfs wahrnahm.*

Wenn sie aus diesen Träumen erwachte, lag sie stets zusammengekrümmt da, hielt sich ihren Bauch vor Schmerzen, an die sie sich kaum erinnerte.

An einem stürmischen Tag beobachteten sie und Garvan gerade, wie eine Reihe von Stangen in eine sumpfige Wiese zwischen zwei Seen gesetzt wurde. Die sinkende Sonne begann ins rote Wasser einzutauchen, als im Osten ein Reiter erschien, der einen schmalen Weg entlangjagte.

Es war das halsbrecherische Tempo, mit dem er, nachdem er den Weg verlassen hatte, über den unebenen Grund galoppierte, sich dabei zwischen den kleinen Teichen im Sumpf hindurchschlängelte und über Bachläufe sprang, das Maeve irritierte. Sie hörte dem Zimmermann, der vor ihr stand und sich beklagte, dass sie nicht genügend Eichenholz hätten, gar nicht mehr zu.

Garvan rannte bereits zu seinem Pferd und schrie dem Reiter dabei zu, dass er stehen bleiben solle, während er schon sein Schwert zog. Maeve erkannte jetzt jedoch den jungen Speerkämpfer, und sie sah auch, dass in seinem verzerrten Gesicht nicht Aggression, sondern Aufregung lag. Sie rannte auf ihn zu, und bedeutete Garvan zurückzubleiben.

Der junge Mann brachte sein Pferd vor ihr zum Stehen. »Herrin«, keuchte er. »Mehr als zweihundert Krieger aus dem Ulaid haben unsere Grenze überschritten. Sie sind nicht beritten. Sie sind am Rand des Großen Sees entlanggezogen und lagern jetzt vor der Festung der Birken.«

Maeves ohnehin schon sensible Eingeweide verkrampften sich. »Ein Angriff?«

»Nein! Sie werden von ihren Frauen und Kindern begleitet. Ihre Waffen sind verpackt. Sie sagen, dass sie in Frieden kommen.«

Maeves Augen wurden schmal. War dies eine List?

»Sie wollen mit dir sprechen. Sie sagten, dass du sie kennen würdest.«

Als Maeve bei den Ulaid gelebt hatte, hatte sie sich fast ausschließlich in den königlichen Hallen in Emain Macha und deren unmittelbarer Umgebung aufhalten dürfen. Die einzigen Krieger, die sie kannte, waren …

Maeve griff dem Jungen in die Zügel, sodass das Pferd scheute. »Sind ihre Schilde rot mit einem goldenen Baum? Tragen sie Armreifen aus geflochtener Bronze mit einem Verschluss in Form einer Speerspitze?«

Angesichts ihres grimmigen Tons wurde der junge Krieger immer nervöser. »Armreifen, ja.«

»Das riecht doch geradezu nach einem Hinterhalt«, knurrte Garvan.

»Nein, Mylord.« Der schlammbespritzte Kundschafter schüttelte den Kopf. »Sie werden von Druiden begleitet, und sie schworen bei allen Göttern, die wir kennen, dass sie die Wahrheit sagen.«

*Das konnte einfach nicht sein.* »Ist unter ihnen ein eher schmächtiger Mann?«, wollte Maeve wissen, »Jemand, den man leicht übersieht, schlank aber drahtig, blondes Haar, kein Bart und ruhige, blaue Augen?«

»Maeve …«, warf Garvan ein.

»Nein, zumindest habe ich keinen gesehen, der so aussieht.« Das Gesicht des jungen Reiters hellte sich auf. »Aber ich habe ihren Anführer gesehen. Es ist ein riesiger alter Mann mit einer üppigen silbernen Mähne.«

Maeve ließ den Zügel los und warf einen Blick auf ihre schmutzige Kleidung. Sie war jetzt schon seit Tagen im Sattel und hatte nachts auf dem Boden geschlafen. Sie legte eine Hand auf ihren Bauch, als ihr Magen schon wieder rebellierte.

Sie war so überanstrengt, dass sie in den letzten Tagen kaum etwas gegessen hatte. In diesem Zustand würde sie keinem Krieger der Ulaid gegenübertreten.

»Sag ihnen, dass sie erst einmal bei der Festung der Birken lagern sollen«, presste sie mühsam hervor, »und bring sie dann in vier Tagen, wenn die Sonne am höchsten steht, zu meiner Halle. Beeil dich.« Sie gab dem Pferd einen Klaps auf die Hinterhand.

»Ich bin gleich wieder da«, murmelte Maeve Garvan zu und rannte in das nächste kleine Birkengehölz hinein. Dort hielt sie sich an einem der Stämme fest, während sie die paar kläglichen Mundvoll Haferbrei erbrach, die sie am Morgen gegessen hatte.

# 24

## *Herbst*

Die Halle des Königs in Cruachan war brechend voll mit Kriegern aus Connacht, die in ihrem vollen Staat erschienen waren.

Maeve starrte ihre Kämpfer an. Ihre Ehefrauen hatten Schärpen aus importiertem scharlachrotem und blauem Tuch mit großen Broschen, die mit Korallen- und Bernsteinperlen verziert waren, an ihren Gewändern befestigt. Ihre Köpfe bildeten ein Meer von zackigen Wellenkämmen, da sie ihre Haare mit Kalkmilch zu Stacheln frisiert hatten. Die Schwerter an ihren Gürteln steckten in Scheiden, die mit Perlen aus Gold, Muscheln und Knochen besetzt waren.

Ihre Männer waren den Ulaid durchaus ebenbürtig.

Zwei Eber drehten sich über der Feuerstelle. Jede Lampe war entzündet worden und warf jetzt ihr Licht auf Connachts Reichtum an Pelzen und Wandbehängen, auf die Tische und Stühle aus geöltem Holz, auf die Teller und Becher aus Bronze und Horn.

Maeves Gesäß berührte kaum ihren Thron, auf ihrer Stirn stand kalter Schweiß. *Du bleibst ruhig,* befahl sie ihrem Magen und brach ein Stück von dem Gerstenmehlkuchen ab, der auf der Armlehne lag. Sie schob es sich in den Mund und kaute, während sie ihrem Haushofmeister mit einem Nicken bedeutete, dass er nun die Anführer der Ulaid hereinführen solle.

Sie hatte ihren Dienerinnen befohlen, einen scharlachroten Umhang mit Rabenfedern zu besticken. Jetzt trug sie ihn zusammen mit ihrer ledernen Brustplatte, dem Kittel und dem Kilt. Ihr wallendes rotes Haar quoll unter dem Kriegshelm hervor. Ihr Schwert lag an ihrem nackten Oberschenkel, wo es im Licht hell glänzte. Maeve erschien vor den Männern aus dem Ulaid ganz bewusst in ihrer Rüstung, damit sie sich an ihre Kriegerkönigin Macha erinnert fühlten. Neben ihr saß Ailill, der kostbare Wollstoffe und Pelze trug – die vereinte Macht von Laigin und Connacht.

Der erste Mann musste sich bücken, um unter dem Türsturz hindurchgehen zu können. Als er seinen massigen Körper wieder aufrichtete, beherrschte er allein mit seiner Gegenwart den Saal. Ein zerfurchtes Gesicht, eine vernarbte Nase und eine silberne Mähne, die von seiner runzeligen Stirn bis zu seinen massigen Schultern reichte. Das war tatsächlich Fergus Mac Roy. Sie hatte also richtig vermutet.

Als die Ulaid nacheinander die Halle betraten, nahmen die Krieger von Connacht eine abwehrende Haltung an, umgaben sie mit einem Wald von Speeren. Maeve war einst die Gegenleistung für einen Friedensvertrag gewesen, der jetzt keinen Bestand mehr hatte. Alte Feindschaften waren wieder offen zutage getreten.

Maeve gab einem ihrer Schank-Mädchen einen Wink, woraufhin dieses mit einem bronzenen Becher mit zwei Henkeln zwei Schritte vortrat. »Meine Herrin und mein Herr heißen euch in Cruachan Aí willkommen«, sagte das Mädchen. »Trinkt einen Schluck ihres besten Mets, um den Staub der Reise aus euren Kehlen zu waschen.«

Fergus warf unter seinen buschigen Brauen hervor einen kurzen Blick auf Maeve. Wenn er ihren Met annahm, dann durfte er ihr an ihrem eigenen Herd nichts antun.

Er streckte seine großen, von Narben überzogenen Hände nach dem Becher aus, trank, reichte ihn dann an seine Männer weiter, die zu beiden Seiten von ihm Aufstellung genommen hatten. Im unruhigen Flackern des Feuers konnte Maeve jedoch keinen von ihnen erkennen.

Die Rabenfedern an ihrem Umhang vibrierten leicht, als sie ihren müden Körper aus dem Sessel erhob und mit einer Hand ihre Stirn berührte. »Fergus Mac Roy. Es ist mir ein unerwartetes Vergnügen, den ehemaligen König der Ulaid, den berühmten Krieger des Roten Zweigs und Verwandten von Conor Mac Nessa willkommen zu heißen.

Fergus' Gesicht zuckte. »Auf all diese Titel erhebe ich keinen Anspruch mehr«, antwortete er ihr mit lauter Stimme. Seine Hängebacken röteten sich, sein Mund verzog sich, als wäre da etwas, das sich mit Gewalt Bahn brechen wollte. »Wir, die wir hier stehen, haben unserer Treue zu Conor abgeschworen. Wir sind gekommen, um dir unsere Schwerter anzubieten.«

Die lauten Rufe der Krieger aus Connacht übertönten alles andere – schallten bis unter das Dach hinauf. Maeve verschlug es schier den Atem. Ihr Herz hüpfte vor Freude. Ihr Blick fiel jetzt auf den blonden Mann, der neben Fergus stand. »Cormac Mac Conor.«

Es herrschte solcher Lärm, dass Conors ältester Sohn nur sah, wie ihre Lippen seinen Namen formten.

Auf seinem schmalen, knochigen Gesicht mit der scharfen Nase und den eisblauen Augen hatte stets derselbe stolze Ausdruck gelegen wie auf dem seines Vaters. Jetzt jedoch waren seine Wangen stopplig, die Augen gerötet. Er trat vor, und als Maeve ihre Hand hob, verstummten ihre Krieger.

Cormacs Stimme schnappte fast über. »Ich trage diesen Namen nicht mehr.«

Gäste sollten eigentlich bewirtet werden, bevor man über ihr Anliegen sprach, aber Maeve war so überrascht, dass sie sich über alle Regeln des Anstands hinwegsetzte und fragte: »Was ist geschehen?«

Fergus' breite Schultern sackten nach vorn, der Kummer zog seine Mundwinkel nach unten. Er gab einem der Männer hinter ihm ein Zeichen. Der Mann bewegte sich müde. Die bunten Streifen eines Fili waren unter dem Schlamm auf seinem Umhang kaum noch zu erkennen.

»Nein, kein Barde.« Maeve deutete auf Fergus. »Du selbst hast mir einmal bei einer Partie Fidchell gesagt, deine Sprache sei die eines der Krieger, scharf und klar wie die Klinge eines Schwerts. Genau das ist es, was ich jetzt hören will.« Sie schlug den Umhang mit ihren Rabenfedern zurück und setzte sich wieder, während sie Fergus unverwandt anstarrte.

Der alte Krieger seufzte, winkte seinen Fili davon und trat dann schwerfällig in den Schein des Feuers. Er ließ seinen Blick langsam über die Menge schweifen. Die Leere in seinem Blick ließ selbst die härtesten Kämpfer einen Schritt zurückweichen. Erst dann begann Fergus zu sprechen.

Mit tiefer Stimme erzählte er eine Geschichte, die tatsächlich zu brutal war, um in poetischen Versen vorgetragen zu werden. Maeve vergaß, dass sie sich an ihrem Thron festklammerte … sie vergaß alles.

Fergus und seine Söhne Buinne und Illan seien über das Meer geschickt worden, um Deirdre und die drei Söhne des Usnech nach Hause zu holen. Als sie wieder an Erins Küste gestanden hätten, hätten sie sich unverzüglich auf den Weg nach Emain Macha gemacht. Unterwegs sei ihnen ein Bote entgegengekommen, der Fergus gebeten habe, in einer dringenden Angelegenheit sofort zu seiner Burg zu reiten. Buinne und Illan hätten sich bereit erklärt, mit den Flüchtigen zu Conors Festung weiterzureiten, denn Naisis Stolz habe ihm geboten, so schnell wie möglich Conors Vergebung zu suchen. Conor hätte inzwischen alle Helden des Roten Zweigs und alle Verbündeten von Naisi mit irgendwelchen Aufträgen betraut, sodass sich zu diesem Zeitpunkt keiner von ihnen mehr in der Festung befunden habe.

Als die Flüchtigen erst einmal in Emain Macha gewesen seien, habe er ihnen in der verlassenen Halle des Roten Zweigs heimtückisch eine Falle gestellt.

»Außer meinen beiden Söhnen war niemand mehr da, der ihnen hätte zur Seite stehen können.« Fergus' Augen waren jetzt glasig. Sein Blick lag unverwandt auf dem großen Wandbehang aus Wolle, der hinter Maeve hing. »Buinne hat Naisi im Stich gelassen, nachdem Conor ihm versprochen hatte, ihn reich zu entlohnen. Aber Illan …« Er hielt inne, wischte sich mit dem Handrücken über den Mund, als könne er die Worte nicht ertragen. »Illan blieb in der Halle des Roten Zweigs, um die Söhne des Usnech zu verteidigen.«

Ohne dass irgendjemand davon gewusst habe, hätte Conor einen Chieftain aus einer weit entfernten Provinz, der weder dem Roten Zweig angehörte noch den Brüder Loyalität schuldete, zu sich gerufen. Dieser Chief habe dann mit seinen Männern die Halle des Roten Zweigs umstellt. Conor hatte draußen vor der Tür gestanden und verlangt, dass Naisi ihm Deirdre ausliefern solle, obwohl er geschworen hatte, dass sie alle nichts von ihm zu befürchten hätten. Als Naisi sich geweigert hätte, hätten Conors Wölfe die Halle in Brand gesteckt. Die Söhne des Usnech hätten versucht, unbemerkt auf der Rückseite zu entkommen, während Illan allein die große Eingangstür verteidigt habe.

An dieser Stelle seines Berichts begann Fergus zu zittern.

Naisi und seinen Brüdern sei es nicht gelungen zu fliehen, aber sie hatten einen Ausfall wagen müssen, da die Halle über ihnen einzustürzen drohte. Inzwischen hatten die Krieger des Roten Zweigs von der Rückkehr der Brüder gehört und sich auf den Weg nach

Emain Macha gemacht. Auch Conors jüngster Sohn Fiacra sei zur Halle geeilt. Es hätte ein entsetzliches Durcheinander geherrscht, und es sei zu fürchterlichen Missverständnissen gekommen – jedenfalls habe das Ganze damit geendet, dass Fiacra und Illan, die wie Brüder gewesen waren, in Dunkelheit und Flammen gegeneinander gekämpft hätten.

»Und dann ...« Fergus zögerte, dann zwang er sich zu einem eisigen Strom von Worten. »Dann traf Conall ein, einer unserer Brüder vom Roten Zweig. Durch den Rauch halb blind, stürmte er herbei, um Fiacra, den Sohn des Königs, zu verteidigen. Und ... traf meinen Sohn Illan irrtümlicherweise mit dem Schwert in den Rücken. Der Stoß war tödlich.«

Das Schweigen schwebte im Raum. Eine einzelne Träne lief über Fergus' bärtige Wange, aber er rührte sich nicht. Maeve wusste, dass Mac Roy seinen jüngsten Sohn Illan über alle Maßen geliebt hatte.

Jetzt trat Cormac vor und berichtete weiter. »Auch ich bin zu der brennenden Halle gerannt. Dort sah ich den blutenden Illan und jemanden, den ich für einen feindlichen Krieger hielt, da er sich mit einem Schwert über ihn beugte. Also habe ich ihn ... getötet.« Sein Atem entwich pfeifend seiner Brust. Er schloss die Augen. »Es war mein Bruder Fiacra, den ich getötet habe. Mein kleiner Bruder Fiacra.«

*Gütige Götter.* Maeve schlug die Hand vor den Mund, während ein entsetztes Murmeln durch den Raum lief.

Nachdem Illan und Fiacra getötet worden seien, seien die drei Söhne des Usnech und das Mädchen Deirdre umzingelt worden. Conor habe Naisi eine letzte Chance gegeben, sie ihm auszuliefern – eine Chance, die er nicht ergriffen habe. Auch Deirdre habe, obwohl sie von waffenstarrenden Kriegern umzingelt gewesen sei, den König zurückgewiesen.

Dann war der letzte Held des Roten Zweigs eingetroffen – Cúchulainn.

Bei der Erwähnung dieses Namens rührte sich jemand hinter Cormac. Maeve war jedoch so gebannt, dass sie das ignorierte.

Cúchulainn habe geglaubt, Emain Macha werde von Feinden angegriffen und sei herbeigestürmt, um die drei Söhne des Usnech zu verteidigen. Aber trotz seiner Stärke und seiner Kampfkunst hatten die vier gegen die große Überzahl an feindlichen Kriegern keine Chance gehabt. Cúchulainn habe nur das Mädchen retten können, Naisi, Ardan und Ainnle aber seien niedergemetzelt worden.

Die Zuhörer in der Halle hielten den Atem an, als würde sich das Ganze direkt in den zuckenden Flammen des Herdfeuers vor ihnen abspielen.

Fergus hob seinen grauen Kopf und berichtete weiter. Er habe Emain Macha verlassen und sei zu seiner Burg geritten, um seinen Sohn Illan dort zu begraben, während Cormac und viele andere Krieger des Roten Zweigs verwundet daniedergelegen hätten. Aber noch immer habe Conor Deirdre nicht in Ruhe gelassen, obwohl ihre Trauer um Naisi sie auf das Krankenbett geworfen habe. Er habe versucht, sie mit Gewalt zu nehmen. Als sie ihn verflucht habe, hätte er sie damit bestraft, dass er geschworen habe, sie dem heimtückischen Chieftain, Naisis Mörder, für sein Bett zu überlassen.

Maeves Mund verzerrte sich, als sie an Conor dachte, wie er sich mit seinem knochigen Körper auf ihr abrackerte, seine kalten Lippen auf ihren Mund gepresst. Wenn Conor eine Frau nahm, leuchtete in seinen Augen die Begeisterung darüber auf, sie unterworfen zu haben.

An dem Tag, als Deirdre dem Chief als Sklavin übergeben werden sollte, sei sie vollkommen nackt, einzig mit ihrem langen goldenen Haar geschmückt, aus ihrer Unterkunft getreten. Verwundbar und stolz sei sie Conor und all den Krieger mit hoch erhobenem Haupt entgegengegangen.

Jetzt vergrub Fergus seinen zottigen Kopf in seiner Hand. »Ich habe gesehen, wie sie einer Königin, einer Göttin gleich auf uns zugegangen ist. Und ich – an dem noch immer die Asche vom Scheiterhaufen meines toten Sohnes haftete –, ich wusste, dass, wenn dieses Mädchen Conor trotzen konnte, ich das ebenfalls tun musste. Ich würde niemals wieder dieselbe Luft atmen wollen wie der

Mörder meines Sohns. Ich konnte mich nicht mehr Krieger des Roten Zweigs nennen, wenn er diese Bruderschaft dadurch zerstört hatte, dass er uns gegeneinander gehetzt hat. Ich wollte nicht mehr in einem Königreich leben, das von einer solchen Verdorbenheit vergiftet ist.«

Plötzlich kam Tiernans Prophezeiung Maeve wieder in den Sinn. *Alles zerspalten. Alles brennt. Und danach weht nur noch Asche durch leere Hallen.* Er hatte die ganze Zeit von den Ulaid gesprochen.

»Ich habe den Treueschwur, den ich Conor geleistet habe, öffentlich widerrufen«, endete Fergus. »Und ich habe all jene Krieger des Roten Zweigs, die genauso denken wie ich, und außerdem noch andere Krieger und ihre Familien aus Emain Macha hierhergeführt. Als Verbannte suchen wir jetzt Schutz in deinem Königreich.«

Maeve vermochte kaum mehr, sich an ihrem Thron festzuhalten. Die Geschichte hatte ihr Conor in all seiner Finsternis und Verschlagenheit wieder vor Augen gerufen. Allein die Erinnerung ließ ihr Herz rasen. Aber das hier …

Das hier war die Gelegenheit, sich für immer von dieser Angst zu befreien. *Der Rote Zweig befand sich nun in ihren Händen.*

Jetzt sagte Cormac: »Mein Vater ist ein Mörder. Sein Wahnsinn hat mich zu einem Verwandtenmörder gemacht.« Er erstickte fast an diesem Wort. »Ich habe Emain Macha verlassen, damit meine Schande nicht meine Knochen, mein Fleisch und mein Blut verfaulen lässt.«

Maeve starrte ihn an, aber ihre Gedanken flogen zu etwas zurück, das Fergus gerade gesagt hatte. *Alle, die genauso denken wie ich.* Nervös ließ sie ihren Blick über die anderen Männer der Ulaid schweifen, deren Gesichter jedoch nicht zu erkennen waren. Ihr Blick blieb an einem Mann hängen, der ganz hinten stand. Die Kapuze seines Umhangs bedeckte seinen Kopf. Wer außer Cúchulainn, der sich von allen Männern in Erin am meisten der Ehre verpflichtet fühlte, würde sonst noch sein Gesicht vor Scham verbergen?

Maeve erhob sich in einem Wirbel von Federn von ihrem Thron. Sie deutete mit dem Finger auf den Mann. »Du dort … zeige dich!«

Der Krieger zögerte. Erst als Fergus ihm leise etwas zuflüsterte, trat der Mann langsam ins Licht. Mit vernarbten Händen streifte er seine Kapuze zurück. Dunkle Haare. Ein schmales, verschlossenes Gesicht.

Ferdia.

Enttäuschung stieg in Maeve auf. Sie verebbte jedoch schon bald wieder. Ferdia würde Cúchulainn niemals im Stich lassen, was wiederum bedeutete, dass der Wachhund schon auf dem Weg hierher sein musste.

Dennoch war sie über sein Erscheinungsbild zutiefst erschrocken. Ferdia hatte stets gut ausgesehen, auch wenn er für ihren Geschmack zu sehnig und zu reserviert war. Jetzt jedoch war seine Haut wachsbleich, seine schwarzen Haare hingen in Strähnen herab und fielen ihm in die von dunklen Ringen umschatteten Augen.

Maeve hatte in Emain einen ganz anderen Ferdia kennengelernt. Sehr selbstsicher, fast schon überheblich war er ihr damals erschienen. Jedes Mal, wenn Cúchulainn an Maeve vorbeigerauscht war und sie einfach ignoriert hatte, war Ferdia stehen geblieben, um sie über seine Schulter mit sichtlicher Belustigung anzusehen. Damals war ihr der Gedanke gekommen, dass er ihre verzweifelten Tricks möglicherweise deshalb durchschaute, weil er ihr im Grunde sehr ähnlich war. Er war schlau, und obwohl er versuchte, nach außen rein und edel zu erscheinen, war sein Herz von einem unausgesprochenen Verlangen erfüllt.

Maeve lag Cúchulainns Name schon auf der Zunge, als die inständige Bitte in Ferdias Augen sie davon abhielt, ihn auch auszusprechen. Sie hielt verwirrt inne. Erst dann wurde ihr bewusst, dass es bestimmt nicht von Vorteil wäre, wenn sie ihn in aller Öffentlichkeit beschämen würde. »Willkommen, Sohn des Daman«, war alles, was sie deshalb sagte. »Es ist uns eine Ehre, heute Abend solch bekannte Krieger in unserer Halle zu bewirten.«

Ferdia nickte. Er trug seine berühmte Rüstung – eine Reihe einander überlappender und mit Sehnen befestigter Hornplatten, die seinen Rumpf wie ein Schuppenkleid umgaben. Sie klapperten, als er jetzt sein Kinn senkte und wieder an seinen Platz zurückging.

Stattdessen sah Maeve jetzt Fergus an. Sie musste es trotzdem wissen. »Was ist mit Cúchulainn?«

Fergus' Gesicht wurde hart. »Der Wachhund ist noch immer Conors Kämpe. Er hat seinen Eid nicht widerrufen.«

Maeves Blick huschte zu Ferdia hinüber, aber diese hatte sich die Kapuze wieder tief ins Gesicht gezogen.

Jetzt jedoch musste der Höflichkeit Genüge getan werden. »Kommt und esst«, sagte sie zu den Männern. »Ihr seid sicher müde.« Sie wies Fergus und seine Krieger zu den mit Kissen versehenen Bänken am Feuer und bat die Diener, die Platten mit Schweine- und Rindfleisch vom Spieß und die Krüge mit Ale hereinzutragen. Fergus führte seine Männer durch die Menge der murmelnden Krieger aus Connacht. Als sie jedoch erst einmal Platz genommen hatten, fielen sie hungrig wie die Wölfe über das Essen her.

»Was meinst du?«, sagte Maeve leise zu Ailill, während sie versuchte, das Gehörte einzuordnen. *Es war also durchaus möglich, Conor zu schlagen.*

Ailill schnappte sich eine Scheibe gebratenes Wildschwein von einer Platte, die gerade vorbeigetragen wurde, und stopfte sie sich in den Mund. »Mein Vater sagt immer, dass Fergus ein Mann ist, dem es an Gerissenheit fehlt.« Er grinste. »Deshalb hat er ja auch seinen Thron an Conor verloren.«

»Das, was er uns über seinen Sohn erzählt hat, war bestimmt keine Lüge. Genauso wenig wie Cormac gelogen hat, als er von seinem Bruder berichtete.«

»Aye. Aber das alles könnte noch immer ein Trick sein, um uns im richtigen Moment angreifen zu können.«

»Schon möglich. Aber Fergus' Charakter ist so aufrecht und gerade wie der Schaft eines Speeres. Ich habe noch nie in meinem Leben jemanden kennengelernt, der sich so sehr seiner Ehre verpflichtet gefühlt hätte.«

Ailill runzelte die Stirn.

Maeve ließ den Kriegern der Ulaid reichlich Ale und Met einschenken, dann lehnte sie sich zurück, um zu sehen, was geschah. Die Männer sprachen kaum, und sie tranken, als hofften sie auf gnädiges Vergessen. Wer sie jedoch zutiefst erschreckte, das war Ferdia. Er war berühmt dafür, niemals ein Getränk anzurühren, das den Verstand beeinträchtigte. Er gab Cúchulainn stets Rückendeckung, behielt immer einen klaren Kopf, auch wenn ihn alle um ihn herum verloren.

Und jetzt schüttete er Ale in unglaublichen Mengen in sich hinein.

Auch als Ailill aufstand, um sich zu seinen Männern aus Laigin zu setzen, ließ Maeve Ferdia keinen Augenblick aus den Augen. Als er sich taumelnd erhob und auf die Tür zuging, erhob auch sie sich. Draußen folgte sie ihm und stand schließlich neben den Wachen aus Connacht, die hinter dem Krieger der Ulaid hergeeilt waren. Sie wartete, während Ferdia an den Hang trat und sein Wasser in einen flachen Graben am Fuße des Hügels abschlug.

Maeve flüsterte den Kriegern aus Connacht zu, dass sie sich in die Dunkelheit zurückziehen sollten. Die Ulaid waren an diesem Abend unbewaffnet erschienen. »Bleibt im Hintergrund, es sei denn, er will mich tatsächlich erwürgen.« Maeve richtete sich auf und ging zum Rand des Hügels, auf dem sich die Halle des Königs über die Ebene erhob.

Wolkenstreifen überzogen den Sternenhimmel, ein Mond von der Farbe alter Knochen schimmerte von Zeit zu Zeit durch die Lücken. Ferdia schnürte seine Hose zu, während er seinen Becher mit den Zähnen festhielt.

»Ferdia Mac Daman.«

Ferdia nahm den Becher aus seinem Mund und starrte sie stumm an. Das gelbe Licht erhellte sein eingefallenes Gesicht.

Sie berührte zum Gruß ihre Stirn. »Ich habe Fergus' Herz aus seinen Worten sprechen hören. Ich glaube ihm, wenn er sagt, dass sein Schmerz ihn von aller Loyalität gegenüber Conor Mac Nessa entbunden hat. Aber das trifft nur auf ihn zu.« Maeve neigte den

Kopf. »Welche Geheimnisse bist du bereit, mir im Austausch für *dein* Leben zu verraten?«

Ferdia trank einen weiteren Schluck Ale. »Glaub nicht, dass ich mich gegen ihn stellen werde«, nuschelte er dann. »Das werde ich niemals tun.«

Maeves Blut floss schneller. Sie beschloss, es einfach mit der Wahrheit zu versuchen. »Cúchulainn hat dich im Stich gelassen. Er selbst hat das Band, das euch beide vereint, zerschnitten, indem er weiter treu zu Conor steht. Derselbe Conor, der so viele Männer, die dir teuer waren, getötet hat.« Sie trat einen Schritt näher. »Ein Mann, der der Schwertarm eines Königs ist, handelt in dessen Namen. Dadurch, dass Cúchulainn bei Conor bleibt, entehrt er diese Toten …«

»Nein!«

Die Wachen näherten sich drohend.

Maeve hielt hinter Ferdias Rücken ihre Hand hoch. Sie trug ihr Schwert. Sollte es Ferdia gelingen, es ihr zu entreißen, so hatte sie noch eine Klinge unter ihrem Umhang an ihren Oberschenkel geschnallt. Eine weitere steckte in ihrem Stiefel. Sie hatte die Begegnung mit den Männern ihres Bruders noch nicht vergessen.

Ferdia drehte sich um und starrte dann auf die dunkle Ebene jenseits des Walls. »Wir hatten … unterschiedliche Ansichten … darüber, was richtig und was falsch ist.« Seine Hand zitterte, als er seinen Becher leerte.

»Du bist der größte Gewinn von ganz Erin. Du allein bist Cúchulainn ebenbürtig.« Sie trat noch einen Schritt näher. »Ich freue mich, dir jede Ehre und jeden Luxus erweisen zu können. Du bist bei uns sicher.«

Sein Kopf fuhr herum. »Ich weiß ganz genau, was du tust«, sagte er. »Du gehst mit den Männern ins Bett, um sie dir gefügig zu machen.« Er warf den Becher in den Graben, legte seinen Arm um ihre Taille und zog sie an sich. »Dann nimm also auch mich! Ich werde mich selbst dazu hergeben, auch wenn es meinen Verstand zerstört. Aber *ihn* werde ich dir nicht ausliefern.«

Maeve befreite eine Hand und hielt seinen Unterkiefer fest. Die Kanten der Hornplatten gruben sich in ihren Bauch, und sein nach Ale riechender Atem brannte in ihren Augen. Auf Ferdias Kinn wucherte ein ungepflegter Bart, obwohl er genau wie Cúchulainn früher immer sorgfältig rasiert gewesen war. Sein Gesicht war eingefallen, der Ausdruck in seinen glasigen Augen war der eines gefangenen Tiers. Sie gab ihm einen leichten Stoß.

Er stolperte und strich sich dann die Haare aus dem Gesicht.

»Warum bist du hier?«, wollte Maeve von ihm wissen. »Wenn du dich nicht rächen willst und auch nicht bereit bist, deine Geheimnisse zu verraten, warum schleichst du dann hinter Fergus her wie ein geprügelter Hund? Warum ziehst du dann nicht allein durch Erin oder trittst in die Dienste eines anderen Lords? Es sei denn ...«, folgerte sie messerscharf, »du bist nur hierhergekommen, weil du hier beim Roten Zweig bist und du es nicht ertragen könntest, auch noch dieses letzte Band zu Cúchulainn zu durchtrennen.« Sie lächelte und legte ihre Hand auf Ferdias Herz. »Und weil du weißt, dass meine Armee dich wieder zu ihm bringen wird.«

Ferdia schlug ihre Hand weg. »Du bist eine Todesfee, Maeve von Connacht.«

Die Todesfeen flogen über die Schlachtfelder und stießen dabei ein triumphierendes Kreischen aus. Maeve fröstelte und warf sich den mit Federn besetzten Saum ihres Umhangs um den Hals. »Ich weiß nur eines mit Sicherheit: Conor Mac Nessa ist der gefährlichste Mann in ganz Erin. Somit haben wir beide, du und ich, eine Sache gemeinsam. Wir hassen ihn beide.«

»Aber um an ihn heranzukommen, musst du zuerst Cúchulainn töten, und das ist etwas, was ich niemals tun werde.«

»Warum sollte ich dir dann Essen, ein Feuer und ein Bett geben?«

Ferdia taumelte und hätte fast das Gleichgewicht verloren. Er hickste und entblößte dann seine Zähne. »Es ist mir egal, wenn du mich rauswirfst.«

»Nein, das ist es dir nicht.« Ferdia wollte Cúchulainn wiedersehen, selbst wenn dann die Klingen ihrer Schwerter zwischen ihnen waren. Maeve nahm ihre Haare, die ihr der Wind ins Gesicht wehte, und drehte sie zu einem Strang, den sie dann in ihrem Nacken festhielt. »Ich werde dir Zuflucht gewähren, Ferdia«, sagte sie leise, »und vielleicht stellst du dann fest, dass ich nicht nur die Wölfin bin, als die du und der Wachhund mich immer betrachtet haben.«

In dieser Nacht führte Maeve alle zweihundert Krieger der Ulaid in einem funkelnden Fackelzug zum Tempel des Lugh. Dort legten sie mit stockender Stimme vor dem Altar des Gottes, der ihnen allen gemeinsam war – und dann noch einmal vor Macha, ihrer Göttin –, ihren Treueschwur ab, der jetzt Connacht galt.

Ferdia war der Letzte, der den Eid sprach. Er war so betrunken, dass er kaum gehen konnte und von Fergus gestützt werden musste. Sobald Ferdia die Worte gemurmelt hatte, taumelte er durch die Tür nach draußen, wo er sich ins Gras übergab.

Es war vollbracht. Maeve verfügte jetzt über den Roten Zweig.

*Ein mächtiges Schwert, um ihr Volk vor Conor zu verteidigen.*

Auf dem Rückweg blieb Maeve neben Ferdia stehen. Er saß jetzt auf den Stufen des Tempels. Auch ihre Fackelträger blieben stehen. Der rötliche Schein der Flammen fiel auf das Gesicht des Kriegers der Ulaid.

Ferdia schaute zu ihr hoch. Der glasige Blick der Trunkenheit war verschwunden, und Maeve sah endlich einen Augenblick der Klarheit in seinen Augen.

Was sie sah, war tiefste Verzweiflung.

Irgendwie sprang diese Verzweiflung auf Maeve über, und als sie sich in der Dunkelheit auf den Weg zur Unterkunft der Frauen machte, stolperte sie mehrmals. Sie blieb stehen und sah zu den Sternen hoch.

Es hatte keinen Sinn, sich noch länger mit dem Kampf in ihrem Innern zu befassen: damit, wie sehr sie sich jeden Morgen danach sehnte, den Stimmen und dem Klirren von Metall einfach den Rücken kehren zu können; dem Gewicht der Worte auf ihren

Lippen, die die Schmiede zu ihrem Amboss und die Krieger auf den Übungsplatz schickte. Sie wollte wieder träumen. Träumen von leuchtendem Wasser, durch das sie mit leichten flüssigen Bewegungen schwamm.

Es hatte keinen Sinn, darüber nachzudenken.

Denn jetzt hatten die Götter wahrhaftig gesprochen.

Der Rote Zweig.

Der Wille der Göttlichen riss sie alle mit sich. Während die Sterne sich drehten und kreisten, wurde die Welt neu gestaltet.

# 25

D*eirdre ist tot.*

Dies war es, was die Nacht Levarcham im Wald zuflüsterte, als sie ihren Mantel aus Dunkelheit und Kälte über die Druidin breitete, bis sie weder atmen noch denken, geschweige denn sehen konnte.

Nein.

Sicherlich würde sie durch die Felsbrocken unter ihren Füßen und den Hügel aus frisch aufgeschichteter Erde einen Herzschlag vernehmen. Deirdre musste dort unten sein, in Naisis Armen und am Leben. *Sie lebte.*

Levarchams Nägel brachen ab, als sie mit blutigen Händen wieder in der Erde zu scharren begann, aber die Steine wollten sich einfach nicht bewegen. Schließlich brach sie erschöpft über ihnen zusammen. Cúchulainn hatte den Grabhügel so hoch aufgeschichtet, dass es ihr niemals gelingen würde, zu Deirdre zu gelangen.

Mit wildem Blick legte Levarcham ihre Wange an einen Stein, lauschte angestrengt. Daran, dass sie den weiten Weg von Emain

Macha bis hierher gelaufen war, erinnerte sie sich nicht mehr, aber ihre wunden Sohlen brannten, und ihre Schuhe waren völlig zerschlissen.

Sie erinnerte sich jedoch verschwommen daran, wie sie auf diese Lichtung in der Nähe der Küste gestolpert war. Der Wachhund hatte sie angeknurrt wie ein wütender Wolf, und ihr war nichts anderes übrig geblieben, als zuzusehen, wie er seine Scham in Tränen und Schweiß ergoss, während er an dem Grabhügel arbeitete wie ein Besessener und sein Zorn mit einem lauten Knurren aus ihm herausbrach …

Erst später hatte Cúchulainn Levarcham erzählt, was geschehen war, in so eindringlichen Bildern, dass sie diese jetzt nicht mehr loswurde, auch wenn sie mit den Handballen gegen ihre Augen drückte.

Deirdre in einem Streitwagen, zwischen Conor und Naisis Mörder gefangen.

Der Wagen, der an den niedrigen Klippen der Küste des Ulaid entlangraste.

Deirdre, die ihre Arme wie Schwingen ausbreitete …

… und auf die Felsen unten sprang.

*Nein. Nein … nein.*

Levarcham drehte sich auf den Rücken. Cúchulainn war inzwischen fort. Am dunklen Himmel jagten Wolkenschwaden dahin, der Wind blies durch ihr fadenscheiniges Gewand. Der Schrei einer Eule rief ihren Geist wieder in ihren Körper zurück.

Cúchulainn hatte ihr versichert, dass er, nachdem er Deirdres Leichnam aus dem Wasser geborgen hatte, mit eigenen Augen gesehen habe, wie drei Schwäne vom Meer herangeflogen seien und sich ein vierter vom Ufer erhoben habe. Hatte Deirdre sich vielleicht daran erinnert, was Levarcham sie gelehrt hatte und ihren Geist in einen Schwan geschickt, als ihr Körper fiel? Levarcham hob, als säße Deirdre vor ihr, ihre Hand, um ihr über die Wange zu streichen. Sie erinnerte sich daran, wie dieses Gesicht in jener Nacht, als der Geist des Mädchens zum ersten Mal mit dem Adler über die Wälder geflogen war, vor Begeisterung gestrahlt hatte. Aber Levarchams Hand berührte nichts als Luft.

Sie rollte sich auf die Seite und krümmte sich zusammen, ein Krampf schnürte ihr die Kehle zu – das war alles, was von ihren Schreien übrig geblieben war. *Ich habe sie im Stich gelassen.* Sie musste Blut weinen, um sich von ihrer Schuld zu befreien, und dann würde sie die Kälte und Dunkelheit unter der Erde suchen, ja.

Ein ruheloses Gefühl in ihrem Bauch wollte jedoch nicht weichen, als wäre da etwas, das mit aller Gewalt nach draußen drängte. Schließlich kauerte sich Levarcham nieder. »Was wollt ihr von mir?«, zischte sie den Sídhe zu und starrte in den Wald. *Lasst mich endlich zu ihr gehen.*

Levarchams Rücken versteifte sich, ihr Blick wurde verschwommen. Wenn auch sie starb, wäre Conors Triumph vollkommen. Dann würde er jede Erinnerung an Deirdres Glanz für immer auslöschen.

Levarcham schnappte nach Luft.

Sie musste ihn überleben, damit dieses Licht seine Dunkelheit am Ende doch überstrahlte. *Für Deirdre.*

Der Morgen dämmerte bereits, als Levarcham sich mühsam aufrappelte und durch die Wälder auf die Festungswälle von Emain Macha zustolperte. Sie trieben sie an, die Sídhe ... die Götter.

Sie musste ihnen gehorchen.

Conor Mac Nessa wurde wieder von einem dieser furchtbaren Träume gequält. Er war von Flammen und Geschrei und dem Blitzen von Schwertern umgeben. Da ... etwas Weißes, Verschwommenes rollte vor seine Füße. Fiacras Kopf, das blonde Haar blutverschmiert, enthauptet vom Schwert seines eigenen Bruders.

Seine toten Augen starrten seinen Vater an.

Conor schrie auf und fuhr aus dem Schlaf, hielt einen Dolch an seine Brust gepresst.

Ein beißender Geruch stieg ihm in die Nase. Conor wusste einen Moment lang nicht, wo er war. Er schlief nun jede Nacht an einem anderen Ort, da er fürchtete, in seiner eigenen Halle Opfer brennenden Zunders oder einer kalten Klinge zu werden. Viele Häuser standen jetzt leer – die Häuser seiner gefallenen Krieger oder derjenigen Krieger, die ihn verlassen hatten.

Er lag unter einem dicken Bündel von Decken in einer Getreidehütte, das fiel ihm jetzt wieder ein. Die Hütte stand auf Pfählen, in den Boden war eine Falltür eingelassen, durch die das gedroschene Korn geworfen wurde. Diese Falltür bot ihm einen letzten Fluchtweg, sollte jemand kommen, um Rache an ihm zu nehmen. Fergus. Oder Cormac.

*Cúchulainn.*

Der Raum wurde wie ein Boot auf einem Fluss aus Ale hin und her geworfen. Conor hielt die Seiten seines Bettes fest, damit es endlich aufhörte zu schaukeln, und lauschte angestrengt nach den Kriegern, die vor der Tür Wache standen. Seine bisherige Wache war abgelöst worden. Fergus und seine Verräter vom Roten Zweig hatten das Land verlassen, aber die einfachen Krieger hatten Angst und waren verwirrt und stellten deshalb seine Befehle nicht infrage. Sie erwarteten jetzt von Conor, dass er die Ordnung im Land wiederherstellte, und genau das würde er auch tun. Er entblößte seine Zähne zu einem grimmigen Lächeln, blinzelte angestrengt. Er war noch immer Conor der Gerissene – der mächtigste König in Erin.

Die letzten Tropfen Robbenöl speisten die flackernde Flamme in der steinernen Lampe. Die Pfütze aus Licht wurde kleiner, zog sich vor den dunklen Rändern der Hütte zurück.

*Er wurde beobachtet.*

Conor öffnete den Mund, um seine Wachen zu rufen.

Sein Ruf blieb ihm jedoch in der Kehle stecken, als ein Gespenst aus der Dunkelheit heraus auf ihn zutrat. Der König der Ulaid war wie gelähmt.

Die Haare der Geistererscheinung waren zu langen Strängen verwoben, in denen Blut und Erde klebte. Ein verbrannter Gestank stieg von den schmutzigen, grauen Lumpen auf, die sie trug. Alles, was er erkennen konnte, waren weiße Augen, die in einem nicht menschlichen, mit Asche bedeckten Gesicht schimmerten.

Conors vom Ale benebelter Verstand schnatterte dummes Zeug. *Sie* – die dreigesichtige Göttin der Schlacht und des Todes – war gekommen, um ihn zu holen. Sie trug die Asche eines Begräbnisfeuers und war umhüllt vom Rauch des Tempels, in dem er geschworen hatte, Deirdre zu ehren. Dies hier war jedoch nicht der Glanz, das Mitgefühl und die Liebe, die er damals an jenem Tag im Schrein des Dagda gespürt hatte.

Dies war die Dunkelheit der Göttin der Drei.

Nemain, die Göttin der Todesqual. Morrígan, die das Ende eines Mannes voraussagte. Und Badb, die Krähe der Schlachtfelder, deren Schwingen die Wangen eines Mannes streiften, wenn die Klinge in sein Herz eindrang.

Conor wimmerte, versuchte verzweifelt, seinen Dolch zu zücken, konnte sich aber nicht rühren.

Die Erscheinung glühte, so kam es ihm jedenfalls vor, mit einem hasserfüllten Licht. Die hoch aufragende Gestalt reichte fast bis zur Decke hinauf. Sie zeigte mit knochigen Fingern, deren Spitzen blutig waren, auf seine Brust. »Du hast die Göttin verraten. Deine Gier hat ihre schönste Tochter ermordet.« Es war eine Stimme, heiser von Schlachtrufen, rau wie das Krächzen eines Raben. »Du hast deine Stärke und deine Macht nicht dazu verwendet, die Frauen zu ehren, sondern nur, um die Göttin zu vernichten. Dafür wird die Göttin Rache nehmen. Du wirst weder in der Schlacht sterben, um geehrt und von den Barden besungen zu werden, noch wird dich der Tod in deinem weichen Bett ereilen.« Die Gestalt reckte ihr Kinn vor, ihre Zähne schimmerten in einem unheimlichen Grinsen. »Du bist verflucht, Conor Mac Nessa, du wirst von Frauenhand sterben … in Schande und geschmäht für alle Zeiten!«

Conor stieß ein entsetztes Gurgeln aus. Er spannte mit größter Anstrengung seinen Rücken an, bis es ihm schließlich gelang, sich aus dem Bett auf den Boden zu werfen. Seine Klinge fiel auf die

Dielen, als er sich, von seinen langen Haaren und seinen von Ale berauschten Sinnen behindert, mühsam zur Seite rollte.

Draußen vor der Tür folgte einem Augenblick der Stille lautes Rufen, dann rissen die Wachen die Tür auf und stürmten mit gezogenen Schwertern herein. Conor spähte durch den Vorhang seiner strähnigen Haare und wischte sich den Mund ab. Das Gespenst war verschwunden.

Die Pfütze aus Lampenlicht flackerte im Luftzug, verbannte die Schatten. Conor suchte die Wände ab. Sie schienen sich ihm zu nähern, drohten, auf ihn herabzustürzen …

»Zurück in die Halle«, stammelte er. Jetzt wollte er sich nur noch in seinem eigenen Bett verkriechen. In seiner Halle hatte er wenigstens Diener um sich.

Am nächsten Tag humpelte Conor unruhig zwischen den Hütten der Handwerker, den Unterkünften der Krieger, den Ställen, den Melkständen und den Webereien herum. Die Befehle, die er mit schriller Stimme gab, waren klar und unmissverständlich. Alle Frauen seien ab sofort hiermit aus der Festung des Königs verbannt. Die Dienerinnen und die Ehefrauen der Adeligen, der Krieger, der Gold- und Waffenschmiede, der Gerber, der Knochen- und Holzschnitzer – sie alle hatten auf der Stelle die Festung zu verlassen, zusammen mit ihren Gören.

*Du wirst von Frauenhand sterben.*

Wenn irgendein Mann Einwände gegen seinen Befehl vorbrachte, knurrte Conor, dass die alten Zeiten vorbei seien. Neben ihm gäbe es jetzt genug leere Plätze, die nur darauf warteten, von jenen, die ihm gegenüber loyal waren, besetzt zu werden.

Der König stürmte auch zum Haus seiner Mutter. »Auch du musst verschwinden, Frau, und du darfst niemals wieder zurückkommen.«

Nessa war mit ihren fünfundsechzig Jahren noch immer eine bemerkenswerte Erscheinung gewesen, aber die vergangenen Wochen hatten ihr die verbliebene Schönheit geraubt. Ihr Rücken war gebeugt, ihr geschminktes Gesicht verfallen. »Mein Sohn …«

Conor schlug ihr mit dem Handrücken ins Gesicht. »Ich werde nicht zulassen, dass du mich je wieder beherrschst, mich je wieder überlistest, mir je wieder vorschreibst, was ich zu tun habe. Ich werde jetzt allein triumphieren – ohne dich!«

Seine Speerträger trieben Nessa und ihre Dienerinnen aus ihrem Haus, warfen ihre glänzenden Pelze, die gläsernen Krüge, die silbernen Platten und ihren Schmuck in den Schlamm. Blut rann Nessa über die Wange. Wortlos bedeutete sie ihren Dienerinnen, ihre Sachen aufzuheben, dann hasteten sie zu den Ställen, wo die Streitwagen standen.

Schließlich stolperte Conor hinauf zum Tempel der Macha.

Sein Oberster Druide Catchbad war in jener Nacht gestorben, als der Kampf an der Halle des Roten Zweigs getobt hatte. Die Druiden waren in Auflösung begriffen. Die Einzige, die es gewagt hatte, sich Conor zu widersetzen, war Levarcham gewesen, und diese hatte, wie man ihm versichert hatte, die Festung bereits verlassen. Falls sie hier doch noch einmal auftauchen sollte, würde er sie mit bloßen Händen erwürgen.

Conor bestimmte einen dünnen, schlauen Druiden, der schon seit einiger Zeit Cathbads Nachfolger hatte werden wollen, zum Obersten Druiden.

»Fergus und seine Männer haben sich gegen mich gewandt. Dem muss man mit außergewöhnlichen Maßnahmen begegnen. Die Krieger müssen jetzt ihre Kräfte sammeln. Daher sind ab sofort alle Frauen, einschließlich aller Druidinnen, aus der Festung verbannt.« Die Priester protestierten entsetzt, und alle riefen durcheinander. Conor schlug mit seinem Schwert gegen den Dachpfosten des Tempels, sodass das Holz vibrierte. »Das ist ein Befehl!«, bellte er. Das Entsetzen saß ihm noch immer wie ein Kloß im Hals und raubte ihm schier die Luft; er musste es endlich herauswürgen. »Der Priester, der mir jetzt gehorcht, wird mein neuer Ratgeber. Er wird über allen anderen stehen.«

Ein listiger Ausdruck huschte über das Gesicht von Conors Favoriten – es gab immer einen, der nach Macht hungerte. Mit zitternden Händen und einem sauren Geschmack im Mund schleppte sich Conor dann zurück in seine Halle.

Emain Macha würde von nun an eine Festung der Männer sein, und diese würden vereint gegen die Verräter des Roten Zweigs und alle vorgehen, die ihnen Unterschlupf gewährten.

Ein Bollwerk.

Ein paar Tage später hantierte Conor mit dem Riemen seines Schwertgürtels herum und versuchte dabei, dieses widerwärtige Zittern seiner Hände zu verbergen. Irgendwann lag die Scheide dann endlich über seinem Oberschenkel, und er warf sich den Robbenpelz über. Er straffte die Schultern, befestigte die Gewandnadeln und strich sein graues Haar glatt.

Es gab jetzt keine Dienerinnen mehr, die ihm beim Ankleiden halfen, und genauso sollte es auch sein.

Er zog seinen leinenen Kittel glatt und schritt dann mit hoch erhobenem Haupt die Treppe hinunter. Der Schein des Feuers blendete ihn, aber er überwand den Schmerz. Der Baum des Roten Zweigs war gefällt, die Äste lagen am Boden. Also musste er jetzt einen neuen Baum pflanzen. Er, ja er, würde der Gründer eines neuen Roten Zweigs sein.

Die in der Halle versammelten Boten sahen zu, wie er mit leichten Schritten zu seinem Thron ging. Sie trugen ihre Helme unter dem Arm. Ihre Reitstiefel waren fest geschnürt. Sie hatten junge, strahlende Gesichter und waren jetzt, da sich so viel verändert hatte, begierig darauf, um seine Gunst zu wetteifern.

Conor winkte sie einen nach dem anderen zu sich. Zuerst stockte seine Stimme noch, da er nur langsam wieder nüchtern wurde. Schon bald aber schwoll sie wieder zu alter Kraft an. Seine Befehle kamen mit aller Bestimmtheit aus seinem Mund.

Jeder wehrfähige Mann im Ulaid wurde nach Emain Macha beordert.

Die Krieger sollten die Gelegenheit bekommen, sich im Rahmen eines großen Festes bei Spielen und Übungskämpfen zu beweisen. Die Siegerpreise würden mehr als nur bronzene Ringe und geschnitzte Speere sein. Als Lohn winkte den Geschicktesten, den Tapfersten, die Aufnahme in einen neuen Roten Zweig.

All die Krieger, die bislang an den beinahe unmöglich zu erfüllenden Initiationsaufgaben und mystischen Herausforderungen gescheitert waren, würden jetzt denselben Ruhm genießen, der einst Naisi, Fergus und Ferdia zuteilgeworden war.

Reichtümer und Frauen. Nach ihrem Tod ein Sitz neben den Göttern – und die Ehre, in ein noch wundervolleres Leben wiedergeboren zu werden.

Conor kannte die Krieger. Eine solch außergewöhnliche Gelegenheit würde die Kämpfer von ihren Lords weglocken, diesen Chiefs, die noch immer einen tiefen Groll gegen ihn hegten. Und wenn sie erst einmal hier waren, würde der Schwur, den der neue Rote Zweig leisten würde, sie allein an ihn binden. Dieser Schwur würde für diese Krieger wichtiger sein als die Beziehung zu ihrem Klan und als alle anderen Eide, die sie je geschworen hatten.

Diese Krieger würden nur ihm, dem König, und sonst niemandem verpflichtet sein.

Die Reiter verbeugten sich vor ihm, verließen dann die Halle und machten sich auf den Weg zu allen möglichen Orten im Ulaid.

Conor befahl seine Haushofmeister und seinen neuen Obersten Druiden zu sich. Die Schatzkammern und Vorratshäuser der Chiefs, die ihm noch die Treue hielten, mussten einen zusätzlichen Zehnten erbringen. Die Abgaben jedes Viehzüchters und jedes Handwerkers mussten erhöht werden. Er würde den größten Schatz anhäufen, den das Ulaid je gesehen hatte – durch den Befehl der Priester zur Sicherheit des Volkes.

Als Nächstes winkte Conor eine Gruppe wettergegerbter Männer zu sich. Seeleute von Handelsschiffen und Fischerbooten. Sie sollten unter den Kriegern und unzufriedenen Klanmitgliedern in Alba und dem britischen Land eine Nachricht verbreiten.

*Die Ulaid von Erin stellen eine Armee auf. Sie entlohnen ihre Krieger mit großen Reichtümern.*

Bald darauf war die Halle beinahe leer. *Der Teufel soll dich holen, Neffe*, dachte Conor.

Cúchulainn war nicht mehr nach Emain Macha gekommen, seit er Zeuge geworden war, wie Deirdre sich über die Klippen ins Meer gestürzt hatte. Obwohl Conor froh war, dass es ihm auf diese Weise erspart blieb, die Erinnerung daran in den Augen des Wachhunds sehen zu müssen, war er sich doch bewusst, dass die jungen Krieger Cúchulainn über alle Maßen verehrten. Sie würden sich dem Roten Zweig vor allem auch deshalb anschließen wollen, um ihm nah zu sein und um von ihm in der Kunst des Kampfes unterwiesen zu werden. Er musste also jetzt unbedingt nach Emain Macha kommen und bei den Spielen anwesend sein – allein das würde zeigen, dass Conor noch immer stark war.

»Du da«, rief er den letzten Reiter zu sich. »Du reitest zum Wachhund des Cullen und sagst ihm, dass er sofort zu mir kommen soll. Sag ihm …« Conor kaute unschlüssig auf seiner Unterlippe herum. »Sag ihm, dass wir ihn brauchen, um das wieder zu verbinden, was auseinandergerissen ist. Sag ihm, dass ich hier viele Krieger versammelt habe und dass sie ihn brauchen, damit er sie anführt und so für die Sicherheit unseres Volkes garantiert.« An das Verantwortungsgefühl des Wachhunds zu appellieren, das hatte bisher immer funktioniert.

Der junge Reiter schluckte und verbeugte sich, dann eilte er nach draußen.

Ein Windstoß fuhr in die Halle. Die Balken knarrten. Conors Augen huschten hinüber zu den Schatten. In seinen Träumen hatte sich die rothaarige Füchsin von Connacht, eine Lanze über ihrer Schulter, durch die Wälder angeschlichen. Ihr triumphierendes Lächeln hatte ihn stets geweckt.

Er erinnerte sich daran, wie sie ihn, kurz bevor sie ihn verraten hatte und davongelaufen war, aus dem Dunkel heraus beobachtet hatte. Sie musste das schon von Anfang an geplant haben, wobei sie ihr Vorhaben hinter kühler Selbstbeherrschung geschickt verborgen hatte. Andere Königstöchter wären stolz gewesen, Erins ruhmreichsten König zum Mann zu haben, ihr Gesicht aber hatte stets einen unterschwelligen Trotz ausgestrahlt, den er niemals zu brechen vermocht hatte.

Er hatte es oft versucht, hatte sie manchmal sogar geschlagen, um dieses Feuer zu sehen, für das sie so bekannt war; er hatte sie verhöhnt, damit ihre Augen blitzten. Das alles aber hatte gerade einmal ausgereicht, um seinen Speer hart werden zu lassen, damit er ihr ein Kind machen und sich auf diese Weise an Connacht binden konnte.

Damit er endlich auch Connacht bekam.

Jetzt wusste er, dass sich in diesem schwelenden Blick der hinterhältige Plan verborgen hatte, das Königreich ihres Vaters an sich zu reißen, um ihn, Conor, herauszufordern. Sie hatte nur auf eine günstige Gelegenheit gewartet, ihren Verwandten den Thron entreißen zu können, damit sie dann irgendwann ihn angreifen konnte.

*Du wirst von Frauenhand sterben.*

Conor unterdrückte ein Zittern. Wohin, außer zu diesem rachsüchtigen Biest hätte Fergus sonst fliehen können? Sie würde kommen. *Sie alle würden kommen, um ihn zu holen.*

Conor war aufgestanden, die Halle verschwamm vor seinen Augen. Ja, sie würden kommen … mit blitzenden Schwertern. Ferdia, Fergus, Cormac, *sein Sohn* … der für ihn jetzt gestorben war. Ailill. Maeve.

Aufgebracht warf Conor seinen bronzenen Becher nach den geisterhaften Gesichtern. Er prallte auf den Boden und zerriss den Rauch. Die Gesichter verschwanden. Der Becher hüpfte ins Feuer und ließ eine Garbe von Funken aufstieben.

Conor starrte mit leerem Blick in die Flammen. Feuer konnte reinigen, genauso wie es zerstören konnte – und jetzt würde es dieses Land von seinen Feinden reinigen. Er würde sie angreifen, noch bevor sie es taten. Ihre Königreiche würden eines nach dem anderen fallen, bis nur noch eines übrig war. Und dieses eine würde dann ihm gehören. Ihm allein.

# 26

Maeve goss persönlich Wein in das vergoldete Trinkhorn, das Fergus in der Hand hielt. Er sollte sehen, welcher Reichtum ihm zuteilwerden würde, wenn er sich an den Eid hielt, den er ihr gegenüber geschworen hatte. Sie vertraute ihm nicht – noch nicht.

»Es überrascht mich, dass du es wagst, mit mir allein zu sein.« Der ehemalige König der Ulaid ließ seinen Blick langsam durch das Haus schweifen, in dem Maeve ihn, Cormac und Ferdia untergebracht hatte.

Heute war Fraech mit den beiden anderen und allen Kriegern des Roten Zweigs auf Wildschweinjagd in die Hügel geritten.

Fergus und Maeve saßen allein am knisternden Feuer, die Füße auf weiche Felle gebettet. Die letzten Stücke Käse glänzten im matten Licht der Flammen auf einer Platte, die neben einem Korb mit Honigkuchen stand. An diesem Morgen hatte Maeve Fergus sogar ihren Badezuber zur Verfügung gestellt, der von ihren hübschesten Dienstmädchen mit heißem Wasser gefüllt worden war.

Maeve bot ihm einen Kuchen an. »Du bist berühmt dafür, ein Mann der Ehre zu sein, Fergus. Du würdest niemals das Gesetz der Gastfreundschaft brechen.«

Fergus konnte seine Zufriedenheit angesichts ihrer Worte kaum verbergen. Die blauen Augen in seinem lädierten Gesicht waren klein, zeigten aber auch, wie schlau der Mann war. Graue Haare sprossen aus seiner Knollennase und aus seinen Ohren.

Maeve schenkte sich selbst ein. »Du bist auch jemand, der niemals lügt – ganz im Gegensatz zu Conor.«

Fergus schluckte. »Ich bitte dich, meinen Namen nicht in einem Atemzug mit diesem Bastard zu nennen.«

Maeve stützte ihre Ellbogen auf die Knie, hielt ihren Becher mit den Fingern umschlossen. »Dies hier könnte noch immer ein wohlüberlegter Plan sein, um uns zu überlisten.«

Fergus legte seine Hand auf seinen Oberschenkel und blickte zu Boden. Seine graue Mähne war noch immer nass vom Bad, Wassertropfen fielen auf seine saubere Hose. »Meine ganze Liebe und Zuneigung galt Illan. Er war so rein und so tapfer wie Lugh, der auf die Erde herabgestiegen ist. Und *ich* war sein Vater – ich schwerfälliger, kaputter alter Mann.« Seine Fingerknöchel wurden weiß. »Mir ist es jetzt egal, welche Eide ich einst geschworen habe. Ich habe nichts mehr zu verlieren. Falls du glaubst, ich würde dich täuschen, dann irrst du dich.«

Maeve war gebannt von der Leidenschaft, die in dieser rauen Stimme lag. »Aber warum bist du dann zu mir gekommen?«

»Weil du eines Tages in der Schlacht Conor gegenüberstehen wirst – und ich derjenige sein will, der ihn tötet.«

Maeve hätte fast den Wein ausgespuckt, den sie gerade trank. Sie hielt sich ihren Handrücken vor den Mund, dann stellte sie den Becher ab und zog einen kleinen Tisch heran. Ein Holzschnitzer hatte in dessen Oberfläche ein Gitternetz hineingeschnitten und mit einem Eisen schwarze Quadrate hineingebrannt. Auf dem Tisch lag ein Beutel mit Spielsteinen aus weißen Knochen und schwarzem Gagat.

Als Fergus das Fidchell-Spiel sah, leuchteten seine Augen und seine struppigen Augenbrauen gingen fragend nach oben.

»Ich weiß.« Maeve stellte die Spielsteine auf. »Ich habe in Emain Macha oft mit dir gespielt und immer verloren, aber die Zeiten ändern sich, vor allem, wenn der Einsatz erhöht wird. Einige werden so zu besseren Leistungen angespornt.« Sie warf ihm einen kurzen Blick zu. »Andere wiederum zerbrechen unter dem Druck.«

Fergus verzog das Gesicht, ließ den Wein in seinem Becher kreisen. »Alte Eichen haben schon viel ausgehalten, sie brechen nicht.«

Das Spiel begann, Maeve füllte immer wieder großzügig sein Trinkhorn und unterhielt sich freundlich mit Fergus, bis der Wein seine Wirkung zeigte. Als sie der Meinung war, seine Augen wären jetzt trübe genug, änderte sie, den Blick noch immer auf das Spielbrett geheftet, ihre Taktik. »Wenn du willst, dass ich Conor besiege, dann musst du mir bessere Waffen in die Hand geben.« Damit meinte sie keine Schwerter.

Fergus schwarzer Spielstein klapperte auf den Tisch. »Ich kann und werde es nicht zulassen, dass man mein Volk abschlachtet«, nuschelte er. »Oder mein Königreich vernichtet.«

Maeve legte ihren weißen Spielstein auf den seinen. »Ich will es auch nicht vernichten. Das Ulaid braucht Bauern und Hirten, Schmiede und Weber. Deine Leute sind genauso heilig wie das Land selbst. Ihnen wird nichts geschehen.« *Noch wird mein Volk zu Schaden kommen.* Es war dies eine Angst, die tief in ihr verwurzelt war. »Ich möchte, dass auch die Ulaid wohlhabend und glücklich sind.«

»Das waren sie jedenfalls einmal.« Fergus schob seinen Spielstein an eine für ihn ungünstige Position, sodass sich Maeve die Gelegenheit bot, zu gewinnen. »Jetzt sind sie es aber nicht mehr.«

Sie ignorierte ihre Chance, nahm den Blick vom Brett und sah Fergus an. »So wie es das wieder sein könnte – mit dir als König.« Er starrte sie an. Sie hob lächelnd einen Finger. »Aber nur, wenn du mich und Ailill als deine Lehnsherren anerkennst.«

Fergus lehnte sich auf seinen Stuhl zurück und fuhr sich mit der Hand über die Augen.

»Was hattest du erwartet?«, fragte sie leise.

Er ließ seine Hand in den Schoß sinken, sein Gesicht war abgespannt. »Ein Bündnis unter Gleichgestellten.«

»Die Ulaid haben die Gewohnheit, Bündnisse zu brechen, wenn es ihnen genehm ist. Ich kann es mir nicht leisten, dass ihr wieder eine Gefahr für uns werdet.«

»Das werden wir nicht. Bei meiner Ehre.«

Sie sprang von ihrem Stuhl auf und ging um den Tisch herum. »Um das riskieren zu können, brauche ich mehr als nur dein Ehrenwort. Wenn du diesen Schwur nicht leistest, wirst du dein Land niemals von Conors Makel befreien können.« Sie senkte die Stimme und berührte die weißen Haare auf seinem Handgelenk. »Du wirst ihm nicht mehr nahe genug kommen, um ihm *die hier* um den Hals legen zu können, so du es dir erträumst.«

Fergus starrte seine fleischigen Hände an. An jedem großen Krieger haftete der Geruch des Todes.

Mit einem unguten Gefühl im Bauch sagte Maeve jetzt: »Nun komm schon! Ich habe gehört, dass dich das Regieren ohnehin nur gelangweilt hat. Auf diese Weise kannst du dich der Hirsch- und Eberjagd widmen, dich mit den Frauen vergnügen und deiner Halle Glanz verleihen.« Sie beugte sich über ihn, um ihren letzten Stein zu bewegen.

Es war ein selbstmörderischer Zug.

Fergus knallte seinen Stein auf den ihren, um seinen Triumph wenigstens für einen kurzen Moment auszukosten, dann jedoch wischte er all ihre Krieger vom Brett, kippte den Tisch um und verschüttete seinen Wein. Schließlich ließ er seinen Kopf auf die Brust sinken.

Maeve hatten sich die Nackenhaare aufgestellt. »Wie ich sehe, bist du mit meinem Vorschlag einverstanden.« Sie warf sich ihren Umhang um die Schultern und rieb sich darunter die Arme. An der Tür warf sie noch einen Blick auf seine gebeugten Schultern. »Wenn du wieder König der Ulaid werden willst, Fergus, dann wäre es klug, wenn wir zunächst einmal alles daran setzen, deinen Ruf aufzupolieren. Deine Männer sind krank vor Kummer und haben Angst. Sie müssen davon überzeugt werden, dass du der Einzige bist, der sie wieder vereinigen kann.«

Er wurde zornig. »Das wissen sie.«

»Im Augenblick bezweifeln sie alles, was für sie früher eine Gewissheit war.«

Er hob den Kopf und sah sie an.

»Vermutlich erwartest du so wie alle anderen auch, dass ich mich dir anbiete, Fergus.«

Seine Augen blitzten auf, ihm fehlten sichtlich die Worte.

Sie lächelte dünn. »Das werde ich jedoch nicht tun. Außerdem gehe ich davon aus, dass du mich genauso wenig begehrst wie ich dich.« Sie zeigte auf die Spielsteine am Boden. »Wir werden weiter Fidchell miteinander spielen. Alle werden annehmen, dass wir uns … sagen wir, anderen Spielen widmen. Es wird deinem Ansehen bei meinen und bei deinen Männern sicher nicht abträglich sein, wenn sie glauben, du allein könntest die Füchsin von Connacht zähmen.«

Draußen vor der Tür lockerte Maeve ihre verkrampften Schultern. Ihr Verstand glitt einen Augenblick lang in eine Art Dämmerzustand. In dieser Stille spürte sie plötzlich einen pochenden Schmerz, als hätte er nur auf diesen Moment gewartet, um sich bemerkbar zu machen.

Sie sah sich hastig um. Sie musste bestimmt irgendetwas tun … es gab immer jemanden, der sie brauchte, der sie etwas fragen wollte. Schon lief sie los und prallte mit einem massigen Körper zusammen.

Ailill versperrte ihr den Weg.

Maeve unterdrückte einen Fluch, als sie ihm auf die Zehen trat. Sie wollte zurückweichen, aber er hielt sie am Handgelenk fest. »Sag mir einfach nur, warum du mit Fergus Mac Roy allein warst«, stieß er wütend hervor.

Verwirrt versuchte Maeve, an ihm vorbeizukommen. »Du weißt, dass es vor allem er ist, den wir auf unsere Seite ziehen müssen.«

Ailill folgte ihr. »Warum? Er ist unser Gefangener, Maeve.«

Ihr Lachen klang freudlos. Sie musste unbedingt weg von hier, um in Ruhe nachdenken zu können. »Als Gefangener hat er für uns keinen großen Wert, Ailill. Niemand wird ein Lösegeld für ihn bezahlen. Als Verbündeter ist er aber durchaus nützlich für uns.«

»Als Verbündeter? Du willst ihn freilassen, damit er sich wieder Conor anschließen kann?«

Sie seufzte. »Warst du zu betrunken, um ihm an dem Abend, als er hierherkam, zuzuhören? Er hasst Conor mit jeder Faser seines Herzens. Und …« Sie hielt inne und wandte sich jetzt wieder dem

Prinzen aus Laigin zu. »Ich bin überzeugt davon, dass er seinen Eid uns gegenüber halten wird. Ich habe dir doch gesagt, dass ich noch nie jemandem begegnet bin, der sich so an sein Wort gebunden fühlt wie Fergus Mac Roy.«

Ailills Gesicht verfinsterte sich noch mehr.

Maeve legte ihre Hand auf seinen Arm. Ihr wurde bewusst, dass sie sich zu sehr auf die Flüchtlinge konzentriert hatte. Sie hätte das Ganze mit Ailill besprechen sollen. »Ich habe ihm gesagt, dass wir ihn wieder als König der Ulaid einsetzen würden …«

»*Was?*«

»Aber nur falls er dir und mir die Treue schwört.«

Ailill öffnete den Mund, klappte ihn dann wieder zu und wich ein paar Schritte zurück. Er warf sich seinen Umhang aus Bärenfell über die Schulter. »Du bist verrückt, Maeve. Sobald er wieder frei ist, wird er sich sofort gegen uns wenden.«

Maeve kaute auf der Innenseite ihrer Unterlippe herum, atmete dabei durch ihre Nase. Sie hatte sich Ailill nicht unbedingt wegen seiner Schlauheit zum Ehemann erwählt. »Wenn wir ihn jetzt gut behandeln, bedeutet das, dass wir die Ulaid nie wieder fürchten müssen.« Diesen inneren Druck loszuwerden, diese Anspannung – sie konnte sich kaum vorstellen, wie sich das anfühlen würde. *Bald … schon bald wird es so weit sein …*

Ailill stieß nur ein kehliges Grunzen aus und schüttelte ihren Arm ab, bevor er schwerfällig davonging.

Maeve rieb sich das Handgelenk. Dann drehte sie sich auf dem Absatz um und ging in die andere Richtung. Ailill würde schon zur Vernunft kommen, wenn erst einmal die Reichtümer von Emain Macha in seine Hände fielen und er sich mit dem Gold des Ulaid schmücken könnte.

Als Maeve den Pfad entlangging, suchte ihr Herz jedoch nur nach Silber. Irisierend und fließend; ein strahlender Glanz, der sie auf einer Woge jenseits aller Gedanken davontrug.

Und dann würde keine Sorge sie je wieder belasten.

Auf die Krieger, die sich auf den Wiesen von Cruachan im Kampf übten, prasselte gerade ein heftiger Schauer nieder.

Ferdia wischte sich den Regen und den Schweiß aus dem Gesicht. Er wandte den Schwertkämpfern den Rücken zu und ging durch einen kleinen Bach, der zusehends anschwoll und sich bereits in kleinen Stromschnellen über den Felsen brach. In seiner Rüstung aus Hornplatten konnte er sich kaum bücken, also legte er sich einfach auf den Bauch und trank, dann tupfte er sich das Blut weg, das aus einer Schnittwunde auf der Stirn rann.

Als er wieder stand, betastete er seine Nase. Doch nicht gebrochen. Auch seine Zähne saßen noch alle fest.

Er hatte den ganzen Vormittag gekämpft – blindlings, rasend. Obwohl die Männer nur hölzerne Stangen verwendeten, hatte Ferdia sich in die Trance des Roten Zweigs versetzt, war in das silberne Licht getaucht, in der Hoffnung, darin zu ertrinken. Er erinnerte sich verschwommen an lautes Geheul, als er Handgelenke und Rippen traf, auf Schädel einschlug, Eichenholz zertrümmerte und blutende Wunden schlug.

Irgendwann hatten sich die Krieger aus Connacht vereint und laut schreiend auf ihn gestürzt. Das hatte Ferdia jedoch nur noch mehr begeistert, er hatte seinen Stab weggeworfen und einen wahren Wirbelsturm an Faustschlägen entfesselt. Schließlich hatte ihn Connachts Kämpe Garvan aus dem Haufen herausgezogen und ihm gedroht, er würde ihn in die Abfallgrube werfen, und es sei ihm scheißegal, was die Königin dazu sagen würde.

Ferdia war sich sehr wohl bewusst, dass Maeve ihn brauchte.

Er hob seinen Eichenstab auf und prüfte dessen Gewicht. Er hatte sein Schwert vor Conor in den Boden gestoßen, bevor er das Ulaid verlassen hatte. Jetzt versuchte er, diese ganz bestimmte Freude wieder herbeizurufen – das Kribbeln in den Fingerspitzen, das befriedigende Gefühl, wenn er ausholte und die Klinge durch die Luft sirrte. Die Quelle allen Seins strömte von einer Waffe in den Körper ihres Herrn und von ihrem Herrn wiederum in das Schwert, sodass sie eins wurden.

Erinnerte sich sein Körper noch daran?

Regen schimmerte auf dem nassen Holz in seinen Händen, und in der spiegelnden Oberfläche sah Ferdia ein schelmisches Grinsen und einen Schopf blonder Haare. *Kämpf mit mir, Bruder, und das Fett an deinem Bauch wird schnell schmelzen!*

Ein Schatten fiel auf ihn. Ferdia blinzelte, um wieder klar zu sehen. Es war Fergus.

Ferdia hob den Kopf. »Ich frage mich, wann sie uns endlich so weit trauen, dass sie uns echte Schwerter geben.«

Fergus schöpfte Wasser mit seiner hohlen Hand, um zu trinken, dann richtete er sich wieder auf. Wasser tropfte von seinem silbernen Bart. »Schon bald. Sie wollen, dass wir zusammen mit ihren Kriegern kämpfen.«

Ferdias Lächeln erstarb. Fergus wusste doch, dass Maeve nur an einer einzigen Schlacht interessiert war. Er war zu wütend, um seinen Zorn im Zaum halten zu können. »Diese Wölfin verlangt tatsächlich von uns, dass wir gegen die *Ulaid* kämpfen – und das weißt du auch! Cúchulainn wird in jeder Schlachtreihe ganz vorn stehen. Wie kannst du auch nur in Erwägung ziehen, gegen ihn, gegen deinen eigenen Schwertbruder, deine Waffe zu ziehen?«

Fergus umklammerte das Heft seines Stabs, sein Gesicht zerfurcht wie eine Felsenklippe. »Auch ich liebe Cúchulainn.«

»Er ist dein Bruder vom Roten Zweig!«

»Ich gehöre nicht mehr zum Roten Zweig.« Fergus starrte in das schäumende Wasser. »Der Wachhund stellt sich noch immer schützend vor Conor. Ich muss diese giftige Schlange, der ich vor vielen Jahren den Weg ins Ulaid geöffnet habe, zertreten.« Er holte bebend Luft. »Ich muss unser Land von einem schrecklichen, einem wahnsinnigen König befreien und auf diese Weise dafür sorgen, dass unser Volk wieder in Sicherheit leben kann. Und wenn ich dazu an Cúchulainn vorbeimuss, dann werde ich das tun.«

Ferdia schleuderte seine hölzerne Waffe mit aller Kraft in einen nassen Farn, zerfetzte die Wedel. Am liebsten hätte er seine Faust in Fergus' steinernem Gesicht versenkt, sodass es zerbröckelte. Aber er konnte es nicht. Im Innersten wusste er, dass Fergus recht hatte.

»Cúchulainn ist ein freier Mann«, antwortete Fergus barsch. »Er hatte die Wahl, und er hat sich für Conor entschieden.«

*»Er hatte eben keine Wahl!* Er fühlt sich für unser Volk verantwortlich. Er wusste, dass er der Einzige war, der es noch beschützen konnte, nachdem wir es im Stich gelassen haben.« Das war genau das, was Cúchulainn Ferdia an jenem letzten, entsetzlichen Tag ins Gesicht geschleudert hatte. Cú hatte dem Volk der Ulaid gegenüber einen Eid als Kämpe abgelegt, den er niemals brechen würde. Ferdia schluckte. Warum hatte er selbst dann sein Herz nicht davon überzeugen können, zu bleiben?

Tief in seinem Inneren war ihm der Grund wohl bekannt. Er wurde die Erinnerung an Naisis totes Gesicht einfach nicht los, an seine blutigen Lenden, von Conor verstümmelt, weil Naisi es gewagt hatte, mit Deirdre zu schlafen. Er konnte das Bild der drei Brüder in ihrem Grab einfach nicht vergessen, aneinandergeschmiegt wie Welpen in einer Höhle. »Ich werde das Blut des Wachhunds nicht vergießen, genauso wenig, wie er das meine vergießen wird.«

Die Kälte in Fergus' Augen drang Ferdia bis ins Mark. »Mein Sohn war mein Blut. Und obwohl ich Cúchulainn liebe, werde ich dennoch mit ihm die Klingen kreuzen, wenn es notwendig sein sollte.«

»So wie auch ich.« Cormac erschien hinter ihm. Sein nasses Haar sah aus wie das blasse Schilf, das in der Strömung des Bachs schwamm, blaue Flecken unter seinen Augen hoben sich deutlich von seiner kalten Haut ab. »Falls Cúchulainn sich mir in den Weg stellt, wenn ich Gerechtigkeit fordere, dann ist er auch mein Feind.«

Ferdia fuhr herum. »Das sagst du nur, um die Tatsache zu verdrängen, dass es deine Klinge war, die deinen Bruder getötet hat!«

Cormac schnappte nach Luft und holte mit der Faust aus.

»Das reicht jetzt!« Fergus trat entschlossen zwischen sie. »Solch böse Worte werden uns entgültig entzweien!« Er packte Ferdias

Arm. Der Regen tropfte von seinem Schnurrbart und von seinen Brauen. »Wenn wir Conor erst einmal zur Rechenschaft gezogen haben, wird der Wachhund erkennen, dass wir nicht gekommen sind, um das Ulaid zu zerstören, sondern um es zu retten. Dann ist auch er von seinen Eiden entbunden.« Er schüttelte Ferdia. »Denk darüber nach, Bruder.«

Cormac legte eine Hand auf Ferdias bebende Schulter. »Wir werden unser Land zu dem machen, was es einmal war.«

Ein ferner, hoher und schriller Ruf von der östlichen Straße übertönte den Lärm der Kämpfer aus Connacht. Die drei Ulaid hoben die Köpfe wie Wölfe, die das Heulen ihres eigenen Rudels vernommen haben, und ließen ihre Waffen fallen. Ferdia und Cormac rannten durch den Regenschleier davon, während Fergus ihnen langsam folgte.

Mitten auf dem Weg vor dem äußeren Festungswall umringte eine wild diskutierende Gruppe von Kriegern ein Pferd. Ferdia wurde langsamer. Die Speerträger aus Connacht versuchten offensichtlich, jemanden aufzuhalten. »Wir sagten, dass wir dich zur Königin geleiten werden.«

Ferdia erkannte auch einige Krieger des Roten Zweigs, die sie umlagerten. »Nein, bringt ihn zu Fergus!«, riefen sie. »Fergus soll zuerst mit ihm sprechen.«

Ferdia entdeckte einen scharlachroten Streifen, und plötzlich schlug ihm das Herz bis zum Hals hinauf. Er begann zu rennen. *Cú…*

Der Mann in der Mitte des aufgeregten Knäuels versuchte gerade, sich etwas Luft zu verschaffen. »Nimm deine Hände von mir, Bürschchen«, knurrte er, »sonst breche ich dir beide Arme und ramme dir deinen Speer in den Arsch!«

Ferdia blieb stehen.

Cormac schoss an ihm vorbei. »Conall!«, schrie Cormac voller Begeisterung. Er schob sich zwischen den Männern hindurch und drückte Conall Cearnach, den großen rothaarigen Krieger der Ulaid, an seine Brust.

»Vorsicht, denk an meine Verletzung, Junge«, krächzte Conall. Er war einer der älteren Krieger des Roten Zweigs, hochgewachsen und schlank, mit einem wilden Schopf roter Haare. Ferdia starrte den scharlachroten Schild an, der an seinem Sattel befestigt war. Seine Waffen hatte man ihm, genau wie allen anderen Ulaid auch, an der Grenze abgenommen. Conall war in der Schlacht an der Halle des Roten Zweigs schwer verwundet worden und hatte auf dem Krankenlager gelegen, als die anderen das Land verlassen hatten – außer Cúchulainn war er damit der einzige der berühmten Helden gewesen, der noch bei Conor geblieben war.

Ferdia war zutiefst enttäuscht.

Conall hielt sich die Seite, als er sich zu Ferdia umdrehte. Unter seinem völlig durchnässten Kittel zeichneten sich dicke Verbände ab. Ein weiterer Streifen aus Leinen wand sich um seinen Unterarm. »Mac Daman.«

Conall wurde wachsam, als Fergus, riesig wie ein Berg, sich ihm näherte. Er war es schließlich gewesen, der Illan, Fergus' Sohn, irrtümlich getötet hatte.

Aber der rothaarige Krieger war auch als Spaßvogel bekannt. Jetzt erschien ein gequältes Lächeln auf seinem Gesicht – der einzige Weg, um jemanden milde zu stimmen. »Ihr habt mich zurückgelassen.« Er strich sich mit der unverletzten Hand die nassen Haare aus dem Gesicht. Illans Vater gegenüber konnte er seine Scham jedoch nicht verbergen. »Ich wäre gleich mit euch gekommen, wenn ich nicht verwundet worden wäre.«

Fergus verschränkte die Arme vor der Brust. »Und warum bist du jetzt hier?«

Conall richtete sich auf und straffte die Schultern, auch wenn er dabei vor Schmerz zusammenzuckte. »Ich bin gekommen, um mich euch anzuschließen.«

Cormac ließ seinen Blick zwischen den beiden hin und her wandern, versuchte zu lächeln. Er klopfte Conall auf den Rücken. »Du warst schon immer einer unserer besten Spurenleser!«

»Es war nicht schwer zu erraten, wohin ihr gehen würdet.«

Ferdia wandte sich schmerzvoll ab. Auch Cúchulainn wusste es, aber er war nicht gekommen.

»Ich bringe nicht nur mein Schwert«, fügte Conall an Fergus gewandt hinzu, so als wären sie beide allein. »Ich bringe auch Neuigkeiten – und sie sind alles andere als erfreulich.«

»Ich sagte doch, dass du sofort zur Königin musst«, protestierte einer der jungen Krieger aus Connacht und schwang dabei seinen Speer, als wolle er Conall damit zur Eile antreiben.

Fergus schlug ihm die Lanze aus der Hand. »Wir haben einen Eid auf Connacht abgelegt«, sagte er zu Conall, während er den erschrockenen Speerträger ansah. »Es muss Vertrauen zwischen uns herrschen. Was hast du zu berichten? Sprich!« Der resignierte Klang seiner Stimme drückte aus, dass, welche Nachrichten Conall auch immer brachte, sie nicht schlimmer sein konnten als das, was Fergus bereits erlitten hatte.

»Das Mädchen Deirdre ist tot. Sie hat sich an ebenjenem Tag, an dem ihr das Land verlassen habt, aus Conors Streitwagen von den Klippen gestürzt.« Conalls Blick huschte kurz zu Ferdia hinüber. »Der Wachhund selbst hat ihren Leichnam aus dem Wasser geborgen und ihn dann zusammen mit Naisi und den Söhnen des Usnech begraben. Dann ist er zu seiner Burg geritten, hat die Tore geschlossen und niemanden mehr empfangen. Nicht einmal mich.«

Cormac fluchte, und Fergus ließ seinen grauen Kopf auf seine Brust sinken, als könne er dessen Gewicht nicht mehr tragen. Ferdia starrte Conall mit glühenden Augen an. Der Wahnsinn ging also noch immer weiter.

»Der König tobte. Er hat alle Frauen aus Emain Macha verbannt und einen neuen Obersten Druiden ernannt. Aber da ist noch etwas.« Conalls Adamsapfel hüpfte in seinem mageren Hals auf und ab. Er hatte jetzt eine Hand auf seine Wunde gelegt. »Da ihm der Rote Zweig nicht mehr zur Seite stand, hat er alle seine Boten ausgesandt. Alle wehrfähigen Männer des Ulaid sollen nach Emain Macha kommen, um dort ihr Können zu zeigen. Mit den besten von ihnen will er dann einen neuen Roten Zweig gründen.«

Die Männer waren fassungslos. Selbst die vielversprechendsten jungen Krieger mussten viele Jahre lang üben, um das Können zu erwerben, das erforderlich war, um in den Roten Zweig aufgenommen zu werden – und genau diese Fähigkeiten waren es auch, die die Krieger des Roten Zweigs so außergewöhnlich machten. Fergus sprach langsam und mit gesenktem Kopf. »Ohne die Schwertkunststücke? Ohne die Kunststücke mit dem Schild und dem Speer?«

Conall warf einen Blick auf die Krieger aus Connacht. »Ohne die Quelle allen Seins«, murmelte er leise und verschluckte dann den Rest.

Ferdia wischte sich den Regen aus dem Gesicht. Einigen Kriegern des Roten Zweigs gelang es besser, die Quelle allen Seins im Kampf herbeizurufen als anderen. Bis zu einem gewissen Grad gelang es ihnen jedoch allen, sonst wären sie auch keine Krieger des Roten Zweigs geworden. Das war es, was sie miteinander verband, auf diese Weise kämpften sie wie ein Mann. Das war ihr Geheimnis.

Conall hob sein Kinn. »Außerdem ist Conor gerade dabei, einen Trupp von Kriegern aufzubauen, deren Treue weder einem Klan noch einem Chief gilt, sondern ausschließlich ihm allein. Er hat Boten ausgeschickt, um noch mehr Krieger anzuwerben. Sogar aus Alba und aus Britannien. Er will diese Krieger *bezahlen.*«

Jetzt schrien alle ungläubig auf.

Fergus' Gesicht war jetzt dunkelrot angelaufen, und er atmete so schwer, dass bei jedem Atemstoß seine Schnurrbarthaare zitterten. »Komm«, sagte er zu Conall und winkte die Speerträger davon.

Maeve ging vor der Feuerstelle der Halle auf und ab und erteilte ihren Kundschaftern Aufträge. Diener liefen umher, versorgten die Reiter mit Essen, übergaben Ringe und andere Geschenke, die Maeves Bitten an ihre Chieftains etwas Nachdruck verleihen sollten.

Ailill war an diesem Tag mit schmerzendem Kopf und trüben Blick aus dem Bett gekrochen. Trotz alledem schien er entschlossen zu sein, sie nicht aus den Augen zu lassen.

Maeve blieb stehen, als Fergus die Halle betrat. Ailill stand von seinem Thron auf.

Fergus stampfte auf die Feuerstelle zu. Sein Gesicht war rot vor Zorn. Ein hochgewachsener Mann folgte ihm auf dem Fuß. Maeve kannte dieses wettergegerbte Gesicht, diese roten Haare. Conall Cearnach.

Als Fergus auf sie zukam, trat Ailill zu ihrer beider Überraschung zwischen sie und stellte sich vor Fergus, als wolle er Maeve beschützen. Er straffte die Schultern, seine von Narben überzogene Hand hatte er in seinen Gürtel eingehakt. »Was soll das, Mac Roy?«

Fergus' wilder Blick streifte Ailills Gesicht nur kurz. Stattdessen sah er Maeve an, während er sein Kinn hob.

»Hier ist die Waffe, die ich dir versprochen habe.« Fergus bedeutete Conall, nach vorn zu treten, zerteilte dabei die Luft mit seiner Hand wie mit einer Klinge. »Sag du es ihr.«

An diesem Abend rief Maeve all ihre Verwandten und Befehlshaber zusammen, und diesmal gab es keine Zweifel mehr. Conor stellte ein Heer auf. Er wollte Krieg.

In der Morgendämmerung schlich Maeve vor dem kleinen Schrein der Göttin Bríd herum, bis sie hörte, dass Erna ihre Gesänge beendet hatte. Erst dann betrat sie die Hütte, eingehüllt in einen zottigen Umhang aus Schaffell – der sie jedoch nicht gegen das zu schützen vermochte, was in ihr heranwuchs.

An den Wänden um sie herum brannten Lampen und warfen ihr Licht auf einen großen Brocken aus Sandstein, der so behauen war, dass Kopf und Brüste, Schoß und Beine einer Frau zu erkennen waren. Ein gewölbter Bauch. Die Kerben, die die Augen darstellten, vermittelten einen gelassenen, mitfühlenden Eindruck. Bríd war die Schutzpatronin der gebärenden Frauen. Die Mutterschafe und ihre Lämmer waren ihr heilig.

Die Große Mutter.

Maeve unterdrückte einen Schauder, als Erna sich von ihren

Knien erhob. »Es tut mir leid, dass ich dich hier stören muss«, sagte Maeve. »Aber ich musste sichergehen, dass du allein bist.«

Erna sah aus, als hätte sie gerade etwas Wundervolles erblickt. Ihre dunklen Augen glühten. »Wie kann ich dir zu Diensten sein, Herrin?« Ihr Atem kondensierte in dem kalten Schrein zu Nebel.

Die warmen Tage des Sommers waren längst vergangen.

Maeves Blick wanderte langsam zum Altar. Die Göttin sah sie jetzt an, der Ausdruck ihres Gesichts, den die Schatten hervorriefen, war … Mahnung? Nein. *Trauer.* Maeves Augen brannten. Einen Moment lang brachte sie keinen Ton heraus. »Du sagtest, dass du einen Sämling, der bereits gewachsen ist, entwurzeln könntest.« Maeve gelang es nicht, den Blick von der Statue der Großen Mutter abzuwenden.

Bilder schossen ihr durch den Kopf, brannten hinter ihren Augen. Die kalten Gräber am Meer. Die kleinen geschnitzten Statuen der Göttinnen mit ihren leeren Gesichtern. Sie holte tief Luft. Finn war jetzt ja hier, schlief ganz in der Nähe.

Aber … das andere Kind. Der Junge. *Dunkle Felswände, durch die das Wasser sickerte, mit einem Pelz aus Moos überzogen.* Maeve keuchte leise aus und fasste sich wieder.

»Ich kann dir einen Trank bereiten, Herrin.« Erna runzelte die Stirn, rieb sich die eiskalten Hände. »Das ist jedoch keine so einfache Angelegenheit wie der Tee. Ich … nehme an … du hast ihn nicht mehr getrunken?«

Maeve legte die Hand auf ihren Bauch wie auf eine Wunde und wandte den Kopf ab, um in die stille Dämmerung hinauszusehen. »Ich habe damit aufgehört, als ich nach dem Überfall krank wurde. Ich muss gestehen, dass ich damals deine Kräuter einfach vergessen habe.«

»Den Schoß zu reinigen, ist schwieriger«, murmelte Erna und warf über ihre Schulter hinweg einen kurzen Blick auf die Statue der Göttin. »Der Trank ist stark. Man muss ihn über mehrere Tage hinweg einnehmen, und man wird dabei sehr krank.«

Maeve richtete ihre Aufmerksamkeit wieder auf Erna.

»Er bewirkt Übelkeit, Erbrechen und Fieber, körperliche Schwäche … Bauchschmerzen und Durchfall.« Erna kaute auf ihrer Unterlippe herum. »Einer Frau, die sich dieser Behandlung unterzieht, würde ich vorschlagen, dass sie wenigstens zwei mal sieben Tage, wenn nicht sogar noch länger, das Bett hütet. Und auch danach wird sie sich noch lange schwach fühlen.«

Maeve spürte einen leichten Krampf: Zuerst glaubte sie, es sei ihr Bauch, dann aber wurde ihr bewusst, dass es ihr Herz war.

Also dann eine kurze Zeit der Krankheit … besser als machtlos zu werden, was zwangsläufig geschehen würde, wenn sie das Kind in sich wachsen ließ. Ihr Körper würde schwerfälliger werden, ihr Verstand nachgiebiger. Die Krieger, Viehzüchter und Könige würden nicht mehr auf ihr Wort hören, sondern sie nur noch als Milchkuh betrachten, mehr nicht. Eine schwierige Geburt, und sie könnte sogar sterben.

Nicht jetzt, da Conor sich bereits auf den Krieg vorbereitete.

Maeve schluckte, ihr Blick wurde glasig. *Ich habe einen Eid geschworen.*

Sie hatte Menschen in die Augen gesehen, die es bereits gab, Menschen, die sie jetzt mehr denn je brauchten: die Handwerker, die Kinder, Aengus und sein flachsblonder Sohn. Der heilige Eid, sie zu beschützen, stand über allem anderen. Sie hatte Finn gesagt, sie könnte sich niemals von ihnen abwenden.

*Ich könnte nicht damit leben.*

Jetzt hatten die Götter ihr die stärkste aller Waffen in die Hand gegeben – den Roten Zweig. Sie mussten die Ulaid angreifen, bevor sie selbst angegriffen wurden.

»Bereite den Trank für mich zu«, flüsterte Maeve heiser. »Ich werde … ich werde sehen, wann der beste Zeitpunkt dafür ist.«

Ein paar Nächte später verließ Maeve wieder einmal ein Festmahl – den Kriegern des Roten Zweigs musste alle Ehre erwiesen werden – und kroch allein in ihr Bett. Die Übelkeit war nun ihr ständiger Begleiter, und der Blick in den Spiegel zeigte ihr eingefallene Wangen und eine graue Gesichtsfarbe. Zögernd nahm Maeve

Ernas kleinen Krug in die Hand und betastete den Stopfen aus Wachs. *Öffne es, trink es. Bring es hinter dich.*

Sie legte ihre Hand unter ihren Rippenbogen, während sie nach unten sah. Bilder erschienen vor ihren Augen: Blut zwischen ihren Schenkeln und ein winziger, bleicher Körper, dessen Fäustchen nach dem Leben griffen. Wieder ein Kind, das man ihr entriss, obwohl sie alles versuchte, um diesen kleinen Jungen festzuhalten.

Tränen in den Augen, versuchte Maeve diese Erinnerungen zu verdrängen. *Es tut mir leid,* sagte sie zu dem kleinen Klumpen Leben in ihr. *Aber da sind so viele andere, die mich brauchen.*

Sie hatte gar keine andere Wahl. In diesem Moment wurde ihr klar, dass sie jetzt genauso gefangen war, wie sie es damals durch ihren Vater gewesen war.

*Nein.* Sie sah plötzlich in allen schauerlichen Einzelheiten vor sich, wie Tausende von Kindern sie flehend anblickten, während sie von den Klingen der Ulaid dahingeschlachtet wurden. Wie konnte sie diese Kinder jemals um Vergebung bitten, wenn sie sie jetzt im Stich ließ? Wenn Conor besiegt war, würde sich das alles ändern. Vielleicht würde sie, wenn sie in Sicherheit war, noch einmal schwanger werden.

Maeve hob ihr Gesicht zu der Dunkelheit unter der Dachtraufe. *Es tut mir leid.* Sie wischte sich über die Wangen, aber der Krampf in ihrem Herzen wollte sich einfach nicht lösen.

*Warte.* Ihr Puls setzte einen Schlag aus.

Sie dachte nicht mehr klar. Conor hatte endlich seine wahren Absichten enthüllt, und ihr stand der Rote Zweig zur Verfügung. Jetzt würden sich die Könige von Mumu und Laigin einem sofortigen Angriff auf Conor nicht länger verweigern. Da konnte sie nicht blutend, sich ständig übergebend und von brennendem Fieber geschwächt im Bett liegen.

Vielleicht war die Zeit für Ernas Trank noch nicht gekommen.

Maeve stellte den Krug wieder auf den Tisch. Ihre Wangen glühten. *Natürlich war da keine Zeit!* Der Angriff musste so schnell wie möglich erfolgen, solange sie noch reiten und kämpfen konnte. Er musste erfolgen, bevor sie zu einer Kreatur anschwoll, die alle Männer nur bemitleiden würden. Sie würde Conor besiegen, solange die Krieger sie noch als die große Macha, den Raben, sahen.

Und dann …

Darüber würde sie nachdenken, wenn es so weit war.

Jetzt, da Conors Pläne bekannt waren, dürfe Ailill, so erklärte Maeve ihm unmissverständlich, keine Zeit mehr verlieren. Er müsse sofort zu seinem Vater reiten. Während die Männer aus Laigin seine Waffen und seine Pferde bereit machten, suchte er Maeve in der Schmiede auf, wo sie sich gerade mit dem Schmied wegen der benötigten Schwerter und Speere beriet.

»Wir haben gerade Nachricht erhalten, dass es an der Grenze zwischen Laigin und dem Ulaid einen Überfall gegeben hat«, sagte Ailill, während er den Gurt seines Schwerts über seinem breiten Rücken festzurrte. »Einer der Chieftains meines Vaters hat eine Viehherde verloren – zehn Krieger und die Hirten wurden dabei getötet.«

Ihre Blicke trafen sich. Maeves Lippen öffneten sich, ihre Gedanken rasten.

»Aye.« Ailills grobes Gesicht strahlte im Schein der Esse die blanke Wut aus. Er setzte sich seinen Helm auf. In Leder und Kettenpanzer sah er ziemlich stämmig aus. »Conor hat also seine neuen Wölfe bereits auf ihre erste Jagd geschickt.«

*Conor hat angegriffen.* Maeves Blut floss schneller, jedoch vermochte sie keinen Unterschied zwischen Angst und Erleichterung zu erkennen.

Fraech würde sie indessen in den Süden zu König Niall von Mumu, dem Bruder eines ihrer früheren Ehemänner schicken. Diarmait war vor ein paar Jahren bei einem Überfall gestorben, aber zumindest hegte sein Bruder keinen Groll gegen sie. Er hatte Garvans erste Bitte um Unterstützung abgelehnt, dies aber nicht aus persönlichen, sondern aus rein politischen Gründen.

Jetzt, da Maeve die besten Kämpfer des Roten Zweigs an ihrer

Seite hatte, würde Fraech noch einmal darum bitten, dass Niall sich ihr mit seinen Kriegern anschloss.

Maeve eilte zu den Ställen, als Fraech sich gerade zum Aufbruch bereit machte. Fraech und Finn hatten die Köpfe zusammengesteckt, während sie Fraechs Pferd sattelten und die Packtaschen festzurrten. Als sie Maeve bemerkten, fuhren sie vor Schreck auseinander. Finn versteckte sich hinter dem Kopf des Hengstes und tätschelte dessen Maul.

Maeve strich Finn im Vorbeigehen über den Hinterkopf.

»Also …« Maeve betrachtete Fraech von oben bis unten. Der Wangen- und der Stirnschutz seines Helms unterteilten sein Gesicht in harte Linien, ließen ihn älter aussehen. Trotz des Gewichts seines Kettenhemds, zweier Schwerter und eines Wamses aus verstärktem Leder bewegte sich sein geschmeidiger Körper völlig mühelos. »Diesmal, Vetter Fraech, wirst du wohl nicht mehr zur Besonnenheit raten.«

Fraechs Zähne schimmerten, als er sich zu seiner vollen Größe aufrichtete. »Nein. Die Umstände haben sich geändert. Conor hat seine wahren Absichten enthüllt.«

Maeve war von der Grimmigkeit gefesselt, die er ausstrahlte. Sie sah ihm in die Augen, in denen ein Feuer leuchtete, das er nicht verbergen konnte. »Du hast dich also entschieden«, sagte sie jetzt. »Es ist für dich zu einer Sache der Ehre geworden.«

Fraech sah kurz zu Finn hinüber, die ihren Blick unverwandt auf das Pferd geheftet hatte und ihm leise etwas zumurmelte. Er legte seine Hand auf das Heft seines Schwerts und nickte Maeve zu. »Ich habe keine einzige Nacht mehr durchgeschlafen, seit mein Vater … starb. Ich möchte nicht, dass man mir nachsagt, ich würde einen Kampf scheuen.«

»Du bist doch noch nie einem Kampf aus dem Weg gegangen.«

»Und dennoch hat sich für mich bis heute keine Möglichkeit ergeben, die Ehre meiner Familie wiederherzustellen – bis jetzt.«

Maeve nickte, ließ dann die Schultern sinken. Also würde sie niemals eine Kriegerin oder ein Lord sein können. Sie wollte sich weder einen Namen machen noch Ehre gewinnen. Es war einfach die Verbundenheit zu ihrem Volk, die ihr Handeln bestimmte – es ging ihr um das Leben der Handwerker und Bauern, an deren Herd sie als Kind gesessen hatte und die ihre Familie waren.

Sie klopfte Fraech aufmunternd auf die Schulter. »Dann los. Sag Niall von Mumu, dass er sich zurzeit noch hinter seinen Bergen sicher fühlen mag, aber wenn Conors Heer Connacht und Laigin eingenommen hat, werden bald danach auch seine Burgen fallen. Sag ihm, dass Conor dem Wahnsinn verfallen ist und alles daran setzen wird, alle Königreiche Erins als *ard-rí* zu beherrschen.«

Fraech nickte.

Auf dem Weg aus dem Stall rief Maeve Finn zu: »Tochter, sorge dafür, dass unser Heerführer und seine Männer etwas Ordentliches zu essen in ihren Satteltaschen haben. Ich überlasse es dir auch, die Geschenke für den König von Mumu auszuwählen. Sie werden ihm den Essig, den ich ihm leider schicken muss, ein wenig versüßen.«

Maeve ging entschlossen zur Halle des Königs hinauf. Es hatte inzwischen zu regnen aufgehört, Sonnenstrahlen fingen sich auf den tropfenden Rieddächern und Holzbalken und glitzerten im Gras. Maeve ging den Pfützen aus dem Weg und kniff die Augen angesichts der plötzlichen grellen Helligkeit zusammen.

Erna, die sie gesehen hatte, rannte die Stufen des Torturms herab auf sie zu. Der Saum ihres dunklen Gewands war mit Schlamm bedeckt. »Herrin, jemand, der von weither gekommen ist, bittet um eine Unterredung mit dir.«

Noch jemand, der ihre Aufmerksamkeit verlangte? Maeves Kopf dröhnte. Da war so viel, woran sie denken musste. Sie wollte schon ablehnen, als sie sah, dass Erna aufgeregt von einem Fuß auf den anderen trat. Die Wangen des Mädchens waren gerötet, ihre braunen Augen blitzten vor Begeisterung.

»Wer ist es?«, wollte Maeve wissen.

»Sie war die Druidin von Conor Mac Nessa – und die Lehrerin seiner Verlobten.«

# 27

Im Gegensatz zu den Kriegern, für die Maeve ein großes Willkommensfest ausgerichtet hatte, empfing Maeve Levarcham am Feuer in der Unterkunft der Frauen. Die Stimmen der Dienerinnen, die beim Schein der Lampen dasaßen und nähten, klangen wie ein leiser Singsang. Köstlich duftender Dampf stieg aus einem Kessel mit Gerstensuppe auf.

Die Druidin sah inmitten dieser behaglichen Wärme aus wie ein Stück Eis. Sie hatte sich wie ein altes Weib, das bei einem Fest die Göttin Badb darstellt, ihre Haut und ihre Haare mit Asche eingerieben. Ihre Augen besaßen einen dämmrig grauen Farbton, der voller Kraft war, wenn sie von Leben erfüllt waren, erinnerte Maeve sich noch von ihrer Zeit in Emain Macha her. Jetzt jedoch waren sie wie zu Eis erstarrt und leer.

»Was ich nicht verstehe, ist, warum du ausgerechnet zu mir kommst«, fuhr Maeve fort. Miu, die kurz das Gewand der Druidin mit ihrer Nase untersucht hatte, sprang auf Maeves Schoß und machte es sich dort bequem.

Levarcham antwortete ihr sichtlich angestrengt. »Ich brauche ein Feuer und ein Bett.«

»Du bist eine Druidin. Du würdest das in jeder Hütte in Erin finden.« Maeves Stimme klang scharf, sie konnte einfach nichts dagegen tun. Von dieser wie tot wirkenden Frau kroch das Entsetzen in ihren eigenen warmen Körper. Sie strich Miu so heftig über den Kopf, dass die Katze maunzte und ihr mit der Pfote auf die Hand schlug.

Maeve zwang sich, sich auf ihrem Stuhl zurückzulehnen und ihre Schultern zu entspannen. »Es überrascht mich, dass du Conor, nach all dem, was er deinem Schützling Deirdre angetan hat, überhaupt noch aus den Augen lässt.«

»Sie war mein Kind«, flüsterte die Druidin, während sie ihre leeren Augen auf die Lampe richtete. »Auch wenn ich dieses Mädchen nicht selbst geboren habe.«

»Dann hätte ich doch von dir erwartet, dass du ihn mit deinen eigenen Händen umbringst.«

Ein Hauch von einem Seufzen. »Er lag schlafend vor mir, aber er hatte ein Messer in der Hand. Er hätte seine Wachen gerufen, und dann hätte ich nie mehr die Möglichkeit gehabt, ihn zur Rechenschaft zu ziehen.«

»Er lag schlafend vor dir, und du hast nicht gehandelt?«

»Ich habe es versucht … aber in diesem Moment war nicht ich es, die vor ihm stand. Es war *sie*.«

Wenn Druiden sich so ausdrückten, dann meinten sie eine Göttin. Also war es tatsächlich der Gestank der Todesgöttin Badb, der dieser Frau anhaftete.

»Ich konnte mich plötzlich nicht mehr bewegen …«, gestand Levarcham leise. »Ich konnte mein Messer nicht gegen ihn erheben.«

Maeve zog an dem bestickten Halsausschnitt ihres Kittels, ein Prickeln breitete sich über ihre Brust aus. Miu warf ihr einen vorwurfsvollen Blick zu und sprang dann von ihrem Schoß, schüttelte damit auch Maeves Anspannung ab.

*Deirdre war tot.*

Ein Mädchen, dem Maeve nie begegnet war, mit dem sie aber eine einzigartige Beziehung verband. Mitleid versuchte, sich in ihr zu regen, aber sanfte Gefühle jeglicher Art waren etwas, das Maeve stets in sich verschloss. Dennoch seufzte sie jetzt.

Deirdre hatte Maeve gerettet, da sie Conors ganze Aufmerksamkeit auf sich gerichtet hatte. Aber mit ihrer Flucht – und jetzt mit ihrem Tod – hatte sie Maeve und ihr Volk in große Gefahr gebracht. Maeve befeuchtete ihre Lippen. »Wenn du so sehr leidest, warum nimmst du dir dann nicht das Leben? Dann wärst du wieder mit deinem geliebten Kind vereint.« Sie sagte dies mit völlig ausdrucksloser Miene, als hätte sie selbst niemals ein Messer an ihre Adern gesetzt.

Levarchams Lächeln war bitter. »Das wollte ich ja auch. Aber

Deirdre hungerte so sehr nach dem Leben. Sie hat es regelrecht in sich aufgesogen – neben ihr war ich stets nur eine leere Hülse. Und als ich die Klinge an mein Handgelenk drückte … da sah ich ihr Gesicht in den regennassen Blättern zu meinen Füßen. Ein Schimmern … silbern. Ich konnte es nicht tun.«

Maeve wandte den Kopf vom Feuer ab, die Finger lagen noch immer auf ihrem Hals. Auch Ruáns Gesicht erschien ihr noch immer auf ebendiese Weise.

»Ich konnte nicht einfach das wegwerfen, was Deirdre so sehr geliebt und doch verloren hat.«

»Nur, dass sie selbst das sehr wohl getan hat.«

Levarcham zog die Brauen hoch.

»Nach dem, was man mir berichtet hat, ist sie aus dem Streitwagen gesprungen und hat sich die Klippen hinabgestürzt.«

Die grauen Augen der Druidin blitzten. »Sie hat sich lediglich für ein Leben in der Anderswelt entschieden.« Ihre Nasenflügel bebten, sie hatte den Blick gesenkt. »Aber ich weiß, dass ich noch dienen muss. Ich muss meine … meine Fehler wiedergutmachen.« Sie wischte Flocken von Asche von ihren grauen Lippen.

Levarcham hörte sich nicht so an, als würde sie tatsächlich glauben, dass Deirdre weiterlebte. Dafür war ihr Schmerz viel zu tief. Ganz egal, was diese Druidin auch sagte. Für sie war Deirdre gestorben.

Und Maeve wusste das.

Sie verschränkte ihre Finger unter dem Kinn. »Du konntest also Conor nicht töten, willst dir aber auch nicht das Leben nehmen. Trotzdem bist du zu mir gekommen, anstatt dich in die Wälder zurückzuziehen. Das, ehrwürdige Levarcham, sagt mir, dass dein Herz nach Rache schreit.«

Levarcham zuckte zusammen. »Vielleicht hast du recht, Herrin.« Ihr Rücken streckte sich jetzt in alter Überheblichkeit. »Wie du weißt, war ich Conors Beraterin. Ich kenne ihn besser als sonst irgendjemand. Ich will jedoch nicht verantwortlich sein für den Tod vieler Menschen meines Volkes.«

Das waren auch Fergus' Worte gewesen. Maeve atmete hörbar aus. Es war also tatsächlich so: Jeder hielt sie für seelenlos. »Ich habe bestimmt nicht die Absicht, dein Volk abzuschlachten.«

Maeve legte jetzt ihre Fingerspitzen aneinander. Als sie Königin des Ulaid gewesen war, hatte Levarcham sie stets mit kalter Überheblichkeit behandelt. Und dennoch ... jetzt waren sie die beiden Frauen, die Conor Mac Nessa am meisten hassten. Wer konnte schon sagen, wohin das alles führen würde? Die Druidin musste jedoch zuerst ihren Stolz aufgeben. »Deinen Rat mag man durchaus infrage stellen, ehrwürdige Levarcham, wenn du Deirdre gesagt hast, sie solle mit ihrem Geliebten fliehen, denn jetzt sind sie alle tot.«

Levarcham wandte sich von Maeve ab, starrte in die Dunkelheit jenseits des Feuers. Die Luft um sie herum schien sich zu kräuseln. Ihre Mundwinkel gingen nach oben. »Vor ihrem Tod sagte mir Deirdre noch, dass sie mit Naisi in diesen zwei Jahren ein ganzes Leben gelebt hätte; dass sie für eine solche Liebe tausendmal sterben würde – dass sie Sippe, Wärme, Sicherheit und selbst die Luft Erins aufgeben würde, um mit ihm zusammen zu sein.«

Maeves Augen flackerten bei diesen Worten, während sie ihre Hand unter ihren Rippenbogen presste. Es gelang ihr nur mit Mühe aufzustehen.

Während sie auf die bemitleidenswerte Frau unter der Ascheschicht starrte, sagte sie: »Wenn es so ist, dann biete ich dir hier einen Platz an. Ich gebe dir Zeit, zu trauern und dich wieder zu fassen.« Ihre Stimme klang angespannt. »Du kannst mir sonst nicht dienen – und einen Dienst wirst du mir ganz gewiss schon bald leisten müssen, ehrwürdige Levarcham.«

Levarcham nickte. »So sei es«, flüsterte sie, als wäre dies ein Zauberspruch.

Draußen kehrte Maeve der Halle des Königs den Rücken und stieg auf den Wall, der den Hügel umgab. Sie entfernte sich ein gutes Stück von den Wachen und den Wachtürmen, umklammerte dann die Pfosten der Palisade, so fest, dass das Holz in ihre Handflächen einschnitt.

Von den Lagerfeuern der Krieger, die sich unten auf der Ebene versammelten, stieg Rauch auf. Eine Schwade hüllte sie ein, löschte den blauen Himmel und das grüne Gras aus.

Einen Moment lang glaubte sie, sie würde in dichten Nebel hineinfallen, ohne festen Boden unter sich. Ihr Magen hob sich, und sie erbrach sich in die Vertiefung, wo die Pfosten in die Erde eingegraben waren. Schließlich setzte Maeve sich, mit dem Rücken an die Palisade gelehnt, auf den Boden.

Erst jetzt wurde ihr bewusst, was da während ihres Gesprächs mit Levarcham die ganze Zeit in ihr gebrannt hatte.

Neid.

Die Druidin hatte ihr Herz geöffnet, hatte die Qual angenommen und sie als Asche über ihren ganzen Körper und in ihrem Haar verteilt. Dadurch schrie sie der Welt entgegen: *Ich habe jemanden verloren! Ich bin gebrochen!*

Maeve bedeckte ihr Gesicht mit den Händen, sehnte sich nach dem Geruch von Asche und Erde; sehnte sich danach, sich ebenfalls in Asche zu hüllen, damit sie wenigstens irgendjemand verstand. Aber sie war die Königin und musste Stärke vermitteln. Sie durfte keine Schwäche zeigen.

Für sie gab es kein Grab, in dem sie hätte suchen können. Nur eine erkaltete Feuerstelle an einem See, auf den der Regen prasselte.

Maeve ließ sich von diesem Tag an von Levarcham überallhin in der Festung begleiten, holte in unzähligen Angelegenheiten ihren Rat ein – wie viele Tage es noch bis Samhain wären und was sie dann tun könnten, um die Gunst der Götter zu gewinnen. Was ein guter Segensspruch für die Kälber wäre, wenn sie entwöhnt würden. Ob sie Kräuter kenne, die verhinderten, dass der Schafskäse ranzig wurde? Wie viele Eber sie für den langen Winter einsalzen sollten. Wie viel Fleisch Conor seinen Kriegern hatte servieren lassen.

Levarchams Verstand war noch immer wie erstarrt, war von ihren nassen Tränen nachgerade eingerostet. Aber sie wusste noch immer, wann man ihr etwas vormachte – Maeve hätte diese Dinge jede andere Druidin auch fragen können, aber sie wollte ihr anscheinend helfen. Und tatsächlich hatte Levarchams Schockstarre etwas nachgelassen. Die Druidin war jetzt nicht mehr völlig taub. Maeves Gegenwart war für sie zu einer Art Rettungsleine geworden, die sie davor bewahrte, in der Flut zu ertrinken.

Während sie an diesem windigen Tag neben Maeve her hinkte, wurde in Levarchams Inneren ein weit wichtigeres Gespräch geführt. Wenn die Götter sie in den Tod hätten locken wollen, dann würde sie heute längst nicht mehr leben. Anstatt im Wald zu erfrieren oder im Lehm zu versinken und zu verrotten, war sie noch immer hier wie ein verwitterter alter Stock. *Ist es Rache, was du willst, Deirdre, Kleines? Du hast zwar deine Stimme verloren, aber wenn Conor in deinem Namen stirbt, dann wird sich ganz Erin für alle Zeit an dich erinnern. Ist es das, was du willst?*

Wie immer erhielt sie keine Antwort.

Maeve war neben einem der Vorratshäuser stehen geblieben und sprach mit einer rotwangigen Frau, die gerade Speck und Schinken einsalzte. Da es Herbst wurde, legte man Vorräte an.

*Du wirst von Frauenhand sterben.*

Levarcham warf Maeve einen kurzen Blick zu. Der Umhang der Königin flatterte als grünes Banner im Wind, ihre Haare waren blutrot.

Macha. Der Rabe der Schlacht.

Zum ersten Mal seit Wochen schlug Levarchams Herz wieder schneller. Als Maeve sich umdrehte und sie zu Schinken und Würsten befragte, gewann die heisere Stimme der Druidin hörbar an Kraft. »Im Ulaid haben wir Blutwurst auf eine ganz bestimmte Art und Weise hergestellt. Wir haben Kräuter verwendet und das Blut erhitzt, was es haltbarer macht. Ich werde es dir zeigen.« Levarcham straffte ihre gebeugten Schultern, krempelte die Ärmel hoch und gab der Frau ein energisches Zeichen.

*Ich werde es dir zeigen, du Anfängerin.*

In dieser Nacht fuhr Levarcham einmal nicht aus dem Schlaf hoch, nachdem sie in einem ihrer Albträume wieder einmal vergeblich nach Deirdre gesucht hatte. Diesmal erwachte sie langsam, wobei sie das Gefühl hatte, von einem sanften Schimmer aus den Tiefen ihres Schlafs gelockt zu werden.

Sie öffnete die Augen. Maeve hatte die Diener beauftragt, einen kleinen, sonst als Lagerraum genutzten Alkoven im hinteren Teil der Frauenunterkunft für sie frei zu räumen und mit einem Geflecht aus Haselnuss und Weide abschirmen zu lassen. Die bereits etwas schmuddeligen Pelze unter ihrem Kinn rochen tröstlich nach dem Rauch von Holz und nach der Heidemyrte, die zwischen den Farnwedeln als Unterlage auf ihrer Bettstatt verteilt worden waren.

Der Schimmer rührte von der letzten Glut in der Feuerstelle her.

Levarchams Finger umklammerten etwas, das auf ihrem Hals lag. Sie versuchte, sich zu erinnern. Es war der kleine Beutel, in dem sie früher ihre kleine, aus dem Holz der Eberesche geschnitzte Figur der Muttergöttin aufbewahrt hatte. Auf Deirdres Grab hatte sie dieses Amulett weit von sich geschleudert und dabei geschrien, dass sie die Göttin nicht mehr kennen würde. *Verzeih mir,* bat sie jetzt.

Dennoch fühlte der Beutel sich in Levarchams Fingern noch immer gefüllt an.

Sie öffnete ihn. Der matte Schein der Kohlen fiel auf eine winzige Statuette aus Hirschhorn. Jemand hatte die Augen und den anmutigen Kopf eines in ein Reh verzauberten Mädchens geschnitzt. Die Hirschkuh verharrte mit gebogenem Hals, hin und her gerissen zwischen dem Mann, der sie zu sich rief, und dem Lied der Wildnis. Würde sie in den Wald davonspringen … oder würde sie sich umdrehen und für immer die seine werden?

Es war Naisi gewesen, der diese Figur für Deirdre geschnitzt hatte, bevor sie Alba verlassen hatten. Seine Liebe hatte ihren Geist in dieser Darstellung eingefangen. Deirdre hatte die Figur stets an ihrem Handgelenk getragen, dort wo ihr Puls schlug.

Sie hatte sie nur ein einziges Mal abgenommen – um sie Levarcham in jener Nacht, die sie zusammen verbracht hatten, in die

Hand zu drücken. Es war die Nacht vor jenem Tag gewesen, an dem Deirdre Naisis Mörder übergeben worden war. Die Nacht, bevor …

Levarcham unterdrückte ein Stöhnen, während sie das kleine Reh streichelte. Als Deirdre ihr das Figürchen geschenkt hatte, war dessen Oberfläche noch warm von ihrer Haut gewesen. *In der Nacht, bevor ihr Blut aufgehört hatte, in ihren Adern zu fließen, und ihr Körper kalt und steif geworden war.*

Levarcham wühlte sich entschlossen aus dem Bett. Ein heftiger Schauder ergriff sie. Sie musste endlich diese entsetzliche Kälte überwinden. Sie konnte einfach nicht mehr in die Dunkelheit sehen.

Sie stolperte an den Dienerinnen, die auf ihren Strohsäcken lagen und schnarchten, vorbei zum Herd. Mit dem Schürhaken schob sie die Grassoden zurück und legte etwas Zunder und ein paar Stücke Holz auf die Kohlen. Als die kleine Flamme zischend zum Leben erwachte, setzte Levarcham sich mit angezogenen Beinen davor und legte ihr Kinn auf ihre knochigen Knie.

Noch immer hatte sie Schüttelfrost, der erst nachließ, als es langsam wärmer wurde. Während sie in die Flammen starrte, erinnerte sich Levarcham jetzt noch an etwas anderes, das sie bisher in ihrem Kummer unterdrückt hatte. Es war einfach zu qualvoll für sie gewesen, sich Deirdres Schmerz in jener letzten Nacht noch einmal vor Augen zu führen.

Deirdres Trauer um Naisi …

Levarcham richtete sich auf. Durch einen kleinen Spalt in ihrer Seele drangen Deirdres Worte jetzt wieder in ihr Bewusstsein. »Ich weiß, dass er nicht tot ist, Mutter, er ist einfach nur auf der anderen Seite. Und … ich habe in Alba etwas gefunden, einen Weg, ihn zu erreichen. Schau, ich kann es dir im Feuer zeigen.«

Levarcham stöhnte auf und war schon auf ihren Knien und hatte die Handfläche auf den Herdstein gelegt, während sie sich über die kleine Flamme beugte. Was hatte Deirdre ihr damals gesagt?

Was fest und hart erschien, sei keineswegs fest und hart. Die ganze Welt sei aus winzigen Punkten schimmernden Staubs gemacht, die sich zu Mustern vereinigen würden. Und diese Muster formten Menschen, Bäume, Felsen und Wasser. Das Licht, das die Stäubchen leuchten ließe, das sie zusammenhielt und mit Leben erfüllte, das sei die Quelle allen Seins.

Angespannt starrte Levarcham ins Feuer. Sie selbst war es gewesen, die Deirdre beigebracht hatte, ihren Geist zu einem kleinen leuchtenden Punkt schrumpfen zu lassen und ihn dann in den Körper eines Vogels zu schicken. Es war dies eine heilige druidische Kunst, auch wenn niemand sagen konnte, wie das möglich war.

Ein Geschenk der Götter.

Deirdre hatte versucht, ihre Fähigkeiten noch zu verbessern. Sie wollte noch mehr sehen als ihre Lehrerin. Sie hatte sich in eines dieser leuchtenden Staubkörnchen verwandelt und war dann selbst in den Tanz des Lebens eingetaucht.

*Mutter, ich kann mit dem Wasser und mit der Erde verschmelzen. Ich kann in die Bäume und in die Blumen eindringen. Ich kann mit den Vögeln fliegen.*

Levarcham blinzelte. Eine Träne fiel auf ihre Hand.

Eine Energie, die wie ein unsichtbarer Blitz sei, verbinde all die Lichtstäubchen miteinander, hatte Deirdre ihr gesagt, selbst jene, die weit voneinander entfernt seien. An einem Bach hatte Deirdre die Wassertröpfchen mit ihren Händen geformt, um Naisi, der viele Leagues entfernt einen Kampf austrug, zu sehen, da sie wissen wollte, ob er noch lebte.

Und dann sei da auch noch die Zeit.

Die einzelnen Augenblicke würden im Gewebe der Quelle allen Seins wie Tautropfen in einem Spinnennetz hängen. Vergangenes ebenso wie Dinge, die noch kommen würden. Die Zeit bestünde aus unendlich vielen Fäden voller Tröpfchen, die wiederum alle miteinander verwoben wären. Das, was die Menschen als »vorher«, »jetzt« und »nachher« kennen würden, existiere alles zur selben Zeit. An einer Quelle im Wald habe Deirdre einmal ein Echo der Vergangenheit gehört. Sie hätte die Gegenwart von Priesterinnen gespürt, die vor langer, langer Zeit an ebendiesem heiligen Wasser gebetet hätten. Ihre Erinnerungen hätten ihr einmal geholfen, Naisi das Leben zu retten.

Deirdre hatte gesagt, dass sie auch schon im Feuer Dinge gesehen hätte.

Levarcham beugte sich jetzt noch näher zum Herd, mit ausgestreckter Hand und zitternden Fingern. Ihr Herz wandte sich dem Feuer zu, versuchte, es mit ihrem Willen in kleine Funken aufzulösen, sodass sie mit ihnen mitfliegen konnte. *Deirdre.* Ihre mütterliche Sehnsucht war die stärkste Kraft in allen Welten.

Die kleine Flamme flackerte und neigte sich dann langsam zu ihr hin.

Maeve wartete voller Ungeduld darauf, dass Ailill und Fraech mit der Zusage der anderen Könige zurückkamen, wartete darauf, dass das Schwert in die eine oder die andere Richtung fiel. Sie nahm immer mehr ab, aber sie konnte einfach nicht ruhig bleiben. Ständig war sie auf den Beinen.

Nachts legte sie die Hände auf die noch kleine Wölbung zwischen ihren Hüftknochen, die allerdings jetzt, da sie so dünn war, bereits deutlicher zu sehen war. In ihren Gedanken ging alles wild durcheinander. Dieses Kind stand für alle Kinder – für die Frauen, die singend an ihren Webstühlen saßen, und die Männer, die im Regen den Acker bestellten.

In der Dunkelheit flüsterte ihr eine innere Stimme zu, dass sie alles in ihrer Macht Stehende tun sollte, um diesen verwundbaren Schoß zu hegen und zu pflegen. Nein, nicht ihren eigenen Schoß, sondern all die kleinen Kinder, die Connachts Zukunft darstellten, die Weiden und die Felder, die ihnen Leben schenkten.

*Mutter des Landes.* Es war dies eine große Aufgabe. Jetzt aber fühlte sie sich nicht mehr an wie die Kälte von Eisen oder die Hitze von Feuer. Stattdessen spürte sie einen riesigen Teich in sich, das langsame Aufwallen einer strahlenden Helligkeit. Sie verstand es nicht.

Es war die Langsamkeit der Schwangerschaft, die versuchte, von ihr Besitz zu ergreifen. Ja, das musste es wohl sein.

Aus Angst zu versagen, suchte Maeve jeden Tag nach Antworten. Es musste eine Möglichkeit geben, Conor zu schlagen, die nicht allein auf der Zahl der Krieger beruhte. Ihre Späher hatten ihr berichtet, dass er immer mehr Männer um sich versammelte.

Es musste einen anderen Weg geben, wie sie in der Schlacht triumphieren konnte.

»Du wirst meinen Kriegern die Kampfkünste des Roten Zweigs beibringen«, befahl sie Fergus bei einer ihrer Fidchell-Partien. Sie packte ihn am Arm. Ihre Finger lagen klein und bleich auf seinem dicken Handgelenk. Als die bittere Realität des Krieges näher rückte, wurde Fergus immer nervöser. Etwas schien ihn zu belasten – es war die Angst, seinen eigenen Leuten in der Schlacht gegenüberzustehen.

Maeve hielt ihn mit ihrem Blick fest. »Und … du wirst meinen Männern wenigstens einen kleinen Einblick in das Geheimnis vermitteln, das den Roten Zweig so einzigartig macht.«

Fergus weigerte sich kategorisch, dies zu tun. Maeve sprang auf und warf das Spielbrett auf den Boden. »Ohne euer Geheimnis werden wir Conor niemals besiegen – und du wirst niemals wieder im Ulaid herrschen, wenn du dich an diesem Feuer hier verkriechst.«

Fergus starrte sie böse an. Er sagte jedoch kein Wort. Am nächsten Tag erschien er voll bewaffnet auf der Wiese und fegte durch die Reihen der Kämpfer wie eine riesige Welle mit silbernem Kamm.

Ferdia hatte sich seit Conalls Eintreffen ebenfalls nicht mehr blicken lassen. Er hatte sich verkrochen, um sich zu betrinken, und weigerte sich standhaft, sich mit den anderen Kriegern im Kampf zu üben.

»Wie kannst du es wagen, dich mir zu widersetzen?«, wollte Maeve von ihm wissen, als sie vor seinem Bett im muffigen Gästehaus stand.

Ferdia sah sie verständnislos an. Sein schmales Gesicht war gerötet. »Töte mich, wann immer du willst.« Er tastete nach dem Krug mit Met, trank in großen Schlucken. »Obwohl du mich anscheinend für irgendetwas lebend brauchst.«

»Frag dich doch selbst einmal, warum du noch leben willst – denn es wird dir nur mit meiner Hilfe gelingen.«

Er lachte nur. Maeve verließ fluchend den Saal. Irgendjemand musste doch ein Geheimnis kennen, wie Conor zu besiegen war. Sein Gesicht suchte sie jetzt wieder in ihren Träumen heim. Flammen flackerten darüber hinweg. Sie wusste nicht, ob sie die Zukunft oder Vergangenheit sah – nur dass sein Geist zu ihr hinstrebte.

Plötzlich blieb sie auf dem matschigen Weg stehen. *Die Druidin!*

Sie hatte Levarcham schon seit Tagen nicht mehr gesehen. Die Dienerinnen sagten, sie hätte sich wieder einmal in ihre Trauer vergraben, würde auf ihrem Bett hocken und nur leise vor sich hin murmeln. Sie fürchteten sie zu sehr, um sich ihr zu nähern. Und Maeve war zu sehr mit den Belangen der Krieger beschäftigt gewesen, um sich um Levarcham zu kümmern.

Jetzt lenkte sie ihre Schritte zur Halle der Frauen.

Sie ging zu Levarchams Alkoven, der durch einen Wandschirm aus Weidengeflecht abgeschirmt war. Durch einen Spalt sah sie die Druidin auf ihrem Bett sitzen. In den Händen hielt sie eine Lampe. Ihre grauen Haare hingen ihr wirr ins Gesicht. Maeve räusperte sich. »Ehrwürdige Druidin.«

Levarchams geisterhafte Miene hob sich. In ihren Augen zeigte sich nur der Widerschein von Feuer, aber Maeve hätte schwören können, dass die kleine Flamme der Lampe versuchte, ihre ausgestreckten Finger zu berühren. Während Maeve sie verwirrt anstarrte, verwandelte sich das unheimliche rote Licht in den Pupillen der Druidin in einen silbernen Schimmer.

Irgendetwas zog sie in diese Augen hinein.

*Maeve sah eine weite Wasserfläche unter einem dämmrig grauen Himmel.*

*Sie flog mit den Schwingen eines Schwanes über den See, rief immer wieder in die Leere unter ihr … Er war fort.*

»Mein Kind habe ich nicht gesehen«, flüsterte die Druidin. Sie drehte die Hand um und zeigte auf Maeves Bauch. »Aber deines.«

Maeve holte erschrocken Luft. Levarcham griff mit einer schnellen Bewegung nach ihrem Handgelenk und zog sie auf das Bett, hüllte sie in diesen Zauber und den Schein der Lampe ein. »Dieses Kind ist aus Licht gemacht, da es im Licht gezeugt wurde.« Die abgebrochenen Nägel der Druidin kreisten über Maeves Bauch.

Eine sanfte Berührung. Maeves Mund zuckte traurig.

»Sch«, summte Levarcham. »Die Strahlenden selbst haben dem Baby durch die Schleier hindurch etwas vorgesungen. Sie waren ganz nah, haben die Quelle allen Seins zu einer Wiege geformt und dem Kind einen Ort geschaffen, wo es Wurzeln schlagen konnte.«

Maeve tastete nach der Matratze unter sich. »Aber ... die Kinder kommen doch alle von der Quelle allen Seins.«

Levarchams Blick war träumerisch, strahlend. »Nein. Dieses Kind wurde *zwischen* den Schleiern gezeugt. Es ist ein Kind der Anderswelt. Die Sídhe waren, als sein Same gelegt wurde, so nahe, dass dieses Kind auch das ihre ist.«

Maeve rappelte sich auf. Sie hatte die Schleier nicht geteilt – aber er hatte es getan.

*Er hat mich angelogen.* Der sanfte Schimmer der Dämmerung in ihr verblasste.

Levarchams Lächeln verschwand, als sie spürte, welche Gefühle jetzt in Maeve tobten. »Ah, so schwarz ...«, zischte die Druidin, legte die Hand auf ihr Herz und wandte ihr Gesicht ab. »Der Schmerz fault in dir, er nagt an dir, denn du hast ihn viel zu lange unterdrückt. Du musst ihn öffnen wie ein Geschwür, sonst wird er dich zu Fall bringen, Königin der Raben.«

Die wirbelnden Schatten kamen immer näher. Maeves Mund zuckte. Die Druidin griff nach einer Schüssel, die neben ihr stand, und schob sie Maeve hin. Auf dem Boden der Schale schimmerte Wasser. Maeve übergab sich, verunreinigte das Wasser des Sehens.

»Du musst dich von der Dunkelheit befreien«, flüsterte Levarcham ihr zu, während sie auf dem Bett hin und her schaukelte, »sonst wirst du fallen.«

Sie und er waren die ganze Zeit von den Strahlenden umgeben gewesen. Sie hatten sich inmitten ihres Lichts geliebt.

Maeve schleppte sich aus der Halle wie eine alte Frau. Draußen ging gerade ein Regenschauer nieder, der die Menschen in ihre Hütten getrieben hatte, sodass die Wege jetzt verlassen waren. Die Tropfen trommelten auf Maeves unbedeckten Kopf.

Natürlich hatte sie einen Kundschafter beauftragt, ihn zu suchen. Ihr Kundschafter war dabei einer Spur von Gerüchten gefolgt. Ein junger Druide und eine Frau seien zu dem strahlenden See gekommen. Dann sei er mit den beiden zusammen nach Westen gegangen. Die Steinernen Inseln.

Maeve wusste also, wo Ruán war. Sie war jedoch in ihrem Stolz gefangen gewesen. Er wollte sie nicht mehr haben. Er hatte sie verlassen.

Vor den Blicken der Krieger hinter dem Milchstall verborgen, ließ Maeve es zu, dass ihre Knie nachgaben. Sie hielt sich dort, wo das Dach fast den Boden berührte, am Ried fest und lehnte ihre Stirn daran. Leise Laute steckten in ihrer Kehle fest, nahmen ihr die Luft. Sie hob den Kopf, sodass jetzt die Regentropfen, spitz wie Nadelstiche, auf ihr Gesicht fielen und ihren weit geöffneten Mund füllten. *Ruán. Ruán.* Endlich ließ sie seinen Namen wieder in ihr Herz; ließ es geschehen, dass der Regen ihn von ihren Lippen wusch.

Schließlich erhob Maeve sich mit wackeligen Beinen. Sie wischte sich das Gesicht und putzte sich die Nase.

Wenn die Männer von Mumu, Laigin und Connacht sich versammelt hatten, musste sie bereit sein, um sie anzuführen. Sie hatte ihnen geschworen, dass sie Macha verkörpern und den Segen der Götter auf sie herabbeschwören würde. Sie musste zu einer starken, zu einer stolz erhobenen Klinge werden.

Es blieb ihr noch ein wenig Zeit, um diese zerschmetterten Stücke aufzulesen und wieder zu einem Ganzen zusammenzufügen.

Ein schnelles Pferd würde die westliche Küste in wenigen Tagen erreichen.

*Er hatte sie angelogen.*

## 28

Maeve hinkte an der sturmumtosten Küste der westlichen See entlang.

Die Küste, die den Steinernen Inseln gegenüberlag, war eine düstere Landschaft mit grauen Felsen und dunklen, unergründlichen Teichen. Maeves Rücken verkrampfte sich. Sie blieb stehen.

Sie hatte unbedingt vermeiden wollen, dass irgendjemand von ihrem verrückten Vorhaben erfuhr, und so hatte sie sogar Garvan gegenüber geschwiegen. Sie hatte lediglich drei junge Krieger ihrer persönlichen Wache mitgenommen und sie durch königlichen Befehl zur absoluten Geheimhaltung verpflichtet. Jetzt lagen vier harte Tage im Sattel hinter ihnen. Sie waren durch Schlamm, Kies und über die hölzernen Wege geritten, die ihr Volk durch die Sümpfe gebaut hatte.

Nur wenige Frauen hätten ihr Kind bei dieser Strapaze nicht verloren. Sie hätte eigentlich bluten sollen, aber das war nicht der Fall gewesen. Maeve legte eine Hand auf ihren Bauch und sog die Luft ein. Sie war viel zu erschöpft, um aus dem Aufruhr in ihrem Herzen schlau zu werden.

Die Fischerhütten sahen in der Dämmerung aus wie Seetang, den der Sturm an Land gespült hatte. An den mit Grassoden bedeckten Dächern hingen getrockneter Tang und verkrustete Netze. Das leise Klimpern von Bronze in ihrer Hand hatte die Fischer schnell dazu gebracht, einen Curragh zu Wasser zu lassen. In der Zwischenzeit hatten deren Frauen ihre Pferde im Kuhstall eingestellt.

Dann machten sie sich auf den Weg: Maeve, ihre drei Krieger und zehn Ruderer in einem langen, schmalen Boot.

Das Meer lag in der Morgendämmerung ruhig wie ein Spiegel vor ihnen. Als die Sonne aufging, erhoben sich die Steinernen Inseln als drei Höcker am Horizont, graue vernarbte Wale, die in einer dunklen See schwammen. Maeve hielt ihr Gesicht in den kalten Wind. »Was könnt ihr mir über den Druiden Ruán sagen?« Noch immer bekam sie seinen Namen kaum über ihre Lippen.

Einer der Fischer antwortete ihr: »Die Menschen auf der Insel sagen, dass die Götter ihnen den roten Druiden wiedergegeben hätten, Herrin. Die Trockenfäule lässt nach und die Kinder weinen nicht mehr vor Hunger.«

Maeve zuckte zusammen, als sie eine Fontäne Meerwasser traf. Ruán war ihr Geheimnis gewesen. Niemand anderes durfte von ihm sprechen. Er sollte nicht im hellen Tageslicht umhergehen, inmitten von Lärm und geschäftigem Treiben. Seine Welt war die sanfte Stille der Dämmerung.

Dort hatte er auf sie gewartet.

Die Große Insel besaß die Form eines Keils mit einer flachen Küste im Osten, während im Westen hohe Klippen dem Meer trotzten. Dort, auf einer Festung auf dem höchsten Felsen, so sagten die Fischer ihr, lebte Lord Donn.

In der geschützten Bucht, in der sie an Land gingen, luden Frauen gerade Weidenkörbe mit Fischen aus langen Curraghs. Männer flickten Netze, während andere den Fang ausnahmen.

Das Dorf war eine Ansammlung von winzigen, mit Seetang gedeckten Hütten. Es gab einen einzigen Ochsen, um die spärlichen Felder zu bestellen. Maeve streifte einen weiteren Bronzereif von ihrem Arm, und schon bald darauf saßen sie und ihre drei Krieger auf einem schaukelnden Karren, während ein schielender Bauer den angespannten Ochsen auf sandigen Wegen nach Westen lenkte.

Lord Donns Burg, eine riesige, steinerne, vom Wind umtoste Festung, erhob sich als Silhouette am Horizont. Sie wurde von mächtigen Mauern geschützt, die kalt und abweisend wirkten. Ruán würde hier verwelken, dachte Maeve benommen. Ein barfüßiges Mädchen trieb eine Schar Gänse den Weg entlang. Maeve befeuchtete ihre Lippen, dann rief sie das Kind zu sich. »Ich habe eine Nachricht für den Druiden Ruán auf der Burg.«

»Den Roten Mann?« Das Mädchen schüttelte den Kopf. »Der ist nicht auf der Burg, Herrin. Sein Haus steht bei der Quelle.«

Es gab hier nur wenige Bäume, da die Erdschicht aufgrund des ständigen Winds nur sehr dünn war. Zwischen einigen der Felsen hatten sich kleine Gehölze mit Haselnusssträuchern, Eichen und Ebereschen einen Platz erkämpft. Sie trugen schon einzelne braune und goldene Blätter. *Natürlich.*

Maeve ließ die Männer beim Karren zurück und ging allein durch einen kleinen Wald den Hang hinunter. Obwohl die Sonne schien, zog sie sich ihre Kapuze über den Kopf. Mitten auf einer Lichtung stand eine steinerne Hütte. Die Tür war weit geöffnet. Als Maeve darauf zuging, sah sie, dass niemand da war.

Auf dem Gras vor der Tür stand eine Drehbank mit einem Pedal und einem Seil aus Flachs, mit dem ein Stück Holz gegen einen Stechbeitel gedreht werden konnte. Maeve näherte sich langsam, berührte die Ansammlung von Werkzeugen und die kleinen lockigen Holzspäne. Sie nahm eine Schnitzerei aus geglättetem Eichenholz in die Hand. Obwohl erst in groben Zügen ausgearbeitet, wirkte sie schon überaus lebendig, die Andeutung eines geschwungenen Rumpfs und eines runden Kopfs, der an einem Ende schmaler wurde. Eine Robbe.

Maeve umfasste die Figur mit beiden Händen und beugte den Kopf darüber.

Ein Geräusch riss sie aus ihren Gedanken. Stimmen. Die Quelle.

Sie ging den Pfad entlang, versuchte dabei, in den gesprenkelten Schatten der raschelnden Blättern unsichtbar zu werden. Jetzt öffnete sich zwischen den Bäumen eine Lichtung. Das Wasser einer Quelle rann über einen Kamm und lief dann eine Felswand hinunter. Schließlich sammelte es sich an deren Fuß in einem kleinen Becken, das mit Steinen eingefasst war.

Maeve drückte sich an den Stamm eines Haselnussstrauchs, versteckte sich zwischen dessen geriffelten Blättern.

Ruán saß am Rand der Quelle. Sein rotbraunes Haar war länger geworden, die zerzausten Strähnen wurden von zwei dünnen Zöpfen gehalten, die er im Nacken zusammengebunden hatte. Die Sonne lag auf seinen Wangenknochen, betonte dabei die Einbuchtungen, die sich bis zu seinem geschwungenen Mund zogen. Er war leicht gebräunt, schimmerte jetzt kupfern und golden.

Nicht mehr silbern.

Der Mann und die Frau, die neben ihm standen, waren barfüßig und dünn, die Kittel, die sie trugen, zerschlissen. Der Mann stand ein wenig abseits, in der Hand ein Stück Fischernetz, das ihm offensichtlich als Beutel diente. Die Frau hockte auf dem Boden. Sie hielt einen Säugling in ihrem Schoß und versuchte, ihm aus einem hölzernen Becher etwas einzuflößen, während ein etwas älterer Junge sich an ihrem Rock festhielt.

Das Kind wand sich, schob den Becher weg. Selbst von hier aus konnte Maeve sehen, dass das Kind vor Fieber glühte. Sein Haar war nass. Die ganze Familie war hohlwangig, die Eltern durch Salz und Wind gezeichnet.

Ruán sagte etwas zu der Frau und streckte seine Arme nach dem Säugling aus. Maeve erstarrte, als er das kleine Kind auf seinen Schoß setzte, in das Becken zeigte und dabei etwas murmelte. Das Kind hörte auf zu weinen, starrte ins Wasser.

Ruán begann geistesabwesend, dem Kind über Scheitel und Rücken zu streichen. Maeve gelang es nicht, ihren Blick von seinen Händen loszureißen. Während er etwas flüsterte, hielt Ruán inne, um zuerst den Kopf des Kindes und dann den Nacken in seine Hände zu betten. Schließlich legte er seine Handfläche auf den Rücken des Kindes. Das Sonnenlicht flackerte, und es kam Maeve vor, als würde es plötzlich heller scheinen. Das musste eine Sinnestäuschung sein, sagte sie sich.

Allerdings hatte auch sie, als sie krank gewesen war, diese Wärme aus Ruáns Händen fließen gespürt. Sie hatte sie sogar tief in ihrem Inneren gefühlt. Maeve wurde davon geradezu angezogen. Sie umklammerte den Stamm so fest, dass ihre Knöchel weiß wurden.

Ruán tastete nach dem Becher und streute etwas, das sich in einer Schale neben ihm befand, hinein. Er versuchte, das Kind wieder zum Trinken zu bewegen. Diesmal trank es in großen Schlucken, beruhigt von Ruáns leiser Stimme. Das ältere Kind kam zu ihm gelaufen und lehnte sich an Ruáns Knie, um ins Wasser zu sehen. Ruán stellte den Becher zur Seite und berührte nun auch das goldene Haar des älteren Jungen.

Nachdem Ruán den Säugling der Mutter wieder in die Arme gelegt hatte, gab er dem Vater mit einem freundlichen Lächeln ein Päckchen aus Blättern, das mit einem Faden umwickelt war. Der Mann verbeugte sich tief vor ihm, legte dann das Päckchen in sein Netz. Nachdem sich die Eltern noch einmal bedankt hatten, nahmen sie ihre Kinder und machten sich auf den Weg zurück in ihr Dorf.

Ruán neigte seinen Kopf, berührte mit den Fingern seine Lippen und dann die Oberfläche des Wassers. Er blieb still sitzen, das Gesicht zur Sonne erhoben, die Schultern entspannt.

Jetzt weckte seine Augenbinde Maeves Aufmerksamkeit. Das fleckige Hirschleder war durch eine Binde aus braungetüpfelter Wolle ersetzt worden. An den Rändern waren blaue Wellen aufgestickt und in der Mitte eine Spirale, die jener auf seiner Brust entsprach.

Maeve verspürte den unwiderstehlichen Drang, sie ihm einfach herunterzureißen, denn sie erkannte in dieser Stickerei die Gegenwart einer anderen Frau.

Ruán hob den Kopf, als er ihre Schritte hörte. Seine Miene war entspannt. Er hielt sie anscheinend für jemand anderen. Maeve verspürte eine Bitterkeit, die aus der Schwärze in ihrem Innern geboren wurde. »Du hast mich angelogen.«

Ruáns träumerisches Lächeln verblasste.

Sie kam näher. »Ich weiß jetzt, dass die Sídhe die ganze Zeit über da waren – sie waren die ganze Zeit bei dir.« Sie wollte, dass er das abstritt. Sie sehnte sich geradezu danach.

Ruán erhob sich, richtete sich anmutig zu seiner vollen Größe auf. Sein Kittel war grob gewebt, an seiner Hose hingen Holzspäne. Er war weder mit Kleinodien noch mit Pelzen geschmückt.

»Meine Verbindung zu den Sídhe hatte mit dir nichts zu tun, sondern ausschließlich mit mir selbst.« Ruáns Stimme klang tief und ruhig. Distanziert.

Maeves Hals brannte. »Du wusstest, dass ich sie gesucht habe.«

»Du hast sie nicht gebraucht. Du hast den Thron bestiegen und eine Armee um dich versammelt. Solche Neuigkeiten sprechen sich sogar bis zu uns hier am Rande der Welt herum.« Dieses schmerzliche Lächeln – es war ihr so vertraut. Er zuckte mit den Schultern … es war, als hätte er sie niemals begehrt.

»Darum geht es doch gar nicht.« Ihre Worte klangen erstickt. »Nach allem, was wir miteinander geteilt haben, hast du mich angelogen.« *Was wir miteinander teilen.* Sie kämpfte gegen das Bedürfnis an, ihren Bauch hinter ihrer Hand zu verbergen. Er würde die Wahrheit erkennen, wenn sie auch nur an ihre Schwangerschaft dachte, aber sie wollte ihm diese Macht, die er über sie hatte, von sich aus nicht offenbaren. Und dennoch zeigte sie jetzt ihre Schwäche. »Ich … ich habe dir vertraut.«

*Ich habe nur dir vertraut.* Wenn er von ihrem Zustand nichts ahnte, wenn er es nicht gesehen hatte – wo er doch sonst alles sah –, dann wollte er das auch nicht. Ihr Stolz gewann die Oberhand im Aufruhr ihrer Gefühle.

Etwas anderes aber fiel ihr doch auf. Sein jetzt angespanntes Gesicht und die geschlossenen Hände bildeten eine Art Schild – aber wogegen wappnete er sich? War er also doch nicht so ruhig und gelassen, wie er tat? Maeves Puls setzte einen Schlag aus.

Ruán tastete nach der Schale neben der Quelle, sein Haar fiel dabei über seine Wange. Kleine Muscheln waren in die kupferfarbenen Zöpfe an den Seiten geflochten. Auch das musste jemand anderes gemacht haben. Maeves Blick wanderte wieder zu seinem Gesicht. Sie hätte schwören können, dass sein Unterkiefer ein wenig zitterte.

»Ich habe dein Vertrauen nicht missbraucht, Maeve. Ich habe dir gesagt, dass jeder Mensch für sich allein seinen Weg zu den Sídhe finden muss.«

»Aber du hättest mir dabei helfen können! Du hättest mir den Weg zeigen können!«

*»Ich habe dir genug gezeigt!«* Er hatte das so laut geschrien, dass sie beide erschraken.

Unwirsch schob sich Ruán an Maeve vorbei, dann ging er den Pfad entlang, der zwischen den Bäumen den Hang hinaufführte. Maeve drehte sich um und folgte ihm.

Ruán ging mit federnden Schritten, hielt seine Füße dabei aber nahe am Boden, um so leichter den Weg zu finden, den er in den Sandboden getreten hatte. An seinem Haus angekommen, tastete er sich an der Mauer aus Lehm und Weidengeflecht entlang, bevor er unter dem Türsturz hindurchtrat. Maeve folgte ihm nach drinnen.

Der Raum war karg möbliert. Sie sah eine Feuergrube, eine Bank aus Eichenholz, einen Stuhl aus Treibholz und an der Wand ein mit Farn gepolstertes Bett. Kräuterbüschel parfümierten jedoch die Luft, und Amulette aus Stein, Schildpatt und Holz baumelten neben der Tür im Wind. Maeve fing mit ihrer Hand eine Perlmuttscheibe ein, die die Form eines glänzenden Fisches hatte. Da waren Otter, Rehe und Möwen, aus der Erinnerung, aus der Sehnsucht geformt.

Ruán trat hinter den Stuhl und legte die Hände auf die Lehne, baute so eine Barriere zwischen sich und ihr. »Dies ist mein Zuhause. Du kannst es nicht einfach ohne meine Erlaubnis betreten.«

Maeve traute sich nicht zu antworten, ihre Augen brannten.

Er seufzte, senkte die Schultern. »Durch mich hast du die Anam des Otters erhalten und deinen Bruder besiegt. Ich bin im Traum mit dir gewandelt, und ich habe dir den Hinterhalt gezeigt. Ich habe das Fieber aus deinem Körper gezogen. Was willst du also noch von mir, Maeve?«

»Die Wahrheit.« Ihre Stimme brach. »Dieses eine Mal möchte ich, dass du mir nichts verschweigst.«

Sein Lachen klang bitter. »Hast du dich etwa nicht vor mir versteckt?« Er ging zu den Regalen, die mit Pflöcken an seiner Wand befestigt waren. »Dieses Feuer, das in dir brennt, frisst alles auf, deshalb durfte ich dir die Sídhe nicht preisgeben. Ich konnte nicht zulassen, dass du sie vertreibst.«

Maeve hob eine Hand, ließ sie wieder sinken. »Aber … das ist doch nicht alles, was ich bin.« Erinnerte er sich denn nicht an die Wärme der Pelze, das Flüstern in der Dunkelheit?

»Das spielt jetzt keine Rolle mehr.« Er holte tief Luft, richtete sich dann zur vollen Größe auf. »Ich weiß jetzt, dass weder du noch ich Einfluss auf sie haben und sie deshalb auch meinen Schutz nicht benötigten. Ich habe dir sehr wohl die Wahrheit gesagt – du musst den Sídhe dein Herz offenbaren. Ich kann dir dabei nicht helfen.«

Maeves Verzweiflung machte es unmöglich, dass sie die Bedeutung seiner Worte verstand. Sie sah sich, wie sie einem Krieger der Ulaid mit erhobenem Schwert gegenüberstand, sah, wie seine Klinge die ihre traf. Sie stellte sich vor, wie eine Kraft durch sie hindurchströmte, weil sie wusste, dass Ruán am See auf sie wartete. Dort, inmitten des Friedens und der Schönheit, war … Liebe. Etwas, das sie für sich allein hatte, etwas, das ihr einen Grund gab, weiterzuleben.

Maeve wurde kalt. Das war nur ein Traum. Es gab nichts, das sie für sich allein hatte, jetzt, da sie sich auf ihrem Weg zum Krieg mit den Ulaid befand.

Ihr gepresster Atem hallte von der Decke wider. Ruán runzelte die Stirn. »Du hast gesagt, dass ich dir einen Dienst erweisen würde, Maeve. Genau das ist geschehen. Es war mein Schicksal, dir zur Macht zu verhelfen.« Er befeuchtete seine Lippen und schluckte. »Mein Schicksal hat sich also erfüllt.«

Sein Gesicht verschloss sich wieder – er versuchte, sie auszusperren. Maeve sank auf den Stuhl und packte seine Hand. »*Das glaube ich dir nicht.* Die Menschen hier haben dir etwas angeboten, das dir gefehlt hat. Schutz, das Gefühl der Zugehörigkeit … ich weiß es auch nicht. Aber ich werde dir noch mehr geben.«

*Und du wirst lange genug bleiben, um mich ebenfalls zu lieben.*

Um Ruáns Mund war eine weiße Linie erschienen. Sein Unterarm war hart wie Eisen. »Was würde ich in deiner Welt denn schon sein: der blinde, gezeichnete Bettgenosse einer Königin? Ein Makel würde an dir haften, Maeve. Dein Einfluss auf die Krieger wäre geschwächt. Würdest du denn alles, was du errungen hast, aufgeben, Maeve? Für mich?«

*Ja.* Ihre Zustimmung wollte aus ihrem Herzen fliegen. Endlich frei.

Sofort aber wurde dieses Ja wieder in ihrem Brustkorb eingesperrt. Es stimmte. Die Lords würden murren, weil sie etwas, was sie als Gebrechlichkeit ansahen, in die Halle des Königs brachte. Sie würden einen Anführer fordern, der makellos war. Die Krieger und die Handwerker würden glauben, ihre Göttin Macha wäre für sie verloren. Die Ulaid würden jubelnd verkünden, dass Connacht geschwächt sei. Die Derbfine würde sich spalten, die Chiefs würden wieder aufeinander losgehen und vergessen, dass Conor nur darauf wartete, zuzuschlagen.

*Sie musste sie alle im Zaum halten. Irgendwie.*

Maeve zögerte nur einen kurzen Moment. Ruán lächelte.

Sie kniete sich jetzt auf die Sitzfläche des Stuhls. »Du könntest dich den Druiden in Cruachan anschließen.« Ihre Stimme bebte.

»Die Menschen hier brauchen mich. Ich kann hier etwas bewirken, so wie ich mir das vor langer Zeit gewünscht habe.« Er hob den Kopf, als würde er von der Macht der Quelle angezogen.

Die Sehnsucht in seinem Gesicht, die Weichheit, schmerzte sie unendlich. »Wir könnten am See leben. Ich würde dich mit meinem Leben beschützen.«

»Ich brauche deinen Schutz nicht.«

»Dann lebe allein dort! Ich werde dir Land geben, ein Haus bauen. Niemand außer mir wird je dorthin kommen.«

Ohne Vorwarnung nahm Ruán ihren Kopf in beide Hände, zog

sie zu sich. »Du hast mich immer als Teil der Anderswelt gesehen, aber die Sídhe haben mir gesagt, dass ich ein Mann der diesseitigen Welt sein muss. Und allmählich entdecke ich, was ich für mein Volk tun kann.« Er schüttelte sie. »*Maeve,* lass mich bitte in Ruhe!«

Die Lehne des Stuhls drückte Maeve die Luft aus den Lungen. Sie versuchte, den Anblick jeder Einzelheit seines Gesichts, jeden einzelnen Bartstoppel in sich aufzunehmen. Er roch nach Thymian, und in seinen Haaren hing Sand.

Sie berührten sich jetzt nicht mehr, sie spürte nur noch seinen Atem … und dennoch öffneten sich seine Lippen angesichts ihrer Nähe.

Der Klang von Schritten ließ Ruán zurückfahren. Als eine schmächtige Frau mit hellen Haaren eintrat, stand Maeve bereits an der Wand neben der Tür, und Ruán stand vor der Bank an der Feuerstelle.

»Herrin!« Die Frau nickte.

Der Kranz von Zöpfen auf ihrem Scheitel war wohl einst golden gewesen, jetzt jedoch waren ihre Haare ausgeblichen wie Gerstenstroh. Ihre grünen Augen blickten noch immer klug, alles andere an ihr aber war, wie bei allen Menschen in dieser Gegend, von Salz ausgetrocknet. Ihr Gesicht war zerknittert, das grelle Sonnenlicht über der See hatte tiefe Linien um ihre Augen eingegraben.

Die vom Wind geröteten Wangen der Frau wurden jetzt noch röter. »Ich habe gehört, dass du uns mit einem Besuch beehrst, Herrin. Wir haben hier leider keinerlei Annehmlichkeiten, die einer großen Königin würdig wären, und …«

»Orla.« Ruán war vollkommen ruhig. Er sank auf die Bank aus Eiche. »Die Königin ist nur gekommen, um uns zu danken, dass wir uns, als sie krank war, um sie gekümmert haben. Sie weiß, dass wir sie nicht erwartet haben.«

Maeve funkelte ihn böse an, erst dann wurde ihr bewusst, dass diese andere Frau sehr wohl sehen konnte. Sie schob ihre zitternden Hände in ihre Ärmel. »Macht euch bitte keine Umstände. Dies ist nur ein kurzer Besuch.«

Orla schnalzte mit der Zunge, schüttelte ihren Kopf und löffelte Haferbrei aus einem Topf, der am Rande der Feuerstelle in die Kohlen gebettet stand. Auch wenn sie erschöpft wirkte, warf sie Maeve immer wieder einen scharfen Blick zu. Schließlich bot sie ihr eine dampfende Schale an. »Bitte, Herrin, setz dich und iss.«

*Als hätte sie das Recht, jemanden in dieses Haus einzuladen.* »Vielen Dank, aber mir ist nach der langen Reise nicht wohl.« Maeve konnte nicht anders, als Ruán wieder böse anzusehen.

Orla ging zu ihm. »Dann iss du«, murmelte sie. »Du bist den ganzen Morgen bei den Fischern gewesen.« Sie stellte die Schale mit ihren rissigen Händen in Ruáns Schoß, drückte ihm einen Löffel in die Hand und murmelte etwas von Zugluft.

Ruán lächelte, als er die Schale beiseitestellte. »Ich esse es gleich.«

Maeve hatte das Gefühl, als müsse sie sich gleich übergeben. Sie hoffte inständig, dass das nicht geschah. Dann sah sie sich noch einmal in der Hütte um. Da waren weder Spindeln noch ein Webstuhl, kein Stein zum Mahlen von Getreide, keine Nadeln und kein Stoff. Ein einziger Becher aus Holz, eine einzige Schale. Diese Orla war also nicht seine Gefährtin. Noch nicht.

Orla stellte sich hinter Ruán. »Es tut mir leid, dass wir keine bessere Speise haben«, murmelte sie mit gesenktem Kopf. »Wir sind nur einfache Leute, aber Lord Donn genießt oben auf der Burg all die Annehmlichkeiten, die du gewöhnt bist. Soll ich ein Mädchen zu ihm schicken, um ihm zu sagen, dass du kommst?« Ihre kleine, gerötete Hand lag jetzt auf Ruáns Schulter.

Maeve konnte ihren Blick nicht davon nehmen. »Nein«, gelang es ihr schließlich zu antworten. »Ich werde selbst gehen.« Erst jetzt wurde ihr bewusst, dass sie nichts mehr sagen konnte, was noch etwas ändern würde. Königin Maeve *konnte* nur gekommen sein, um Ruán für seine Dienste zu danken. Und er schien auch nicht mehr zu wollen.

Sie neigte den Kopf in Ruáns Richtung, versuchte durch pure Willenskraft, ihn dazu zu zwingen, in sie hineinzusehen. »Ich hoffe, dass du hier findest, was du gesucht hast. Das ist das, was ich dir aufrichtig wünsche.« Sie warf Orla einen Blick zu und entdeckte die Spur eines triumphierenden Lächelns auf den gesprungenen Lippen der Frau. Ein Gefühl der Niederlage befiel Maeve. »Lebt wohl.«

Sie hatte kaum die Schwelle überquert, als Ruán ihr nach draußen folgte und ihr Handgelenk umfasste. Sonnenlicht ergoss sich über sie beide, löschte alles andere aus. Maeve starrte die glitzernden Härchen auf seinem Handrücken an.

»Um den Sieg zu erringen, *Ceara,* musst du tapfer genug sein, dich dir selbst zu stellen. Irgendetwas sagt mir, dass du zuerst dein eigenes Herz erkennen musst, um das der anderen zu verstehen – und wenn dir das gelungen ist, wirst du frei sein.« Ruáns Nasenflügel bebten. »Ich fürchte, dass du in großer Gefahr bist, wenn du meine Worte nicht ernst nimmst.«

Ein Schauder lief über ihre Kopfhaut. Er hatte sie *Ceara* genannt.

Aber er hatte sie auch gebeten zu gehen.

Nun gestattete sie sich, seine Wange zu berühren. Eine dünne Schicht Salz lag wie Reif darauf; diese Insel erhob bereits Anspruch auf ihn. Sie wollte das Salz wegwischen, ihren Mund auf den seinen legen, sodass keine Worte mehr nötig waren. »Wie du gesagt hast. Ich habe jetzt meine Armee. Das ist alles, worauf ich mich nun verlassen kann. Aber ich … ich danke dir … mit allem, wozu ich fähig bin.«

Seine Lippen wurden schmal. Er nickte. Irgendwie sah er jetzt blasser aus. Sie hatte das Gefühl, dass ihm noch irgendetwas auf der Zunge lag.

Wenn er sie jetzt bäte zu bleiben, würde sie dann ihre Verpflichtung gegenüber ihrem Volk einfach vergessen, so wie Deirdre es getan hatte? Das Vertrauen jener, die auf sie angewiesen waren, einfach enttäuschen … zusehen, wie sie starben … um dann für alle Zeiten von Scham und Schmerz zerfressen zu werden?

Aber Ruán fragte sie nicht. Er löste den Griff um ihr Handgelenk so langsam, dass sie den Moment, an dem sie sich nicht mehr berührten, erst wahrnahm, als sie den kalten Wind auf ihrer Haut spürte.

Am Rand des kleinen, bewaldeten Tals hielt Maeve inne und winkte ihm noch einmal zu. Ruán stand in der Tür. Reglos.

Maeve drehte sich um, und ihre Hand ballte sich zur Faust. »Wir reiten jetzt nach Cruachan zurück«, sagte sie zu ihren Kriegern. Sie wollte keine einzige Nacht an diesem Ort mit seinen zerklüfteten Felsen und dem scharfen Wind der See verbringen.

Für sie gab es jetzt nur noch einen Weg, und der führte nach Norden.

Ins Ulaid.

Als Maeve und ihre Krieger aus dem Curragh stiegen, war es beinahe schon dunkel. Die tiefen, schwarzen Wolken lagen schwer auf Maeves Brust, sodass sie kaum noch atmen konnte.

Sie führten ihre Pferde in die wogende Weite aus kahlen Felsen, Sumpf und schwarzen Teichen, die hinter dem Fischerdorf begann. Plötzlich blieb Maeve stehen und drückte dem Krieger neben ihr Mealláns Zügel in die Hand. »Geht über diesen kleinen Hügel und wartet dann auf mich.«

Zu erschöpft, um ihr zu widersprechen, warfen sie ihr ängstliche Blicke zu, bevor sie mit den Pferden weitergingen.

Maeve wartete am Rand eines dunklen Teichs und sah zu, wie sie sich immer weiter von ihr entfernten. Sie zitterte am ganzen Leib. In dieser verdammten Landschaft gab es keine Möglichkeit, sich zu verstecken. Da waren nur graue Felsen und ein schwarzer Himmel, aus dem jetzt Regentropfen auf ihren Kopf fielen.

Endlich allein, fiel Maeve auf dem torfigen Boden auf die Knie, die Ellbogen über dem undurchsichtigen Wasser in die Seiten gepresst, den Kopf gesenkt. Der Schrei, der aus ihr herausbrach, wurde von der widerlichen, stinkenden Masse aus Sumpf und Riedgras verschluckt.

Finsternis in die Finsternis gespien.

Maeve ritt mit ihren Männern durch einen Vorhang aus Regen, der ihnen vom Meer her gefolgt war. Sie ließ ihn in kleinen Bächen über ihr Gesicht laufen, wischte ihn nicht weg. Die Steine der Insel hatten ihren Körper langsam gefühllos gemacht. Sie hielt den Kopf gesenkt und starrte auf ihre Finger, die in Mealláns Mähne vergraben waren, wollte nicht mehr sehen, wie das Leben um sie herum seinen Lauf nahm. Sie hatte das Gefühl, als würde sie von allen Seiten von dunklen Wällen eingekreist, als sie die äußeren Verteidigungsanlagen passierten; Tore wurden wieder hinter ihr geschlossen, Wachtürme ragten drohend in einen schwarzen Himmel.

Maeve schloss die Augen. Diesmal war sie sich selbst in die Falle gegangen. Ihre Eide – heilige Eide – hatten ihr die einzige Kostbarkeit genommen, die nur ihr allein gehört hatte.

Als sie sich Cruachan näherten, begann der Regen nachzulassen. Einer ihrer Krieger stieß plötzlich einen lauten Pfiff aus. »Bei Lughs Eiern.« Sein Ruf riss Maeve aus ihrer Trance.

Sie hob den Kopf, blinzelte mit brennenden Augen.

Die grünen Wiesen von Cruachan hatten sich in ein riesiges Heerlager verwandelt. Was sie in ihrer Benommenheit für das Sonnenlicht, das sich in den Regentropfen spiegelte, gehalten hatte, war in Wirklichkeit ein einziges Meer aus Metall. Ein Wald von Speeren war zwischen den verstreut stehenden Zelten aufgepflanzt. Helme hingen auf Stangen, überall stapelten sich mit eisernen Buckeln versehene Schilde.

Das Gras war zertrampelt, und auf den schlammigen Wiesen wimmelte es nur so von Kriegern, die Übungskämpfe austrugen, sich in der Kampfkunst übten, die miteinander rangen und sich gegenseitig anfeuerten. Das Glitzern ihrer Schwerter und Speere zuckte wie Blitze zwischen dunklen Wolken.

Maeve und ihre Wachen näherten sich der königlichen Halle von Westen. Eine Gruppe von Zelten bestand aus Schaffellen, deren fettiges Vlies vom Regen zu Zotteln verklumpt war. Im Herzen dieses Feldlagers hingen gelbe Wimpel nass und schlaff an langen Speeren. *Mumu.* In den Bergen von Mumu weideten große Schafherden. Es mussten wenigstens tausend Krieger sein, die gekommen waren.

Auf einem anderen Feld sah sie die ihr vertrauteren Zelte aus

Rinderhaut. Die Speere der Galeóin steckten in Reihen von Haltern, die aus Holz bestanden und deren Füße aus Eisen Spiralen in den Boden gruben. Diese Speere trugen grüne Wimpel – Laigin. Direkt am Wall von Cruachan lagerten die Männer aus Connacht, die von den weiter entfernt lebenden Klans geschickt worden waren.

In den einzelnen Lagern drängten sich die Krieger um qualmende Feuer, rührten in Töpfen, die über den Flammen hingen, und pflegten ihre Waffen. Ihre Kleidung dampfte. Sie hoben die Köpfe und verstummten, als Maeve an ihnen vorbeiritt. Sie sah Schnurrbärte, von denen der Regen heruntertropfte, Haare, die zu Kämmen hochfrisiert oder mit Ocker eingefärbt waren. Pelzumhänge lagen schwer und nass auf breiten Schultern.

Irgendwann begannen die Männer aufzustehen, um sie vorbeireiten zu sehen. Sie hörte, wie ein Murmeln durch die Menge lief. *Rígan ... Macha Mong Ruad.* Sie nannten sie »Königin« und »Macha mit den Roten Haaren« – aber es spielte keine Rolle, welchen Namen sie ihr gaben. Vielleicht war dies jetzt ohnehin ein und dasselbe.

Maeve holte Luft, als würde sie aus den Tiefen eines schwarzen Sees auftauchen. Sie streifte ihre Kapuze zurück, schüttelte ihr nasses Haar aus.

Immer mehr Männer unterbrachen das, was sie gerade taten, und bildeten ein Spalier für sie. Diejenigen, die sich gerade im Kampf übten, hielten inne, beschatteten ihre Augen und hoben ihre Schwerter. Narbige Hände packten die Schäfte von Speeren, schlugen als Zeichen des Respekts damit auf ihre Brust. Mumu, Laigin und Connacht. Mehr als dreitausend Krieger.

Maeve versuchte, ihren müden Rücken zu strecken, ihre Schultern zu straffen.

Sie war dieses Land.

Einst hatte sie dessen Nebel am See eingeatmet, hatte ihre Lust, die hell wie die Sonne war, herausgeschrien. Ihr Körper hatte sich unter Ruáns Händen entfaltet wie die grünen Schösslinge der Pflanzen. Aber das war jetzt vorbei; er selbst hatte es ihr gesagt.

Und wenn ihr all das genommen war, dann blieben ihr nur noch die kalten Steine des Landes, das behauene Holz und das Eisen, um sie zu erfüllen. *Wenn du mich nur als Kriegerkönigin siehst,* hatte sie zu Ruán gesagt, *dann ist es eben das, was ich sein werde.*

Die Wölfe und die Bären hatten Klauen und Zähne, um sich zu verteidigen, aber ihr Volk hatte nur seine Krieger, die es beschützten. Und die Krieger hatten sie – *Maeve,* die Kriegerkönigin von Erin.

Die Männer des neuen Roten Zweigs füllten Conors Halle in Emain Macha bis unters Dach. Sie drängten sich auf den Treppen und saßen mit baumelnden Beinen auf der Galerie. Das Fest war in vollem Gange und auf jene, die sich um die Feuerstellen drängten, regnete es immer wieder Schauer von Met und Ale herab, was jeweils einen Sturm von betrunkenem Gelächter hervorrief.

Die meisten der jungen Festgäste waren ungebunden und hatten deshalb keinerlei Verpflichtungen. Angelockt von der Aussicht auf schnelle und reiche Kriegsbeute, waren fast einhundert Krieger aus Britannien und Alba, die ohne Lord und Land waren, Conors Ruf gefolgt.

Conor hatte zu ihren Ehren mehrere Fässer bestes Heide-Ale herbeischaffen lassen, die Beute von einem Schiff aus Alba. Die Fässer waren im ganzen Raum aufgestellt worden, und als die Männer immer betrunkener wurden, gingen sie dazu über, ganze Krüge in einem einzigen Zug zu leeren.

Conor selbst trank nur einen einzigen Schluck aus einem Zeremonienbecher, dann bedeutete er seinen Sklaven, ihm nunmehr Wasser zu bringen. Er würde sich bei diesen Bürschchen keinen Respekt verschaffen, wenn er sein Abendessen auf seine Füße kotzte. Das war jetzt vorbei. Er war jetzt stark und bei klarem Verstand.

Buinne, Fergus' älterer Sohn, der auf einer Bank in Conors Nähe saß, konnte sich kaum noch aufrecht halten. Er knallte seinen Becher auf den Tisch, fingerte in einem Berg von in Milch gekochtem Lachs herum und stopfte sich dann große Stücke in den Mund. Er beschmierte dabei seinen roten Bart. »Wo ist der Wachhund?«

Conor sah Buinne mit Abscheu an. »Cúchulainn wird kommen. Ich habe es ihm befohlen.« Er nahm einen Entenknochen von einer Platte und bot ihn seinem neuen Haustier an, das auf einem Schemel neben ihm hockte. Die Kreatur war mit einem Schiff aus dem Mittelmeer gekommen. Es war eine kleine, pelzige, menschenähnliche Gestalt, mit langen Armen und hervorstehenden Augen, aber ohne Schwanz. Die Fellkrause über seinen Augen verlieh ihm ein trauriges Aussehen, was Conor überaus amüsant fand. Das Tier trug ein goldenes Halsband, das mit einer Kette an seinem Thorn befestigt war.

»Das ist mein neuer Ratgeber«, verkündete er den betrunkenen Männern um ihn herum. »Er wird mir besser dienen als jeder Druide, denn er kann mir nicht widersprechen!«

Die Krieger brüllten vor Lachen. Der Affe wiegte sich hin und her. Er nahm den Knochen mit dünnen Fingern entgegen, roch daran, rümpfte die Nase und warf ihn dann weg. Die Männer grölten jetzt noch lauter. Conor löste seinen Blick erst von seinem Haustier, als alle Krieger begannen, die Köpfe zu drehen wie Gerste, durch die der Wind streicht. Der Lärm verebbte.

Cúchulainn war gekommen.

Conor schwenkte seinen Becher. »Ich habe dich schon vor mehreren Tagen rufen lassen.« Er blinzelte den Rauch aus seinen Augen, während er den Wachhund ansah. »Komm!«, rief Conor. »Sieh dir den prächtigen neuen Roten Zweig an.«

Das letzte Mal hatte Cúchulainn diese Halle betreten, um Conor zu zwingen, Naisi nach Hause zu holen. Damals war er in seinem vollen Staat erschienen und hatte einen solchen Glanz verbreitet, dass die Druiden voller Ehrfurcht gemurmelt hatten, es müsse wahr sein, was man sich erzählte, nämlich dass Cúchulainn ein Sohn des Gottes Lugh, des Leuchtenden, war.

Jetzt erschien Cúchulainn weit weniger strahlend. Er war nur noch ein Schatten in einem dunklen Umhang aus Leder. Sein Haar hing schlaff herab. Nur seine Augen glühten genauso wie früher.

Sein lodernder Blick wanderte von den Fässern mit Ale zu den Männern, die bereits sinnlos betrunken im schmutzigen Stroh auf dem Boden lagen. Dann erhob er sich zu den Resten des Rind- und Schweinefleischs, das in ausgelassener Verschwendungssucht einfach weggeworfen worden war, und zu den noch halb vollen Platten mit Speisen, über die sich Ale ergossen hatte. Er verweilte kurz auf den jungen Männern, die die Treppen hinaufwankten und sich dort in den Ecken übergaben.

Dann heftete sich sein Blick auf Conor. »Die Aufnahmeprüfungen des Roten Zweigs sind überaus anspruchsvoll. Ihr Zweck besteht darin, die geschicktesten, die tapfersten und die leidenschaftlichsten Kämpfer zu finden.« Cúchulainns Stimme dröhnte durch die Halle. »Das ist unverzichtbar.«

Conor machte ein finsteres Gesicht. »Verärgere mich nicht, Wachhund. Wir werden darüber in Ruhe in meinem Gemach sprechen. Jetzt schweige.«

Cúchulainn sah ihn ungerührt an. Sein blondes, vom Regen durchnässtes Haar klebte an seinen Wangen. »Die heiligen Bande zu knüpfen, erfordert eine sorgfältige Unterweisung in den Kampfkünsten, viel Übung, Fasten und Gebete. Das Licht, das wir anziehen, entspringt einer Gemeinschaft mit den Wäldern und den Seen.« Seine Lippen verzogen sich verächtlich. »Das hier ist Frevel.«

Jene Krieger, die noch Herr ihrer Sinne waren, wagten es nicht, dem Wachhund gegenüberzutreten. Sie blickten verlegen zu Boden und scharrten mit den Füßen. Conor runzelte die Stirn und gab einem jungen Mundschenk hinter seinem Thron ein Zeichen. »Bring dem Wachhund einen Becher Ale. Wir wollen doch sehen, ob wir seinen Zorn nicht besänftigen können.«

Der Junge suchte auf den Tischen nach einem Trinkhorn oder einem bronzenen Becher, aber die meisten Gefäße lagen auf dem Boden verstreut. Schließlich fand er doch noch einen irdenen Becher.

Als er ihn Cúchulainn anbot, lächelte der König. »Ich hätte dich angemessen empfangen sollen, Kämpe der Ulaid. Es ist schon längere Zeit her, dass du meine Halle mit deiner Anwesenheit beehrt hast.«

»Ich wollte nicht kommen, solange noch der Gestank des verbrannten Fleisches meiner Brüder in der Luft hing.«

Wieder senkte sich völlige Stille über die Halle. Conor hatte den mangelnden Respekt des Wachhunds bislang mit Nachsicht zur Kenntnis genommen, weil er den Roten Zweig zum Schutz gegen seine eigenen Lords an den Grenzen und vor allem gegen Connacht brauchte. Jetzt jedoch war das Schlimmste geschehen, was geschehen konnte – der Rote Zweig existierte nicht mehr.

Dem neuen Roten Zweig würde zwar das überragende Können des Wachhunds von Nutzen sein, aber Conor würde niemals wieder zulassen, dass Cúchulainn die Loyalität von Kriegern zuteilwurde, die eigentlich allein ihm, dem König, gelten sollte. »Deine Ehre verpflichtet dich, als Kämpe der Ulaid neben mir zu sitzen«, stieß Conor mühsam hervor, »und die Huldigung dieser Männer entgegenzunehmen.«

Cúchulainns Gesicht wurde kalkweiß. Er streckte seine Hand aus und nahm den Becher mit Ale entgegen, woraufhin der Diener sofort wieder hinter Conors Thron flüchtete. Cúchulainn starrte in die helle Flüssigkeit, den Kopf gesenkt.

Conor nahm auf seinem Thron jetzt eine aufrechte Haltung ein. *Er weiß, dass er geschlagen ist.* Cúchulainn mochte seinen Onkel vielleicht hassen, aber sein Verantwortungsgefühl dem Volk der Ulaid gegenüber band ihn noch immer an Conor.

»Ich trinke kein Ale mehr.« Cúchulainn sprach so leise, dass sich selbst jene anstrengen mussten, ihn zu verstehen, die in seiner Nähe standen. »Um meinen Bruder Ferdia zu ehren, der keinen Schluck anrührte, damit er einen klaren Kopf behielt und mir stets Deckung geben konnte.«

Conor ließ seine Faust auf die Lehne seines Throns herabsausen. »Du wirst den heiligen Trank, der uns miteinander verbindet, trinken!«

Cúchulainn hob seinen Kopf, und erst jetzt begriff der König, dass das Schweigen des Wachhunds kein Eingeständnis seiner Niederlage gewesen war. Selbst Conor erkannte die Kraft in diesen Augen, die Stille vor einem tödlichen Schlag. Die Muskeln des Königs spannten sich instinktiv an. *Er wird mich doch nicht an meinem eigenen Herd töten!*

Das tat er auch nicht.

Cúchulainn drehte sich auf dem Absatz um und warf den Becher mit solcher Gewalt gegen einen der Eichenpfosten, dass er in tausend Stücke zersprang. Scherben und Ale regneten auf die jungen Männer herab, woraufhin diese in wilder Panik davonstoben, um der Flamme in den Augen des Wachhunds zu entgehen.

Ohne Conor auch nur noch eines Blickes zu würdigen, warf Cúchulainn den Saum seines dunklen Umhangs über seinen Kopf. Die Männer starrten ihn ängstlich an, als der Wachhund aus der Halle stürmte.

## 29

Zum ersten Mal seit einer ganzen Generation fand in der Halle des Königs in Cruachan ein Kriegsrat statt. Die Bündnisse, die die vier Königreiche miteinander verbunden hatten, waren aufgekündigt worden.

Versteckt auf der Rückseite des prächtigen Gebäudes kauerte Maeve in der Sonne. Sie hatte die Augen geschlossen. Junge Krieger hatten stets Vieh geraubt, um ihr Blut zu kühlen, aber eine große Schlacht? Das hatte es schon seit vielen Jahren nicht mehr gegeben.

Und sie war dafür verantwortlich.

Die Anführer der Krieger aus Mumu und Laigin saßen jetzt zusammen mit den besten Kriegern des Roten Zweigs auf den Bänken, die rings um die Feuerstellen in der Halle aufgestellt worden waren. Die Könige von Laigin und von Mumu hatten jeweils eintausend Krieger entsandt. Ros Ruadh hatte außerdem einen überaus erfahrenen alten Krieger geschickt, der seine Truppen zusammen mit Ailill befehligen sollte – ein Zeichen dafür, dass er noch immer vorsichtig war.

Und hier saß sie nun, von Übelkeit geplagt.

»Maeve.« Es war Garvan. Sein Schatten verdunkelte die Sonne. »Die Männer werden langsam unruhig. Der Heerführer aus Laigin sagt, dass wir uns zweimal überlegen sollten, etwas zu tun, wovon wir nicht mehr zurückkönnen.« Er grunzte. »Feigling.«

Es hatte den Anschein, als wollten Maeves Beine ihr den Dienst versagen. Aber das durften sie nicht. Mühsam stand Maeve auf, hob den Kopf.

Garvan sah sie sichtlich besorgt an. Als sie ihre Füße zwang, sich zu bewegen, legte er eine Hand auf ihren Rücken. »Schon bald wirst du nach Herzenslust reiten, eine Lanze werfen und schreien, Hitzkopf.« Er grinste. »*Das* wird die Sorgen von deinem Gesicht vertreiben.«

»Bei Lughs Eiern«, erwiderte Maeve. Aber sie brachte dabei trotz aller Anstrengung kein Lächeln zustande.

Als sie durch die Tür trat und in der Dunkelheit der Halle stand, zögerte sie. Sie konnte sich umdrehen und einfach verschwinden, bevor sie irgendjemand gesehen hatte. Dann jedoch ging Garvan entschlossen an ihr vorbei und zog sie in den Schein des Feuers. Viele Köpfe drehten sich gleichzeitig zu ihr um: graue Haare, Gesichter, die die Narben unzähliger Kämpfe trugen.

Maeve trat in ihre Mitte. »Noch nie hat sich uns eine solch günstige Möglichkeit geboten, Conor für alle Zeiten loszuwerden – und wahrscheinlich wird sich eine solche Möglichkeit auch nie wieder ergeben.« Sie sah die Männer der Reihe nach an, holte dann tief Luft. Sie zeigte auf Fergus, der mit seiner massigen Gestalt den alten Stuhl ihres Vaters beinahe unter sich begrub. »Mit dem Roten Zweig haben wir jetzt die wahre Stärke der Ulaid auf unserer Seite.«

»Conor Mac Nessa kann noch immer Tausende von Kriegern ins Feld führen«, erwiderte der Heerführer von Mumu.

Maeve warf einen kurzen Blick auf Fergus.

Der ehemalige König der Ulaid erhob sich schwerfällig. »Conor hat so gut wie alle seine besten Kämpfer verloren. Die Lords der Ulaid in der Nähe der Grenze sind zwar stark, aber sie hegen einen heftigen Groll gegen Conor. Sie sind Emain Macha im vergangenen Jahr ferngeblieben. Er musste Söldner anwerben. Seine Armee besteht zum größten Teil aus jungen Burschen, die kaum ein Schwert in der Hand halten, geschweige denn kämpfen können. *Die Ulaid verfügen nicht mehr über starke Bande.*« Fergus' Lider flackerten. Er nahm einen Becher und trank, verschüttete dabei Ale über seinen silbernen Bart. »Also.« Er gestikulierte mit seinen narbigen Händen. »Wir überqueren im Westen des Ulaid die Grenze, dort wo die Lords am weitesten voneinander entfernt sind. Wir brechen jeden Widerstand dort. Danach steht uns der Weg nach Emain Macha offen.«

Maeve legte ihre Hand auf Fergus' breite Schulter und sah die anderen an. »Wir wollen das Ulaid nicht verwüsten und auch nicht unterwerfen, wir wollen lediglich Conor stürzen. Dann wird Fergus wieder König werden. Alle vier Königreich werden ein neues Bündnis miteinander schließen und so ganz Erin stark machen.«

Ailill starrte Maeves Finger auf Fergus' Schulter an. Seine Augen waren schmal und kalt. »Warum«, fragte er, »sollten wir den mühsamen Weg über die Sümpfe im Westen nehmen, wenn wir auch nach Osten zur Küste und dann nach Norden reiten könnten? Wenn Conor tatsächlich so geschwächt ist, sollten wir dies ausnutzen und den leichteren Weg nach Emain Macha ins Auge fassen.« Er funkelte Fergus böse an. »Oder spielt der große Fergus Mac Roy etwa ein falsches Spiel mit uns?«

»Ailill«, sagte Maeve leise.

Fergus' Augenbrauen zogen sich zusammen, seine dicken Wangen wurden rot. Bevor er jedoch etwas antworten konnte, erhob sich eine Stimme am Rand des Kreises.

»Ihr solltet nicht nach Osten gehen.« Ferdia lehnte an der Wand. Seine dunklen Haare hingen ihm in die geröteten Augen. »Ihr solltet nicht nach Osten gehen, weil genau dort die Burg von Cúchulainn, des großen Wachhunds des Ulaid, liegt.« Er hob seinen Becher, ein grimmiges Lächeln auf den Lippen.

Die anderen Krieger begannen zu murmeln. Fergus sah Ferdia und dann Ailill finster an. »Das stimmt. Wir sollten die Ländereien des Wachhunds meiden. Auch deshalb ist der Westen besser.«

»Wir werden so oder so sterben«, brummte jemand.

In diesem Moment öffneten sich die Türen. Maeve drehte sich um, um denjenigen zu begrüßen, auf den sie gewartet hatte. Tiernan stützte sich auf seinen Stab, als er in den Schein des Feuers trat.

»Sag ihnen, was du mir gesagt hast, Oberster Druide.« Maeve berührte ihre Stirn.

Auch Tiernan schien eine schwere Last auf seinen Schultern zu tragen. Nichtsdestotrotz nickte er. Er richtete seinen Blick auf die zerbeulten Schilde und die Schwerter der alten Könige, die an den Wänden hingen. Maeve hatte ihn niemals gebeten, etwas anderes als die Wahrheit zu sagen.

»Ich habe gesehen, dass Emain Macha brennen wird, und ich habe gesehen, dass Fergus Mac Roy und seine Krieger kommen werden.« Seine Stimme war die eines alten Mannes, aber sie klang noch immer kraftvoll und sicher. »Seitdem habe ich aber auch andere Dinge gesehen. Eine Frau, deren rote Haare über das Land flossen. Ihre Macht war ein Umhang, der die Hügel bedeckte, ihr Atem der Wind.« Er zögerte, sein Bewusstsein wandte sich nach innen. »Sie sammelte die Quelle allen Seins aus der Anderswelt in einem großen Gefäß. Ihre Macht ließ die Quelle noch reiner und noch heller werden. Sie schuf einen silbernen See, bevor sie ihn auf die diesseitige Welt goss und sie so mit Licht erfüllte.«

Dies hatte er noch nicht einmal ihr gesagt.

Maeve bekam eine Gänsehaut. Die Männer starrten den Druiden

stumm und ehrfürchtig an. Sie räusperte sich, um die Aufmerksamkeit der Männer auf sich zu richten. »Das ist Macha – der Oberste Druide sieht Machas rote Haare, weil sie unser Vorhaben segnet.«

»Oder aber es ist das Blut der Ulaid, das den Boden bedeckt.« Der bereits völlig betrunkene Ferdia nahm wieder einen kräftigen Schluck Ale.

»Da ist noch mehr«, sagte Tiernan und schloss die Augen. »Ich habe gesehen, wie das ganze Volk auf einem Hügel versammelt war und Maeve, die Tochter des Eochaid, mit dem Schwert in der Hand um diesen Hügel herumgeritten ist, während sie einen Kriegsschrei ausgestoßen hat, der über das ganze Land hallte.«

Maeve konnte Tiernan nicht ins Gesicht sehen; von diesem Traum hatte er ihr bereits erzählt. Sie hatte damals gehofft, seine Worte würden sie mit ihrem alten Feuer erfüllen, aber als sie in jener Nacht den heiligen Hain verlassen hatte, war ihr einziger Gedanke gewesen, wie viel Einsamkeit doch in diesem Traum lag: sie, Maeve, allein auf einer verlassenen Ebene, mit einem Schwert und einen Schild in den Händen.

Die Götter hatten jedoch ebendies für sie bestimmt. Sie war es, die Conors Zorn geweckt hatte. Damit war klar, wie ihre Pflicht aussah. Für diese Klarheit musste sie dankbar sein. Je weniger Wahlmöglichkeiten sie hatte, desto weniger Gedanken musste sie sich machen.

Maeve ließ ihren Blick langsam über die Heerführer wandern – und sie sah auch Ailill, Fraech, Garvan, Fergus und Cormac in die Augen. Die Flamme des Großen Angriffs auf Conor Mac Nessa war entzündet, denn sie sah sie in ihren Gesichtern.

Eine Hand legte sich um Conors Hals, der Daumen drückte auf seine Kehle.

Er fuhr aus dem Schlaf hoch, packte seinen Dolch und stieß zu. Die Klinge durchbohrte jedoch nichts als Luft. Die Wände und das Dach schienen sich zu neigen, stürzten auf ihn herab …

»Mylord.«

Conor versuchte seinen Blick zu konzentrieren, aber die Flamme der Lampe wuchs und schrumpfte weiterhin.

»Mylord! Hoffentlich bist du nicht auch erkrankt.«

Eine eisige Klarheit ergriff Besitz von ihm, und er schüttelte den Kopf. Ein heftiger Schmerz schoss durch ihn hindurch, der jedoch nicht auf den Nachwirkungen des Ales beruhen konnte; dafür hatte er bei Weitem nicht genug getrunken. Das Schimmern von Stahl war lediglich die Spitze eines Speers, den ein verängstigter Junge in den Händen hielt. Niemand hatte seinen Hals berührt. »Was?«, krächzte er.

»Alle Krieger sind entsetzlich krank«, stammelte der Junge. »Man hat mir aufgetragen, dich zu wecken. Du hast eine Nacht und einen ganzen Tag geschlafen.«

Conor erinnerte sich an ein Brennen in seinen Träumen. Neben seinem Bett standen ein irdener Krug mit Wasser und ein Becher. Er nahm all seine Kraft zusammen und schlug die Decke zurück. Seine leinenen Laken waren zerknittert und völlig durchgeschwitzt, die Pelze waren feucht.

Laute Schreie und Rufe hallten die Treppe herauf. Conor wandte sich dem Lärm zu. »Was ist los?«

»D… der Rote Zweig. Alle Männer, die auf dem Fest waren, wurden von einer Krankheit niedergestreckt, die die Druiden noch nie zuvor gesehen haben. Beeil dich!«

Conor zog sich unter großer Mühe seinen Mantel an, während der Junge vor ihm seine Stiefel schnürte. Dann ließ sich Conor die Treppe hinunterführen. Unten angekommen, übergab sich Conor in das stinkende Stroh. »Wo sind die Diener?«, rief er.

»Die Druiden haben alles versucht, um die Krieger zu heilen. Die Diener haben Angst vor der Krankheit, und da niemand mehr da war, der ihnen Befehle geben konnte, sind sie geflohen.«

Conor taumelte in den Schein des Feuers und blieb stehen. Einen entsetzlichen Augenblick lang glaubte er, in eine Wunde voller lebendiger Maden zu blicken.

Nackte Männer lagen auf verdreckten Kissen oder Wandbehängen. Einige krümmten sich und hielten sich ihre Bäuche wie Frauen in den Wehen, während Druiden ihnen die Stirn mit nassen Tüchern kühlten. Andere übergaben sich, und Conor hielt sich angesichts des Gestanks von Erbrochenem und des Durchfalls der Männer einen Arm vor die Nase.

Neben ihm versuchte ein Priester, einen Krieger auf seinem Lager festzuhalten. Der Kranke bog seinen Rücken durch und schlug, erfüllt von panischem Schrecken über etwas, das nur er sehen konnte, blindlings um sich. Seine Schreie klangen wie die eines rasenden Tiers.

»Wo ist der Oberste Druide?«, bellte Conor.

Der Priester wischte sich das Gesicht an seiner Schulter ab, während er die Arme des Mannes festhielt. »Im Tempel. Er betet zu den Göttern, dass sie diese Geißel von uns nehmen!«

Eine Welle des Schwindels ergriff Conor. »Wie viele sind krank?«

»Hunderte, Mylord. All die adeligen Häuser in Emain Macha und auch die Gästehäuser melden kranke Männer. Die Krieger aus Alba und die aus dem Osten sind ebenfalls betroffen. Sie schreien und zittern an Händen und Füßen. Wir haben keine Kräuter mehr, und Wasser lindert das Brennen nicht.« Sein schmales Gesicht war totenbleich. »Wir wissen nicht mehr, was wir noch tun sollen!«

Conor ließ sich auf die Stufen sinken. Er versuchte krampfhaft, einen klaren Gedanken zu fassen.

*Die Lords an den Grenzen … ich brauche mehr Männer.*

*Nein! Wenn sie das hier hören, werden sie angreifen und mich stürzen.*

*Niemand darf davon erfahren …*

Ein Schrei zerriss die stinkende Luft. Einer der Kranken stieß die Druiden zur Seite und stolperte durch die Halle. Conor konnte kaum verstehen, was er sagte. Schließlich versuchte der Kranke, sich in die Wand hineinzugraben, stürzte dann zu Boden. »Sie kommt … auf großen Schwingen … rettet mich … *Nemain, Nemain!*«

Conor fuhr von den Stufen hoch, sein Kopf drehte sich. Nemain war eine der Kriegsgöttinnen, die Krähengöttin. Die rothaarige Macha war ihre Schwester.

Die Angst vertrieb Conors Schwindel. Der König packte den jungen Burschen bei den Schultern. »Bring mich zum Tempel der Macha«, krächzte Conor. »Wir müssen alles opfern, was wir können, um ihre Gunst zu erbitten. Beeil dich!«

Maeve verließ Cruachan an der Spitze eines glitzernden Zuges von Kriegern. Ein kalter Wind zerrte an ihnen. Der Himmel hatte die Farbe geschmiedeten Eisens. Ungeachtet dessen stand das Heer, das sich über die Ebenen bewegte, regelrecht in Flammen. Scharlachrote Stoffe und bemalte Schilde, poliertes Metall, rote Pferde und flammende Haare, sie alle leuchteten hell im Licht des Tages.

Maeves Übelkeit war verschwunden. Sie fühlte sich jetzt als Teil dieses riesigen Untiers mit seinen eisernen Zähnen und seinen Schuppen aus Bronze.

Im Norden von Connacht gab es viele Seen und Sümpfe, die von kleinen Wasserläufen durchzogen wurden. Diese stellten kein Problem dar. Der große Fluss hingegen war an einigen Stellen für die Pferde, Streitwagen und Lastkarren überhaupt nicht passierbar. Hinzu kam, dass das Gelände mit seinem schlammigen Boden als solches schwierig war. Sie nahmen schließlich den einzigen gangbaren Weg, einen breiten Trichter mit trockenerem Untergrund, der von hohen Hügelkämmen flankiert wurde.

Vier Tage später kam der Große Angriff zum Stehen.

Maeve saß auf ihrem Pferd auf einem niedrigen Hügelkamm, um sich herum hatte sie ihre Heerführer versammelt. Der Pass unter ihnen war durch einen tiefen Graben gesichert, dahinter war der Erdboden zu einem Wall aufgeschüttet worden, der von starken Eichenpfählen gekrönt wurde. In den Wall waren Tore eingelassen, die jetzt verschlossen waren. Der Wall selbst verlief zu beiden Seiten eine League weiter über die Hügel.

Der Pfiff, den Garvan ausstieß, wurde vom Wind davongetragen. »Die Tore der Macha.«

Maeve wurde bewusst, dass sie mit den Zähnen knirschte. Sie warf einen Blick auf Fergus. »Die Palisade ist neu.«

Fergus verlagerte sein Gewicht im Sattel. Sein stämmiges Pferd trug ihn mit stoischer Ruhe. »Da die Ulaid geschwächt sind, hatte ich gehofft, dass die Tore der Macha nicht bewacht werden würden.«

Wie ihnen ihre Kundschafter bereits berichtet hatten, wurden sie jedoch sehr wohl bewacht. Mehrere Reihen von Kriegern der Ulaid standen auf der Krone des Walls, die Spitzen ihrer Speere schimmerten im matten Tageslicht. Ihre schimmernden Lanzen bewegten sich immer unruhiger, als mehr und mehr von Maeves Truppen in das kleine Tal kamen.

»Ein so großes Heer kannst du nicht verstecken«, warf Cormac ein. »Die Chiefs an den Grenzen sind offensichtlich besser auf uns vorbereitet, als wir es gehofft hatten.« Seine Lippen kräuselten sich, und in seinen Augen spiegelte sich das düstere Grau des Himmels wider. »Vielleicht hat sie ihr Hass auf Conor doch noch geeint.«

Maeve trieb Meallán zum Rand des Kammes. An dem Tag, als sie vor Conor geflüchtet war, war sie über ebendiese Hügel galoppiert. Damals war sie ohne Freunde gewesen, jeder und alles hatte sich gegen sie gestellt.

Nun, das hatte sich inzwischen geändert, und dennoch fühlten sich ihre Beine genauso an wie damals … wie Brei. Sie fuhr sich mit der Hand durch ihre vom Wind zerzausten Haare, um wieder klar denken zu können.

Jetzt meldete sich Fraech zu Wort. »Wenn wir sie nicht sofort angreifen, geben wir den Lords nur Zeit, sich von Conor weitere Männer schicken zu lassen oder selbst noch mehr zu den Waffen zu rufen. Wir sollten also schnell handeln.«

*Ja.* Maeve hätte es niemals ertragen können, wieder von Angst getrieben durch diese Hügel zu reiten.

Fraech bemerkte ihren Blick. Er trug heute den prächtigen Staat seiner Sippe: einen grünen Umhang, der mit einer goldenen Brosche zusammengehalten wurde, ein poliertes Kettenhemd, das silbern schimmerte, und mehrere Reifen aus Bronze um seine Oberarme. Gefiederte eiserne Schwingen breiteten sich zu beiden Seiten seines Helms aus, in den Stirnschutz war die Andeutung eines Schnabels eingeritzt: Dies war der Adler seiner Heimat hoch oben in den Bergen. Maeves Herz wurde leicht – ihre Männer würden ihm folgen, und sie würden siegen.

Auch Fergus und Cormac waren der Meinung, dass sie sobald wie möglich angreifen sollten. Mit Fraech und den anderen Heerführern ritten sie den Hügel hinunter, um ihre Männer um sich zu versammeln. Im letzten Augenblick und zur allgemeinen Überraschung hatte sich auch Ferdia dem Heer angeschlossen. Maeve ging jedoch davon aus, dass er nicht kämpfen würde. Noch nicht.

Sie wusste, was er wirklich wollte.

Während die anderen weiterritten, saß Maeve ab und begann die Riemen zu lösen, mit denen ihr Rabenhelm und ihr Schwert am Sattel befestigt waren.

Jetzt kam Ailill auf sie zu. »*Du* wirst nicht kämpfen, Rotschopf. Du hältst jetzt die Hoffnungen meines Königreichs ebenso wie die der anderen in deinen Händen.« Sie funkelte ihn böse an. Seine Finger schlossen sich um die ihren, die die Riemen hielten. »Schon beim letzten Mal wärst du fast gestorben. Komm endlich zur Vernunft, Frau!«

Beltaine. Sanfte Hände, die Pelze um ihre Schultern gelegt hatten, als sie vor Fieber gebrannt hatte. Das Leben, das in ihre Glieder zurückströmte, war eine von der Sonne beschienene Lichtung. *Gezeugt im Licht.*

Maeve versuchte, ihre Hand wegzuziehen, aber Ailills Griff war unerbittlich.

»Bruder«, sagte plötzlich Finn hinter ihnen. »Ich habe gehört, dass der Anführer der Galeóin dich sprechen will.«

Maeve drehte sich um. Finn neckte oder schmeichelte Ailill, noch niemals aber hatte Maeve erlebt, dass sie ihrem Bruder gegenüber einen scharfen Ton angeschlagen hätte. Die Zeit, die das Mädchen bei ihr verbracht hatte, während sie sich in den vergangenen Monaten ihren Aufgaben als Königin gewidmet hatte, hatte bei ihrer Tochter also doch Wirkung gezeigt.

»Dann bring wenigstens *du* sie zur Vernunft«, brummte Ailill. Er wendete sein Pferd und ritt den Hang hinunter.

Als er außer Sichtweite war, nahm Maeve ihr Schwert vom Sattel und stapfte zum Rand des Hangs, dorthin, wo er steil ins Tal abfiel. Ihre Krieger bewaffneten sich gerade. »Du brauchst dir keine Sorgen zu machen«, versicherte sie Finn.

Ailill hatte unrecht. Er hatte gesagt, sie brauche nur ein Schwert in ihrer Hand zu spüren, dann würde sie nichts anderes mehr fühlen. Aber das funktionierte nicht. Da war ein Schmerz, der ihr bis ins Mark ging; eine Wunde, die, wie ihr jetzt bewusst wurde, niemals heilen würde.

»Vergiss nicht«, fügte sie hinzu, »dass du mich gebeten hast, *dich* mitzunehmen, und dass ich dir den Wunsch erfüllt habe – wider bessere Einsicht übrigens.«

Finn trat neben sie, legte vorsichtig ihre Hand auf Maeves Schulter. »Er hat recht, Mutter. Allerdings nicht nur, weil du nicht verwundet werden darfst.« Der Wind blies ihr die kupferfarbenen Haare ins Gesicht. Sie nahm all ihren Mut zusammen. »Du wirkst irgendwie … anders. Es ist irgendetwas geschehen, das dich verunsichert hat, und … das macht mir Angst, genau wie Ailill.«

Maeve starrte den Boden zu ihren Füßen an. Anscheinend gab es viele Arten, tapfer und kühn zu sein. Sie legte ihre Hand auf Finns warme Finger. »Kleiner Rotschopf, so nennt Garvan dich doch.« Sie warf ihrer Tochter einen kurzen Blick zu. »Wie töricht von einer Mutter, ihrem Kind ihren Eigensinn zu vererben. Ich hätte es besser wissen müssen.«

Finn lächelte.

Maeve drückte ihre Hand und drehte sich um. »Ich habe mich eine Zeit lang nicht wohlgefühlt, aber ich bin mir absolut sicher in dem, was ich tue.« *Ich habe schon so viel ertragen; also werde ich auch das ertragen.* Sie legte sich ihren Schwertgürtel um die Taille, sodass die Scheide hinter ihrem Oberschenkel zu liegen kam. »Ich werde von hier oben aus zusehen. Du aber wirst jetzt vernünftig sein und zu Levarcham und den Wagen zurückgehen.«

Finn machte ein langes Gesicht. »Aber … Nein! Ich muss doch sehen …«

»Ich sage dir das jetzt nicht als Mutter, sondern ich befehle es dir als deine Königin! Was hat es für einen Sinn, dich im Kampf mit Waffen zu unterrichten, wenn du mir nicht gehorchen willst?«

Finn kaute auf ihrer Unterlippe herum. »Aber Fraech ist der Heerführer, und ich bin mir sicher, dass er es mir erlauben wird.«

»Du vergisst anscheinend, dass ich auch seine Königin bin. Und jetzt geh, bevor ich böse werde.« Maeve drückte Finn einen Kuss auf die Stirn, nahm sie bei den Schultern, drehte sie herum und verabschiedete sie dann mit einem sanften Klaps auf den Hintern.

Mit ein paar Kriegern als persönliche Leibwache nahm Maeve dann am Ende des Kamms in der Nähe des Walls der Ulaid ihre Stellung im Schutz einer kleinen Gruppe von Bäumen ein. Jetzt ertönten bereits die Kriegstrompeten, und ihr lauter Schall wurde von den Hügeln zurückgeworfen.

Das Heer aus Connacht begann mit dem Sturm zu Fuß das Tal hinauf. Es wurde von den Ulaid mit einem Hagel von Speeren empfangen. Die Angreifer wichen den fallenden Lanzen geschickt aus und brandeten dann gegen den Schutzwall wie eine Welle, die sich gegen Felsen wirft.

Atemlos sah Maeve zu, wie Fergus seine Krieger des Roten Zweigs anführte. Fraech war ebenfalls groß genug, um die Männer um ihn herum zu überragen, während sein Helm blitzte. Seine Kämpfer gruppierten sich um ihn, während er ruhig und überlegt seine Befehle rief und sie immer wieder ermutigte. Ailill befahl seinen Galeóin, ihre eigenen Speere zu werfen, und zwang die Ulaid damit, hinter ihrer Palisade in Deckung zu gehen.

Speere schwirrten jetzt aus allen Richtungen durch die Luft, glitzerten wie Regen.

Eine Gruppe von Kriegern aus Connacht, gedeckt von den Speeren der Galeóin, rannte nun gegen den Wall an und schwang sich mit akrobatischen Saltos nach oben. Sie kletterten an den Palisaden hoch, während die Verteidiger der Ulaid verzweifelt versuchten, sie herunterzuwerfen, was ihnen nur zum Teil gelang, weil sie gleichzeitig mit ihren Schilden die Speere abwehren mussten. Maeves Blick schoss hin und her. *Das hat Fergus ihnen beigebracht.* Diese Kampftechniken trugen unzweifelhaft den Stempel des Roten Zweigs.

Jetzt strömten noch mehr von Maeves Kriegern herbei. Die mächtige Flut von Connacht breitete sich jetzt rechts und links an den Palisaden aus, die die Tore der Macha flankierten. Die Verteidiger der Ulaid schrien »Macha! Macha!«, während sie mit ihren Klingen nach unten stießen. Männer aus Connacht stürzten in den Graben, blieben dort in blutigen Knäueln liegen.

Etwas blitzte plötzlich am Himmel auf. Einer von Maeves Leibwächtern stieß einen Warnschrei aus.

Maeve duckte sich instinktiv. Ein Speer prallte gegen den Stamm einer Birke ganz in ihrer Nähe, ein weiterer bohrte sich in den Baum hinein. Während Splitter auf sie herabregneten, fasste Maeve sich an die Wange. Als sie ihre Finger ansah, waren sie voller Blut.

»In Deckung!«, schrien ihre Krieger, rissen ihre Schilde hoch, während sie sich zurückzogen. Weitere Speere trafen die Schilde, prallten jedoch wirkungslos davon ab. Dann jedoch kam einer sehr tief angeflogen und durchbohrte die Wade eines jungen Kriegers, der laut aufschrie und zu Boden stürzte.

Maeve hob seinen Schild hoch und befahl zwei Krieger zu dem Verwundeten. »Bringt ihn in Sicherheit! Schnell!«

Sie schob ihren Unterarm durch den Haltegurt und hob den schweren Schild über ihren Kopf, legte ihn auf die anderen Schilde, um auf diese Weise ein schützendes Dach aus Holz zu bilden. Während sie sich zurückzogen, blieb Maeve mit dem Fuß an einer Wurzel hängen. Sie stolperte und fiel. Instinktiv versuchte sie, ihren Bauch zu schützen. In diesem Moment stieß einer ihrer Krieger wieder einen Warnruf aus, und sie riss ihren Schild mit beiden Händen nach oben.

Ein Aufschlag ließ ihre Handgelenke erzittern.

Maeve starrte den Schild an, holte erschrocken Luft. Ein Speer war durch den Schild gedrungen. Sein Schaft steckte im Holz. Seine glitzernde Spitze zielte auf ihr Herz. Irgendjemand hatte ein Zeichen in das Metall geritzt – die Mondsichel der Macha.

Sie hörte das Blut in ihren Ohren rauschen.

Maeve hinkte mit ihren Kriegern davon, ihr Oberschenkel schmerzte, und sie trug schwer an dem Schild mit dem darin steckenden Speer. Schließlich endete der tödliche Schauer. Maeve warf den beschädigten Schild einfach weg. Während sich die anderen um die Verwundeten kümmerten, lehnte Maeve sich mit dem Rücken gegen den Stamm einer Esche. Sie sah wieder ins Tal hinunter, wo die Schlacht weitertobte.

*Die Ulaid hatten Verstärkung bekommen!*

Die Grenz-Lords hatten den größten Teil ihrer Männer in den Hügeln hinter den Wällen versteckt. Ihre Speerwerfer hatten sich zu beiden Seiten des Tores verteilt. Jetzt kamen alle Ulaid aus ihren Verstecken, und das Tal hallte von ihren wilden Kriegsschreien wider.

Die Wucht des Angriffs, den Maeves Krieger führten, ließ nach, als die frischen Krieger der Ulaid in den Kampf eingriffen. Der Strom ihrer Männer floss jetzt langsam wie dickes Blut und nicht mehr wie sprudelndes Wasser in einem Bach.

Inzwischen hatten einige Männer aus Connacht die Tore erstürmt; Maeve glaubte, unter ihnen den Adler auf Fraechs Helm zu erkennen. Im nächsten Augenblick öffneten sich mit lautem Knarren die Tore, und die Kämpfer davor und dahinter vermischten sich zu einem wilden Knäuel.

Maeve blinzelte kalten Schweiß aus ihren Augen.

Eine Gestalt, groß wie ein Bär, kam mit weit ausgreifenden Schritten den Hügel hinauf auf sie zu und zerrte dabei einen dürren Kämpfer hinter sich her. Maeve ließ den Baum los und hinkte auf Fergus zu. Seine runzeligen Wangen waren mit Blut bespritzt. Sein Schwert war dunkel von Blut.

Fergus warf den Gefangenen zu Boden und hielt ihn mit dem

Fuß fest. Seine Brust hob und senkte sich, sein Gesicht war erhitzt. »Die viehzüchtenden Lords haben offensichtlich ihre Differenzen beigelegt.« Er schüttelte den Schweiß aus seinen Haaren. »Wir werden also nicht einfach durchbrechen können. Das heißt, dass wir in diesen Gräben festsitzen werden.«

»Wir können, wenn wir durchhalten …«

»Nein!«, schrie er mit glasigem Blick. »Unsere Kräfte werden erschöpft sein, bevor wir Emain Macha auch nur erreicht haben!«

*Und Conor.*

Maeve sah den Mann an, der sich verzweifelt unter Fergus' Fuß wand. »Was bringst du mir da?«, fragte sie den ehemaligen König der Ulaid.

Fergus grinste höhnisch. »Diejenigen, die davonrennen, sind verängstigt genug, um zu verhandeln.« Er beugte sich zu dem wimmernden Kämpfer der Ulaid hinunter, der mit großen Augen Fergus' Schwert anstarrte. »Sag der Königin, was du mir gesagt hast, und ich werde dich verschonen.«

Der Mann drehte sein Gesicht, sodass es jetzt im Schlamm lag. »M… mein Herr ist Aed, der Sohn des Cumhall. Das dort sind seine Männer und die Krieger von Lord Finbar und von Lord Cainnech.«

»Keine Krieger des Königs?«, wollte Maeve wissen.

Der Mann schüttelte den Kopf, bekam dabei Schlamm in den Mund. »Es sind schon seit vielen Tagen keine Reiter mehr aus Emain Macha gekommen.«

Fergus entblößte seine Zähne zu einem grimmigen Lächeln und sah Maeve an. »Es ist kein einziger scharlachroter Schild und kein goldener Baum auf dem Schlachtfeld zu sehen.« Er erhöhte den Druck seines Fußes auf den Gefangenen. »Sag ihr, warum das so ist.«

»Wir haben seltsame Dinge gehört. Der Rote Zweig wurde von einer Krankheit niedergeworfen. Sie liegen alle mit Bauchschmerzen auf dem Krankenlager und können sich nicht mehr rühren!«

Während um sie herum der Gestank von Blut waberte, wechselten Maeve und Fergus einen vielsagenden Blick.

# 30

Maeve streifte in der Abenddämmerung durch ihr Feldlager, ziellos wie die bleichen Schwaden von Rauch, die durch die Luft zogen.

Kurz vor Einbruch der Dunkelheit hatte sich abgezeichnet, dass an diesem Tag weder die Kämpfer aus Connacht noch die Krieger der Ulaid den Kampf zu ihren Gunsten entscheiden würden. Die Wälle und Hügel boten den Ulaid einen taktischen Vorteil, obwohl Maeves Krieger ihnen sowohl an Zahl als auch an Können überlegen waren.

Es war bislang keinem von ihnen gelungen, durchzubrechen und so dem Gegner eine vernichtende Niederlage beizubringen.

So wie es die Ehre verlangte, hatten sich beide Heere bei Sonnenuntergang zurückgezogen, um ihre Verwundeten zu versorgen und sich von ihren Toten zu verabschieden. Die Ulaid hatten Bäume herbeigeschleppt, um die Lücke im Wall zu schließen. Zu beiden Seiten des Tals brannten jetzt die Scheiterhaufen, und der Gestank der Begräbnisfeuer lag ekelerregend süß in der Luft.

Maeve wollte ihre Krieger nicht unüberlegt in den Kampf schicken. Wenn sie jetzt einen Angriff befahl, würden viele von ihnen in der Dunkelheit sterben, auch wenn die Feuer das Schlachtfeld mit einem matten Schein überzogen. Sie hatte sich den Vormarsch ins Ulaid leichter vorgestellt.

Sie hielt inne, lauschte dem schmerzvollen Stöhnen ringsum. Stapel mit erbeuteten Waffen glänzten unter einem bronzefarbenen Mond.

Maeve hatte geschworen, dass sie sich, wenn sie ihre Krieger in die Schlacht schickte, nicht von dem Gestank des Bluts und den Leiden der Verwundeten abwenden würde. Also hatte sie, als sich die Dämmerung auf das Schlachtfeld gelegt hatte, zusammen mit den Druiden neben ihnen gekniet, hatte ihre Hände gehalten und sich über sie gebeugt, um ihre letzten Worte zu hören.

In dieser Nacht war sie für diese Männer Bríd, Eriu und Danu – die sanfte, liebende Mutter, die sie nach Hause rief. Und zum ersten Mal seit Tagen regte sich in Maeves Herz etwas. Es krampfte sich schmerzhaft zusammen.

Jetzt, am Rand des Lagers, kniete Maeve am Ufer eines Wasserlaufs nieder, um die Asche von ihrem Gesicht zu waschen. Nur hier, in der Dunkelheit, durften ihr Tränen übers Gesicht laufen und auf ihre Hände tropfen. Sie brauchte sich weder zu bewegen noch zu sprechen oder irgendetwas zu verbergen.

Dort fand Levarcham sie.

Sie sei auf den Hügel gestiegen, erzählte die Druidin Maeve, um einen Blick auf das Ulaid werfen zu können. Sie hätte sich eine Vision erhofft. Sie schlug ihre grauen Augen nieder. Stattdessen hätte sie im Nebel und im Wasser einen flüchtigen Blick auf die Krankheit des neuen Roten Zweigs der Ulaid werfen können.

Der gefangene Krieger hatte also die Wahrheit gesagt.

Als die Druidin verstummte, starrte Maeve in die zunehmende Dunkelheit. Die Muttergöttin Eriu musste jetzt wieder in den Hintergrund treten. Jetzt musste sie Macha, die Königin der Schlacht, aus ihrem Schattenreich herbeirufen.

Maeve und Levarcham machten sich gemeinsam auf den Weg zum großen Zelt der Heerführer, das aus groben Rinderhäuten bestand. Maeves geschwollene Augen mussten sich erst an den Schein eines Kohlenbeckens und der Hornlampen gewöhnen, die von den Zeltstangen, die das Dach bildeten, herabhingen. Brennende Dochte in mit Öl gefüllten Schalen gossen ein helleres Licht auf einen Tisch, auf dem verschiedene Speisen standen.

Während Maeve die Brosche ihres Umhangs löste, suchte sie instinktiv nach drei bestimmten Gesichtern. Finn. Garvan. Fraech. Den Göttern sei Dank. Alle drei waren weitgehend unversehrt.

Auch Ailill, Fergus und Cormac waren anwesend. Sie hatten es sich auf Kissen bequem gemacht und tranken Ale. Wandbehänge aus Wolle und Fellen schützten sie vor der Kälte der Nacht.

Fraech saß mit schmutzigen Stiefeln und blutbeflecktem Kittel zusammengesunken auf einem Stuhl. Finn kauerte neben ihm und warf immer wieder einen Blick auf die blutigen Schrammen auf seinen Unterarmen.

Maeve ging zu Fraech, neigte ihren Kopf und berührte ihre Stirn mit ihrer Faust. »Du hast die Hauptlast des Angriffs auf die Tore getragen. Dein Mut und deine Tapferkeit haben diesem Tag Glanz verliehen.«

Die Maske aus Ruß ließ Fraechs grüne Augen noch lebhafter erscheinen, und trotz seiner Müdigkeit war in seinem Lächeln Stolz zu erkennen. »Ich danke dir, Base.«

Maeve drehte sich um und bot Fergus ihr Handgelenk zum Gruß der Krieger. Fergus schnaubte, als sie sich vergeblich bemühte, seinen kräftigen Unterarm mit ihren Fingern zu umfassen. Schließlich gab sie auf und klopfte ihm auf die Schulter. Er hatte seine Loyalität bewiesen, wenn schon nicht ihr gegenüber, dann wenigstens gegenüber ihrer gemeinsamen Sache. Auch Cormac hatte gut gekämpft. Sie murmelte ihren Dank und berührte kurz seinen Arm.

Über Garvans Auge klaffte ein Schnitt, und durch einen Verband aus Leinen an seinem Handgelenk sickerte Blut. Maeve konnte kaum hinsehen. Er war einer der Ersten gewesen, die auf dem Wall der Ulaid gestanden hatten. »Lass die Wunde versorgen«, flüsterte sie ihm ins Ohr, als sie ihn umarmte.

»Das ist nichts.« Sein Lächeln war wehmütig. »Als ich mich bereit erklärte, dir zu folgen, Hitzkopf, hatte ich keine Ahnung, wohin mich das führen würde.«

»Aber das hier ist doch besser als die Wildschweinjagd und Würfelspiele?«

»Hmmm – ein warmes Feuer, ein großes Fass Ale und ein Mädchen auf meinem Schoß … im Augenblick klingt das ziemlich verlockend für mich.«

Ihr Lächeln war müde, als sie sich umdrehte und Ailill zunickte. Er war weder verletzt noch schmutzig, da er mit seinen Speerwerfern in der hintersten Reihe gestanden hatte.

Gütige Götter, Maeves Kehle war trocken wie Sägemehl. »Hier, Mutter.« Finn sprang auf und schenkte ihr einen Becher Ale ein.

Maeve trank und stellte den Becher auf den Tisch. »Levarcham, Conors Druidin und eine große Seherin, hatte eine Vision von dem Ort, den sie einst ihr Zuhause nannte.«

Alle Blicke wandten sich Levarcham zu, als diese über den Teppich nach vorn humpelte. Fraech rappelte sich auf und deutete stumm auf seinen Stuhl, auf dem die Druidin Platz nahm.

»Was dir der Gefangene gesagt hat, ist wahr«, sagte Levarcham zu Fergus. Ihre Stimme raschelte wie das Schilf im Wind. »Der Rote Zweig ist von einer schrecklichen Krankheit befallen.« Sie packte die Lehnen ihres Stuhls, ihre Augen blickten in die Ferne. »Conor hat alle Frauen aus Emain Macha verbannt. Damit hat er die Göttin entehrt.« Sie fuhr sich mit der Zunge über die Lippen. »Dies ist nun die gerechte Strafe der Göttin.«

Fergus runzelte die Stirn, während er Levarcham unverwandt anstarrte. Er schien einen inneren Konflikt auszutragen.

Maeve ging vor den Männern auf und ab. »Macha hat die Ulaid wegen Conors Gier verflucht. Sie ruft nach jemandem, der das Land von ihm befreit und das Volk beschützt. Diese Nachricht hat alles verändert.« Sie blieb vor Fergus stehen. *Jetzt zeig, wer und was du bist, Mac Roy.*

Fergus hatte ein kleines Hirschamulett aus seinem Kittel gezogen, eine kleine Schnitzerei aus Geweihhorn, wie sie die jungen Krieger zur Jagd mitnahmen. Jetzt strich er nachdenklich darüber, steckte sie dann wieder in seine Tunika und erhob sich schwerfällig von seinem Kissen. »Wir stehen mehr Verteidigern gegenüber, als wir es erwartet hatten, zudem befinden wir uns hier in einem Sumpfgebiet. Es gibt nur wenige Wege mit festem Untergrund, die für ein so großes Heer wie das unsere geeignet sind. Wir riskieren also, dass unser Vormarsch stecken bleibt. Wenn wir uns aber zurückziehen, werden sie uns nachsetzen, und wir werden unsere Kräfte hier in diesen Sümpfen verausgaben. Nach Emain Macha werden wir so niemals kommen.«

Maeve unterbrach ihn. »Die Ulaid haben den Vorteil ihrer Befestigungsanlage und des höheren Geländes. Es wird uns nicht gelingen, ohne große Verluste durchbrechen. Wir sollten also versuchen, mit einem Teil unserer Krieger die Ulaid hier zu binden, während ein anderer Teil den Weg um das Marschland herum sucht. Schließlich ist es nur Conor, den wir haben wollen.«

Fergus machte eine Kopfbewegung zu Ailill hin. »Du hast mit dem Weg an der Küste entlang recht. Wenn der neue Rote Zweig von einer Krankheit außer Gefecht gesetzt ist, ist Emain Macha ohne wirkungsvolle Verteidigung. Wir werden also mit einer kleineren Gruppe von Kriegern zuerst nach Osten reiten und dann vom Süden her in Emain Macha einfallen.«

Cormac stieß einen Fluch aus. »Der Weg nach Osten führt durch die Ländereien des Wachhunds! Und Cúchulainn …«

»… ist auch krank«, beendete Maeve den Satz.

»Die gefangenen Ulaid an meinem Feuer sagen, sie hätten gehört, dass Cúchulainn in Emain Macha ist und genauso vor Fieber brennt wie alle anderen.« Fergus schlug mit seiner Faust in seine Handfläche. Sein Gesicht leuchtete nun vor Tatendrang. »Auf diese Weise können wir Nessas Bastard umzingeln und ihn in seinem Bau stellen.«

Jetzt meldete sich Fraech zu Wort. »Mein Herz sagt mir, dass es die Götter selbst sind, die uns diesen Weg weisen. So könnten wir Emain Macha ohne eine weitere verlustreiche Schlacht einnehmen.«

»Wir dürfen uns nicht hier in diesen Sümpfen binden lassen«, stimmte auch Ailill zu, obwohl er Fergus dabei verdrossen ansah. Er stand auf, streckte seinen Rücken und ließ seine breiten Schultern kreisen. »Wenn wir das tun, werden Niall von Mumu und mein Vater irgendwann all ihre Krieger zurückrufen.«

Garvan trat zu Maeve, die Hand auf dem Heft seines Schwerts.

»Dann wäre es mir als Kämpe von Connacht eine Ehre, die Krieger zu befehligen, die den Westen halten, wenn du das willst.«

»Tu das.« Maeve legte ihre Hand auf seine Schulter. Er war von all ihren Männern derjenige, dem Ruhm am wenigsten bedeutete. Ailill, Fraech, Cormac und Fergus würden um nichts auf der Welt darauf verzichten, bei der Eroberung von Emain Macha dabei zu sein. »Wir brechen in der Morgendämmerung auf«, sagte sie zu den anderen. »Wählt eure besten Krieger aus.« Levarcham und die Männer verließen das Zelt. Finn sprang auf und folgte ihnen zusammen mit Fraech.

Maeve hielt Fergus zurück. »Ich werde es Ferdia sagen.«

»Das kannst du gerne tun. Dieser Welpe wird mir die Hand abbeißen, wenn er das hört.«

Erschöpft strich sie sich die Haare zurück. »Vielleicht auch nicht.«

»Maeve.« Fergus ließ das Ale in seinem Becher kreisen, warf einen kurzen Blick zur Tür, bevor er sie wieder ansah. »Du hast deine Rolle zu gut gespielt. Ailill glaubt das, was er von uns sieht. Nimm dich in Acht, dass nicht er es ist, der zubeißt.«

»Ach was, Hunde, die bellen, beißen nicht.« Maeve hob ihren Umhang auf. »Er ist niemals eifersüchtig. Genau deshalb habe ich ihn auch als Ehemann gewählt. Er hat Dutzende von Frauen, um seine Begierde zu befriedigen.«

»Du bist nicht wie die anderen Frauen.« Fergus rülpste und zupfte Klümpchen von getrocknetem Schlamm aus seinen grauen Haaren.

Sie zog eine Augenbraue nach oben. »Soll das heißen, dass du mir jetzt den Hof machst?«

Er schloss die Augen und schüttelte seinen zottigen Kopf. »Frau, ich könnte kein Mädchen nehmen, selbst wenn es um mein Leben ginge. Ich will mich nur noch waschen … und dann nur noch schlafen.«

»Dann genieße beides. Die größte Herausforderung liegt noch vor uns.«

Vor dem Zelt setzte Maeve ihre Kapuze auf und ging wieder ins Lager zurück. Kurz darauf blieb sie stehen. Die gedämpfte Stimmung der Dämmerung war einer wilden Ausgelassenheit gewichen.

Die Frauen, die den Tross begleitet hatten, hatten sich jetzt mit den Kriegern um die großen Feuer versammelt, wo sie Schläuche mit Met und Ale leerten. Wilde Melodien wurden auf Knochenflöten gespielt, Trommeln schlugen einen rasenden Takt. Die Frauen tanzten, die Röcke gerafft, mit blutverschmierten Männern um die Flammen, während die Krieger ihre Köpfe in den Nacken legten und mit großer Erleichterung ein Heulen ausstießen, weil sie einen weiteren Tag überlebt hatten.

Maeve stand im Dunklen wie angewurzelt da. Um sie herum pulsierte die Luft, und der Rhythmus der Trommeln riss auch sie mit.

Sie begriff.

Ihr Arm, mit dem sie den Schild gehalten hatte, schmerzte noch vom Aufprall der Lanze, das Glitzern ihrer Spitze brannte noch immer in ihren Augen. Als die tödliche Waffe sie so knapp verfehlt hatte, hatte der Wind einen Moment lang wieder so süß gerochen wie früher, hatte die Sonne wieder hell für sie gestrahlt.

Wenn Tod und Leben so nahe beieinanderlagen, war es also dieses Gefühl, wonach die Krieger sich so sehr sehnten.

Mit brennendem Gesicht ging Maeve weiter durch das Lager. Überall sah sie Paare, die unter Decken aus Hirschleder oder im Schutze von Ästen miteinander schliefen. Ihre lustvollen Schreie ließen auch Maeves Atem schneller werden, Schweiß prickelte auf ihren Brüsten. Wenn irgendein Mann sie jetzt dazu aufgefordert hätte, sich ihm hinzugeben, sie hätte es getan, denn schon der nächste Speer konnte ihr den Tod bringen. Sie wusste jetzt, dass sie die diesseitige Welt einfach nicht mit diesem Gefühl der Kälte und inneren Leere verlassen durfte.

Inzwischen hatte sie den Rand des Lagers erreicht.

Ferdia hatte sich unter einer Kuppel aus Zweigen und in Hirschhäute eingehüllt zum Schlafen niedergelegt. Im Schein der Feuer sah er aus wie eine Motte in einem Kokon. Maeve ging auf die Knie und kroch zu ihm unter die Zweige.

Die Motte entfaltete sich, und Ferdia drückte ihr mit einer blitzschnellen Bewegung eine Klinge an die Kehle. Die Berührung ließ Maeves Puls hämmern. Hitze schoss in ihre Lenden. *Sie war lebendig.*

»Ich sehe, dass du kaum noch Ale hast«, presste sie mühsam hervor. Sie zeigte auf eine Ziegenlederflasche, die sie unter dem Arm trug.

Seine Pupillen wirkten im Schein des Feuers vollkommen leer, seine Seele schien weit weg zu sein. Der Dampf seines Atems ließ Maeves Augen tränen. Er ließ das Messer sinken. Obwohl es unbequem war, schlief Ferdia jede Nacht in seiner Rüstung. Die Platten schabten aneinander, als er vor ihr zurückwich.

Maeve packte ihn an seinem Kittel. »Ich habe Neuigkeiten von Cúchulainn.« Als sie ihm berichtete, was sie erfahren hatte, spannte sich Ferdias Körper an. »Komm nicht auf die Idee, uns zu verlassen«, warnte Maeve ihn. »Der Wachhund ist krank und wird nicht gegen uns kämpfen. Falls es dir gelingt, deinen Frieden mit ihm zu machen, werde ich ihn verschonen.«

Der Tod war in dieser Nacht allgegenwärtig, die Asche der Begräbnisfeuer kratzte in ihrer Kehle. Daran wollte sie jetzt jedoch nicht denken.

Genauso wenig durfte sie weiterhin in ihrem Innern so taub bleiben, wenn sie sich unter all diesen heißblütigen Kriegern behaupten wollte. Sie musste die Flamme wieder finden, dieses Feuer des Geistes und des Körpers, das sie ergriffen hatte, als … Ihr stockte der Atem.

Ferdias Kopf fuhr herum.

Maeve sah den gebrochenen Mann im Feuerschein vor sich an, und erkannte plötzlich sich selbst. Sie sah eine sehr tiefe Wunde. Der Schmerz eines unerträglichen Verlusts hatte sich mit jeder Falte und jeder Vertiefung in sein Gesicht eingegraben.

Das war sie selbst.

Sie nahm sein Kinn in die Hand. »Um aller Götter willen, Ferdia. Wenn du ihn findest, dann geh zu ihm, damit du das hier nicht mehr fühlen musst.« Sie schlug Ferdia auf die Brust, um diesen Schmerz für sie beide zu zerschmettern. »Geh zu ihm und mach dem allen ein Ende – wenigstens für dich selbst!«

Die Muskeln unter Maeves Fingern spannten sich an.

Ferdia richtete sich auf, hielt Maeve an den Haaren fest und presste dann ihren Kopf gegen seine Schulter, drückte sie schließlich mit seinem Gewicht auf sein Lager. Ein leiser Laut entfuhr Maeve, als er mit seinen Händen an ihrer Hose herumzuhantieren begann.

Ferdias Gesicht streifte das ihre, und er schmeckte ihre salzigen Tränen. Er hielt inne. »Dann fühlst du also doch noch etwas, Königin der Raben«, zischte er.

Sie wandte den Kopf ab. Ihre Hand lag auf ihrem Mund. *Nicht das. Spüre nur das Feuer.* Sein Körper presste sich auf sie, ihr Bauch an seinen Lenden. *Spüre die Flamme,* rief sie sich zu. Sie musste wieder Feuer fangen.

Plötzlich drückte Ferdia ihr mit seinem Gewicht die Luft, das Leben aus dem Körper. *Nein.* Maeve keuchte laut, schlug gegen seinen Brustkorb, versuchte ihn von sich herunterzuschieben. »*Nein.*«

Beim ersten Schlag zuckte Ferdia überrascht zurück. Beim zweiten knurrte er angewidert und rollte von ihr herunter. Dann setzte er sich auf, die Hände vor seinem Gesicht. Maeve schlang ihre Arme um ihren Oberkörper. Ferdia griff nach der Lederflasche mit Ale, leerte sie in einem Zug und warf sie dann beiseite. »Geh.« Er vergrub sich wieder in seinen Pelzen.

Die Wildheit der Nacht pulsierte noch immer in Maeve, aber als sie zu den Sternen blickte, kroch ihr ein kalter Schauder über den Rücken. Ruán hatte nur gelächelt, als sie versucht hatte, auf diese Weise mit ihm zu schlafen, und sie mit einer Berührung besänftigt. Ihre Hand wanderte unwillkürlich zu ihrem Hals. Er hatte Geheimnisse in ihre Haut geflüstert … heilige Dinge.

Maeve setzte sich auf, zog ihren Kittel nach unten und schlang fröstelnd die Arme um ihre Beine. *Verzeih mir. Verzeih mir.* Dies war das erste Mal seit Wochen, dass sie im Geiste etwas zu Ruán sagte.

Sie war die seine, ob er das nun wollte oder nicht. Ihr Schmerz würde nicht enden. Zum ersten Mal drang diese Erkenntnis durch alle Schichten ihrer Seele. Von jemandem getrennt zu sein, hieß nicht, dass das Herz frei war.

Da gab es nichts Greifbares, das sie hätte zerreißen können, kein Band und auch kein Seil. Kein Fleisch, in das sie hätte schneiden, keinen Knochen, den sie hätte brechen, keine Ader, die sie hätte durchtrennen können. Die Verbindung konnte nicht gelöst werden. Sie konnte nur erduldet werden.

Diese Wahrheit rann Maeve jetzt in bitteren, lautlosen Tränen über die Wangen und tropfte von ihrem Kinn, bis ihr Kittel nass war.

Als Ferdia leise schnarchte, stand Maeve auf und stolperte durch das Lager zurück zu ihrem Zelt.

Die meisten der Feiernden waren einfach an Ort und Stelle zu Boden gesunken oder sie waren in ihre Bettfelle gekrochen. Der Schlag der Trommeln an den Feuern hatte jetzt keinen Rhythmus mehr, das Kreischen der Stimmen klang nicht mehr menschlich. In der Nähe ihres Zeltes verfing Maeve sich mit dem Fuß in einem Seil und verlor das Gleichgewicht. Jemand fing sie auf und zerrte sie in die Dunkelheit. Maeve wand sich und stieß dem Mann ihr Knie in den Unterleib.

Er kicherte, blockte den Stoß mit seinem Oberschenkel ab. »Du glaubst doch nicht, dass ich darauf reinfalle«, lallte er. »Ich hatte jede Menge Übung mit dir.«

»Ailill!« Sie schlug ihm mit der Faust auf die Brust. »Du hast mich erschreckt.«

»Wenn du nachts durch die Gegend schleichen kannst, dann kann ich das auch.« Er bekam Schluckauf. »Wo warst du?«

Maeve versuchte noch immer ihre Gedanken zu sammeln, als Ailill sie an sich zog und an ihrem Hals schnüffelte wie ein in der

Erde wühlendes Wildschwein. »Um wen hast du deine Schenkel geschlungen, sag?«

»Jetzt sei nicht albern.« Ihre Stimme klang hohl, ihre Nase war vom Weinen geschwollen. »Mein Körper gehört mir. Das war die Vereinbarung.«

»Die *Vereinbarung* war, dass ich mit dir schlafen kann, wann ich will.«

»Sie lautete, dass du Privilegien genießt, Macht ...«

»Macht?«, zischte Ailill und taumelte rückwärts. Das Licht der Sterne schimmerte auf seinen entblößten Zähnen. »*Die* gibst du denen, mit denen du vögelst. Diesem schwarzhaarigen Bastard und deinem hochnäsigen Vetter ...«

»Hör auf.« Maeve wandte sich ab.

Ailill packte sie an ihrem Hals, drückte zu. »Und wer hat dich heute Nacht geritten? Fergus? Jeder weiß es. Glaubst du, ich bin *blind?* Vögelst ihn, anstatt *mir* zu geben, was du mir versprochen hast!«

Er sah sie an, als wäre er von Sinnen. »*Fergus?* Wir spielen Fidchell, und er erzählt mir von den Ulaid. Er ist alt genug, um mein Vater zu sein!«

»Nein ...« Ailill schwankte, und sein Griff lockerte sich. »Es ist immer nur die Macht, die du willst. Du wolltest nie etwas anderes.«

Sie hätte am liebsten laut gelacht, aber die Trostlosigkeit seiner Behauptung nahm ihr den Atem. Niemand schien sie auch nur im Geringsten zu kennen.

Maeve stieß seinen Arm weg. »Du bist wirklich unglaublich dumm«, murmelte sie, während sie über die Schilde hinter ihr zurückwich. »Ich höre mir das Geschwafel eines besoffenen Feiglings nicht länger an.«

Ailill machte einen Satz auf sie zu, stolperte aber über das Seil und landete auf dem Boden. Maeve war verschwunden, noch bevor er sich wieder aufrappeln konnte.

Der Wind fegte über die kahlen Felsen auf den Steinernen Inseln.

Er riss an Ruáns Umhang, zerrte an seinen Haaren. Ruán hieß

die Kälte willkommen, hielt inne, um den Geruch von Meer, Fels und Thymian in sich aufzunehmen. Er kostete alles aus, was ihm seine verbliebenen Sinne sagten.

Dann konzentrierte er sich wieder und nahm seinen Weg zwischen den umgebrochenen Erdschollen erneut auf. Die Fischer hatten unter seiner Anleitung Seetang und Sand auf den felsigen Untergrund aufgebracht, damit sich Erdboden bildete und sie dort irgendwann Gerste pflanzen konnten. Jetzt rief er die Quelle allen Seins in diesen kahlen Boden, genauso wie er jeden Tag Leben in die Fischernetze bat.

Ruáns Sinne entfalteten sich in seinem Inneren. Statt brauner Erde und blauem Himmel wie früher erschien ihm die Welt jetzt als silbernes Leuchten und graue Schatten. Er sah sie klar und deutlich und ging deshalb auch die gepflügten Furchen entlang wie jemand, der mit seinen Augen sehen konnte. Er hielt die Arme weit ausgestreckt, als er die Quelle allen Seins herbeirief, damit sie durch den Boden floss.

Die Ekstase der Quelle allen Seins ergriff von ihm Besitz. Wie ein Leuchtfeuer strahlend, lenkte Ruán sie in die Gerstensamen, die noch in der Erde unter seinen Füßen schlummerten.

Der Boden war uneben, Ruán aber ging sicheren Schritts, umkurvte die aufgeschichteten Felsbrocken, die die Bauern von den Feldern geholt hatten, damit dort das Leben ungehindert sprießen konnte. Er drehte sich um, bereit, den Hang noch einmal abzugehen …

*… und sah plötzlich völlig andere Früchte, die über den kahlen Boden verstreut lagen … Körper mit verdrehten Gliedmaßen, Blut, das anstelle der Quelle allen Seins ins Erdreich sickerte …*

Ruán stolperte. Mit einem Mal war um ihn herum alles schwarz. Er verlor sein Gleichgewicht und fiel auf Hände und Knie. Nachdem er aufgestanden war, rieb er sich die Erde von seinen Handflächen. Er schüttelte den Kopf, damit er wieder klar wurde. *Geht weg.*

Ruán atmete tief ein und bemühte sich, durch die Schleier ins

Licht zurückzufinden. Ein leichtes Schimmern kehrte wieder, und er begann weiterzugehen.

*Seinen Weg querte ein Fluss … zerschlagene Körper zwischen den Felsen. Eine Frau auf ihren Knien, Blut floss aus ihren Lenden in den Boden.*

Ruáns Herz warf sich ihr mit einem großen Satz entgegen, schneller als sein Verstand es verhindern konnte. *Maeve.* Auch sein Körper strebte zu ihr hin, er streckte die Hand aus, einen Schrei auf seinen Lippen.

In diesem Augenblick stolperte er gegen einen Haufen von Steinen und schürfte sich dabei das Schienbein auf. Die Welt geriet ins Wanken, als es um ihn herum abermals schwarz wurde. Auf den Felsbrocken bemühte Ruán sich verzweifelt, die Flamme hinter seinen Augen wieder zu entzünden, aber es wollte ihm einfach nicht gelingen.

*Gütige Götter.* In diesem Zustand konnte er die Felder nicht segnen.

Mithilfe seines Tastsinns und seines Gehörs gelang es Ruán schließlich, sich seinen Weg über den Hügel oberhalb der Felder zu suchen. Er nahm seine Enttäuschung mit, schleppte sich die Felsen hinauf. Schweißperlen standen auf seiner Stirn. Er musste einen unberührten, wilden Ort aufsuchen, wo die Quelle allen Seins nicht durch Häuser, Felder oder Wege gestört wurde.

Die Klippen im Westen.

Als Ruán den Rand der Klippen erreichte, spürte er, dass sich die Abenddämmerung auf das Land herabsenkte. Während sich die Luft abkühlte, wurde der Geruch des Grases stärker. Die Kälte des Windes auf seiner Wange wurde jetzt nicht mehr durch die Strahlen der Sonne gemildert. Unter ihm brandeten die Wellen gegen die Felsen, Gischt benetzte sein Gesicht und seine Haare.

Er spürte, wie das Sídhe-Mädchen hinter ihm Gestalt annahm, und ihm stellten sich die Nackenhaare auf.

*Du wärst besser als Möwe geboren.*

Ruán saß mit baumelnden Beinen am Rand der Klippe, die nach

oben gerichteten Handflächen auf seinen Knien. »Früher habe ich mich tatsächlich danach gesehnt, einfach von dieser Klippe abzuheben und davonzufliegen.« Jetzt war das jedoch nicht mehr der Fall. Er hatte beschlossen, mit dem glücklich zu sein, was er hatte. Einem einfachen Leben. Allein.

Sie gab ein sehr menschliches Schnauben von sich, und noch bevor er antworten konnte, ließ ihr Glanz es in seinem Inneren wieder Tag werden. In ihrer Nähe war er wieder in der Lage, die diesseitige Welt zu sehen, als hätte er Augen. Er starrte die wogenden Wellen an, die von den Strahlen der untergehenden Sonne vergoldet wurden. Das Gras zwischen seinen Finger hatte den Farbton von Bronze.

Ihre schwarzen Haare flatterten neben ihm im Wind, ihre dunklen Augen schimmerten.

*Dein Blick reicht also jetzt weiter als zuvor – bis zum Ulaid.*

Seine Wangen begannen zu glühen.

*Das ist gut so.* Sie machte es sich bequem, ohne den beängstigenden Abgrund überhaupt Beachtung zu schenken. *Du bist nun in der Lage, dieses Sehvermögen für dein Volk einzusetzen, die Quelle allen Seins herbeizurufen und die Menschen und ihre Insel zu heilen.*

»Warum entfernen mich diese Visionen dann von ihnen?« Er fegte mit der Hand ein paar Steine in die schäumende Gischt unter ihm.

Die Stille pulsierte.

Ruán atmete tief aus und senkte die Schultern. »Ich habe Maeve geholfen, Königin zu werden. Gerade jetzt marschiert ihr Heer auf das Ulaid zu. Unser beider Schicksal ist damit erfüllt.«

Sie sah ihn von der Seite her an. *Ist es das wirklich?*

Als er ihr nicht antwortete, nahm sie eine Handvoll Sand und warf sie in die Luft. Die Körnchen glitzerten, als hätten sie ein Eigenleben. *Wenn du mit den Funken der Quelle allen Seins tanzt, dann haben Zeit und Raum keine Bedeutung. Warum also siehst du Maeve nur in weiter Ferne?* In ihren Augen zeigte sich ein Schimmer von Mitgefühl. *Nur wenige Menschen vermögen die Schleier zu teilen, wie du es tust. Könnte dein Schicksal vielleicht doch noch mehr für dich bereithalten, als du es dir vorstellst?*

»Du willst mich mit deinen Fragen doch nur verspotten.«

*Dann werde ich dir eine Antwort geben. Dein Herz hat größere Macht über die Quelle allen Seins als dein Verstand. Deshalb macht es sich auch in der Ferne auf die Suche, selbst wenn deine Gedanken hier fest verwurzelt sind. Du sollst auch wissen, dass dies hier kein Ort ist, an dem du Frieden finden wirst.* Sie legte ihre Hand auf seine Brust. *Du trägst ihn in dir. Geh also zu ihr.*

Ihre Worte und ihre Berührung schickten ein ganzes Bündel aus Blitzen durch Ruáns Körper. Als die Hitze durch ihn hindurchfegte, stieß er ein heiseres Lachen aus. »Hast du vergessen, dass ich blind bin? Glaubst du wirklich, ich könne quer durch Erin wandern und sie auch noch finden?«

*Du siehst mehr, als du mit deinen Augen je gesehen hättest. Aber du musst allein gehen, sonst wirst du die Verbindung zur Quelle allen Seins verlieren.*

»Ich glaube, mir sind deine Fragen doch lieber als seine Antworten.« Als er sich die Gischt von seinem Gesicht wischte, stellte Ruán fest, dass seine Hand zitterte.

Sie lächelte. *Du bist hierhergekommen, um Vergebung zu suchen und die Macht zu finden, die du dein ganzes Leben lang gesucht hast. Aber diese Macht ist nicht nur dazu da, deinem Volk zu helfen oder die Königin der Raben zu retten. Sie ist dazu da, das Leben vieler Menschen zu retten.*

Ruáns Herz hatte sich bereits emporgeschwungen, ohne dass er dies hätte beeinflussen können. »Warum hast du mir das nicht schon damals am See gesagt?«

Sie lachte. Ihre schwarzen Haare schimmerten. *Hätten wir wirklich all die Reichtümer des Wissens einem unverständigen Kind zuteilwerden lassen sollen? Wie soll man einen Weg begreifen, wenn man ihn nicht selbst sucht? Wir haben dir deine Blindheit nicht genommen. Du musstest deine Augen schon von selbst öffnen.*

Es war seine Wahl; das hatten sie immer gesagt. »Du hast gesagt, dass es für euch nicht von Bedeutung ist, für welchen Weg wir uns entscheiden.« Zum ersten Mal seit Monaten berührte er sie jetzt wieder. Die Quelle allen Seins strömte aus ihrem Körper, der sich anfühlte wie geschmolzenes Silber, in ihn hinein. »Nur glaube ich dir das nicht.«

Ihre Augen glitzerten, und jetzt war es Ruán, der lachte. Er fühlte sich seltsam schwerelos. »Ihr habt mir das Leben gerettet und mich in euren Tanz hineingezogen. Ihr verfolgt offensichtlich ähnliche Ziele wie die Menschen, sonst hättet ihr mich im See sterben lassen!« Als sie keine Antwort gab, lehnte er sich zurück. »Wenn mir etwas geschieht, dann ist dir das also egal?«

*Ja, denn ich werde dich so oder so schon bald wieder sehen, Bruder.*

Ihre schonungslosen Worte machten ihn sprachlos.

Die Sídhe lächelte. *Du und sie, ihr beide müsst mehr Mut beweisen, bevor sich euer Schicksal erfüllt. Wenn ihr diesen Mut nicht findet, wenn ihr es nicht bezwingt, dann wird euch ohnehin keine Zukunft beschieden sein. Dann wird sie zur Zukunft von jemand anderem werden.*

»Was sollen wir bezwingen?«

Sie sprang auf, begann am Rand der Klippe entlangzubalancieren wie ein Kind auf einem Ast. *Nur du selbst kannst herausfinden, welche Macht du besitzt und was du werden kannst.* Sie stand jetzt lächelnd auf einem Fuß, und ihre Zähne blitzten so weiß wie die Möwen, die sich hinab ins Meer stürzten. *Geh zu ihr.*

Dann ließ sie sich fallen.

Ruán schrie auf und streckte instinktiv die Hand aus, um sie vor dem Sturz zu bewahren, aber die Sídhe war schon in den Schleiern aus Gischt verschwunden.

# 31

Das Heer von Connacht teilte sich. Der größere Teil der Krieger, einschließlich Ros Ruadhs altem Truppenführer und dem Heerführer aus Mumu, würde die Ulaid im Westen binden. Ein kleiner Trupp, der beweglicher und auch schneller war, machte sich auf den Weg nach Osten.

Maeve verabschiedete sich in einem kleinen Gehölz auf dem Kamm des Hügels von Garvan. Seine Männer standen mit ihren Pferden ganz in der Nähe und unterhielten sich leise.

Sich ihrer Gegenwart bewusst, umarmte Maeve Garvan, wie es unter Kriegern üblich war, und klopfte ihm auf den Rücken. »Du darfst so verrückt sein, wie du willst«, murmelte sie, »aber lass dich nicht töten.«

»Hitzkopf, wenn hier jemand verrückt ist, dann bist du das. Auch wenn du schon alles daran gesetzt hast, dich umbringen zu lassen, so ist es dir zum Glück bis jetzt noch nicht gelungen.« Er forschte in ihrem Gesicht, und sein Lächeln verblasste. »Pass auf dich auf.«

Die Sonne hatte seine Haut gebräunt, die Schnittwunde auf seiner Stirn ließ seine Augen hart und unnachgiebig erscheinen. In seinen dunklen Haaren hatte sich ein trockenes Blatt verfangen. Maeve zupfte es heraus und warf es weg. »Das werde ich, wenn du das auch tust.« Plötzlich war es ihr egal, ob man sie beobachtete. Sie nahm sein Gesicht in beide Hände und küsste ihn auf die Lippen.

Das Schimmern in Garvans Augen begleitete sie, als sie davonritt.

Ohne die Lastkarren und die Frauen kamen sie schnell voran, und so erreichte Maeve mit ihren Kriegern schon zwei Tage später die Ebene von Muirthemne in der Nähe der östlichen See.

Ferdia hatte sich seit jener unglückseligen Nacht noch mehr zurückgezogen. Wenn sie ihr Lager aufschlugen, verließ er kaum noch sein Zelt, und wenn sie unterwegs waren, ritt er ganz hinten im Zug. Aber selbst wenn er sie hasste, musste sie ihn doch in ihre Gemeinschaft zurückholen. Andernfalls war er unberechenbar und somit eine ständige Bedrohung. Ihm Geschenke zu machen, war völlig sinnlos, das war Maeve durchaus bewusst. Offensichtlich widerte ihn jetzt bereits ihre bloße Gegenwart an.

Also rief Maeve Finn zu sich in ihr Zelt. Finn hatte ihre bernsteinfarbenen Haare zu festen Zöpfen geflochten. Man sah ihr auf den ersten Blick an, wie die vergangenen Wochen und Monate ihr Gesicht verändert hatten. Es hatte seine kindliche Rundheit vollkommen verloren. Jetzt traten ihre Gesichtszüge deutlicher hervor. Der Seewind hatte ihre Wangen gerötet, und in ihren Augen sprühte förmlich das Leben. In ihrer Hose, dem Kittel und der ledernen Kappe sah sie jung und lebendig aus.

Ferdia würde alles, was zu weich oder zu üppig war, auf der Stelle abweisen. Er bewunderte Mut, die Schönheit einer scharfen Klinge, die schlichte Eleganz eines perfekt ausgeführten Kampfkunststückes. Tapferkeit. Reinheit. All das schwang in seiner Stimme mit, wenn er von Naisi oder, was allerdings nur noch selten geschah, von Cúchulainn sprach.

Verehrte er all das so sehr, weil er glaubte, dass es ihm fehlte?

»Ferdia sollte bei unseren Versammlungen anwesend sein«, sagte Maeve zu Finn, »und er sollte sich darauf vorbereiten, um Emain Macha zu kämpfen. Wir brauchen ihn.«

Finns zuversichtlicher Gesichtsausdruck verblasste. »Ich bezweifle, dass Ferdia kämpfen wird«, murmelte sie und wischte sich den Tau von ihrer Stirn, der von den Blättern eines Baumes stammte, den sie gestreift hatte. »Er scheint gebrochen, so als gebe es für ihn keinen Platz mehr auf dieser Welt.«

»Dann müssen wir eben einen Platz für ihn finden.« Maeve ging zum Tisch und nahm sich ein paar Brombeeren. Sie schmeckten wie Kieselsteine und lagen ihr schwer im Magen. »Ferdia ist ein höchst ungewöhnlicher Mann, Tochter. Sein Vater war ein Schmied aus einem armen Dorf ganz im Westen des Ulaid. Die anderen Krieger des Roten Zweigs entstammten Familien mit großen Kämpfern. Sie haben von Kindheit an in der Halle des Roten Zweigs geübt. Ferdia hatte diese Möglichkeiten nicht. Er hat hart gearbeitet und wurde schließlich, als er bereits ein erwachsener Mann war, in den Roten Zweig aufgenommen. Das unterscheidet ihn von den anderen. In meiner ganzen Zeit in Emain Macha hat er sich selten länger als eine Nacht mit einer Frau abgegeben. Er hatte keine Ehefrau, keine Kinder, keinen Herd und keine Familie. Alles, was er hatte, war Cúchulainn.«

Finns Augen weiteten sich. »Der arme Mann!«

»Ja.«

»Du klingst nicht so, als würde dich das besonders traurig machen«, bemerkte sie und hob im Strahl des Sonnenlichts, der durch den Zelteingang fiel, herausfordernd den Kopf.

Maeve kaute auf den Beeren herum und zwang sich, sie hinunterzuschlucken, auch wenn ihre Kehle wie zugeschnürt war. Sie massierte ihren Bauch, als könne sie damit die beständige Furcht wegreiben, was ihr aber nicht gelang. »Das Leben Tausender Menschen steht auf dem Spiel – es geht um die Sicherheit Connachts. Im Vergleich dazu hält sich mein Mitleid mit Ferdia in Grenzen.« Sie lächelte wehmütig und breitete die Hände aus. »Er ist einsam – wenn wir wollen, dass er bei uns bleibt, müssen wir ihm das Gefühl geben, dass er zu uns gehört. Bring ihm einfach etwas Met und rede mit ihm. Mir wird er ohnehin kein Gehör schenken.«

Finn nickte unglücklich.

Maeve legte ihrer Tochter die Hände auf die Schultern. »Im Gegensatz zu mir bist du sanftmütig …«, sie schüttelte Finn sacht, »… und freundlich.«

Das entlockte Finn ein widerwilliges Lächeln.

»Dir wird es eher gelingen, Ferdia das Gefühl zu vermitteln, bei uns willkommen zu sein.« Maeve hielt Finns Blick mit dem ihren fest. »Ich weiß einiges über die Krieger, Tochter. Der Schmerz, den er empfindet, das ist seine Scham. Wenn er kämpft, kann er seinen

Kopf wieder aufrecht tragen. Dann gewinnt er auch seine Seele zurück. Es ist gut für ihn, wenn er kämpft, nicht nur für uns. Vergiss das nicht.«

An diesem Abend suchte Finn Ferdia auf.

Es war die seit Langem kälteste Nacht. Der Wind fegte über das grasbewachsene Tiefland nördlich von Laigin. Ferdia hatte ausnahmsweise Wärme, wenn auch nicht Gesellschaft gesucht. Er saß, in seinen Umhang gehüllt, am Rand eines der Lagerfeuer von Mumu, das Kinn hatte er auf seine Fäuste gestützt.

Schweren Herzens ging Finn mit einem Krug voll Met zu ihm. Ihre Wangen glühten, als die Krieger ihre Gespräche unterbrachen und sie anstarrten. »Die Königin hat mich geschickt, um dir diese Gabe zu bringen.«

Ferdia hob den Kopf. Seine Augen waren blutunterlaufen, seine dunklen Haare waren über seiner Stirn zu zottigen Klumpen verfilzt. »Also glaubt sie noch immer, dass sie mich kaufen kann.« Sein Lachen klang mehr wie ein Krächzen. »Ich behalte das Zeug kaum mehr bei mir. Genauso gut kann sie es selbst auf den Boden schütten.«

»Es ist der beste Met, den es in Erin gibt«, stotterte Finn. »Die Bienen weiden auf der Heide, was ihm einen Geschmack von …«

»Sie weiden?«

Finn war von dem Funken dunklen Humors in Ferdias Augen gefesselt.

»So wie Kühe? Dann befehligt sie jetzt also auch die Bienen?«

Die Krieger aus Mumu, die ihre Schwerter gerade mit Schweinefett einrieben, brüllten vor Lachen. Finns Gesicht wurde noch roter.

»Geh zurück in dein warmes Bett, Prinzessin«, brummte Ferdia.

»Das kann ich nicht.« Finn biss sich auf die Unterlippe und hielt seinem Blick stand. »Lass mich eine Weile hierbleiben, sonst schickt sie mich noch einmal zu dir.«

Die anderen Krieger, zottige, wild dreinblickende Männer aus den Bergen, kicherten und schielten lüstern nach ihr. Schließlich hatte Ferdia Mitleid mit Finn. Er zuckte mit den Schultern und rutschte ein Stück zur Seite, um ihr Platz zu machen. Während sie sich ins Gras setzte, starrte Ferdia die Krieger aus Mumu so lange an, bis sie ihren Blick senkten und sich wieder ihren Waffen widmeten.

Finn zog den Stopfen von Krug, schenkte Met in einen Becher und reichte ihn Ferdia.

Ferdia hielt den Becher vor die Flammen. Das transparente Horn des runden Gefäßes schien von innen heraus zu glühen. Sein Panzer bestand aus demselben Material, Hornplatten, cremefarben und braun gefleckt. »Ich hatte immer gehofft, mein Leben würde auf mehr hinauslaufen als darauf, im Met zu ertrinken.«

Finn konnte es kaum ertragen, diesen edlen Mann in diesem Zustand zu sehen. »Es ist sehr wohl mehr wert«, platzte es aus ihr heraus. Sie berührte ohne nachzudenken sein Knie, denn um verletzte Kreaturen, ob dies nun ihre Pferde oder ihre Hunde waren, hatte sie sich stets mit Hingabe gekümmert. »Du könntest all das hinter dir lassen, Mylord.«

Es war dies eine höchst merkwürdige Unterhaltung, aber das Feldlager hatte nichts gemein mit der Welt, die Finn bislang gekannt hatte. Die vertrauten Gerüche der Halle ihres Vaters waren durch den metallischen, scharfen Geruch von Blut, dem Klirren von Eisen und dem allgegenwärtigen Klang rauer Stimmen ersetzt worden. Hier gab es keinen warmen Herd, weder muhendes Vieh noch weinende Kinder. Finn war schon vor einiger Zeit in eine Art von Benommenheit gefallen, in der sie nicht mehr sicher war, was Wirklichkeit und was Traum war. Jetzt blinzelte sie in den Schein des Feuers. »Du solltest dir eine Frau suchen. Dein Haus sollte voller Kinder und deine Wiesen voller Kühe sein.«

Ihre Worte überraschten sie beide. Plötzlich lachte Ferdia auf. »Sollte das wirklich so sein?« Er wurde wieder ernst. »Wie alt bist du?«

»Fast siebzehn.«

»Und ich bin sechsundzwanzig. Und da willst *du* mir Ratschläge erteilen?« In seinem Gesicht sah Finn jedoch nur Verzweiflung und keinen Zorn auf sie.

Sie empfand ihr Mitleid als schmerzlich. Also schnappte sie sich verwegen den Becher mit Met und leerte ihn in einem Zug. »Du glaubst also, nur weil ich jung bin, hätte ich von nichts eine Ahnung. Dabei sind es oft die ganz stillen Menschen, die das meiste sehen.«

Seine müden Augen erwachten flackernd zum Leben. »Das ist mir bekannt.«

Der Wind wehte ihr die Haare ins Gesicht, und sie strich die Strähnen zurück. »Ich bin die Tochter eines Königs und einer Königin, die Schwester von Prinzen. Ich habe schon oft beobachtet, dass die Menschen Dinge tun, nur weil jemand ihnen sagt, es sei ihre Pflicht. Nur wenige Menschen tun das, was sie wirklich wollen, und meist auch erst dann, wenn ihre Herzen aufschreien und sie einfach nicht mehr anders können …« Finn brach ab, als sie bemerkte, dass Ferdia sie verblüfft anstarrte. Sie hielt ihm den leeren Becher hin.

»Nun, kleine Beobachterin …« Er lachte wieder freudlos. »Du magst recht haben. Es stimmt, ich muss einen Weg finden, wieder zu atmen.«

Die Sehnsucht in seinem Gesicht sagte Finn, wohin seine Gedanken gewandert waren. Sie stand auf. Das Einzige, was dieser Mann wohl niemals hatte, war Ruhe. Die wenigstens konnte sie ihm lassen, zum Teufel damit, was ihre Mutter dachte. Der stumme Fluch erleichterte sie. »Dann werde ich jetzt wieder gehen.«

Ferdia sah sie an. »In einer sehr dunklen Nacht, Prinzessin, hast du mich daran erinnert, dass es immer eine Morgendämmerung gibt.«

Finn nickte verwirrt. Zumindest wirkte seine Miene jetzt nicht mehr so grimmig. Vielleicht würde er wenigstens heute besser schlafen.

Sie ging zwischen den Zelten zurück. Aus irgendeinem Grund schien ihr Herz unter diesem runden Mond für ihre Brust zu groß zu sein. Die Anspannung des Heerlagers ließ ihre Glieder kribbeln. Schließlich näherte sie sich einem vertrauten Zelt, an dessen Spitze ein schlaffer Wimpel hing. Finn versteckte sich im Schatten hinter dem Eingang und wartete.

Männer stapften vorbei, Schwerter klirrten an ihren Gürteln. Sie sprachen leise miteinander. Endlich erkannte sie eine ganz bestimmte Gestalt. Ihr Herz kam aus dem Takt, sie verlor das Gleichgewicht und trat auf einen kleinen Zweig, der unter ihrem Fuß laut knackte.

Fraechs Kopf fuhr herum, er sprang über das Seil und packte Finn an den Armen. Sie schrie leise auf. Sofort lockerte er seinen Griff und strich über ihre Arme. »Du bist ja eiskalt. Was schleichst du denn hier draußen herum?«

Finns Atem kam als Nebel aus ihrem Mund. »Ich habe auf dich gewartet.«

»Dieses Lager ist voller Männer, in deren Adern – und Lenden – die Kampfeslust kreist. Du solltest vorsichtiger sein.«

Seine Stimme ließ ihr einen Schauder über den Rücken laufen. »Wenn mich ein Mann gegen meinen Willen zu etwas zwingt, würde Mutter ihn am Spieß braten und zum Abendessen servieren.« Schüchtern schob sie ihre Hände um seine Taille und drückte sich dann an ihn. Sie hatten sich schon oft geküsst, mehr aber war noch nicht geschehen. Jetzt aber hatte das Feuer des Heerlagers auch von Finn Besitz ergriffen. Möglicherweise war sie morgen schon tot. Sie musste also noch heute Nacht all seine Geheimnisse kennenlernen – seinen Geruch, die Wärme seiner Haut.

Fraech strich mit dem Daumen zärtlich über ihre Wange. »Das wird sie wahrscheinlich sowieso mit mir machen.«

»Nein, das wird sie nicht. Sie braucht dich nämlich.« Finn stellte sich auf die Zehenspitzen, um sein Gesicht zu erreichen. »Und wie dem auch sei … es ist mir egal …« Nach ihrem kühnen Gespräch mit Ferdia war es das auch.

Ihre Lippen trafen sich. Fraech holte unwillkürlich tief Luft, als er die Kraft in Finns Kuss spürte. Dann legte er seine Hand auf ihren Hinterkopf, hielt ihn so, dass er noch mehr von ihrem Mund trinken konnte.

»Ich will mit dir allein sein«, hauchte Finn, als seine Lippen zu ihrer Kehle hinunterwanderten. »In den Wäldern, dort wo uns niemand findet.«

In der blutgeschwängerten Dunkelheit eines Heerlagers begann Finn einen Moment lang hell zu leuchten, und alle Gedanken an Pflicht und Verantwortung lösten sich auf.

In Cúchulainns Halle in Dun Dalgan hatten die Schatten eine Stimme, eine Stimme, die nur er hören konnte.

Emain Macha.

Roter Zweig.

Männer sterben.

*Was ist aus deinem Pflichtgefühl geworden?*

Cúchulainn sah nach oben, als dieses zischende Flüstern über das Rieddach wanderte. Der Tag brach gerade an, und bis auf Emer befand sich niemand in der Halle, denn er wollte keinen Mann mehr in seiner Nähe haben. Keinen außer Ferdia.

Erneut griff er nach dem Krug, um diesen Schmerz zu betäuben, und wieder hielt er inne.

Viele Jahre lang hatte Ferdias Anwesenheit es Cúchulainn ermöglicht, das Gewicht der Pflicht hin und wieder niederzulegen und der Verantwortung, der Kämpe des Königs zu sein, zu entfliehen. Er hatte es genießen können, ein Krieger wie jeder andere zu sein, Ale zu trinken, bis er nicht mehr klar denken konnte, und über alberne Dinge zu lachen.

Jetzt wachte nur noch Emer über Cúchulainn, und auch ihr Blick war düster. Kein Schwert glitzerte in Ferdias Hand, während er es am Feuer polierte, nur Emers Nähnadel schimmerte, wenn sie sie durch das Tuch stach.

Cúchulainn musste jetzt zu jeder Zeit einen klaren Kopf behalten. Er hatte schon seit Wochen keinen Tropfen Ale mehr getrunken. Stattdessen nahm er seine Ahle in die Hand und begann, für einen neuen Speer die Rinde von einem Rohling abzuschälen. Der Haferbrei lag ihm wie ein Stein im Magen, als das Flüstern wieder begann. Emain Macha. Die Männer waren krank, die Menschen munkelten, das sei ein Fluch. Machas Fluch. Hatte ihn die Tatsache, dass er so sehr darum bemüht war, an seiner Ehre festzuhalten, gerettet? Er wusste es einfach nicht. Und warum hatte er von den Lords im Westen keine Nachricht erhalten?

Schließlich hatte er genug. Der Schaft des Speers fiel klappernd auf den Herdstein, als Cúchulainn in die Abenddämmerung hinausstürmte. Er sprang in den eisigen Fluss in der Nähe seiner Burg, versuchte, sich auf diese Weise zu betäuben.

Als die Sonne hoch am Himmel stand, fand Emer ihn am Flussufer unterhalb der Furt. Cúchulainns Burg stand auf einem Hügel und bewachte einen südlichen Pass ins Ulaid. Im Osten erhoben sich weit höhere Berge am Horizont, rau und mit Heidekraut bewachsen.

Cúchulainn saß nackt auf der Wiese und kämmte sich gerade die Haare. Seine Waffen lagen um ihn herum. Er hatte sie in der heiligen Quelle gewaschen. Die Beschläge aus Bronze und Horn glänzten golden, während die eisernen Speerspitzen und Schwertklingen ein kälteres Licht reflektierten.

Emer verharrte. Seit Cúchulainn von jenem entsetzlichen Fest des Roten Zweigs zurückgekommen war, hatte er sich in seinem Kummer nicht mehr um sein Äußeres gekümmert. Sie ballte ihre Hände zu Fäusten. »Du willst doch nicht etwa nach Emain Macha zurückreiten? Du hast selbst gesagt, dass du das nicht tun würdest, damit du dich nicht ansteckst.«

»Ich muss. Die Stimmen lassen mir einfach keine Ruhe.«

»Das sind nur deine Schuldgefühle, Ehemann. Du fühlst dich bei deiner Ehre gepackt. Aber das macht es trotzdem nicht richtig.«

»Natürlich ist es richtig!« Als Cúchulainn aufsprang, stieß er ein Gefäß mit Wollfett um. Er trat wütend mit dem Fuß danach. »Wovon soll ein Mann sich sonst leiten lassen, wenn nicht von der Ehre?«

Emer legte ihre Hand auf die kalte Haut ihres Mannes. Sie hatte die Augenbrauen zusammengezogen, sodass der verträumte Ausdruck ihrer Augen, den er so sehr liebte, nicht mehr zu sehen war. »Bedenke, was geschehen ist, als du das letzte Mal im Namen von Conor Mac Nessa deiner Ehre gefolgt bist.«

Cúchulainn seufzte und ging zum Ufer.

»Alle, die du geliebt hast, hast du verloren!«, sagte Emer unerschrocken, während sie hinter ihn trat. »Naisi, Ardan, Ainnle, Fiacra, Illan, Fergus – Ferdia! Du bist diesen redlichen Männern verpflichtet. Conor Mac Nessa aber ist verflucht.«

»Ich bin den Ulaid verpflichtet!«, schrie er. »Wer soll sie schützen, wenn auch ich sie im Stich lasse? Der König braucht mich, damit der Rote Zweig überlebt.«

»Es gibt keinen Roten Zweig mehr.« Emer trat zu ihm. »Wenn du jetzt nach Emain Macha gehst, wirst du ebenfalls von dieser Krankheit befallen werden, und wenn du stirbst, dann lässt du *uns alle* im Stich.« Ihre Hand schnitt durch die Luft. »Du wirst *nicht* gehen!«

Cúchulainn hob einen der Speere auf, der zu seinen Füßen lag, und schleuderte ihn mit einem wilden Schrei in den Wald.

Die Spitze bohrte sich tief in den Stamm einer Eiche, während der Schaft brach und sich in den Ästen verfing. Vögel flatterten aufgeschreckt aus den Bäumen auf. Dann war nur noch Cúchulainns Keuchen zu hören und das Klappern des zerbrochenen Schafts, der zu Boden fiel.

Plötzlich sah Cúchulainn auf der anderen Seite des Flusses eine Bewegung, dann einen Streifen braunen Fells – ein Reh. Ohne nachzudenken, griff er zu einer Kampftechnik, die er mit Ferdia unzählige Male geübt hatte.

Um seiner Wut Luft zu machen. Um sich vorzustellen, wie Ferdia lachte.

Cúchulainn lief zu einem anderen Speer, der im Gras lag, und machte, nur auf eine Hand gestützt, einen Überschlag, während er mit der freien Hand den Speer ergriff. Als er auf seinen Füßen landete, nutzte er die Kraft des Schwungs, um den Speer mit großer Wucht ins Unterholz zu schleudern.

Gerade als er den Speer losließ, rannte ihn etwas um. Emer. »Das ist ein Junge!«, schrie sie, und beide fielen zu Boden. Der Speer verfehlte sein Ziel und ließ einen Schauer von Blättern zu Boden regnen.

Cúchulainn starrte in Emers blaue Augen, seine Hände umklammerten ihre Oberarme. Das Feuer des Kampfes, das er so lange unterdrückt hatte, war durch die Erinnerung an Ferdia wieder entfacht worden. Es flammte hell auf, verdrängte jeden vernünftigen Gedanken. Die Flammensäule der Quelle allen Seins begann, durch ihn hindurchzuströmen …

Emer kannte nur einen einzigen Weg, um ihn zurückzuholen. Sie nahm seine Wangen in beide Hände, drückte ihre Lippen auf die seinen und küsste ihn voller Leidenschaft. Die Wärme und das seidige Gefühl eines weiblichen Körpers durchdrangen allmählich sein getrübtes Bewusstsein, rissen ihn fort von diesem Feuer. Mit großer Mühe gelang es Cúchulainn schließlich, die Flammen zu löschen. Er erinnerte sich wieder daran, wer er war.

*Ein Mann.*

Er holte tief Luft. Erst jetzt sprang Emer auf. »Beeil dich!«, rief sie. »Der arme Kerl wird fliehen.«

Emer rannte durch den Fluss zu dem zerlumpten Jungen. Dieser stand wie angewurzelt da und starrte den Speer an, der neben ihm in einem Baum steckte. Sowohl der Schaft als auch der Junge zitterten.

»Bist du verletzt?«, fragte Emer leise.

Das Gesicht des Jungen war so bleich wie das Stück Ziegenleder, das um seine Schultern lag. Er öffnete den Mund, aber als der nackte Cúchulainn mit federnden Schritten auf ihn zukam, stammelte er nur etwas Unzusammenhängendes.

Emer legte ihren Arm um seine Schultern. »Du bist hier in Dun Dalgan, und das dort ist Lord Cúchulainn«, sagte sie. »Dir wird nichts passieren.«

Benommen zeigte der barfüßige Junge in die Richtung, aus der er gekommen war. »M-mamaí … Vater … meine Schwestern … dort.«

Cúchulainn warf einen Blick auf Emer und sagte dann mit freundlicher Stimme: »Jetzt beruhige dich erst mal, Junge.«

Vorsichtig starrte das Kind die vielen Narben auf Cúchulainns Körper an. »Wir kommen aus Muirthemne.« Er holte Luft und befreite sich aus Emers Umarmung. »Vater sagte, ich soll die Krieger suchen und ihnen sagen, dass viele Menschen aus dem Süden die Ebene überquert haben. Wir sind vor ihnen geflohen … haben alles zurückgelassen.«

»Sie haben deine Leute getötet?«, fragte Cúchulainn.

Der Junge schüttelte den Kopf. »Nein. Aber sie bewegen sich sehr schnell auf den Calleach-Hügel zu.«

Jetzt sah Emer verängstigter aus als der Junge. Der Calleach-Hügel lag im Osten, nicht weit von ihnen entfernt, wo er sich über einem der Pässe erhob, die ins Herz des Ulaid führten.

Bis zur Abenddämmerung waren dann noch mehr Flüchtlinge eingetroffen: Hirtenfamilien aus dem Süden. Emer brachte sie für die Nacht in ihrer Halle unter. Als Cúchulainn mit den älteren Männern sprach, erhielt er eine Vorstellung von der Zahl der Krieger, ihrer Panzerung, ihrer Bewaffnung, ihrer Kleidung und ihren Flaggen.

»Connacht«, sagte Cúchulainn zu Emer, als sie schließlich zu Bett gingen. »Maeve ist dort jetzt Königin.« Er seufzte. »Ihre Ehe mit Conor stand von Anfang an unter keinem guten Stern, aber am Schluss hat sie ihn nur noch gehasst. Und jetzt ist sie mit Ailill von Laigin verheiratet. Laigin und Connacht.«

»Und … und auch Mumu?«, fragte Emer.

Cúchulainns Augen starrten unverwandt in die flackernde Flamme der Lampe, die neben dem Bett stand. »Offensichtlich wissen sie, dass wir geschwächt sind.« Er brachte es jedoch nicht über sein Herz, die Frage auszusprechen, die ihn quälte. Wo waren die Krieger des Roten Zweigs, die Krieger, die das Ulaid verlassen hatten? Wo war Ferdia? Er räusperte sich. »Maeve muss alle um sich versammelt haben. Um uns auszulöschen.« Er beugte sich herüber und blies die Lampe aus. Tiefe Dunkelheit hüllte sie ein.

Am nächsten Tag war Emer so beschäftigt damit, die Flüchtlinge mit Essen zu versorgen, dass sie erst nach Cúchulainn sah, als die Sonne schon hoch über den fernen Hügeln stand.

Der Wachhund stand im Stall, als sie mit fliegenden Röcken über den Hof auf ihn zugerannt kam. Sie blieb vor Cúchulainns Streitwagen stehen.

Er und seine Diener hatten gemeinsam die Räder eingefettet, das Weidengeflecht mit Schaffett eingerieben und das Gestänge poliert. Die Pferdeburschen hatten seine beiden Hengste gestriegelt, den Grauen der Macha und den Schwarzen von Saingliu, bis ihr Fell glänzte wie Seide.

Cúchulainn hob den letzten Schild vom Heuboden und ging dann auf Emer zu.

Emer musste sich die Hand vor die Augen halten, so sehr blendeten sie die Strahlen der Sonne, die von Cúchulainns Ausrüstung zurückgeworfen wurden. Er stand in seiner prächtigen Zeremonienrüstung und jeder Waffe, die er besaß, vor ihr. Sein Helm war von einem Eber gekrönt, dessen Borsten nach oben standen – es war ein Schlachthelm.

Erst jetzt fiel ihr Blick auf seinen Streitwagen und den *gae bolga,* den er zum ersten Mal seit Jahren wieder herausgeholt hatte.

Es war ein ganz besonderer Speer, den Skatha ihm geschenkt hatte, als er und Ferdia ihre Kampfschule in Alba verlassen hatten. Ein druidischer Schmied hatte ihn aus Himmelsmetall geschmiedet. Da das Gerücht ging, Cúchulainns wahrer Vater sei der Sonnengott Lugh selbst, solle der Speer ihm gehören, hatte Skatha gesagt.

Der Schmied hatte mit Scharnieren versehene Dornen daran angebracht. Sie liefen in einem spiralförmigen Muster um den Schaft und waren mit Sehnen durchzogen. Im Flug lagen die Dornen flach an, aber das Ende der Sehnen blieb mit dem Handgelenk des Werfers verbunden. Wenn er den *gae bolga* in den Körper seines Feindes stieß und dann seinen Arm zurückzog, klappten die Dornen wie die Flossen eines Fisches auf und zerrissen dem Feind die Eingeweide.

Emer sah die Furcht einflößende Waffe lange an. »Nun weiß ich, dass du tatsächlich wahnsinnig geworden bist.« Ihre Stimme bebte.

Cúchulainns Körper war jetzt von einem ruhigen Glühen erfüllt, das sich wie die auflaufende Flut der Abenddämmerung in ihm sammelte. Es hatte alle Zweifel ausgelöscht. »Ich möchte, dass du unsere Leute zusammenrufst und sie auf die andere Seite der Berge im Osten in Sicherheit bringst. Sie brauchen jetzt deine Stärke, Emer. Ich werde Maeves Krieger finden und versuchen, sie in einem Engpass aufzuhalten.«

»Du willst sie ganz allein aufhalten?« Emers Gesicht verzerrte sich. »Dein Pflichtgefühl raubt dir den Verstand.« Noch nie zuvor hatte eine solche Bitterkeit zwischen ihnen gestanden.

»Der Rote Zweig liegt danieder. Emain Macha ist in Auflösung begriffen. Der Rest der Krieger muss Maeves Armee im Sumpf im Westen in Schach halten. Es gibt niemand anderen.«

»Deine Männer hier.« Sie schlang die Arme um ihren Oberkörper. »Du selbst hast sie ausgebildet.«

Er lächelte. »Aye, Ehefrau. Aber sie müssen dich und die andern Frauen und Kinder beschützen und dafür sorgen, dass ihr in den Bergen sicher seid.« Er hielt inne. »Das hier ist mein Schicksal, ich spüre es ganz deutlich: Das ist meine Bestimmung, und aus irgendeinem Grund muss ich ihr allein begegnen.« Er hielt ihr sein Schwert in seiner Scheide aus Holz und Horn entgegen, damit sie es ihm umschnallte und ihm ihren Segen gab.

Tränen rollten Emer über das Gesicht, und ihre Nasenflügel bebten. Sie schüttelte entschieden den Kopf.

Cúchulainn senkte sein Schwert. Sein Blut begann zu pulsieren. Die Quelle allen Seins floss jetzt in einem silbernen Strom aus der Anderswelt in diese Welt. Aus dem Augenwinkel heraus sah er sie bereits schimmern. Sie forderte ihn auf, loszulassen, zu Flamme, Sturm und Donner zu werden. Nicht mehr nur Cúchulainn, der Krieger, der Mann, zu sein.

»Emer«, flüsterte er. »Du wusstest, dass ich der Wachhund des Cullen bin, als du mich geheiratet hast.« Er zeigte auf das Eisen und die Bronze, mit dem er bewaffnet war. »Wenn das hier falsch ist, dann haben auch unsere gemeinsamen Nächte – von denen du sagst, ich ließe dich wie die Sonne erstrahlen – keine Bedeutung. Denn der Mann, der in diesen Nächten zusammen mit dir brennt, das ist auch der Mann, der jetzt vor dir steht. Die Verzückung, die wir gemeinsam erleben, rührt daher, dass ich mich der Quelle allen Seins ergebe. Und es ist die Quelle allen Seins, die mich jetzt auffordert, mein Land zu verteidigen.« Er nahm ihre Hand und legte sie auf seine Brust, sodass sie seinen Herzschlag spüren konnte. »Das ist der einzige Weg. Die Götter wollen es so.«

Emer weinte, zitterte. Plötzlich entriss sie ihm ihre Hand. »Das weiß ich, Ehemann, aber du beleidigst mich mit diesen Worten.« Sie wischte sich mit der Hand über ihr Gesicht. »Wage es ja nicht, zu glauben, ich wäre weniger als Emer, die Herzensfrau von Cúchulainn, und dass dein Vertrauen in *mich* eine Lüge ist. Wage es nicht, deinen Blick finster werden zu lassen, wenn du mich ansiehst!«

Er lachte und zog sie an sich, strich ihr über die wilden, dunklen Haare, während ihre Fäuste gegen seine Rippen schlugen. »Emer«, murmelte er ihr ins Ohr, so wie er das auch tat, wenn sie zusammen im Bett lagen. »Die Krähengöttin hat mir in einem Traum den Ort meines Todes gezeigt. Sie wartet neben einem grauen Stein unter einer dunklen Wolke auf mich: Das wird mein Ende sein. In der Nacht, in der ich aufgebrochen bin, um Naisi in Emain Macha zu Hilfe zu eilen, hat sie mir zugeraunt, *deine Zeit ist noch nicht gekommen,* und so ist mir auch nichts geschehen.« Er fuhr mit seinen Daumen über Emers Wangen. Ihre Tränen schimmerten im hellen Sonnenlicht. »Die Göttin schweigt jetzt. Sie schwebt weit entfernt von hier über Maeve von Connacht. Ich werde also schon bald zu dir zurückkehren.« Er küsste sie, zog sie trotz ihres Widerstrebens an sich.

Emer schluckte und sagte heiser: »Willst du wirklich ganz allein gehen?«

»Ja, ich will nicht, dass jemand anderes sein Leben verliert.« Cúchulainn legte den Kopf schräg. »Du wirfst mir mein Ehrgefühl vor, aber letztendlich ist es genau das, was mir das Leben retten wird. Ich bin mir dessen vollkommen sicher.«

Emer wischte sich das Gesicht an ihrem Ärmel ab, atmete tief durch. Dann strich sie sich die Haare zurück und streckte die Hände nach seinem Schwertgürtel aus.

Wenn Ruán Lord Donn um ein Pferd gebeten hätte, hätte er selbstverständlich eines bekommen. Áedán versuchte, ihn dazu zu überreden, dies auch zu tun, während Orla untröstlich war.

Es wäre tatsächlich weit weniger beschwerlich gewesen, sich zu Pferd auf den Weg zu machen, aber Ruán wusste, dass er den Boden unter seinen Füßen spüren musste. Er musste mit dem Land verbunden sein, um die Quelle allen Seins herbeirufen und so dafür sorgen zu können, dass Erin um ihn herum erstrahlte.

Er war jung und kräftig und fühlte sich stärker denn je. Sein Wunsch, zu Maeve zu kommen, wurde mit jedem Tag drängender und trieb ihn an.

Zuerst folgte Ruán der breiten Straße, die die früheren Könige von Cruachan durch Connacht hatten bauen lassen. Die Berührung der Sídhe bewirkte, dass sie sich vor ihm ausbreitete wie ein leuchtendes Band. Sie war so hell, dass er mit schnellen, federnden Schritten gehen konnte, während die Quelle allen Seins ihn leitete und er sich ganz in ihr verlor. Er ließ einfach los, vertraute darauf, dass er jede Bodenvertiefung, jede Wagenspur und jeden Stein rechtzeitig bemerken würde.

Das Lächeln des Sídhe-Mädchens schimmerte noch immer in seinem Geist, und er ging mit sicheren Schritten, ohne auch nur einmal ins Stolpern zu geraten.

Das Lied des Landes umfing ihn. Ruán verlor jedes Zeitgefühl. Der Boden wurde weicher, wurde zu einer sanften Welle, die ihn anhob und mit sich trug. Die Bäume waren wie Leuchtfeuer, die ihm die Erhebungen und tief eingeschnittenen Wasserläufe zeigten. Ihr Licht schimmerte, als würde es mit seinem Puls und seinem Atem mitschwingen.

Leuchtende Ströme zeichneten den welligen Grund des Tieflandes und der Marschen nach, bildeten Muster, denen er leicht folgen konnte. Er wurde von dem hell strahlenden Band des großen Flusses Sinand angezogen, dessen Lauf nach Norden wies.

Sein Weg führte ihn in die Nähe seines früheren Zuhauses.

Jetzt erlebte er wieder diese seltsamen Momente der Fernsicht. Sie überfielen ihn stets völlig unerwartet, und dann vermochte er das Lied des Landes nicht mehr zu hören.

Er erblickte Krieger in dunklem Leder und Pelzen, blind vor Angst und Wut, sodass sie nichts anderes mehr sahen als ihre Gegner, die mit ihren Schwertern auf sie zustürzten, um sie zu töten. Männer kämpften auf einem Wall, der von Pfählen gekrönt wurde. Krieger fochten im Zweikampf an einem Fluss, schrien auf, wenn sie getroffen waren und das Blut aus ihren Wunden schoss. Und immer wieder blitzten in dieser Wirrnis aus Scharlachrot, Schwarz und düsterem Braun eiserne Klingen auf.

Die Hoffnungslosigkeit der Krieger schmerzte Ruán, und ihre Qual begann, an seinem Herzen zu nagen.

Manchmal wurden die leuchtenden Schleier von dunklen Tränen getrübt. Wenn er nachts an seinem Feuer saß, suchte er nach Maeve. Um sie herum starben Männer im Kampf, aber obwohl er alles versuchte, um ihre Flamme – dieses vertraute Feuer – zu sehen, wurde seine Sicht durch ihren Panzer und einen eisernen Helm getrübt, der ihr Gesicht in Linien unterteilte, die er nicht erkannte.

Wo noch vor wenigen Tagen das Lichtlied von Erin in seinem Herzen geklungen hatte, breitete sich jetzt Dunkelheit aus. Was hatte es für einen Sinn, Maeve und ihre Krieger zu suchen, wenn er nichts anderes als Tod und Sterben sah? Wie konnte er als einzelner Mann das ändern? Er konnte sich doch nicht vor jedes Schwert stellen.

Ruán folgte den Ufern des Flusses Sinand, aber als die Zweifel sich in seinem Herzen einnisteten und dort wuchsen, wurden seine Schritte immer langsamer, und das Gespinst aus Licht hinter seinen Augen begann zu verblassen. Hin und wieder flackerten dann die Flammen, so als würden sie sich im Wind bewegen, bevor sie wieder heller erstrahlten und ihm seinen Weg wiesen.

Wenn das Flüstern der Zweifel in seinem Kopf lauter wurde – *nichts wird diesem Wahnsinn Einhalt gebieten … ich werde nicht verhindern können, dass sie sterben* –, verloschen das Licht des Flusses und die Fackeln der Bäume ganz. Dann war er wieder blind, musste sich seinen Weg durch das Unterholz ertasten, musste auf das Geräusch des Wassers lauschen, um nicht vom Weg abzukommen.

*Du kannst es. Erinnere dich daran, wer du bist.*

Seine Glieder schmerzten und eine unendliche Müdigkeit überfiel ihn, als das Land nicht länger sanft unter seinen Füßen dahinwogte. Er kam nahe an seinem früheren Zuhause im Sumpfland vorbei, und in diesem Moment stürzten die Erinnerungen auf ihn ein, als wären sie noch immer fest mit den Schleiern der Quelle allen Seins am See verwoben.

Er sah, wie er zum Wasser stolperte und sich in die Fluten warf, um dort zu sterben. Er hörte noch einmal seine entsetzlichen Schreie im Kreis der Steine; erlebte noch einmal die Scham, die dort aus ihm herausgebrannt worden war.

*Halt,* sagte er zu sich. Die Quelle allen Seins enthielt natürlich auch das Echo seiner Erinnerungen, aber diese Erinnerungen waren jetzt nicht mehr wichtig für ihn. Er war jetzt ein anderer. Er nahm all seine Kraft zusammen, um das Licht wieder herbeizurufen, versuchte wieder, ganz und gar darin aufzugehen.

Und dennoch waren da weiter diese Zweifel in ihm, wie ein dunkler Ozean, der ein helles Land überflutete.

Das Flüstern begann wieder. Wie konnte er nur so überheblich sein und glauben, dass er, gerade er, ein so bedeutendes Schicksal zu erfüllen hatte? Diesen Fehler hatte er doch schon einmal gemacht. Sein Stolz hatte ihn tief fallen lassen – sein Stolz hatte ihn sein Augenlicht gekostet.

Eines Tages begann der längst vergessene Schmerz seiner Blendung wieder in seinen Augenhöhlen zu brennen, und das ließ ihn taumeln. Der Strom von Licht flackerte erneut und verlosch schließlich ganz. Ruán blieb stehen.

Er roch Schlamm und Wasser, verrottende Pflanzen. Die Luft wurde kälter, da die Nacht langsam hereinbrach. Ein Windstoß trug das Muhen von Kühen zu ihm herüber. Alles wirkte so alltäglich und normal. Sein Blut kreiste plötzlich schneller in seinen Adern, sein Herzschlag beschleunigte sich.

*Dies* war die Welt, der er verpflichtet war. Die andere war nur ein Traum. Aus seiner Verzweiflung geboren, weil er sich zu sehr nach etwas Größerem gesehnt hatte, als er es selbst war. Und ebendiese Sehnsucht musste ein bedeutendes Schicksal heraufbeschworen haben, eines, das jedoch jemand anderem gehörte.

Auch die Sídhe spürte er jetzt nicht mehr. Die Schleier öffneten sich zwar noch zu ihrer Anderswelt, aber es war doch einfach vermessen zu glauben, er selbst besäße die Macht, sie zu teilen. Wenn er im Einklang mit dem Lied des Landes quer durch Connacht lief, dann war das nur die Spur des Sídhe-Mädchens, der er folgte.

Und jetzt war diese Spur verblasst.

Noch gefährlicher war es zu glauben, er könnte anderen dieses Licht bringen. Ein solcher Wunsch hatte ihn schon einmal auf schreckliche Pfade geführt. Und wenn er sich nun wieder auf diesen Weg begab, was war, wenn er erneut versagte?

*Du kannst viele Menschen retten,* hatte die Sídhe ihm gesagt.

Es war aber auch möglich, dass er viele töten würde.

Dieser Gedanke verdunkelte sein Herz mit tiefer Verzweiflung, und während Ruáns Geist in dieser Schwärze versank, verlor er jedes Gefühl für den Boden unter ihm.

Ein einziger Moment der Unachtsamkeit reichte aus.

Er stolperte. Sein Fuß kam auf dem Rand der hohen Uferböschung auf. Die Böschung brach, und die Erde gab in einem kleinen Erdrutsch aus Kieselsteinen und Schlamm nach.

Ruán stürzte den Hang hinunter und landete in einer flachen Mulde aus Schilf und Wasser. Er hörte das Knacken in seinem Bein, noch bevor er den Schmerz spürte.

# 32

Maeve träumte. In ihrem Traum trieb sie im Frieden des Sees dahin.

Die scharfen Umrisse des Tages verschwammen immer mehr im Silber der Dämmerung. Das Zwielicht ließ das Wasser verheißungsvoll schimmern und überzog das Schilf mit Tröpfchen, die wie Juwelen aussahen. Der Himmel und der See gingen ineinander über.

Er trat hinter sie und berührte mit seinen Lippen ihren Nacken. Stille … Worte waren nicht nötig. Sie griff mit der Hand hinter sich und legte sie zärtlich auf seinen Kopf, vergrub ihre Finger in seinen rötlichen Haaren …

»Mutter.« Es war Finn, die sie wachrüttelte. »Du musst sofort mitkommen. *Mutter!*«

Maeve öffnete die Augen und blinzelte. Das Silber verblasste und wurde von Schwarz und Rot verdrängt, den Farben der Schlacht.

Die Lampe, die Finn in der Hand hielt, schaukelte hin und her. Ihr matter Schein wuchs und schrumpfte auf der schrägen Zeltbahn aus Leder über Maeves Bett. Finns Mund war verzerrt. »Fergus und Ailill … sie sind betrunken«, stammelte sie. »Und sie kämpfen. Du musst kommen! Schnell!«

Die Angst in ihrer Stimme trieb Maeve auf die Füße. Sie rieb sich das Gesicht, tastete nach ihrem Umhang, den sie über die Bettfelle geworfen hatte. »Die beiden sind doch so gut wie immer betrunken.« Ihre Zunge klebte an ihrem Gaumen.

»Mit Schwertern!« Das Licht der Lampe hüpfte, denn Finns Hand zitterte.

Maeve rieb sich noch einmal übers Gesicht, um endlich richtig wach zu werden.

»Ailill hat Fergus eingeladen, mit ihm und seinen Männern in seinem Zelt zu zechen«, erklärte Finn. »Sie saufen schon, seit die Sonne untergegangen ist.«

Maeve warf einen Blick zum Himmel hinauf und sah, dass der Mond bereits unterging.

»Und dann hat Ailill Fergus verhöhnt, und sie haben zu kämpfen begonnen …« Finn verstummte.

Maeve dachte mit einem schmerzlichen Gefühl des Verlusts an ihren unterbrochenen Traum. Ein Augenblick mit Ruán … sie spürte noch immer seine Lippen. »Warum bist du überhaupt noch wach, Tochter? Warum haben mich nicht die Männer geholt?«

Finn öffnete den Mund, um ihr zu antworten. In diesem Moment hallte ein schreckliches Brüllen über das Lager, dann brach lautes Geschrei aus.

Maeve und Finn erreichten Ailills Zelt, eine sperrige Konstruktion aus Rinderhäuten. Maeve riss den Dolch aus ihrem Gürtel, schob damit die Zeltbahn am Eingang zur Seite und stürzte hinein.

Überall liefen Krieger umher: Ailills Schwertbrüder aus Laigin, Kämpfer der Ulaid und Fraech mit seinen Männern aus Connacht.

Als Erstes nahm Maeve Cormac wahr. Das Gesicht von Conors Sohn war zu einer Maske des Entsetzens erstarrt, seine Augen funkelten, während er etwas Unzusammenhängendes kreischte und sich, ein gezücktes Schwert in der Hand, seinen Weg durch das Gedränge zu bahnen versuchte. Mehrere Krieger aus Connacht hielten ihn fest.

»Aus dem Weg!« Maeves schrille Stimme übertönte den Lärm. Die Männer machten ihr auf der Stelle Platz.

Auf dem Boden zwischen einem umgestürzten Tisch, verstreut herumliegenden Fidchell-Steinen und umgeschütteten Bechern mit Wein lag Fergus, gefällt wie ein Baum. Sein massiger Bauch war rot, Blut floss aus einer großen Wunde und breitete sich in einer dunklen Lache um ihn herum aus. Fergus gurgelte, betastete den Riss in seinem Kittel und das klaffende Fleisch darunter.

Neben ihm stand Ailill. Er starrte zuerst das bluttriefende Schwert in seiner Hand und dann Fergus an.

Maeve spürte den Stoß dieser Klinge, als hätte sie ihren eigenen Körper durchbohrt. Sie legte die Hand über ihre Lippen. *Fergus.* Sie war starr vor Entsetzen. *Ach, Fergus.*

Die Krieger heulten wie Wölfe.

Fraech hatte Cormacs Hand gepackt, die bereits das Heft seines Schwerts umklammerte, und bog dessen Arm nach hinten, bis er die Klinge fallen ließ. Dann streckte Fraech Conors Sohn mit der Faust zu Boden, und einer der Männer aus Connacht setzte sich auf ihn. Andere Kämpfer der Ulaid versuchten, sich auf Ailill zu stürzen, wurden aber von dessen Kampfgefährten aus Laigin zurückgedrängt.

Maeve fiel neben dem verwundeten Mann auf die Knie. »Fergus …«

Er verdrehte die Augen, wollte etwas sagen. Maeve beugte sich über ihn, ergriff seine Hand. Aus seiner Kehle kam jedoch nur ein Röcheln, dann packte ihn ein heftiger Krampf. Sein Rücken bog sich durch, und zwischen seinen Fingern quoll noch mehr Blut hervor. Maeve sah purpurrote Eingeweide glänzen. Ihr drehte sich der Magen um.

Dann sackte Fergus zusammen, streckte seine Glieder von sich, sein Kopf fiel auf die Seite, sein Mund war geöffnet. Seine Augen sahen nichts mehr.

Das Gebrüll, das sich jetzt erhob, war ohrenbetäubend.

Die Krieger der Ulaid riefen die Götter an und forderten Rache, während es den Männern aus Laigin und Connacht nur mit allergrößter Mühe gelang, sie davon abzuhalten, Ailill auf der Stelle in Stücke zu reißen. Maeve schloss mit zitternden Fingern Fergus' Augen und seinen Mund. Auf diese Weise sollte kein König von Erin sterben. Maeve starrte durch den Vorhang ihrer Haare zu Ailill hoch.

Sein Gesicht war gelb, in Ungläubigkeit erstarrt. Erst als sein Blick dem von Maeve begegnete, zuckte er.

Maeve stand auf. »Verräter«, zischte sie. Das war das Erste, was ihr in den Sinn kam. Fergus war ein großer Mann gewesen. Er hatte sich mit einem Eid an Connacht gebunden. Ailill hatte sie alle in größte Gefahr gebracht, denn was war, wenn sich die Krieger der Ulaid jetzt gegen sie wendeten?

Während Ailill schwankend dastand, röteten sich seine Wangen über seinem Bart. »*Ich* soll ein Verräter sein? Ich weiß ganz genau, warum du ihn haben wolltest. Du hast ihn mit einem Zauber belegt, genauso wie du es auch bei mir gemacht hast, damit ihr beide Erin beherrschen könnt. Du hast einen besseren Bullen gefunden, nicht wahr, Maeve? Ein König aus eigenem Recht … *Roter Zweig!*« Er spuckte aus. »Hast du geglaubt, ich ließe mich einfach wegwerfen wie ein Knochen für die Hunde? Wegen *ihm?*« Sein Kinn zitterte. Er reckte sein Schwert in die Luft. »Ich bin Ailill Mac Ros Ruadh, und ich werde mich von keinem Mann lächerlich machen lassen!«

Maeve straffte die Schultern, trat einen Schritt auf Ailill zu und schlug ihm mit der flachen Hand ins Gesicht. Ailill schrie in besinnungsloser Wut auf und hätte sein Schwert auf sie herabfahren lassen, wenn Finn nicht Fraechs Namen geschrien hätte.

Fraech wirbelte herum, rammte Ailill seine Schulter in die Seite, sodass der Prinz von Laigin in die Knie ging. Die Klinge fiel zu Boden, wo sie liegen blieb, blutig wie eine abgeschlagene Gliedmaße.

Ailill warf den Kopf zurück und brüllte. Seine Krieger aus Laigin umringten ihn, halfen ihm auf die Füße und zerrten ihn dann durch den Tumult zum Ausgang. Die Kämpfer aus Connacht hielten noch immer die Krieger aus Ulaid zurück, die sich auf ihn stürzen wollten.

Maeve versuchte verzweifelt, einen einzigen vernünftigen Gedanken zu fassen. Sie sah Fraech an. »Schick deine Männer hinterher. Sie sollen ihn schützen. Wenn er jetzt auch noch stirbt, haben wir Krieg mit Laigin.«

Fraech gab einigen seiner Krieger einen Wink. »Sorgt für seine Sicherheit – beeilt euch!«

Maeve sah mit trostlosem Blick Finn an, die an der Tür stand, die Hand vor dem Mund. Während Fraech versuchte, die Krieger der Ulaid zu beruhigen, sank Maeve wieder neben Fergus auf die Knie und vergrub ihr Gesicht in den Händen.

Sie hatte Ailills wachsenden Unmut ignoriert, hatte ihn wie einen Stier behandelt, der sich damit zufriedengab, zu fressen und wiederzukäuen. Sie war es gewöhnt, von Männern unterschätzt zu werden, und jetzt hatte sie selbst diesen Fehler begangen.

*Tod.* Obwohl ihr Herz nach Leben und nach Freiheit verlangte, obwohl sie sich so sehr nach Sicherheit und Frieden sehnte … hatte sie den Tod herbeigerufen. Sie hatte sich vorgenommen, dafür zu sorgen, dass er allein der Gerechtigkeit diente, stattdessen aber hatte sie ihm Tür und Tor geöffnet.

Und jetzt war er ihr auf den Fersen wie ein dunkler Wolf.

Die Morgendämmerung brachte Nebelschwaden und eine quälende Stille.

Die Männer sprachen nur leise miteinander, als sie in ihren Feuern stocherten. Im Lager der Krieger der Ulaid war die lärmende Fröhlichkeit des Festes einer gedrückten Stimmung gewichen. Die Frauen, die die Exilanten begleitet hatten, beschmierten ihre Gesichter mit Asche und stimmten die Totenklage an. Fergus' Männer schlugen mit ihren Schwertern auf ihre Schilde. Es klang wie eine geisterhafte Schlacht im Nebel.

Maeve legte all ihre Kleinodien und ihren besten Umhang aus Robbenfell an. Die bösen Blicke von Fergus' Sippe ignorierte sie und ging zu der grasbewachsenen Erhebung, auf der sein Leichnam neben einem Grab der Ahnen aufgebahrt war. Der eisige Nebel hüllte sie ein. Sie zitterte, als sie eine bestickte Decke über Fergus' blutigen Mantel breitete und einen Dolch zu den anderen Gegenständen auf seiner Brust legte.

Sie neigte den Kopf und ließ sich von den Klängen der Totenklage einhüllen.

Als sich die Sonne über den Hügeln erhob und das Grau in Gold verwandelte, ließ das Klirren eines Schwertgürtels Maeve wieder den Kopf heben. Cormac kam den Hügel heraufgestapft, sein helles Haar war nass, als hätte er seinen Kopf ins Wasser getaucht. Eine Wange und sein Unterkiefer trugen blaue Flecken, seine Augen waren rot gerändert.

Ihm folgte Ferdia auf unsicheren Beinen. Er starrte Maeve dabei an, als wäre sie es gewesen, die Fergus getötet hatte.

Maeve sah die beiden an. »Fergus ist eine große Abscheulichkeit widerfahren. Wir aus Connacht trauern mit euch, verstehen euren Zorn. Aber es war ein Missverständnis, aus Eifersucht und Ale geboren, und kein Verrat. Diesen sollten wir Conor überlassen.«

Cormac knirschte mit den Zähnen. »Du hast kein Recht, Mac Roys Namen auch nur in den Mund zu nehmen.«

Der Kummer drückte Maeve nieder, und sie verbarg ihren unglücklichen Gesichtsausdruck nicht. Wenn sie sich jetzt entzweiten, würde ein noch viel schlimmeres Übel daraus erwachsen. Sie würden sich gegeneinander wenden, und jene, die übrig blieben, würden für Conor selbst in seinem geschwächten Zustand eine leichte Beute werden.

»Wenn ihr jetzt geht, dann hat Conor gewonnen«, sagte sie. »Lass es nicht wegen eines entsetzlichen Missverständnisses so weit kommen. Fergus hat hierfür gekämpft. Er wollte Rache. Er wollte sein Volk vor Conor retten – dein Volk.«

Cormac hielt sich den Ellbogen, den Fraech ihm bei dem Tumult im Zelt verdreht hatte. »Dieser Mörder Ailill muss für das bezahlen, was er uns genommen hat.«

»Er wird seiner gerechten Strafe nicht entgehen, aber erst, nachdem wir den Sieg errungen haben. Bis dahin müssen wir gemeinsam stark bleiben. Wenn ihr jetzt geht, verlieren wir alles.«

Cormac schob seinen Unterkiefer vor, seine Lippen wurden schmal, während er Fergus' aufgebahrten Leichnam anstarrte.

Maeve hatte keine andere Wahl, als eine noch wirksamere Waffe einzusetzen. Sie hasste das, denn inzwischen war sie solcher Dinge überdrüssig. »Nur meine Truppen besitzen die Stärke, Emain

Macha einzunehmen. Also bleibe und herrsche über dein eigenes Land oder verlass uns jetzt mit deinen Kriegern und seid für immer unsere Feinde.« Sie legte alles, was sie noch an Feuer aufbringen konnte, in ihren Blick. Die beiden mussten begreifen, was auf dem Spiel stand, und zwar für sie alle.

In Ferdias Augen, die von seinem wirren Haar und den dunklen Bartstoppeln eingerahmt wurden, brannte die Anklage.

Maeve wandte sich jetzt an ihn. »Und wenn du gehst, Ferdia, wird Cúchulainn entweder bald tot oder mir durch seinen Schwur verpflichtet sein. Seine Ehre wird es nicht zulassen, dass er einen Eid bricht, um dir durch ganz Erin zu folgen, nicht wahr? *Das hat sie auch beim letzten Mal schon verhindert.*« Die scharfkantige Scherbe in ihrem Herzen schmerzte. *Es ist notwendig.* Hinter ihnen und vor ihnen waren Feinde: Sie musste die Männer jetzt zusammenhalten, sonst würden sie alle sterben.

Ferdia senkte den Blick. Er konnte kaum mehr aufrecht stehen, als er sich von ihr abwandte. Cormac warf den Zipfel seines Umhangs um seinen Hals, um sich vor der Kälte zu schützen. »Ailill wird für diese Frevel bezahlen«, zischte er, als er zusammen mit Ferdia auf die andere Seite des Scheiterhaufens ging.

Maeve ging, damit sie allein um ihren Anführer trauern konnten.

Den Rest des Tages und die ganze Nacht kämpften Fraech und Maeve mit aller Macht darum, das Heer zusammenzuhalten. Sie boten all ihre Überredungskunst auf, schmeichelten und redeten gut zu, beruhigten die Männer aus Laigin, die angesichts der Beleidigungen gegenüber ihrem Prinzen mehr als nur aufgebracht waren, besänftigten die Krieger aus Connacht, die sowohl von den Kriegern aus Ulaid als auch von denen aus Laigin Prügel bezogen hatten.

Und dennoch zogen Gerüchte wie ein stinkender Wind durch das Lager. *Sie waren von den Göttern verflucht.* An jedem Lagerfeuer kauerten Krieger, die über ihre Schultern immer wieder angstvolle Blicke zum Himmel hinauf, zu den drohend aufragenden Hügeln um sie herum und zu den finsteren Wäldern an den Ufern des Flusses warfen.

Lugh, Manannán und der Dagda hatten ihnen wegen des Mordes an dem großen König Fergus bestimmt ihre Gunst entzogen.

Mit jedem Atemzug, den Maeve in dieser bedrückenden Atmosphäre machte, wuchs ihre Verzweiflung. Sie suchte Ailill auf. Wenn er ging, würde sie auch seine Kämpfer aus Laigin und die Galeóin verlieren, und schon bald würden die bekannt abergläubischen Mumu folgen.

Ailill lag in einem der groben Zelte, in dem seine Krieger schliefen, und wurde von allen Seiten bewacht. Seine Männer wollten sie zuerst nicht durchlassen, aber Maeve starrte sie mit bösem Blick an. »Euer König, Ros Ruadh, hat diesem Kriegszug seinen Segen gegeben. Er ist mit *mir*, der Königin von Connacht, verbündet.« Schließlich senkten sie die Köpfe und gaben ihr den Weg frei.

Maeve kroch in das Zelt und setzte sich im Dunklen neben Ailill. Sie roch brackiges Wasser in seinen Haaren, als hätte er im Fluss gebadet, aber sein Atem stank noch immer nach saurem Ale und Erbrochenem. Sie zog die Knie an. »Ich habe niemals mit Fergus geschlafen, und ich habe auch niemals den Wunsch verspürt, dich zu übergehen. Ich wollte auch niemals …« Sie brach ab, schirmte aus Gewohnheit ihr Herz ab.

Was Ailill gesagt hatte, stimmte einfach nicht: Sie wollte Erin nicht beherrschen. Als sie jetzt in diesem kalten Zelt hockte und sich ringsum die Schreie der Trauer erhoben, wurde sich Maeve einer noch bittereren Wahrheit bewusst.

Sie verspürte nicht einmal mehr den Wunsch, über Connacht zu herrschen.

Nicht mehr, nachdem sie wusste, dass Tod und Schmerz der Preis der Macht waren und dass es ihr eigenes Volk war, das dies alles ertragen musste. Sie hatte immer nur ihr eigener Herr sein und ihr Volk beschützen wollen. Wie war es nur möglich, dass es so weit hatte kommen können?

Sie mochten zwar stark sein, aber sie alle bezahlten dafür einen hohen Preis. Idaths und Felims Männer. Lassar und seine Gefährten damals während des Raubzugs. Ihre Frauen, ihre Kinder.

Fergus.

Aber jetzt war es zu spät, um noch umzukehren. Sie konnte nur versuchen, das, was noch übrig war, zusammenzuhalten und Conor niederzuwerfen, bevor er es mit ihnen tat.

Maeve räusperte sich. »Du hast die Möglichkeit gesehen, nach der Macht zu greifen, indem du mich heiratest, Ailill. Und jetzt hast du mit deiner Eifersucht all das aufs Spiel gesetzt.« Sie legte ihre Hand auf sein Handgelenk. »Wenn du jetzt derart entehrt zu deinem Vater zurückkehrst, wird er sich weigern, dich als seinen Erben zu benennen. Deine Lords werden dir niemals wieder folgen. Du wirst alles verlieren, was du je haben wolltest.«

Ailills Hand ballte sich in der Dunkelheit zur Faust.

Maeves Atem bewegte seine Haare. »Oder aber du versuchst, es wiedergutzumachen. Kämpfe zusammen mit den Kriegern des Roten Zweigs, um ihnen ihr Königreich zurückzugewinnen. Nur der Ruhm auf dem Schlachtfeld vermag jetzt noch, deine dunkle Tat zu überstrahlen.«

Der Farn raschelte, als Ailill ihr den Rücken zukehrte. »Geh weg, Maeve.«

Maeve rappelte sich auf. Über dem dunklen Lager hing noch immer der faulige Gestank der Angst. Maeve blickte an sich herunter, und ihr wurde bewusst, dass ihre Hand unterhalb ihrer Brustplatte auf ihrem Bauch lag.

*Die Kinder von Connacht.* Das war es, woran sie das, was in ihrem Schoß wuchs, denken ließ. Sie holte tief Luft und legte die andere Hand über ihre Finger.

*Macha. Beschütze sie alle.*

Die sehr zerbrechlichen Bande, die das Heer zusammenhielten, rissen nicht. Sie verließen die Ebene von Muirthemne und nahmen den Weg nach Norden, der nahe an Dun Dalgan vorbeiführte. Cúchulainns Festung und alle Ländereien ringsum seien verlassen, hatten die Kundschafter berichtet. Die Hütten seien dunkel und leer, das Vieh fortgetrieben.

Das Einzige, was sich hier jetzt noch bewegte, waren die trockenen Blätter an den Bäumen, die durch Kälte und Wind ausgebleichten Grashalme und der rote Farn. Weiße Schäfchenwolken jagten über den Himmel, auf den Hängen unter ihnen war jedoch kein einziges Schaf zu sehen.

»Das ist der Weg nach Emain Macha.« Cormac zeigte auf die Hügel, die den hohen Cullen's Mount umgaben.

Zwischen den niedrigeren Gipfeln lag ein Pass. Von dort aus zog sich ein gut ausgebauter Weg an dem heiligen Berg entlang nach Norden und bog dann nach Westen ab. Der Weg, der aus Kies, gepresstem Lehm und Holzbalken, die in den sumpfigen Grund eingelassen waren, bestand, ermöglichte ein schnelleres Vorankommen, und Geschwindigkeit war jetzt von entscheidender Bedeutung.

Dieser Weg durch die Hügel biete ihnen außerdem auch ausreichend Deckung, fügte Cormac hinzu. Auch die Verteidigungsanlagen seien hier nicht so stark ausgebaut, die Gräben seien flach, und es gebe keine Palisaden.

Allein Cúchulainns Gegenwart hatte Conor garantiert, dass es auf diesem Weg niemand wagte, ins Ulaid einzufallen.

Sie ritten also nach Norden, bis der Weg zwischen dem Hang des Cullen's Mount und dem Ufer eines langen, dunklen Sees schmaler wurde. »Ein gefährlich enger Weg«, stellte Maeve fest, als sie in der Abenddämmerung am Eingang des Tals standen.

»Aber auch der schnellste.« Cormac rieb sich sein stoppeliges Kinn. Seine Augen waren noch immer vom Rauch von Fergus Begräbnisfeuer gerötet.

Maeve warf einen Blick auf seine zitternden Hände, die die Zügel hielten. Sie brauchte einen raschen Sieg, bevor noch sämtliche Männer aus Ulaid den Mut verloren. »Wenn dies der schnellste Weg ist«, murmelte Maeve, »dann werden wir ihn morgen früh nehmen.«

Nach einer Nacht, die sie unterhalb von kahlen, windigen Hängen verbracht hatten, ritten sie bei Sonnenaufgang in das Tal des Cullen's Mount.

Als die Kundschafter schon nach kurzer Zeit zurückkamen, waren ihre Gesichter aschfahl. »Herrin«, stammelte einer von ihnen, »du musst kommen und dir selbst ansehen, was uns die Morgendämmerung enthüllt hat, sonst wirst du uns nicht glauben.« Angesichts der Mischung aus Verblüffung und Angst in seinen Augen richtete Maeve sich im Sattel auf.

Also ritten Maeve, Cormac und Fraech zusammen mit den Kundschaftern und einigen Kriegern auf den schmalen Durchlass zwischen dem See und dem Hang des großen Berges zu. Im Wald, der sich in die Senken am Fuß des Berges schmiegte, lag feiner Nebel. Von den braunen Blättern fiel Tau.

Die Morgensonne wärmte ihre Wangen, als ihr Licht endlich die Landschaft erhellte.

»Ich würde nicht näher herangehen«, sagte der Kundschafter leise. Er zeigte mit seinem Speer nach vorn. Sein Pferd stampfte in einer Wolke aus warmem Atem mit den Hufen.

Maeve kniff die Augen zusammen, blinzelte, um klar sehen zu können.

Die Sonne war schräg hinter ihrer rechten Schulter im Osten aufgegangen, vor ihnen aber strahlte jetzt ein noch helleres Licht – am westlichen Ufer, jenseits der in bronzenen Glanz getauchten Wasserfläche.

An diesem Tag war im Ulaid eine zweite Sonne aufgegangen. Jenseits eines Wasserlaufs, der den Hügel herunterrauschte und den Weg kreuzte, bevor er sich dann in den See ergoss, waren mehrere Reihen von gefällten kleinen Bäumen in den Boden gerammt worden. Es sah aus wie eine Prozession von Speeren ohne Speerträger. Jedes dieser Bäumchen war von einem Schild gekrönt, die Äste waren mit Armreifen, Pferdegeschirren, Halsketten und Schnallen – mit allem, was die Strahlen der aufgehenden Sonne reflektierte – behängt. Reihen von Speeren flankierten die Bäume. Das Licht spielte auf den eisernen Speerspitzen genauso, wie es auf dem See glitzerte.

Eine Bewegung weckte jetzt Maeves Aufmerksamkeit. Sie

schirmte ihre Augen mit der Hand vor dem hellen Glanz ab. Zwischen den Bäumen hervor kamen jetzt zwei Pferde, eines grau, das andere schwarz. Das Weiße in ihren Augen war deutlich zu sehen, der Schaum von ihrem Mäulern bedeckte ihr Geschirr. Sie zogen einen Streitwagen, der mit glänzenden Schilden und jeder nur denkbaren Art von Waffen verkleidet war. Rote Wimpel flatterten an Speeren, die aus dem Weidengeflecht an den Seiten herausragten.

Die Gestalt in dem Streitwagen trieb die Pferde mit lauten Rufen an und schnalzte mit den Zügeln, während diese den Weg entlangjagten, der durch die mit Bronze behangenen Bäume gebildet wurde. Kurz bevor er am Bach angelangt war, riss der Krieger den Streitwagen herum, sodass die Beschläge aus Metall und das geölte Holz in der Sonne hell aufleuchteten und Maeve abermals geblendet wurde.

Nachdem er gewendet hatte, stand der Mann im Wagen auf, ließ die Zügel fallen und lief dann geschickt auf dem Joch entlang nach vorn, bis er zwischen den Schultern seiner dahinrasenden Pferde balancierte. Dann stieß er ein lautes Brüllen aus und schwang sein Schwert.

Die Wände des Tals fingen diese Herausforderung auf und warfen sie ihnen als vielfaches Echo, das immer lauter wurde, zu. Meallán scheute und riss den Kopf hoch, während Maeve sich bemühte, die Zügel zu fassen zu bekommen. Auch die anderen Männer mussten ihre Pferde beruhigen. Ihre Gesichter waren bleich.

Cormac fluchte.

Plötzlich vollführte der Krieger einen Salto und stand wieder in seinem Streitwagen. Er nahm die Zügel auf und brachte seine Pferde zum Stehen. Die Sonne lag leuchtend auf seinem hellen Haar, krönte ihn wie mit Gold.

Die Kundschafter aus Connacht starrten ihn mit offenem Mund an. »Der Wachhund«, flüsterte Cormac.

*Cúchulainn.*

# 33

Das Zeichen der Eiche.« Cormac klang benommen, als er zusah, wie Cúchulainn auf der anderen Seite des Flusses einen Ast in den Boden steckte. »Er will reden.«

Maeve strich sich mit der Hand über die Lippen. Cúchulainn mochte zwar für alle anderen ein goldener Gott sein, für sie aber war er etwas ganz anderes.

Ein bösartiges Schwert in Conors Hand. Ein Wolf, den Conor von der Leine gelassen hatte, damit er ihre Welt in Stücke riss.

Ihre Reaktion auf ihn war unvermittelt und instinktiv. Ihr wurde heiß, und die Haare auf ihren Armen und in ihrem Nacken stellten sich auf. Unbewusst entblößte sie ihre Zähne, ihre Schultern verkrampften sich.

Er war ihr Tod. Oder sie der seine.

»Ich werde zu ihm gehen.« Fraech starrte wie gebannt den Wachhund an.

Auch in Cormac kam jetzt Leben. »Ich auch.«

»Nehmt ein paar Druiden mit«, sagte Maeve. Kein Krieger würde es wagen, unter dem Ast einer heiligen Eiche Hand an einen Priester zu legen.

Zwei der Druiden aus Connacht schnitten einen Ast von einem Baum, sprachen leise zu dessen Geist und hielten ihn dann in die Höhe, als sie vor Fraech und Cormac hergingen, die zum Fluss ritten.

Kaum hatte Cormac den Namen des Wachhunds ausgesprochen, verbreitete er sich auch schon, von den Kundschaftern weitergetragen, wie ein Lauffeuer im Lager von Connacht. Während Maeve auf Fraech wartete, begannen sich die Krieger zu versammeln, liefen dann den Pfad am See entlang und die Hänge hinauf, wo sie im Farn niederkauerten.

Maeve sah dies mit großer Besorgnis.

Sie alle wollten Cúchulainn sehen, kletterten sogar auf Bäume und Felsbrocken. Das düstere Murmeln der vergangenen paar Tage wurde von einem aufgeregten Schwatzen abgelöst.

Jeder Junge in Erin kannte Cúchulainn – und seine Heldentaten, von denen er die größte auf der anderen Seite ebendieses Berges vollbracht hatte. Vor vielen Jahren hatten sich Conor und sein Roter Zweig in der Festung des Schmiedes Cullen zum Festmahl versammelt. Ein mutiger Junge namens Sétanta hatte sich jedoch verspätet. Als er nach Einbruch der Dunkelheit ans Tor der Burg kam, wurde er von Cullens großem Wachhund angegriffen. Sétanta tötete den Hund in Notwehr mit bloßen Händen – etwas, das Conors Krieger in Erstaunen versetzte, auch wenn es Cullen zutiefst bekümmerte. Um Schadenersatz zu leisten, schwor Sétanta, die Festung des Schmieds ein Jahr lang selbst zu bewachen und wie ein Wachhund vor seinem Tor zu schlafen.

Diese mittlerweile schon legendäre Geschichte brachte Sétanta seinen späteren Namen ein: Cúchulainn, Wachhund des Cullen.

Kurz darauf, am Samhain-Fest sagte der Druide Catchbad voraus, dass jeder Junge, der an diesem Tag seine ersten Waffen in der Halle des Roten Zweigs entgegennahm, den höchsten Ruhm unter allen Kriegern erlangen würde, dass ihm dafür aber nur ein kurzes Leben beschieden sein würde. Cúchulainn war der Einzige, der an diesem Tag vor dem Tor der Halle stand, bevor die Sonne hinter den Hügel unterging.

*Ein kurzes Leben*, wiederholte Maeve jetzt im Geiste und rieb sich dabei über ihre Arme, die von einer Gänsehaut überzogen waren. *Das bedeutet, dass er nicht unbezwingbar ist.*

Fraech und Cormac kamen zurück. Fraech saß ab, blieb dann unschlüssig vor Maeve stehen. Stattdessen meldete sich Cormac zu Wort. Er atmete so heftig, als wäre er gerade zu Fuß den Hang heraufgerannt. »Cúchulainn sagt, er sei der Wachhund, der das Gebiet der Göttin Macha bewacht. Er wird diesen Weg ins Ulaid mit der Gnade der Göttlichen verteidigen.«

Maeve gelang es nicht, Cormacs Gesichtsausdruck zu deuten. Bestürzung, Angst … Erleichterung?

Cormacs Gesicht war gerötet. »Cúchulainn lässt deshalb jedem Mann hier eine heilige Herausforderung überbringen. Er wird gegen einen Krieger nach dem anderen im Zweikampf antreten, und diese Armee wird diesen Weg nur dann passieren, wenn er besiegt ist, denn dann wird dies der Wille der Götter sein.«

Maeve sah einen der Druiden an. Dieser neigte den Kopf. »Es ist so, wie er sagt.«

Hinter Maeve erhoben sich die Stimmen der Krieger, erwachten zum Leben wie das Plätschern des in der Sonne glänzenden Flusses. Maeve wusste, was ihnen durch den Kopf ging. Cúchulainn war der berühmteste Krieger Erins. Derjenige, der ihn besiegte, würde ihm nachfolgen.

Ihr Magen zog sich zusammen, als sie begriff, was geschehen war, bevor sie auch nur daran gedacht hatte.

Um sie herum prahlten bereits einige der Krieger, dass sie es sein würden, die den berühmten Wachhund des Cullen besiegten. Ihre Kampfgefährten entgegneten ihnen, dass die Götter ihnen wohl den Verstand genommen hätten. Es wurden auch bereits erste Vermutungen über Cúchulainns prächtige Waffen und all das Gold angestellt, das der Sieger als Beute erhalten würde.

Narren. Glaubten sie allen Ernstes, sie würden es sein, die Cúchulainn besiegten? Maeve ließ ihren Blick durch die Runde schweifen, sah ihre glasigen Augen, hörte ihr Gelächter. Sie versuchte zu begreifen. Aber natürlich. Damit ein Krieger den Mut aufbrachte, sich in einen Kampf zu stürzen, musste er einfach davon überzeugt sein, unbesiegbar zu sein.

»Wir sind viele«, übertönte Maeve den Lärm. »Wir dürfen uns nicht von einem einzigen Mann ablenken lassen, während Conors Krieger uns umzingeln!«

Sie musste so schnell wie möglich Emain Macha und Conor den Thron entreißen.

»Der Wachhund hat uns mit seinem Eid die Hände gebunden.«

Cormacs Stimme klang ausdruckslos, nüchtern. »Außer ihm befindet sich kein einziger Krieger der Ulaid hier. Es gibt keine Heimtücke.«

Jetzt strömten noch mehr Krieger herbei. Die finsteren Speerwerfer der Galeóin mischten sich unter die Kämpfer aus Mumu. Die Männer aus Laigin und Connacht standen in einem großen Knäuel zusammen. In ihren Gesichtern leuchtete dieselbe Begeisterung. Ihre Feindschaft war vergessen.

Die Ironie, die in der Situation lag, hielt Maeve nicht länger auf ihrem Pferd. Als sie zu Boden glitt, durchfuhr ein heftiger Schmerz ihre Hüfte. Sie hielt inne, biss sich auf die Lippen, während ihr der Schweiß auf die Stirn trat.

Der Krampf ließ nach, Maeve richtete sich auf und trat vor ihre Männer. »Der Rote Zweig ist von einem Fluch getroffen worden, und seine Krieger liegen krank danieder. Lord Garvan hält den Westen. Wir haben Emain Macha fast erreicht, wo wir Conor absetzen und das Land für immer von ihm befreien können. Und hier steht nun der berühmteste Krieger der Ulaid – die größte Bedrohung für uns –, *und er ist allein.*« Sie drehte sich um. »Wenn wir jetzt angreifen, liegt der Weg nach Emain Macha offen vor uns. Geht und bewaffnet euch. Der Triumph wird unser sein, noch bevor die Sonne hoch am Himmel steht.«

Niemand rührte sich. Die Männer sahen verlegen auf ihre Füße oder betrachteten die Hügel. Die meisten aber starrten unverwandt Cúchulainn an. Ein besonders kühner Kämpfer meldete sich zu Wort. »Die Götter strafen uns für den Tod von Fergus Mac Roy. Auf unseren Namen und auf unseren Sippen liegt schwerer Makel.«

Jemand anderes drehte sich um und rief seinen Schwertbrüdern zu: »Die Götter haben uns einen Weg gezeigt, wie wir unsere Ehre wiederherstellen können, damit die Barden unsere Namen wieder an den Feuern singen. Wenn wir die Herausforderung des Wachhunds annehmen, werden uns die Götter für immer segnen. Auch im Tod!«

Das zustimmende Brüllen, das sich erhob, übertönte Maeves Stimme.

Maeve wandte sich an Fraech. »Befiehl ihnen anzugreifen«, japste sie. *Dem muss ein Ende gemacht werden.*

Fraech schüttelte entschieden den Kopf. Er hatte auf dem Weg zu Cúchulainn die Schwungfeder eines Adlers gefunden und sie in seinen Zopf im Nacken gesteckt. Dies sei Aufforderung der Götter, Mut zu beweisen, hatte er gesagt. Jetzt konnte Maeve den Blick von dem spöttischen Aufblitzen der Feder zwischen seinen dunklen Locken nicht mehr abwenden.

»Jeder Krieger wird in der Anderswelt allein vor die Götter treten. Er muss stolz auf seinen Namen und seine Taten verweisen können. Nur dann kann er in Ehren wiedergeboren werden.« Fraechs Blick verriet sein schwelendes Verlangen. »Kein Krieger wird auf die Gelegenheit verzichten, gegen Cúchulainn anzutreten und seine durch Mac Roys Tod verlorene Ehre wiederherzustellen.«

»Du meinst, von Cúchulainn getötet zu werden«, erwiderte Maeve. Sie bemerkte, dass Cormac die schreienden Männer mit einem dürren Lächeln beobachtete. »Man könnte denken, du willst deinen Vater gar nicht besiegen und das Ulaid regieren«, sagte sie zu ihm.

Cormac machte ein verdrießliches Gesicht. »Fergus' Tod hat die Götter erzürnt.« Die Krieger, die in seiner Nähe standen, verstummten. »Obwohl ich den Thron will, werde ich nicht einem Verrat noch einen weiteren hinzufügen. Ich habe bereits viel zu lange gelitten – aber jetzt zeigt mir der Wachhund persönlich den Weg aus dem Schmerz und zum Ruhm.«

Seinen Worten folgte ein lautes Brüllen der Zustimmung. Cormac stellte sich zu Conall und seinen Kameraden aus dem Ulaid. Lärmend kehrten sie zum Lager zurück. Andere Krieger aus Laigin, Mumu und Connacht gingen ihnen nach, um sich zu bewaffnen.

»Du hast geschworen, mir zu gehorchen«, knurrte Maeve an Fraech gewandt.

Fraech seufzte, nahm seinen Helm ab und legte ihn auf seinen

Sattel. Er ließ eine Schulter kreisen, lockerte seine Schwerthand. »Ein König – oder eine Königin – herrscht über den Körper eines Kriegers, sein Geist aber ist allein den Göttern verantwortlich.« Er warf ihr einen Blick voll grimmigem Humor zu. »Es gibt in dieser Welt noch andere unüberwindliche Kräfte außer dir.«

»Ich nehme an, dass auch du gedenkst, deine Ehre wiederherzustellen, indem du den Wachhund mit seinem Schwert in deinen Eingeweiden herumbohren lässt?«

Aus irgendeinem Grund huschte Fraechs Blick zum Lager hinüber. Er richtete seine Aufmerksamkeit wieder auf Maeve, fuhr sich mit den Fingern durch seine Stirnlocke. »Da dein Kämpe nicht hier ist, sollte ich als Erster zum Zweikampf antreten.«

»Nein, du bist all diesen Männern als Heerführer verpflichtet.«

Fraech hielt inne. »Das weiß ich.«

»Gut.« Maeves Seite begann wieder zu pochen, und sie lehnte sich an Mealláns Flanke, um sie zu entlasten. »Ich erinnere dich nur ungern an deinen Eid, den du mir gegenüber als Gegenleistung für dein Leben geschworen hast. Du wirst dich aus dieser Sache heraushalten. Es wäre bestimmt nicht ehrenhaft, dich auf einen Kampf auf Leben und Tod einzulassen, obwohl deine Männer dich brauchen.«

»Aber auch du bist ehrenhaft, Base – und mit fünfhundert Mann auf einen einzigen Kämpfer loszustürmen ist nicht ruhmreich, das ist Mord.« Fraech hob herausfordernd den Kopf, und die Sonne ließ seine grünen Augen leuchten. »Das wäre nicht die Maeve, die ich kenne. Und das wäre auch nicht die Maeve, der die Männer gefolgt sind.«

Maeve zuckte zusammen, wandte den Kopf ab. Die Maeve, die vor dem Tempel des Lugh gestanden hatte, während die Menge ihr zugejubelt hatte, war von dem leidenschaftlichen Wunsch erfüllt gewesen, eine gerechte Anführerin zu sein, großmütig und ehrenvoll zu herrschen.

Ehrenvoll.

»Geh zu Cúchulainn …« Maeves Widerwillen war so groß, dass

sie die Worte kaum herausbekam. Sie schluckte, sah über den Bach zu dem goldenen Gott hinüber, in dessen Lächeln der Tod lag. »Sag ihm, dass wir seine Herausforderung annehmen.«

Fraech legte seine Hand auf ihre Schulter. »Verzweifle nicht«, sagte er. »Irgendwann werden auch seine Kräfte erlahmen. Er ist schließlich auch nur ein Mann.«

Cúchulainn rieb seine Pferde trocken und ließ sie im Schatten der Bäume grasen, dann lud er seinen Streitwagen aus und legte die Waffen und Schilde auf dem Gras aus.

Ein aufgeregtes Murmeln erhob sich unter den Männern aus Connacht, wann immer ein besonders schönes Schwert oder eine besonders eindrucksvolle Speerspitze im Sonnenlicht aufblitzte. Von einer dunklen, unheilvollen Faszination ergriffen, saß Maeve auf Mealláns Rücken und beobachtete, wie der Wachhund seinen Kopf im Fluss wusch und dann seine Haare zurückband, bevor er einen Helm mit einer Helmzier aus Bronze aufsetzte. Auch einige seiner Waffen segnete er im Wasser und reckte sie dann der Sonne entgegen, während sich seine Lippen stumm bewegten.

Seine Bewegungen waren fließend und anmutig, er trug den Kopf hoch erhoben, hielt den Rücken gerade. Seine Hände schienen sich wie von selbst zu bewegen, als befände er sich bereits in Trance. Er legte immer zwei Speere nebeneinander auf die Felsen und steckte Schilde und blanke Schwerter in den weichen Boden, wo er sie leicht erreichen konnte.

Aus Maeves Lager strömten jetzt noch mehr Krieger herbei. Sie hatten ihre Schwerter poliert und sich gewaschen, hatten ihre nassen Haare mit Leder oder Streifen von den Röcken ihrer Frauen zurückgebunden. Armreifen wurden über Ärmel gestreift, Broschen an Kitteln befestigt.

Alles, was glänzte, um die Aufmerksamkeit der Götter zu wecken.

Druiden aus Connacht, Laigin und Mumu hatten den Göttern drei Hasen geopfert und markierten jetzt die Grenzen des Kampfplatzes am Wasserlauf mit deren Blut. Ihre Beschwörungen schufen dabei ein heiliges Tor, durch das die Geister der Krieger in aller Pracht in die Anderswelt eintreten konnten.

Eigentlich hätte Maeves Kämpe als Erster zum Kampf antreten müssen, aber Garvan hielt im Westen die Stellung. Wie betäubt sah sie Fraech an. »Wie werden wir entscheiden …?«

Fraech beschirmte seine Augen mit seiner Hand und blickte dann zu ihr auf. Er wollte ihr gerade antworten, als sich das Gemurmel der Krieger in ein lautes Geschrei verwandelte, das sich wie eine Welle durch die Reihen fortpflanzte.

Ein stämmiger Mann teilte die Menge, sein braunes Haar war mit Kalkmilch zu Stacheln frisiert. Sein Schritt war schwer und unsicher. Ailill.

Sie hatte nicht erwartet, dass er sich überhaupt stellen würde, und falls doch, so war sie davon ausgegangen, dass er prunkvoll in seinem Streitwagen vorfahren würde, flankiert von Speerträgern, mit flatternden Wimpeln und tänzelnden Pferden – ein trotziger Prinz, den alle sehen sollten.

Ailill trug jedoch nur ein Schwert, einen Schild und ein Kettenhemd. Seine Hose und sein Kittel waren schmucklos, und er hatte auch keinen einzigen Armreifen umgelegt. Seine breiten Schultern wirkten gebeugt, und obwohl sein Kettenhemd kalt und hart in der Sonne glitzerte, war sein Blick völlig leer.

Niemand hielt ihn auf.

Maeve beobachtete Ailill mit bebenden Lippen. Erst jetzt bemerkte sie, dass er sogar seinen königlichen Torques abgelegt hatte. Sie glitt von ihrem Pferd und rannte zwischen den Kriegern hindurch auf ihn zu, so leichtfüßig wie das Mädchen, das einst durch die Wälder von Laigin gelaufen war.

Ailill hielt schwankend inne.

Die Menge verstummte. Maeve sah ihm in die Augen. *Du musst das hier nicht tun,* wollte sie sagen. Aber als sie in sein lädiertes, schmerzerfülltes Gesicht blickte, erkannte sie, dass er keine andere Wahl hatte.

Maeve legte ihre Faust auf ihre Brust und verneigte sich – eine Ehre, die ein König oder eine Königin einander nur selten zuteilwerden ließen. Als sie sich wieder aufrichtete, berührte sie ihre Stirn, nahm Ailill dann bei den Armen und küsste seine Wangen, bevor sie ihn wieder losließ. »Geh, Ehemann. Mit der Zuneigung deiner Frau in deinem Herzen und der Ehre deiner Königin auf deiner Stirn. Von heute an werden die Barden deinen Mut besingen.«

Ailills Augen waren von roten Adern durchzogen, aber als er sie ansah, wurde sein Blick weich. »Nun, Feuerschopf, das hier ist ein besseres Ende, als am Feuer meines Vaters zu verrotten.« Ein verblüffter Ausdruck breitete sich auf seinem abgespannten Gesicht aus, und er begann laut zu lachen. »Bei Lughs Eiern, du hattest also doch recht.«

Sie packte seine Arme. »Das hier wird nicht dein Ende sein.«

Ailills einzige Antwort war ein benommenes Lächeln, dann befreite er sich aus ihrem Griff, um sich weiter seinen Weg durch die Menge zu bahnen. Maeve ließ die Arme sinken, während sie ihm hinterhersah.

Ailill hinkte den Hang zum Bach hinunter. Die Stille, die Maeve umgab, wurde plötzlich von einem lauten metallischen Geräusch zerrissen, dann folgten weitere klirrende Schläge. Die Krieger aus Laigin hatten begonnen, mit ihren Schwertern auf ihre Schilde zu schlagen, das Kampflied für ihren Prinzen.

Immer mehr Männer schlossen sich ihnen an, die Krieger aus Connacht und schließlich auch die Ulaid. Der Lärm wurde ohrenbetäubend, als Maeve zu ihrem Pferd zurückging.

Ailill erreichte den Bach.

Cúchulainn ignorierte den Lärm, zog seine Schnallen fest und hob ein Schwert und einen langen Dolch vom Boden auf. Er wandte sich seinem ersten Herausforderer zu. Als er aus dem Schatten in den Sonnenschein trat, blieb er stehen.

Er schloss die Augen, legte den Kopf in den Nacken, seine Nasenflügel blähten sich. Inmitten dieser Woge aus Getrommel und

Jubel kreuzte Cúchulainn beide Klingen vor seiner Brust und atmete tief ein.

Füllte er seine Lungen mit mehr als mit Luft? Auch wenn Maeve durch das Blitzen von Eisen geblendet war, war sie sich nicht sicher, ob er nicht tatsächlich etwas größer war als zuvor, als er nun seinen Rücken und seine Schultern streckte.

Der Wachhund öffnete die Augen. Das Sonnenlicht spiegelte sich auf seinem Helm, seinem Kettenhemd und seinen Klingen. Es umhüllte ihn mit einem Schimmer, der im selben Rhythmus zu atmen schien wie er selbst.

Cúchulainn leuchtete.

Wie in Flammen stehend ging er über das Gras zum Ufer des Wasserlaufs. Ein Druide stand neben Ailill am Wasser, die Arme erhoben, um beide Krieger zu segnen. Als der Priester zurücktrat, stießen die Kämpfer von Laigin ihre Schlachtrufe aus. Die übrigen Krieger stimmten ein, schrien, heulten und brüllten. Die Schlachtengesänge aller vier Königreiche verwoben sich mit dem Trommeln der Schwerter.

Stumm und reglos, konnte Maeve ihren Blick nicht von den beiden Kontrahenten nehmen.

Cúchulainn starrte den Prinzen lange an, erkannte ihn dann offensichtlich. Er sagte voller Zorn etwas zu ihm, und Ailill antwortete. Beide waren angespannt. Cúchulainn reckte sein Kinn.

Maeve erkannte an seiner Haltung, dass er Ailill verhöhnte, so wie es die Krieger beim Zweikampf stets taten. Als Nächstes würden sie sich vor und zurück bewegen, sich dabei in eine Art Raserei hineinsteigern, bis einer von ihnen den ersten Schlag führte.

Ailill jedoch warf sich weder in die Brust noch erwiderte er die Beleidigungen. Er zuckte lediglich mit den Schultern, nahm seinen Schild und sein Schwert herunter und verbeugte sich vor Cúchulainn. Der Wachhund erwiderte die Verbeugung. Ailill hob seinen Schild und nahm eine Kampfhaltung ein.

Die Krieger um Maeve herum schrien jetzt noch lauter, versuchten den Prinzen von Laigin mit ihrer Unterstützung zu stärken und sein Blut in Wallung zu bringen. Maeve, die jetzt wieder im Sattel saß, kniff die Augen zusammen, hielt sich an Mealláns Mähne fest.

Cúchulainns Schultern hoben und senkten sich; er schnaubte wie ein scharrender Stier, sammelte seinen Zorn. Im Gegensatz dazu stand Ailill schwer und reglos da. Seine Muskeln waren angespannt.

*Leuchte, Ailill!*, betete Maeve. *Entzünde das Feuer in dir.* Aber sie wusste, dass Ailill noch niemals feurig gewesen war.

Der Wachhund der Ulaid verwandelte sich plötzlich in einen Streifen aus Licht.

Er sprang über die Steine des Flusses und stürmte auf Ailill zu. Sichtlich verblüfft über seine Schnelligkeit, konnte Ailill gerade noch seinen Schild hochreißen. Cúchulainns Schwert bohrte sich in das Leder und Holz.

Cúchulainn zog es heraus und wirbelte herum, ließ einen weiteren Schlag von hinten auf Ailill herabsausen, während dieser versuchte, sich umzudrehen. Verzweifelt warf Ailill seinen Arm nach oben und fing die Klinge des Wachhunds mit seinem Schildbuckel ab. Das Schwert sprühte Funken, als es auf die Nieten im Zentrum des Schildes traf. Ailills Flanke war nun entblößt.Jetzt wurde Maeve auch klar, warum Cúchulainn selbst keinen Schild trug. Eine Klinge in jeder Hand, schuf er um seinen Kopf herum eine Art silbernes Gespinst. Blendend ... verwirrend. Von diesem Anblick völlig verblüfft, stand Ailill einfach nur da. Cúchulainn machte, noch immer beide Klingen in den Händen wirbelnd, einen Sprung in die Luft und schlitzte Ailills Hüfte auf.

Ailill schrie auf und stolperte zur Seite. Die Männer um Maeve herum brüllten jetzt noch lauter. Ailill hinkte ein paar Schritte, während das Blut aus der Wunde an seiner Seite an seinem Oberschenkel herunterlief.

Maeve senkte den Kopf, starrte ihre Finger an, die sie in Mealláns Mähne gekrallt hatte.

Der eine ein muskulöser Kämpfer, der sich nur auf seine rohe Gewalt verlassen konnte, der andere ein geschmeidiger Gegner, der ausweichen und herumwirbeln und das Licht, das in einer anderen Welt leuchtete, in sich aufnehmen konnte. Maeve erinnerte sich an einen anderen Zweikampf vor einem Jahr, bei dem sich zwei ebensolche Kämpfer gegenübergestanden hatten … und sie erinnerte sich auch an dessen Ausgang.

Sie richtete sich mühsam im Sattel auf. In ihrer Brust fühlte sie nur Leere.

Cúchulainn bewegte sich ständig um den Prinzen von Laigin, wob das Metall zu einem Netz, in welchem er seinen Gegner fing. Ailill war gezwungen, sich fortwährend zu drehen, und Maeve erkannte an seiner Haltung, dass ihm bereits schwindelig war. So wie Cúchulainn kämpfte, taten dies nur Krieger des Roten Zweigs. Es erforderte jahrelange Übung … und ein Bewusstsein, das etwas Übermenschliches an sich hatte.

Ailill versuchte immer wieder einen Ausfall zu machen, duckte sich hinter seinem Schild und stieß dann mit aller Kraft zu. Cúchulainn wich ihm jedoch jedes Mal völlig mühelos aus, während er Ailill gleichzeitig eine Wunde am Arm oder Bein beibrachte, sodass Ailill vor Wut und Schmerz wie ein Stier brüllte.

Schweißüberströmt vergaß Ailill sich schließlich und legte alles, was er noch an Kraft aufzubieten hatte, in einen einzigen, wilden Schwerthieb. Er geriet dabei jedoch aus dem Gleichgewicht und gab seine Deckung preis.

Der Wachhund nutzte die Gelegenheit.

Er konzentrierte seine Flamme auf einen einzigen Punkt. Er nutzte Ailills Schwung gegen ihn und schlug den Schwertarm seines Gegners nach unten, dann riss er sofort sein Schwert nach oben.

Ailill stolperte, noch immer von seinem eigenen Schwung nach vorn getragen, und in diesem Moment zog Cúchulainn dem Prinzen von Laigin seine Klinge über den Nacken.

Ailill stürzte nieder und blieb leblos im Gras liegen. Das Ganze war so schnell geschehen, dass einen Augenblick lang ein verblüfftes Schweigen herrschte. Maeve schloss die Augen, aber schon im nächsten Moment erhob sich unter ihren Kriegern ein Aufschrei der Trauer und des Zorns und schlug wie eine Welle über ihr zusammen.

Als Maeve ihre Augen wieder öffnete, warfen die Männer aus Laigin gerade mit wildem Blick ihre Schilde zu Boden, schüttelten ihre Fäuste und zerschnitten ihre Kittel mit ihren Dolchen. Der Boden um Ailills Kopf herum hatte sich hellrot gefärbt. Er lag mit dem Gesicht im Gras.

Druiden in weißen Umhängen liefen zu Ailills leblosem Körper, und seine Kampfgefährten aus Laigin stürmten ihnen hinterher. Cúchulainn verbeugte sich in der Zwischenzeit vor Ailill und sprang über den Wasserlauf auf seine Seite zurück, noch bevor irgendjemand zu ihm gelangen konnte.

Er war noch immer in ein so helles Licht gehüllt, dass die Blutspritzer, die jetzt seinen Panzer und seine Haut überzogen, kaum zu sehen waren. Cúchulainn drehte sich um und grüßte die Männer auf den Hängen mit seinem blutbefleckten Schwert. Dann atmete er sichtbar aus und ließ die Schultern sinken.

Der Leichnam von Ailill wurde auf eine Bahre aus Schilden gelegt und an schweigenden Kriegern vorbeigetragen. Maeve starrte den blutigen Ring um seinen Hals an, die grausame Nachahmung seines Torques. Dies war der Moment, in dem etwas in ihr zerbrach. »Großes Leid ist an diesem Tag geschehen!«

Sie sah Ailill als Jungen, als er sie das erste Mal im Mondlicht in seinen Armen gehalten hatte. Sie hatte sich kühn gegeben und ihm ihre Lippen zum Kuss angeboten, aber ihr Zittern hatte sie verraten. Jung, wie er war, hatte Ailill nur gelächelt und sie an seine Brust gedrückt. Seine Haut hatte nach dem Wasser des Flusses gerochen. *Dann bist du also doch nicht so kühn, kleiner Rotschopf.*

Maeves Kehle verkrampfte sich angesichts dieser Erinnerung. »Der Prinz von Laigin ist völlig sinnlos gestorben. Greift Cúchulainn jetzt an. Ihr alle, und niemand von euch wird das Schicksal des Prinzen teilen!« Sie zeigte mit der Hand auf Cúchulainn, der zu einem Felsbrocken gegangen war und jetzt wachsam und aufrecht dort saß, während die Sonne ihn in ihr Licht tauchte.

Die Krieger aus Laigin dürstete es doch gewiss nach Rache.

Ailills Schwertkämpfer beweinten seine Leiche, die sie jetzt an einer mit Farn bewachsenen Stelle am Wasser niedergelegt hatten. Dort knieten sie, die Helme in der Hand, mit gesenkten Köpfen. »Wir ehren dich«, riefen sie, tupften das Blut von seinen Wunden und bestrichen damit ihre Klingen.

Dann erhob sich einer nach dem anderen, ihre Tränen hatten helle Spuren in ihren schmutzigen Gesichtern hinterlassen. »Ich bin rangmäßig der Höchste«, sagte einer und nahm sein Schwert vor die Brust. »Ich werde gegen Cúchulainn antreten, und ich werde der Erste sein, der mit meinem Prinzen durch die Schleier geht.«

»Nein«, widersprach ein anderer. »Mein Vater ist ein Vetter des Königs.«

»Dann soll das Los entscheiden«, warf ein dritter ein.

Maeve ließ den Arm langsam sinken. Schon bald würden alle Kämpfer aus Laigin besiegt sein und dann die Galeóin, denn Cúchulainn würde mit diesen Speerkämpfern kurzen Prozess machen, so geschickt sie auch sein mochten. Sie wandte sich resigniert von all den Männern und der Leidenschaft in ihren Gesichtern ab.

Direkt von ihren Füßen lag Ailills Schild. Sie saß ab und hob ihn mit beiden Händen auf. Es war von mächtigen Schlägen zerbeult, der gemalte Stier war kaum noch zu erkennen.

Tränen brannten in Maeves Augen. Sie sah sich in Tiernans Vision, wie sie auf dem Hügel um ihr Volk herumritt und auf große Schilde wie diesen einschlug. Jeder Schlag verkündete der Welt, dass sie geschworen hatte, sie als Mutter zu beschützen: sie, die Schwachen und Verletzlichen, für die sich sonst niemand einsetzte.

Denn wenn diese Männer einer nach dem anderen starben, würde am Ende Cúchulainn diesen Hügel heraufkommen und auf sie einschlagen, ihre Knochen zermalmen, ihr Fleisch zerfetzen. Und dann würde es niemanden mehr geben, der den Hügel und dessen schimmernde Seelen beschützte.

Ein leises Stöhnen entfuhr Maeve. *Helft mir, ihnen zu helfen.* Sie wusste nicht, zu wem sie das eigentlich sagte. Und dann packte sie die schiere Verzweiflung. Das hier musste aufhören, sofort, solange noch Krieger aus Laigin, Mumu und Connacht am Leben waren. Sie musste sie von hier wegbringen, sie zum Umkehren bewegen … *kapitulieren,* falls das der einzige Weg war.

Zum ersten Mal machte ihr dieses Wort keine Angst mehr.

Maeve öffnete den Mund und rief: »Es wird keinen weiteren Toten mehr geben! Ich befehle euch, euch zurückzuziehen. Alle!«

Sie musste jedoch feststellen, dass ihr niemand zugehört hatte. Ihre Stimme wurde von der Kakofonie streitender Männer und dem Klirren von Schwertern und Schilden einfach übertönt. Die Krieger hatten ihr den Rücken zugewandt, konzentrierten sich allein auf Cúchulainn und das Feld des Todes vor ihnen.

So stark Maeves Geist auch war, so vermochte er dennoch nicht, über ihre Krieger zu triumphieren.

Graue Augen kamen ihr plötzlich in den Sinn. Dunkle Haare, ein dunkles Gesicht. *Ferdia.* Gütige Götter, sie hatte Ferdia vollkommen vergessen.

Maeve stolperte durch das Lager, während die Angst ihr den Verstand zu rauben drohte. Sie musste Ferdia finden. Während sie weiterrannte, versuchte sie, die lauten Schreckensrufe zu ignorieren, wandte ihr nasses Gesicht von den verwundeten Männern und den Leichen ab, die man an ihr vorbei zu den Zelten der Druiden trug.

Schließlich erfuhr sie, dass Ferdia sich in den Wald hinter dem Hügelkamm zurückgezogen hatte.

Er saß auf einem moosbewachsenen Baumstamm auf einer sonnigen Lichtung, sein Gesicht hatte er in seinen Händen vergraben. Seine Flasche, das Schwert und der Tornister lehnten an den Baumstümpfen ringsum. Maeve kam es so vor, als würde eine unsichtbare Gegenwart bei ihm sein.

Es war Cúchulainns Schatten, den Ferdias Schmerz herbeigerufen hatte.

»Der Wachhund ist weder krank, noch ist er in Emain Macha.« Sie stand jetzt vor ihm. »Stattdessen tötet er unsere Männer einen nach dem anderen. Der Bach ist schon rot von Blut. Ailill ist bereits gefallen!« Maeve packte Ferdia am Arm, sodass er auf seinem Baumstamm fast die Balance verlor. Seine Pupillen waren leere Gruben, die nichts sahen, die Schatten der Äste unterteilten sein Gesicht in zusammenhanglose Flächen.

Maeve schüttelte ihn. »Du bist der Einzige, der Cúchulainn besiegen und uns alle retten kann!«

Ferdia keuchte wie ein alter Mann, blinzelte sie mit trüben Augen an. »Du hast anscheinend nicht die geringste Ahnung, was du da verlangst«, lallte er.

Maeve packte Ferdias Gesicht mit beiden Händen. Gütige Götter, er war sturzbetrunken. »Wir beide haben so viele Nächte lang den Liedern der Barden über Cúchulainn gelauscht. Aber wenn du jetzt kämpfst, Ferdia, wirst du der beste aller Krieger sein! Es wird dein Name sein, der in heiligen Liedern zu den Göttern hinaufgetragen wird. Es werden deine Augen, deine Schultern, deine Lenden sein, nach denen die Frauen schmachten. Du warst immer allein. Jetzt kannst du alles haben. Du bist aus dem Nichts gekommen, aber wenn du jetzt gegen Cúchulainn kämpfst, wird man sich für alle Zeiten an dich erinnern!« Das plötzliche Aufflackern in seinen Augen, das durch den Ale-Dunst drang, entging ihr nicht. War der große Ferdia tatsächlich eifersüchtig?

Er entwand sich ihren Händen und fiel dabei fast vom Baumstamm. »Damit das geschieht, müsste er sterben.«

»Cúchulainn wusste ganz genau, welches Schicksal er wählte, als er an jenem Samhain-Tag die Waffen genommen hat. Ein ruhmvolles Leben … ein früher Tod.«

»Und du glaubst wirklich, dass dieses Schicksal durch mich erfüllt wird?« Ferdia starrte in die Flammen des imaginären Lagerfeuers vor sich auf der Lichtung.

»Und woher willst du wissen, was die Götter für dich bereithalten, Sohn des Daman?«

Ferdia drehte sich zu ihr um. Die Dunkelheit schien aus seinen Augen herausgeflossen zu sein. Sie legte Schatten unter seine Augen und höhlte seine Wangen aus. »Du verlangst von mir, jemanden zu töten, der meiner Seele am teuersten und meinem Herzen am nächsten ist. Gibt es jemanden, Eiskönigin, der dir ebenso viel bedeutet?«

Angesichts des verräterischen Ausdrucks, der über ihr Gesicht huschte, weiteten sich Ferdias Augen.

»Ja. Für die Sicherheit und das Wohlergehen meines Volkes würde ich es tun.« Ihre Faust schirmte ihre Brust ab. Sie hatte sich bereits selbst getötet, denn die Pflicht hatte sie innerlich sterben lassen. Das Licht des Einen leuchtete nicht mehr in ihrem Herzen.

»Das glaube ich dir nicht.« Ferdia lächelte mit der Benommenheit eines Mannes, der gerade den Kampf aufgegeben hat. »Du hast damals, in jener Nacht in meinem Zelt um jemanden geweint. Ich habe das Feuer gespürt, das in dir für ihn gebrannt hat. *Du* jedenfalls würdest mit dem Schicksal hadern, würdest alles versuchen, um es deinem Willen zu unterwerfen.« Sein Kinn sank auf seine Brust. »Würdest …«

»Ferdia.«

Als Maeve die Hand nach ihm ausstreckte, schlug er sie weg, verlor dabei das Gleichgewicht und fiel in den nassen Farn. Gütige Götter. Wenn Maeve ihn in diesem Zustand zu Cúchulainn brachte, dann war er tot, bevor er auch nur sein Schwert gezückt hatte.

Fluchend trat Maeve gegen den Baumstamm. Kleine Stückchen vermodertes Holz flogen davon, streiften ihre Wange, während Ferdia in seiner Benommenheit nicht einmal zuckte. Der Tritt ließ jedoch noch einen anderen Schmerz durch sie hindurchschießen. Sie schlang verzweifelt ihre Arme um ihren Leib. Eine wilde Angst stieg in ihr auf, drohte, ihr den letzten Rest Vernunft zu rauben.

Sie alle würden sterben. Die Tore von Cruachan würden fallen. *Das Blut ihres Volkes …*

Maeve rannte durch den Wald zu ihrem Zelt zurück und rief dann Finn, die bei ihrem toten Bruder am Ufer des Sees saß, zu sich. Als sie allein waren, konnte Maeve ihren Blick nur mit Mühe von dem Blut auf Finns Kittel und dem Fleck auf ihrer Wange abwenden. *Sie muss Ailill umarmt haben …*

Stattdessen sah Maeve ihr Bett an, versuchte sich zu beruhigen. Die Matratze war von ihrem unruhigen Schlaf klumpig, die Laken waren zerwühlt, ohne dass sie sich daran hätte erinnern können, warum dies so war.

»Ferdia muss gegen Cúchulainn kämpfen«, presste sie hervor, »oder es werden noch mehr gute Männer wie Ailill sterben. Nur Ferdia kennt all die Kampftaktiken, die Cúchulainn beherrscht. Er lässt sich jedoch durch nichts und niemanden dazu bewegen, gegen ihn anzutreten, nicht einmal, wenn ihm Vieh, Juwelen oder eine eigene Burg als Lohn winken – und auch nicht durch Ruhm und Ehre.« Maeve ging auf und ab. »Es bleibt nur noch eines: Jedes Mal, wenn Cúchulainn zu seiner Frau zurückkehrte, blieb Ferdia allein.«

Finn war erschreckend blass gewesen. Aber als sie jetzt Maeves Worte hörte, verschwand die Benommenheit aus ihrem Blick. Ihre Wangen röteten sich.

Maeve spannte jeden einzelnen Muskel ihres Körpers an, nahm all ihren Mut zusammen. *Für all die Kinder von Erin.* »Das Einzige, was mir – was uns allen – noch bleibt, um ihn umzustimmen, das bist du.«

Finn öffnete den Mund, blieb jedoch stumm.

»Versprich mir, dass du seine Frau wirst«, fuhr Maeve voller Verzweiflung fort. »Du sollst Ferdias Lohn sein, wenn er Cúchulainn besiegt. Er ist ein redlicher Mann, jung und gut aussehend. Er wird dich glücklich machen, das weiß ich …«

»Nein.« Finns Stimme war kaum wiederzuerkennen. Ihr Blick war finster. »Ich werde niemanden heiraten, den ich nicht liebe. Jetzt … jetzt nicht mehr.«

Maeve tastete nach dem Tisch, eine Hand unter ihren Rippenbogen gepresst. »Habe ich etwas von Liebe gesagt? Dies ist ein Bündnis, wichtiger als jedes andere, das jemals …«

»Das ist mir egal. Ich lasse mich nicht verheiraten.« Das Eis in

Finns Stimme war trügerisch, denn in ihren Augen leuchtete eine brennende Leidenschaft.

Das schmerzhafte Pochen erschwerte Maeve das Denken. »Es geht um das Leben vieler Menschen.«

»Es geht um *mein* Leben!« Finn ballte die Fäuste und warf den Kopf zurück. »Der Tod meines Bruders hat bewirkt, dass mir mein Leben umso kostbarer ist. Andere mögen für die Pflicht leiden oder für das, was sie dafür halten, mir ist aber nur die Liebe wichtig – und du kannst mich zu nichts zwingen.«

Maeve versuchte, die tiefere Bedeutung hinter diesem Gefühlserguss zu erfassen, aber das Entsetzen, das sie gepackt hatte, war zu groß. »Das ist nun einmal das Schicksal der Frauen!«

»Nein, das ist das, was dir geschehen ist. Aber ich bin nicht du!« Finn schlug sich auf die Brust, ihre Augen funkelten. »*Du* hast niemals jemanden wirklich geliebt, also kannst du auch nicht verstehen, dass ich mir das mehr wünsche als alles, was du mir je versprechen könntest.«

Maeve sah im Geiste Ailill vor sich. Das Gesicht eines Jungen, bartlos und scheu. Und dann sein lebloses Gesicht, mit geröteten Wangen und blutbefleckten Lippen. »Alle Männer hier werden sterben.«

»Ich habe sie nicht hierhergebracht«, gab Finn scharf zurück. »Und ich werde mich deshalb auch nicht für sie opfern.« Maeve gelang es nur mit Mühe, sich zu voller Größe aufzurichten, während sie auf ihre Tochter zuhinkte. Das Ganze entglitt ihr. Sie hatte so viel ertragen, sie hatte Ruán verloren … und es war alles umsonst gewesen. »Du willst dich mir also widersetzen?«

Finn sah jetzt aus wie ein wütender junger Fuchs. Sie hatte sogar die Zähne gebleckt. »Ja.«

Bei diesem »Ja« ergriff Conors Gespenst Besitz von Maeve. Es verdunkelte ihr Herz wie eine Wolke die Sonne und holte entsetzliche Worte aus ihr hervor – es waren dieselben Worte, die Eochaid zu ihr gesagt hatte, als sie selbst noch ein junges Mädchen gewesen war. »Wenn du dich weigerst, dann wirst du verbannt. Du wirst deines Namens und deines Rangs beraubt sein, wirst heimatlos und ohne Verwandte umherirren, mit nichts als den Kleidern, die du auf dem Leib trägst.«

Finns Lachen ließ die Luft erstarren. Erst jetzt wurde Maeve bewusst, was sie da gerade gesagt hatte. Es hinterließ einen scheußlichen Geschmack auf ihrer Zunge, als hätte sie etwas Verdorbenes hochgewürgt. Voller Entsetzen dachte sie: *Was habe ich nur getan?*

»Du wolltest dich deinem Vater nicht widersetzen, weil du Angst hattest, ihn zu verlieren. Nun, Mutter …« Tränen schossen aus Finns Augen, und ihre Hand zerteilte die Luft zwischen ihnen wie ein Schwert. »Du warst nicht da, als ich dich brauchte, und so habe ich jetzt auch keine Angst, dich zu verlieren!«

Maeve fuhr zurück, als hätte Finn ihr einen Schlag versetzt. Sie sah zu, wie ihre Tochter sich von ihr abwandte. Sie verließ sie. Noch jemand, den sie liebte und den sie nie wieder sehen würde. »Nein.« Maeve versuchte, ihre Tochter zurückzuhalten. »Nein, ich habe unrecht …«

Aber Finn war nur noch ein Schatten.

Maeve schrie ihr nach: *»Ich werde dich niemals zu etwas zwingen!«* Sie glaubte, Finn kurz zögern zu sehen, bevor sie endgültig in der Dunkelheit verschwand.

Maeve setzte sich auf ihr Bett, krallte ihre Hände in die Decke. Die Tore zur Anderswelt mussten heute Nacht weit offen stehen, denn die Geister der Vergangenheit quälten sie. Eochaid schwebte vor ihr – nicht sein Gesicht, nur seine Augen. Grauer Flint waren sie, stark und unnachgiebig. Und so war er verbittert und einsam gestorben, von seinen Kindern gehasst.

Maeve starrte ihn so eindringlich an, dass ihre Augen zu brennen begannen. »Ich habe keine Angst davor, dich zu verlieren, Vater«, flüsterte sie. »Deshalb verbanne ich jetzt *dich* – damit ich endlich ich selbst und nur ich selbst sein kann.«

Das Kinn entschlossen vorgereckt, trotzte Maeve dem Geist ihres Vaters, bis er sich auflöste. Endlich war ihre Brust befreit. Sie legte sich auf den Rücken, eine Hand bedeckte ihre nassen Augen.

# 34

Die frühe Abenddämmerung des Herbstes kroch über das Ufer.

Der Hügelkamm auf der östlichen Flanke des Sees fing die letzten Sonnenstrahlen ein. Die Hänge im Westen, dort wo Maeves Kriegstrupp lagerte, waren unterhalb des Cullen's Mount in purpurfarbene und blaue Schatten getaucht. Aus dem roten Farn, den rostroten Blättern und den Bannern und Pelzen der Krieger war alle Farbe gewichen.

Es war nur noch das Schimmern von Eisen geblieben, kalt wie der Schatten.

Fraech stand mit den Wachen auf einer Kuppe oberhalb des Flusses. Maeve, die bei Ailill Totenwache gehalten hatte, ging zu ihm. Sie erkannte ihren Heerführer in der zunehmenden Dunkelheit an der Art, wie er auf seinen Fußballen balancierte. Er stand vollkommen ruhig da, mit erhobenem Kopf und geradem Rücken. Gleichzeitig strahlte er die Bereitschaft aus, jederzeit loszurennen und zuzuschlagen.

Maeve blieb neben ihm stehen. Das leise Rauschen des Flusses wurde von den Felsen zurückgeworfen, Abendnebel waberte über seine von Felsbrocken unterbrochene Oberfläche. Am gegenüberliegenden Ufer war der helle Schein von Cúchulainns Lagerfeuer zu sehen. Der Wachhund vertraute dem Ehrgefühl der Krieger so sehr, dass er ihnen sogar zeigte, wo er schlief.

Ein Schauder kroch unter Maeves Umhang. Sie rieb sich die Arme. »Ich habe mich vollkommen schwachsinnig verhalten«, flüsterte sie jetzt leise. »Ich habe mich mit Finn gestritten. Du weißt doch bestimmt, wo sie ist ...« Ihre Stimme stockte, und sie vergrub ihr Kinn in ihrem Pelz, der nach Rauch roch. »Bitte lass nicht zu, dass sie einfach geht. Ich möchte nicht, dass sie nach Laigin zurückkehrt.«

Fraech sah sie an. In der Dunkelheit war sein Gesicht jedoch nicht genau zu erkennen. Er wandte sich wieder Cúchulainns Feuer zu. »Sie wird nicht gehen.«

Diese Zuversicht … dieser seltsame Unterton von … Besitzerstolz? Maeve wurde es glühend heiß. »Ich verstehe«, sagte sie gelassener, als sie sich fühlte »Es liegt also an dir.«

Fraech zuckte mit den Schultern.

Maeves Lachen klang freudlos. »Bei Lughs Eiern. Ich bin nicht nur herzlos, sondern auch noch blind und dumm.«

»Dumm bist du ganz bestimmt nicht. Ich erinnere mich noch gut daran, was du getan hast, als dein Bruder versucht hat, dich zu töten.« Der See glänzte im letzten Licht des Tages. Der silberne Schein fing sich in seinen Augen. »Du warst Finn und mir gegenüber nur deshalb blind, weil wir keine Bedrohung für dich darstellen. Das ist alles, was dich noch interessiert. Und weil es nicht um dich geht, ist es allein unsere Sache.« Er ließ seine scharfen Worte in der Stille wirken, verschränkte die Arme und wandte dann sein Gesicht wieder wie ein witternder Wolf dem Wachhund zu. »Wenn sie gehen will, dann werde ich ihr später folgen. Aber ich werde dich nicht im Stich lassen wie so viele andere, denn du hast dich mir gegenüber stets ehrenhaft verhalten.«

Jetzt musste auch Maeve den Blick abwenden. Sie sah einer Krähe nach, die mit ihren schwarzen Schwingen über den rosa Himmel zog. Nach all den Dingen, die sie bedrückten, jetzt auch noch das … Sie räusperte sich und gab ihm einen Klaps auf den Arm, ließ ihre Hand dort liegen. »Dann solltest du dich verdammt noch mal besser nicht töten lassen.«

Als Finn in der Morgendämmerung durch den feuchten Wald ging, wo sie sich versteckt hatte, fand sie schließlich Ferdia, der in seine Hirschlederdecken eingehüllt auf einer Lichtung lag und schlief.

Sie nahm seine Flasche, schüttete das restliche Ale aus und füllte sie mit Wasser aus einem Bach. Dann ging sie neben ihm in die Hocke. Tau glitzerte auf seinen schwarzen Haaren und seinen Wimpern, funkelte auf seinem Umhang. Seine angespannten Gesichtszüge waren fein geschnitten, man konnte sie sogar schön nennen.

Finn träufelte Wasser aus der Flasche über Ferdias Gesicht, sodass er im Schlaf zusammenzuckte. Aber als sich die Strahlen der Morgensonne langsam über seine Züge ausbreiteten, begann er sich zu bewegen. Schließlich wachte er auf, blinzelte und rollte sich auf den Rücken.

Finn hielt ihm die Flasche hin und ließ ihn trinken. »Du solltest sofort von hier verschwinden«, flüsterte sie, als könnten selbst die zwitschernden Vögel sie belauschen. »Du bist ein aufrechter Mann. Du solltest von hier fortgehen und all das hier vergessen – die Gier, das Blut.«

Seine Augen waren jetzt dunkel und tief, sein Blick hatte etwas Wildes, als würde er versuchen, sein menschliches Ich abzuschütteln und mit dem Wald zu verschmelzen. Dieselbe Trance ergriff jetzt auch Finn. Es kam ihr so vor, als würden sich die Grenzen zwischen den Welten auflösen.

Eine Zeit außerhalb der Zeit, ein Ort voller Magie.

Das musste auch der Grund dafür sein, weshalb sie, die doch nur ein Mädchen war, es wagen durfte, ihre Hand auf die Schulter eines der berühmtesten Krieger von Erin zu legen, als wären sie einander ebenbürtig. »Folge deinem Herzen«, flüsterte sie. »Die Liebe ist alles, was zählt, wenn wir vor den Göttern stehen.«

Ferdias Bewusstsein griff nach ihr wie ein Ertrinkender. Schließlich kam er an die Oberfläche; sie spürte, wie sich ihre beiden Seelen kurz berührten. Sein Mund formte ein Wort, aber Finn wusste nicht, welches.

Vielleicht war es einfach »Liebe«.

Der Wind peitschte über den kleinen See unterhalb der Tempel von Emain Macha. Er umtoste Conors Kopf, vertrieb den Gestank der kranken Männer, der noch immer an ihm haftete.

Auch sein neuer Oberster Druide und die älteren Priester waren jetzt erkrankt. Die Heiler hatten inzwischen den Mohnsirup aufgebraucht und betäubten die Krieger nun mit Ale aus Alba, damit sie nicht ständig aufsprangen und mit irgendwelchen Schatten kämpften.

Eine kleine Schar von Novizen, das waren alle Priester, die noch gesund waren.

»Beeilt euch«, krächzte Conor. Die Schmerzen in seinen Eingeweiden machten es ihm schwer, aufrecht zu stehen. Er wurde von einem heftigen Schwindel geplagt. Nur allzu gern wäre er im Bett geblieben, aber er musste eine weitere Opfergabe darbringen und hatte sich deshalb hinausgeschleppt. Wenigstens verschaffte ihm das ein wenig Ruhe vor den Schreien der Kranken in seiner Halle.

Die jungen Druiden am Ufer zitterten. Vier von ihnen hielten lange, gebogene Trompeten in den Händen. Andere schwenkten schwelende Ebereschenäste, von denen blauer Rauch aufstieg. Die Hörner aus Bronze hatten seit unzähligen Jahren in Conors Halle gehangen. Sie waren immer nur bei der Krönung eines Königs geblasen worden. Langsam wurden selbst die Opfergaben knapp. »Ich sagte, ihr sollt euch beeilen«, fauchte er sie mit schmalen Augen an.

Die Priester sangen ihre Bitten an die Göttlichen, die Krieger der Ulaid zu heilen, noch schneller, bis sie sie schließlich nur noch herunterhaspelten. Conor hatte ihnen befohlen, ihre Gebete nur an den Dagda, an Lugh und an den Meeresgott Manannán, nicht aber an Macha zu richten. Er hoffte, dass die Vatergötter eher geneigt waren, Krieger zu heilen, als die Muttergöttin.

In aller Eile wurden die letzten Segnungen gesprochen und die Hörner dem See übergeben. Die Morgensonne ließ ihr Licht noch für kurze Zeit auf ihren eleganten Bogen spielen. Es verlosch langsam, als sie tiefer ins Wasser sanken.

Einer der Novizen sah sich um. Offensichtlich hatte er mit seinen scharfen Ohren etwas gehört. Auch Conor wandte sich jetzt um. Ein Reiter jagte den Weg vom Tempel her auf sie zu. Conor raffte sein nasses Gewand und watete durch das Schilf ans trockene Ufer.

Der Reiter war ein Junge. Er schwitzte und war über und über mit Schlamm bespritzt. Seine Zähne und seine Augen waren die einzigen hellen Stellen in seinem Gesicht. Stammelnd berichtete er dem König, ein Heer hätte die Tore der Macha im Westen angegriffen. Die Lords an der Grenze hätten größte Mühe, sie in Schach zu halten – der Feind würde immer wieder über die Wälle vordringen, bevor es ihnen gelänge, ihn zurückzuschlagen.

Conor hatte das Gefühl, der Boden unter seinen Füßen würde schwanken. Er taumelte, der Schwindel kehrte wieder zurück.

Der Junge murmelte: »Mylord?«, und trieb sein Pferd näher heran.

Conor krallte sich in die Mähne des Tieres. Er starrte auf dessen graues Fell unter seinen geschwollenen Fingern. Es war gesprenkelt wie verbrannter Knochen. So grau wie das Aschegesicht der Göttin. *Du wirst von Frauenhand sterben.*

Conor öffnete mühsam seine rissigen Lippen. »Wer führt diese Krieger an? *Eine Frau?*«

Der Junge schrak vor seinen hervorquellenden Augen und seiner krallenartigen Hand zurück. »Das weiß ich nicht.«

»Nutzlos! Fort mit dir!« Wütend gab Conor dem Pferd mit der flachen Hand einen Schlag auf die Kruppe, sodass es erschrocken zurückwich.

Der König der Ulaid sah den Pfad entlang, der zum heiligen Tempel der Macha führte. Die Rauchfahne der Opfergaben wurde vom Wind in Fetzen gerissen. Ein Blöken trieb zu ihm herüber – die letzten Ziegen wurden gerade getötet, um die Göttlichen milde zu stimmen. Von seinen Herden waren ihm nur noch wenige Tiere geblieben.

Conor starrte das große, riedgedeckte Gebäude böse an. *Macha.* Die Göttin nahm Rache für ein Unrecht, das ein früherer König begangen hatte. *Conor Mac Nessa* war ein großer, ein gerechter Herrscher gewesen, und zum Dank dafür war er von treulosen Mädchen, großspurigen jungen Kerlen und eifersüchtigen Lords verhöhnt worden. Er musste an sich halten, um nicht laut zu fluchen.

Macha mit dem Roten Haar. Sie war es, die sein Schicksal bestimmte. Wie oft hatte er vor ihrer Statue im Tempel gekniet und die leeren Höhlen ihrer Augen angefleht? Diese tiefe, sanfte Stimme hatte er jedoch nur ein einziges Mal vernommen, dieses göttliche Licht nur ein einziges Mal gesehen, und das war im Schrein des Dagda gewesen.

Der Vatergott.

Tief vergraben in seinen Kragen aus Fuchspelz, kehrte Conor der Göttin den Rücken und stieg in seinen Streitwagen, um zu seiner Halle zurückzufahren. Dort, in dem höhlenartigen Gebäude, schrien seine Krieger jetzt nicht mehr. Die Luft war von Stöhnen erfüllt. Es klang wie der Wind, der durch einen Spalt im Dach wehte.

Conor kroch in sein Bett und löschte die Lampe. Er wusste nicht, wer in der Dunkelheit bereits auf ihn wartete: Levarcham mit ihren hasserfüllten Augen, Maeve mit einem verächtlichen Grinsen, oder Deirdre, die sich ihm stets entzogen hatte, schalkhaft und übermütig.

»Ihr werdet mich nicht besiegen«, murmelte er, und sein Zorn erfüllte ihn mit Stärke. Mit Frauen wie diesen würde er noch immer fertig werden.

Maeve war dazu übergegangen, die Zweikämpfe von einem Karren aus zu beobachten, den man unter einer Esche aufgestellt hatte. Die Blätter des Baumes lagen bereits als goldenes Laub zu seinen Füßen. Stattdessen hatte man die Fahnen von Connacht, die einen Adler zeigten, in die kahlen Äste gebunden. Die Männer hatten sich auf dem Hügel verteilt, waren auf Bäume geklettert oder kauerten auf den Felsbrocken.

Einer nach dem anderen schritten Maeves Krieger den Hang hinunter, den Panzer eingefettet und die Haare zu Stacheln frisiert, als würden sie dadurch besser kämpfen.

Nicht alle starben.

Einige von ihnen erachtete Cúchulainn als nicht würdig, sein

Schwert mit ihrem Blut zu beflecken. Wenn sie mit ungeschickten Hieben Furchen in den Boden pflügten, beim Rennen über ihre Füße stolperten oder aber sich vor der Menge der Krieger zu lange bewundern ließen, griff Cúchulainn sie nur mit der flachen Klinge an, verprügelte sie, so als wären sie Kinder. Er konnte einem Gegner Büschel von Haaren abrasieren, ohne dabei einen Tropfen Blut zu vergießen, und schickte sie dann grün und blau geschlagen und gedemütigt zurück. »Fort mit dir!«, rief er mit verächtlich gekräuselten Lippen, als er sie der Lächerlichkeit preisgegeben hatte. Dies war die schlimmste Niederlage, die es für einen Krieger gab.

Als die Zeit verging, begann Cúchulainn, die Dummköpfe mit dem Speer zu durchbohren, bevor sie überhaupt nur den Fluss erreicht hatten. Maeve entdeckte eine Art Frustration in den Würfen des Wachhunds, eine tiefe geistige Erschöpfung.

Wenn aber tapferere Männer mit gezücktem Schwert gegen Cúchulainn antraten, war der Kampf von Beginn an blutig und erbittert. Diese Krieger ließ Cúchulainn in allen Ehren vom Kampfplatz tragen, die Gliedmaßen abgehackt, die Bäuche aufgeschlitzt.

Und schließlich gab es noch aus allen Königreichen Krieger, die gut ausgebildet waren und ihre Kampfkunst zur Schau stellten.

Sie vollführten Saltos und Sprünge, Kunststücke mit Pferd und Streitwagen, kämpften mit Schlingen, Lanzen, Dolchen, Knüppeln und schließlich mit Schwertern. Diese Tricks weckten bei den Zuschauern wieder Begeisterung, und sie konnten so tun, als befänden sie sich auf dem Übungsplatz, wo sie sich zum Ruhm der Götter miteinander maßen.

In diesen Augenblicken hob sich die dunkle Wolke von der Menge, und die Krieger vergaßen für eine Weile den Tod.

Wenn Cúchulainn solchen Kontrahenten gegenüberstand, veränderte auch er sich. Er hörte auf, seine dem Untergang geweihten Gegner einfach nur stoisch abzuschlachten. Dann spiegelte sich die Sonne auf seiner Helmzier und ließ den Kopf des Wachhunds hell aufleuchten.

Er und seine Gegner schleuderten sich dann Beleidigungen entgegen, denn dies war die Poesie der Krieger – obszöne Gesänge über die Unfähigkeit, ihre Frauen zu befriedigen und über ihre Feigheit. Die Zuschauer brüllten dann vor Lachen, und als Cúchulainn es mit einem Kunststück nach dem anderen aufnahm, wurden seine Bewegungen schneller und lebendiger. Er schien zu wachsen und begann zu strahlen, bis Maeve sein Gesicht vor lauter Glanz kaum noch erkennen konnte.

Kurz nach dem Morgengrauen des zweiten Kampftags verstummte die Menge, als wieder einmal einer von Cúchulainns Gegnern an Maeve vorbeigetragen wurde.

Maeve starrte von ihrem Karren herab. Einer der Arme des Toten rutschte von der Bahre und baumelte herunter. Der andere fehlte, der Stumpf wurde von seinem blutgetränkten Umhang verdeckt. Sein Kopf war zurückgebeugt, um den Hals zog sich ein klaffender Spalt.

Seit die Zweikämpfe begonnen hatten, hatte Maeve jede Wunde wie einen Stich in ihren eigenen Körper empfunden. Jetzt versuchte sie, diesen Schmerz zu ignorieren. *Mögen die Götter dich rasch zu sich nehmen, mit Ehre auf deiner Stirn.*

Die Männer hatten jetzt zu jubeln aufgehört. Sie sahen schweigend zu, als hätte sich ein Bann auf sie gelegt, der die Zeit stillstehen ließ. Erwartung und Ehrfurcht lagen in der Luft.

Maeve starrte Cúchulainn auf der anderen Seite des Flusses an.

Seit er den letzten tödlichen Streich geführt hatte, stand er reglos da, atmete kaum. Sein Kopf war unbedeckt, der Helm lag auf dem Boden. Die Sonne ließ seine Haare nicht mehr leuchten, sie hingen schlaff herunter und waren voller Blut. Auch sein Panzer und seine Waffen waren mit Blut befleckt. Nachdenklich verbeugte sich der Wachhund in Richtung des toten Kriegers, dann tauchte er ins Wasser und wusch sich all das Blut von seinem Gesicht und aus seinen Haaren. Schließlich trank er mit großen Schlucken.

Die Sonne stieg am Himmel empor. Immer mehr Männer taten ihren letzten Atemzug.

Ein Gefühl der Niederlage breitete sich in Maeve aus. Sie kauerte sich auf dem Karren zusammen und blickte dabei zum See hinunter, um etwas zu sehen, das nicht nach Tod stank. Tiernan musste sich geirrt haben, entschied sie. Auch das wilde Feuer in ihr musste nur ein Irrtum sein. Sie würde ihre Macht niemals für etwas Gutes einsetzen … und schon gar nicht für die Menschen von Connacht.

Sie hatte nicht noch einmal versucht, die Krieger umzustimmen – das Schicksal hatte über sie alle bereits entschieden.

Ihr Blick fiel auf Fraech, der neben ihrem Karren auf seinem Pferd saß. Obwohl ein Mann nach dem anderen fiel, saß er gerade wie eine Esche im Sattel und wandte den Blick nicht ein einziges Mal von dem Gemetzel ab. Er war fest entschlossen, über das Schicksal eines jeden Kriegers unter seinem Befehl Zeugnis ablegen zu können. Das war für ihn eine Frage der Ehre.

Maeve wurde bewusst, dass Finn bei diesem Mann sicher sein würde. Für immer.

Seit ihrem Streit hatte sie mit ihrer Tochter kein einziges Wort gesprochen. Sie würde sie jetzt nicht noch mehr verletzen, indem sie sie aufsuchte. Sie konnte Finn wenigstens ein wenig Ruhe inmitten all dieses Sterbens verschaffen. Dankbar war sie nur, dass Finn nicht mit jenen Männern, die Ailills Leichnam zu seinem Vater brachten, nach Laigin zurückgekehrt war.

Maeve schloss die Augen.

Zuerst rührte sie sich nicht, als die Stille unterbrochen wurde, weil wieder ein Krieger durch die Menge nach vorn trat. Dann jedoch wurde das Flüstern der Männer zu einem ungläubigen Murmeln. Maeve schlug die Augen auf.

Das Erste, was sie sah, war eine kleine weiße Hand, die Fraechs Bein gepackt hatte, und ein wilder Schopf roter Haare. *Finn.*

Maeve hob den Kopf einen Moment, bevor sie Finns Schrei hörte. Sie sprang auf.

Ferdia.

Der Held der Ulaid bahnte sich langsam seinen Weg durch die Krieger, die nur einen einzigen Blick in sein Gesicht warfen und dann ehrfürchtig zurückwichen. Jeder Schritt, den Ferdia machte, war bewusst, als würde er sich vollkommen darauf konzentrieren. Er trug einen sauberen Kittel und eine saubere Hose. Sein Panzer aus Horn umgab ihn von seiner Brust bis zu den Lenden. Die cremefarbenen und braunen Platten waren auf Hochglanz poliert. Er trug Fergus' Helm, dessen Stirnschutz sein Gesicht in Schatten tauchte.

Das Einzige, was Maeve von dem Mann selbst sah, waren seine braunen Hände – die eine lag auf dem Heft seines Schwerts, die andere am Griff seines Schilds – und seine dunklen Locken, die sich im Wind bewegten. Der berühmte Armreif des Roten Zweigs – ein geflochtenes Band aus Bronze, das sich in zwei Speerspitzen traf – war gut sichtbar an seinem Oberarm befestigt.

Hinter ihm fuhr ein Mann aus Laigin Ailills Streitwagen, der von den Speeren der Galeóin starrte und mit den Wimpeln von Mumu und Connacht geschmückt war.

Maeve öffnete ihre Lippen. Was konnte derjenige, wer auch immer es gewesen war, gesagt haben, um ihn umzustimmen?

In diesem Moment entfernte sich Finn ein paar Schritte von Fraechs Pferd. Sie machte eine zaghafte Geste in Ferdias Richtung, als dieser an ihr vorbeikam. Er schien sie jedoch nicht einmal wahrzunehmen, als er weiter den Hang hinunterging.

Aus Finns Gesicht war alle Farbe gewichen, während in ihren Augen das blanke Entsetzen stand.

Der Himmel drehte sich über Cúchulainn, der auf dem Rücken im feuchten Gras lag. Das Wasser des Flusses tropfte seine Wangen hinunter, kühlte ihn zusammen mit dem Wind. Die Krieger auf der anderen Seite des Wasserlaufs hörten sich an wie ein Schwarm Bienen.

Er wusste, dass er aufstehen musste.

Aber er kämpfte jetzt schon seit fast zwei Tagen und hatte Angst, dass die Quelle allen Seins ihn vollkommen verzehren könnte, wenn sie zu lange in ihm brannte. Er wusste nicht, was geschehen würde, wenn er sich der silbernen Flamme vollkommen ergab und weder Ferdia noch Emer bei ihm waren, um ihn zurückzuholen. Er nahm an, dass sein Geist sich dann immer weiter ausdehnen würde, dass er schließlich aus ihm herausströmen würde, um sich mit der Quelle allen Seins in den Dingen um ihn herum zu vereinen. Das wäre dann jedoch sein Tod, und dann könnte er auch nicht mehr das Ulaid gegen Maeves Armee verteidigen.

Kein irdisches Gefäß konnte das lodernde Feuer der Quelle allen Seins längere Zeit beherbergen; das war auch der Grund dafür, warum er dieses Feuer nach jedem Kampf erstickte. Wie bei einer mächtigen Welle, die sich aufbaut und dann bricht, musste Cúchulainn die Quelle allen Seins in sich aufnehmen und sie durch sich hindurchströmen lassen, um sich dann wieder von ihr zu lösen, während sie verebbte.

Danach überwältigte ihn stets eine große Müdigkeit.

Cúchulainn legte einen Arm über seine Augen und stellte sich vor, das alles seien Tautropfen, die in der Sonne glitzerten, und nicht Speerspitzen und Schwerter. Die vielen Schnittwunden, die er inzwischen erhalten hatte, schmerzten unterschiedlich stark, je nachdem, wie tief sie waren. Da waren Schnitte von Schwertern und Schrammen von Zufallstreffern mit dem Speer. Steine von Schleudern hatten ihn am Unterkiefer und am Schienbein getroffen. Ein riesiger Kämpfer hatte ihn mit einem Eichenknüppel an der Schulter erwischt. Ein anderer hatte sein Schwert sogar im Feuer erhitzt, bevor er gegen Cúchulainn angetreten war. Die Brandblase, die es auf dem Unterarm des Wachhunds hinterlassen hatte, pochte heftig. Seine Rippen schmerzten von einem Tritt, den jemand bei einem der Kampfkunststücke gelandet hatte.

Das Summen der Bienen von Connacht wurde lauter.

Schritte knirschten am anderen Ufer des Flusses. Räder quietschten, Pferde wieherten. Die pochenden Schmerzen hielten Cúchulainn am Boden fest. Aber er musste aufstehen. *Nur noch einen Augenblick*, flüsterte sein Körper. *Einen Augenblick, um in die Erde zu sinken, um auszuruhen.*

Nein. Sein Geist war unerbittlich. Dieser eine Augenblick, in dem nichts geschah, musste genügen. Jetzt nämlich gab es niemanden mehr, der über ihn wachte.

Cúchulainn holte tief Luft und setzte sich dann auf, geblendet vom Blitzen der Speere, Schilde und bronzenen Ringe, die überall auf Stangen hingen. Obwohl die Sehnen in seinen Kniekehlen protestierten, wankte er nicht, während er seinem Feind den Rücken zuwandte. Er würde ihm noch früh genug ins Gesicht sehen.

Cúchulainn griff nach seinen Waffen: eine Ansammlung von Dolchen, die er durch die Schlingen in seinem Gürtel gesteckt hatte und die aussahen wie die Zähne eines Wolfs; Speere, die er in einen Köcher auf dem Rücken warf; ein Helm, der seine bereits juckende Kopfhaut noch mehr reizte. Nachdem er seine Schwertscheide ausgerichtet hatte, zog er an seinem Kettenhemd und rückte das Wams darunter zurecht. Der Glanz des Armbands des Roten Zweigs fiel ihm in die Augen. Cúchulainn berührte es voll wehmütiger Erinnerung.

*Roter Zweig. Roter Zweig.*

Er hatte diesen Kriegsruf viele Male ausgestoßen, aber da war stets Ferdia an seiner Seite gewesen. Und Naisi, Illan und Fiacra. Damals hatten sie ihn aus voller Kehle und voller Stolz gerufen. Jetzt fand er nicht einmal mehr den Mut, ihn auch nur zu flüstern.

Cúchulainn drehte sich um und ging mit großen Schritten über das Gras. *Komm,* bat er die Quelle allen Seins. Er durfte jetzt nicht müde sein. *Erfülle mich. Komm.* Er schloss die Augen, während er die silberne Flut herbeirief. Als er den Fluss erreicht hatte, waren seine Schultern wieder gestrafft und sein Körper summte, sodass er keinen Schmerz mehr fühlte.

Sein Herausforderer war weder über den Fluss gestürmt noch hatte er einen Speer zu ihm herübergeschleudert. Er stand einfach nur da, einen langen Schild bis zu den Augen erhoben, verbarg so sein Gesicht. Hinter ihm stand ein Streitwagen: Also würde er sich den Kampfkunststücken widmen.

Ein schmerzliches Gefühl der Einsamkeit überfiel den Wachhund aus dem Nichts. Er sehnte sich nach einem würdigen Gegner, jemanden, der das Feuer der Quelle allen Seins einen ekstatischen Augenblick lang mit ihm teilte, bevor einer von ihnen starb.

Von der Quelle allen Seins erfüllt, starrte Cúchulainn über den Fluss, kniff die Augen zusammen. Dieser Helm … hatte er Schwingen an den Seiten? Aber sein Träger war zu klein, das war nicht Fergus … jemand hatte Fergus' Helm genommen.

Der Krieger stellte sich breitbeinig hin, und Cúchulainn hätte schwören können, dass er auch Horn schimmern sah. Er blinzelte, war verwirrt. *Sein Panzer … jemand hat Ferdias Panzer angelegt.*

»Nenn mir deinen Namen.« Cúchulainns Stimme war bei Weitem nicht so kraftvoll, wie sie es hätte sein sollen.

Der Herausforderer antwortete nicht. Stattdessen schob er seinen Helm ein Stück nach oben und trat einen Schritt vor, während er langsam den Schild sinken ließ. Jetzt endlich fiel das Sonnenlicht auf sein Gesicht.

Die Quelle allen Seins verebbte auf der Stelle. Cúchulainn taumelte, getroffen von der Wucht eines unsichtbaren Schlags.

## 35

Ferdia ließ seinen Schild sinken und ging zum Fluss hinunter. Das Gras dort war zertrampelt und glitschig vom Blut. Getrennt durch das seichte Wasser taxierten er und Cúchulainn sich gegenseitig, wie es Skatha sie vor langer Zeit in Alba gelehrt hatte. Cúchulainn hörte jetzt im Geiste wieder ihre heisere Stimme. *Versucht herauszufinden, ob die Muskeln eurer Feinde vor Anspannung zittern und ob sie ungleichmäßig sind, was auf eine alte Verletzung oder Schwäche hindeutet. Seht, ob euer Gegner bestimmte*

*Gliedmaßen bevorzugt. Achtet auf hängende Schultern, Trägheit, Müdigkeit oder Niedergeschlagenheit.*

Ach, Ferdia.

Cúchulainn entging die kränkliche Blässe seines Freundes nicht. Ferdia hatte weder Verletzungen noch waren seine Muskeln geschwächt, aber sein Feuer war gedämpft, seine Schultern waren gebeugt. Aber erst, als er Ferdias Blick begegnete, sah Cúchulainn, welch unendliche Leere in seinem Inneren herrschte. »Du siehst schlecht aus«, platzte es aus Cúchulainn heraus. Wenn er es nicht besser gewusst hätte, hätte er gesagt, Ferdia wäre vom Ale gezeichnet.

Ferdia lächelte freudlos. Er nahm eine Flasche von seinem Gürtel und goss sie aus. »Wasser«, krächzte er. »Jedenfalls jetzt.«

Cúchulainns Hals schmerzte. »Du bist der Letzte, den ich aus Connachts Gefolge erwartet hätte.« Es klang zornig.

Ferdia zuckte zusammen. »Fergus wusste, dass Maeve uns nicht töten würde, sondern sich nur an Conor rächen will.« Er stand schwankend da. »Sie will den König stürzen und nicht Ulaid schaden.«

»Ist es das, was du dir in der Nacht einredest?«

Ferdias Augen blitzten, und er richtete sich auf. »Meine Ehre verlangt, bei denen zu stehen, die gegen Conor sind.« Er schluckte, starrte Cúchulainn herausfordernd an. »Aber ich will auch die einzigen Brüder, die mir geblieben sind, nicht verlieren.«

Die ersten Schläge waren ausgetauscht.

Cúchulainn starrte in Ferdias eingefallenes Gesicht und in seine gehetzten Augen. Bei diesem Anblick wallte etwas in ihm auf, und er öffnete seine Faust zu Ferdia hin. »*Mein Bruder,* du gehörst nicht zu der Wölfin von Connacht oder zu denen, die sie gekauft hat. Du gehörst auf diese Seite, zu mir und den Ulaid. Leg deine Waffen nieder und komm über den Fluss.«

Ferdia keuchte und wandte den Kopf zur Seite, umfasste dabei den Griff seines Dolchs, der in seinem Gürtel steckte. »Ich werde diesen mordenden Verräter nie wieder verteidigen. Dem Volk der Ulaid wird kein Leid geschehen …«

»Das kannst du doch nicht im Ernst glauben! Maeve wird uns alle knechten!«

Ein dunkler Schatten zog über Ferdias Gesicht. »Ich habe einst einem König gedient, den ich für gerecht hielt – einem Mann, für den ich mein Blut gegeben habe –, und dafür hat er mir alles genommen, was ich geliebt habe. Kein Herrscher könnte schlimmer sein als er.«

Cúchulainns Frustration kochte über. »Du warst einst ein Mann mit Verstand.«

»Der Verstand *verpflichtete* mich.« Ferdia machte eine heftige Handbewegung und zog dabei seinen Dolch aus der Scheide. »Ich habe mich immer im Hintergrund gehalten, habe beobachtet und gewartet. Immer war ich an zweiter Stelle hinter dir. Warum soll jetzt nicht ich derjenige sein, der unnachgiebig ist, der rein und makellos ist?«

»Du warst nie an zweiter Stelle«, antwortete ihm Cúchulainn mit ruhiger Stimme. »Du hast beobachtet und gewacht, um mir meine Aufgabe zu erleichtern. Wir haben den Roten Zweig gemeinsam geführt. Für das Ulaid. Ich hätte das nicht ohne dich geschafft: Nur gemeinsam waren wir stark.«

»Stark?« Ferdia schritt am Fluss entlang, sein Gesicht war jetzt starr wie eine Maske. Er riss sein Schwert aus der Scheide, sodass er nun in jeder Hand eine Klinge hielt. »Wenn ich *stark* gewesen wäre, Wachhund des Cullen, dann hätte ich allen – Maeve, Fergus, Cormac – den Rücken gekehrt und wäre erhobenen Hauptes davongegangen.« Er stockte. »Ich hätte mich nicht mit Ale zugrunde gerichtet und im Suff mit Frauen geschlafen ...«

»Ferdia ...«

»Ich weiß, was alle denken!« Ferdias Blick war wild, der geliehene Helm drückte die fettigen Strähnen seines dunklen Haares an sein Gesicht. »Das ist das, was immer jeder gedacht hat – ich war immer nur dein Schatten!«

»*Nein.* Du bist der Bruder meiner Seele. Du hast immer an meiner Seite gekämpft. Wir sind in allem außer unserem Blut Zwillinge.«

Ferdia entblößte seine Zähne. »Aber ich bin von uns beiden derjenige, der versagt hat, denn hier stehe ich und bin zugrunde gerichtet. Überflüssig und nutzlos. Und dort stehst du und verteidigst ein Königreich.«

Cúchulainns Brust brannte. »Ich könnte deine Hilfe durchaus gebrauchen.«

»Damit ich für alle Zeiten als der bekannt bin, der seinen Eid gebrochen hat?«

»Um aller Götter willen!«, schrie Cúchulainn jetzt und stampfte in den weichen Schlamm. Er sah die Wirkung seines Ausbruchs wie eine Welle über die Männer den Hang hinauflaufen. »Leg deine Waffen nieder und schließ dich mir an.«

»Man wird sagen, dass ich dir wie ein Hund gehorche und keinen eigenen Willen habe. Dass ich ein Feigling bin.«

»Pfeif auf das, was die anderen denken, Ferdia!«

Ferdias Füße standen jetzt schon fast im Wasser, denn er hatte sich Cúchulainn unbewusst immer mehr genähert. Plötzlich jedoch breitete er seine Arme wie zu einer Umarmung aus, wobei er jedoch in beiden Händen eine Klinge hielt. »Wenn wir also gleichgestellt sind, Cú, dann lege *du* deine Waffen nieder und komm zu mir. Wenn du mich so sehr liebst, wie du sagst.«

In Cúchulainns Körper spannten sich alle Muskeln an. »Wenn ich das tue, werden diese Krieger hier das Ulaid verwüsten.« Er zog jetzt sein Schwert und mähte den Farn um, als er sich umdrehte. Sein Blick huschte den Hang hinauf, und er glaubte, wallende rote Haare gesehen zu haben. Er wurde wütend und drehte sich knurrend wieder zu Ferdia um. »Viele Augen ruhen auf mir. Wenn ich auch nur die geringste Unsicherheit zeige, dann steht Connacht der Weg offen, unser Volk zu vernichten.«

Ferdia stieß sein Schwert in den Schlamm, wo es stecken blieb. »Beweise, dass du über deinen Schatten springen kannst, stelle deine Liebe zu mir dieses eine Mal an die erste Stelle. Ich habe dich an dem Tag, als wir Conor verließen, darum gebeten, aber du wolltest deinen Eid nicht aufkündigen, nicht du, der berühmte Kämpe der

Ulaid. Wieso hältst du an deiner Ehre fest, während mir die meine verwehrt wird?«

Cúchulainns Herz schmerzte. »Lass nicht zu, dass die Lügen der anderen uns trennen.«

»Dann ergib dich.«

Cúchulainn blieb stehen, amtete heftig. »Wir können uns gegenseitig ergeben.«

»Also werden wir diesen Kampf nicht austragen, und du wirst diesen Weg und diesen Verräter, der sich König nennt, nicht länger verteidigen?«

Cúchulainn zögerte.

»Ha!« Ferdia lächelte grimmig. Er trat gegen einen auf dem Boden liegenden Helm, sodass er in den Farn rollte. »Nach allem, was du erreicht hast, Cú, willst du nicht zulassen, dass man am Ende über dich singt, du hättest versagt, du hättest aufgegeben und zugelassen, dass feindliche Krieger den Boden des Ulaid betreten.«

»Warum tust du das?«

»Weil das genau das ist, was du von mir verlangst – ich soll zulassen, dass man meinen Namen verhöhnt als den eines Schwächlings, des Eidbrechers, des Verräters.« Ferdias Mund zuckte, seine Wangen sahen jetzt noch eingefallener aus. »Ich soll der Dunkle sein, damit du strahlen kannst.«

Es waren gallebittere Worte. Cúchulainns Hand versuchte instinktiv, sein Herz abzuschirmen.

Als Ferdia bewusst wurde, was er gesagt hatte, wich er taumelnd zurück. Dann lachte er. »Siehst du? Ich bin nicht so edel wie du. Aber ich werde wenigstens stark bleiben, stark bis zu meinem letzten Atemzug.« Er stellte sich aufrecht hin, das Schwert über seinem Herzen. »Ich werde also gegen dich kämpfen müssen, Bruder meiner Seele.«

»Nein!«, schrie Cúchulainn und warf seine Klinge mit solcher Wut auf den Boden, dass sie sich dort eingrub. *»Das werde ich nicht!«*

»Dann werde ich diesen Fluss überqueren und dir mit dieser Klinge so lange in den Bauch stechen, bis du es tust.« Ferdia bückte sich nach seinem Helm und setzte ihn auf. »Also … die Kampfkunststücke. Zuerst die Streitwagen, dachte ich mir.«

Cúchulainn fühlte eine ungeheure Erleichterung. Wenn sie mit den Kampfkunststücken, die auf Distanz ausgetragen wurden, begannen, war er vielleicht in der Lage, Ferdia zu entwaffnen. Cúchulainn nickte. »Wie du willst.«

Sein Freund salutierte und ging dann zu seinem Streitwagen zurück.

»Geh mit Liebe«, flüsterte Cúchulainn, aber das hörte nur der Fluss.

Die Krieger aus Connacht sahen, wie Cúchulainn und Ferdia ihre Stiefel auszogen und dann barfuß zu ihren Streitwagen gingen. Als die Männer erkannten, welches Schauspiel sie jetzt gleich zu sehen bekommen würden, kamen sie näher, um sich einen guten Aussichtspunkt zu sichern.

Auf Ferdias Zeichen hin begannen die Kriegstrommeln von Connacht zu dröhnen, und bald darauf schmetterten auch die Trompeten aus Bronze. Der Lärm peitschte die Zuschauer auf, und sie begannen laut zu jubeln. Ferdia sprang in Ailills Streitwagen und ließ die Pferde an dem grasbewachsenen Hang entlanggaloppieren. Die Hufe der Pferde trommelten im Takt mit Hunderten von Fäusten, die auf gespannte Häute schlugen.

Cúchulainn sah, wie Ferdia den Kopf zurückwarf und tief einatmete, während er die Zügel fest in der Hand hielt. Der Wachhund hatte niemanden, der ihn mit Trommeln und Trompeten anfeuerte. Also schloss er die Augen und begann stattdessen mit dem Heft seines Schwerts auf einen der an Stangen gebundenen Schilde zu schlagen. Jeder Schlag hallte durch seinen Körper, rief die Quelle allen Seins, bis sie im Rhythmus mit der Bewegung seines Arms pulsierte.

Cúchulainn hörte das Klirren von Zaumzeug und schlug die Augen wieder auf. Ferdias Hengste trabten nun und schüttelten ihre Mähnen. Der Klang der Trommeln und Trompeten wurde lauter.

Cúchulainn lief zu seinen Pferden und setzte sich schon einen Augenblick später mit seinem Streitwagen in Bewegung. So fuhren er und Ferdia mit ihren Gespannen um die Wette, wobei jeder auf seiner Seite des Flusses die gleichen Spuren im Gras hinterließ.

Die Standfläche aus rohem Leder unter Cúchulainns Füßen wurde von einem Netz aus Seilen gehalten, das zwischen den gebogenen Seiten des Wagens gespannt war. Die Deichsel aus poliertem Holz fing die Strahlen der Sonne ein, die Koralle, das Email und die Bronze, mit denen das Zaumzeug verziert war, schimmerten. Die Männer, die ihnen zusahen, jubelten laut.

Cúchulainns Blut kreiste mit ihnen, und auch Ferdia stieß einen lauten befreienden Schrei aus. Einen Moment lang durften sie noch vergessen, dass sie gegeneinander kämpften.

Die Kunststücke mit den Streitwagen waren ein Lied, dessen Strophen sie beide nur allzu gut kannten. Zuerst wurden die Kurven enger und die Räder ließen den Schlamm aufspritzen. Dann hielten die beiden Kontrahenten mit den Pferden auf die Hänge zu und rissen den Wagen im letzten Moment herum, sodass sie nur noch mit einem Rad den Boden berührten.

Cúchulainn hatte sich niedergekauert, die Füße gegen die gebogenen Seitenwände aus Weidengeflecht gestemmt, und lenkte seine Pferde trotz des vibrierenden Wagens mit feinfühliger, leichter Hand. Das aufregende Gefühl des gefährlichen Manövers ließ ihn auflachen. Er warf einen Blick zu Ferdia hinüber und sah im Gesicht seines Freundes dasselbe Gefühl des Glücks.

Zum See hin wurden sie schneller, beschrieben dabei einen weiteren Bogen. Ferdia griff nach den Speeren im Köcher. *Jetzt begann es.* Cúchulainn zog ebenfalls einen Speer heraus, und als die Streitwagen über ebeneren Grund dahinjagten, ließen Ferdia und Cúchulainn im selben Moment die Zügel fallen und liefen mit nackten Füßen auf der Deichsel zwischen den galoppierenden Pferden nach vorn.

Die Krieger schrien vor Begeisterung.

Die Streitwagen schwankten hin und her, holperten über Steine.

Die Pferde streckten ihre Hälse, ihre Mähnen flatterten im Wind. Die Lautstärke der Trommeln und Hörner erreichte zusammen mit dem Jubel der Zuschauer einen ersten Höhepunkt. Cúchulainn und Ferdia sprangen auf die Joche der galoppierenden Pferde, spreizten sich mit den Füßen ein, und machten sich bereit, mit einem lauten Schrei ihre Speere zu werfen.

Cúchulainn, in dem jetzt wieder die Quelle allen Seins loderte, spürte den ungewöhnlichen Winkel von Ferdias Wurf, noch bevor sein Freund die Lanze überhaupt losgelassen hatte. Ferdia hielt den Speer so, dass er in einem hohen Bogen fliegen würde – so konnte er Cúchulainns Körper gar nicht treffen.

Cúchulainn stellte seinen Speer in demselben Winkel an und schleuderte ihn. Als die beiden Krieger auf der Deichsel wieder zurückrannten und in den Wagen sprangen, trafen sich die beiden Speere genau über dem Fluss und fielen ins Wasser. Cúchulainn und Ferdia rissen ihre Pferde herum, bevor sie Gefahr liefen, am Hang des Hügels zu zerschellen.

Die Zuschauer sprangen auf, brüllten und schwenkten begeistert ihre Arme.

Als die beiden Wagenlenker jetzt die Pferde langsamer laufen ließen, leuchteten Ferdias Augen wieder. Seine Brust hob und senkte sich. Er grüßte Cúchulainn mit einer kürzeren Lanze. Cúchulainn lächelte.

Die Kunststücke mit den Streitwagen gingen weiter, bis sie beide schweißüberströmt und die Pferde über und über mit Schaumflocken bedeckt waren. Eine Vielzahl von Speeren lag an den Ufern des Flusses verstreut. Einige der Würfe hatten ihr Ziel, so war es jedenfalls den Zuschauern erschienen, nur knapp verfehlt, hatten beinahe Cúchulainns Kopf oder Ferdias Schulter gestreift.

Cúchulainn wusste jedoch, dass weder er noch Ferdia wirklich gezielt hatten. *Das verschafft uns Zeit,* dachte er. Zeit, in der Ferdia vielleicht zusammenbrach, in der Maeve aufgab, in der sich der neue Rote Zweig von seiner Krankheit erholte und ihm zur Seite eilte.

Die Sonne bewegte sich langsam auf den Horizont zu. Cúchulainns Kleidung war nass, und aus seinen Haaren tropfte der Schweiß.

Schließlich gab es keine Kunststücke mit dem Wagen mehr, die sie noch hätten vorführen können. Er und Ferdia stiegen aus ihren Streitwagen, deren Seiten zerkratzt und deren Seile durchgescheuert waren. Die Zuschauer verstummten.

Ferdia und Cúchulainn näherten sich den gegenüberliegenden Ufern des Flusses und gingen zu einer Stelle, wo das Wasser tiefer und ruhiger war. Sie tranken, spülten sich den Mund aus und tranken wieder. Der Kampf hatte auch Ferdia mit der Quelle allen Seins erfüllt und die Auswirkungen des Ales gemildert.

Ferdia nahm seinen Blick nicht von Cúchulainn, und der silberne Glanz in ihm traf den Wachhund tief im Herzen.

Ferdia erhob sich und zuckte dabei leicht zusammen. »Das Donner-Kunststück«, krächzte er. »Auf dem Pferd.«

Cúchulainn nickte. Reiterkunststücke. Gut.

Ferdia ließ sich ein frisches Pferd aus Maeves Lager bringen. Cúchulainn hatte nur den Grauen der Macha und den Schwarzen von Saingliu. Er spannte sie aus, nahm die Decken aus Schaffell unter dem Joch herunter und rieb ihre schweißnassen Rücken trocken. Er ließ sie ausgiebig saufen und strich dem Grauen dann über den Hals. »Eine kleine Ruhepause, Bruder, das ist alles, was ich dir gewähren kann.« In der Nacht, in der Naisi und seine Brüder gestorben waren, war er mit dem Grauen in den Kampf gezogen. Als Reittier war er von den beiden Pferden das zuverlässigere.

Der Graue hob sein tropfendes Maul und legte seine Stirn an Cúchulainns Brust.

Ferdia rief Maeves Kriegern etwas zu. Die Männer rannten herbei, um Reihen von Speeren in den Boden zu stecken und dann Schilde daran zu befestigen, sodass sie jetzt ebensolche Zielscheiben bildeten wie jene, die Cúchulainn aufgestellt hatte. Der Wachhund verbrachte seine Zeit damit, seine eigenen Speere zu versetzen, damit sie jetzt keine Gasse, sondern eine Wand bildeten.

Auf dem Rücken ihrer Pferde galoppierten sie dann abwechselnd am Ufer des Flusses entlang, ließen dabei Steinschleudern über ihren Köpfen kreisen. Die schwirrenden Schlingen erzeugten das Geräusch von fernem Donner, und jeder Stein traf einen Schild des Gegners mit einem lauten Krachen, der dem Einschlag eines Blitzes glich.

Steinbrocken fielen wie ein tödlicher Hagelschauer, während die beiden Krieger versuchten, immer mehr Schilde in immer schnellerer Abfolge zu treffen.

Schon bald stellte Cúchulainn fest, dass er seine Geschicklichkeit nicht im vollen Umfang ausspielen konnte, wenn er zugleich die Quelle allen Seins eindämmte. Es gelang ihm einfach nicht, die Flut aus Silber daran zu hindern, überzufließen, zum Himmel hinaufzusteigen und sich über den Boden auszubreiten. Ihre Macht strömte in seinen Arm, und schließlich ergab er sich dieser strahlenden Woge.

Ganz instinktiv schleuderte er den nächsten Stein und vergaß dabei, auf Ferdia zu achten. Der Brocken verfehlte Ferdia nur knapp und zerschellte an einem Schild. Die Splitter spritzten in Ferdias Gesicht, sein Pferd scheute und hätte ihn fast abgeworfen. Die Rufe der Krieger verstummten.

Ferdia griff sich an die Wange und starrte dann seine roten Finger an. *Das erste Blut.*

Cúchulainn schluckte, drängte das Licht wieder zurück, während er seinen Hengst mit einer Hand beruhigte. Ferdia starrte ihn an. Scharlachrote Tropfen sprenkelten seine Wangen und seine Stirn.

Cúchulainn musste den Blick abwenden.

Nach den Steinschleudern kamen die Speere – Speere, durch sich drehende Schilde abgewehrt, mit den Füßen geschleudert, zu dreien und vieren geworfen. Schließlich blieb als Einziges noch das Overbreath-Kunststück – das schwierigste aller Reiterkunststücke. Cúchulainn forderte es mit dumpfer Stimme. Ein Schatten huschte über Ferdias Gesicht, aber er nickte.

Dafür mussten sie, auf dem Rücken des Pferdes stehend, an einem im Boden steckenden Speer vorbeigaloppieren. Genau im richtigen Moment mussten sie dann einen Salto rückwärts vom Pferd vollführen, beim Landen den Speer herausziehen und ihn auf ihren Feind schleudern.

Jetzt gab es so gut wie keine Möglichkeit mehr, absichtlich daneben zu werfen.

Ferdia und Cúchulainn hatten dieses Kunststück viele Jahre lang trainiert, sodass es ihnen schließlich in Fleisch und Blut übergegangen war. Im richtigen Moment vom Pferd zu springen, den Speer herauszuziehen und den Körper in Wurfposition zu bringen, erforderte höchste Konzentration. Wenn der Kämpfer versuchte, den Flug des Speeres zu manipulieren, und sich darauf konzentrierte, würde ihm der Salto misslingen und er würde stürzen und sich ein Bein oder einen Arm brechen – oder, schlimmer noch, den Hals.

Ferdia war der Erste. Er sprang vom Pferd, und seine Lanze flog direkt auf Cúchulainn zu. Der Wachhund, der die Wellenbewegung in den Funken der Quelle allen Seins gesehen hatte, wich geschickt aus und wehrte sie mit seinem Schild ab.

Ferdia machte einen Freudensprung und riss beide Arme hoch. Sein erleichterter Schrei hallte vom Hügel wider und ging dann im Pfeifen und Jubeln der Männer unter. Dieses Kunststück war immer seine größte Schwäche gewesen; aus irgendeinem Grund hatte er sich dabei oftmals verschätzt.

»Wie ich sehe, hast du inzwischen dazugelernt«, rief Cúchulainn, »und machst es so, wie ich es dir gesagt habe.«

Ferdia wischte sich wieder ein paar Blutstropfen von der Stirn. »Aye, ich habe geübt.« Sein Lächeln war jedoch bitter.

Jetzt war Cúchulainn auf dem Grauen an der Reihe. Er konzentrierte die Quelle allen Seins an zwei Stellen: in seinen Beinen, um auf dem Rücken des Grauen die Balance zu halten, während der Hengst galoppierte; und auf den Speer, der im Boden steckte und zu einer Säule aus Licht wurde. Die Quelle allen Seins sagte ihm, wann er springen musste, trug ihn dabei wie eine Welle. Er drehte sich schwerelos in der Luft, vollzog dabei seinen Wurf schon im

Geiste, sodass sein Arm in dem Moment, als er auf dem Boden aufkam, die Lanze schon auf Ferdia warf.

Ferdia schlug sie mit dem Rand seines Schilds zur Seite. Erst als Cúchulainn wieder zu sich kam, sah er, wie schwer es Ferdia gefallen sein musste, den Speer abzuwehren, da er heftig atmete. Und so ging es abwechselnd weiter.

Bald flogen die Speere mit tödlicher Wucht hin und her. Cúchulainns Arm schmerzte allein schon davon, sie abzuwehren. Die Speerspitzen ließen die hölzernen Schilde zersplittern, und er warf sie reihenweise ins Gras und nahm sich dann immer wieder einen neuen von dem Stapel neben seinem Streitwagen. Die ständigen Stöße, wenn er von seinem Pferd sprang, machten seinem Rücken zu schaffen.

Cúchulainn hatte Ferdia bei diesem Kunststück stets geschlagen. Vielleicht war das nun der Grund, weshalb Ferdia anscheinend gar nicht damit aufhören konnte, auch wenn er seine Kräfte vor jedem Salto mit einem wilden Zähnefletschen sammeln musste.

Ihre Arme, die die Schilde hielten, wurden matt; ihre Beine erlahmten.

Müde und erschöpft, schätzte Cúchulainn einen von Ferdias Würfen falsch ein, sodass der Speer unter dem Rand seines Schildes hindurchflog und seine Hüfte unterhalb seines Kettenhemds streifte. Ein brennender Schmerz ließ ihn aufschreien. Er drückte eine Hand auf die Wunde. Blut sickerte aus dem Riss in seinem Kittel.

Die Schnitte in Ferdias Gesicht waren getrocknet. Die rote Maske, die er jetzt trug, verlieh seinem Gesicht ein verzerrtes Aussehen. Einen grimmigen Augenblick lang glaubte Cúchulainn jedoch, ein befriedigtes Lächeln in Ferdias Gesicht zu sehen. *Blut gegen Blut.*

Zorn stieg in Cúchulainn auf, mindestens ebenso intensiv wie die Begeisterung, die er zu Beginn ihres Kampfs gespürt hatte.

Sein nächster Speer schnitt durch die Luft, als hätte er ein Eigenleben, traf Ferdia am Helm und warf ihn zu Boden. Wütend sprang Ferdia auf und warf, während die Männer auf dem Hügelkamm jetzt noch lauter schrien, seinen Schild weg, bückte sich nach einer der herumliegenden Lanzen und schleuderte sie direkt auf Cúchulainn.

Die Quelle allen Seins flammte auf.

Cúchulainn wich dem Speer mit einem Sprung zur Seite aus und rollte sich geschickt ab. Noch während er auf die Füße sprang, erwiderte er Ferdias Wurf mit einem weiteren Speer.

Speere zischten hin und her. Schon bald hatten Cúchulainn und Ferdia Prellungen an Unterkiefer und Schlüsselbeinen, an Schenkeln und Rücken, die von den Schäften aus Eschenholz herrührten. Ihre akrobatischen Fähigkeiten waren jedoch so ausgeprägt, dass keiner von beiden ernsthaft verletzt war, auch wenn einige der Speere sie an Armen und Beinen gestreift hatten und dort kleinere Schnitte und Wunden hinterlassen hatten. Blind vor Zorn wusste Cúchulainn nicht, ob sie sich im Kern ihrer Seele noch immer zurückhielten oder ob sie einfach nur gleich stark waren.

Als die Sonne unterging und die ersten Schatten heraufzogen, hielten sie beide keuchend inne, starrten einander an. Die Dämmerung ließ das Blut auf Ferdias Gesicht noch dunkler erscheinen. Er salutierte wieder mit seinem Speer, aber sein Arm wirkte jetzt müde, sein Körper kraftlos.

Cúchulainn hielt seine Lanze quer vor seine Brust. *Mein Herz ehrt dich.* Er stolperte zum Grauen, nahm ihn am Zügel und hinkte auf sein Lagerfeuer zu. Auf dem Weg dorthin verschloss Cúchulainn seine Ohren vor dem lauten Jubelgeschrei und dem triumphierenden Schmettern der Hörner, mit dem Ferdia bei seiner Rückkehr von den Kriegern begrüßt wurde.

Mit steifen, schmerzenden Händen und einem bewusst leeren Geist versorgte Cúchulainn seine Pferde. Dann streckte er seinen Rücken und schürte die Glut in seinem Lagerfeuer, damit neben ihm der Schimmer von etwas Lebendigem war.

Schließlich hüllte er sich in seinen Umhang und sank nieder. Er wusste, dass er seine Wunden auswaschen und sie mit Emers Bienenwachssalbe einstreichen und verbinden sollte. *Gleich* … Die silberne Welle der Quelle allen Seins verebbte, ließ ihn müde und erschöpft an den Ufern der diesseitigen Welt zurück. *Einen Augenblick der Ruhe noch, dann werde ich …*

Die Abenddämmerung legte sich über das Heerlager.

Man trug Ferdia in Ailills großes Zelt, wo man ihn auf weiche Felle bettete. Maeve beugte sich über ihn, während die Druiden ihn im Licht der Lampe, die im Abendwind über seinem Kopf hin und her schwang, aus seinem Panzer aus Horn befreiten.

Ferdia murmelte leise etwas vor sich hin. Seine Wimpern waren wie dunkle Flecken auf seinen bleichen Wangen. Kreuz und quer verlaufende Schrammen überzogen sein eingefallenes Gesicht, während seine Arme und Beine tiefere Wunden trugen. Sein Kittel und seine Hose waren so zerfetzt, dass sie ihm fast vom Leib fielen. Während die Druiden Ferdia mit Schwämmen wuschen, zerrieb Levarcham in einem Mörser Beinwellblätter.

Ihr Blick war traurig, als sie sich neben Ferdia setzte und die grüne Paste auf seine Wunden strich.

Maeve wischte vorsichtig den Schmutz und das Blut von Ferdias Stirn, dann stellte sie sich hinter ihn und legte ihre Handflächen auf seine Schläfen. »Du kämpfst wie die Tuatha Dé Dannan selbst«, flüsterte sie. »Du bist ein Gott, Sohn des Daman, und dein Vater blickt in dieser Nacht voller Stolz auf dich.«

Ferdia öffnete die Augen.

»Du kämpfst für uns alle«, fügte Maeve hinzu. »Du wirst das Leben vieler Menschen retten.«

Ferdias Lachen verwirrte sie. Seine Augen rollten, die Pupillen sahen glasig aus, als beobachte er etwas auf dem Dach des Zelts. »Hast du gesehen, wie hoch ich gesprungen bin?«, murmelte er.

Maeve beugte sich zu ihm herunter. Ihr Herz hämmerte. Warum redete er so mit ihr?

»Mein Salto war höher als der deine.« Ferdia lächelte in seinem Fieberwahn. Er legte den Kopf schief, lauschte auf etwas, das sie nicht hören konnte. »Erinnerst du dich, wie du dich beim Landen immer wieder überschlagen hast?« Ein heiseres Lachen. »Ja, das hast du, du Bastard. Komm, lass es uns vor dem Abendessen noch einmal versuchen. Ich werde es dir zeigen. Komm …« Seine Finger griffen in die Luft.

Levarcham, an deren Händen noch die Paste klebte, beobachtete ihn besorgt. Der Himmel im Westen schickte einen rosigen Lichtstrahl durch den Zelteingang, beleuchtete ihr ernstes Gesicht, in dem eine Sehnsucht zu erkennen war, die auch in Ferdias Stimme mitschwang. Ein Aufflackern der Vergangenheit, als vieles von dem, was jetzt in Trümmern lag, noch strahlte.

Maeve wich unwillkürlich einen Schritt zurück.

»Wir sollten ihm Mohnsirup geben, damit er schlafen kann«, sagte einer der Druiden.

Maeve berührte kurz Ferdias Schulter, als sie an ihm vorbeiging. »Nein. Lasst ihn bei Cúchulainn.«

Sie wandte sich zum Gehen, als wie aus dem Nichts wieder dieser Schmerz in ihren Bauch fuhr. Es fühlte sich an wie ein Speer, der sich tief in sie hineinbohrte. Maeves Atem entwich zischend, und sie humpelte mit tränenden Augen aus dem Zelt, weg von den wachsamen Blicken der Druiden.

»Heilt sie!« Conor ging um den Hügel der Tempel in Emain Macha herum und deutete auf die Druiden. »Tut es, sonst werdet ihr sterben!«

Die Dunkelheit hatte sich auf Emain Macha herabgesenkt. Die Welt war in Flammen gehüllt wie damals in jener Nacht, als die Halle des Roten Zweigs gebrannt hatte. Conor hatte rings um den Tempel Scheiterhaufen errichten lassen, das brennende Holz knackte laut, die züngelnden Flammen verkohlten das Gras.

Die kranken Krieger des Roten Zweigs und aus Alba lagen jetzt nahe dem Feuer, übergaben sich mit zuckenden Gliedern, während der Schweiß an ihren nackten Körpern herunterlief.

Tanzende Druiden wirbelten zwischen ihnen herum, um die Krankheit auszutreiben. Sie flehten dabei die Göttin Macha an, ihren Fluch von ihnen zu nehmen. Es waren hauptsächlich die Novizen, denn viele älteren Druiden hatten das Fest besucht, bei dem sich die Krankheit ausgebreitet hatte.

Conor, der hin und her irrte, sah wie einer der Druiden, vom Tanz völlig erschöpft, zusammenbrach. Conor packte ihn an seinem Gewand und zog ihn hoch. »Banne jetzt diesen Fluch, sonst bringe ich dich eigenhändig um!« Diese Krieger durften nicht sterben. Er brauchte sie. Sie mussten gesund werden, damit er sie zu den Lords an der Grenze schicken konnte, die in Bedrängnis geraten waren.

Sie mussten gesund werden, um Emain Macha zu verteidigen.

Der Kopf des Druiden kippte nach hinten. Er war in Trance. Sein Blick war glasig. Conor fluchte und ließ ihn einfach fallen. Die Schreie der Krieger schmerzten in seinen Ohren. Er drehte sich um und rannte zu der Treppe, die zum Tempel hinaufführte. Dort opferten Novizen jedes Tier, dessen Conor habhaft werden konnte. Eine Flut von Blut ergoss sich über die Stufen, die Kadaver der Schafe, Ziegen und Stiere wurden einfach in den Graben geworfen.

»Mehr«, knurrte Conor. »*Noch mehr!*« Macha bestrafte ihn mit aller Härte. Sie hatte ihn verflucht, lenkte auch diesen Angriff im Westen auf ihn. Nun, sie war die Göttin des Schlachtfelds. Also verlangte sie nach Blut – und Blut würde sie von ihm bekommen! Um diese Krieger aufzuhalten, die versuchten, in das geweihte Land der Ulaid einzudringen, würde er ihr alles opfern, was er hatte.

Er würde sich verdammt noch mal ihre Gunst *erkaufen*. Kein König würde sich so verausgaben, wie er es tat, würde so viel geben wie er – das musste sogar das Herz einer Göttin erweichen.

Die jungen Priester sahen ihren König entsetzt an. Ihre Gesichter waren mit Opferblut bespritzt.

Conor stolperte zu den behelfsmäßigen Hürden, in denen Schafe ziellos umherirrten, und trat wütend gegen die Holzpfähle. Dann fiel sein Blick auf ein Pferd mit glänzendem Fell, das gerade seine Mähne schüttelte. Sein Mut sank. Aber er verbannte alle sentimentalen Gefühle aus seinem Herzen, packte das Halfter von Lúath, einem seiner Wagenpferde, und zerrte das Pferd zu den Stufen des Tempels.

Vom Geruch des Bluts in Panik versetzt, versuchte Lúath, sich loszureißen, aber er trug Fußfesseln. Conor warf seinen Kopf zurück, schrie seine Verzweiflung in den dunklen Himmel. Dann holte er aus und schlitzte dem Pferd mit seinem Dolch die Schlagader auf. Blut spritzte auf sein Gesicht. Keuchend wartete Conor dann, bis das Tier auf der blutbefleckten Erde zu seinen Füßen zusammenbrach.

Ein Schnattern unterbrach Conors Zorn. Der Affe, der an einem Pfosten angekettet war, wand sich verzweifelt und versuchte, sich zu befreien.

»Dann ist es mein Stolz, den du haben willst?«, schrie Conor Macha entgegen. Er hatte seine edlen Kittel, Seide aus dem Osten, zerrissen und seine Pelze verbrannt. Er hatte seinen Wein auf die Erde geschüttet, hatte all seine Reichtümer geopfert, die ihm Handelsschiffe aus dem Mittelmeer gebracht hatten. Jetzt packte er den Affen am Halsband und hielt ihn in den Eingang zum großen Tempel. Die Kreatur wand sich, versuchte ihn zu kratzen und zu beißen. *»Was kann ich dir sonst noch geben?«*, schrie Conor dem gesichtslosen Altar entgegen, erstach den Affen und warf den leblosen Körper auf den Boden.

Dann blieb er draußen vor dem Tempel stehen.

Die Feuer erhellten die Unterseiten der blassen Wolken. Die Druiden sprangen herum wie Wahnsinnige, schwarze Silhouetten vor den Flammen, während die Kranken ihre Hände erhoben und um Wasser bettelten. Kein Wasser, das hatte Conor befohlen. Nur Flammen und Schweiß würden sie reinigen.

Jemand sagte etwas zu ihm. Conor fuhr herum. Unten an der Treppe stand ein Junge. Sein Blick huschte verängstigt zu den sterbenden Männern hinüber. »M… Mylord.«

Conor kniff die Augen zusammen, versuchte, seine Gedanken zu sammeln, während der Junge etwas vor sich hin stammelte.

»… und Ronan und ich haben von den Hirten Gerüchte gehört … sind gegangen, um es mit eigenen Augen zu sehen.«

Conor blinzelte.

»Vom Süden her kommen Krieger. Und …« Der Junge schluckte. »Cúchulainn ist dort – er verteidigt die Furt ganz allein!«

Conor stolperte die Stufen hinunter und packte den Jungen, der erschrocken vor ihm zurückwich. »Eine Frau«, krächzte er. »Ist sie dort … gepanzert mit Wut … Augen wie Flammen, rote Haare? Hast du sie mit eigenen Augen gesehen?«

Der Bote schluckte wieder. »Aye, ich habe diese Frau gesehen, sie hat ihren Männern zugerufen, dass sie kämpfen sollen.«

*Endlich.*

Sie war also tatsächlich gekommen. All die aufgewühlten Gedanken und all sein Schmerz vereinigten sich in Conor zu einer einzigen großen Flamme, die sein Rückgrat entlang bis zu seinem Scheitel hinaufschoss. Er richtete sich ruckartig auf, stieß den Jungen einfach weg und rannte dann den Pfad hinunter, der über Wiesen und zwischen Häusern hindurch bis zu seiner Festung auf dem nächsten Hügel führte.

Auf halbem Weg blieb Conor stehen. Die Handwerker und die Wachen von den Festungswällen hatten sich auf dem Pfad versammelt. Auch einige der neuen Krieger hatten sich ihnen angeschlossen. Es waren jene jungen Burschen, die aus den Hügeln im Westen und den Bauernhöfen im Nordosten kamen und die bei einem Schwert kaum die Klinge vom Heft unterscheiden konnten. Aber sie waren in der Lage, einen Speer zu werfen. Da sie nicht so schwer erkrankt waren wie die Kämpfer des Roten Zweigs, hatten sich viele von ihnen in der Zwischenzeit wieder einigermaßen erholt.

Conor streckte die Hand aus. »Der Wachhund verteidigt ganz allein eine Furt gegen die Horden aus Connacht. Ihr müsst für unser Land kämpfen und die Wölfin und ihr Rudel vertreiben.« Die Männer blickten benommen von ihm zu den Flammen und den wirbelnden Druiden auf dem Hügel. »Erfüllt eure Pflicht gegenüber dem Ulaid, sonst werden wir alle sterben!«, schrie Conor.

Zuerst rührte sich niemand. Dann aber begannen die Handwerker und die Torwachen, sich langsam zurückzuziehen, während die jungen Krieger noch unschlüssig wirkten. Da kam Conor plötzlich ein Einfall.

Anstatt einfach dazusitzen und zu warten, dass diese Füchsin hierherkam, würde er seine Männer selbst in die Schlacht führen. Endlich würde er ein richtiger Heerführer sein, sein Haupt würde ruhmbekränzt sein. In seinen Adern würde Feuer brennen, und er würde sein Schwert hoch in die Luft erheben. Die Männer würden ihm zujubeln, für ihn sterben, so wie sie das für Cúchulainn taten … und wie sie es einst für Fergus Mac Roy getan hatten.

*Conor Mac Nessa* würde der Gott sein, der sich Maeve entgegenstellte – dieses Lied und kein anderes würden die Barden singen, wenn er erst einmal triumphiert hatte.

Über Deirdre würde dann kein Lied mehr zu hören sein. Sie alle würden nur noch von ihm und seiner Tapferkeit singen.

»Als euer König befehle ich euch, mir zu folgen! Geht in meine Halle und nehmt euch die Schilde und Schwerter der Helden, die vor euch waren, von den Wänden – *ihr seid jetzt der Rote Zweig.* Wenn ihr siegt, gehören diese Waffen euch, zusammen mit all den Reichtümern von Connacht. Verteidigt das Ulaid!«

Die Augen der Jungen begannen zu leuchten. Das war eine einmalige Gelegenheit, solch edle Waffen zu führen und sie vielleicht sogar auch zu gewinnen. Nur die älteren, kampferprobteren Männer verschwanden kopfschüttelnd in der Dunkelheit.

Conor knurrte, zog sein Schwert und reckte es hoch hinauf zum Himmel. »Alle, die ihr ehrenwert seid: Geht jetzt und bewaffnet euch. Wir werden dem Ruhm entgegenreiten, während der Schein der Morgendämmerung unseren Weg erhellt. Zum Feuer von Lugh!« Die Jungen jubelten begeistert und liefen zur Festung zurück.

Benommen drehte sich Conor um. Das Lächeln erstarb ihm auf den Lippen. Die Flammen am Tempel warfen ihr Licht auf gekrümmte Körper und stöhnende Männer. Die Göttin Macha weigerte sich weiterhin, diese Füchsin aus Connacht aufzuhalten. Sie würde das Ulaid nicht beschützen.

Macha hatte ihm den Rücken zugekehrt. Es war vorbei.

Conor stolperte, begann dann zu rennen und stürmte die Stufen zum Tempel hinauf, die rot vom Blut waren. Dort stieß er ein lautes Brüllen aus und schleuderte seinen Dolch hoch in die Luft. Im Licht der Flammen beschrieb die Waffe einen Bogen und blieb dann mit einem dumpfen Geräusch im Boden vor dem Eingang stecken. Dann ging Conor zu den jungen Druiden, die noch immer mit leerem Blick die Trommeln schlugen. »Brennt den Tempel nieder«, befahl er. »Wenn die Göttin uns nicht helfen will, dann werden wir ihr auch nicht mehr länger huldigen.«

Die Trommeln verstummten, die Tänzer fielen zwischen den kranken Männern zu Boden. Ein einziger Priester, dessen Gesicht voller Ruß war, erhob das Wort. »Das ist … Frevel«, krächzte er.

»Wir haben diesen Ort von lebenden Frauen gereinigt, jetzt müssen wir dasselbe mit toten Mädchen und mit herzlosen Göttinnen tun«, sagte Conor. »Ich werde mich von dieser Göttin befreien und dann ihre Wölfin mit meinen eigenen Händen töten.«

Die keuchenden Novizen drängten sich zusammen, murmelten, dass sie den Obersten Druiden und die älteren Priester rufen und ihnen sagen müssten, dass der König verrückt geworden sei. Conor sprang mit seinem Schwert auf den nächsten Druiden zu. Die Novizen schrien erschrocken auf, zogen ihre Brüder hektisch von den Kriegern auf dem Boden weg und flohen in die Dunkelheit.

Den Kopf in den Nacken gelegt, schleuderte Conor dem Himmel einen lauten Schrei entgegen.

Er hob ein paar Holzstücke auf, hielt sie in die Flammen, bis sie Feuer gefangen hatten. Dann ging er um den Tempel herum und steckte damit an mehreren Stellen das Ried in Brand. Als er wieder an der Tür ankam, stand das Dach bereits in hellen Flammen. Anschließend stolperte Conor in den Tempel und warf die brennenden Scheite auf die hölzerne Statue der Macha. »Ich werde dich besiegen. *Du sollst brennen!*«

Daraufhin rannte er wieder nach draußen.

Das Feuer verschlang das Ried und das Holz, bis der große Tempel der Macha eine Krone aus Flammen trug, die hoch in den Himmel loderten. Schließlich brach das Dach zischend und Funken stiebend ein. Conor lachte, schmeckte die Asche auf seinen versengten Lippen. Der Brand würde weithin zu sehen sein. Dann würden alle wissen, dass es eine neue Macht in Emain Macha gab, die Macht von Mann und Gott.

Die Macht des Königs.

# 36

Als Maeve das Zelt, in dem Ferdia lag, verließ, wartete draußen ein Kundschafter auf sie.

In der Dunkelheit konnte sie ihn nur undeutlich erkennen. Sie sah nur, dass seine Kleidung und sein Gesicht mit Schlamm bespritzt waren. Offensichtlich war er eine weite Strecke durch Sümpfe und Marschland geritten.

Eine unbestimmte Angst überkam sie.

Den ledernen Helm unter einen Arm geklemmt, neigte der Kundschafter den Kopf. »Die Schlacht an den Toren der Macha dauert an. Man hat mich geschickt, um dir zu sagen, dass Lord Garvan beim Angriff von einem Speer getroffen wurde.« Er befeuchtete seine Lippen. »Er ist gefallen.«

Maeves Körper reagierte instinktiv. Ihre Hand griff in die Luft, als könne sie sich an ihr festhalten.

*In was für eine Sache ziehst du mich da hinein, Hitzkopf?*

In der Dunkelheit unter den Bäumen schwebte Garvans Gesicht – sie konnte fast seine Wange berühren. Ein Schauder lief durch Maeve hindurch. Er begann in ihren Füßen und wanderte dann ihren Rücken hinauf. Garvan, der Bruder ihres Herzens. Es war nicht der Geschmack seiner Lippen, an den sie sich jetzt erinnerte, sondern sein schiefes Lächeln. *Verdammt, Maeve.*

Eine Woge aus Schmerz schoss durch ihren Bauch, dann die nächste. Das Geflecht aus rotem Himmel, glühendem Feuer und dunklen Schatten drehte sich um sie herum. Als Maeves Knie nachgaben, waren da plötzlich Levarchams Arme, die sie auffingen.

»Komm und setz dich«, sagte Levarcham leise.

Maeve stöhnte. Der Kundschafter war ein paar Schritte zurückgewichen, sein Gesicht war in der Dunkelheit jetzt nur noch ein bleicher Fleck. Ein paar zufällig vorbeikommende Krieger waren ebenfalls stehen geblieben und starrten sie an.

»Bring mich weg von hier«, presste sie zwischen zusammengebissenen Zähnen hervor. »Ich darf vor ihnen keine Schwäche zeigen.«

Levarcham diskutierte nicht. Sie legte den Arm um Maeves Taille und half ihr, in das Gehölz am Rand des Lagers zu gelangen. Als sie außer Hörweite waren, sagte Levarcham: »Wenn du dich nicht hinlegst und dir von mir nicht helfen lässt, wirst du das Baby mit Sicherheit verlieren.«

Verlieren? Sie alle waren schon verloren. *Garvan.* Es kamen keine Tränen, nur der Schmerz krümmte sie zusammen, obwohl sie ihn nicht nur in ihrem Bauch spürte.

»Wie lange geht das schon so?«, fragte die Druidin.

Maeve blinzelte. Sie hatte diese Schmerzen nicht von all den anderen unterscheiden können, als ihr Herz mit all dem Sterben um sie herum fertig werden musste. »Einen Tag … vielleicht zwei.«

Levarcham schüttelte den Kopf.

»Nicht hier«, keuchte Maeve, während ihre Augen zu tränen begannen. »Weg vom Eisen … und ihren Stimmen. Der Wald. Stille. Und … Wasser. Lass mich in der Nähe von Wasser sein.«

Levarcham nickte. »Ich gehe meinen Beutel und ein paar Felle holen.«

Als sie zurückkam, hatten die Schmerzen wenigstens so weit nachgelassen, dass Maeve in der Lage war, aufrecht zu gehen.

Sie ließen das Lager hinter sich und gingen einen Weg entlang, der aus dem Gehölz herausführte. Hier endlich schwebte ein bronzefarbener Mond über dem Horizont. Sie folgten einem Pfad, den die Schafe durch die Heide getrampelt hatten. Levarcham hinkte weiter, ein Bündel auf ihrem Rücken, einen Arm um Maeve gelegt.

»Das ist jetzt weit genug«, drängte Levarcham.

Maeve schüttelte den Kopf. »Weiter.« Sie wollte zu einem Fluss, der nach Connacht floss.

Das Wasser, das von hier aus durch Sümpfe und Seen strömte und sich dann weiter in kleinen Rinnsalen über die grünen Ebenen ihres Königreichs schlängelte, würde sich schließlich mit dem Fluss Sinand vereinen … dem großen Fluss von Connacht. Der Sinand floss nach Westen und mündete ins Meer. Von dort würden die Wellen vielleicht eine Spur von Maeve zu den Steinernen Inseln tragen. Das war alles, was für sie in diesem Moment noch einen Sinn ergab.

Die Zeit verging. Hin und wieder durchfuhr sie ein heftiger Schmerz.

Das waren die Schwerthiebe, die ihre Männer erlitten hatten.

Der Speer, der Garvan getötet hatte.

Zuerst war Ruán noch in der Lage gewesen, zum Wasser zu kriechen und sich dann zu dem kleinen Wäldchen zu schleppen, wo er sich nachts mit Blättern zudeckte.

Der gebrochene Knochen hatte jedoch die Haut seines Oberschenkels durchstoßen, und als er mit den Händen die Wunde betastet hatte, hatte er gespürt, dass sie heiß war. Der Schmerz zermürbte ihn allmählich, und bald war er nicht einmal mehr imstande, zu seinem Schlafplatz zu kriechen. Ein Seitenarm des Flusses versickerte in Pfützen voll Unkraut. Dort lag er nun auf dem schlammigen Boden, schöpfte Wasser in seinen Mund und ruhte dazwischen immer wieder aus.

Die ganze Zeit über war es jetzt dunkel, eine einzige endlose Nacht.

*Warum kommt ihr nicht zu mir?*, rief er in die pechschwarze Dunkelheit hinein. Die Sídhe hatten ihn schon einmal gerettet – die Quelle allen Seins verband sie doch mit allen Dingen. *Helft mir.* Eine solche Bitte auszusprechen, fiel ihm selbst jetzt noch schwer.

Die Sonne ging wieder auf, und Ruán wandte sein Gesicht ihren wärmenden Strahlen entgegen. *Du musst deinen eigenen Weg gehen,* das hatten sie ihm viele Male gesagt. Aber er war gestolpert und gestürzt, und deshalb würden sie nun nicht mehr zu ihm kommen. Vielleicht konnten sie ihn auch nicht hören … oder er interessierte sie inzwischen ganz einfach nicht mehr.

Er hob den Kopf und versuchte es mit einem Rest seines alten Humors, um nicht wegzudämmern. *Das hier ist nicht gerade dein rühmlichster Augenblick. Und daran haben die Sídhe bestimmt keine Schuld.*

Dann stieg eine Welle der Einsamkeit in ihm auf. Sein freudloses Lächeln erstarb. Das war kein gutes Ende. Er wollte sich an das Schimmern in den Augen der Sídhe, ein Schimmern wie das Licht des Monds, erinnern, weil er nie etwas Schöneres in seinem Leben gesehen hatte. Aber nicht einmal das wollte ihm noch gelingen.

Ruán glitt in einen unruhigen Schlaf. Er träumte.

*Maeve kniete neben ihm und schmiegte ihren Bauch an seinen Rücken. Die mächtige Flamme in ihr wärmte seinen kalten Körper. Ihre Hände auf sein Herz gelegt, hüllte sie ihn in Hitze ein.*

Leb wohl, *flüsterte sie in sein Ohr.*

*Er wandte ihr den Kopf zu, unterdrückte ein Frösteln.* Warum leb wohl?

*Sie presste ihre Lippen auf die seinen, strich mit dem Finger über seine Augenbrauen.* Ich weiß es auch nicht.

Mit einem Ruck wurde Ruán wach. Sein Haar war nass, er lag mit seiner Wange im kalten Schlamm. Er rollte sich auf den Rücken, hielt dabei sein Bein fest. Der Schmerz war inzwischen sowohl Feuer als auch Eis.

Genau in diesem Augenblick spürte er plötzlich in weiter Ferne ein Pochen. Es ließ ihn seine Schmerzen vergessen. Er hob den

Kopf, während er angestrengt lauschte. Der stechende Schmerz kam wieder, aber dieser Schmerz war nicht sein Schmerz.

Sein geistiges Ich nahm jetzt eine andere Qual wahr, eine Qual, die sogar noch schwärzer war als die, die seinen Körper verzehrte.

Maeve ... sie war in Gefahr.

Ruáns Kopf fiel ins Schilf zurück. Völlig frustriert schlug er mit der Hand auf den Boden. Wasser spritzte ihm ins Gesicht. Der schmerzhafte Stich ließ seinen Verstand wieder klar werden. Es stand in Maeves Macht, das Leben vieler Menschen zu retten, das hatten die Sídhe ihm gesagt.

Und in seiner Macht stand es, Maeve zu erreichen.

*Verdammt, Ruán.* Er hatte selbst gesehen, wie die Angst das Seelenlicht der Menschen trübte. Er hatte zugelassen, dass die Angst von ihm Besitz ergriff, aber er würde nicht zulassen, dass sie ihn jetzt besiegte. Maeves Leben stand auf dem Spiel. Und das Leben vieler anderer.

Ruán atmete tief ein, füllte seine Lungen. *Entweder ich gehe hier zugrunde wie ein nutzloser Narr, oder ich sammle was ich noch an Kraft habe und finde einen Weg, sie ihr zu schicken.*

Das war eine wesentlich sinnvollere Art zu sterben.

Er nickte und brachte seinen Körper vorsichtig in die Seitenlage, zog sein verletztes Bein hinter sich her. Er biss sich auf die Lippen, bis er Blut schmeckte, während er sich darauf konzentrierte, durch den Sumpf zum Hauptarm des Flusses zu robben. Das Sídhe-Mädchen hatte gesagt, dass er auf sich allein gestellt sein würde, dass er allen Mut würde aufbringen müssen.

Und sie hatte gesagt, dass er die Kraft dazu hätte.

Er hatte sie tatsächlich. Er wusste, dass er sie hatte. Wie konnte er das nur vergessen. Sein Körper mochte zwar an diesem Fluss gefangen sein, aber seine Seele war frei.

Eine andere Kreatur kam ihm jetzt plötzlich in den Sinn, eine, die sich so ungehindert durch das Wasser bewegte, wie er sich durch die hellen Lichtstäubchen der Quelle allen Seins bewegen konnte. Erin war von Regen getränkt und deshalb von vielen Wasserläufen durchzogen, also mussten auch die Wassertropfen in einem einzigen riesigen Netz miteinander verbunden sein. Sein Wille konnte doch die silbernen Stäubchen der Quelle allen Seins formen, sie zu einem eigenen Muster weben – und so ein Gefäß für seine Seele schaffen.

Maeve.

Endlich gestattete er seinem Herzen, sich ihr zuzuwenden. *Ich will nur dich. Ich möchte, dass du die meine bist. Ich will mich dir schenken.*

Er ließ sich von der Erinnerung an ihr Gesicht leiten, wie es ihm die Sídhe in seiner Vision gezeigt hatten, er erinnerte sich an den Klang ihrer Stimme, wenn sie lächelte, an ihre Hände, die ihn sanft berührten. Er ließ seine Lenden wieder mit dem Feuer ihrer Vereinigung brennen.

Und so verschwand endlich Ruáns Blindheit, und er sah wieder mit den Augen seines Geistes. Als er an sich herabblickte, stellte er überrascht fest, dass die hellste Flamme ringsum von ihm selbst kam.

Er musste jetzt alles einsetzen, was er noch hatte. Für Maeve.

Während er auf dem Bauch voranrutschte, vergaß Ruán all seine Schmerzen und tauchte seine Hände in das schnell dahinfließende Wasser des Flusses. Er begann die Quelle allen Seins zu rufen, begann ihr leise etwas vorzusingen. Vielleicht würde er nur ein einziges kleines Licht in dem großen Strudel, der Erins Leben war, herbeirufen, aber das würde genügen.

Langsam begannen das Licht der Anderswelt, das ihn umgab, und die Wassertröpfchen der diesseitigen Welt sich miteinander zu verbinden. Geschaffen allein durch Ruáns Gedanken, nahm zwischen seinen Händen die Kreatur, die den Funken seiner Seele beherbergen würde, Gestalt an.

Lang und geschmeidig. Ein schlanker Körper. Ein stumpfer Kopf, ein flacher Schwanz.

Ein Otter, so hell wie das Licht des Monds.

Maeve sank erschöpft auf das Ufer eines trägen Flusses, dessen Wasser im Mondlicht schimmerte.

Es erinnerte sie an das Licht über einem See.

Haselnusssträucher neigten sich über das Wasser. Ihr dürres Laub raschelte im kalten Wind. Levarcham entfachte ein kleines Feuer, half Maeve aus ihrem Panzer und ihrer Hose und wickelte sie in warme Felle ein. Dann tastete sie Maeves Bauch vorsichtig ab, beugte sich darüber und legte ihr Ohr darauf, bevor sie sich schließlich mit ausgebreiteten Händen wieder neben sie setzte.

Maeve beobachtete, wie sich Levarchams Augen hinter ihren geschlossenen Lidern bewegten. »Ist es … tot?«

Levarcham hob die Hände und zog Maeves Kittel nach unten. »Nein. Bis jetzt ist da nur ein wenig Blut.« Sie breitete die Felle über Maeves nackte Beine aus.

Maeve rollte sich auf die Seite. Sie starrte auf die gekräuselten Wellen des Flusses, in denen sich das Mondlicht brach. »Kannst du mir helfen?«

Levarcham seufzte. »Ich kann dir einen Kräutertrank geben, aber dann können wir nur noch abwarten. Wenn die Schmerzen schon so lange dauern, kann man oft kaum noch etwas tun, um den Schoß zu beruhigen.«

Maeve öffnete die Lippen. »Ich meine nicht, um das Kind zu behalten. Ich meine … damit es mir wieder gut geht.« *So gut, dass ich den Kampf bis zum Ende durchstehe.* Das war alles, was ihr jetzt noch blieb: jene zu schützen, die ihr noch geblieben waren.

Levarcham zögerte. »Ich habe dir bereits von der Vision erzählt, die ich von dem Kind hatte …«

»Aber es wird doch sowieso sterben!« Wieder schoss ein Schmerz durch Maeve hindurch, und sie schrie auf. »Sie sterben doch alle. Wir sind *alle verloren.*« Ein weiterer Stich ließ sie beinahe ohnmächtig werden. Um sie herum begann sich alles zu drehen: die Bäume, das Mondlicht, die kleinen Wellen auf dem Fluss. »Ich habe ihn verloren. *Verloren.*« Garvan.

Und Ruán … ihr Herz.

Während der Schmerz in Wellen über sie hereinbrach, wanderten die Sterne über den Himmel, die Nacht schritt voran. Maeve verlor jedoch schon bald jedes Gefühl für die Zeit.

Ihre Haut war schweißnass, in ihrem Inneren war sie jedoch eiskalt. Ihre Zähne klapperten. Levarcham braute aus den Kräutern, die sie in ihrem Beutel hatte, einen Trank und flößte ihn ihr ein. Maeve wurde sich dabei des bitteren Geschmacks auf ihrer Zunge und Levarchams schwieliger Hand auf ihrer Stirn kaum bewusst.

Dann war da noch Levarchams Gesang … er war ganz anders als Ruáns fließende Melodien. Dies waren druidische Gesänge, leise und erdverbunden, in denen sie die Große Mutter anrief, ihrem Schützling zu helfen.

Maeve lächelte freudlos. Die Große Mutter sah sie, Maeve, nicht als eines ihrer Kinder an, liebte sie nicht.

Die unerträglichen Schmerzen schienen sie zerreißen zu wollen – es war dies jedoch eine Strafe, die sie verdient hatte. Sie hatte dem Kind in ihr nie leise etwas vorgesungen und dabei ihren Bauch gestreichelt, wie sie das eigentlich gern getan hätte. *Verzeih mir, ich flehe dich an.*

Das Kind war in dem Schmerz gefangen, den sie wegen Ruán empfand. Wenn sie dieser Liebe nachgegeben hätte, wenn sie sie festgehalten, ihren Bauch mit Freude betrachtet hätte, dann hätte sie der Kummer um ihn überwältigt und sie aller Kraft beraubt. Dann hätte sie alle, die ihr vertrauten, enttäuscht.

Aber sie *hatte* alle enttäuscht.

Maeve zog die Knie an die Brust. Ihr Arm fiel nach vorn, als wolle er das Wasser des Flusses berühren. Das Mondlicht auf der Oberfläche wurde jetzt heller. Es war so schön. Sie wollte einfach hineinsinken und niemals wieder auftauchen. Wünschte sich, das Licht der Sídhe würde sie erfüllen, würde sie segnen …

*Nicht nach dem, was ich getan habe.*

Maeve wimmerte. Sie versuchte, sich von diesem Glanz abzuwenden, aber sie konnte sich plötzlich nicht mehr bewegen. Das Silber auf dem Wasser hielt sie fest. Die Große Mutter war das Gefäß für die Quelle allen Seins, ihr Gesicht war der Mond, der das Keimen der Samen, den Strom des Safts und des Bluts, den Gezeitenstrom der Meere lenkte. Ihre Augen betrachteten alle Kreaturen der diesseitigen Welt mit Mitgefühl, boten ihnen Zuflucht und einen Ort, zu dem sie gehörten.

Das hatte Ruán Maeve gesagt.

Während Maeve von Schmerzen gepeinigt wurde, drehten sich ihre Gedanken immer weiter. Sie durfte sich jetzt nicht in die Arme der Großen Mutter ziehen lassen. *Ich habe sie beide im Stich gelassen.* Die Krämpfe in ihrem Bauch breiteten sich jetzt bis in ihren Brustkorb aus. *Finn und …* Sie verbot sich diesen Gedanken. *Ich habe sie beide im Stich gelassen.*

So als würde es ihr antworten wollen, entflammte das Mondlicht jetzt zu einer blendenden Helligkeit, die sogar Maeves halb geschlossene Lider durchdrang. Sie keuchte, versuchte, ihr Gesicht zu bedecken. Dennoch überflutete dieser Glanz sie weiter.

Sie ließ ihre Hand sinken.

Plötzlich sah sie in diesem Glitzern Ruáns Augen, die Wärme seines Lächelns. *Ceara,* flüsterte er. *Komm zu mir.*

Maeve unterdrückte einen erstaunten Ausruf, als sie zum ersten Mal spürte, wie sich in ihrem Schoß etwas bewegte. Ein leises Flattern. Sie grub die Finger in den Schlamm, stemmte sich auf Hände und Knie hoch und kroch zum Ufer des Flusses. Die Felle rutschten von ihrem Körper, sodass ihre Arme und Beine jetzt entblößt waren. Ihr feuchtes Hemd klebte an ihren Schenkeln.

Levarchams Gesang geriet kurz ins Stocken, dann nahm die Druidin ihn mit noch größerer Kraft wieder auf.

Maeve legte sich auf den Bauch in den Kies und tauchte ihre Hände in den Fluss. Sie sehnte sich so sehr danach, dass Ruán sie in jenes Licht, das sie schon so lange suchte, davontrug. Den Schmerz in ihren Beinen und ihrem Körper nahm sie jetzt nicht mehr wahr. Während sie in den Fluss starrte, entdeckte sie im hellen Glanz des Wassers Wirbel und leuchtende Strudel, als würden die Tropfen eine Form bilden.

Eine Kreatur aus Licht.

Glatt und geschmeidig, glitt er auf sie zu, beschrieb mit seinem langen Körper eine elegante Spirale. *Ruán.*

Die Steine unter Maeve verschwanden, genauso wie das Murmeln der Bäume, die Kälte des Wassers und der eisige Wind. Jetzt hüllte die Flamme von Ruáns Anam sie ein. Und dann hatte sie plötzlich das Gefühl zu schweben, während der Otter sich um ihren Körper legte. Als Ruán ihren Bauch berührte, wurde dieser von einer Welle der Wärme erfüllt. Sie spürte seine Überraschung und das Flackern eines anderen Lichtes tief in ihrem Innern.

*Lass das Gift aus dir herausfließen, Ceara, und hege und pflege das, was in dir wächst.*

Er hatte das in jener Nacht zu ihr gesagt, als sie das erste Mal aus Liebe mit ihm geschlafen hatte – und als eine alte, dunkle Erinnerung sie zum Weinen gebracht hatte. Nein! Das war zu viel. Noch mehr solche Erinnerungen würden sie nur an einen noch dunkleren Ort führen.

Kalter Stein. Moosbewachsene Wände. Eine Höhle.

*Wenn du das hier weiter in dir bestehen lässt, dann wirst du nie etwas anderes sein. Komm mit mir!*

Glatt und strahlend schwamm der Otter in Kreisen um Maeves Handgelenke und Schultern, zog sie weiter in den Fluss hinein. *Komm, Ceara.* Mit einem kräftigen Schlag seines Schwanzes tauchte er nach unten, und sein Schimmer verschwand rasch in der Tiefe.

*Verlass mich nicht!* Ohne auch nur einen Augenblick zu zögern, verließ Maeves Bewusstsein ihren Körper, ließ ihn einfach zurück, um Ruán zu folgen. *Liebe … meine Liebe.* Als ein Funke tauchte ihr Bewusstsein tief ins Wasser hinab.

Dort unten begann das Licht zu verblassen. Maeve zögerte.

Ruán drehte sich um und schwamm ihr wieder entgegen. Er ließ das Wasser wirbeln, bis sie nichts mehr sah. *Ich sagte, komm mit.* Er drehte sich um und tauchte wieder hinab.

Ließ sie zurück.

*Warte,* rief Maeve. Sie versuchte, Ruán zu fassen, aber er war jetzt nur noch eine immer kleiner werdende Flamme in der tiefen Dunkelheit unter ihr. Taumelnd folgte ihm Maeve nach unten, wo eine undurchdringliche Schwärze sie empfing. Jetzt war es zu spät. Sie konnte nicht mehr zurück.

Ein letztes schmerzvolles Stöhnen hallte von den Felswänden wider.

Die Wände der engen Höhle schienen auf Maeve herabzustürzen, sie spürte förmlich das Gewicht der Felsen. Ihr Hals schmerzte, weil sie während der Niederkunft ihre Schreie hatte unterdrücken müssen. Es durfte sie niemand hören.

Ihre alte Dienerin Brenna kauerte in ihrer zerlumpten Kleidung zwischen Maeves Beinen. Tränen liefen ihr über das Gesicht, als sie das Kind mit ihren knochigen Armen auf eine Decke aus Schafwolle legte. Noch immer keuchend stützte Maeve sich auf ihre Ellbogen. »Licht«, krächzte sie.

Brenna griff nach der Lampe, zog sie näher heran. »Ein Junge«, flüsterte die alte Frau. Sie rieb das Kind am ganzen Körper, damit es zu atmen begann, wickelte es dann in einen alten Kittel und legte es auf Maeves Bauch. Das kleine nasse Ding rührte sich zaghaft, auch wenn sein erster Schrei nicht mehr als ein leises Miauen war. Maeve schlug das blutige Leinen zurück und zog den Jungen an sich.

Die Höhle lag versteckt am Fuße eines Hangs in der Nähe von Cruachan. Sie war den Sídhe geweiht, ein Tor zur Anderswelt. Maeve wusste, dass sie hier niemand finden würde. Sie hatte ihr Kind zwischen den Opfergaben zur Welt gebracht: getrockneten Blumen, Ringen, Fibeln und Knochen von Opfertieren.

Die Menschen hatten sie den Sídhe dargebracht, weil sie sich von ihnen Hilfe erhofft hatten.

»Es war zu früh.« Maeve drehte ihr Gesicht zur Felswand. Feuchtigkeit schimmerte auf dem dicken Moos. Die Höhle weinte. »Es war der Ritt, zu weit … zu schnell.«

Brennas Rücken war vor Kummer gekrümmt. Sie tastete nach Maeves Hand. Im matten Licht der Lampe ähnelte die alte Frau den knorrigen Weißdornsträuchern am Eingang der Höhle. In ihren grauen Haaren hingen trockene Blätter. Vor siebzehn Jahren hatte sie Maeve auf dieselbe Weise auf die Welt geholfen. Das war die Nacht gewesen, in der Maeves Mutter gestorben war.

Jetzt war Brenna jedoch alt geworden, ihr Geist war geschrumpft wie ihr verhutzelter Körper. Sie wusste nichts von Königen, wusste nicht, warum Maeve solche Angst hatte, dass sie hochschwanger durch Erin geritten war.

Maeve sah das Kind an. Es streckte eine Hand aus und berührte ihre Nase, machte dann ein Fäustchen. Maeve drückte den Jungen an sich. *Jetzt können sie dich mir nicht mehr wegnehmen.* Ihre Wange am nassen Kopf des Kindes, die Augen geschlossen, gestattete sie sich diese wenigen, gemeinsamen Augenblicke, während sie darauf wartete, dass die Nachgeburt ausgestoßen wurde. Die Atemzüge des Kindes waren ein zartes Flattern, jeweils drei, wenn sie selbst einen machte, sie beide waren noch immer miteinander verbunden.

Brenna massierte Maeves Bauch. Maeve biss sich auf die Lippen, als sie spürte, dass es so weit war. Sie ging auf die Knie, während sie das Baby mit einer Hand festhielt. Als die blutige Nachgeburt kam, schnitt Brenna die Nabelschnur ab und wickelte sie dann in ein Stück Tuch ein. Normalerweise hätten sie sie vergraben, aber sie befanden sich ja schon unter der Erde.

Sie bat Brenna, sich hinzusetzen, und bettete ihren Sohn in den Schoß der alten Frau. Dann kroch sie tiefer in die Höhle hinein und ließ dort die Nabelschnur als Opfergabe für die Göttinnen zurück. Schließlich nahm Maeve eine Flasche mit Wasser, reinigte sich und band sich dann zwei Lendentücher um, eines über das andere. Anschließend zog sie unter Schmerzen Hose und Kittel an.

Brenna sah sie erschrocken an. »Du kannst dich nicht sofort wieder auf den Weg machen.«

»Ich muss.« Mit zitternden Fingern schloss Maeve ihren Umhang mit einer Fibel. »Sie werden mich schon suchen. Und Vaters Spurenleser sind die besten in ganz Erin.« Sie kroch zu ihrem Bündel. »Hier sind Schläuche mit Ziegenmilch. Und etwas zu essen für dich. Ich habe so viele Felle mitgenommen, wie es ging, und Talg – das sollte für ein paar Nächte reichen.« Tagsüber fiel von oben her etwas Licht in den Felsspalt. Maeve legte ihre Hand auf Brennas knochige Schultern. »Ich weiß, dass ich viel von dir verlange, aber es ist der einzige Weg.«

Brenna lächelte. Ihre Stimme war brüchig vom Alter, und ihre Hände zitterten. »Du bist mir wie mein eigenes Kind. Mein Herz.«

Maeve legte ihre Hand an Brennas Wange, küsste das Baby auf den Scheitel und versuchte durch ihren Tränenschleier hindurch etwas zu sehen, als sie nach oben kletterte und im Weißdorngebüsch an die Oberfläche kam. Sie nahm die Zügel ihres Pferds und biss die Zähne zusammen, als sie mit ihren wunden Lenden aufsaß. Dann wendete sie ihr Pferd und ritt im Schritt auf Cruachan zu.

Sich selbst auszuliefern, war die einzige Möglichkeit, um die Wölfe ihres Vaters davon abzuhalten, die Spur aufzunehmen, die zu ihrem neugeborenen Sohn führte.

Als Maeve schließlich die Halle des Königs erreichte, sah sie, dass ihr Ehemann Diarmait, der Prinz von Mumu, bereits eingetroffen war, denn Diarmaits Fahne flatterte neben dem Adlerbanner ihres Vaters an den Torpfosten. Maeve saß vorsichtig ab, während die Wachen schon auf sie zugerannt kamen.

Als sie sie vor ihren Vater und ihren Ehemann schleiften, biss sie sich auf die Innenseite ihrer Lippen, um sich nicht anmerken zu lassen, dass sie noch immer Krämpfe hatte. Eochaid sprang von seinem Thron auf und stürmte auf sie zu.

Maeve schluckte, hob das Kinn.

»Wo warst du?«, schrie Eochaid, sein lädiertes Kriegergesicht war jetzt so rot wie seine Haare. »Ist dir eigentlich klar, welche Schande du über meinem Schwiegersohn bringst, wenn du dich einfach mitten in der Nacht davonschleichst?«

Würde er eine Frau in ihrem Zustand schlagen? Maeve wusste es nicht. Sie musste es jedoch darauf ankommen lassen, denn sie würde seine erste Frage nicht beantworten.

Diarmait starrte ihren schlaffen Bauch an. Sein Blick war durchdringend. »Wo ist mein Kind?« Er war ein stämmiger Mann, dessen Muskeln sich jedoch bereits in Fett umzuwandeln begannen, wodurch seine Haut wie glattgezogen wirkte. Ein blonder Haarschopf umrahmte sein rötliches Gesicht.

Maeve verzog die Lippen. »Es ist tot. Der Ritt hat es umgebracht.«

Eochaid knurrte. Diarmaits Gesichtsausdruck jedoch veränderte sich nicht, was, wie Maeve wusste, noch schlimmer war. Er starrte sie einfach nur an.

»Eigensinnige, treulose Göre!« Ihr Vater versetzte ihr einen heftigen Schlag. *»Du* hast es umgebracht, indem du deinem rechtmäßigen Ehemann davongelaufen bist. Welche Wahnsinnige setzt sich in diesem Zustand auf ein Pferd?« Er packte sie bei den Armen und schüttelte sie.

Maeve blinzelte. In ihren Ohren dröhnte es. Da er sie sowieso verprügeln würde, konnte sie genauso gut auch die Wahrheit sagen. »Wenn es überlebt hätte«, zischte sie leise, »dann hätte es Diarmait gehört. Und dann hättest du mich wieder an jemand anderen verschachert. Ich hätte es also ohnehin verloren!«

*So wie ich meine Tochter verloren habe.*

Eochaid funkelte sie böse an, dann huschte sein Blick zu Diarmait hinüber, um festzustellen, ob er Maeves Worte gehört hatte. Ein weiterer Krampf überfiel sie, und sie spürte zwischen ihren Schenkeln Blut. Sie presste die Knie zusammen. Als ihr Vater einen Fluch ausstieß und sie erneut schlug, hieß sie diesen Schlag sogar willkommen, denn er verhinderte, dass sie ohnmächtig wurde.

Eochaid ging mit steifen Schritten zu seinem Thron zurück, setzte sich und umklammerte mit weißen Knöcheln die Armlehne. Maeve fuhr sich mit der Zunge über ihre aufgeplatzte Lippe, dankbar dafür, dass da jetzt ein anderer Schmerz war, auf den sie sich konzentrieren konnte.

»Was hast du damit gemacht?«, wollte Diarmait wissen.

Maeve wandte ihm ihre schmerzende Wange zu. »Ich habe es

verbrannt. Es war nicht viel.« Obwohl er sie immer wie ein Tier bestieg, hatte ihn ihr anschwellender Leib abgestoßen, und er hatte sie deshalb schon seit einiger Zeit nicht mehr nackt gesehen. Er konnte also nicht wissen, wie weit ihre Schwangerschaft schon fortgeschritten war.

»Sie ist noch jung.« Eochaids Brauen, borstig und rot, zogen sich über seinen blauen Augen zusammen. »Du wirst mit ihr noch mehr Söhne haben.«

Diarmait machte ein finsteres Gesicht, als er aufstand, um zu gehen. Auf dem Weg zur Tür blieb er vor Maeve stehen und packte sie unsanft am Kinn. Seine Augen wurden schmal. »Du hast mir ein Fohlen geschickt, das anscheinend noch nicht gelernt hat, seinem Reiter zu gehorchen, Eochaid«, grunzte er. »Ich werde es nicht mehr dulden, dass sie jedes Mal davonrennt, wenn ihr etwas nicht passt. Sieh zu, dass du sie zähmst, bevor du sie zu mir zurückschickst, sonst werde ich unseren Eid lösen.«

Eochaid runzelte die Stirn, als er mit schweren Schritten die Halle verließ. Der König von Connacht ballte seine Hände zu Fäusten, als wolle er seinen Zorn auf der Stelle an seiner Tochter auslassen. Aber er knurrte nur leise: »Die Dienerinnen sollen dich ins Bett stecken, damit die Druiden dich heilen können. Du musst so schnell wie möglich wieder zu Kräften kommen.«

Damit sie Diarmait von Mumu weitere Söhne gebären konnte. Maeve neigte den Kopf, als würde sie sich ihm fügen. Als er gegangen war, schloss sie ihren Umhang über ihrem schmerzenden Bauch. *Sie werden von mir nichts mehr bekommen,* schwor sie, den Blick fest auf die Flammen der Feuerstelle gerichtet. *Mein Sohn und ich werden dorthin gehen, wo uns niemand findet.*

Ihr noch immer zorniger Vater und Diarmait waren der Grund dafür, dass Maeve länger das Bett hütete, als es eigentlich erforderlich gewesen wäre. Sie wurde tagelang von singenden Druiden und eingeschüchterten Dienerinnen bewacht. Außerdem waren vor der Halle der Frauen Wachen postiert. Sie folgten ihr auf Schritt und Tritt, selbst wenn sie zur Abtrittgrube musste. Sie folgten ihr auch, wenn sie zum Tempel der Brit ging, um ihr ein Brandopfer darzubringen. Wo ihr Pferd stand, wusste Maeve nicht.

Ihre Brüste schmerzten, und ihre Milch floss. Nachts schob sie sich eine Faust in den Mund, damit die Dienerinnen, die um ihr Bett herum schliefen, sie nicht weinen hörten. Vor Angst um ihr Kind und um Brenna musste sie sich ständig übergeben, bis man ihr noch mehr bittere Getränke einflößte.

Eine Sache, die sie über Krieger wusste, war, dass sie irgendwann einmal feiern würden, und dann würden sie sich bis zur Besinnungslosigkeit betrinken. Maeve spielte die Reumütige, weinte an Diarmaits Schulter und bat ihn, ihr den Augenblick des Wahnsinns zu vergeben. Vor ihrem Vater kniete sie sogar nieder, um ihm die Hand zu küssen, während sie ihre Verzweiflung hinter einem hellen, harten Blick verbarg.

Schon bald hörten sie auf, sie zu beobachten. An dem Abend, bevor sie nach Mumu zurückreiten würden, gab Eochaid ein Festmahl. Maeve bestach die Dienerinnen mit Diarmaits Edelsteinen und schlich sich, in ihr altes Reitgewand gekleidet, aus der Halle des Königs und floh dann zu Fuß auf dunklen Pfaden aus Cruachan.

Die Höhle rief sie.

Dunkle Wolken verfinsterten den Nachthimmel … Sie konnte kaum etwas sehen. Als sie sich den Hügeln näherte, breitete sich ein unheilvolles Schweigen über die Landschaft aus. Auch die Weißdornbüsche waren vollkommen still, kein Windhauch berührte ihre Blätter.

*Nein.*

Eine fürchterliche Angst stieg aus dem Wasser auf und hüllte Maeve ein, während sie von Ruáns Anam in die Tiefen des Flusses gezogen wurde. Sie konnte seine silberne Flamme jetzt jedoch nicht mehr sehen. Die Schwärze, die völlige Leere ergriff von ihr Besitz. *Ich werde nicht dorthin gehen.*

Plötzlich spürte sie eine pulsierende Wärme, in der sie Ruán erkannte. *Lass es zu, zu ertrinken, sonst wirst du sterben.*

Das ergab für sie keinen Sinn.

Die vollkommene Schwärze füllte schließlich ihre Nase, ihren Mund … drang in sie ein, um ihr Herz zum Stillstand zu bringen. Und dann traf sie der Schmerz. Ihr Körper krümmte sich auf den Kieselsteinen an einem Fluss im Ulaid zusammen.

Die Höhle in der Nähe von Cruachan war eigentlich mehr ein Einschnitt in der Erde. Die Bäume und der Hügel waren im diffusen Licht des Mondes, der hinter den Wolken aufgegangen war, kaum zu erkennen. Drinnen war alles still und dunkel.

Maeve hielt die Luft an und rutschte den Tunnel hinunter, bis zu der Stelle, wo er sich zu einer kleinen Höhle ausweitete. Eine Kälte empfing sie, die direkt den Eingeweiden der Erde entstammte.

»Herrin …?«, wimmerte Brenna.

»Ich bin hier.« Maeve tastete sich an der Wand entlang auf die arme Frau zu, die da allein in völliger Dunkelheit und eisiger Kälte auf sie wartete. Brenna war zu entkräftet, um noch zu zittern, als Maeve sie in die Arme nahm. Der Puls in ihrem Handgelenk war nur noch matt.

Maeve streckte ihre Hände bereits nach dem Kind aus, als Brennas Flüstern sie innehalten ließ. »Verzeih mir. Die Milch … aufgebraucht. So … so kalt …«

Es war nur noch Maeves wie wild schlagendes Herz, die Kraft ihres verzweifelten Wunsches, alles möge gut werden, was die Schwärze von ihr ferngehalten hatte. Jetzt brach sie über sie herein, überwältigte sie.

Die Haut des Babys war eiskalt. Obwohl sie seinen Rücken mit der Hand stützte, rutschten seine Gliedmaßen aus dem Wickeltuch. Sein Kopf hing schlaff über ihrem Handgelenk.

Alle Kraft verließ sie, und sie sank in der Dunkelheit zu Boden.

Maeve starb.

*Ich habe es getan. Ich habe ihn getötet.* Das Gift ertränkte sie.

Ruáns Stimme drang in ihr Bewusstsein. *Spüre es alles, a stór, sonst wirst du nicht das finden, was du tatsächlich bist.*

*Ich habe ihn getötet.* Diese Gewissheit zwang sie zu Boden, und nun verschwand auch der letzte Rest von Ruáns Strahlen. Die Qual zog sie immer weiter in die Tiefe, nahm ihr das Leben … Atem … Licht.

Dann plötzlich fand Maeve sich mit einem Schaudern in ihrem Körper wieder. Sie befand sich, auf Händen und Knien, am Ufer des Flusses, unter ihr moderte feuchtes Laub. Aus ihren Haaren lief Wasser, die langen Strähnen hingen im Schlamm. Ihr Mund öffnete sich, und tief aus ihrem Inneren kam ein Schrei, wie sie ihn noch nie zuvor ausgestoßen hatte, der sich schließlich in die Erde, den Schoß der Großen Mutter, ergoss.

Schwarzes Wasser, das so lange in ihr gefault hatte, schoss aus Maeve heraus – aus ihren Augen, ihrem Mund und ihrer Nase. Alles, was sie in jener Höhle begraben hatte, würgte sie jetzt hervor. Dann weinte sie bittere Tränen in die Erde hinein, gefangen in einem Weinkrampf, dem sie nicht entkommen konnte.

Levarcham kroch auf Maeve zu, streckte unsicher die Hände nach ihr aus, zögerte.

Maeve tastete blind nach ihr. Levarcham ergriff ihre Faust und zog Maeve an ihre Brust. Die Druidin wiegte sie in ihren Armen, als der Schmerz Maeve beugte und sie das Gesicht in Levarchams Umhang vergrub.

Maeve ertrug diese Qual wie eine schwere Geburt, während die letzten Stunden der Nacht vergingen.

Als Cúchulainn erwachte, war es dunkel. Da niemand bei ihm war, der sich um das Feuer gekümmert hätte, war es inzwischen beinahe erloschen. Der kalte Wind betäubte seine blutverkrusteten Wangen und seine geschwollenen Hände.

Er drehte sich auf den Rücken, und sofort schoss ein brennender Schmerz durch jeden seiner Muskeln. Die Wunde an seiner Hüfte strahlte nach innen aus. Die Schnittwunden, die er überall am Körper hatte, fühlten sich an wie Bisse mit kleinen scharfen Zähnen. Außerdem war er so erschöpft, dass er sich nicht sicher war, ob er sich überhaupt jemals wieder rühren konnte.

Das Schlimmste aber war der Schmerz, der tief in seinem Herzen brannte. Es war als würde Ferdia mit seinem Dolch auf ihn einstechen, und diese Stiche ließen sich mit keinem Schild abwehren. Er seufzte, legte eine Hand auf sein Brustbein und sah zu den Sternen hinauf. Waren sie tatsächlich die Seelenlichter der Götter, wie die Menschen behaupteten? Einer von ihnen leuchtete besonders hell. Es war der Morgenstern, der ihm stets zu folgen schien, wenn er durch Erin ritt.

Cúchulainn sah zu diesem einen Stern hinauf. Er dachte an etwas, das ihm so kostbar war, dass er es nicht einmal vor seinem eigenen Herzen einzugestehen wagte. Seine Mutter Dectire, Conors Schwester, war nicht verheiratet gewesen, als sie mit ihm schwanger geworden war. Ihr Verstand hatte sich irgendwann aufgelöst, und so hatte sie niemandem mehr sagen können, wer sein wirklicher Vater war. Nur die Druiden wussten es.

Sie sagten, es sei Lugh, der Kunstfertige – der strahlende Gott des Lichtes und der Sonne, der Weisheit und des Heldenmutes.

In diesem Moment der absoluten Einsamkeit kam etwas von dem Jungen, der Cúchulainn einst gewesen war, wieder zum Vorschein. Erst jetzt bemerkte er, dass sein Gesicht nass war. *Vater.* Die Bitte, die sich tief in ihm formte, ließ sich nicht in Worte fassen, sie war vielmehr ein Gefühl. *Hilf mir.* Hier war niemand, der seine Wunden wusch oder heilende Gesänge für ihn sang. Niemand, der ihm heiße Brühe einflößte, damit er wieder zu Kräften kam.

Er ließ seine Hand auf seinem Herzen ruhen, stellte sich vor, es wäre die von Emer. Er hatte seine Frau jedoch weggeschickt, hatte ihr gesagt, dass sie ihre Leute in Sicherheit bringen solle. Da war niemand.

Schließlich fiel Cúchulainn wieder in einen einsamen Schlaf.

Die Nacht verging, während er in einem merkwürdigen Zustand zwischen Träumen und Wachen dahindämmerte. Manchmal war er sich der kalten, grasbewachsenen Senke, in der er lag, und der Sterne über ihm durchaus bewusst, ohne aber wirklich wach zu sein. Dann wieder spürte er, wie sich langsam ein Gefühl der Wärme in seinen Gliedern ausbreitete. Die Dunkelheit wurde verdrängt, das Licht der Sterne wurde zu Gold.

Zum Gold der Sonne.

Er war sich bewusst, dass jemand in der Nähe stand und ihn bewachte, wie ein einsamer Baum das Ufer eines Gewässers beschützt. Er versuchte aufzuwachen, sank aber stattdessen nur in einen noch tieferen Schlaf.

Als Cúchulainn im Morgengrauen erwachte, tat ihm nichts mehr weh. Er sah seine Hände an, zog den Saum seiner zerrissenen Hose nach oben. Die Speerwunden hatten sich so gut wie geschlossen, als hätten sie bereits mehrere Tage Zeit zum Heilen gehabt. Er betastete die Wunde an seiner Seite, die Ferdia ihm beigebracht hatte. Es hatte sich bereits eine dicke Kruste gebildet. Der bohrende Schmerz war verschwunden. Als Cúchulainn aufstand, fühlte er sich, als hätte er sich an klarem Wasser gelabt.

»Die Göttin war hier«, flüsterte Levarcham Maeve ins Ohr, kurz bevor es dämmerte.

Die Ehrfurcht in ihrer Stimme durchdrang Maeves erschöpfte Benommenheit, auch wenn sie noch halb im Schlaf war.

Die Druidin saß noch immer da und hielt Maeve in ihrem Schoß. »Ich habe gespürt, dass die Göttin bei dir war, Maeve. Sie hat dich beschützt … und da war auch noch etwas anderes, eine sehr helle Flamme. Und auch ich habe dich gehalten. Es ist jetzt nicht mehr dein Schicksal, deine Last allein tragen zu müssen.« Levarcham legte ihre Hand auf Maeves Hinterkopf. »Siehst du das Licht noch immer nicht?«

Licht … silbern … *Ruán*. Er war zu ihr gekommen. Er hatte sie *a stór* genannt. *Geliebte*.

Mit stockendem Atem öffnete Maeve ihre geschwollenen Augen. Ihr Gesicht war eine Maske von getrocknetem Salz, das zerplatzte, als sie es berührte. Sie blinzelte, drehte ihren Kopf in Levarchams Schoß.

Die Morgendämmerung zog herauf. Die Welt war still. Sie war in ein sanftes Grau eingehüllt, das im Osten jedoch bereits heller wurde. Tau tropfte von den Bäumen. Erst jetzt wurde Maeve bewusst, dass die Schmerzen in ihrem Bauch aufgehört hatten. Sie legte eine Hand über die leichte Wölbung. Ihr Bauch strahlte Wärme aus. Maeve sah verblüfft an sich herunter. Auch wenn sie es mit ihren Augen nicht wahrnehmen konnte, war sie sich sicher, dass da ein Leuchten war.

Sie setzte sich auf, strich mit ihren Händen über ihren Bauch. Sie spürte Wärme – aber diesmal war es ihr eigenes Feuer, das mit einer größeren Kraft durch sie hindurchströmte, als sie es je erlebt hatte. Jetzt war es strahlend weiß und nicht mehr rot und zornig.

Eine silberne Flamme.

Maeve ließ sie durch sich hindurchströmen, legte den Kopf zurück. Die Quelle allen Seins, die in der Großen Mutter, im Land, der Luft und dem Wasser strömte, vereinigte sich mit diesem Licht. *Sie kannte dieses silberne Licht*. Es kam ihr so vor, als wäre sie in alten, längst vergangenen Zeiten schon viele Male davon erfüllt gewesen, hätte diese Verzückung aber irgendwann vergessen.

Jetzt endlich wusste sie, was sie wirklich war – kein Schild, sondern eine Wiege.

Maeve hatte sich unbewusst schon immer nach diesem Licht gesehnt, weil sie dessen schwaches Echo aus der Vergangenheit ganz tief in sich noch gespürt hatte. Sie hasste die Sídhe nicht … sie hatte sich auch nicht von den Göttern abgewandt. Sie hungerte vielmehr nach diesem Glanz und dieser Anmut. Und jetzt würde sie einen Weg finden, um nicht nur ihr Volk mithilfe dieser Kraft zu schützen, sondern auch ihr Kind. Sie würde alles tun, dass es sicher auf die Welt kam, würde ihm alles geben, was sie hatte, damit es rennen und lachen konnte.

Sie sah Levarcham an. Das Leuchten in den Augen der Druidin war jetzt noch stärker geworden.

Maeve hob ihren Blick zu dem Streifen Morgenrot, der sich jetzt über den dunklen Hügeln zeigte. Levarcham half ihr beim Aufstehen. Dann hielt Maeve sich an einer jungen Birke fest, während die Flamme sich bis in ihre Glieder ausbreitete.

Ebendiese Flamme war es gewesen, die auch Ruán berührt hatte – sie hatte es in seinem Gesicht gesehen. Maeve wurde von der ungeheuren Sehnsucht ergriffen, gemeinsam mit ihm die Schleier zu teilen, um immer und überall von dieser Flamme umhüllt zu werden. Zuerst aber musste sie noch etwas anderes tun. »Ich muss einen Weg finden, diesen Kampf zu beenden. Es hat bereits zu viele Tote gegeben. Das, was Erin braucht, ist … Leben.«

Mit hämmerndem Herzen näherte Maeve sich dem Fluss. War Ruán noch dort in den Wellen? Sie streckte eine Hand aus, um ihn zu rufen, aber sie konnte ihn nicht mehr spüren. *Ruán …*

Levarchams Schrei zerriss die Morgendämmerung. Maeve fuhr herum und sah die Druidin an. Diese hielt sich eine Hand vor den Mund, während sie mit der anderen über den Fluss deutete.

Der Nebel verwandelte sich in Gold, aber nicht im Osten, sondern im Westen. Levarcham stolperte zu ihr, während das Licht jetzt so hell wurde, dass Maeve sich ihre Hand vor die Augen halten musste. Dieses feurige Leuchten … war das Ruán?

Nein.

Maeve sah ein Glitzern auf dem Wasser. Einen Herzschlag lang schimmerte es im Nebel auf, so körperlos wie die Nebelschleier selbst. Ein langer gebogener Hals, elegante Schwingen … ein Schwan.

Dann war er auch schon wieder verschwunden, und in der Flut aus Licht, die sich über den Wald ergoss, erschien ein Mädchen. Maeve konnte sie nur undeutlich erkennen. Die hellen Äste waren mit ihre schlanken Gliedern verwoben, die Nebelschleier mit ihrem goldenen Haar. Ihr herzförmiges Gesicht war das schönste, das Maeve je gesehen hatte, aber in ihren grünen Augen schimmerte etwas Wildes, etwas Gefährliches – wie bei einer ungezähmten Kreatur.

Levarcham fiel auf die Knie, vergrub ihr Gesicht in den Händen. Ihre Schultern bebten.

Die Wildheit im Blick des Mädchens wich einem sanfteren Ausdruck, als sie jetzt Levarcham ansah. »Es gibt keinen Abschied und keinen Verlust, Mutter, so wie ich es dir schon einmal gesagt habe. Der Geist wohnt eine Zeit lang in einem Körper, aber er vergeht nicht mit ihm. Er bleibt immer frei, kann immer fliegen.«

Das Mädchen war nicht körperlich, aber ihre Stimme tönte stark und voll durch Maeves Brust. *Garvan,* dachte sie voller Hoffnung. Eines Tages würde sie ihn also doch wiedersehen.

Levarcham hob ihr Gesicht, die Hände hatte sie unter ihrem Kinn verschränkt. »Mein Vögelchen.«

»Leg die Bitterkeit ab, die dir den Blick verstellt, dann wirst du mich in allem sehen, was dich umgibt.«

Levarcham atmete heftig ein. »Also kann ich sterben und zu dir kommen …«

»Nein, noch nicht.« Das Mädchen lächelte, und in diesem Strahlen war eine Spur des Menschenmädchens zu erkennen, das sie einst gewesen war. »Das Licht der Großen Göttin gehört allen. Du musst es noch zu anderen in deiner Welt bringen, bevor du zur Göttin und in meine Welt kommen kannst. Es sind bereits zu viele Menschen in meinem Namen gestorben. Das muss jetzt ein Ende haben. Ich möchte, dass du *lebst.*«

Levarcham schlang ihre Arme um ihre Taille und senkte gehorsam den Kopf.

Deirdre aus dem Ulaid wandte jetzt ihr leuchtendes Gesicht Maeve zu. »Und für dich, Königin der Raben, habe ich auch eine Botschaft.«

Maeve schluckte und nickte. Einen Augenblick lang lag ein kummervoller Ausdruck in den leuchtenden Augen des Mädchens und trübte ihren Glanz.

»Du bist jetzt die Mutter aller. Also sorge auch für alle deine Kinder.« Deirdre hob einen Arm, breitete ihn wie eine Schwinge in Richtung Norden aus. »Conor kommt. Er sucht nach dir.«

# 37

Cúchulainn kam es so vor, als sähe Ferdia heute schlechter aus.

Im Licht der Morgendämmerung konnte er erkennen, dass man seine Wunden gereinigt hatte. Seine Unterarme waren verbunden, und auch die Kratzer in seinem Gesicht waren versorgt worden. Aber wie viele Druiden auch immer sich um ihn gekümmert hatten, Ferdias Haut war grau, sein Gesicht war schlaff, und die einst so stolzen Schultern waren gebeugt.

Ferdia und Cúchulainn starrten sich an. Sie waren mit dem Streitwagen, zu Pferd, mit dem Speer und mit der Steinschleuder gegeneinander angetreten. Wenn sie all das heute wiederholten oder wenn einer von ihnen aufgab, würden alle Krieger von Erin sie der Feigheit bezichtigen und ihnen vorwerfen, ihre Könige und ihre Eide zu verraten.

*Soll ich das wirklich für ihn tun?*, fragte Cúchulainn sich. Er rieb sich die Kehle, in der ein schmerzhafter Kloß steckte, kratzte sich mit wunden Fingern nachdenklich sein stoppeliges Kinn. In der Schlacht hätte er nicht gezögert, sich vor eine Klinge zu werfen, um Ferdia das Leben zu retten – aber einfach *aufgeben?*

Cúchulainn verteidigte das Ulaid, und wenn er wegen eines einzigen Mannes kapitulierte, würde das Blut seines Volkes an seinen Händen kleben. Die Quelle allen Seins, die seine Kraft steigerte und seine Sinne schärfte, war ein Geschenk der Götter. Wenn er dieses Geschenk missachtete, würden sie ihm vielleicht seinen Platz auf den Inseln der Seligen verweigern. Er wusste, welche Lieder die Barden dann über Cúchulainn singen würden und wie die Menschen von Erin sich an ihn erinnern würden.

Als Feigling. Als Verräter. *Besiegt.*

Falls er, so es die Götter wollten, jemals Söhne haben sollte, dann würde es das sein, was sie hören würden. Emer würde wissen, dass er nicht mehr der Mann war, den sie einst in ihren Armen gehalten hatte. Sein goldener Name, zu den Göttern gesungen, in Erins Luft geflüstert, würde sich in Blei verwandeln. Er wäre nicht mehr er selbst – und wäre dann noch etwas von ihm übrig, das Emer oder Ferdia noch lieben konnten?

Cúchulainns Puls schlug dieses Lied der Trauer, während er jetzt in Ferdias gehetztes Gesicht sah. Er unternahm einen letzten verzweifelten Versuch. »Ich kann nicht vor dir kapitulieren, weil ich die Frauen und die Kinder dieses Landes beschützen muss, Ferdia. Wenn dies nicht so wäre, würde ich mich dir ergeben. Es gibt jedoch niemanden, der auf deinen Schutz angewiesen ist. Es liegt also in deiner Hand, uns beide zu retten.«

Ferdia biss die Zähne zusammen. »Ich würde alles verlieren, was mir geblieben ist – meinen Namen, meinen Stolz.« Das war nur geflüstert, dann leuchtete in seinen Augen jedoch ein letzter Widerstand auf. »Ich werde diese Welt nicht von allen geschmäht und verachtet verlassen.« Er schüttelte entschieden den Kopf, runzelte die Stirn. »Dann wäre ich nicht mehr Ferdia Mac Daman. Ich wäre nicht länger ich selbst, und was wäre dann noch von mir übrig, das du lieben könntest?«

Die Falle schnappte zu.

Cúchulainn zwang seine Lippen dazu, sich zu bewegen. »Warum wecken wir diese Männer nicht auf?«, fragte er. Er zog eine Augenbraue hoch. »Den Lachssprung?« Jetzt also waren sie endlich bei den Schwertern angelangt.

Ferdias Mundwinkel zuckten nach oben, und er rieb sich die blutunterlaufenen Augen. »Dazu muss einer von uns den Fluss überqueren.« Er warf einen kurzen Blick hinter sich, sah das Gedränge der Krieger, die sich bereits von ihrem Nachtlager erhoben hatten und deren nervöses Murmeln sich wie das Rauschen des Windes anhörte. »Ich denke, es ist sicherer für dich, wenn ich zu dir komme.«

»Nein, es ist besser für dich, wenn ich zu dir komme«, erwiderte Cúchulainn. Das zumindest konnte er Ferdia zugestehen.

Ferdias Lächeln zitterte. »Dann also der Lachssprung. Ich erinnere mich noch, dass ich und Naisi ihn damals in Emain Macha vorgeführt haben.«

»Ja, ich erinnere mich auch noch daran. Ich werde mich jetzt darauf vorbereiten.«

Cúchulainn sammelte seine herumliegenden Waffen ein, die benutzten Speere, die Steine der Schleudern, die nicht zerbrochen waren, die Dolche, Äxte und Schwerter. Er stapelte sie am Ufer des Flusses, wo er sie gut erreichen konnte. Sie schimmerten im Licht der aufgehenden Sonne rosig und golden, aber dieses eine Mal ließ der Glanz sein Herz nicht vor Freude jubeln, sondern nur weinen.

Ferdia schnitt die Sehnen, mit denen die Speerspitzen umwickelt waren, ab, stapelte die stumpfen Schäfte. Als Cúchulainn die Furt überquerte, nahm er das silberne Glitzern des Wassers in sich auf, sein Körper wurde zu einem Gefäß für die Quelle allen Seins. Als er auf der anderen Seite ans Ufer trat, wurde das Murmeln der Krieger noch lauter, vereinzelt waren auch begeisterte Rufe zu hören. Die Sonne spiegelte sich in ihren Helmen und Schwertern, als sie losrannten, um die anderen im Lager zu wecken.

Sobald das Trommeln und Schlagen der Schilde wieder begann, stieg in Cúchulainn gegen seinen Willen der Wunsch zu töten auf.

Ferdia kam auf ihn zu, zwei Speere in der Hand. »Wer am weitesten wirft, darf wählen, ob er springen oder verteidigen will.« Seine Stimme klang sachlich und nüchtern.

Jetzt, da Cúchulainn so nahe bei ihm stand, hätte er seinem Freund am liebsten den Arm um die Schultern gelegt und ihn an seiner Seite gespürt. Die Sehnsucht drohte Cúchulainn schier zu überwältigen, aber er unterdrückte sie. Ferdia sprach auch nur deshalb so nüchtern, weil dies alles sonst völlig unerträglich geworden wäre.

Sie nahmen ihre Positionen ein und warfen die Speere.

Ferdias Speer landete knapp vor dem des Wachhunds im Kies

des Seeufers. »Ich werde springen«, sagte Ferdia. Sein gequälter Blick wanderte hinauf zu den Kriegern auf dem Hang, die Blut sehen wollten.

Cúchulainns Herz krampfte sich zusammen. Derjenige, der den Lachssprung ausführte, war wesentlich verwundbarer als derjenige, der mit seinen beiden Beinen auf dem Boden blieb. Der Sprung war jedoch ein aufsehenerregendes Kunststück und bot deshalb die Möglichkeit, sich besonders hervorzutun. *Was haben sie von dir gesehen, Ferdia, dass du dich so schämst?* Aber der Wachhund nickte nur. Er sah, dass es allein Ferdias Stolz war, der ihn davor bewahrte, wahnsinnig zu werden.

Es war schwierig, den Sprung auszuführen, wenn man eine Rüstung trug. Da Ferdias Hornpanzer aber aus einzelnen Segmenten bestand, war er beweglich genug, und auch Cúchulainns Kettenhemd war, da es vom besten Schmied in Erin angefertigt worden war, geschmeidig und biegsam.

Der Wachhund trat zurück und stand dann einfach nur da, ohne seine Waffen zu berühren. Wenn der Lachssprung als Zweikampf durchgeführt wurde, musste der Verteidiger mit geschlossenen Füßen dastehen und durfte seine Waffen nicht anfassen, bis sich der Springer in der Luft befand.

Ferdia balancierte den Schaft des Speers auf seiner Schulter. »Manannán gebe mir Kraft«, rief er.

»Lugh gebe mir Schnelligkeit«, erwiderte Cúchulainn.

Der Rhythmus der Kriegstrommeln, unterstützt vom schrillen Klang der Hörner, wurde immer schneller. Die Zuschauer sprangen auf und jubelten, weil sie den berühmten Lachssprung nun mit eigenen Augen zu sehen bekommen würden.

Ferdia stand auf den Zehenspitzen, während der Lärm immer mehr anschwoll. Er hatte seinen Blick fest auf Ferdia gerichtet. Ihrer beider Blut pulsierte.

Cúchulainn hielt die Quelle allen Seins im Zaum, kämpfte dagegen an, sich von ihr mitreißen zu lassen, damit er Ferdia nicht verletzte. Er ließ die Flamme an seinen Gliedmaßen entlangströmen, gestattete ihr aber nicht, sein Herz in Brand zu setzen oder seinen Verstand in Flammen aufgehen zu lassen. Der gequälte Ausdruck in den Augen seines Freundes beunruhigte ihn so sehr, dass er die Wellenbewegung, die durch das Silber um sie herum lief, nicht sehen konnte.

Völlig unvermittelt rannte Ferdia los.

Im schnellen Lauf stieß er das stumpfe Ende des Speers in den Boden, bog den Schaft durch und schraubte seinen Körper in einem hohen Bogen in die Luft. Cúchulainn, der nach oben sah, wurde durch die Sonne geblendet und durch den unerwarteten Winkel überrascht, in dem Ferdias Körper sich befand.

Cúchulainns Muskeln reagierten einen Herzschlag zu spät. Die Schmerzen verlangsamten seine Reflexe. Noch während Cúchulainn sich umdrehte, flog Ferdia schon über seinen Kopf hinweg.

Ein geschickter Springer traf seinen Gegner, noch bevor sich dieser umgedreht hatte, mit dem Schwert. Ein guter Verteidiger wiederum konnte den Springer aufspießen, noch bevor er den Boden berührte. Dieses Kunststück perfekt zu beherrschen, hieß, einen tödlichen Schlag zu führen.

Bei beiden Männern übernahmen sofort die jahrelange Übung und ihr Instinkt die Kontrolle. Ferdias Klinge war auf Cúchulainns Kehle gerichtet, während Cúchulainn auf dem Absatz herumwirbelte und auf Ferdias Unterleib zielte.

Keine der beiden Klingen jedoch traf auf Fleisch. Wie aufeinander abgestimmt, schlugen sie klirrend gegeneinander.

Erschrocken über Ferdias Schnelligkeit und sein eigenes Versagen, kam Cúchulainn ein Schrei über die Lippen. Ferdia keuchte angesichts der Wucht, mit der ihre Schwerter aufeinandertrafen. Die Sehnen in seinem Nacken traten vor. Mit stumpfem Blick schlug Ferdia noch einmal zu, sein Verstand vom Schmerz in seinem Herzen verdunkelt.

Cúchulainn war zu verblüfft, um reagieren zu können. Ferdias Klinge zog eine rote Spur über seine Hand. Das erste Schwertblut des Wachhunds.

Die Quelle allen Seins loderte jetzt in Cúchulainn hell auf. Jetzt sah er nur noch einen Feind, der einen Umriss aus silbernem Feuer hatte und dessen Bewegungen eine Art Leuchtspur hinter sich herzogen. Er stieß noch einen Schrei aus, und der Zweikampf wurde jetzt bitterer Ernst.

Sie schlugen aufeinander ein, stießen zu, wehrten ab, wichen aus, sprangen nach vorn. Waren ihre Schwerter verbogen, warfen sie sie einfach weg und nahmen sich neue. Ihre Klingen trafen sich, sie schoben und drückten, trennten sich wieder. Ihre Angriffe wurden mit jedem Mal heftiger, es hagelte Hiebe.

Ferdia stürzte als Erster, tastete mit seiner Hand nach einer der verstreuten Waffen und bekam einen zerbrochenen Speer zu fassen, mit dem er Cúchulainns Hieb abwehrte, der auf ihn herabsauste. Während sein Freund durch den Schwung des Schlags noch aus dem Gleichgewicht war, hob Ferdia ein anderes Schwert vom Boden auf und stürmte auf Cúchulainn zu.

Cúchulainn stolperte rückwärts, packte einen Schild am Griff und riss ihn gerade noch rechtzeitig hoch, bevor sich Ferdias Klinge ins Holz bohrte. Cúchulainn warf den Schild weg und entwand so Ferdia das Schwert. Sie holten sich neue Waffen und griffen sofort wieder an.

Klingen und Holzsplitter trafen sie. Blut lief ihnen übers Gesicht und vermischte sich mit Schweiß und Speichel. Das Blut aus den Wunden an ihren Armen ließ die Hefte ihrer Schwerter glitschig werden. »Trinken«, keuchte Cúchulainn schließlich.

Sie taumelten Seite an Seite zum Wasser und knieten sich hin, um zu trinken und sich das Blut von den Händen zu waschen. Einer stillschweigenden Übereinkunft folgend, reinigten sie jedoch nicht ihre Gesichter. Es war leichter, gegen einen namenlosen Feind zu kämpfen, dessen Augen weiß aus einer Maske roten Blutes leuchteten.

Ferdia hockte auf den Fersen und starrte ins Wasser. »Wenn ich tot bin«, sagte er heiser, »dann nimm meinen Kopf und bewahre den Schädel an deinem Herd auf, damit mein Schatten dich an

Samhain stets findet. Dann werden wir immer eins sein, bis du zu mir in das Heerlager auf die andere Seite der Schleier kommst. Ich möchte, dass unsere Namen für immer miteinander verbunden sind.«

»Das sind sie schon.« Cúchulainn erhob sich schwankend. Er räusperte sich und spuckte Speichel und Blut aus. »Und außerdem wirst du nicht sterben.«

Ferdia richtete sich auf, zuckte dabei vor Schmerz zusammen. »Bei Lughs Eiern, was ist es dann, was du die ganze Zeit versuchst?«

Cúchulainn blinzelte, streckte die Hand aus und legte sie Ferdia schließlich auf die Schulter. »Ich versuche nur, ein bisschen Vernunft in dich reinzuprügeln.«

Ferdia schnaubte, und Cúchulainn spürte, wie die Schulter seines Freundes unter seiner Hand erbebte. Einen Herzschlag lang waren sie beide wieder vereint.

Dann verkrampfte sich Ferdias Gesicht, Kummer trat in seine Augen, und sein Verstand verließ ihn wieder.

Er schlug Cúchulainns Arm weg und suchte nach einem Schwert. Während er Ferdias nächsten Angriff abwehrte, warf Cúchulainn einen Blick auf die Sonne, die langsam am Himmel emporstieg. *Beeilt euch*, sagte er zu den Kriegern des neuen Roten Zweigs, versuchte sie mit purer Willenskraft dazu zu bringen, ihre Krankheit zu überwinden. *Kommt, damit das hier eine richtige Schlacht wird und Ferdia und ich aufhören können, gegeneinander zu kämpfen.*

Die Müdigkeit ließ ihre Schläge noch verzweifelter werden. Ferdia traf Cúchulainn wieder am Saum seines Kettenhemds und hätte ihm dabei seine Klinge fast in den Bauch gestoßen. Cúchulainn traf Ferdia an dessen Wade – eine Wunde, die jeden anderen bewegungsunfähig gemacht hätte. Aber vielleicht spürte Ferdia in seinem Wahnsinn keinen Schmerz mehr, denn obwohl das Blut in einem kleinen Rinnsal in seinen Stiefel lief, humpelte er nicht einmal.

Schließlich trübte der Schmerz sogar die Liebe in Cúchulainns Herz. Ferdias blutiges Gesicht wurde zu dem eines Barbaren, zu einem der vielen, die brüllend auf ihn zugerannt waren und versucht hatten, ihn zu töten. Sein Überlebenswille übernahm immer mehr die Kontrolle über ihn.

Ferdia warf ebenfalls einen Blick zur Sonne hinauf. Cúchulainn glaubte, einen Schatten über seine Augen huschen zu sehen. Dann holte Ferdia tief Luft und warf sich Cúchulainn mit seinem bislang wildesten Angriff entgegen.

Ihre Klingen wurden zu einem einzigen Wirbel aus blitzendem Stahl, die Luft war erfüllt vom Zischen und Klirren von Eisen. Cúchulainn war schließlich gezwungen, sich voll und ganz dem Feuer des Kampfes zu ergeben. Seine Bewegungen wurden zu dem tödlichen Tanz, auf den sein Verstand so gut wie keinen Einfluss mehr hatte.

Sie stolperten in die Furt. Wasser spritzte auf. Die Sonne brach sich in den Tröpfchen, hüllte sie in einen feinen Nebel ein und schloss alles andere aus. Von Feuer verzehrt, spürte Cúchulainn, dass er Ferdia am Arm verwundete, dass sein Schwert das feste Fleisch an Ferdias Seite zerschnitt. Tränen liefen ihm übers Gesicht, als er Ferdias Waffe wegschlug und ihm seine Klinge in den Oberschenkel bohrte. »Tu das nicht!«, brüllte Cúchulainn.

Ferdia starrte jedoch nur mit leerem Blick durch ihn hindurch, und sein wahnsinniges Lächeln ließ Cúchulainn das Blut in den Adern gerinnen, während sich sein Gegner schon wieder auf ihn stürzte. Mit einem Sprung trieb Ferdia Cúchulainn rückwärts, bis der Wachhund über einen Felsbrocken stolperte und ins seichte Wasser fiel.

Cúchulainn war sich bewusst, dass Ferdia wieder an seine Taille griff. Er glaubte, er griffe dort nach einem Dolch. Das silberne Feuer flammte auf, und der Wachhund tastete verzweifelt zwischen seinen abgelegten Waffen am Rand des Wassers nach irgendetwas, um Ferdias Wahnsinn zu durchdringen. *Irgendetwas.*

Da war ein Schaft. Cúchulainn packte ihn und setzte zum Wurf an.

Ferdia taumelte zurück, ein Lächeln flammte auf seinem Gesicht auf, und die glänzenden Platten seines Panzers fielen einfach herunter – er hatte die Bänder, die sie zusammenhielten, schlecht durchtrennt. Mit einem wütenden Schrei versuchte Cúchulainn, seinen Wurf zu bremsen, aber der Speer hatte seine Hand bereits verlassen. Er schoss an seinen Augen vorbei auf Ferdias ungeschützten Körper zu.

*Bronze und Eisen …*

Cúchulainn schrie auf. Es war der *gae bolga* gewesen, den er aufgehoben hatte.

Noch nie war diese bösartige Waffe aus so großer Nähe zum Einsatz gekommen, noch dazu hatte die Quelle allen Seins Cúchulainn die Kraft von vielen Männern verliehen. Der mit Stacheln versehene Speer flog auf sein Ziel zu und grub sich mit einem entsetzlichen, dumpfen Ton tief in Ferdias Bauch. Die grauen Augen weit aufgerissen, fiel er auf die Knie.

Cúchulainn rannte zu seinem Freund. *Schieb ihn durch … ganz durch, verbinde ihn und er wird leben.*

Die Sehne des Speers hatte sich jedoch in Ferdias Waffen verfangen, und die Strömung des Flusses zog daran, gerade, als Cúchulainn bei Ferdia war. Mit einem tödlichen Klicken sprangen die scharfen Stacheln auf, verankerten sich jetzt in Ferdias Eingeweiden. Er sank in den Fluss. Sein Gesicht war kalkweiß.

Cúchulainn schloss seinen Freund in die Arme, und sein gequälter Schrei wurde von den Hängen zurückgeworfen und schallte weit über den See hinaus. Das Gebrüll der Krieger verstummte. Jetzt herrschte absolute Stille.

Rote Schwaden breiteten sich hinter Ferdia im Wasser aus. Sein Helm war ihm vom Kopf geglitten. Seine schwarzen Haare rankten sich um Cúchulainns Finger wie Algen. Cúchulainn hielt Ferdias Gesicht mit einer Hand, während er mit der anderen versuchte, die klaffende Wunde zu schließen. Blut floss an den Kerben entlang, die in den Schaft des Speers geschnitzt waren. Als Cúchulainn ihn versehentlich berührte, schrie Ferdia auf. Cúchulainn zuckte zurück. Nutzlos. Er konnte die Wunde nicht mehr ansehen.

Alles war still; sie waren allein in dem von der Sonne erhellten Nebel zwischen den Bäumen.

Ferdia lächelte. Blut rann aus seinem Mund, sein Atem wurde flacher. »Endlich … ein Ausweg …«

Cúchulainns Schultern hoben und senkten sich. Er schüttelte verzweifelt den Kopf.

»Nimm dein Schwert«, flüsterte Ferdia. »Und bring es zu Ende.«

Dies war es, was Krieger schworen, aber in diesem Augenblick konnte Cúchulainn seinen Eid einfach nicht erfüllen. »*Nein.*« Er drückte seine Wange in Ferdias nasses Haar. »Halte durch – wir werden den Speer herausschneiden. Es sind Druiden hier …«

»Cú …« Ferdias Atem brodelte, und er bewegte den Kopf. War das ein Keuchen, ein Lachen? »Diesmal … bin ich der Erste.«

Das eiskalte Wasser ließ ein Gefühl der Taubheit in Cúchulainn aufsteigen. Er wiegte Ferdia in seinen Armen, die Lippen an seine Stirn gepresst. »Ich habe meinen Tod gesehen, Fer.« Es war das erste Mal, dass Cúchulainn ihm dieses Geheimnis anvertraute. »Ich war an einen hohen Stein gebunden und wurde von Männern mit Schwertern umringt. Ich habe gesehen, wie ich sterben werde, aber ich weiß nicht, wann es geschehen wird.«

Ferdias Lippen öffneten sich zu einem sanften Lächeln. »Dann werde ich … zu dir kommen.«

Cúchulainn drückte ihn an seine Brust und diese letzte verzweifelte Umarmung sagte alles. Es dauerte eine Weile, bis Ferdias Nacken kraftlos auf Cúchulainns Handgelenk zurücksank.

Ferdias Augen leuchteten noch immer, aber sie waren jetzt glasig. Sein Körper sackte in Cúchulainns Armen zusammen. Schließlich fand Cúchulainn seine Stimme wieder. »Pass auf dich auf, so wie du auf mich aufpassen würdest.«

Die Sonne eines neuen Tages stieg über ihm am Himmel empor, herzlos und hell. Für Cúchulainn aber war jedes Licht erloschen. Die Dunkelheit verschlang ihn.

Mit all ihrer Autorität als Heilerin erklärte Levarcham Maeve, dass es jetzt um das Wohl des Kindes gehe und sie sich deshalb ausruhen und einen kräftigenden Kräutersud trinken müsse, bevor sie sich auf den Rückweg machten. Ein Teil von Maeve wollte unbedingt herausfinden, wo sich Conor gerade aufhielt. Der andere war jedoch vollkommen erschöpft.

»Du wirst über niemanden triumphieren, wenn du vorher zusammenbrichst«, warnte Levarcham sie. »Du hast Kundschafter. Sie werden dir schon bald berichten.« Obwohl sich die Schleier nur ein wenig geteilt hatten, leuchtete das silberne Licht mit einer stillen Kraft aus der Druidin, die Maeves Feuer mindestens ebenbürtig war.

Sie kehrten aus den Hügeln zurück, als die Sonne am Himmel hinaufstieg. Maeve jedoch genoss jetzt ein noch intensiveres Leuchten: Es war der Geist des Kindes und der von Ruán, die miteinander verwoben waren. *Er ist nur meinetwegen gekommen.* Dessen war sie sich sicher. Sie würde dieses Baby nicht verlieren – sie würde *kein Kind mehr* verlieren.

Maeve und Levarcham erreichten das Lager, kurz nachdem die Sonne ihren höchsten Stand erreicht hatte. Bis auf die Krieger, die Wache hielten, war das Heerlager verlassen. Alle ihre Männer waren unten am Fluss.

Maeves geschärfte Sinne zeigten ihr das Lager als buntes Gewebe aus hellen Fäden. Da waren der Geruch von Asche, von Fleisch, von Dung und Blut. Das Gold und Braun der Bäume. Fahnen, die an den Zelten flatterten. Der matte Schimmer von angelaufenem Metall.

Sie hörte den keuchenden Atem eines Mannes, noch bevor sie ihn sah.

Der Krieger kam direkt auf sie zugerannt. Er war sehr jung, und sein Gesicht war kalkweiß. »Mylady!« Als er seine Brust und seine Stirn berührte, zitterte er.

Maeve wurde noch immer von diesem seltsamen Gefühl beherrscht, dass ihr Geist unendlich groß und weit war und hell leuchtete. Er dehnte sich über ihren Körper hinweg aus wie eine

Strömung im Meer, umfing die Erde und die Flüsse, die Bäume und die Hügel. Es fiel ihr sogar schwer, sich daran zu erinnern, dass sie eine Königin war. Nur mit größter Anstrengung gelang es ihr, ihre Sinne wieder in ihren Körper zurückzurufen.

Der Mann hatte Angst, sie anzusprechen.

Maeve packte ihn an der Schulter, ihre Stimme strahlte große Macht aus. »Sprich.«

Er schluckte. »Ferdia Mac Daman ist kurz nach der Dämmerung gefallen. Mein Herr Fraech … er war so wütend, dass er seine Waffen nahm und sich dem Wachhund zum Kampf gestellt hat! Aber der Wachhund war von einem entsetzlichen Zorn erfüllt und hat Lord Fraech mit seinem Schwert niedergestreckt. Daraufhin kam Morand, um Cúchulainn an seiner Stelle herauszufordern. Dann haben wir gesehen, dass Lord Fraech sich bewegte. Er ist nur verwundet – er lebt, aber er liegt auf dem Feld, und wir können nicht zu ihm.«

Maeves Erleichterung schwand sofort wieder, als der junge Krieger verlegen den Boden zu seinen Füßen anstarrte. »*Was noch?*«

Er verzog sein Gesicht, als erwarte er, von ihr geschlagen zu werden. »Lady Finnabair glaubte, Lord Fraech sei tot. Sie schrie und wollte zu ihm laufen. Die Männer ließen sie jedoch nicht … da riss sie sich los und rannte davon. Den großen Hügel hinauf.«

Maeve kehrte mit einem Ruck in ihren Körper zurück. »Hat sie niemand zurückgeholt?«

Der Junge ließ den Kopf sinken. »Einige versuchten, zu Lord Fraech zu kommen, wurden aber vom Wachhund zurückgedrängt, andere wiederum stritten sich darum, wer als Nächstes gegen ihn antreten würde. Wir glaubten, sie wäre zum Lager zurückgelaufen … zu dir. Ein paar Männer sind ihr schließlich gefolgt, aber sie war schon weg und …« Er brach ab.

»Die Kundschafter?«

»Sie sind schon unterwegs, Herrin.«

Maeve entließ ihn und drehte sich dann um. Levarcham ergriff Maevers kalte Hände und sah ihr in die Augen.

»Es gibt nichts, was du jetzt tun könntest, meine Freundin.« Maeve sah jedoch nicht sie, sondern nur Finn. »Biete all deine Kunst auf, um die Verwundeten zu retten, und konzentriere dich auf Fraech, falls er noch lebt.«

Als Levarcham davoneilte, nahm Maeve ihre ganze Willenskraft zusammen. Sie musste wieder leuchten. Für Finn.

Sie fegte durch das Lager, gürtete ihr Schwert und ihren Dolch und rief die übrigen Kundschafter zu sich. Schließlich stellte sie eine Gruppe der schnellfüßigen Speerträger der Galeóin zusammen, die mit Ailill gekommen waren. Ein größerer Trupp von Kriegern würde einem Feind, der in den Hügeln lauerte, möglicherweise ihre – und Finns – Anwesenheit verraten.

Maeve spürte Conor jetzt ganz deutlich. Als Dunkelheit, die sich hinter den Hügeln ausbreitete.

Sie schlug mit ihren Männern zuerst den Weg nach Westen ein. Die Späher benutzten Vogelrufe, um sich miteinander zu verständigen. Schon bald hallten die düstern Rufe von Raben über die kahlen Hügel, als die Spurenleser auf der Suche nach Finn ausschwärmten.

Die Sonne ging bereits wieder unter, als sie sich in den blauen Schatten eines kalten Waldes wiedertrafen.

»Wir haben ihre Spur gefunden«, sagte einer der Kundschafter zu Maeve. Es war von Kopf bis Fuß in Hirschleder gekleidet. Das gesprenkelte Gewand ließ ihn mit dem Wald verschmelzen. »Sie ist gerannt und dabei auf Äste getreten und durch den Farn gestürmt. Ohne jede Vorsicht.« Er wagte es jetzt nicht mehr, Maeve anzusehen. »Sie ist den Kundschaftern der Ulaid in die Hände gelaufen. Sie haben sie in ihr Lager in der Nähe gebracht.«

Maeve starrte stumm in den dunklen Wald hinein. »Ich dachte, außer Cúchulainn seien hier keine Ulaid.«

»Das war gestern auch noch so«, meldete sich ein anderer Späher zu Wort. »Ein paar Krieger sind noch vor der Morgendämmerung durch verborgene Täler aus Emain Macha hierhergekommen. Sie kennen das Land besser als wir. Aber es sind nicht viele – höchstens vierzig.«

»Wer?«

Der Mann kratzte sich verwirrt den Bart. »Es sind allesamt junge Männer, die ihre Schwerter schwingen, als wären es Knüppel. Und ihre Panzer sind ihnen viel zu groß.«

Der Mann in Hirschleder nickte. »Ein wahrhaft merkwürdiger Anblick – ein goldgeschmückter Streitwagen, der aber von Karrenpferden gezogen wird. Und nur ein einziges Zelt mit einem roten Banner und Zeltstangen mit goldenen Spitzen. Und … ein einziger Schild davor. Ein weißer Schild.«

Maeve machte einen Schritt zu einer Birke hin und hielt sich, den Kopf gesenkt, an ihrem Stamm fest. Sie kannte diesen Schild. Er wurde »Ozean« genannt und bestand aus Walbein und gebleichtem Robbenleder mit Mustern aus Perlmutt. Der Schild eines Königs.

## 38

Die jungen Männer, die Conor begleiteten, waren als Wächter offensichtlich genauso ungeeignet wie als Kämpfer. Obwohl sie ihr Lager auf einer kleinen Erhebung zwischen ein paar kahlen Bäumen aufgeschlagen hatten, gelang es Maeve und ihren Männern, sich ungesehen hinter einem höheren Hügel anzuschleichen und sich dann ihrem Lager durch eine Rinne auf der anderen Seite weiter unbemerkt zu nähern, sodass sie schließlich einen guten Beobachtungspunkt hatten.

Dort kauerte Maeve in einem Weißdorndickicht, das voller roter Beeren hing. Die Kundschafter hatten sich mit braunen Fellen und Federn gut getarnt. Die Galeóin trugen ihre Lanzen in Köchern auf dem Rücken, aus denen die Schäfte wie kahle Bäumchen hervorragten.

Die Ulaid würden sie für einen Teil des Waldes halten.

Sie beobachteten die Gestalten, die sich zwischen den behelfsmäßigen Unterständen aus Zweigen auf dem Hügel hin und her bewegten. Es waren weder Fahnen mit dem goldenen Baum zu sehen noch stolze Reihen von Speeren und Schilden. »Sie sehen nicht aus wie Krieger des Roten Zweigs, und sie verhalten sich auch nicht so.« Maeve strich sich die Haare hinter die Ohren und sah noch genauer hin. »Anscheinend ist Conor mit einem bunt zusammengewürfelten Haufen von … Kindern, ja, Kindern, gekommen. Er muss verrückt geworden sein.«

Selbst die wenigen Krieger, die sie begleiteten, konnten diesen kläglichen Haufen von Halbwüchsigen mit Leichtigkeit töten. Dann ließ sie die Hand langsam sinken. Ihr Puls schlug den Rhythmus eines ganz anderen Liedes, wieder und wieder.

*Conor hat Finn in seiner Gewalt.*

Die Kundschafter sahen zu ihr herüber, und sie las in ihren Augen die bittere Wahrheit. Finn trug mit Edelsteinen besetzte Broschen, einen Umhang aus feinem Tuch und einen goldenen Torques. Auch wenn Conor sie noch nie gesehen hatte, war er doch sicher begeistert darüber gewesen, ein adeliges Mädchen als Unterpfand für Verhandlungen in die Hände bekommen zu haben. Wenn Maeve jedoch angriff und es zum Kampf kam, würde Conor nicht mehr verhandeln. Er würde Finn auf der Stelle töten.

Wenn sie überhaupt noch am Leben war.

Maeve griff sich an die Brust. *Ja, sie lebte noch.* »Wir können sie nicht angreifen.« Maeve schloss die Augen, hoffte auf einen rettenden Einfall.

Vor ihrem inneren Auge sah sie jedoch nur Finns verängstigtes Gesicht. Und dann ihr eigenes, als sie selbst sechzehn Jahre alt gewesen war und tränenüberströmt zwischen den Steinen der Sídhe gesessen hatte. *Ich will sie nicht noch einmal verlieren.*

Die Flamme riss Maeve geradezu auf die Füße.

Wenn sie Kämpfer von Cúchulainn abzog, würde der Wachhund möglicherweise seine Stellung verlassen und Conor zu Hilfe eilen. Oder er würde in Emain Macha die Verteidigung organisieren und noch mehr Kämpfer aus dem Ulaid zusammenrufen. Es waren schon jetzt zu viele gute Männer gestorben. *Nein, ich bin auf mich allein gestellt.*

Sie musste irgendwie zu Finn gelangen – aber damit würde sie auch sich selbst in Gefahr bringen. Ihre Hand wanderte zu ihrem Bauch. Es war ihr unmöglich, sich zwischen ihren Kindern zu entscheiden …«

Wieder vernahm sie das Lied dieses Geschöpfs der Sídhe unter ihrem Herzen. Es sang, dass es mit ihr eins sei und dass alle Wege sie beide zum Licht führen würden.

Maeve war in ihrem Leben bereits Mädchen, Verführerin, Kriegerin und Königin gewesen. Es gab jetzt nur noch einen einzigen Weg für sie.

»Geht zurück«, befahl sie den Kundschaftern. »Sagt unseren Männern, dass Conors Krieger sich dem See nähern und dass sie sich auf einen Kampf vorbereiten sollen.« Sie befahl den Anführer der Galeóin zu sich. »Du und deine Männer, ihr werdet mit mir kämpfen, wenn auch nur aus der Ferne.« Der Galeóin sah sie verblüfft an, nickte dann jedoch.

Einer der Kundschafter meldete sich zu Wort. »Aber … meine Königin … du kannst ihnen doch nicht allein gegenübertreten.«

Maeve warf ihm einen kurzen Blick zu, obwohl sie ihn im Grunde gar nicht wahrnahm. »Ich bin Finns Mutter.«

Etwas in ihrer Stimme ließ die Krieger verstummen. Sie alle starrten sie voller Ehrfurcht an.

»Falls Fraech stirbt und ich nicht zurückkehre, erhält Fintan den Befehl. Er wird die anderen zu Tiernan nach Cruachan zurückführen.« Die Kundschafter verbeugten sich vor ihr und zogen sich in der hereinbrechenden Abenddämmerung zurück.

Maeve kauerte sich mit dem Anführer der Galeóin nieder. »Ins Lager zu kommen, wird nicht schwer sein, aber so leicht werde ich nicht wieder herauskommen.« Sie schob ein paar Äste zur Seite. »Prägt euch, bevor das Licht noch mehr schwindet, genau ein, wo

Conors Zelt steht. Falls ich tatsächlich bis zu Finn komme, muss ich bei unserer Flucht noch immer an Conors Kriegern vorbei. Und an diesem Punkt brauche ich eure Hilfe. Wartet, bis der Mond so hoch über dem Horizont steht«, sie hielt ihre Hand nach oben, »und dann werft ihr eure Speere. Aber zielt nur auf den äußeren Bereich des Lagers. Bis dahin werde ich entweder tot sein oder ich bin bei Finn in Conors Zelt.« Sie entblößte ihre Zähne. »Vermeidet es also, dorthin zu zielen, denn ich möchte nur ungern von meinen eigenen Kriegern getroffen werden.«

Der schwarzhaarige Galeóin sah sie voller Zweifel an. »Aber ... aber da sind keine Feuer, Herrin. Wir werden in der Dunkelheit nichts sehen können.«

»Ihr habt noch eine Zeit lang Tageslicht.« Sie legte den Kopf schief. »Man sagt doch, dass eure Speere Teil eurer Seelen seien. Noch bevor sie fliegen, könnt ihr am Winkel des Schafts und dem Gewicht in eurer Hand genau erkennen, wo sie auftreffen werden.«

Der Galeóin neigte den Kopf, die Möwenfedern in seinem Haar fielen ihm ins schmale Gesicht. »So ist es.«

»Zählt bis zwanzig, und dann hört auf zu werfen. Sie werden dann zu sehr mit sich selbst beschäftigt sein, um sich um uns zu kümmern – falls wir dann noch leben.«

Der Galeóin ging zu seinen Männern, um ihnen leise ihre Befehle mitzuteilen.

Maeve saß mit gekreuzten Beinen da, ihre Handflächen zeigten zum Himmel. Sie sah zu, wie sich die Dunkelheit langsam auf das Lager der Ulaid legte. Dabei hatte sie den letzten Schimmer Sonnenlicht, der sich im Gold von Conors Zelt spiegelte, fest im Blick. Ein Zittern lief durch ihren Körper.

*Wird er mein Gesicht in dem ihren erkennen? Und wenn ja, was wird er dann tun?*

Welche Kreatur schlich sich geräuschlos durch die Dunkelheit?

Maeve versuchte, die Anam eines solchen Tieres herbeizurufen, aber sie war außerstande, mit der Wildnis zu verschmelzen. Die Flamme, die sie mit Finn verband, leuchtete einfach zu hell.

Auf Händen und Knien kroch sie durch eisige Rinnsale und dichten Farn, schürfte sich die Handflächen auf, wenn sie auf den nassen Steinen abrutschten. Der Boden stieg leicht an. Sie orientierte sich an der Esche, die direkt neben Conors Zelt stand und als schwarze Silhouette vor dem sternenhellen Himmel aufragte. Jetzt kroch sie über das von Schafen abgeweidete Gras, dann zwischen den Bäumen hindurch.

Es gab weder Pferde noch Hunde, die sie verraten hätten. Conors Krieger waren unruhig. Sie flüsterten ängstlich miteinander, liefen ohne Deckung herum und machten dabei so viel Lärm, dass sie nichts anderes wahrnehmen konnten. Vor dem Eingang von Conors Zelt waren jedoch Wachen postiert.

Maeve musste um den Hügel herumschleichen und sich von Norden her nähern, denn auf dieser Seite war sein Zelt unbewacht. Glücklicherweise sahen Conors Männer in ihrer Angst vor dem Feind hinter den Hügeln nur nach Osten und Süden.

Es dauerte eine kleine Ewigkeit. Maeve musste immer wieder innehalten, um den Boden vor sich nach dünnen Zweigen, die knacken, und Steinen, die knirschen konnten, abzutasten. Sie drückte sich flach auf den Bauch, wann immer sich jemand in der Nähe rührte, und hielt den Atem an, bis sie an den kleinen Gruppen von Männern vorbeigekrochen war.

Conor hatte ihnen nicht gestattet, Feuer zu machen, was Maeve jetzt zugutekam.

Schließlich näherte sich Maeve dem schmalen Band aus Licht, das unter Conors Zelt hervorschien. Noch im Farn verborgen, versuchte sie, die schwachen Umrisse, die sie sah, einzuordnen. Eine Person, der Silhouette nach ein Mann, ging ständig hin und her. Dann war da ein kompakter Haufen, der sich nicht rührte – Säcke oder Körbe. Mehr konnte sie nicht erkennen.

Maeve grub einen Stein aus dem Schlamm und zog mit der anderen Hand ihren Dolch aus seiner Scheide. Dann holte sie tief Luft und warf den Stein gegen einen Baumstamm am Rande des Lagers. Er prallte ab und sprang davon.

Das Geräusch löste alarmierte Rufe vor Conors Zelt aus. Maeve nutzte den Lärm, schlitzte das Leder an der Stelle auf, wo sie das Gepäck vermutete, und kroch ins Zelt. Ihr Herz hämmerte so laut, dass sie nichts anderes mehr hörte und sich allein auf ihre Augen verlassen musste.

Sie sah Conor, der neben einer Lampe stand. Er blickte zum Eingang und lauschte – zu seinen Füßen lag ein Wirrwarr roter Haare. Obwohl sich Maeve sofort hinter ein Bündel von Pelzen duckte, fuhr Conors Kopf zu ihr herum, als wären alle seine Sinne allein auf sie eingestellt.

Ihr blieb keine andere Wahl.

Sie spannte alle Muskeln an und sprang, den Dolch in der Hand, wie eine Katze über die Pelze. Ein Schrei ertönte, brach als Keuchen ab. Maeve drehte sich in der Luft und landete mit ausgestreckten Armen auf dem Boden. Ihre Nackenhaare stellten sich auf.

Conor hatte Finn an den Haaren gepackt und hielt ihr eine Klinge an den Hals.

Das Mädchen rollte mit den Augen, zerkratzte Conors Hände. Sie trug nur noch ihr knielanges Hemd. Helles Leinen, offene Haare, weiße Haut … sie war wie ein Opfer gewandet.

Maeve versuchte, ihre Wut zu unterdrücken und sich allein auf den König der Ulaid zu konzentrieren.

Conor war zu einem grauen alten Mann geworden, seine langen Haare waren ungepflegt und wirr, seine Haut wächsern. Der Schein der Lampe zeigte glanzlose Augen, bar jeder menschlichen Vernunft. Sein leises Lachen klang wie das Rascheln von dürrem Laub. »Ich dachte mir schon, dass ich das Küken gefangen habe – das getreue Abbild der Mutter.«

Maeve fixierte seine Hand. Der Dolch lag unterhalb von Finns Ohr an ihrem Hals. Ein Rinnsal Blut verunzierte die helle Haut des Mädchens. Finn kniff die Augen zusammen, Tränen liefen ihr über die Wangen.

Dem König der Ulaid entging der hasserfüllte Ausdruck in Maeves Gesicht keineswegs. Sein Mund verzog sich verächtlich, sodass jetzt seine gelben Zähne zu sehen waren. »Hast du etwa geglaubt, dass ich darauf warten würde, dass du mich vernichtest? Hast du wirklich geglaubt, dass du *mich* besiegen könntest?« Er lachte. »Ich werde diese Welt von dir befreien, Wölfin, und die Barden werden singen, dass die Hexe von Connacht durch meine Hand den Tod gefunden hat.« Speichel klebte an seinen Lippen. »Und niemand wird sagen können, dass es mir an Mut, Stärke oder dem Segen der Götter gefehlt hätte.«

Maeve ließ seine wahnsinnigen Worte einfach über sich ergehen, während sie abzuschätzen versuchte, wie fest er seinen Dolch an Finns Hals hielt. Unbewusst ballte sie eine Hand zur Faust, spannte ein Bein an. Conor sah es und drückte fester zu.

Finn stieß einen gurgelnden Schmerzenslaut aus.

Maeve blendete dieses Geräusch aus, sonst wäre sie selbst verrückt geworden. »Ich bin es, die du haben willst. Lass sie gehen, dann kannst du mich haben.« *Nimm die Hände von ihr und fass mich an.* Niemals hätte sie geglaubt, dass sie einmal so etwas sagen würde.

Conors wirre Strähnen flogen, als er den Kopf schüttelte. »Ich kenne alle deine Tricks. Du wirst jetzt deine Dolche und dein Schwert in die Ecke neben der Tür werfen – glaub ja nicht, dass ich es nicht genießen würde, wenn diese Klinge in ihr Fleisch gleitet.«

Maeves Blickfeld verengte sich. Ihr Blut kochte, ließ auch sie jede Vernunft vergessen. *Lenk ihn irgendwie von ihr ab, lenke seine Aufmerksamkeit auf dich.*

Sie hantierte an ihrem Gürtel, ließ die Dolche einfach fallen und griff dann nach hinten, um auch das Schwert abzunehmen, das sie sich auf den Rücken geschnallt hatte. Es klirrte laut, als sie es auf den Boden warf.

Conor hob herausfordernd den Kopf. »Zieh dich aus«, zischte er. »Ich weiß, dass du deine Klingen immer gut versteckt hast.«

Maeve unterdrückte die Übelkeit, die in ihr aufstieg, legte Panzer, Kilt, Hemd und Hose ab. Wenn er *das* wollte, dann war ihr das auch egal. Sie würde alles tun. Sie löste die Klinge von ihrem Oberschenkel und die von ihrem Knöchel, zerschnitt die Brustbinde und ihren Lendenschurz und schleuderte ihre Stiefel von den Füßen. Jetzt war sie vollkommen nackt.

Maeve reckte ihr Kinn. Conor hatte sie einst begehrt, hatte sogar eine gewisse Befriedigung bei ihr gefunden, auch wenn er dabei die ganze Zeit an Deirdre gedacht hatte.

In seinem Blick, der über sie hinwegwanderte, lag jetzt jedoch keine Spur von Verlangen. Conors Nasenlöcher blähten sich, als er ihre Brüste anstarrte, und als sein Blick zu dem Spalt zwischen ihren Beinen wanderte, schluckte er angewidert, sodass sein Adamsapfel in seinem dünnen, sehnigen Hals auf und ab hüpfte.

Maeve hörte das leise Zischen in der Luft über ihnen, noch bevor er es wahrnahm. Draußen schrie jemand auf. Conors Kopf fuhr herum. Schwirrende Speere, das Klappern von Schäften, der Aufprall von Spitzen. Noch mehr Schreie und Rufe. Die Galeóin.

Conors Augen weiteten sich, seine Hand an Finns Hals zitterte.

Die Hände in die Hüften gestemmt, reckte Maeve ihm ihre Brüste entgegen. »Komm, Ehemann. Versuch doch, mich zu befriedigen. Früher ist dir das schließlich nie gelungen.« Sie lächelte. »Weder bei mir noch bei Deirdre.«

Conor brüllte und schleuderte Finn so heftig von sich, dass sie mit dem Kopf gegen den Zeltpfosten prallte und mit schlaffen Gliedern auf den Boden sackte. Maeves Aufmerksamkeit galt einen Augenblick lang nur ihrer Tochter.

Und dieser Moment der Ablenkung kam sie teuer zu stehen.

Conor stürzte sich auf sie, noch bevor sie die Arme heben konnte. Er warf sie auf den Rücken. Der Aufprall nahm ihr die Luft. Jetzt, als wieder ein Mann sie mit seinem Gewicht unter sich begrub und sie seine grauen Haare in ihrem Mund hatte, erstarrte sie.

Da war plötzlich wieder Ros Ruadh, der über sie herfiel.

Diarmait von Mumu, der sie in die Laken presste.

Ihr Vater, der sie prügelte, bis sie keine Luft mehr bekam.

Maeve war gerade lange genug wie gelähmt, dass es Conor gelang, seine Hände um ihren Hals zu legen. Der König der Ulaid war zwar verwelkt, aber er war noch immer groß, und in seiner Jugend war er durchaus kräftig gewesen. Außerdem lag in seinem Griff die Kraft des Wahnsinns. Maeve wurde aus ihrer Starre gerissen.

Sie würde hier und jetzt sterben, dessen war sie sich bewusst, als er ihr mit seinen Klauen die Luftröhre zudrückte. Aber sie würde alles versuchen, ihn mit in den Tod zu nehmen, damit Finn leben konnte. Ein ersticktes Knurren entrang sich ihrer Brust, sie wand und drehte sich, versuchte Conor das Knie in den Leib zu rammen, und zerkratzte jedes Stück Haut, das sie erreichen konnte. Sie roch Blut und krallte ihre Nägel noch fester in seinen Nacken, grub sie ins Fleisch.

Conors glasige Augen zuckten jedoch nicht einmal, während er versuchte, sie zu erwürgen.

Und dann begann Maeve plötzlich zu schweben, ein dunkler Tunnel öffnete sich vor ihr. *Ich sollte stärker, schneller sein. Ausweichen … wegducken … springen und drehen …* Maeve würgte, ihre Gegenwehr erlahmte.

*Maeve,* rief Innel. *Komm von Vaters Pferd runter, oder ich brech dir eigenhändig den Arm! Du hast nicht genug Kraft … Vater wird dir den Kopf abreißen. Maeve, pass auf, er geht durch … Maeve!*

Maeve trieb dahin. *Ich habe nicht genug Kraft. Ich schaffe es einfach nicht.* Eine matter werdende Flamme verband sie noch immer mit Finn – sie konnte das Gesicht des Mädchens sehen – ihre eigenen Gliedmaßen spürte sie jedoch nicht mehr. *Ruán … halte mich … das ist das letzte Mal, dass ich dich darum bitte … bitte …*

Wie aus weiter Ferne hörte Maeve einen Schrei.

Conor zuckte zusammen.

Maeve wurde von einem Vibrieren ergriffen, das sich wie eine Reihe von Schlägen anfühlte. Sie liefen durch Conors Körper, der noch immer auf ihr lag, und pflanzten sich in ihren eigenen Muskeln fort. Etwas Warmes spritzte ihr ins Gesicht. Der unbarmherzige Griff um ihren Hals lockerte sich.

Mit aller Kraft, die ihr noch geblieben war, stieß Maeve Conor von sich. Er rollte von ihr herunter, schwer und schlaff. Verblüfft starrte Maeve die Pfütze aus Blut an, die sich unter Conors Körper im Gras ausbreitete. Er gurgelte, sein entsetzter Blick starrte zum Dach des Zelts hinauf.

Im Licht der Lampe drehte sich alles um sie. Maeve rieb sich den Hals, dann wandte sie sich um.

Finn kniete hinter Conor. Ihre Haare bedeckten ihr Gesicht. Hellrote Rinnsale vermischten sich mit ihren kupferfarbenen Strähnen, flossen über ihr Hemd bis zu ihren Knien hinunter. Scharlachrotes Blut färbte helles Leinen. Maeve gelang es nicht, den Blick von dem tropfenden Dolch in Finns Händen abzuwenden.

Finn jedoch starrte nur Conor an. Sie atmete so schnell wie ein kleiner Vogel.

Der König der Ulaid griff sich jetzt an den Hals, an seine Brust, keuchte, während er langsam im Blut ertrank. Seine weit aufgerissenen Augen waren weiß, färbten sich dann jedoch rot, als die Adern darin platzten. Schließlich wurden seine Bewegungen immer langsamer, dann hörte er auf zu zucken und blieb mit verdrehten Gliedern reglos liegen.

Mit bebenden Nasenflügeln sah Finn ihre Mutter an. Auf ihrer Stirn wuchs eine dunkelrote Beule. »Ich mache alles, was du sagst … alles, Mamaí.« Geistesabwesend zupfte sie mit blutigen Fingern an ihrem Bein herum. »Sie haben mir die Klinge an meinem Gürtel weggenommen, aber du hast gesagt, ich soll mir noch einen kleinen Dolch an den Oberschenkel binden.«

Maeve kroch auf sie zu und nahm ihre eisigen Hände. »Ich erinnere mich.« Maeve hatte das einmal nur nebenbei gesagt, fast schon im Scherz. »Was für ein tapferes Mädchen du bist, meine kleine Finn. Tapfer und schlau.«

Finn wurde leichenblass und begann jetzt so heftig zu zittern, dass Maeve befürchtete, sie könnte ohnmächtig werden. »Ich mache … alles.«

Maeve stand auf, wischte sich Conors Blut vom Gesicht, nahm

einen Pelzumhang von Conors Feldbett und legte ihn um Finns Schultern. Dann rieb sie Finns Wangen, damit sie wieder ein wenig Farbe bekamen. »Komm schon, sieh mir ins Gesicht. *Fraech lebt.*«

Finns blaue Augen flackerten, die Pupillen zogen sich zusammen. Sie kam langsam wieder zu sich. »Er lebt?«

Maeve küsste sie auf die Stirn. »Ja, und deshalb müssen wir auch so schnell wie möglich zu ihm zurück. Beeil dich.«

Maeve zog sich hastig an und legte ihre Waffen um, dann suchte sie Finns Kittel und ihre Hose. Während das Mädchen sich ankleidete, schüttete Maeve das Öl der Lampe auf Conors Leiche und warf dann den noch brennenden Docht darauf.

Das Feuer loderte hell auf, als sie zum Eingang des Zelts eilten. Dort hielt Maeve kurz inne, um zu lauschen. Es wurden keine Speere mehr geworfen – jetzt waren nur noch die Rufe und Schreie von Männern zu hören und das Getrappel von Füßen. Maeve zückte ihr Schwert und schlich dann mit Finn hinaus.

Die Männer, die das Zelt bewacht hatten, waren geflohen. Es herrschte das reinste Chaos. Junge Männer rannten in Panik zwischen den Bäumen hin und her, schrien sich gegenseitig an und versuchten, weinende, blutbeschmierte Kameraden in Sicherheit zu bringen. Andere standen in Grüppchen zusammen, starrten mit gezückten Schwertern in die Dunkelheit und erschraken bei jedem Geräusch.

Sie würdigten Finn und Maeve kaum eines Blicks. Maeve riss Conors Schild vom Pfosten und nahm ihn an sich. Als sie und Finn den Hang hinunterstolperten, fing gerade Conors Zelt hinter ihnen Feuer. Die Flammen knisterten. Ein paar Krieger schrien auf und stellten sich ihnen in den Weg.

Maeve schwang ihr Schwert. Ihr Hals schmerzte noch immer. »In diesem Moment nähern sich meine Krieger eurem Lager … aber euer einziger Feind war euer König, und der ist tot!«

Das Weiße in den Augen der Krieger glänzte im Feuerschein rot, ihre Gesichter wirkten im Licht der zuckenden Flammen verzerrt und unwirklich.

»Ihr seid jetzt von seinem Wahnsinn befreit. Kehrt nach Emain Macha zurück, und wir werden euch verschonen. Wenn ihr euch uns aber in den Weg stellt, werden meine Männer euch auf der Stelle töten.«

Verwirrt wichen die Jungen zurück. Maeve schritt zwischen ihnen hindurch, während sie Finn hinter sich herzog und versuchte, sie mit dem Schild zu schützen. Sie hatte eine Gänsehaut. Ihr Rücken war verkrampft, da sie jeden Moment einen Speer erwartete. Aber was auch immer in Emain Macha geschehen war, Conors behelfsmäßiger Kriegstrupp fiel auseinander. Viele der jungen Männer warfen einfach ihre Waffen weg und flohen in die Dunkelheit.

Maeve ging weiter, bis die Nacht sie und Finn verschluckte und sie auf die Galeóin trafen. Gemeinsam zogen sie dann im Mondlicht über die Hügel, bis Finn die Kräfte verließen und sie einfach in den Farn sank. Die Galeóin hielten auf dem Hang über ihnen Wache. Ihre Speere ragten wie ein Zaun in den Himmel.

Maeve warf den Schild zur Seite und zog Finn in ihren Schoß, wiegte sie, während das Mädchen hemmungslos weinte. Der Wind spielte in Maeves Haaren, als sie mit leerem Blick in die Dunkelheit starrte.

Plötzlich drückte Maeve ihre Wange an Finns Stirn. »Ich habe dich angelogen und kann das nicht länger ertragen.«

Finns Schluchzen verebbte.

»Ich habe dir gesagt, dass ich nicht zu dir zurückgekommen sei, weil ich glaubte, dass du verlobt seist. Aber das war nicht der wahre Grund. Der wahre Grund war, dass ich noch ein Baby verloren hatte und diesen Schmerz nicht noch einmal hätte ertragen können. *Ich konnte einfach keine Mutter mehr sein.*« Maeves Stimme versagte ihr den Dienst, und sie konnte nicht mehr weitersprechen.

Finn schwieg einen Moment, dann wischte sie sich übers Gesicht und nahm mit feuchten Fingern Maeves Hand. »Aber du bist doch zu mir gekommen, Mamaí. Heute Nacht bist du zu mir gekommen.«

Als Maeve, Finn und die Krieger aus Laigin den großen Hügel erklommen hatten, sahen sie, dass Levarcham auf sie gewartet hatte. Sie hockte auf dem Steinhaufen eines alten Grabs. In der Dämmerung sah die Druidin ebenso grau aus wie der Fels, auf dem sie saß. Tau benetzte ihren Umhang aus Robbenfell. Ihr Gesicht war bleich.

Ein kalter Wind fuhr durch das Gras, als Maeve und Finn sich ihr näherten. Maeve hatte den Arm um ihre Tochter gelegt. Genau in diesem Moment zeigte sich die Sonne über dem Rand des Berges. Levarcham erhob sich, und das Licht fing sich in ihren Haaren. Die Galeóin gingen weiter, während Maeve Conors Schild von ihrem Rücken nahm und ihn vor der Druidin auf den Boden warf. Levarchams Blick wechselte zwischen dem Schild und dem Blut auf Finns Hemd hin und her.

»Conor ist tot«, sagte Maeve.

Levarchams silberne Augen leuchteten auf.

Ein düsteres Lächeln erschien auf Maeves Gesicht. »Nein, nicht ich.« Sie drehte sich um und strich Finn über die Wange.

Levarcham hinkte auf das benommene Mädchen zu, ergriff ihre Fäuste und öffnete sie, sodass das getrocknete Blut auf ihren Handflächen zu sehen war. »Er musste von Frauenhand sterben«, murmelte die Druidin. Sie sah Finn ins Gesicht. Der Mund des Mädchens begann zu zittern. »Du bist jetzt eine Frau«, sagte Levarcham. »Eine Kriegerin. Die Göttin hat dich auserwählt, uns zu befreien. Ich danke dir.« Dann sank die Druidin vor Finn auf ein Knie, beugte ihren Kopf und segnete die Hände des Mädchens.

So standen sie noch dort, als die Sonne ihr Licht über den Hang goss und die letzten Schatten vertrieb.

Als Finn Levarcham aufhalf, hatten die Wangen des Mädchens wieder Farbe bekommen. Finn rieb sich mit dem Handrücken über die Augen, blinzelte. »Fraech …?«

»Cúchulainn hat zugelassen, dass man ihn vom Feld trug. Ich habe alles getan, um ihn zu retten. Es ist gelungen. Er wird leben.«

Finn holte tief Luft. Jetzt kam auch wieder Leben in sie. Ohne sich noch einmal umzusehen, rannte sie den Hang hinauf und dann auf das Lager zu.

»Cúchulainn hat ihn gehen lassen, weil er selbst kurz davor ist, zusammenzubrechen«, sagte Levarcham zu Maeve. »Es war Ferdias Tod, der ihm schließlich den entscheidenden Schlag versetzt hat.«

Auf dem Kamm des Hügels hüllten die wärmenden Strahlen der Morgensonne Maeve ein. Sie starrte die mit Heidekraut und rotem Farn bewachsenen Hänge an, die sich bis zum See erstreckten und auf denen der Tau glitzerte. In der stillen Luft war jetzt jedoch wieder das Klirren von Waffen zu hören. Cúchulainn. Sie war dafür verantwortlich, dass er hier war. Sie musste jetzt handeln.

Die Wärme der Sonne drang in sie ein, ließ sie die Schrecken der Nacht vergessen. Und so entfaltete sich ihr Herz wieder, öffnete sich und füllte sich mit Licht.

»Als du mit mir unten am Fluss warst, hast du gespürt, wie die Götter dich berührten.« Levarcham beschirmte ihre Augen. »Jetzt ist alles möglich.« Sie drehte sich um, und ihre Augen leuchteten. Die Falten in ihrem abgezehrten Gesicht wurden durch das weiche Licht des Morgens geglättet. »Ja, jetzt ist tatsächlich alles möglich.«

Maeve seufzte erleichtert. *Conor ist tot. Wir sind frei.*

In diesen Hügeln war genug Blut vergossen worden. Wenn sie die Mutter des Landes sein wollte, dann lag es jetzt an ihr, das Land zu heilen. Maeve schloss die Augen, breitete die Arme aus und ließ sich von der Sonne wärmen. Als sie die Augen wieder öffnete, war Levarcham verschwunden.

*Du würdest alles versuchen, um das Schicksal deinem Willen zu unterwerfen.* Das waren Ferdias Worte gewesen.

Und Deirdre hatte gesagt: *Kümmere dich um alle Kinder.*

Bette sie in Licht.

Maeve drehte sich um und stieg auf den Hügel, an dessen Fuß sich die Furt befand. Sie folgte dem Geräusch des plätschernden Wassers bis zu dem Fluss, der den Hang hinunterstürzte. Dort ging sie in die Hocke und hielt ihre gespreizten Finger ins Wasser. *Komm zu mir.* Sie versuchte die Erinnerung daran, wie es war, mit der Quelle allen

Seins vereint zu sein, herbeizurufen. Ohne es genau zu beobachten, sah sie, wie das Glitzern der Sonne zu einem silbernen Strom verschmolz, der sich schnell ihren Arm hinaufbewegte.

Es hüllte sie schließlich vollständig ein, umgab sie mit einer schimmernden Silhouette.

Ruán war auf ebendiese Weise zu ihr gekommen. Jetzt würde sie dasselbe versuchen.

Maeve erhob sich.

Nun war sie es, die ein Echo des geschmeidigen Otters in sich trug, einer Kreatur, die sich schnell und geräuschlos im Wasser fortbewegen konnte. Maeve sah zu den Bäumen hinauf. Sie bewegten sich wie Seegras. Geschmeidig glitt sie ins Wasser. Sie spürte weder die Kälte noch das Schwert an ihrer Seite.

Jetzt war sie mehr als der Mensch Maeve – sie war eine Kreatur des Wassers.

Maeve schlängelte sich zwischen den Felsbrocken im Fluss hindurch, durch den Farn und durch das Gras. Niemand unten im Lager sah sie, denn dort ging das Gebrüll der Männer weiter. Als sie sich wieder ihrer selbst bewusst wurde, befand sie sich bereits an der Stelle, an der der Fluss in weißen schaumigen Bändern zur Furt hinunterstürzte.

Maeve schaute sich um. Sie sah zwei Welten auf einmal. Da waren die Dinge, die sie kannte, Felsen, Bäume und Menschen, aber sie besaßen keine feste Gestalt, sie wirkten verschwommen, geisterhaft. Viel deutlicher nahm sie die Ströme aus wirbelnden hellen Funken wahr, aus denen alles geformt war. Die Bäume und die Männer sahen aus wie Feuerblüten, das Wasser bestand aus unendlich vielen silbernen Fasern, die Luft war ein einziges Meer aus Licht.

Sie blickte nach unten, und ihr stockte der Atem. Der Wachhund der Ulaid war in ihrer Vorstellung immer undurchdringlich und dunkel gewesen, selbst damals, als sie beim Viehraubzug einen flüchtigen Blick auf seine Flamme erhascht hatte. Für sie hatte er nichts als Tod und Verderben bedeutet. Er hatte für sie aus derselben Schwärze wie Conor bestanden.

Jetzt jedoch blendete sie Cúchulainns Glanz geradezu.

Maeve hatte einmal einen Stern fallen sehen, und dies war das Einzige gewesen, was so hell gestrahlt hatte, wie er es jetzt tat. Eine hoch auflodernde Flamme, weiß glühend.

Schon verschmolz sie mit dem Fluss und schoss den Hang hinunter, glitt geschmeidig um die Felsen herum. Ihre menschliche Gestalt löste sich in unzählige kleine Wellen auf, in feine Wirbel aus Wasser und glitzerndem Licht. Cúchulainns Feuer konzentrierte sich weiterhin nur auf seinen Gegner, mit dem er in der seichten Furt kämpfte.

Erst als Maeve dem Geschehen näher rückte, sah sie, dass Cúchulainns Seelenfeuer, wie auch schon damals, von Streifen aus blutroter und schwarzer Verzweiflung durchsetzt war. Er brüllte und schlug so erbittert auf seinen Feind ein, dass er für alles andere blind zu sein schien.

Maeve strich mit ihrem Körper an den Felsbrocken vorbei und glitt im Flussbett entlang.

Vor ihr ließen die Kämpfer Wasserfontänen aufspritzen. Cúchulainn stand auf einer Kiesbank mitten im Fluss, an deren vorderem und hinterem Ende das Wasser etwas tiefer war. Er ließ gerade heftige Schläge auf den Krieger aus Connacht hageln, der knietief im Wasser stand. Sein Schild und sein Helm waren verbeult und seine Arme blutüberströmt.

Maeve glitt um einen Felsblock herum und tauchte dann in das tiefere Wasser hinter Cúchulainn hinab. Sie zog sich im Flussbett entlang, ihre Handflächen umfassten dabei die Kieselsteine. Ihr Kinn befand sich unter der Wasseroberfläche, ihre Augen darüber. Sie sang im Geiste eine Beschwörung. *Ich bin nur das Licht der Sonne auf den Wellen des Wassers.*

Cúchulainn bemerkte sie nicht.

Maeve rollte sich wie ein Otter zusammen. Vielleicht hatte ihr Schwert in dieser Sekunde in der Sonne aufgeblitzt, jedenfalls huschte der Blick des Kriegers aus Connacht in diesem Moment zu ihr hinüber.

Cúchulainn stürzte sich sofort auf ihn. Er packte ihn an seinem Kittel und hob sein Schwert, um es ihm in den Hals zu stoßen.

In diesem Moment erhob sich Maeve in einer einzigen, fließenden Bewegung aus dem Wasser hinter Cúchulainn. Jetzt war es ihr Arm, der auf seiner Kehle lag, ihr Dolch, der unterhalb seines Ohrs seinen Hals berührte. Wasser tropfte von ihrem Körper.

»Ich grüße dich«, flüsterte sie ihm leise zu.

Endlich war es jemandem gelungen, ihn zu überrumpeln und kaltes Metall an seinen Puls zu legen. Eine unglaubliche Erleichterung überkam Cúchulainn. *Endlich.* Jetzt hatte die Dunkelheit ein Ende.

Sein Schwert zielte noch immer von unten auf den Unterkiefer des Kriegers aus Connacht, der verzweifelt darum kämpfte, im tieferen Wasser nicht den Halt zu verlieren.

»Lass ihn gehen.«

Erst jetzt wurde Cúchulainn bewusst, dass das die Stimme einer Frau war. Gegen jede Wahrscheinlichkeit und gegen jede Erwartung war er doch noch geschlagen worden – *von einer Frau.* Eine längst verloren geglaubte Freude ergriff ihn, weil jemand ein solches Können, solche Kühnheit zeigte. *Hervorragend gemacht.* In seiner Verblüffung fiel Cúchulainn nur eines ein.

Er lachte.

Er hatte in Blut geradezu gebadet. Der Kampf war schon längst zu einem sinnlosen Gemetzel geworden, und der Glanz seiner Siege wurde vom Gestank von Urin und aufgeschlitzten Eingeweiden getrübt. *Ferdia.* Cúchulainns Lachen verebbte. Dies musste ein Geschenk der Götter sein. Sie legten ihre Hand auf seine Stirn und sagten: *Wir sind zufrieden … ruh dich jetzt aus und gib dich deiner Trauer hin …*

Cúchulainns Bewusstsein bewegte sich noch immer zwischen der diesseitigen Welt und der Quelle allen Seins. Zum ersten Mal in seinem Leben begegnete er jemandem, in dem ein Feuer brannte, das dem seinen gleichkam.

»Maeve«, sagte er.

»Genau die. Lass den Mann los und wirf dein Schwert weg.«

Ein Zittern durchlief Cúchulainn. *Wenn ich mich umdrehe und sie angreife, werden ihre Krieger über mich herfallen, und ich kann nicht gegen alle kämpfen.* Cúchulainns Verstand war ebenso erschöpft wie sein Körper. Er war des Blutvergießens so müde. Er blinzelte, als Schweiß in seine Augen rann. Ferdia … wo war Ferdia? »Willst jetzt du mich herausfordern?«

»Bei meiner Ehre als Königin.«

Ehre. Die wenigstens besaß er noch.

Er stieß den Krieger aus Connacht weg. Der junge Mann taumelte zum Ufer und fiel dann und mit rotem Gesicht zu Boden. »Geh«, sagte Maeve zu ihm, und der junge Krieger kroch davon.

Erst jetzt wurde Cúchulainn bewusst, dass am Ufer des Sees endlich Stille eingekehrt war. Er hörte die leisen Rufe von Gänsen. Maeves Klinge lag auf seinem Hals, ihre Brust und ihre Schenkel berührten seinen Rücken wie bei der Umarmung zweier Liebender. Ihr Atem kitzelte sein Ohr, als sie murmelte. »Dein Schwert. Lass es fallen«

Cúchulainn lächelte in sich hinein. »Es ist ohnehin mein Schicksal, jung zu sterben. Welche Macht hast du schon über mich?«

»Ich weiß, dass du das Ulaid, deine Frau und deinen Klan liebst. Emain Macha und dem Roten Zweig bist du verpflichtet. Wenn du jetzt stirbst, überlässt du alle dem Verderben. Wenn du mir jetzt zuhörst, kannst du ihr Schicksal noch wenden.«

Der Nacken des Wachhunds prickelte. In ihrer Stimme lag ein seltsamer Unterton, den er nicht einordnen konnte.

Cúchulainn war hin und her gerissen: Sollte er Ferdia durch die Schleier folgen, oder sollte er bei Emer bleiben und sich für die Liebe und seine Pflicht den Ulaid gegenüber entscheiden? Spürte Maeve seine innere Zerrissenheit?

*Hör mir zu.*

Diese Worte hatte Maeves Unterbewusstsein gesprochen. Der große Held Cúchulainn befand sich endlich in ihrer Hand. All die verschlungenen Pfade der Vergangenheit hatten sie hierhergeführt – zu einem Todesstoß.

Sie war jetzt jedoch nicht von dem Schmerz und der Furcht erfüllt, die sie so lange begleitet hatten. Jetzt war da nur noch Ruáns Stimme. *Lerne dein eigenes Herz kennen. Nur dann wirst du andere verstehen. Das ist es, was dir Freiheit schenken wird.*

Maeve war vollkommen ruhig. Nun verstummte auch das leise Murmeln der Krieger. Den Wind auf ihrer Wange und die eisige Kälte des Wassers spürte sie kaum noch. Dieses eine Mal war sie das Auge des Sturms und nicht der Sturm selbst.

Sie schloss die Augen, senkte den Kopf, sodass ihr Kinn fast Cúchulainns Schulter berührte. Das Leuchten in ihr wurde immer stärker und floss schließlich aus ihr heraus, vermischte sich mit dem strahlenden Glanz der Quelle allen Seins. *Ich möchte nur Leben, für mich, für ihn und alle anderen.*

Als sie sich jetzt ergab, löste sich auch etwas in Cúchulainn. Die Fesseln der Verzweiflung und der Pflicht fielen endlich ab. Er seufzte, und das Licht strömte zwischen ihnen, sodass sie nichts mehr anderes sahen oder hörten.

Maeve hatte die Göttin in sich gespürt, wusste um die Samen, die sie nährte, um das Wogen der Meere, das Leben gebar. Cúchulainn war für sie immer nur die Klinge in Conors Hand gewesen. Sie hatte ihn als Teil seiner krankhaften Dunkelheit wahrgenommen.

Als sie nun so an ihn gepresst dastand, wusste Maeve, dass sie sich geirrt hatte.

Das Leben ließ sie beide in einem wirbelnden Tanz umeinander kreisen. Wenn sie selbst der sich wandelnde Mond war, so war Cúchulainn die Sonne. Er war die strahlende Flamme und die Helligkeit … das Feuer, das die Samen der Göttin wachsen ließ. Er war der Wille, zu bauen, zu formen und zu stärken. Er führte das Schwert, das die Felder und die Herden schützte, das die Kinder beschirmte.

*Ein Mann ist ebenfalls heilig.*

Sie konnte jetzt, da sie selbst Göttin gewesen war, den Gott nicht töten.

»Der Name Cúchulainn steht für Ehre«, flüsterte sie. »Aber der Verrat eines anderen Mannes hat dich gespalten. Willst du jetzt nicht wieder deinen wahren Namen beanspruchen? Ich biete dir den Frieden, Wachhund des Cullen.«

Seine Gefühle loderten um sie herum. »Du lügst.«

»Gestern hat Conor meine Tochter in seine Gewalt gebracht. Bevor er sie wie ein Reh abgeschlachtet hätte, hat er versucht, mich zu töten, als ich unbewaffnet war. Mein Kind hat daraufhin seine Lunge mit einem Dolch durchbohrt. Nessas Sohn ist tot.«

Maeve spürte in ihrer eigenen Brust, wie Cúchulainns Herz schneller schlug.

»Was immer es auch war, das dich an Conor gebunden hat, das gibt es jetzt nicht mehr. Ich habe Deirdre mit eigenen Augen gesehen. Sie und Naisi sind jetzt frei, und auch wir können nun frei sein.« Maeve atmete bebend aus. »Meine Dunkelheit hat uns hierhergebracht. Conor und ich haben dich in eine Falle gelockt. *Wir* haben Ferdia getötet.«

Zu ihrem Erstaunen spürte Maeve, dass eine Träne auf ihren Unterarm fiel.

Ihre Stimme brach. »Conor ist tot. Ich habe ein zweites Leben geschenkt bekommen. Und das gilt auf für dich. Wirf dein Schwert weg, damit alle Königreiche von Erin gemeinsam stark sein können.«

Keiner von beiden bewegte sich. Cúchulainn atmete schwer. Maeve wusste, was sie jetzt tun musste. »Wie dem auch sei. Dies ist wohl die einzige Möglichkeit, dass du mir vertraust.«

Sie gab ihn frei.

# 39

Geblendet von der Sonne, fuhr Cúchulainn herum.

»Ein paar von den Kriegern, die Conor begleitet haben, sind ganz in der Nähe, Wachhund. Schick jemanden von den Ulaid zu ihnen. Sie werden dir meine Worte bestätigen.«

Das Licht schimmerte noch immer, aber jetzt nahm die diesseitige Welt um Cúchulainn herum wieder Gestalt an. Er sah eine Mähne roter Haare und ein wunderschönes Gesicht, das um die Augen herum voller Blut und Schmutz war, während sein unterer Teil vom Fluss sauber gewaschen war.

»Ich werde mich nicht ergeben«, erwiderte Cúchulainn.

»Ich auch nicht. Die Krieger dort müssen an unsere Stärke glauben, wenn wir Erin retten wollen.« Ein schmerzliches Lächeln lag jetzt auf Maeves Lippen. Ihre Augen jedoch waren leuchtend blau.

*Die Flamme,* dachte Cúchulainn.

»In Emain Macha habe ich gesehen, was Krieger tun, wenn sie bei Sonnenuntergang einen Zweikampf beenden und keiner von ihnen aufgeben will, Wachhund.«

Cúchulainn füllte seine Lunge, sog das Leben ein, als wäre dies der erste Atemzug in seinem Leben. »So sei es.«

Maeve warf ihren Dolch zu Boden und zog ihr Schwert aus der Scheide, dann begannen sie beide in genau demselben Augenblick mit fließenden Bewegungen einen Tanz. Maeve wirbelte herum und hob ihr Schwert – Cúchulainn schnitt mit seiner eigenen Waffe durch die Luft. Ihre Klingen trafen sich mit einem hellen Klirren genau über ihren Köpfen.

Maeves Arm bog sich über Cúchulainns Kopf. Seine Haltung entsprach der ihren. Sie bildeten einen Rahmen, und in diesem Rahmen starrten sie einander an, als würden sie in einen Spiegel sehen. Die silberne Quelle allen Seins leuchtete in ihren Gesichtern. »Gut pariert, Wachhund«, murmelte Maeve.

»Meine Hochachtung, Maeve von Connacht.«

»Maeve von Erin.«

Eine Zeit lang standen sie so in der Mitte des Flusses, zwischen ihren beiden Reichen, hielten ihren Blick gegenseitig gefangen.

»Auch wenn mich deine Taten der vergangenen Tage teuer zu stehen gekommen sind«, sagte Maeve leise, »wird man sie doch niemals vergessen und sie für immer preisen.«

Benommen atmete Cúchulainn aus.

Dann nahmen sie beide gleichzeitig ihre Arme herunter und entfernten sich voneinander, bis sie jeweils ihr Ufer erreicht hatten. Cúchulainn steckte sein Schwert in die Scheide.

Maeves Blick wanderte zu Ferdias Leiche, die hinter Cúchulainn im Schatten der Bäume lag. Sie berührte ihre Stirn mit der Faust. »Ich werde dir ein paar Ulaid schicken. Schon bald werden wir wieder miteinander sprechen.«

Maeves Krieger bildeten ein glänzendes Meer, dessen Wellen sich teilten, als sie langsam zwischen ihnen hindurchging.

Sie hatte Cúchulainn geschlagen. Auch wenn die Männer nicht sagen konnten, was genau geschehen war, beugten jetzt dennoch viele von ihnen das Knie vor ihr oder neigten, die Hand vor der Brust, voller Respekt ihre Köpfe.

Maeve blieb stehen. In ihrem Körper vibrierte ein mächtiges Lied, das auch in der Luft um sie herum und im Boden unter ihren Füßen zu schwingen schien. »Der Kampf ist vorbei. Das Sterben hat ein Ende. Conor Mac Nessa, unser großer Feind, wurde von Finnabair, Tochter von Connacht und Laigin getötet. Der Rote Zweig ist zerbrochen. Obwohl es *keine Kapitulation* gibt, haben der große Wachhund und ich Frieden geschlossen. Zum Wohle von uns allen.«

In das Flüstern mischten sich erstaunte Rufe. Die Flammen der Männer, die angesichts der vielen Toten ihren Glanz verloren hatten, begannen wieder hell zu leuchten.

Maeve ging auf Cormac zu und sah ihm in die Augen. Die Blässe der Verzweiflung hatte bis vor Kurzem noch wie eine starre Maske auf seinem jungen Gesicht gelegen. Als er ihre Worte vernahm, löste sich diese Maske jedoch auf. Cormacs stolze Gesichtszüge, die er von seinem Vater geerbt hatte, würden bei ihm Edelmut und Weisheit ausstrahlen.

»Die Ulaid brauchen einen König«, sagte sie und legte ihre Hand auf seine Schulter. »Cúchulainn aber will nur seinen Herd und seine Frau.«

Cormac nickte benommen. Er sah ihr nicht in die Augen, sondern hatte seinen Blick auf ihre Silhouette gerichtet, als könne er dort die Reste des Lichts erkennen. »Dann soll es so sein, Herrin. Ich werde selbst zum Wachhund gehen.«

Maeve lächelte. »Ich werde ihm zu essen und Beinwell für seine Wunden bringen lassen.« Cormac setzte seinen Helm auf und rannte den Hang hinunter wie ein kleiner Junge.

*Finn.* Maeve wollte jetzt ihre Wärme spüren, wollte sich mit eigenen Augen davon überzeugen, dass Fraech lebte.

Sie wandte ihren Kriegern, die sichtlich erleichtert miteinander flüsterten, den Rücken zu. Als sie, noch immer ein wenig benommen, auf das Lager zuging, verdunkelte einen Augenblick lang ein Schatten ihr Herz.

Maeve blieb stehen, ihren verschwommenen Blick hatte sie auf die Bäume gerichtet. Sie bogen sich in einem kalten Westwind, und über dem braunen und goldenen Laub ihrer Kronen jagten dicke Wolken dahin. Das war nur der Schatten einer Wolke, nur der Wind gewesen, mehr nicht. Das Land befand sich im Griff des Herbstes.

Mit großer Willensanstrengung schüttelte sie die letzten Reste ihrer Trance ab, begab sich wieder in diesen Körper, an diesen Ort und in diese Zeit. Ihre Männer brauchten sie.

Maeve schickte schnelle Reiter zu den Toren der Macha – einen Krieger aus Connacht und einen aus dem Ulaid, um den Kampf dort zu beenden.

Der Bote der Ulaid, den Cormac und Cúchulainn damit beauftragt hatten, Nachricht von Conor zu bringen, war noch vor Sonnenuntergang zurückgekehrt. Cúchulainn lauschte, während er stumm und reglos auf den glänzenden See starrte, dem Bericht des Kundschafters, der Conors Tod bestätigte.

Cormac saß auf einem Felsbrocken. Alle Anspannung war von ihm gewichen. Er nahm seinen Helm ab, fuhr sich durch das schweißnasse Haar und sah zum Himmel hinauf.

Cúchulainn nickte schließlich und ging dann zu Ferdias Leiche. Der Wachhund hatte seinen Freund in Felle gewickelt. Seine beiden Pferde standen rechts und links neben dem Leichnam. Jetzt ging er neben Ferdias sterblichen Überresten in die Hocke. Sein Kopf war gesenkt.

Nach einer Weile nahm Cúchulainn ein Bündel Kleidung aus seinem Streitwagen und ging, als wäre er vollkommen allein, den Blick fest aufs Wasser gerichtet, hinunter zum Fluss. Ohne die Krieger aus Connacht zu beachten, legte er seine Rüstung ab. Er warf seinen angelaufenen Helm auf den Boden, löste die Schnallen an seinem Kettenhemd und legte seine Klingen beiseite. Schließlich zog er seine Stiefel, seinen schmutzigen, zerrissenen Kittel, seine blutverkrusteten Hosen und den Lendenschurz aus Leder aus, den alle Krieger in der Schlacht trugen.

Jetzt war er völlig nackt. Maeve konnte selbst aus dieser Entfernung die roten Striemen sehen, die seine helle Haut überzogen.

Voller Stolz watete der berühmte Wachhund der Ulaid zur tiefsten Stelle des Flusses und tauchte unter. Er blieb viele Herzschläge lang unter Wasser. Maeve konnte nur sehen, wie er sich immer wieder drehte und sich mit dem Schlamm aus dem Flussbett reinigte.

Wie er sich den Tod vom Körper wusch.

Schließlich verließ er mit tropfnassen Haaren das Wasser und zog die saubere Kleidung an, die er am Ufer bereitgelegt hatte: eine Hose aus karierter Wolle, einen blauen Kittel. Den Helm und das Kettenhemd ließ er einfach liegen. Er gürtete aber sein Schwert und wechselte dann auf Maeves Seite des Flusses.

Dort empfing sie ihn.

Der Wachhund fror. Seine hellen Haare klebten an seiner Stirn. Seine Augen jedoch waren jetzt so ruhig wie ein klarer See. »Der Frieden wird nicht ewig währen. Krieger müssen sich unter ihren Königen einen Namen machen und Gold gewinnen, sonst werden sie nicht kämpfen, wenn man sie braucht.«

Maeve nickte. »Wenn wir Glück haben, wird der Frieden so lange halten, wie man sich an unsere Eide erinnert. Das verschafft den Ulaid Zeit, um wieder das aufzubauen, was zerstört wurde, und es gibt uns allen die Möglichkeit, unsere Wunden heilen zu lassen. Im Licht der Quelle allen Seins habe ich gespürt, dass die Schlachten, die noch kommen werden, nicht von Erin ausgehen werden. Es wird die Kraft all seiner Kinder benötigen, um dieser Dunkelheit zu begegnen.«

Cúchulainn blickte ihr in die Augen. Die Quelle allen Seins, von der sie beide erfüllt gewesen waren, strömte noch immer zwischen ihnen. »Dann lass uns jetzt Frieden schließen, was auch immer kommen mag.«

Maeves Schultern entspannten sich. Ihre Hand löste sich vom Heft ihres Schwerts. »Die Eide sollen mit einem Opfer für die Götter besiegelt werden. Ich habe bereits Reiter geschickt, um Finnbennach, den königlichen Stier von Connacht, hierherbringen zu lassen.«

Cúchulainn blinzelte, sein Mund zuckte. »Dann ist euer Stier also die ganze Zeit ganz nahe an unserer Grenze gewesen?«

»Ich habe ihn vor einiger Zeit versteckt, für den Fall, dass ein Wachhund herumschnüffelt. Ihr Krieger vom Roten Zweig seid doch bekannt dafür, gern einmal in fremden Jagdgründen zu wildern.«

Cúchulainn lächelte, strich sich mit der Hand durch die Haare, um das Wasser herauszudrücken.

Maeve wurde ernst. »Was gebt ihr als Gegenleistung?«

Cúchulainn zeigte nach Norden. Seine Hände waren von Schnittwunden überzogen. »Der Donn Cuailgne ist unser schönster Stier.

Er hat Conor gehört, und er steht nicht allzu weit von hier entfernt auf der Weide. Lass uns aus beiden Tieren ein großes Festmahl bereiten und ihr Blut den Göttern opfern. Dann können die Männer aus dem Ulaid und die aus Connacht als Zeichen des Friedens gemeinsam ihr Fleisch verzehren.«

Ein paar Nächte später schlitzten Druiden aus Connacht, Laigin und Mumu dem weißen Stier von Connacht und dem braunen Stier des Ulaid voller Ehrfurcht die Kehlen auf.

Ihre Lebern wurden verbrannt, sodass die Gebete der Krieger zusammen mit dem Rauch zu den Göttern aufsteigen konnten. Ihr Blut, das man mit Met vermischt hatte, gab man den Verwundeten zur Stärkung zu trinken. Schließlich wurden sie auf Spießen aus dem Holz junger Eichen gebraten. Das Fleisch wurde unter allen Kriegern der vier Königreiche aufgeteilt.

Die Flammen der Freudenfeuer leuchteten weit ins dunkle Land hinein.

Die Druiden bestrichen Cúchulainns und Cormacs Stirn mit dem Blut des weißen Stiers, während der Lebenssaft des braunen Stiers Maeve zeichnete. Die Eide, die sie dem jeweils anderen Königreich schworen, waren dadurch mit ihrem Körper verbunden. Sie wurden von den Barden dreimal wiederholt.

Cúchulainn saß schweigend da, ließ die laute Feier um sich herum toben und trank zum ersten Mal seit Wochen wieder Met. Er strahlte jedoch etwas aus, das alle auf Abstand hielt. Selbst die Krieger der Ulaid wagten sich nicht in seine Nähe, und so konnte er sich schließlich unbemerkt davonschleichen.

Am Rand des Lagers nahm er den Grauen der Macha und den Schwarzen von Saingliu, die bereits vor seinen Streitwagen gespannt waren, und führte sie durch die Heide auf den großen Hügel hinauf. Auf dem Streitwagen lag, mit Riemen gesichert, Ferdias Leichnam.

Die Pferde gingen langsam und vorsichtig, als wüssten sie, welche Last sie zogen. Ganz oben, wo Ferdia einen weiten Blick über Erin hatte, sammelte Cúchulainn Heidekraut und Ebereschenholz und errichtete einen großen Scheiterhaufen. Auf diesen legte er seinen Freund. Die Totenstarre hatte sich inzwischen wieder gelöst. Den schwachen, widerwärtig süßlichen Geruch ignorierte Cúchulainn, während er ihn aus den Fellen wickelte.

Der Wachhund hatte die große Wunde sorgfältig verbunden und seinen Schwertbruder in seinen eigenen Staat gekleidet. Im bleichen Mondlicht sah es so aus, als würde Ferdia nur schlafen.

Cúchulainn hatte Naisi vor dessen Tod eines seiner kostbarsten Besitztümer geschenkt, einen Dolch mit einem Griff aus Kristall. Jetzt hatte er nur noch ein wertvolles Geschenk, das er Ferdia machen konnte. Der Wachhund nahm den Armreif des Roten Zweigs ab – dies war das erste Mal, dass er dies tat. Den alten Roten Zweig würde es nie wieder geben, selbst wenn er einen neuen schuf. Er legte Ferdia den Reif neben seinen um den Arm und küsste dann seine kalte Stirn. »Bewahre ihn für mich auf, bis ich zu dir komme.«

Dann entzündete Cúchulainn das Feuer, setzte sich auf einen Felsen und starrte in die prasselnden Flammen. Sie loderten hoch in den Himmel hinauf, höher als bei irgendeinem Scheiterhaufen, den er je gesehen hatte. *Sein Geist war so strahlend hell … und genauso verlässt er uns auch.*

Während Ferdias Leichnam verbrannte, schlang Cúchulainn mit glasigen Augen die Arme um seine Knie. Er hatte den Ulaid alles gegeben, aber seine Kraft als bester Krieger, das göttliche Kampfesfeuer der Quelle allen Seins, hatte auch den *gae bolga* durch Ferdias Körper getrieben.

Cúchulainn holte tief Luft, als tauche er aus tiefem Wasser auf. Er erhob sich. Die Flammen des Scheiterhaufens hatten jetzt nicht mehr die Farbe von strahlendem Silber. Sie leuchteten jetzt gelb und orange. Über den dunklen, sternenlosen Himmel trieben Wolken dahin. Cúchulainn fror, eine Gänsehaut breitete sich über seinen Nacken aus.

Der Wachhund lachte jetzt zum dritten Mal an diesem Tag. Er war also doch nur ein Mensch. Ein Mann.

Spät in der Nacht, als Ferdias Leichnam zu Asche verbrannt war, führte Cúchulainn seine Pferde mit dem jetzt leeren Streitwagen über den felsigen Gipfel, weg vom Lärm und den Freudenfeuern des Heerlagers weit unter ihm. Ein einziger Gedanke ließ seine Schritte unwillkürlich schneller werden, ein Verlangen, so alt wie die Hügel selbst.

Emer.

Hinter ihm stieg der Rauch von Ferdias Scheiterhaufen in den Himmel. Für Cúchulainn aber gab es jetzt nur noch die Erde unter seinen wunden Füßen und den kalten, beißenden Wind auf seinen Wangen. Jeder seiner Muskeln schmerzte, und er war froh darüber.

Er kam vom Berg herunter und verschwand im Wald. Er war jetzt auf dem Weg nach Norden, nach Hause zu seiner Frau.

Maeve stand ein wenig abseits und sah in die Ferne.

Es war schwierig, jenseits der Freudenfeuer etwas zu erkennen, aber sie glaubte, oben auf den Hügeln ein weiteres Feuer zu sehen. Sie ging weiter in die Dunkelheit hinein, sog begierig den Nebel über dem nahen Fluss ein. Da ihre Sinne mit denen Cúchulainns vereint gewesen waren, wusste sie, dass er gegangen war.

Ein plötzlicher Schauder überfiel sie.

Tagelang waren ihr Verstand, ihr Herz und ihr Körper nur auf die Bedürfnisse anderer – auf das Schicksal Tausender von Menschen – gerichtet gewesen. Sie hatte sich auf Finn, auf Conor und dann auf Cúchulainn konzentriert. Sie hatte sich mit all ihren Kräften bemüht, ihre Krieger davon zu überzeugen, dass dieser Friedensschluss richtig war, hatte sich mit jenen auseinandergesetzt, die dagegen argumentiert hatten, hatte ihre Bedenken schließlich ausräumen können. Das Ritual der Opferung der Stiere, das Trinkgelage der Männer ... all das hatte ihr die letzte Kraft geraubt. Jetzt war Maeve zum ersten Mal seit langer Zeit wieder allein. Erst jetzt war sie wieder in der Lage, den Puls ihres Körpers und ihres Herzens zu spüren.

*Ihr Herz ...*

Es schlug unregelmäßig, und das war offensichtlich schon seit einiger Zeit so. Die Schatten, die sie gesehen hatte, diese seltsame Kälte … das kam aus ihrem Inneren, nicht von außen.

Sie spürte, dass ein ganz bestimmter Mensch sie brauchte. Ihre Beine gaben nach.

*Ruán.*

Bereits bewaffnet und im Umhang, rannte Maeve zu der Reihe von Pferden, die neben den Lastkarren angebunden waren. Die Wachen wollten sie aufhalten, salutierten dann aber mit ihren Speeren, als sie sie erkannten.

Maeve nahm Sattel und Zaumzeug von dem Karren neben Meallán, band den Hengst hastig los und warf ihm den Zügel über den Kopf. »Geht zur Prinzessin Finn und Lord Fraech«, befahl sie den Wachen. Sie musste sich auf die Zunge beißen, um sich zu beruhigen. »Sagt ihnen, dass mir nichts geschehen ist, aber dass ich mich auf den Weg machen musste, um jemandem zu helfen, der mich braucht. Ich komme, sobald ich kann, wieder zurück.«

Sie stieg auf einen toten Baumstumpf und sprang dann auf Mealláns Rücken. Er scheute, sodass sie Mühe hatte, das tänzelnde Pferd unter Kontrolle zu halten.

»Habt ihr mich verstanden?«, wollte sie wissen.

Die jungen Krieger nickten. »Aye, Herrin.«

Maeve musste sich ihren Weg an einem Fluss, der nach Westen führte, mühsam suchen, denn durch die Bäume fiel so gut wie kein Mondlicht. Als sie sich jedoch erst einmal auf der für Karren ausgelegten Straße befand, der auch ihre Krieger gefolgt waren, ergoss sich das Licht über den Weg, sodass es fast taghell war und sie Meallán zum Galopp antreiben konnte.

Das Gefühl, dass irgendetwas nicht stimmte, drohte sie zu ersticken. In ihrer Panik konnte sie kaum denken. Am Rande einer Marsch brachte sie Meallán zum Stehen. Keuchend hielt Maeve sich den Bauch und wandte ihr Bewusstsein nach innen. Der Geist des Kindes war jetzt als stärkere Flamme zu spüren und pulsierte im selben Rhythmus wie ihr Blut. *Suche ihn,* rief sie dem Kind stumm zu, während sie versuchte, sich in dasselbe Gefühl zu versetzen, das sie empfunden hatte, als sie mit Levarcham unten am Fluss gewesen war.

Damals, als sie die Fäden ihres eigenen Wesens gesehen hatte, die mit dem schimmernden Wasser und der strahlenden Luft verwoben waren, und die Funken alles Lebendigen gespürt hatte, die sich in dem großen Tanz von Erin bewegten.

Das winzige Leben in ihrem Innern leuchtete hell auf, und Maeve sah ihr Land, als würde sie es von oben betrachten. Es war ein riesiges Tuch mit vielen Farben, auf dem sich die Flussläufe als silberne Fäden abhoben. Ein Ort im Zentrum dieses bunten Gewebes erschien ihr dunkel und zerrissen, alles Licht schien dort erloschen zu sein.

Maeve riss die Augen auf.

*Ruán, an einem Fluss …?* Das konnte nur der große Wasserlauf sein, der auf seinem Weg zum Meer die Seen von Connacht durchfloss.

Sinand. Ein Fluss, der von den Sídhe behütet wurde.

Im Delirium schlug Ruán um sich, um die Hunde zu vertreiben, die an seinen Beinen zogen und zerrten. Seine Finger trafen jedoch nur auf Luft.

Er sackte auf der Seite zusammen, kam einen kurzen Moment wieder zu klarem Bewusstsein. Er verbrannte regelrecht, war nass vom Schweiß. Seine Zunge klebte an seinem Gaumen. Etwas tropfte an seinem Gesicht herunter, und er leckte es ab, aber es war nur Salz.

*Ich habe versagt … wieder blind …*

Er drückte sein Kinn auf seine Faust, versuchte, sich vor den Schmerzen zu verstecken. Ein Otter … Maeve. Bevor der Schmerz ihn wieder in seinen Körper zurückgeholt hatte, hatte er gespürt, dass sie aus dem Meer ihrer Verzweiflung wieder aufgetaucht war. Er erinnerte sich an ihr Leuchten und daran, dass er über dessen Intensität verblüfft gewesen war. Das musste die Flamme ihres Geistes gewesen sein. Sie würde jetzt viele Menschen retten können. Er hatte also doch nicht versagt.

*Nun war es vollbracht.* Die Anstrengung hatte all das aufgezehrt, was ihm noch an Kraft geblieben war. Nun würde der Fluss ihn hinab zum Meer und in die Arme der Muttergöttin tragen. Er glaubte, dass er sie bereits im Plätschern des Wassers im Schilf flüstern hörte.

*Komm zu mir …,* raunte die Göttin.

Ruán wurde mit einem Ruck wach. Schweißperlen rannen in seinen Mund. »Wo seid ihr?«, fragte er schleppend. Die Sídhe waren immer bei ihm gewesen, wenn er in Schwierigkeiten geraten war. Er musste einfach nur schlafen, dann würde er wieder von ihnen träumen.

Ein druidischer Gesang kam ihn in den Sinn. Sein Totenlied.

*Der Himmel nehme mich … die Erde bette mich … das Wasser empfange mich.*

# 40

Die Welt bestand für Maeve nur noch aus Licht und Schatten.

Selbst am Tag erschien ihr Erin jetzt dunkel und bedrohlich. Nur dort, wo die Quelle allen Seins durch die Lebewesen, Bäume und das Wasser strömte, sah sie etwas Silber glänzen. Sie verließ sich jetzt nicht mehr auf ihre Augen, sondern konzentrierte sich ausschließlich auf die Eindrücke dieses neuen Sinns.

Nach zwei Tagen und zwei schlaflosen Nächten stand Maeve am Ufer des Flusses Sinand. Wieder brach ein Tag an, düster und grau, und in ihrem Herzen ging der Albtraum der Dunkelheit weiter.

Auf dem Kamm eines Hügels brachte Maeve ihren müden Hengst zum Stehen. Sie hatte Meallán die ganze Zeit verbissen vorangetrieben, als könne sie allein mit ihrer Angst die Schleier teilen. Aber als sie sich der Panik ergeben hatte, hatte sie die Spur der hellen Fäden verloren. Wo am Lauf des Sinands war Ruán?

Die Antwort kam unerwartet. Ruán war ein Teil der Wildnis, er hielt sich zwischen der diesseitigen Welt und der Anderswelt auf, genauso wie auch ihr gemeinsames Kind, das sich jetzt in ihrem Leib spürbar bewegte. Aber auch Tiere vernahmen das Lied der Sídhe durch die Schleier.

Meallán. Vertraue auf die Wildnis. Vertraue den Sídhe. Sie musste einfach nur loslassen.

Maeve schloss die Augen und atmete tief aus. Sie ließ die Zügel fallen und breitete die Arme im Wind aus. Daran gewöhnt, dass sie ihn lenkte, stand Meallán einen Moment lang da, die zuckenden Ohren nach hinten, auf seine Reiterin gerichtet.

*Zeig es mir.* Maeve ließ in ihrem Herzen ein Bild von Ruán entstehen: sein Gesicht, seine Stimme. Sie stellte sich vor, wie er Mealláns Kopf streichelte und ihm leise etwas zumurmelte.

Meallán richtete die Ohren wieder nach vorn, schnaubte und lief los. Maeve hielt sich einfach nur an seiner Mähne fest, die Beine lagen locker auf seinem Rücken, ihr Bauch warm an seiner Flanke.

Bei Tagesanbruch wusste Maeve, dass sie ihr Ziel fast erreicht hatte. An einer versteckten Flussbiegung ließ sie sich einfach aus Mealláns Sattel rutschen. Sie kam hart auf, holte sich damit aus ihrer Trance.

Ihr Blick wurde von etwas angezogen, das wie ein umgestürzter Baum mit ausgeblichener Rinde aussah, der ans Ufer geschwemmt worden war. *Ruán.*

Ohne Rücksicht auf sich selbst zu nehmen, schlitterte sie durch eine kleine Gruppe von Erlen die Uferböschung hinab, stolperte über Baumstümpfe. Ruáns Reglosigkeit, so wie er mit ausgebreiteten Armen dort unten lag, hatte etwas Unwirkliches.

Maeve sank neben ihm auf die Knie. Zuerst gelang es ihr nicht einmal, ihre verkrampften Hände zu öffnen, um ihn zu berühren. Sie sah nach oben. An einer Stelle über ihr hatte die Böschung nachgegeben, und es hatte einen kleinen Erdrutsch gegeben. Um Ruán herum sah sie überall Furchen, die er mit seinen Händen gegraben hatte. Durch seine zerrissene Hose ragte ein Stück Knochen aus seinem Oberschenkel. Dem Geruch nach war die Wunde vereitert.

Als Maeve sich über ihn beugte, spürte sie in seiner Brust keine Bewegung mehr. »Nein«, knurrte sie. Sie packte sein Handgelenk. Seine Haut war glühend heiß, aber da war auch das leichte Flattern eines Pulses, selbst wenn sie es inmitten des Sturms, der in ihr tobte, kaum spüren konnte.

Maeve füllte ihre Flasche mit Wasser vom Fluss, aber als sie es ihm einzuflößen versuchte, lief das meiste davon wieder aus seinem Mund. »Ruán.« Sie zog seine Augenbinde weg, sodass seine leeren Augenhöhlen zu sehen waren. Seine Lider waren mit den eingesunkenen Wunden verschmolzen, die Haut war knotig und rot. Sie strich über seine Schläfen, während ein sinnloser Instinkt sie ergriff, die Person, die ihn verletzt hatte, zu töten, sich über ihn zu werfen und ihn mit ihrem Körper zu schützen, obwohl das alles schon vor langer Zeit geschehen war.

Maeve starrte sein Bein an und verfluchte ihre Hilflosigkeit. Sie wusste nicht, was sie tun sollte, um den Bruch zu versorgen. Ein leiser Atemhauch kam über Ruáns Lippen. Irgendetwas in ihm verebbte.

Maeve packte ihn, presste ihren Mund auf seine Lippen und versuchte, ihm Leben einzuhauchen. »Ruán, wach auf! Du musst leben.« Sie schlug mit der Faust auf seine Brust. »Wach auf! *Du sollst aufwachen …*« Ihre Stimme brach, sie konnte nicht mehr.

Seine Haut war bleich, seine Lippen blutleer.

Maeve ließ ihr Kinn auf ihre Brust sinken. Sie konnte nichts mehr sehen, denn ihre Tränen ließen sein Gesicht verschwimmen, als würde er ihr schon entgleiten. Bei diesem Gedanken hielt sie inne. *Nein.* Sie wischte sich das nasse Gesicht ab. Es musste einen Weg geben, ihm ihre Kraft einzuflößen.

Sie setzte sich, die Beine gespreizt, so unter ihn, dass sie seinen Oberkörper auf ihren Bauch legen konnte, dann drückte sie seinen Kopf an ihre Brust. Sie küsste seine Stirn. »Ich bin da, *mo chroi.*« Mein Herz. Warum hatte sie ihm das nicht gesagt, als er sie noch hören konnte? »Ich habe all die Dinge gespürt, von denen du mir erzählt hast. Ich habe das Licht der Sídhe gesehen. Ich habe mit den Ulaid Frieden geschlossen.« Sie wiegte ihn. »Und da ist ein Baby, *a stór.* Komm zurück, komm zu unserem Kind, Ru … zu mir …«

Ihre Worte gingen in einen wortlosen, leisen Gesang über. Sie starrte das Sonnenlicht auf dem Fluss an, die kleinen Wellen, die flackernden Lichtreflexe. *Helft mir,* bat Maeve die Sídhe flehentlich, presste ihre Bitte zwischen tauben Lippen hervor.

Sie überlegte fieberhaft. Als der Otter zu ihr gekommen war und als sie mit Cúchulainn gekämpft hatte, hatte sie ihren Körper mit dem Wasser verschmelzen lassen, sodass ihr Geist frei und ungebunden war. Wasser.

Mit zitternden Händen erhob sich Maeve auf die Knie und zog Ruán vorsichtig über den Schlamm ein Stück ins seichte Wasser. Dort legte sie sich wieder hin, bettete ihn in ihre Arme. *Such die Göttin des Lebens, die Große Mutter, such sie in einem Fluss.*

*Werde zu einem Fluss …*

Sie ließ sich unter Ruán in den Schlamm und in das Schilf sinken. Das Wasser schloss sich über Ruán, kühlte sein Fieber. Nur sein Gesicht war nicht mit Wasser bedeckt.

Maeve sank. Der Fluss murmelte leise.

Sie strich über Ruáns vernarbte Augenhöhlen, und in diesem Moment wurde ihr klar, dass das keine Rolle spielte. Weder Schönheit noch Hässlichkeit waren von Bedeutung. *Wir haben fleischliche Hüllen, aber diese zeigen uns nicht so, wie wir wirklich sind … Wir sind Licht …*

Maeve atmete an Ruáns Wange aus. Weil sie nichts anderes mehr geben konnte außer ihrer Liebe und weil sie ihr ganzes Wesen endlich auf ihn konzentrierte, schlüpfte sie aus ihrem Körper, ohne dass ihr das schwergefallen wäre.

Die Kälte des Flusses verschwand. Maeve verlor jedes Gefühl für ihren Körper, während sie auf einen Schleier aus Helligkeit zutrieb. Einen Moment lang ergriff sie große Angst vor dem Unbekannten, das da vor ihr lag.

Aber dort irgendwo war Ruán, und sie brauchte ihn.

Maeve stand nackt in einem breiten Fluss, der schneller und dunkler dahinströmte als der Sinand, an dessen Ufer ihr Körper lag. Das dunkelgrüne Wasser, das ihr bis zur Taille reichte, umspülte sie, zog an ihr. Schaumgekrönte Wellen leckten an den nahen Felsen.

Sie streckte die Hände aus, und aus der Tiefe des Flusses stiegen Bläschen auf, als wollten sie sich in ihre Handflächen schmiegen. Ihr Haar schwebte im Wasser wie die Ranken von Wasserpflanzen. Obwohl sie jetzt nur noch ihr Geist war, erinnerte sie sich an ihren Körper. Ihr Herz schlug schneller, als ihre Zehen in den Schlick einsanken und sie spürte, wie der Boden unter ihr in unbekannte Tiefen abfiel.

Maeve sah nach unten. Ihre Haut war jetzt nicht mehr kalt. Sie leuchtete von innen heraus, und denselben Glanz strahlte auch alles andere um sie herum aus, das Wasser genauso wie die Luft. Die Bäume an den Ufern waren Säulen aus silbernem Licht.

Dieses Meer aus Licht schien unendlich … ewig. Ihre Gedanken lösten sich auf. Sie begann zu vergessen. Warum war sie überhaupt hier …? Sie war der Fluss selbst, sie würde jetzt einfach davonströmen. Eine Maeve würde es dann nicht mehr geben. Sie machte einen Schritt nach vorn und streckte ihre Hand aus. Die Wirbel kamen ihr entgegen, riefen sie tiefer ins Wasser hinein.

Eine Bewegung weckte plötzlich ihre Aufmerksamkeit. Sie hob den Kopf.

Am gegenüberliegenden Ufer stand ein nackter kleiner Junge, ungefähr drei Jahre alt. Sein Haar war rotbraun, so wie die Decke eines Hirsches. Sein Blick begegnete dem ihren. Es waren Maeves Augen, dunkelblau und sehr eindringlich für jemanden, der so jung war.

In ihnen lag der feierliche Ernst einer viel älteren Seele. Ihr ungeborenes Baby. Dann trat eine Dringlichkeit, die sie wie angewurzelt stehen bleiben ließ, in seinen Blick. Er hob seinen Arm und zeigte stromaufwärts.

Maeve drehte sich um.

In der Mitte des Flusses kam ein langes, schmales Boot mit gebogenem Bug auf sie zu. Die Seiten waren mit Schnitzereien geschmückt, die wogende Wellenkämme darstellten, der Bug war mit Spiralen verziert. Zwei in Hirschleder gekleidete Mädchen lenkten das Boot mit ihren Paddeln. Sie waren klein und zierlich, in ihre dunklen Haare waren Federn geflochten. Ihre Köpfe stolz erhoben, paddelten sie in einem fließenden Rhythmus voller Anmut durch das Wasser.

Die beiden schienen Maeve nicht wahrzunehmen, schenkten ihr keinerlei Aufmerksamkeit.

Maeve sah in das Boot und zuckte so heftig zusammen, dass von ihrem Körper kleine Wellen ausgingen, die sich durch das Wasser fortpflanzten.

Im Boot, auf einer Bahre lag Ruán. Seine Hände waren über der Brust gefaltet. Sein Haar war auf Farnkraut gebettet, die roten Strähnen waren mit den grünen Wedeln verwoben. Sein Gesicht war völlig unversehrt, seine Augen unverletzt aber geschlossen, als schliefe er friedlich. Dann war das dort nicht sein Körper, der davonglitt, sondern vielmehr …

»Halt!« Maeve versuchte zu ihm zu waten, rutschte aber aus und wäre fast untergegangen.

Die Mädchen aus der Anderswelt schienen sie jedoch nicht zu hören. Ihre offenen Haare flatterten im Wind. Sie steuerten weiter flussabwärts, auf das Meer zu, in die Arme der Göttin, die bereits darauf wartete, Ruán für sich zu beanspruchen.

Ein dunkleres Gefühl stieg in Maeve auf. *Ich werde das nicht zulassen.*

Ohne zu zögern, stürzte sie sich in die Fluten und schwamm auf das Boot zu. Sie tauchte mit dem Gesicht immer wieder unter

Wasser, bekam einige Male kaum mehr Luft, aber sie würde dieses Boot nicht vorbeiziehen lassen. Aus dem Augenwinkel heraus sah sie das Kind, das am Ufer des Flusses entlanglief und sie nicht aus den Augen ließ, während sie auf das Boot zuschwamm.

Mit letzter Kraft erreichte Maeve das Boot. Ihre Füße fanden auf einer Sandbank Halt, und es gelang ihr, das Boot am Bug festzuhalten. Ruán lag dort, nur ein kleines Stück außerhalb ihrer Reichweite.

Noch immer beachteten die Mädchen sie nicht, hielten ihre Gesichter weiter abgewandt. Maeve kämpfte sich auf die Füße, das Wasser lief in Strömen an ihr herunter. Sie blinzelte, als sie das Boot festhielt. »Er ist noch nicht für euch bestimmt – *lasst ihn gehen.*«

Die Sídhe ließen nicht im Geringsten erkennen, dass sie sie überhaupt wahrnahmen, hörten jedoch zu paddeln auf, als warteten sie auf etwas.

Maeve packte die Bordwand und beugte sich darüber. »Er ist immer wieder gekommen, um mir dabei zu helfen, Frieden für Erin zu stiften. Er hat es für die Menschen getan – er verdient es zu leben!« Sie warf wieder einen Blick auf Ruán. Seine Haut strahlte jetzt, seine Lippen waren nicht mehr gesprungen, sondern voll und rot. »Ich … ich brauche ihn. Ich schenke mich ihm und nur ihm allein … ich werde ihn niemals wieder im Stich lassen, *niemals* …« Das alles kam in abgehackten, hastigen Worten aus ihrem Mund. Sie konnte diesem Strom einfach keinen Einhalt gebieten. »*Wir* verdienen dieses Leben!«

Erst jetzt wandte das Sídhe-Mädchen im Bug den anmutigen Kopf. Maeve sah ihr in die Augen, und es kam ihr so vor, als würde sie durch den Nachthimmel stürzen. Die Augen der Sídhe waren dunkel und voller Sterne, öffneten sich zu unendlichen Weiten.

Maeve verlor den Halt auf der Sandbank, hielt sich aber weiter an der Seite des Boots fest. Plötzlich fürchtete sie, sie könnte in diese Pracht hineingezogen und von ihr verzehrt werden, wenn sie vergaß, wer sie war. Also hielt sie mit allem, was sie noch an Kraft besaß, diesen sternenklaren Blick mit ihrem eigenen fest. Ihr Mut würde sie nicht im Stich lassen – nicht jetzt, wenn es um Ruán ging.

Das Sídhe-Mädchen lächelte. »Also, Königin der Schlacht. Bist du gekommen, um endlich mit uns zu verhandeln?«

Maeve verschlug es die Sprache.

»Nun, hier sind wir.« Trotz ihres fröhlichen Lächelns schien die Stimme der Sídhe aus unermesslichen Tiefen aufzusteigen. Sie zeigte auf den schlafenden Ruán. »Was willst du, falls wir euch ein gemeinsames Leben geben, mit diesem Leben anfangen?«

Maeve schluckte, fuhr sich mit der Zunge über die trockenen Lippen. »Alles, was ihr wollt. Was verlangt ihr von mir?«

Das Mädchen im Heck tauchte sein Paddel ins Wasser, woraufhin der Fluss so ruhig wie ein Teich wurde, auf dem das Boot leise hin und her schaukelte. Schleier aus Licht hingen in der windstillen Luft.

Das Sídhe-Mädchen im Bug legte sein tropfendes Ruder zwischen Maeve und Ruán. »Dann bist du also jetzt nicht mehr der Ansicht, dass wir Betrüger seien und immer nur versuchen, dich in eine Falle zu locken? Ich kann dir versichern, dass wir dieses Spiels schon vor vielen Zeitaltern überdrüssig geworden wären!« Ein plätscherndes Lachen. Die Sídhe fuhr mit der Hand durch die leuchtende Luft, als wäre sie Wasser, und sah zu, wie sie zu Spiralen verwirbelte.

Diese strahlenden Augen hielten sie fest. »Wir sind nicht deine Herren – wir dienen der Quelle allen Seins. Wir sind die Brücke für dieses Licht, damit es zwischen den Anderswelten und der diesseitigen Welt hin und her strömen kann.« Die Sídhe streckte langsam wie ein Vogel, der seine Schwinge entfaltet, ihren Arm aus und legte einen weißen Finger auf Maeves Stirn.

Ein kurzer Schmerz schoss durch Maeves Geist, aber er schenkte ihr auch eine wichtige Erkenntnis.

*Eine Brücke für die Quelle allen Seins.* Die Sídhe riefen sie, sammelten sie und teilten sie aus. Natürlich. Die Sídhe waren als die Hüter der Tiere, der Pflanzen und der heiligen Quellen, die mit der

Quelle allen Seins gefüllt waren, bekannt. Die Quelle allen Seins war die Flamme, die Cúchulainn in der Schlacht herbeirief, sie war das Wesen des Otters, der Maeve das Leben gerettet hatte. Sie war die Grundlage für alles, was es in der diesseitigen Welt gab.

»Obwohl wir eure Brüder sind, sind die Menschen für uns manchmal schwer zu erreichen.« Ein Lächeln zuckte um den Mund der Sídhe.

Unerklärlicherweise begann Maeves Haut plötzlich zu glühen.

»Und so … sind wir jetzt in der *diesseitigen Welt* auf der Suche nach einer Brücke zwischen uns und deinem Volk. Um alles Leben in Erin zu schützen.«

Ein Schauder lief durch Maeves Körper. »Ich werde tun, was immer ihr wollt. Ihr könnt euch von mir alles nehmen, was ihr begehrt …«

»Du siehst immer nur den Kampf. Ist es nicht so, Schwester?«

Zum ersten Mal spürte Maeve wieder diese Kälte. Die Angst, dass sie wieder gezwungen sein würde, zu den Waffen zu greifen, flackerte in ihr auf. Jetzt nämlich war sie nur noch von der Sehnsucht erfüllt, hier bei Ruán zu bleiben. »Nein«, stellte sie mit Entschiedenheit fest, und dieses »Nein« pflanzte sich als Welle in der strahlenden Luft fort. »In Wahrheit bin ich keine Kriegerin, und ich bin auch nicht die Königin der Schlacht. Ich werde keine Männer mehr in den Krieg führen oder versuchen, sie zu beherrschen oder sie einsperren … aber ich werde mich auch nie mehr einsperren lassen.«

Sie hatte jetzt einen Blick auf das erhascht, was auf der anderen Seite des Schmerzes und der kummervollen Erinnerungen lag; sie sah das wirkliche Licht der Welt. Sie hatte mit ihrem Körper gefühlt, wozu Macht fähig war, selbst wenn sie bis dahin nicht gewusst hatte, wie sie sie einsetzen sollte. Kein Schild, sondern eine Wiege.

Maeves Blick blieb fest und standhaft, als sie die Sídhe ansah. »Ihr könnt euch nicht alles nehmen, was ihr begehrt. Aber ich werde euch von dem, was ich bin, so viel wie möglich geben. Für ihn.«

Das Lächeln des Mädchens wurde strahlender. »Täusch dich nicht. Die Aufgabe, von der ich spreche, ist weitaus schwieriger, als ein Königreich zu beherrschen. Es ist eine geistige Herausforderung, die großen Mut verlangt und die erfordert, dass man sich den Flüssen der Quelle allen Seins vollständig ergibt.« Sie warf einen Blick auf Ruán. »Er hat den Gott des Landes in sich selbst gefunden, und so wird er in irgendeinem Leben eine Brücke sein. Wenn wir ihn jetzt mitnehmen, wird er noch mehr lernen und …«

»*Nein.*« Verzweifelt sah Maeve Ruáns Gesicht an. Sie glaubte zu erkennen, dass es jetzt noch heller strahlte, dabei jedoch auch langsam die vertrauten Konturen verlor. Sie wollte seine Hand nehmen, aber eine kurze Bewegung des Ruders hielt sie davon ab.

Maeves Blick flog zu der Sídhe zurück.

Das Mädchen lächelte jetzt nicht mehr. »Sein Schicksal einzufordern, verlangt alle Kraft, die ihr beide besitzt.« Mit eindringlichem Blick streckte die Sídhe Maeve ihre Hand entgegen. »Willst auch du dein Schicksal einfordern?«

*Du hast es gespürt, kleine Schwester, als du mit ihm über die Hügel geflogen bist. Diese Freude kannst du selbst in deiner fleischlichen Hülle empfinden, wenn du Mut hast.*

Maeves Herz antwortete, ohne dass sie auch nur einen Moment nachgedacht hätte. Sie ergriff die Hand der Sídhe.

Ein Orkan traf sie, der all ihre Sinne betäubte. Als er sie wieder freigab, wusste sie, dass sie eine Zukunft sah – die möglicherweise eintraf, möglicherweise aber auch nicht.

Maeve ging langsam einen heiligen Pfad an einem großen See entlang. In der Luft lag leiser Gesang. Es waren sowohl die Stimmen der Sídhe als auch menschliche Stimmen. Sie spürte die mächtige Anwesenheit der Quelle allen Seins, die hier in Form von Licht gesammelt wurde.

Eine ungeheure Freude, hierherzugehören, breitete sich in Maeve aus. Während sie weiterging, floss die Quelle allen Seins durch ihre Hände und strahlte aus ihrem Scheitel.

Am Ufer des Sees sprudelte eine Quelle in einer mit Schilf bestandenen Mulde. Da war Erna, die mit anmutigen Schritten zwischen den Kranken umherging, die gekommen waren, um Heilung durch das Licht der Quelle allen Seins zu finden.

Ein Stück davon entfernt stand zwischen den Bäumen eine kleine, bescheidene Hütte mit einem Rieddach. Stolze und starke Krieger kamen an seine Tür. Sie duckten sich, ihre Schwerter an ihrer Taille und Sorge im Blick, unter dem Türstock hindurch. Dort lauschten sie ehrfürchtig einer Seherin, einer Priesterin mit grauem Haar und grauen Augen, die die Ströme der Quelle allen Seins lenkte, um das, was da kommen sollte, zu beleuchten.

Ein blinder Mann watete durch das Schilf am Rand des Sees. Über seine Schulter hatte er ein Netz gelegt wie ein Fischer, sein Gesicht hielt er der Sonne entgegen. Maeve sah, dass ein großer Teil des Glanzes dieses Orts von ihm ausging, denn die Lichter der Anderswelt schwirrten geradezu um ihn herum. Sie waren es auch, die sangen. Die Schleier, durch die er ging, ließen seinen Körper so hell strahlen, dass er den Menschen, die hierherkamen, wie Sonnenlicht auf dem Wasser erschien.

Und dann war da noch die große Aufgabe, die Maeve zu erfüllen hatte.

Während sie langsam die spiralförmigen Wege entlangging, sammelte sie die Fäden der Quelle allen Seins und nahm sie in ihrem Körper wie in einem Gefäß auf. Wenn Menschen zu ihr kamen, die Heilung suchten, ihre Erlebnisse berichteten und von ihren Erinnerungen sprachen, wenn Barden Geschichten erzählten und das Wissen der Anderswelt von einem Fluss zu einer Flut anwuchs – dann woben Maeve, Levarcham, Erna und all die anderen, die sich zu dienen entschieden hatten, jene Fäden in das Gewebe der diesseitigen Welt.

Die Stimme der Sídhe holte Maeve zurück. »Auch in fernen Tagen werden noch immer Menschen an diesen Ufern wandeln. Und das Wissen, das wir jetzt in das Land hineinweben, wird in ihnen erblühen. Einige von ihnen werden das Lied Erins hören, das davon singt, was einst gewesen ist und was sein wird.«

Maeve blinzelte, als erwache sie aus dem Schlaf. Der Fluss umfing noch immer ihre Schenkel, und auch das Licht schimmerte weiterhin. Das Kind am Ufer war jedoch verschwunden. Ihre Hand lag auf ihrem Bauch, und in diesem Bauch war Leben.

Das also war Tiernans Traum. Aber Tiernan hatte nicht Macha gesehen, die die Quelle allen Seins sammelte, sondern sie, Maeve. Das Schicksal, nach dem sie sich so sehr sehnte – ihr Volk zu beschützen, etwas Größeres zu werden, zur *Mutter des Landes* zu werden –, das war immer nur ein Echo hiervon gewesen.

In diesem Moment spürte Maeve eine unglaublich mächtige Gegenwart, mächtiger noch als die Sídhe, die sie ohne Worte um ihre Treue bat: Es war nicht Bríd, Macha oder Danu, nicht Nemain oder die Morrígan. Es waren alle Göttinnen zugleich.

Die Große Mutter, die sie als ihr Gefäß haben wollte.

Maeve neigte den Kopf und sagte: »Ich gebe mich diesem Schicksal hin.« Sie sah die leuchtende Sídhe an und erblickte endlich jene Schönheit, von der sie stets geglaubt hatte, dass sie sie nicht verdient hätte. »Ich gebe mich euch hin.«

Ein strahlendes Lächeln lag jetzt auf dem Gesicht der Sídhe. »Dann bist du seiner vielleicht doch würdig.«

Voller Vertrauen watete Maeve zu Ruán, und diesmal hielten die Sídhe sie nicht zurück. Mit einer Bewegung, so flüssig wie das Wasser um sie herum, beugte Maeve sich über das Boot und legte ihre Hand um seinen Nacken. Sie legte ihre Lippen auf die seinen und hauchte ihm den strahlenden Glanz ein, den sie gerade gesehen hatte.

Als sie nach diesem Kuss ihre Lippen wieder von den seinen löste, flüsterte sie leise. »Ru, wir bekommen ein Baby.«

Seine Augen öffneten sich, strahlend grün wie der Fluss.

# 41

## *Sommer*

Eine kleine Gruppe von Menschen, darunter auch zwei Reiter, stand am sumpfigen Ufer des großen Sees. Es war später Nachmittag, und die Sonne goss ihre Strahlen vom Westen her über das Wasser, sodass es wie eine weite gekräuselte Fläche aus Gold aussah. Das Schilf murmelte und wiegte seine hellen Spitzen, sein Rascheln breitete sich bis zu den Bäumen aus, die das Ufer säumten und die Hänge der schützenden Hügel überzogen.

Neben Ruán stand eine Statue, die er aus dem Stamm einer abgestorbenen Eiche gehauen hatte. Sie trug die schlichte Schnitzerei zweier Gesichter, eines auf jeder Seite, mit großen Augen, langen Nasen und geheimnisvollen Mündern.

»Willst du damit etwa die Leute erschrecken?«, fragte Finn.

Fraech runzelte die Stirn. »Finn!«

Ruán lachte nur leise, bückte sich und hob dann Dáire von seinen Schultern. Der kleine Junge wand sich aus seinen Armen, ging auf noch unsicheren Beinen ein paar Schritte, stolperte und fiel dann vornüber auf sein Gesicht. Er setzte sich mit offenem Mund und großen, runden Augen auf, zu verblüfft, um zu weinen. Erna und Levarcham lachten.

»Ruán hat viele Nächte daran gearbeitet«, erklärte Maeve ihrer Tochter und lächelte.

Die Schnitzerei stellte eine männliche Gestalt dar, die auf den See hinaussah, und eine weibliche, die zu den Hügeln blickte. Sie sollten den Gott und die Göttin des Landes in ihrer Harmonie zeigen – ein Wegweiser für die Menschen, die zur heilenden Quelle wollten.

Auf Finns Frage hin, antwortete Ruán, während er die Linien im Eichenholz mit einem Finger nachfuhr: »Das sollen deine Mutter und ich sein. Sieht sie auch mürrisch genug aus?«

Finn grinste. »O ja.«

Dáire stand auf und watschelte auf die Statue zu. Dann patschte er mit seinen kleinen Händen ungeschickt auf die männliche Figur. Ruán legte einen Arm um seinen Sohn. Dáire wandte sich jetzt dem Gesicht seines Vaters zu, seine Finger wurden vorsichtiger, als er die Augenbinde berührte. »Seht ihr«, sagte Ruán mit heiserer Stimme. »Es muss mir ziemlich ähnlich sein.«

Maeve bückte sich und küsste Ruán auf die Stirn. Dann hob sie ihren rothaarigen Sohn hoch, sodass er vergnügt quietschte. »Ihr solltet euch auf den Weg machen«, sagte sie zu Fraech, während sie sich Dáire über die Schulter legte. »Schlagt euer Lager auf, bevor es dunkel und der Boden feucht wird.«

»Ach, Mutter.« Finn verdrehte die Augen.

Fraech hielt sein Pferd am Zügel. Die königlichen Wachen warteten weiter unten am Ufer auf sie. »Sie sollte überhaupt nicht mehr reiten.« Seit Finns Bauch sich zu runden begann, trug Fraech ständig dieses besorgte Stirnrunzeln auf dem Gesicht. »Ich habe ihr gesagt, dass wir einen Karren mit Kissen und Decken auspolstern könnten, aber …«

»Ich bin doch kein Sack Getreide!«, erwiderte Finn. Sie warf den Kopf zurück, gab mit dem Zügel eine Parade, sodass Nél tänzelte und elegant mit einem Huf scharrte.

Fraech warf Maeve einen vorwurfsvollen Blick zu, als er aufsaß. »Wenn wir schon von Ähnlichkeit sprechen …«

»Oh, nein, daran darfst du mir keine Schuld geben.« Maeve streckte sich, um Finn einen Abschiedskuss zu geben, und hob dann Daíre hoch, damit seine Schwester ihn umarmen konnte, woraufhin dieser prompt zu zappeln und zu kreischen anfing.

Maeve setzte sich ihren Sohn auf die Hüfte. Als Finns Blick sich mit dem ihren traf, legte Maeve beruhigend ihre Hand auf die Finger des Mädchens. »Es wird nicht mehr lange dauern«, sagte sie leise. »Wir werden an Lugnasa zu euch nach Cruachan reiten, und dann wirst du für die Niederkunft zu uns kommen.« Maeve achtete dabei darauf, dass das tiefe Gefühl des Friedens in ihrem Inneren aus ihrem Körper in die Hand ihrer Tochter strömte.

Als diese Wärme aus ihr herausfloss, zauberte sie wieder Farben auf Finns Wangen, und die Angst in ihren Augen verflüchtigte sich. »Ja, Mamaí.«

Maeve küsste Finns Finger. »Erna wird bei der Geburt bei dir sein. Man sagt, dass sie die geschicktesten Hände in ganz Erin hat.« Maeve lächelte die dunkelhaarige Druidin an. »Nun … zumindest behaupten das alle Männer.«

Erna wurde rot und machte eine kleine Verbeugung in Finns Richtung. »Ich stehe zu deinen Diensten, Herrin. Es gibt keinen sichereren Ort in Erin, das verspreche ich.«

Nachdem sie sich verabschiedet hatten, ritten der König und die Königin von Connacht am Ufer des Sees entlang nach Süden auf Cruachan zu.

Maeve sah zu, wie Finn ihr Pferd zum Galopp antrieb und dann davonjagte, während Fraech ihr dicht auf den Fersen folgte. Was er ihr zurief, konnten sie nicht mehr verstehen.

»Der Mann ist wirklich nicht zu beneiden«, bemerkte Maeve.

Ruán glättete noch immer die Konturen seiner Statue, entfernte letzte Unregelmäßigkeiten. »Ich werde dir auch eine machen«, sagte er zu Levarcham, als er sich aufrichtete. »Du kannst sie dann vor deiner Hütte aufstellen.«

Levarcham schnaubte, als sie sich alle auf den Rückweg machten. Vor ihnen leuchtete die kleine Ansammlung von Rieddächern in der Abendsonne. Der Rauch der Kochstellen stieg hinauf zu den purpurfarbenen Schatten, die sich langsam über den Boden ausbreiteten. Über der Quelle lag bereits ein dünner Nebelschleier, silberne Lichter tanzten dort wie Libellen.

»Wenn du mich als ein hässliches altes Weib darstellst, mein Junge«, sagte Levarcham, »dann könnte es durchaus sein, dass der Nachschub an Honigkuchen für dich plötzlich versiegt.«

Ruán grinste. »Ich kann mir nur das vorstellen, was deine Stimme in meinem Kopf entstehen lässt, ehrwürdige Levarcham.«

Maeve warf ihm einen kurzen Blick zu. Sie wusste, dass er, wenn er nicht abgelenkt war und die Kraft der Sídhe bei ihm war, manchmal durchaus sehen konnte. Dies jedoch war ein Geheimnis, das nur sie beide kannten. Ruán spürte wohl instinktiv, was sie dachte, und drehte seinen Kopf ein wenig zur Seite, sodass sie die sanften Linien um seinen Mund sehen konnte.

Maeve konnte nicht anders. Sie musste ihm jetzt mit ihren Fingern durch die Haare an seinem Nacken fahren und seine von der Sonne gebräunte Haut berühren.

»Maeve, würdest du bitte deinem Mann erklären, dass ich keine Greisin bin.«

Die letzten Strahlen des goldenen Lichtes fielen auf das Ufer des Sees. Es war ein warmer Tag gewesen, und Maeve spürte, dass ihr Rücken selbst unter ihrem dünnen leinenen Kittel schweißnass war.

Plötzlich blieb Ruán stehen. Er hatte den Kopf zum Wasser gewandt. Dann drehte er sich auf dem Absatz um und nahm Maeve seinen Sohn aus den Armen. »Bringt ihr ihn bitte für uns zurück?« Er übergab Daíre Erna.

Verblüfft nahm Erna ihm das Kind ab. »Natürlich! Komm, mein Kleiner.« Sie stellte Dáire auf seine Beine, dann nahmen sie und Levarcham jeweils eine seiner Hände.

Ruán ergriff Maeves Finger und flüsterte ihr zu: »Und du kommst mit mir, Ceara.«

Maeve hielt jedoch noch einen Moment inne. Sie ließ seine Hand los und sah sich, über die Schulter gewandt, noch einmal um, während Ruán bereits zum Wasser hinabging. Den Oberkörper schräg zur Seite geneigt, schlurfte Levarcham neben Daíre her, während Erna sein Plappern mit ernstem Nicken kommentierte. Die untergehende Sonne hüllte die drei in ein goldenes Licht.

Maeve spürte all das Leben, von dem dieser Ort erfüllt war, und dieses Gefühl überwältigte sie schier.

Leichtfüßig lief sie Ruán hinterher, warf die Arme um seinen Hals und hätte ihn dabei fast umgerissen.

Er lachte und drehte sich zu ihr um, umfasste ihre Taille. »Es ist noch Zeit bis zum Abendessen.« Sein Kuss war zuerst wild, während er eine Hand auf ihr Gesäß gelegt hatte und sie an sich zog. Dann legte er seine Finger auf ihre Wangen, und seine Lippen wurden weich, bis Maeve alles andere um sie herum vergaß. In dem Moment, in dem sie sich an ihn lehnte, wich er jedoch zurück und zog sie mit sich.

Lachend rannten sie zum Ufer des Sees hinab, wobei Ruáns versehrtes Bein ihn ein wenig behinderte. Er hielt jedoch am Ufer nicht inne, sondern rannte weiter ins seichte Wasser hinein und watete dann in den See hinaus, bis das Wasser tief genug war. Schließlich tauchte er mit einem Kopfsprung unter.

Maeve hielt die Luft an und ging ebenfalls ins Wasser. Ihr Kittel breitete sich um sie herum aus. Sie beobachtete, wie Ruán unter Wasser an ihr vorbeijagte, geschmeidig und von kleinen Wellen umgeben, während seine Haare hinter ihm her flossen. Trotz der Kälte musste Maeve lächeln, als sie sah, wie sein Körper die Freiheit genoss, welche Freude ihn erfüllte, wenn er sich nicht beobachtet fühlte.

Ruán vollführte unter Wasser eine Drehung. Seine Haut glänzte wie das Fell eines Otters. So wie auch sonst immer, griffen seine Hände nach ihren Knöcheln, würden sie mit einem Ruck unter Wasser ziehen.

Nein … *sie musste springen.*

Ein Windstoß fuhr plötzlich über das Wasser, sodass sich das Sonnenlicht in tanzenden Funken brach, die Maeve blendeten. Noch bevor Ruán sie fassen konnte, holte sie tief Luft und warf sich ebenfalls in die glitzernde Flut.

Als sie durch die schimmernden Schleier sank, strichen die kleinen Bläschen von Ruáns Lachen kitzelnd über ihre Haut.

Mit geschlossenen Augen legte Maeve den Kopf zurück. Sie schwebte im Licht.

# Danksagung

Danke Anne Groell bei Bantam, weil du so klug warst, noch ein wenig an meinem Buch zu feilen, nachdem du es endlich meinen müden Händen entrissen hattest.

Ich danke Russell Galen – der in meinem Haushalt als Russ Superagent bekannt ist – für seine wohltuende Stimme der Vernunft, die zur rechten Zeit über den Atlantik schwebte, um ein paar schriftstellerische Stürme zu besänftigen.

Ohne die Großzügigkeit von Bella und Charlie Miller von Lerags House, die mir in den letzten Monaten des Schreibens ein Zimmer zur Verfügung gestellt hatten, als es mir dummerweise irgendwie gelungen war, meines Hauses verlustig zu gehen, hätte ich dieses Buch nicht fertigstellen können. Ohne die Brownies, die langen Diskussionen am Küchentisch und die wirklich schlechten Kinofilme … wäre ich bestimmt nicht dahin gekommen, wo ich jetzt bin. Bella, ich werde dir dafür auf immer dankbar sein.

Claire Swinney war in Irland an meiner Seite, als diese Geschichte geboren wurde. Wir haben sie sozusagen gemeinsam aus dem Wasser gefischt und aus der Luft gefangen. Es gibt nicht genug Worte, um ihr dafür zu danken.

Stets dankbar bin ich meinem innig geliebten Alistair, dem es, während er Kontinente bewegte – bitte nicht wörtlich nehmen – und in der Welt herumjagte, gelungen ist, sich immer wieder eine Leseprobe zu Gemüte zu führen. Viele Leute können es bestimmt schon nicht mehr hören, wie sehr ich in dich verknallt bin.